HUGO VON HOFMANNSTHAL

GESAMMELTE WERKE

IN ZEHN EINZELBÄNDEN

FISCHER TASCHENBUCH VERLAG

HUGO VON HOFMANNSTHAL

DRAMEN V

OPERNDICHTUNGEN

FISCHER TASCHENBUCH VERLAG

Herausgegeben von Bernd Schoeller
in Beratung mit Rudolf Hirsch

Fischer Taschenbuch Verlag
März 1979
Ungekürzte, neu geordnete,
um einige Texte erweiterte Ausgabe der 15 Bände
H. v. H. Gesammelte Werke in Einzelausgaben,
herausgegeben von Herbert Steiner
S. Fischer Verlag GmbH, Frankfurt am Main
Die genauen Copyright-Angaben für
›Der Rosenkavalier‹, ›Ariadne auf Naxos‹,
›Die Frau ohne Schatten‹, ›Die Ägyptische Helena‹
und ›Arabella‹
sind vor dem jeweiligen Textbeginn zu finden

Lizenzausgabe mit freundlicher Genehmigung
des S. Fischer Verlages GmbH, Frankfurt am Main
Für diese Zusammenstellung:

Umschlagentwurf: Jan Buchholz/Reni Hinsch
Satzherstellung: Otto Gutfreund & Sohn, Darmstadt
Druck und Bindung: Clausen & Bosse, Leck
Papier: Scheufelen, Lenningen
Printed in Germany
1980-ISBN-3-596-22163-3

DRAMEN V

OPERNDICHTUNGEN

INHALT DER ZEHN BÄNDE

INHALT

DER BARON *zu Valzacchi, indem er aufs neue eine Anzahl von Kerzen auslöscht, darunter mit einiger Mühe die hoch an der Wand brennenden*
Er ist ein braver Kerl. Wenn Er mir hilft, die Rechnung runterdrucken,
dann fallt was ab für Ihn. Kost' sicher hier ein Martergeld.
Valzacchi unter Verneigung ab.
Octavian ist nun fertig.
Baron führt ihn zu Tisch, sie setzen sich.
Der Lakai am Büfett sieht mit unverschämter Neugierde der Entwicklung des Tete-a-tete entgegen, stellt Karaffen mit Wein vom Büfett auf den Eßtisch.
Baron schenkt ein. Octavian nippt. Baron küßt Octavian die Hand. Octavian entzieht ihm die Hand. Baron winkt dem Lakaien abzugehen, muß es mehrmals wiederholen, bis der Lakai endlich geht.

OCTAVIAN *schiebt sein Glas zurück*
Nein, nein, nein, nein! I trink kein Wein.

DER BARON
Geh, Herzerl, was denn? Mach doch keine Faxen.

OCTAVIAN
Nein, nein, i bleib net da.
Springt auf, tut, als wenn er fort wollte.

DER BARON *packt ihn mit seiner Linken*
Sie macht mich deschparat.

OCTAVIAN
Ich weiß schon, was Sie glauben! O Sie schlimmer Herr!

DER BARON *sehr laut*
Saperdipix! Ich schwör bei meinem Schutzpatron!

OCTAVIAN *tut sehr erschrocken, läuft, als ob er sich irrte, statt zur Ausgangstür gegen den Alkoven, reißt den Vorhang auseinander, erblickt das Bett. Gerät in übermäßiges Staunen, kommt ganz betroffen auf den Zehen zurück*
Jesus Maria, steht a Bett drin, a mordsmäßig großes.
Ja mei, wer schlaft denn da?

DER BARON *führt ihn zurück an den Tisch*
Das wird Sie schon sehen. Jetzt komm Sie, setz Sie sich schön.

Kommt gleich der mitn Essen. Hat Sie denn kein' Hunger nicht?

Legt ihm die Linke um die Taille.

OCTAVIAN

Au weh, wo Sie ja doch ein Bräutigam tun sein.

Wehrt ihn ab.

DER BARON

Ah laß Sie schon einmal das fade Wort!
Sie hat doch einen Kavalier vor sich
und keinen Seifensieder:
Ein Kavalier läßt alles,
was ihm nicht konveniert,
da draußen vor der Tür. Hier sitzt kein Bräutigam
und keine Kammerjungfer nicht.
Hier sitzt mit seiner Allerschönsten ein Verliebter beim Souper.

Zieht ihn zu sich.

Octavian lehnt sich kokett in den Sessel zurück, mit halbgeschlossenen Augen.

DER BARON *erhebt sich, der Moment für den ersten Kuß scheint ihm gekommen. Wie sein Gesicht dem der Partnerin ganz nahe ist, durchzuckt ihn jäh die Ähnlichkeit mit Octavian. Er fährt zurück und greift unwillkürlich nach dem verwundeten Arm*

Is ein Gesicht! Verfluchter Bub!
Verfolgt mich als a Wacher und im Traum!

Octavian öffnet die Augen, blickt ihn frech und kokett an. Baron, nun wieder versichert, daß es die Zofe ist, zwingt sich zu einem Lächeln. Aber der Schreck ist ihm nicht ganz aus den Gliedern. Er muß Luft schöpfen, und der Kuß bleibt aufgeschoben. Der Mann unter der Falltür öffnet zu früh und kommt zum Vorschein. Octavian, der ihm gegenübersitzt, winkt ihm eifrig zu verschwinden. Der Mann verschwindet sofort. Baron, der, um den unangenehmen Eindruck von sich abzuschütteln, ein paar Schritte getan hat und sie von rückwärts umschlingen und küssen will, sieht gerade noch den Mann. Er erschrickt heftig, zeigt hin.

OCTAVIAN *als verstünde er nicht*

Was ist mit Ihm?

DER BARON *auf die Stelle deutend, wo die Erscheinung verschwunden ist*

Was war denn das? Hat Sie den nicht gesehn?

OCTAVIAN

Da is ja nix!

DER BARON

Da is nix?

Nun wieder ihr Gesicht angstvoll musternd

So?

Und da is auch nix?

Fährt mit der Hand über ihr Gesicht.

OCTAVIAN

Da is mei G'sicht.

DER BARON *atmet schwer, schenkt sich ein Glas Wasser ein*

Da is Ihr Gsicht – und da is nix – mir scheint,
ich hab die Kongestion.

Setzt sich schwer, es ist ihm ängstlich zumute. Der Lakai kommt, serviert. Die Musik von draußen stärker.

OCTAVIAN

Die schöne Musik!

DER BARON *wieder sehr laut*

Is mei Leiblied, weiß Sie das?

Winkt dem Lakaien abzugehen, Lakai geht.

OCTAVIAN *horcht auf die Musik*

Da muß ma weinen.

DER BARON

Was?

OCTAVIAN

Weils gar so schön is.

DER BARON

Was, weinen? Wär nicht schlecht.
Kreuzlustig muß Sie sein, die Musik geht ins Blut.
Gspürt Sies jetzt
auf die letzt, gspürt Sies dahier,
daß Sie aus mir
kann machen alles frei, was Sie nur will?

OCTAVIAN *zurückgelehnt, wie zu sich selbst sprechend, mit unmäßiger Traurigkeit*

Es is ja eh alls eins, es is ja eh alls eins,
was ein Herz auch noch so gach begehrt.
Indes der Baron ihre Hand faßt
Na was willst denn halt, so mit aller Gwalt,
geh, es is ja alls net drumi wert.

DER BARON
Was hat Sie? Is sehr wohl der Müh wert!

OCTAVIAN *immer gleich melancholisch*
Wie die Stund hingeht, wie der Wind verweht,
so sind wir bald alle zwei dahin.
Menschen sein ma halt, richt'ns nicht mit Gwalt,
weint uns niemand nach, net dir net und net mir.

DER BARON
Macht Sie der Wein leicht immer so? Is ganz gewiß Ihr Mieder, das aufs Herz Ihr druckt.
Octavian mit geschlossenen Augen gibt keine Antwort.

DER BARON *steht auf und will ihr aufschnüren*
Jetzt wirds frei mir ein bisserl heiß.
Schnell entschlossen nimmt er seine Perücke ab und sucht sich einen Platz, sie abzulegen. Indem erblickt er ein Gesicht, das sich über dem Alkoven zeigt und ihn anstarrt. Das Gesicht verschwindet gleich wieder. Er sagt sich: Kongestionen! und verscheucht sich den Schrecken, muß sich aber doch die Stirne abwischen. Sieht nun wieder die Zofe willenlos, wie mit gelösten Gliedern, dasitzen. Das ist stärker als alles, und er nähert sich ihr zärtlich. Da meint er wieder das Gesicht Octavians ganz nahe dem seinigen zu erkennen, und er fährt abermals zurück. Mariandl rührt sich kaum. Abermals verscheucht der Baron sich den Schreck, zwingt Munterkeit in sein Gesicht zurück, da fällt sein Auge von neuem auf einen fremden Kopf, welcher aus der Wand hervorstarrt. Nun ist er maßlos geängstigt, er schreit dumpf auf, ergreift die Tischglocke und schwingt sie wie rasend.
Da, da, da, da!
Plötzlich springt das angeblich blinde Fenster auf, Annina in schwarzer Trauerkleidung erscheint und zeigt mit ausgestreckten Armen auf den Baron.

DER BARON *außer sich vor Angst*
Da, da, da, da!
Sucht sich den Rücken zu decken.

ANNINA
Er ists! Es ist mein Mann! Er ist es!
Verschwindet.

DER BARON *angstvoll*
Was ist denn das?

OCTAVIAN
Das Zimmer ist verhext!
Schlägt ein Kreuz.

ANNINA *gefolgt von dem Intriganten, der sie scheinbar abzuhalten sucht, vom Wirt und von drei Kellnern, stürzt zur Mitteltür herein; sie bedient sich des böhmisch-deutschen Akzents, aber gebildeter Sprechweise*
Es ist mein Mann, ich leg Beschlag auf ihn!
Gott ist mein Zeuge, Sie sind meine Zeugen!
Gerichte! Hohe Obrigkeit! Die Kaiserin
muß ihn mir wiedergeben!

DER BARON *zum Wirt*
Was will das Weibsbild da von mir, Herr Wirt?
Was will der dort und der und der?
Zeigt nach allen Richtungen
Der Teufel frequentier sein gottverfluchtes Extrazimmer.

ANNINA
Er wagt mich zu verleugnen, ah!
Er tut, als ob er mich nicht täte kennen.

DER BARON *hat sich eine kalte Kompresse auf den Kopf gelegt, hält sie mit der Linken fest, geht dann dicht auf die Kellner, den Wirt, zuletzt auf Annina zu, mustert sie ganz scharf, um sich über ihre Realität klarzuwerden. Vor Annina*
Is auch lebendig!
Wirft die Kompresse weg. Sehr bestimmt
Ich hab wahrhaftigen Gott das Möbel nie gesehn!

ANNINA *klagenden Tons*
Aah!

DER BARON *zum Wirt*
Debarassier Er mich und laß Er fortservieren.
Ich hab Sein Beisl heut zum letztenmal betreten.

ANNINA *als entdeckte sie erst jetzt die Gegenwart Octavians*
Aah! Es ist wahr, was mir berichtet wurde,

er will ein zweites Mal heiraten, der Infame,
ein zweites unschuldiges Mädchen, so wie ich es war.

DER WIRT, DIE KELLNER

Oh, Euer Gnaden!

DER BARON

Bin ich in einem Narrnturm? Kreuzelement!
Schüttelt kräftig mit der Linken Valzacchi, der ihm zunächst steht
Bin ich der Baron Lerchenau oder bin ich es nicht?
Fährt mit dem Finger ins Licht
Is das ein Kerzl, is das ein Serviettl?
Schlägt mit der Serviette durch die Luft
Bin ich bei mir?

ANNINA

Ja, ja, du bist es, und so wahr als du es bist,
bin ich es auch, und du erkennst mich wohl,
Leupold Anton von Lerchenau,
bedenkt, dort oben ist ein Höherer,
der deine Schlechtigkeit durchschaut und richten wird.

DER BARON *starrt sie fassungslos an. Für sich*

Kommt mir bekannt vor.
Sieht wieder auf Octavian
Habn doppelte Gesichter, alle miteinander.
Sieht angstvoll nach den Stellen in der Wand und im Fußboden
Is was los mit mir, was Fürchterliches!
Geht wie verloren ganz nach vorne an die Rampe.

DIE KELLNER *dumpf*

Die arme Frau, die arme Frau Baronin!

ANNINA

Kinder! herein! und hebts die Hände auf zu ihm!
Vier Kinder zwischen vier und zehn Jahren stürzen herein und auf Anninas Wink auf den Baron zu.

DIE KINDER *durchdringend*

Papa! Papa! Papa!

ANNINA

Hörst du die Stimme deines Bluts!?

DER BARON *schlägt wütend mit einer Serviette, die er vom Tisch reißt, nach ihnen.*

Debarassier Er mich von denen da,
von der, von dem, von dem, von dem!
Zeigt nach allen Richtungen.

WIRT *im Rücken des Barons leise*
Halten zu Gnaden, gehen nicht zu weit,
Könnten recht bitter-böse Folgen von der Sach gespüren.

DER BARON
Was? Ich was gspüren? Von dem Möbel da?
Habs nie nicht angerührt, nicht mit der Feuerzang!

ANNINA *schreit klagend auf*
Aah!

WIRT *wie oben*
Die Bigamie ist halt kein Gspaß – ist – haben schon die Gnad –
ein Kapitalverbrechen!

VALZACCHI *sich ebenfalls an den Baron heranschleichend*
Ik rat Euer Gnadn, seien vorsicktig!
Die Sittenpolizei sein gar nit tolerant!

DER BARON *in Wut*
Die Bigamie? Nit tolerant? Papa, Papa, Papa?
Greift sich an den Kopf
Schmeiß Er hinaus das Trauerpferd! Wer? Was? Er will nicht?
Was? Polizei! Die Lackln wolln nicht? Spielt das Gelichter
leicht alles unter einem Leder gegen meiner?
Sein wir in Frankreich? Sein wir unter die Kurutzen?
Oder in Kaiserlicher Hauptstadt? Polizei!
Reißt das Gassenfenster auf
Herauf da, Polizei! Gilt Ordnung herzustellen
und einer Standsperson zu Hilf zu eilen.

WIRT
Mein renommiertes Haus! Das muß mein Haus erleben!

DIE KINDER
Papa! Papa! Papa!
Valzacchi indessen leise zu Octavian.

OCTAVIAN *leise*
Ist gleich wer fort, den Faninal zu holen?

VALZACCHI
Sogleich in Anfang. Wird sogleich zur Stelle sein.

STIMMEN VON AUSSEN *dumpf*

Die Polizei, die Polizei!

Kommissarius und zwei Wächter treten auf. Alles rangiert sich, ihnen Platz zu machen.

VALZACCHI *zu Octavian leise*

O weh, was macken wir?

OCTAVIAN

Verlaß Er sich auf mich und laß Ers gehn wies geht.

VALZACCHI

Zu Euer Exzellenz Befehl!

KOMMISSARIUS *scharf*

Halt! Keiner rührt sich! Was ist los?
Wer hat um Hilf geschrien? Wer hat Skandal gemacht?

DER BARON *auf ihn zu, mit der Sicherheit des großen Herrn*

Is alls in Ordnung jetzt. Bin mit Ihm wohl zufrieden.
Hab gleich verhofft, daß in der Wienerstadt alls wie am Schnürl geht.
Schaff Er mir da das Pack vom Hals; ich will in Ruh soupieren.

KOMMISSARIUS

Wer ist der Herr? Was gibt dem Herrn Befugnis?
Ist Er der Wirt?

Baron sperrt den Mund auf.

KOMMISSARIUS *scharf*

Dann halt Er sich gefällig still
und wart Er, bis man Ihn vernehmen wird.

Der Baron retiriert sich etwas perplex, beginnt nach seiner Perücke zu suchen, die in dem Tumult abhanden gekommen ist und unauffindbar bleibt.

KOMMISSARIUS *nimmt Platz, die zwei Wächter nehmen hinter ihm Stellung*

Wo ist der Wirt?

WIRT *devot*

Mich dem Herrn Oberkommissarius schönstens zu rekommandieren.

KOMMISSARIUS

Die Wirtschaft da rekommandiert Ihn schlecht!
Bericht Er jetzt.

WIRT
Herr Oberkommissar!

KOMMISSARIUS
Ich will nicht hoffen, daß Er mir mit Leugnen kommt.

WIRT
Herr Kommissarius!

KOMMISSARIUS
Vom Anfang!

WIRT
Da hier, der Herr Baron!

KOMMISSARIUS
Der große Dicke da? Wo hat er sein Paruckl?

DER BARON *der die ganze Zeit gesucht hat*
Das frag ich Ihn!

WIRT
Das ist der Herr Baron von Lerchenau!

KOMMISSARIUS
Genügt nicht.

DER BARON
Was?

KOMMISSARIUS
Hat Er Personen nahebei?
Die für Ihn Zeugnis geben?

DER BARON
Gleich bei der Hand! Da, hier mein Sekretär, ein Italiener.

VALZACCHI *wechselt mit Octavian einen Blick des Einverständnisses*
Ich excusier mick. Ick weiß nix. Die Herr
kann sein Baron, kann sein auch nit. Ick weiß von nix.

DER BARON *außer sich*
Das ist doch stark, wällischer Bruder, falscher!
Geht mit erhobener Linken auf ihn los. [*Leiblakei ist sehr betreten über die Situation. Jetzt scheint er einen rettenden Einfall zu haben und stürzt plötzlich zur Mitteltür fort, ab.*]*

*[...] Nur in der Partitur enthalten.

KOMMISSARIUS *zum Baron scharf*

Fürs erste moderier Er sich.

Wächter springt vor, hält den Baron zurück.

OCTAVIAN *der bisher ruhig rechts gestanden, tut nun, als ob er, in Verzweiflung hin- und herirrend, den Ausweg nicht fände, und das Fenster für eine Ausgangstür hält*

O mein Gott, in die Erdn möcht ich sinken!
Heilige Mutter von Maria Taferl!

KOMMISSARIUS

Wer ist dort die junge Person?

DER BARON

Die? Niemand. Sie steht unter meiner Protektion!

KOMMISSARIUS

Er selber wird bald eine Protektion sehr nötig haben.
Wer ist das junge Ding, was macht sie hier?

Blickt um sich

Ich will nicht hoffen, daß Er ein gottverdammter Deboschierer
und Verführer ist. Da könnts Ihm schlecht ergehn.
Wie kommt Er zu dem Mädel? Antwort will ich.

OCTAVIAN

Ich geh ins Wasser!

Rennt gegen den Alkoven, wie um zu flüchten, und reißt den Vorhang auf, so daß man das Bett friedlich beleuchtet dastehen sieht.

KOMMISSARIUS *erhebt sich*

Herr Wirt, was seh ich da?
Was für ein Handwerk treibt denn Er?

WIRT *verlegen*

Wenn ich Personen von Stand zum Speisen oder Nachtmahl hab –

KOMMISSARIUS

Halt Er den Mund. Ich nehm Ihn später vor.

Zum Baron

Jetzt zähl ich noch bis drei, dann will ich wissen,
wie Er da zu dem jungen Bürgermädchen kommt.
Ich will nicht hoffen, daß Er sich einer falschen Aussag wird unterfangen.

Wirt und Valzacchi deuten dem Baron durch Gebärden die Gefährlichkeit der Situation und die Wichtigkeit seiner Aussage an.

DER BARON *winkt ihnen mit großer Sicherheit, sich auf ihn zu verlassen, er sei kein heuriger Has*

Wird wohl kein Anstand sein bei Ihm, Herr Kommissar,
wenn eine Standsperson mit seiner ihm verlobten Braut
um neune abends ein Souper einnehmen tut.

Blickt um sich, die Wirkung seiner schlauen Aussage abzuwarten.

KOMMISSARIUS

Das wäre Seine Braut? Geb Er den Namen an
vom Vater unds Logis; wenn Seine Angab stimmt,
mag Er sich mit der Jungfer retirieren.

DER BARON

Ich bin wahrhaftig nicht gewöhnt, in dieser Weise –

KOMMISSARIUS *scharf*

Mach Er die Aussag oder ich zieh andre Saiten auf.

DER BARON

Werd nicht manquieren. Ist die Jungfer Faninal
Sophia, Anna Barbara, eheliche Tochter
des wohlgeborenen Herrn von Faninal,
wohnhaft am Hof im eigenen Palais.

An der Tür haben sich Gasthofpersonal, andere Gäste, auch einige der Musiker aus dem anderen Zimmer neugierig angesammelt.

Herr von Faninal drängt sich durch sie durch, eilig, aufgeregt, in Hut und Mantel.

FANINAL

Zur Stell! Was wird von mir gewünscht?

Auf den Baron zu

Wie sieht Er aus?
War mir vermutend nicht, zu dieser Stunde
in ein gemeines Beisl depeschiert zu werdn!

DER BARON *sehr erstaunt und unangenehm berührt*

Wer hat Ihn hierher depeschiert? In des Dreiteufels Namen?

FANINAL *halblaut zu ihm*

Was soll mir die saudumme Frag, Herr Schwiegersohn?

Wo Er mir schier die Tür einrennen läßt mit Botschaft,
ich soll sehr schnell herbei und Ihn in einer üblen Lage soutenieren,
in die Er unverschuldeterweis geratn ist!
Baron greift sich an den Kopf.

KOMMISSARIUS
Wer ist der Herr? Was schafft der Herr mit Ihm?

DER BARON
Nichts von Bedeutung. Is bloß ein Bekannter,
hält sich per Zufall hier im Gasthaus auf.

KOMMISSARIUS
Der Herr geb seinen Namen an!

FANINAL
Ich bin der Edle von Faninal.

KOMMISSARIUS
Somit ist dies der Vater –

DER BARON *stellt sich dazwischen, deckt Octavian vor Faninals Blick, eifrig*
Beileib gar nicht die Spur. Ist ein Verwandter,
ein Bruder, ein Neveu! Der wirkliche
ist noch einmal so dick!

FANINAL
Was geht hier vor? Wie sieht Er aus? Ich bin der Vater, freilich!

DER BARON *will ihn fort haben*
Das weitere findet sich, verzieh Er sich.

FANINAL
Ich muß schon bitten –

DER BARON
Fahr Er heim in Teufels Namen.

FANINAL
Mein Nam und Ehr in einem solchen Händel zu melieren,
Herr Schwiegersohn!

DER BARON *versucht ihm den Mund zuzuhalten, zum Kommissarius*
Ist eine idée fixe!
Benennt mich also nur im Gspaß!

KOMMISSARIUS
Ja, ja, genügt schon. Er erkennt demnach
Zu Faninal
in diesem Herren hier Seinen Schwiegersohn?

FANINAL
Sehr wohl! Wieso sollt ich ihn nicht erkennen?
Leicht weil er keine Haar nicht hat?

KOMMISSARIUS *zum Baron*
Und Er erkennt nunmehr wohl auch in diesem Herrn
wohl oder übel Seinen Schwiegervater?

DER BARON *nimmt den Leuchter vom Tisch, beleuchtet sich Faninal genau*
Soso, lala! Ja, ja, wird schon derselbe sein.
War heut den ganzen Abend gar nicht recht beinand.
Kann meinen Augen heut nicht traun. Muß Ihm sagen,
liegt hier was in der Luft, man kriegt die Kongestion davon.

KOMMISSARIUS *zu Faninal*
Dagegen wird von Ihm die Vaterschaft
zu dieser Ihm verbatim zugeschobenen Tochter
geleugnet?

FANINAL *bemerkt jetzt erst Octavian*
Meine Tochter? Da der Fetzen
gibt sich für meine Tochter aus?

DER BARON *gezwungen lächelnd*
Ein Gspaß! Ein purer Mißverstand! Der Wirt
hat dem Herrn Kommissarius da was vorerzählt
von meiner Brautschaft mit der Faninalischen.

WIRT *aufgeregt*
Kein Wort! Kein Wort, Herr Kommissarius! Laut eigner Aussag –

FANINAL *außer sich*
Das Weibsbild arretieren! Kommt an Pranger!
Wird ausgepeitscht! Wird eingekastelt in ein Kloster!
Ich – ich –

DER BARON
Fahr Er nach Haus, – auf morgen in der Früh!
Ich klär Ihm alles auf. Er weiß, was Er mir schuldig ist.

FANINAL *außer sich vor Wut*
Laut eigner Aussag! Meine Tochter soll herauf!
Sitzt unten in der Tragchaise! Im Galopp herauf!
Einige rückwärts gehen.
Das zahlt Er teuer! Bring Ihn vors Gericht!

DER BARON
Jetzt macht Er einen rechten Palawatsch
für nichts und wieder nichts! Ghört ein' Roßgeduld dazu
für einen Kavalier, Sein Schwiegersohn zu sein.
Schüttelt den Wirt
Meine Perückn will ich sehn!
Im wilden Herumfahren, um die Perücke zu suchen, faßt er einige der Kinder an und stößt sie zur Seite

DIE KINDER *automatisch*
Papa! Papa! Papa!

FANINAL *fährt zurück*
Was ist denn das?

DER BARON *findet im Suchen wenigstens seinen Hut, schlägt mit dem Hut nach den Kindern*
Gar nix, ein Schwindel! Kenn nit das Bagagi!
Sie sagt, daß sie verheirat war mit mir.
Käm zu der Schand so wie der Pontius ins Credo!
Sophie kommt im Mantel, man macht ihr Platz. An der Tür sieht man die Faninalschen Bedienten, die linke Tragstange der Sänfte haltend.
Baron sucht die Kahlheit seines Kopfes vor Sophie mit dem Hut zu beschatten.

VIELE STIMMEN *indes Sophie auf ihren Vater zugeht*
Da ist die Braut! Oh, was für ein Skandal!

FANINAL *zu Sophie*
Da schau dich um! Da hast du den Herrn Bräutigam!
Da die Famili von dem saubern Herrn.
Die Frau mitsamt die Kinder! Da das Weibsbild
ghört linker Hand dazu. Nein, das bist du, laut eigner Aussag.
Möchtst in die Erdn sinken, was? Ich auch!

SOPHIE
Bin herzensfroh, seh ihn mitnichten an dafür.

FANINAL

Sieht ihn nicht an dafür! Sieht ihn nicht an dafür!
Mein schöner Nam! Die ganze Wienerstadt! Die schwarze Zeitung!
Zerreißen sich die Mäuler bis hinauf
zu Kaiserlicher Antecamera! I trau mi nimmer übern Grab'n!
Kein Hund nimmt mehr ein Stückl Brot von mir.
Er ist dem Weinen nahe.

DIE KÖPFE *in der Wand und aus dem Erdboden auftauchend, dumpf*

Der Skandal! Der Skandal!
Für den Herrn von Faninal!
Verschwinden wieder, man hört noch dumpf aus der Erde und den Wänden klingen
Der Skandal! Der Skandal!

FANINAL

Da! Aus dem Keller! Aus der Luft! Die ganze Wienerstadt!
Auf den Baron zu, mit geballter Faust
Oh, Er Filou! Mir wird nicht gut! Ein' Sessel!
Bediente springen hinzu, fangen ihn auf.
Sophie ist angstvoll um ihn bemüht. Wirt springt gleichfalls hinzu. Sie nehmen ihn auf und tragen ihn ins Nebenzimmer. Mehrere Kellner, den Weg weisend, die Tür öffnend, voran.
Baron wird in diesem Augenblick seiner Perücke ansichtig, die wie durch Zauberhand wieder zum Vorschein gekommen ist; stürzt darauf los, stülpt sie sich auf und gibt ihr den richtigen Sitz. Mit dieser Veränderung gewinnt er seine Haltung so ziemlich wieder, begnügt sich aber, Annina und den Kindern, deren Gegenwart ihm trotz allem nicht geheuer ist, den Rücken zu kehren. Hinter Herrn von Faninal und seiner Begleitung hat sich die Tür rechts geschlossen. Wirt und Kellner kommen bald darauf leise wieder heraus, holen Medikamente, Karaffen mit Wasser und anderes, das in die Tür getragen und von Sophie in der Türspalte übernommen wird.

DER BARON *nunmehr mit dem alten Selbstgefühl auf den Kommissarius zu*

Sind nunmehr wohl im klaren. Ich zahl, ich geh!
Zu Octavian
Ich führ Sie jetzt nach Haus.

KOMMISSARIUS

Da irrt Er sich. Mit Ihm jetzt weiter im Verhör!

Auf den Wink des Kommissarius entfernen die beiden Wächter alle übrigen Personen aus dem Zimmer, nur Annina mit den Kindern bleibt an der linken Wand stehen.

DER BARON

Laß Ers jetzt gut sein. War ein Gspaß. Ich sag Ihm später, wer das Mädel ist!

Geb Ihm mein Wort, i heirat sie wahrscheinlich noch einmal.

Da hinten, dort, das Glumpert is schon stad.

Da sieht Er, wer ich bin und wer ich nicht bin!

Macht Miene, Octavian abzuführen.

OCTAVIAN *macht sich los*

I geh nit mit dem Herrn!

DER BARON *halblaut*

I heirat Sie, verhalt Sie sich mit mir.

Sie wird noch Frau Baronin, so gut gfallt Sie mir!

OCTAVIAN

Herr Kommissari, i gib was zu Protokoll!

Aber der Herr Baron darf nicht zuhörn dabei.

Auf den Wink des Kommissarius drängen die beiden Wächter den Baron nach vorne rechts.

Octavian scheint dem Kommissarius etwas zu melden, was ihn sehr überrascht.

DER BARON *zu den Wächtern, familiär, halblaut auf Annina hindeutend*

Kenn nicht das Weibsbild dort, auf Ehr. War grad beim Essen!

Hab keine Ahnung, was sie will. Hätt sonst nicht selber um die Polizei geschrien! –

Der Kommissarius begleitet Octavian bis an den Alkoven. Octavian verschwindet hinter dem Vorhang. Der Kommissarius scheint sich zu amüsieren und ist den Spalten des Vorhangs in ungenierter Weise nahe.

DER BARON *sehr aufgeregt über den unerklärlichen Vorfall*

Was gschieht denn dort? Ist wohl nicht möglich das! Der Lackl!

Das heißts ihr Sittenpolizei?
Er ist schwer zu halten.
Ist eine Jungfer!
Steht unter meiner Protektion. Beschwer mich,
hab da ein Wörtel dreinzureden!
Reißt sich los, will gegen das Bett hin. Sie fangen und halten ihn wieder. Aus dem Alkoven erscheinen Stück für Stück die Kleider der Mariandel. Der Kommissarius macht ein Bündel daraus.

DER BARON *immer aufgeregt, ringt, seine beiden Wächter loszuwerden*
Muß jetzt partout zu ihr!
Sie halten ihn mühsam, während Octavians Kopf aus einer Spalte des Vorhangs hervorsieht.

WIRT *herein*
Ihre hochfürstliche Gnaden, die Frau Fürstin Feldmarschallin!
Kellner herein, reißen die Türe auf. Zuerst werden einige Menschen in der Marschallin Livree sichtbar, rangieren sich. Marschallin tritt ein, der kleine Neger trägt ihre Schleppe.

DER BARON *hat sich von den Wächtern losgerissen, wischt sich den Schweiß von der Stirne, eilt auf die Marschallin zu*
Bin glücklich übermaßen, hab die Gnad kaum meritiert,
schätz Dero Gegenwart hier als ein Freundstück ohnegleichen.

OCTAVIAN *streckt den Kopf zwischen den Vorhängen hervor*
Marie Theres, wie kommt Sie her?
Marschallin regungslos, antwortet nicht, sieht sich fragend um.

KOMMISSARIUS *auf die Fürstin zu*
Fürstliche Gnaden, melde mich gehorsamst
als vorstädtischer Unterkommissarius.

DER BARON *gleichzeitig*
Er sieht, Herr Kommissar, die Durchlaucht haben selber sich bemüht.
Ich denk, Er weiß, woran Er ist.

MARSCHALLIN *zum Kommissar; ohne den Baron zu beachten*
Er kennt mich? Kenn ich Ihn nicht auch? Mir scheint beinah.

KOMMISSARIUS
Sehr wohl!

MARSCHALLIN

Dem Herrn Feldmarschall seine brave Ordonnanz gewest?

KOMMISSARIUS

Fürstliche Gnaden, zu Befehl!

Octavian steckt abermals den Kopf zwischen den Vorhängen hervor.

DER BARON *winkt ihm heftig, zu verschwinden, zugleich ängstlich bemüht, daß die Marschallin nichts merke. Halblaut*

Bleib Sie, zum Sakra, hinten dort!

Dann hört er, wie sich Schritte der Türe rechts vorne nähern; stürzt hin, stellt sich mit dem Rücken gegen die Türe, ist zugleich, durch verbindliche Gebärden gegen die Marschallin bestrebt, seinem Gehaben den Schein völliger Unbefangenheit zu geben.

Marschallin kommt gegen rechts, mit zuwartender Miene den Baron anblickend.

Die Türe rechts wird mit Kraft geöffnet, so daß der Baron wütend zurückzutreten genötigt ist.

OCTAVIAN *als Mann halb angekleidet, tritt zwischen den Vorhängen hervor, sobald der Baron ihm den Rücken kehrt; halblaut*

War anders abgemacht! Marie Theres, ich wunder mich.

Marschallin, als hörte sie ihn nicht; den verbindlich erwartungsvollen Blick auf den Baron geheftet, der in äußerster Verlegenheit zwischen der Tür und der Marschallin seine Aufmerksamkeit teilt.

Die zwei Faninalschen Diener haben mit einiger Gewalt die Türe aufgedrückt, lassen jetzt Sophie eintreten.

Baron tritt zurück, auf dem Gipfel der Verlegenheit.

SOPHIE *ohne die Marschallin zu sehen, die ihr durch den Baron verdeckt ist*

Hab Ihm von mei'm Herrn Vater zu vermelden!

DER BARON *ihr ins Wort, halblaut*

Ist jetzo nicht die Zeit, Kreuzelement!
Kann Sie nicht warten, bis daß man Ihr rufen wird?
Meint Sie, daß ich Sie hier im Beisl präsentieren werd?

Will sie hinausschieben.

Zugleich tritt

OCTAVIAN *leise hervor, zur Marschallin, halblaut*

Das ist die Fräulein – die – um derentwillen –

MARSCHALLIN *über die Schulter zu Octavian, halblaut*
Find Ihn ein bißl empressiert, Rofrano.
Kann mir wohl denken, wer sie ist. Find sie charmant.
Octavian schlüpft zwischen die Vorhänge zurück.
SOPHIE *den Rücken an der Tür, so scharf, daß der Baron unwillkürlich einen Schritt zurückweicht*
Er wird mich keinem Menschen auf der Welt nicht präsentieren,
dieweilen ich mit Ihm auch nicht so viel zu schaffen hab.
Und mein Herr Vater laßt Ihm sagen: wenn Er allsoweit
die Frechheit sollte treiben, daß man Seine Nasen nur
erblicken tät auf hundert Schritt von unserm Stadtpalais,
so hätt Er sich die bösen Folgen selber zuzuschreiben,
das ist, was mein Herr Vater Ihm vermelden laßt.
DER BARON *außer sich, will an ihr vorbei, zur Tür hinein*
He Faninal, ich muß –
SOPHIE
Er untersteh sich nicht!
Die zwei Faninalschen Diener treten hervor, halten ihn auf, schieben ihn zurück. Sophie tritt in die Tür die sich hinter ihr schließt.
DER BARON *gegen die Tür, brüllend*
Bin willens, alles Vorgefallene
vergeben und vergessen sein zu lassen!
MARSCHALLIN *von rückwärts an den Baron herantretend, klopft ihm auf die Schulter*
Laß Er nur gut sein und verschwind Er auf eins zwei!
DER BARON *dreht sich um, starrt sie an*
Wieso denn?
MARSCHALLIN *munter, überlegen*
Wahr Er seine dignité und fahr Er ab.
DER BARON *sprachlos*
Ich! Was?
MARSCHALLIN
Mach Er bonne mine à mauvais jeu,
so bleibt Er quasi doch noch eine Standsperson.
Der Baron starrt sie an, stumm.
Sophie ist leise wieder herausgetreten. Ihre Augen suchen Octavian.

MARSCHALLIN *zum Kommissar, der hinten rechts steht, desgleichen seine Wächter*
Er sieht, Herr Kommissar,
das Ganze war halt eine Farce und weiter nichts.

KOMMISSARIUS
Genügt mir! Retirier mich ganz gehorsamst.
Tritt ab, die beiden Wächter hinter ihm.

SOPHIE *vor sich, erschrocken*
Das Ganze war halt eine Farce und weiter nichts.
Die Blicke der beiden Frauen begegnen sich; Sophie macht der Marschallin einen verlegenen Knix.

DER BARON *zwischen Sophie und der Marschallin stehend*
Bin gar nichts willens!

MARSCHALLIN *ungeduldig, stampft auf; zu Octavian*
Mon cousin, bedeut Er ihn!
Kehrt dem Baron den Rücken.

OCTAVIAN *geht von rückwärts auf den Baron zu, sehr männlich*
Möcht Ihn sehr bitten!

DER BARON *fährt herum*
Wer! Was?

MARSCHALLIN *von links, wo sie nun steht*
Sein' Gnaden der Herr Graf Rofrano, wer denn sonst?

DER BARON *nachdem er sich Octavians Gesicht scharf in der Nähe betrachtet, mit Resignation vor sich*
Is schon aso! Hab gnug von dem Gesicht.
Sein doch nicht meine Augen schuld. Is schon ein Manndl.
Octavian steht frech und hochmütig da.

MARSCHALLIN *einen Schritt näher tretend*
War eine wienerische Maskerad und weiter nichts.

DER BARON *sehr vor den Kopf geschlagen*
Aha!
Für sich
Spieln alle unter einem Leder gegen meiner!

MARSCHALLIN *von oben herab*
Ich hätt Ihm nicht gewunschen,
daß Er mein Mariandl in der Wirklichkeit
mir hätte debauchiert!

DER BARON *wie oben, vor sich hin sinnierend*
Ha!
MARSCHALLIN *wie oben und ohne Octavian anzusehen*
Hab jetzt einen montierten Kopf gegen die Männer –
so ganz im allgemeinen!
DER BARON *allmählich der Situation beikommend*
Kreuzelement! Komm aus dem Staunen nicht heraus!
Mit einem ausgiebigen Blick, der von der Marschallin zu Octavian, von Octavian wieder zurück zur Marschallin wandert
Weiß bereits nicht, was ich von diesem ganzen qui pro quo mir denken soll!
MARSCHALLIN *mit einem langen Blick, dann mit großer Sicherheit*
Er ist, mein ich, ein Kavalier? Da wird Er sich halt gar nichts denken.
Das ist, was ich von Ihm erwart.
Pause
DER BARON *mit Verneigung und weltmännisch*
Bin von so viel Finesse charmiert, kann gar nicht sagen wie.
Ein Lerchenauer war noch nie kein Spielverderber nicht.
Einen Schritt an sie herantretend
Find deliziös das ganze qui pro quo,
bedarf aber dafür nunmehro Ihrer Protektion:
Bin willens, alles Vorgefallene
vergeben und vergessen sein zu lassen.
Pause
Eh bien, darf ich den Faninal –
Er macht Miene, an die Türe rechts zu gehen.
MARSCHALLIN *ungeduldig*
Er darf, Er darf in aller Still sich retirieren!
Baron aus allen Himmeln gefallen.
MARSCHALLIN
Versteht Er nicht, wenn eine Sach ein End hat?
Die ganze Brautschaft und Affär' und alles sonst,
was drum und dran hängt, ist mit dieser Stund vorbei.
SOPHIE *sehr betreten, für sich*
Was drum und dran hängt, ist mit dieser Stund vorbei.

DER BARON *für sich, empört, halblaut*

Mit dieser Stund vorbei! Mit dieser Stund vorbei!

MARSCHALLIN *scheint sich nach einem Stuhl umzusehen, Octavian springt hin, gibt ihr einen Stuhl. Marschallin setzt sich links, mit Bedeutung, für sich*

Is halt vorbei.

SOPHIE *rechts, vor sich, blaß*

Is halt vorbei!

Baron findet sich durchaus nicht in diese Wendung, rollt verlegen und aufgebracht die Augen.

In diesem Augenblick kommt der Mann aus der Falltür hervor.

Von rechts tritt Valzacchi ein, die Verdächtigen in bescheidener Haltung hinter ihm. Annina nimmt Witwenhaube und Schleier ab, wischt sich die Schminke weg und zeigt ihr gewöhnliches Gesicht. Dies alles zu immer gesteigertem Staunen des Barons. Der Wirt, eine lange Rechnung in der Hand, tritt zur Mitteltüre herein, hinter ihm Kellner, Musikanten, Hausknechte, Kutscher.

DER BARON *wie er sie alle erblickt, gibt sein Spiel verloren. Ruft schnell entschlossen*

Leupold, wir gehen!

Macht der Marschallin ein tiefes, aber zorniges Kompliment. Leiblakai ergreift einen Leuchter vom Tisch und will seinem Herrn voran. Annina stellt sich frech dem Baron in den Weg. Die Kinder kommen dem Baron unter die Füße. Er schlägt mit dem Hut unter sie.

DIE KINDER

Papa! Papa! Papa!

Leiblakai hat sich den Weg gegen die Türe hin gebahnt. Baron will hinter ihm durch.

DIE KELLNER

Entschuldigen Euer Gnaden,
uns gehn die Kerzen an!

DIE MUSIKANTEN

Tafelmusik über zwei Stunden.

DIE KUTSCHER

Für die Fuhr, für die Fuhr, Rösser gschunden ham ma gnua!

DER HAUSKNECHT

Sö fürs Aufsperrn, Sö, Herr Baron.

DIE KELLNER

Zwei Schock Kerzen, uns gehn die Kerzen an.

DER BARON *im Gedränge*

Platz da, zurück da, Kreuzmillion!

DIE KINDER

Papa, Papa, Papa!

Baron drängt sich mit Macht durch gegen die Ausgangstür, alle dicht um ihn in einem Knäuel.

DER HAUSKNECHT

Führagfahrn, aussagruckt, Sö, Herr Baron!

Alle sind schon in der Tür, dem Lakai wird der Armleuchter entwunden.

DIE KELLNER

Uns gehn die Kerzen an!

Stürmen nach, der Lärm verhallt. Die zwei Faninalschen Diener sind indessen links abgetreten.

SOPHIE *rechts stehend, blaß*

Mein Gott, es war nicht mehr als eine Farce.
Mein Gott, mein Gott!
Wie er bei ihr steht, und ich bin die leere Luft für ihn.

OCTAVIAN *hinter dem Stuhl der Marschallin, verlegen*

War anders abgemacht, Marie Theres, ich wunder mich.
In höchster Verlegenheit
Befiehlt Sie, daß ich – soll ich nicht – die Jungfer – der Vater –

MARSCHALLIN

Geh Er doch schnell und tu Er, was sein Herz Ihm sagt.

OCTAVIAN

Theres, ich weiß gar nicht.

MARSCHALLIN *lacht zornig*

Er ist ein rechtes Mannsbild, geh Er hin.

OCTAVIAN

Wie Sie befiehlt.
Geht hinüber.
Sophie wortlos.

OCTAVIAN *bei ihr*

Eh bien, hat Sie kein freundlich Wort für mich?
Nicht einen Blick, nicht einen lieben Gruß!

SOPHIE
Verkriech mich in ein Kloster lieber heut als morgen, so jung ich bin.
Laß Er mich gehn.

OCTAVIAN
Ich laß Sie nicht.
Faßt ihre Hand.

SOPHIE
Das sagt sich leicht.

OCTAVIAN
Ich hab Sie übermäßig lieb.

SOPHIE
Er hat mich nicht so lieb als wie Er spricht.
Vergeß Er mich.

OCTAVIAN
Ist mir um Sie und nur um Sie!

SOPHIE
Vergeß er mich.

OCTAVIAN
Seh allweil Ihr Gesicht.

SOPHIE *schwach abwehrend*
Vergeß Er mich.

OCTAVIAN
Hab allzu lieb Ihr lieb Gesicht!
Faßt mit beiden Händen ihre beiden.

MARSCHALLIN *vor sich, gleichzeitig mit Octavian und Sophie*
Heut oder morgen oder den übernächsten Tag.
Hab ich mirs denn nicht vorgesagt?
Das alles kommt halt über jede Frau.
Hab ichs denn nicht gewußt?
Hab ich nicht ein Gelübde tan,
daß ichs mit einem ganz gefaßten Herzen
ertragen werd...
Heut oder morgen oder den übernächsten Tag.
So hat halt Gott die Welt geschaffen
und anders hat ers halt nicht können machen!
Sie wischt sich die Augen, steht auf.

SOPHIE *leise*

Die Fürstin da, sie ruft Ihn hin, so geh Er doch.

Octavian ist ein paar Schritte gegen die Marschallin hingegangen, steht jetzt zwischen beiden verlegen.

Pause

Sophie in der Tür, unschlüssig, ob sie gehen oder bleiben soll. Octavian in der Mitte, dreht den Kopf von einer zur andern. Marschallin sieht seine Verlegenheit; ein trauriges Lächeln huscht über ihr Gesicht.

SOPHIE *an der Tür*

Ich muß hinein und fragen, wies dem Vater geht.

OCTAVIAN

Ich muß jetzt etwas reden und mir verschlagts die Red.

MARSCHALLIN

Der Bub, wie er verlegen da in der Mitten steht.

OCTAVIAN *zu Sophie*

Bleib Sie um alles hier.

Zur Marschallin

Wie, hat Sie was gesagt?

SOPHIE *zugleich mit der Marschallin, vor sich*

Für nichts und wieder nichts wird sie nicht kommen sein.
Wird schon recht eine gute Freundin sein zu ihm.
Ich wollt, ich wär in meinem Kloster bliebn.
Und wüßt halt gar nichts von der ganzen Welt.

MARSCHALLIN *zugleich mit Sophie, vor sich*

Hab mirs gelobt, ihn liebzuhaben in der richtigen Weis,
daß ich selbst seine Lieb zu einer andern
noch liebhab...
Hab mirs freilich nicht gedacht,
daß es so bald mir aufgelegt sollt werden.

Sie geht hinüber zu Sophie.

Octavian tritt einen Schritt zurück.

Marschallin steht vor Sophie, sieht sie prüfend, aber gütig an. Sophie in Verlegenheit, knixt.

MARSCHALLIN

So schnell hat Sie ihn gar so lieb?

SOPHIE

Ich weiß nicht, was Euer Gnaden meinen mit der Frag.

MARSCHALLIN
Ihr blaß Gesicht gibt schon die rechte Antwort drauf.

SOPHIE
Wär gar kein Wunder, wenn ich blaß bin, Euer Gnaden.
Hab einen großen Schreck erlebt mit dem Herrn Vater.
Gar nicht zu reden vom gerechten Emportement
gegen den skandalösen Herrn Baron.

MARSCHALLIN
Red Sie nur nicht zuviel, Sie ist ja hübsch genug.
Gegen den Herrn Papa sein Übel weiß ich etwa eine Medizin.
Und für die Blässe weiß vielleicht mein Vetter da die Medizin.

OCTAVIAN
Marie Theres, wie gut Sie ist!
Marie Theres, ich weiß gar nicht –

MARSCHALLIN *mit einem undefinierbaren Ausdruck*
Ich weiß auch nix.
Gar nix.
Winkt ihm zurückzubleiben.

OCTAVIAN
Marie Theres!
Marschallin bleibt in der Tür stehen. Octavian steht ihr zunächst, Sophie weiter rechts.

MARSCHALLIN *zugleich mit Octavian und Sophie, aber ohne die beiden anzusehen*
Es sind die mehreren Dinge auf der Welt
so, daß sie eins nicht glauben tät,
wenn man sie möcht erzählen hören.
Alleinig wers erlebt, der glaubt daran und weiß nicht wie...
Da steht der Bub und da steh ich und mit dem fremdem Mädel dort
wird er so glücklich sein, als wie halt Männer
Das Glücklichsein verstehn. In Gottes Namen.

OCTAVIAN *zugleich mit der Marschallin und Sophie, erst vor sich, dann Aug in Aug mit Sophie*
Es ist was kommen und ist was geschehen.

Ich möcht sie fragen: Darfs denn sein? und grad die Frag,
die spür ich, daß sie mir verboten ist.
Ich möcht sie fragen: Warum zittert was in mir, –
ist denn ein großes Unrecht gschehn? Und grad an sie
darf ich die Frag nicht tun – und dann seh ich dich an,
Sophie, und seh nur dich und spür nur dich,
Sophie, und weiß von nichts als nur: Dich hab ich lieb.

SOPHIE *zugleich mit der Marschallin und Octavian, erst vor sich, dann Aug in Aug*

Mir ist wie in der Kirchn, heilig ist mir und so bang
und doch ist mir unheilig auch! Ich weiß nicht, wie mir ist.
Ich möcht mich niederknien dort vor der Frau und möcht ihr auch
was antun, denn ich spür, sie gibt mir ihn
und nimmt mir was von ihm zugleich. Weiß gar nicht wie mir ist.
Möcht alls verstehn und möcht auch nichts verstehen.
Möcht fragen und nicht fragen, wird mir heiß und kalt
und spür nur dich und weiß nur eins: Dich hab ich lieb.

Marschallin geht leise rechts hinein, die beiden bemerken es gar nicht. Octavian ist dicht an Sophie herangetreten, einen Augenblick später liegt sie in seinen Armen.

OCTAVIAN *zugleich mit Sophie*

Spür nur dich, spür nur dich allein
und daß wir beieinander sein!
Geht alls sonst wie ein Traum dahin
vor meinem Sinn!

SOPHIE *zugleich mit Octavian*

Ist ein Traum, kann nicht wirklich sein,
daß wir zwei beieinander sein,
beieinand für alle Zeit
und Ewigkeit!

OCTAVIAN *ebenso*

War ein Haus wo, da warst du drein,
und die Leut schicken mich hinein,
mich gradaus in die Seligkeit!
Die waren gscheit!

SOPHIE *ebenso*

Kannst du lachen! Mir ist zur Stell
bang wie an der himmlischen Schwell!
Halt mich, ein schwach Ding wie ich bin,
sink dir dahin!

Sie muß sich an ihn lehnen. In diesem Augenblick öffnen die Faninalschen Lakaien die Tür und treten heraus, jeder mit einem Leuchter. Durch die Tür kommt Faninal, die Marschallin an der Hand führend. Die beiden Jungen stehen einen Augenblick verwirrt, dann machen sie ein tiefes Kompliment, das Faninal und die Marschallin erwidern.

FANINAL *tupft Sophie väterlich gutmütig auf die Wange*

Sein schon aso, die jungen Leut!

Gibt dann der Marschallin die Hand und führt sie zur Mitteltür, die zugleich durch die Livree der Marschallin, darunter der kleine Neger, geöffnet wurde. Draußen hell, herinnen halbdunkel, da die beiden Diener mit den Leuchtern der Marschallin vorausgetreten. Octavian und Sophie, allein im halbdunklen Zimmer.

OCTAVIAN

Spür nur dich, spür nur dich allein
und daß wir beieinander sein!
Geht alls sonst wie ein Traum dahin
vor meinem Sinn!

SOPHIE

Ist ein Traum, kann nicht wirklich sein,
daß wir zwei beieinander sein,
beieinand für alle Zeit
und Ewigkeit!

Sie sinkt an ihn hin, er küßt sie schnell. Ihr fällt, ohne daß sie es merkt, ihr Taschentuch aus der Hand. Dann laufen sie Hand in Hand hinaus. Die Bühne bleibt leer, dann geht nochmals die Mitteltür auf. Herein kommt der kleine Neger mit einer Kerze in der Hand. Sucht das Taschentuch, findet es, hebt es auf, trippelt hinaus.

Vorhang.

ZU ›DER ROSENKAVALIER‹

TEXTERWEITERUNGEN IM OPERNBUCH

Der Text des Opernbuches für Richard Strauss ist kürzer als der der »Komödie für Musik«; einiges ist umgestellt, im einzelnen einiges verschieden. An zwei Stellen ist der Text der Musik zuliebe erweitert. Im ersten Akt, gegen Ende der langen Rede des Ochs, nach den Worten »Und welche – da gilts« (S. 28), heißt es nun: *»Auf Octavian zu, der schon früher das Servierbrett an den Frühstückstisch zurückgestellt und sich während des Vorhergehenden dem Baron belustigt links vorne genähert hat«,* und, gleich darauf, vor den Worten der Marschallin: *»Octavian platzt lachend heraus«,* und nach »Laß Er mir doch das Kind!«:

BARON *sehr ungeniert zu Octavian*
Weiß mich ins engste Versteck zu bequemen,
weiß im Alkoven galant mich zu nehmen.
Hätte Verwendung für tausend Gestalten,
tausend Jungfern festzuhalten.
Wäre mir keine zu junge, zu herbe,
keine zu niedrige, keine zu derbe!
Tät mich für keinem Versteck nicht schämen,
seh ich was Liebs: ich muß mirs nehmen.
OCTAVIAN *sofort wieder in seiner Rolle*
Na, zu dem Herrn, da ging i net,
da hätt i an Respekt,
na, was mir da passieren könnt,
da wär i gar zu g'schreckt.
I waß net, was er meint,
i waß net, was er will.
Aber was z'viel is, das is zuviel.
Na, was mir da passieren könnt.
Das is ja net zum Sagen,
zu so an Herrn da ging i net,
mir tats die Red verschlagen.
Da tät sich unsereins mutwillig schaden.
Zur Marschallin
I hab so an Angst vor ihm, Fürstliche Gnaden.

MARSCHALLIN

Nein, Er agiert mir gar zu gut!
Er ist ein Rechter! Er ist der Wahre!
Laß Er mir dort das Kind!
Er ist ganz, was die andern dreiviertel sind.
Wie ich ihn seh so, so seh ich hübsch viele.
Das sind halt die Spiele, die euch konvenieren!
Und wir, Herr Gott! Wir leiden den Schaden,
wir leiden den Spott,
und wir habens halt auch net anders verdient.
Und jetzt sakerlot,
Mit gespielter Strenge
jetzt laß Er das Kind!

Im zweiten Akt endet das Gespräch zwischen Octavian und Sophie, in dem sie ihn um Hilfe bittet, nach den Worten »und bleiben, was Sie ist!« (S. 59) mit folgendem Duett:

Sophie nimmt seine Hand, er küßt sie schnell auf den Mund.

OCTAVIAN *indem er sie, die sich an ihn schmiegt, in den Armen hält, zärtlich*

Mit Ihren Augen voller Tränen
kommt Sie zu mir, damit Sie sich beklagt.
Vor Angst muß Sie sich an mich lehnen,
Ihr armes Herz ist ganz verzagt.
Und ich muß jetzt als Ihren Freund mich zeigen
und weiß noch gar nicht, wie!
Mir ist so selig, so eigen,
daß ich dich halten darf:
Gib Antwort, aber gib sie nur mit Schweigen:
Bist du von selber so zu mir gekommen?
Ja oder nein? Ja oder nein?
Du mußt es nicht mit Worten sagen –
Hast du es gern getan?
Sag, oder nur aus Not?
Aus Not so alles zu mir hergetragen,
dein Herz, dein liebliches Gesicht?

Sag, ist dir nicht, daß irgendwo
in irgendeinem schönen Traum
das einmal schon so war?
Spürst dus wie ich?
Sag: spürst dus so wie ich?

SOPHIE

Ich möchte mich bei Ihm verstecken
und nichts mehr wissen von der Welt.
Wenn Er mich so in Seinen Armen hält,
kann mich nichts Häßliches erschrecken.
Da bleiben möcht ich, da!
Nur schweigen, und was mir auch gescheh,
geborgen wie der Vogel in den Zweigen,
stillstehn und spüren: Er ist in der Näh!
Mir müßte angst und bang im Herzen sein,
statt dessen fühl ich Freud und Seligkeit
und keine Pein,
ich könnt es nicht mit Worten sagen!
Hab ich was Unrechtes getan?
Ich war halt in der Not!
Da war Er mir nah!
Da war es Sein Gesicht,
Sein' Augen jung und licht,
auf das ich mich gericht',
Sein liebes Gesicht –
Er muß mir seinen Schutz vergönnen,
was Er will, werd ich können.
Bleib Er nur bei mir.
Er muß mir Seinen Schutz vergönnen –
Bleib Er nur bei mir.
Aus den Kaminen in den rückwärtigen Ecken sind links
Valzacchi, rechts Annina lautlos spähend herausgeglitten.

Ganz kurz vor dem Ende des zweiten Akts (S. 73) heißt es im Opernbuch:
Annina geht ab, nicht ohne mit einer drohenden Gebärde hinter des Barons Rücken angezeigt zu haben, daß sie sich bald für seinen Geiz rächen werde.

ERSTER ENTWURF (1909)

I. Haus des Geronte. Geronte erwartet Schwiegersohn aus gutem Landadel. Sophie mit hübschem Faublas. Erzählt Verheiratung. Sie wundert sich, daß es ihn ärgert. Ankunft des Pourceaugnac. 2 ältliche Tanten, Tiere und sonderbares Gepäck (Ehebett). Intrigante bestellt. Marquise. Stelldichein für die Nacht mit Faublas, worüber Faublas nicht so rückhaltlos erfreut. Sophie bittet um Befreiung. Die Intriganten.
II. Schlafzimmer der Marquise. Liebesnacht. Morgen. Dank. Pourceaugnac gemeldet. Kommt. Faublas bleibt im Travesti. Faublas so ähnlich: ja, alles natürliche Kinder von Adeligen. Friseur, Dienerschaft etc. imponieren Pourceaugnac. Dieser geht. Während Marquise frisiert wird, proponiert P. der Zofe ein Souper. P. geizig (umständlich besprochen wo das Souper). P. geht. Intrigant kommt und sagt, wie es zu machen.
III. Gasthauszimmer. Probe der Statisten. Das Souper. Faublas Stiefel unterm Kleid. Verhaftung. Geronte kompromittiert vor der Hofgesellschaft. Die Marquise dazu. Geronte will einen Bräutigam. Faublas im Travesti meldet sich. Marquise bestätigt, daß er ein Mann.

ZWEITER ENTWURF (1909)

Als Abkürzungen stehen M: Marquise (später Marschallin); F: Faublas (später Octavian); P: Pourceaugnac (später Ochs von Lerchenau); Geronte: später Faninal. Redaktionelle Ergänzungen in [ ] *Klammern.*

SPIELOPER I^ter AUFZUG.

a. M. im Bett. F. vor dem Bett, den Arm um sie geschlungen. Liebesszene und steigender Lärm.

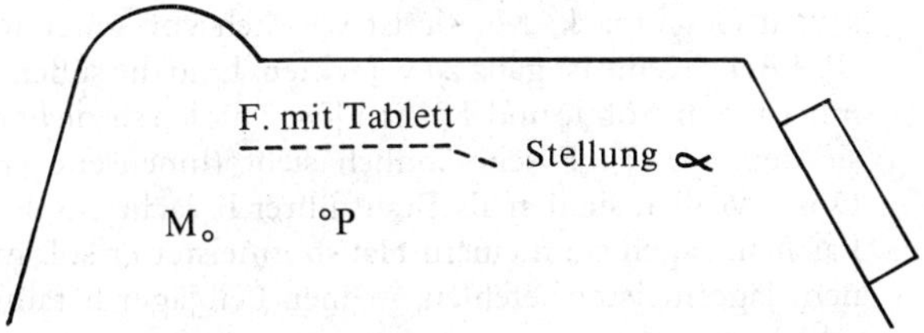

b. steigender Lärm F. will weg. M sagt: unmöglich, überall Lärm. F. gibt ihm ihre Kleider. M an der Türe: Diese gröhlende Stimme ist P. wie F an der kleineren Tür, stürzt P herein. P umschlingt die gestoßene Jungfer, bittet sie um Entschuldigung. F gegens Bett versteckt sein Gesicht. P glaubt: o wie verschämt, oder beschädigt 3 Diener Marq zu P: Das ist meine Kammerzofe. P: reizend!

c.) M. und P nehmen Platz P: was sagen sie zu mir als Bräutigam F geht gegen ∝ P. enflammiert und gierig winkt er wünsche Chocolade. F. kommt P. bedient sich gierig und hält F fest, der knixend abfahren will. P: wissen sie was ich brauche, einen Brautführer u Notar. M. gut Ich werde Antichambre rufen lassen. Mariandel geh sie doch. P brennt nicht sicher kommt ein Lakai P. ergreift ihn bei der Hand, immer mit der M. von seiner Braut redend. [M.:] Struhan hab ich meinen Notari [Antwort:] Fürstliche Gnaden haben den Kuchelchef den Verwalter, dann den Notari mit Berichterstattung, dann von Exzellenz geschickt einen Sänger mit einem Flötisten, dann das gewohnliche Glumpet den Hippolit die Luder dann 2 Lauffer mit Einladungsbrieferl

d.) dicker Lakai meldet Antichambre. indessen wird P handgreiflich hinterm Rücken des Lakaien und proponiert Souper. Ich bleibe hier, bis wir näheres verabredet haben. Du mußt wiederkommen ich werde hier warten. M. merkt es und fängt an zu lachen. F. verlegen. M. zu Lakai: Warten lassen. L. ab, zu rasch für Gebärde des P. M. lacht: sie scheinen sehr épris für einen Bräutigam Baron: im Gegenteil. Mein Geschmack ist avivé P. detailliert seinen Geschmack. M.: sie ist wirklich von guter Race [P.:] Arie: Keine ist ganz zu verachten. Und die süßen Erinnerungen: Söhne und Töchter [M.:] finden sie nicht daß sie dem Grafen F sehr ähnlich sieht (Innenseite einer Dose) Wollen sie den als Brautführer F. lacht, ab. P (zu Lakaien: sagen sie meinem Haushofmeister er soll meinem Jägermeister befehlen, meinen Leibjäger heraufzuschicken

e.) M: Mariandel geh sie und laß sie die Antichambre eintreten Eintreten derfts einikommen! Die Antichambre: Friseur herbeischießend. Notar. Der Peruckier, der Dichter. Der Sänger. Die Flöte. Gelehrter mit Foliant. Marchande à la mode verschämter Bettler: Mädel mit Bittschrift (Geld?) Tierhändler Läufer mit Einladungen. Die beiden Italiener mit ganz verhüllter Statue drängen sich durch. P. bleibt sitzen. Wo ist Zofe. Valzacchi preist die Zeitung an
M. will P. congedieren steht auf.

f) Marquise wird frisiert Mitte. Flötist spielt rechts. P. macht links Ehe-Contract. Intriganten schleichen zu ihm, erbieten sich als Spione für die Braut. Marquise frisiert: P. entzückt: in Wien doch alles bequem! P. kritisiert im Vorübergehen alle Waren. schlägt sich vor den Kopf: die herrliche silberne Rose. ein Lakai wird abgeschickt indessen: die Tänzerin P. findet die Jungfer viel schöner. Marquise lacht (Coloratur Hempel*) Auftreten: ländliche Lakaien, 2 säuerliche Tanten (stumm), Saffianetui. Enthüllung der Rose. Sie wird auf dem Frisiertisch deponiert. Abgang P's mit Tanten, die Intriganten schließen sich an. Die Antichambre retiriert nach rückwärts. Faublas erscheint bei der kleineren Tür. Adieu. Er geht mit einem Negrillon der die Rose trägt.

SPIELOPER II^{ter} AKT.

Vorsaal. Große Mitteltür dahinter Treppe

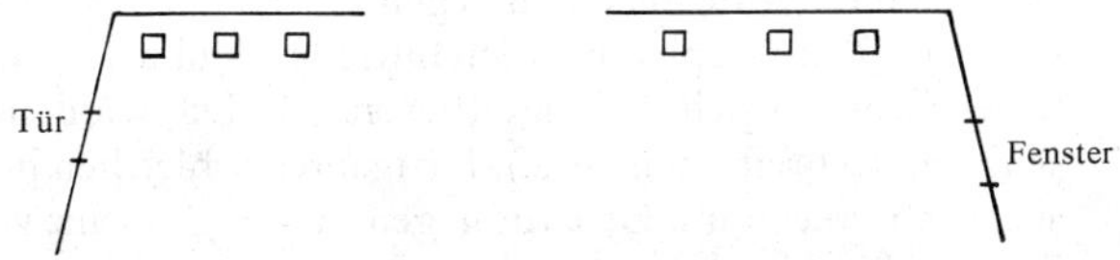

a) Sophie Duenna. Geronte fährt ab in großem Staat. b.) Sophie läuft ans Fenster: der hübsche junge Herr. c.) Entree F. mit Läufern und Negern. d.) 3 Stühle gerückt. sie freut sich auf die Ehe. Ob er verheiratet? sie finden einander reizend Laufer. Türe aufgerissen. e.) Pourceaugnac mit Geronte Tanten und Dienern. P. bestürzt über F. Gesicht, erzählt G die Anekdote, indem er Sophie abwinkt. Sophie zu Duenna: ein Scheusal Duenna findet ihn ausgezeichnet. Sophie wütend (wie jener grausige Lehrer) nie mehr hab ich an den denken wollen P. zu Sophie, groteske Liebesszene. Tanten darüber gerührt Faublas wütend f.) im schlimmsten Moment kommt der Notar mit Schreiber. alle ab nach links Vortritt! außer g) F. Sophie

* Frieda Hempel (1885–1955), deutsche Sängerin (Koloratur- und dramatischer Sopran). Sie sang in der Berliner Erstaufführung des »Rosenkavalier« die Marschallin.

mit Duenna. Skandal draußen: P's Diener vergewaltigen die Küchenmädchen, alter Diener meldet kläglich kopfschüttelnd: die Diener des Herrn v. P. kehren das ganze Haus um. h) F. und Sophie allein: sehen sich schweigend verlegen in die Augen mit starker Musik. Sie sind blaß sie sind rot. i) Köpfe der beiden Intriganten in 2 Tapetentüren rückwärts links und rechts.

F und Sophie sind aufgestanden. Die 2 Intriganten stürzen vor und fassen F. ab. Sophie erschrickt. F ganz ruhig zieht großen Beutel hervor: und fragt von wem sie geschickt sind. Intriganten gestehen.

k) Sophie wird durch Schreiber gerufen. Intriganten dukken sich hinter Stühle. (F. schreibt Brief an P. auf dem Rücken des Intriganten.)

l.) Intrigant proponiert: Bigamie. man wird ihn trunken machen und Dirne neben ihn legen. F: nein, er soll wirklich mit einer soupieren. der Intrig. bedenklich wir haben keine so sichere junge Person. F. Die werde ich schaffen. (schreibt den Brief). Intriganten schleichen heraus. F. ab, zuletzt mit Gebärde gegen Tür, gegen seine von ihr geküßte Hand.

m) Sophie hinter ihr P. aus der Tür links. er will sie auf den Sessel ziehen Sophie ab nach rechts, schmeißt Tür nach großem charakteristischem Ausbruch zu

[Ergänzung:]

Sophie (zu Baron): wie kann das was ich geschrieben ihnen ein recht geben mich zu küssen?

Ausbruch Sophies: Er hat gesagt den darfst du nie heiraten – und nun hab ich doch unterschrieben

Intrigantin mit Brief. P. getröstet. Küßt den Brief. Alles wird wie es soll! Dank dem Herrn der Welt!

[Spätere Hinzufügung zu m):]

Baron: Hab schon bemerkt die Jungfer ist pizzlich laß er mich nur mit ihr. Allez fix! Laß er mich mit ihr allein F[aninal] Weiß nicht ob das so schicklich wär Herr Schwiegersohn

Ba[ron]: Wollte noch sagen: das Wort nicht zu oft vor Leuten – nicht meinetwegen – aber würde ihm als Prahlhanserei angerechnet. Daß er mit mir liiert ist weiß heut in Wien jedes Kind genügt wenn er sagt daß wir liiert sind laß er sich ohne Prahlerei an solcher Ehr genügen

SPIELOPER AKT III.

a Gasthauszimmer. Kerzen. im Nebenzimmer ein Bett. Faublas als Frau, geführt von Pourceaugnac. P. höchst zudringlich. Souper. b. Intrigantin als verlassene Geliebte Braut Pourceaugnacs stört das Souper. Skandal. c. Pourceaugnac ruft nach Polizei. Kinder: Papa! Papa!

d.* Spektakel. Durch Riesenlärm angezogen kommt Polizei. (Wachtmeister) Pourceaugnac in seiner Angst erklärt das ist seine Braut.

e. Geronte und Sophie treten hinein (mitten ins Verhör) Geronte und Sophie links. Intrigantin Pourceaugnac u Faublas rechts, (von Intriganten mühsam) bewacht 3 Bräute. P. läßt in feiger Angst auch Geronte u. Sophie als Schwindler verhaften. in Ketten Sohn holt Marschallin

f Faublas gibt leise etwas zu Protokoll wird rechts abgeführt.

g Marquise kommt, identifiziert Sophie. h Faublas tritt ein, (etwas überrascht, die Marquise hier zu finden.) Pourceaugnac erklärt, das seine Frau in Männerkleidern, er wünsche daß sie ihm überantwortet werde. Marquise beschwört daß dies ein junger Herr und daß angebliche Kammerzofe nicht existiere

[Spätere Hinzufügung:]
Jetzt werde er die Polizei aufklären (mit Seitenblick mit schuldiger Reserve auf die Marschallin)
Er ziehe alle Anschuldigungen zurück (zu Sophie verzeihen schon ich war in Verlegenheit)

* [d–f am Rand:] Durcheinander Ensemble

Intrigantin von Faublas in Schutz genommen, demaskiert sich. Polizei empfiehlt sich.

[Spätere Ergänzung:]

Pourceaugnac nun bereit Sophie zu heiraten. zu Geronte: es liegt kein Grund vor. Dienerschaft präsentiert ihm Rechnung. alle lachen ihn hinaus, Trinkgelder fordernd. (Köche, Hausdiener, Zofen, auch die Intriganten: ich bin gewohnt von beiden Seiten bezahlt zu werden) auch die Verdächt'gen Schaffen's bald wieder Herr Baron Kanon!

diminuendo der Lichter. (Pourceaugnac löscht aus, ihm wird hinausgeleuchtet u. s. f.)

Geronte verzweifelt will Sophie in ein Kloster geben. Faublas erbleicht. Marquise spöttisch: wollen sie sie vielleicht heiraten. Faublas: darf ich? M. Es kommt ja doch so. gibt Geronte die Hand. Die liebenden allein.

[Spätere Ergänzung:]

g Geronte befindet sich übel, muß nach links abgeführt werden.

i Sophie heraus indessen rückwärts noch der Kanon: Schaffens bald wieder. macht O[ctavian] bittere Vorwürfe in gehaltenem Ton adieu mein Herr! O[ctavian] bleich, stumm

k Marschallin durchschaut die Situation. Sophie ab zum Vater. Marschallin: schon gestern wie du bei mir warst hab ich gewußt wie viels geschlagen hat. O[ctavian]: Deswegen hast mich nicht geküßt? [M.:] Heirat sie doch bist ihrs schuldig. Euch Männern wird so was leicht – Marschallin bietet Wagen an

in a) erzählt Baron daß gestern seine Braut Besuch gemacht bei der Marschallin warum die Zofe unsichtbar geblieben sei

ERSTE FASSUNG DES ZWEITEN AKTS (1909)

Saal bei Herrn von Faninal. Mitteltüre nach dem Vorsaal. Türen links und rechts. Rechts auch ein großes Fenster. Zu beiden Seiten der Mitteltüre Stühle an der Wand. In den Ecken jederseits eine kleine unsichtbare Tür.

HERR VON FANINAL *im Begriffe von Sophie Abschied zu nehmen*
Ein ernster Tag, ein großer Tag!
Ein Ehrentag, ein heiliger Tag!
Sophie küßt ihm die Hand.

MARIANNE LEITMETZERIN, *die Duenna*
Der Josef fahrt vor, mit der neuen Kaross,
[hat himmelblaue Vorhäng,
vier Apfelschimmel sind dran].

HAUSHOFMEISTER *nicht ohne Vertraulichkeit*
Ist höchste Zeit, daß Euer Gnaden fahren.
Der hochadelige Bräutigamsvater,
sagt die Schicklichkeit,
muß ausgefahren sein,
bevor der silberne Rosenkavalier vorfahrt.
[Wär nicht geziemend,
daß sie sich vor der Tür begegneten.]
Lakaien öffnen die Tür.

FANINAL
In Gottesnamen. Wenn ich wiederkomm,
so führ ich deinen Herrn Zukünftigen bei der Hand.

MARIANNE
Den edlen und gestrengen Herrn auf Lerchenau!
[Kaiserlicher Majestät Kämmerer
und Landrechts-Beisitzer in Unter-Österreich!]
Faninal geht.
Sophie vorgehend, allein, indessen Marianne am Fenster.

MARIANNE *am Fenster*
Jetzt steigt er ein. Der Xaver und der Anton springen hinten auf.

Der Stallpag' reicht dem Josef seine Peitschn.
Alle Fenster sind voller Leut.

SOPHIE *vorne allein*

In dieser feierlichen Stunde der Prüfung,
da du mich, o mein Schöpfer, über mein Verdienst erhöhen
und in den heiligen Ehestand führen willst,
Sie hat große Mühe, gesammelt zu bleiben
opfere ich dir in Demut – in Demut – mein Herz auf.
Die Demut in mir zu erwecken,
muß ich mich – demütigen –

MARIANNE *sehr aufgeregt*

Die halbe Stadt ist auf die Füß.
Aus dem Seminari schaun die Hochwürdigen von die Balkoner.
Ein alter Mann sitzt oben auf der Latern.

SOPHIE *sammelt sich mühsam*

Demütigen und recht bedenken: die Sünde, die Schuld, die Niedrigkeit,
die Verlassenheit, die Anfechtung!
Die Mutter ist tot, und ich bin ganz allein.
Für mich selber steh ich ein.
Aber die Ehe ist ein heiliger Stand.

MARIANNE *wie oben*

Er kommt, er kommt in zwei Karossen.
Die erste ist vierspännig, die ist leer. In der zweiten, sechsspännigen,
sitzt er selber, der Rosenkavalier.

SOPHIE *wie oben*

Ich will mich niemals meines neuen Standes überheben –
Die Stimmen der Lauffer zu dreien, vor Octavians Wagen unten auf der Gasse: Rofrano! Rofrano!
– mich überheben.
Sie hält es nicht aus
Was rufen denn die?

MARIANNE

Den Namen vom Rosenkavalier und alle Namen
von deiner neuen, fürstlich'n und gräflich'n Verwandtschaft rufens aus.

Jetzt rangieren sich die Bedienten.
Die Lakaien springen rückwärts ab!
Die Stimmen der Lauffer zu dreien näher: Rofrano! Rofrano!

SOPHIE

Werden sie mein' Bräutigam sein' Namen
auch so ausrufen, wenn er angefahren kommt!?
Die Stimmen der Lauffer dicht unter dem Fenster: Rofrano! Rofrano! Rofrano!

MARIANNE

Sie reißen den Schlag auf! Er steigt aus!
Ganz in Silberstück' ist er ang'legt, von Kopf bis Fuß.
Wie ein heiliger Engel schaut er aus.
Sie schließt eilig das Fenster.

SOPHIE

Herrgott im Himmel, ja.
Ich weiß, der Stolz ist eine schwere Sünd.
Aber jetzt kann ich mich nicht demütigen.
Jetzt gehts halt nicht!
Denn das ist ja so schön, so schön!
Lakaien haben schnell die Mitteltüre aufgetan. Herein tritt Octavian, ganz in Weiß und Silber, mit bloßem Kopf, die silberne Rose in der Hand. Hinter ihm seine Dienerschaft in seinen Farben: Weiß mit Blaßgrün. Die Lakaien, die Haiducken, mit krummen ungarischen Säbeln an der Seite, die Lauffer in weißem sämischem Leder mit grünen Straußenfedern. Dicht hinter Octavian ein Neger, der Octavians Hut, und ein anderer Lakai, der das Saffianfutteral für die silberne Rose in beiden Händen fröhlich trägt. Dahinter die Faninalsche Livree.
Octavian, die Rose in der Rechten, geht mit adeligem Anstand auf sie zu, aber sein Knabengesicht ist von einer Schüchternheit gespannt und gerötet. – Sophie ist vor Aufregung über seine Erscheinung und die Zeremonie leichenblaß. Sie stehen einander gegenüber.

OCTAVIAN *nach einem kleinen Stocken, indem sie einander wechselweise durch ihre Verlegenheit und Schönheit noch verwirrter machen*

Mir ist die Ehre widerfahren,

daß ich der hoch- und wohlgeborenen Jungfer Braut,
in meines Herrn Vetters,
dessen zu Lerchenau Namen,
die Rose seiner Liebe überreichen darf.

SOPHIE *nimmt die Rose*
Ich bin Euer Liebden sehr verbunden.
Ich bin Euer Liebden in aller Ewigkeit verbunden. –
Eine Pause der Verwirrung

SOPHIE *indem sie an der Rose riecht*
Hat einen starken Geruch. Wie Rosen, wie lebendige.

OCTAVIAN
Ja, ist ein Tropfen persischen Rosenöls darein getan.

SOPHIE
Wie himmlische, nicht irdische, wie Rosen
vom hochheiligen Paradies. Ist Ihm nicht auch?
Octavian neigt sich über die Rose, die sie ihm hinhält; dann richtet er sich wie betäubt auf und sieht auf ihren Mund.

SOPHIE
Ist wie ein Gruß vom Himmel.
Ist bereits zu stark, daß mans ertragen kann.
Zieht einen nach, als lägen Stricke um das Herz.
Wo war ich schon einmal
und war so selig!

OCTAVIAN *zugleich mit ihr wie unbewußt und leiser als sie*
Wo war ich schon einmal
und war so selig?

SOPHIE
Dahin muß ich zurück und wärs mein Tod.
Wo soll ich hin,
daß ich so selig werd?
Dort muß ich hin und müßt ich sterben auf dem Weg.

OCTAVIAN *die ersten Worte zugleich mit ihren letzten, dann allein*
Ich war ein Bub,
wars gestern oder wars vor einer Ewigkeit.
Da hab ich die noch nicht gekannt.
Die hab ich nicht gekannt?
Die hab ich nicht gekannt.

Wer ist denn die?
Wie kommt sie denn zu mir?
Wer bin denn ich? Wie komm ich denn zu ihr?
Wär ich kein Mann, die Sinne möchten mir vergehn.
Aber ich halt sie fest, ich halt sie fest.
Das ist ein seliger, seliger Augenblick,
den will ich nie vergessen bis an meinen Tod.

Indessen hat sich die Livree Octavians links rückwärts rangiert, die Faninalschen Bedienten mit dem Haushofmeister rechts. Der Lakai Octavians übergibt das Futteral an Marianne. Sophie schüttelt ihre Versunkenheit ab und reicht die Rose der Marianne, die sie ins Futteral schließt. Der Lakai mit dem Hut tritt von rückwärts an Octavian heran und reicht ihm den Hut. Die Livree Octavians tritt ab, während gleichzeitig die Faninalschen Bedienten drei Stühle in die Mitte tragen, zwei für Octavian und Sophie, einen rück- und seitwärts für die Duenna. Zugleich trägt der Faninalsche Haushofmeister das Futteral mit der Rose durch die Türe rechts ab. Sofort treten auch die Faninalschen Bedienten durch die Mitteltüre ab. Sophie und Octavian stehen einander gegenüber, einigermaßen zur gemeinen Welt zurückgekehrt, aber befangen. Auf eine Handbewegung Sophies nehmen sie beide Platz, desgleichen die Duenna, im gleichen Augenblick, wo der Haushofmeister unsichtbar die Türe rechts von außen schließt.

SOPHIE
Ich kenn Ihn schon recht wohl, mon Cousin.

OCTAVIAN
Sie kennt mich, ma Cousine?

SOPHIE
Ja, aus dem Buch, wo die Stammbäumer drin sind.
Dem Ehrenspiegel Österreichs.
Das nehm ich immer abends mit ins Bett
und such mir meine künftige Verwandtschaft drin zusammen.

OCTAVIAN
Tut sie das, ma Cousine?

SOPHIE
Ich weiß, wie alt Euer Liebden sind:
siebzehn Jahr und zwei Monat.

Ich weiß alle Ihre Taufnamen: Octavian Maria Ehrenreich
Bonaventura Fernand Hyazinth.

OCTAVIAN

So gut weiß ich sie selber nicht einmal.

SOPHIE

Ich weiß noch was.
Errötet.

OCTAVIAN

Was weiß Sie noch, sag Sie mirs, ma Cousine.

SOPHIE *ohne ihn anzusehen*

Quin-quin.

OCTAVIAN *lacht*

Weiß Sie den Namen auch?

SOPHIE

So nennen Ihn halt seine guten Freund
und schöne Damen, denk ich mir,
mit denen er recht gut ist.
Kleine Pause

SOPHIE *mit Naivität*

Ich freu mich aufs Heiraten! Freut Er sich auch darauf?
Oder hat Er leicht noch gar nicht dran gedacht, mon Cousin? Denk Er: Ist doch was andres als der ledige Stand.

OCTAVIAN *leise, während sie spricht*

Wie schön sie ist.

SOPHIE

Freilich, Er ist ein Mann, da ist Er, was Er bleibt.
Ich aber brauch erst einen Mann, daß ich was bin.
Dafür bin ich dem Mann dann auch gar sehr verschuldet.

OCTAVIAN *wie oben*

Mein Gott, wie schön und gut sie ist.
Sie macht mich ganz verwirrt.

SOPHIE

Und werd ihm keine Schand nicht machen
und meinem Rang und Vortritt.
Täte eine, die sich besser dünkt als ich,
ihn mir bestreiten
bei einer Kindstauf oder Leich,
so will ich, wenn es sein muß, mit Ohrfeigen ihr beweisen,

daß ich die vornehmere bin
und lieber alles hinnehme
wie Kränkung oder Ungebühr.

OCTAVIAN *lebhaft*

Wie kann Sie denn nur denken,
daß man Ihr mit Ungebühr begegnen wird,
da Sie doch immerdar wird die Schönste sein.

SOPHIE

Lacht Er mich aus, mon Cousin?

OCTAVIAN

Wie, glaubt Sie das von mir?

SOPHIE

Er darf mich auch auslachen, wenn Er will.
Von Ihm laß ich mir alles gern geschehen,
weil mir noch nie ein junger Kavalier,
von Nähen oder Weiten, also wohl gefallen hat wie Er.
Jetzt aber kommt mein Herr Zukünftiger.

Die Türe rückwärts geht auf. Alle drei stehen auf und treten nach rechts. Faninal führt den Baron zeremoniös über die Schwelle und auf Sophie zu, indem er ihm den Vortritt läßt. Die Lerchenausche Livree folgt auf Schritt und Tritt: zuerst der Almosenier mit dem Sohn und Leibkammerdiener. Dann folgt der Leibjäger mit einem ähnlichen Lümmel, der ein Pflaster über der eingeschlagenen Nase trägt, und noch zwei von der gleichen Sorte, vom Rübenacker her in die Livree gesteckt. Alle tragen, wie ihr Herr, Myrtensträußchen. Die Faninalschen Bedienten bleiben im Hintergrund.

FANINAL

Ich präsentiere Euer Gnaden dero Zukünftige.

DER BARON *macht die Reverenz, dann zu Faninal*

Deliziös! Mach Ihm mein Kompliment.
Er küßt Sophie die Hand, langsam, gleichsam prüfend
Ein feines Handgelenk. Darauf halt ich gar viel.
Ist unter Bürgerlichen eine seltene Distinktion.

OCTAVIAN *halblaut*

Es wird mir heiß und kalt.

FANINAL

Gestatten, daß ich die getreue Jungfer

Marianne Leitmetzerin –
Mariannen präsentierend, die dreimal tief knixt.
DER BARON *indem er unwillig abwinkt*
Laß Er das weg.
[Will er mir leicht auch die Kuchelpartie Stuck für Stuck präsentieren?]
Begrüß Er jetzt mit mir meinen Herrn Rosenkavalier.
Er tritt mit Faninal auf Octavian zu, unter Reverenz, die Octavian erwidert. Das Lerchenausche Gefolge kommt endlich zum Stillstand, nachdem es Sophie fast umgestoßen, und retiriert sich um ein paar Schritte.
SOPHIE *mit Marianne, rechtsstehend, halblaut*
Was sind das für Manieren? Ist das leicht ein Roßtäuscher
und kommt ihm vor, er hätt mich eingekauft?
MARIANNE *ebenso*
Ein Kavalier hat halt ein ungezwungenes,
leutseliges Betragen.
Sag dir vor, wer er ist
und zu was er dich macht,
so werden dir die Faxen gleich vergehn.
BARON *während des Aufführens zu Faninal*
Ist gar zum Staunen, wie der junge Herr jemand gewissem ähnlich sieht.
Hat ein Bastardl, recht ein sauberes, zur Schwester.
Plump vertraulich
Ist kein Geheimnis unter Personen von Stand.
Habs aus der Fürstin eigenem Mund,
und da der Faninal gehört ja sozusagen jetzo
zu der Verwandtschaft.
Mach dir doch kein Dépit, Cousin Rofrano,
daß dein Herr Vater ein Streichmacher war.
Befindet sich dabei in guter Kompagnie, der selige Herr Marchese.
Ich selber exkludier mich nicht.
Seh, Liebden, schau dir dort den Langen an,
den blonden, hinten dort.
Ich will ihn nicht mit Fingern weisen,
aber er sticht wohl hervor,

durch eine adelige Contenance.
Ist aber ein ganz besonderer Kerl,
sagt nichts, weil ich der Vater bin,
hats aber faustdick hinter den Ohren.

SOPHIE *währenddessen*

Jetzt läßt er mich so stehn, der grobe Ding!
Und das ist mein Zukünftiger.
Und blattersteppig ist er auch, mein Gott!

MARIANNE

Na, wenn er dir von vorn nicht gfallt, du Jungfer Hochmut,
so schau ihn dir von rückwärts an,
da wirst was sehn, was dir schon gfallen wird.

SOPHIE

Möcht wissen, was ich da schon sehn werd.

MARIANNE *ihr nachspottend*

Möcht wissen, was sie da schon sehn wird.
Daß es ein kaiserlicher Kämmerer ist,
den dir dein Schutzpatron
als Herrn Gemahl spendiert hat.
Das kannst sehn mit einem Blick.

Der Haushofmeister tritt verbindlich auf die Lerchenauschen Leute zu und führt sie ab. Desgleichen tritt die Faninalsche Livree ab, bis auf zwei, welche Wein und Süßigkeiten servieren.

FANINAL *zum Baron*

Belieben jetzt vielleicht – ist ein alter Tokaier.

Octavian und Baron bedienen sich.

DER BARON

Brav, Faninal, Er weiß, was sich gehört.
Serviert einen alten Tokaier zu einem jungen Mädel.
Ich bin mit Ihm zufrieden.
Zu Octavian
Muß denen Bagatelladeligen immer zeigen,
daß nicht für unseresgleichen sich ansehen dürfen,
muß immer was von Herablassung dabei sein.

OCTAVIAN

Ich muß Deine Liebden sehr bewundern.

Hast wahrhaft große Weltmanieren.
Könntst einen Ambassadeur vorstellen heut wie morgen.

DER BARON

Ich hol mir jetzt das Mädel her.
Soll uns Konversation vormachen,
daß ich seh, wie sie beschlagen ist.
Geht hinüber, nimmt Sophie bei der Hand, führt sie mit sich. Setzt sich, will sie halb auf seinen Schoß ziehen. Sophie bleibt stehen.

BARON

Eh bien, nun plauder Sie uns eins, mir und dem Vetter Taverl.
Sag Sie heraus, auf was Sie sich am meisten freut.
Wird Sie recht umkutschieren auf die Schlösser?
Wo mag Sie hin zuerst?
Nach Bruck? Nach Stettendorf, nach Petronell?
Gibt kein hochgräfliches Geschloß, das ihr
als meiner Frau nicht täte offenstehn.
Sophie entzieht ihm ihre Hand.

FANINAL *nachdem er Octavian den zweiten Stuhl zum Setzen angeboten hat, der aber stehen bleibt*

Wie ist mir denn? Da sitzt ein Lerchenau
und karessiert in Ehrbarkeit mein Sopherl, als wär sie ihm schon angetraut.
Und da steht ein Rofrano! Grad als müßts so sein.
Wie ist mir denn? Ein Graf Rofrano, sonsten nix.
Der Bruder vom Marchese Obersttruchseß.

BARON *zu Sophie*

Soll Ihre eigenen Pferd im Stall stehn habn, Parole d'honneur!
Wie, oder werdn Hund Ihr lieber sein?
Ist Sie eine Hundsnärrin?
Ich kauf Ihr: kleine oder große? Solche
die aufgerichtet größer sind als Sie,
Mit Pantomime
wie? oder hat Sie Gusto auf die kleinen?

FANINAL

Wär nur die Mauer da von Glas,
daß alle bürgerlichen Neidhammeln von Wien uns könnten
en famille beisammen sitzen sehn.
Dafür wollt ich mein Lerchenfelder Eckhaus geben, meiner Seel.

BARON

Kleinwinzige? Die Ihr am Schuhband kiefeln,
ja, solchene? Crabasto, Pam, Bellino?!
Sophie tritt zurück, da er anfängt, das Spiel der Hunde zu agieren.

BARON

Spielt Sie das Stummerl? Sacrebleu!
Da muß ich auch Taubstummsprach probieren.

OCTAVIAN *zornig*

Das ist ein Kerl, dem möcht ich wo begegnen
mit meinem Degen da,
wo ihn kein Wachter schrein hört.
Ja, das ist alles, was ich möcht.
Indessen ist der Notar mit seinem Schreiber eingetreten. Eingeführt durch Faninals Haushofmeister. Dieser meldet ihn dem Herrn von Faninal leise. Faninal auf und zum Notar nach rückwärts hin, mit dem er spricht.

SOPHIE

Die Sprach versteh ich nicht.

BARON

Wär Ihr leicht präferabel, daß man gegen Ihr
den Zeremonienmeister sollt hervortun?
Gefällt Ihr recht ein pitzliches Getue
mit »mill Pardon« und »Dévotion«
und »geh da weg« und »hab Respekt«?

SOPHIE

Wahrhaftig und ja gefiele mir das besser.

BARON *lachend*

Mir auch nicht! Da sieht Sie! Mir auch ganz und gar nicht!
Bin einer biederen offenherzigen Galanterie recht zugetan.

Indem er sich nach rückwärts dreht, um von dem servierenden Diener noch mehr Konfekt zu nehmen, und dabei den Notar sieht.
Eilig
Da gibts Geschäfter jetzt,
muß mich dispensieren,
bin dort von Wichtigkeit. Indessen
der Vetter Taverl leistet Ihr Gesellschaft.

FANINAL *mit dem Notar, dahinter der Schreiber, sind an der linken Seite halb gegen den Vordergrund gekommen*
Wenns jetzt belieben tät, Herr Schwiegersohn.

BARON
Natürlich wirds belieben.
Im Vorbeigehen zu Octavian, den er vertraulich anfaßt
Hab nichts dawider,
wenn du ihr willst Augerln machen, Vetter,
jetzt oder künftighin.
Ist noch ein rechter Rühr-nicht-an.
Betrachts als förderlich, je mehr sie dégourdiert wird!
Ganz wie bei einem jungen, ungerittnen Pferd.
Kommt alls dem Angetrauten letzterdings zugute,
wofern er sich sein ehelich Privilegium
zu Nutz zu machen weiß.
Er geht nach links. Der Diener, der den Notar einließ, hat indessen die Türe links geöffnet. Faninal und der Notar schicken sich an, hineinzugehen. Der Baron mißt Faninal mit dem Blick und bedeutet ihm, drei Schritte Distanz zu nehmen. Faninal tritt devot zurück. Der Baron nimmt den Vortritt, vergewissert sich, daß Faninal drei Schritte Abstand hat, und geht gravitätisch durch die Türe links ab. Faninal hinter ihm, dann der Notar, dahinter der Schreiber. Der Bediente schließt die Türe links und geht ab, läßt aber die Flügeltüre nach dem Vorsaal offen. Der servierende Diener ist ebenfalls abgegangen. Sophie, verwirrt und beschämt, setzt sich verlegen wieder nieder und lädt Octavian zum Sitzen ein. Die Duenna setzt sich gleichfalls seit- und rückwärts.

SOPHIE
Ist recht ein familiärer Mann, Sein Vetter, mein Herr Bräutigam.

Man muß ihn wohl erst besser kennen. Er weiß sicherlich
was Gutes von ihm zu sagen.

OCTAVIAN

Nenn ihn Vetter aus Höflichkeit.
Ist nicht weit her mit der Verwandtschaft, Gott sei Lob und Dank!
Hab ihn mein Leben vor dem gestrigen Tag nicht gesehn.

SOPHIE *nachdenklich*

Ah so, Er kennt ihn nicht.
Er heirat' ihn halt auch nicht.

OCTAVIAN *springt auf*

Wird Sie das Mannsbild heiraten, ma Cousine?

SOPHIE *steht*

Ists Ihm nicht recht?

OCTAVIAN

Oh, wie Sie will. Sie muß wohl wissen, was Sie will.

SOPHIE *zutraulich*

Mir scheint, es ist Ihm doch nicht recht.

OCTAVIAN *heftig errötend*

Oh, pardonier Sie mich, was gehts mich an?

SOPHIE

Möcht um die Welt nichts tun, was Ihm mißfiele.
Möcht Ihm erklären, wenn es Ihm beliebt –
Ich muß den Herrn Baron heiraten, ja ich muß.
Ihn, oder einen andern Kavalier.

OCTAVIAN

Ja, warum muß Sie denn?

SOPHIE

Und den da hat der Vater ausgesucht,
und ließ ich diesen stehn,
so tät mich schwerlich dann ein anderer nehmen.

OCTAVIAN

Sie muß? Ja warum muß Sie denn?

SOPHIE *zutraulich*

Weiß halt so gar nicht, ob Er mich verstehn wird.
Ich bin recht ein gewöhnlichs Ding, ein Mädel, wie andere Mädel sind.

Und hab doch einen großen Stolz und Hochmut
und ekelt mich, was niedrig ist und häßlich und gemein.
Ganz leise
Und spür doch, daß ich seiner mich nicht allein erwehren tät.
Muß mir noch was zu Hilfe kommen,
daß ich mich fühl, wie am geweihten Ort.
Einmal für allemal.

[OCTAVIAN
Ist Ihr denn was geschehn?

SOPHIE *unbefangen*
Geschehn, wie meint Er das?
Ich weiß halt, daß es Böses, Häßliches und Sündigs gibt.
Und daß es ein Gewalt hat auch über mich.
Oh ja, die hat es schon und möcht mich drunterkriegn.]

OCTAVIAN
Und in dem Lerchenau sein' Arm da meint Sie,
wird Sie sich fühlen als wie am geweihten Ort?

SOPHIE
Was schaut Er so?
Eine Freiherrliche Gnaden werd ich sein.
Ist das leicht was Gerings?

OCTAVIAN
Ich wünsch Ihr alles Gute.

SOPHIE
Er hört mir nicht mit gutem Willen zu, das tut mir weh von Ihm.

OCTAVIAN
Ich hör Ihr zu, Sophie!

SOPHIE
Im Kloster war ein Lehrer für Clavicimbal,
war häßlich und recht ein gemeiner Mensch, der brachte seine Finger
immer so lange nicht weiter von den meinigen,
und wollt mir auch zudringlich und kurios in meine Augen sehn.

OCTAVIAN *lebhaft*
Daß er mir in die Hände käm, solch ein Filou!

SOPHIE

Ist nicht um den, jedoch
warum nahm er sich das mit mir heraus?
Wär ich ein Grafenkind gwest, er hätt sichs nicht getraut!
Geschieht nur zum Exempel, daß ich von dem Menschen red!
War auch ein altes Weib, das schlich um mich herum,
wollt mir ein Brieferl zustecken von einem Kavalier.

OCTAVIAN

Und hat Sie das genommen?

SOPHIE

Nein, genommen hab ichs nicht,
aber meine Finger haben mir danach gebrannt,
und leichtlich hätts können geschehn, daß ichs genommen hätt.

Sehr leise

Denkt Er jetzt schlecht von mir?

OCTAVIAN

Ist Sie ein Kind, daß Sie das glaubt?

SOPHIE

Wie? Wenn ich Ihm das eingesteh – versteht Er mich denn nicht?
Ich konnte keine von den Starken und Erhabenen sein,
an denen die Versuchung und die Niedrigkeit der Welt
abgleitet, gleich wie Wasser an dem Marmorstein.]

OCTAVIAN

Und darum heirat' Sie den Lerchenau?

SOPHIE *unbefangen*

Der hoh Adel ist eine Welt für sich,
das hab ich wohl begriffen.
Wer dorten dazu gehört, ist abgetrennt von allem Häßlichen.
Er hat den Anstand, daß er, was gemein und schlecht und niedrig ist,
mit einem Handwink kann abtun von sich.
Und es muß sich demütig retirieren, wo er geht und steht.
Darum verlangts mich zu den selbigen zu gehören,
für Leben und für Sterben.

OCTAVIAN

Weiß Sie denn auch, was das heißt, eines Mannes Frau werden?
Ist noch was anders, als daß die Lakais
ausrufen werden: Ihre Freiherrliche Gnaden!
wenn Sie wo eintritt. Ist auch noch was anders dabei.

SOPHIE

Werd meinen ehelichen Pflichten mit Gottes Hilfe Genüge tun,
und meinem Mann keinen Anlaß niemals nicht zu einer Klage geben.

Quer durch den Vorsaal flüchten einige von den Mägden des Hauses, denen die Lerchenauschen Bedienten auf den Fersen sind. Der Leiblakei und der mit dem Pflaster auf der Nase jagen einem hübschen jungen Mädchen nach und bringen sie, hart an der Schwelle zum Salon, bedenklich in die Enge.

DER FANINALSCHE HAUSHOFMEISTER *kommt verstört hereingelaufen, die Duenna zu Hilfe holen*

Die Lerchenauschen sind voller Branntwein gesoffen
und gehen aufs Gesinde los. Zwanzigmal ärger
als Türken und Krowoten!

DIE DUENNA

Hol Er unsre Leut, wo sind denn die?

Läuft ab mit Haushofmeister. Gleichzeitig kommt auch Faninal gelaufen und drängt die Lerchenau von ihrer Beute ab. Duenna labt ein vor Schreck halb ohnmächtiges Mädchen mit ihrem Riechfläschchen.

OCTAVIAN

Ach, schlag der Teufel drein!

SOPHIE *ohne sich nach dem, was draußen vorgeht, umzusehen*

Wie? Was erzürnt Ihn so?

OCTAVIAN

Da seh Sie doch,
Ihres Herrn Liebsten Leut, was das für welche sind!
Die Teufel die, die passen recht zu ihm!

SOPHIE

Warum ist Er so blaß, was ist Ihm denn?

OCTAVIAN *entschlossen*
Seh Sie mir in die Augen! Hat Sie mich ein wenig lieb?
Hat Sie ein wenig Zutraun?

SOPHIE
Zu niemand auf der Welt so viel als wie zu Ihm.

OCTAVIAN *leise und eindringlich*
Laß Sie den Lerchenauer ungeheirat'.

SOPHIE *ausbrechend*
Mein Gott! Ja! Ja! Nur daß Er mir halt hilft.

OCTAVIAN
Erst muß Sie selber sich helfen!
Dann hilf ich Ihr auch!
Tu Sie das erste für mich,
dann tu ich was für Sie.

SOPHIE
Was ist denn das, was ich zuerst muß tun?

OCTAVIAN
Das wird Sie wohl wissen.

SOPHIE
Und was ist das, was Er für mich will tun?
Nein, sag Er mirs!

OCTAVIAN
Weiß jetzt noch nicht. Werds wissen,
sobald wir soweit sind.

SOPHIE *ergreift seine Hand*
Bleib Er bei mir,
dann kann ich alles, was Er will.

OCTAVIAN
Mein Herz und Seel wird bei Ihr bleiben, wo Sie geht und steht.

Aus den geheimen Türen in den rückwärtigen Ecken sind links Valzacchi, rechts Annina lautlos spähend herausgetreten. Lautlos schleichen sie näher.

SOPHIE
Sag Er das noch einmal! Oh noch einmal!
Ich hab im Leben so was Schönes nicht gehört!
Oh, sag Ers noch einmal.

OCTAVIAN *schnell*
Ich hab Sie recht vom Herzen lieb.
Sophie nimmt seine Hand, beugt sich darüber, küßt sie schnell, ehe er sie ihr entziehen kann; er will ihren Mund küssen. In diesem Augenblick sind die Italiener nach vorne gekommen, indem sie die Lehnsessel als Deckung benutzen, um sich einzuschleichen. Jetzt springen sie vor. Annina packt Sophie, Valzacchi faßt Octavian.

VALZACCHI UND ANNINA *zu zweien, schreiend*
Herr Baron von Lerchenau! Herr Baron von Lerchenau!
Octavian springt zur Seite nach rechts.

VALZACCHI *der Mühe hat ihn zu halten, atemlos zu Annina*
Lauf und 'ole Seine Gnade!
Snell, nur snell. Ik muß halten diese 'erre!

ANNINA
Laß ich die Fräulein aus, lauft sie mir weg.

ZU ZWEIEN
Herr Baron von Lerchenau!
Herr Baron von Lerchenau!
Kommen 'er zu sehn die Fräulein Braut
mit ein junge Kavalier, kommen eilig, kommen hier!
Sophie hält sich die Ohren zu.
Octavian schüttelt energisch Valzacchi ab, fährt mit der Hand in die Tasche, wie nach einer Waffe zu suchen. Valzacchi springt zurück, packt Sophie an. Octavian zieht einen Beutel hervor, schüttelt ihn. Das Gold klingt. Valzacchis Gesicht verwandelt sich, er springt hinüber. Annina ist mit einem Sprung, Sophie freilassend, an Valzacchis Seite. Octavian lacht hell über sie, hält ihnen die Börse hoch. Sie zögern einen Augenblick. Er macht Miene, sie wieder einzustecken. Sie beteuern, daß sie seine ergebensten Diener sind.

SOPHIE *währenddessen*
Der Duft von seinem Haar kommt bis zu mir geflogen!
Das Blut in seinen Schläfen kann ich spüren.
Den Hauch seiner Stimme
atme ich ein,
sein Lächeln geht
in mich hinein!

DER SCHREIBER *tritt aus der Türe rechts*

Die hoch- und wohlgeborene Jungfer Braut
sind jetzo zu der Unterschrift gewunschen.

Valzacchi und Annina sind blitzschnell hinter den zwei Stühlen verschwunden. Octavian ergreift mit geschwinder Unbefangenheit seinen Hut, der am Boden liegt.

SOPHIE *fährt auf, noch halb im Traum*

Was, was war?

SCHREIBER

Die Fräulein sind gewunschen vom Herrn Vater.

SOPHIE

Ich soll was tun? Ja, alles auf der Welt!
Was kann denn mir geschehn, wenn der mich gern hat!

Sie taucht den Blick in den Octavians, der sie grüßt. Einen Augenblick steht sie, als wollte sie zu ihm hinüberlaufen. Dann besinnt sie sich, geht dem Schreiber voraus, der ihr folgt und die Türe links hinter sich schließt. Octavian tut einen Pfiff, die Italiener kommen hinter den Stühlen hervor. Octavian hat sich gesetzt, sie stehen vor ihm.

Die ganze Szene in gedämpftem Ton.

VALZACCHI UND ANNINA

Zu Euer Exzellenz Befehl.

VALZACCHI

Mit Leib und Leben!

ANNINA

Ebenso!

OCTAVIAN

Ah, solche seids ihr. Na, ihr seids die rechten! Ich trau euch nicht.

Valzacchi und Annina beteuernde Gebärde

Aber ich zahl euch halt – solangs mir passen wird.
Das Weitere werden wir ja sehn.
Aufs erste werds ihr mir behilflich sein –

VALZACCHI UND ANNINA

Zu allem auf der Welt.

OCTAVIAN

– den Herrn Baron –

VALZACCHI *eifrig*

– su räumen aus die Weg.

OCTAVIAN

Ich will ihm nicht ans Leben. Ist mir reichlich genug,
wenn er müßt unverrichter Sach sich retirieren,
und würd nie nichts aus dieser Heirat.

ANNINA *eifrig*

Oh, das trifft mein Onkel gut!
Dazu ist er der rechte Mann. Er bringt, halten zu Gnaden,
wie nix einen Gescheiten in den Narrenturm und einen Heiligen an den Galgen.

OCTAVIAN

Wär mir allzu grob!
Will nur, daß er blamiert ist und der Herr von Faninal
sich recht bekreuzigt und den Schwiegersohn zum Teufel wünscht.

VALZACCHI *eifrig*

Das sei nit swer. Dazu seien sie die ricktige Person.
Sie seien geübt, ein Mannsbild su verführen.
Die 'err Baron slafen 'ier in Haus.
Man wird sie finde 'eut in seine Slafgemach,
in unsweideutige Gestalt. Ik werde make.

OCTAVIAN

In diesem Haus wird nichts gemacht.

VALZACCHI

Peccato!
Schlägt sich die Stirne, suchend
Eine Scandal! eine Scandal!
Nach kurzem Nachdenken triumphierend
Ick 'ab! Die 'err barone Lerkenau –

OCTAVIAN *erstaunt*

Er war verheirat'?

VALZACCHI

No! scusi pur –– Ik make eine Vorslak:
'ier die verlassene Gemalin,
Annina drapiert sich blitzschnell mit einem Spitzentuch als »Verlassene«
sie kommt, erwischt die infidele sposo beim souper
in eine galante 'aus, ein öffentlike Gast'aus –

OCTAVIAN
Was macht das, wenns nicht wahr ist.

VALZACCHI
Was nutzen? Eine Scandal, per Bacco, nutzen immer,
bedenk die charactère von die signore Faninal.
Eine Scandal! sie sinken in die Erd!
die 'eirat sein beim Teufel!
Reibt sich heftig die Stirn
Erlaub – mir fehlt – ick muß – die Plan sein nit complet!
Triumphierend
Mariandl! das sein die Person!
das sein grade, was wir brauken!
Mariandl!
Zu Annina
ti ricordi, eh? la cameriera,
in die er sein verliebt,
Zu Octavian
eine Kammersofel,
Ihr Gnaden lassen nur – ik werde maken!

OCTAVIAN *lacht*
Laß Er die aus dem Spiel, die kriegt Er nicht dazu!

VALZACCHI
Ik die nit kriegen? ik nit kriegen eine Kammersofel?

OCTAVIAN
Pst! sei Er jetzo still! die rücken ihre Stühl.
Valzacchi und Annina springen nach rückwärts.
Wart's auf mich, unten bei der nächsten Ecken.
Sie sind draußen, Octavian allein
Nein, nein.
Ich will das Mannsbild nicht mit ihr zusammen sehn.
Da geh ich lieber fort. Adieu Sophie!
Schöne Sophie! Liebe Sophie!
Er reißt sich los und geht.
Gleich darauf wird die Türe links geöffnet.

SOPHIE *tritt schnell heraus, wie sie das Zimmer leer sieht, ist sie enttäuscht. Seufzt leise*
Er ist nimmer da.

BARON *tritt aus der Türe links. Für sich*
Ich leist ihr noch ein Weil Gesellschaft.
Ist bis zum Mittagessen, kalkulier ich, noch ein Stündl Zeit.
[SOPHIE *sieht einen Dukaten am Boden liegen, hebt ihn schnell auf, küßt ihn*
Du bist von ihm.
BARON *ebendort für sich*
Ei, ist Sie so aufs Geld? Daß ich das weiß, ist gut.
Da muß mir der Bankierer eine Halbscheit
allzeit auf Conto separato führen.
SOPHIE *hält den Dukaten in der Hand versteckt. Für sich*
Aus seiner Hand ist der gekommen.
Den will ich versteckt, wo keiner ihn weiß,
an einem Seidenfaden tragen unter meinem Hals.]
Faninal und der Notar treten aus der Türe links, nachher der Schreiber.
FANINAL
Belieben nun Herr Schwiegersohn vielleichten?
BARON *abwinkend*
Laß Er mich jetzt ein Weil allein mit Seiner Tochter.
FANINAL
Weiß nicht, warum die Jungfer nicht zur Stell ist.
BARON
Brauch nicht das Möbel, laß Er nur.
FANINAL
Wär ihre Schuldigkeit.
BARON *ungeduldig*
Schon gut, auf Wiedersehn.
FANINAL *mit Reverenz*
Recommandier mich!
BARON
Ja, wollt Ihm eins noch sagen:
Er nimmt den Schwiegersohn ein bißchen oft in Mund.
Sei Er da sparsam.
Die Leut zerreißen sich das Maul.
Mit Grandezza
Daß Er mit mir liiert ist, weiß heut in Wien jedes Kind.
Bis hinauf zu Kaiserlicher Majestät.

Laß Er sich ohne Tuerei an Seinem Glück genügen.
Der Notar hat rückwärts gewartet. Faninal tritt zu ihm und führt ihn zur Mitteltüre ab. Schreiber folgt. Ein Lakai tritt zur Mitteltür ein, gegen das Zimmer links, kommt bald nachher wieder heraus, mit dem Tokaier und Backwerk, die er abtragen will.

SOPHIE
Wohin geht denn der Vater? Ich muß schaun –

BARON
Ganz überflüssig, komm Sie doch ein wenig her.
Zu Ihrem Bräutigam.
Setzt sich, winkt sie zu sich.

SOPHIE
Der Nam paßt recht verdreht auf Ihn, haha.

BARON
Mir konveniert er gut. Muß doch die Hand recht einmal küssen,
die's eben hat bekräftigt mit ihrem Namenszug.
Sieht den Diener, der den Konfekt abservieren will, winkt ihn zu sich.

SOPHIE *entzieht ihm sogleich ihre Hand*
Wie, wegen derer Unterschrift? Wo denkt Er hin!

BARON
Seh, wo ich hindenk! Komm Sie, nehm Sie da ein Stückel mit mir,
dann will ich Ihr erzählen, wo ich hindenk.
Will ihr von dem Konfekt in Mund stecken.

SOPHIE
Ei, laß Er doch. Wir sind nicht so vertraut.

BARON
Müssens halt werden.

SOPHIE *macht sich energisch los*
Ich geh und laß Ihn hier alleinig sitzen.

BARON *zum Diener*
Pack Er sich fort.
Der Diener geht.
Laß Sie die Flausen nun. Gehört doch jetzo mir.
Geht alles gut. Sei Sie gut. Geht alles wie am Schnürl.

SOPHIE
Wie meint Er das, daß ich Ihm jetzt gehör?
BARON *lacht*
Mit Haut und Haar.
SOPHIE
Wegen mein' Namen leicht, auf dem Fetzen Papier?
Kann sein, der kost mein Vater ein Stück Geld
und mich halt vierzehn Tag, wo ich kein gutes Leben hab,
mehr aber nicht. Muß lachen über Ihn.
Habs just getan, habs unterschrieben,
weil ich schnell wieder aus der Kammer wollt draußen sein.
Ist so gut, wie wenn ichs nicht hätt unterschriebn.
Drauf kann Er Gift nehmen.
Wär noch schöner,
wenn das viel ausmachen sollt!
Was schaut Er mich so an?
BARON
Ist Sie ein rechter Kaprizen-Schädel.
Steigt Ihr das Blut gar in die Wangen,
daß man sich die Hände verbrennt?
SOPHIE *wütend, stampft auf*
Laß Er die Händ davon!
BARON
Geht mir nichts darüber.
Könnte mich mit Schmachterei und Zärtlichkeit
nicht halb so glücklich machen, glaub Sie mir.
SOPHIE
Ich denk nicht dran, daß ich Ihn glücklich machen wollt.
BARON
Sie wird es tun, ob Sie dran wird denken oder nicht.
SOPHIE *wütend*
Ja.
BARON
Glücklich.
SOPHIE *wie oben*
Ja.

BARON
Sehr glücklich!

SOPHIE *wie oben*
Jetzt trag Er sein Gesicht mir aus dem Weg!
Was ist denn Er zu mir? Das möcht ich wissen!

BARON
Wird kommen über Nacht,
daß Sie ganz sanft
wird wissen, was ich zu Ihr bin!

SOPHIE *wie oben*
Er ist der Niemand. Hört Er, was eins redt?
Für mich ist Er der Niemand!

BARON *indem er sie bei der Hand erwischt und, unbekümmert um ihren Widerstand, sich dem Vergnügen hingibt, das Liedchen zu singen, das ihm einfällt*
»Lalalalala, wie ich dein Alles werde sein!
Mit mir, mit mir keine Kammer dir zu klein.
Ohne mich, ohne mich jede Stunde dir so bang.
Mit mir, mit mir keine Nacht dir zu lang.«
Sophie entreißt sich ihm, schlägt das Kreuz gegen ihn. Indes er sozusagen mit Zartgefühl seine Strophe exekutiert, entwischt sie ihm durch die Türe rechts, die sie zuschlägt.

BARON *ohne ihr nach zu wollen. Er hat keine Eile*
»Mit mir, mit mir keine Nacht dir zu lang.«
Wahrhaftig und ja, ich hab ein Lerchenausches Glück.
Gibt doch nichts auf der Welt, was mich so enflammiert
und also vehement verjüngt als wie ein rechter Trotz.
Annina kommt durch die Mitteltüre hereingeschlichen, einen Brief in der Hand. Geheimnisvoll auf den Baron zu.

BARON
Für mich?

ANNINA
Von der Bewußten.

BARON
Wer soll da gemeint sein?

ANNINA
Nur eigenhändig, insgeheim zu übergeben.

BARON *setzt sich*

Zeig Sie den Wisch.

Öffnet den Brief, hält ihn weit von sich weg, sucht in der Tasche nach seiner Brille

Find meine Brille nicht, kann Sie Geschriebnes lesen?
Da.

ANNINA *liest*

»Herr Kavalier! Den morigen Abend hätt' i frei.
Sie habn mir schon gfalln, nur gschamt
hab i mi vor der Fürstli Gnaden,
weil i noch gar so jung bin. Das bewußte Mariandel,
Kammerzofel und Verliebte.
Wenn der Herr Kavalier den Nam nit schon vergessen hat.
I wart auf Antwort!«

BARON

»Sie wart' auf Antwort.«
Geht alles recht am Schnürl, so wie zu Haus,
und hat noch einen anderen Schick dazu.
Ich hab halt schon einmal ein Lerchenausches Glück.
Komm Sie nach Tisch, geb Ihr die Antwort nachher schriftlich.

ANNINA

Ganz zu Befehl, Herr Kavalier. Vergessen nicht der Botin?

Streckt die Hand hin.

BARON *vor sich*

»Ohne mich, ohne mich jede Stunde dir so bang.«

ANNINA

Vergessen nicht die Botin, Euer Gnaden!

BARON *der sich gesetzt hat, ohne sich umzuwenden*

Schon gut.

Valzacchi ist eilig zur Mitteltür eingetreten, kommt unter Verneigungen nach vorne.

BARON *tut, als sähe er ihn nicht*

Das später! Alls auf einmal. Dann zum Schluß

Er schenkt sich nochmals ein. Tut behaglich einen Schluck. Vor sich

»Mit mir, mit mir keine Nacht dir zu lang.«

Die beiden Italiener nunmehr zu beiden Seiten des Barons, dringlicher.

ANNINA
Wir sind zu Diensten von früh bis spät:
wenn Euer Gnaden die Einsicht hätten,
daß Euer Gnaden für uns etwas täten!
Wir sind zu Diensten von früh bis spät.
Aber Belohnung noch so kleine
seh ich keine!

VALZACCHI
Jede Stund in die fürstlike 'aus
wir spionieren die Jungfer aus:
jede Sritt die Jungfer sie tut,
jede Fenster die Jungfer sie steht,
wir sind da!
Aber Belohnung nok so kleine
wir sehen keine!
Baron vor sich, als sähe und hörte er sie nicht.

ANNINA *ihm näher rückend*
Müssen leider jetzt schon stören!

VALZACCHI *desgleichen*
Will die Gnade uns nit 'ören?

BARON
Hab jetzt keine Münz bei mir! habts ihr verstanden?

VALZACCHI *noch näher*
Peccato molto! sundig sehr für eine Cavalier!

ANNINA *desgleichen, mit schmeichelnd zudringlichem Griff nach der Stelle, wo mutmaßlich die Börse steckt*
Möcht wetten, daß der Herr ein gspicktes Börserl hat!

BARON *aufspringend*
Hand von der Butten! wällische Bagagi!

VALZACCHI *zurücktretend, aber ohne alle Katzenfreundlichkeit, ziemlich drohend*
Will Ihre Gnade
seine Stimm – überheben…

ANNINA *ebenso*
– da werdn Euer Gnaden
nix Guts nicht erleben!

VALZACCHI
Wir haben keine Grund
Ihre Gnade zu schonen…

ANNINA

Wenn er mit Beschimpfung
die Dienste will lohnen!

BARON

Was, keck sein auch noch, ah! das möcht ich sehn.
Er tut einen gellenden Pfiff nach Bauernart, indem er zwei Finger in den Mund steckt.

VALZACCHI *frech*

Was sehen?

ANNINA *ebenso*

Was sehen?

VALZACCHI *ebenso*

Was sehen?

ANNINA *ebenso*

Was sehen?

VALZACCHI *ebenso*

Was sehen?

ANNINA *ebenso*

Was sehen?
Vier Kerls von der Lerchenauschen Livree springen zur Mitteltür herein.

VALZACCHI *schreiend*

Ihr Gnade wird bereuen...
Bricht jäh ab, wie ihn von hinten einer derb anfaßt.

ANNINA *ebenso*

– daß der Lohn für unsre Treuen...

BARON *munter*

Man dreh mir das Gesindel da fix dort zur Tür hinaus!
Es geschieht, wobei sich die Balgerei zu einem grotesken kleinen Ballet »un pas de coups de pieds au cul« entwickelt.

VALZACCHI *sich wehrend, drohend*

Ihre Gnade wird bereuen!

ANNINA *ebenso*

Euer Gnaden werdn sich schaden!

VALZACCHI *ebenso*

Von Ducaten ganze Rollen
wird die Gnade geben wollen,
daß Sie diese eine Stunde
ungeschehen maken kunnte!

BARON *behaglich*
»Ohne mich, ohne mich jede Stunde dir so bang!«
ANNINA *zu den Lakaien, die daran sind, sie hinauszudrehen*
Fort, du Bestie! Weg, du Flegel,
sonst verspürst du meine Nägel!
VALZACCHI *schon in der Tür*
Ihre Gnade wird bereuen!
ANNINA *desgleichen*
Eure Gnaden werden sich schaden!
BARON *mit allem Behagen, indem er sich nochmals eingießt*
»Mit mir, mit mir keine Nacht dir zu lang!«

Unterdessen fällt der Vorhang.

UNGESCHRIEBENES NACHWORT ZUM ›ROSENKAVALIER‹ (1911)

Ein Werk ist ein Ganzes und auch zweier Menschen Werk kann ein Ganzes werden. Vieles ist den Gleichzeitig-Lebenden gemeinsam, auch vom Eigensten. Fäden laufen hin und wider, verwandte Elemente laufen zusammen. Wer sondert, wird unrecht tun. Wer eines heraushebt, vergißt, daß unbemerkt immer das Ganze mitklingt. Die Musik soll nicht vom Text gerissen werden, das Wort nicht vom belebten Bild. Für die Bühne ist dies gemacht, nicht für das Buch oder für den einzelnen an seinem Klavier.

Der Mensch ist unendlich, die Puppe ist eng begrenzt; zwischen Menschen fließt vieles herüber, hinüber, Puppen stehen scharf und reinlich gegeneinander. Die dramatische Figur ist immer zwischen beiden. Die Marschallin ist nicht für sich da, und nicht der Ochs. Sie stehen gegeneinander und gehören doch zueinander, der Knabe Oktavian ist dazwischen und verbindet sie. Sophie steht gegen die Marschallin, das Mädchen gegen die Frau, und wieder tritt Oktavian dazwischen und trennt sie und hält sie zusammen. Sophie ist recht innerlich bürgerlich, wie ihr Vater, und so steht diese Gruppe gegen die Vornehmen, Großen, die sich vieles erlauben dürfen. Der Ochs, sei er wie er sei, ist immerhin noch eine Art von Edelmann; der Faninal und er bilden das Komplement zueinander, einer braucht den andern, nicht nur auf dieser Welt, sondern sozusagen auch im metaphysischen Sinn. Oktavian zieht Sophie zu sich herüber – aber zieht er sie wirklich zu sich und auf immer? Das bleibt vielleicht im Zweifel. So stehen Gruppen gegen Gruppen, die Verbundenen sind getrennt, die Getrennten verbunden. Sie gehören alle zueinander, und was das Beste ist, liegt zwischen ihnen: es ist augenblicklich und ewig, und hier ist Raum für Musik.

Es könnte scheinen, als wäre hier mit Fleiß und Mühe das Bild einer vergangenen Zeit gemalt, doch ist dies nur Täuschung und hält nicht länger dran als auf den ersten flüchtigen Blick. Die Sprache ist in keinem Buch zu finden, sie liegt aber noch in der Luft, denn es ist mehr von der Vergangenheit in der Gegenwart, als man ahnt, und weder die Faninal, noch die Rofrano, noch die Lerchenau sind ausgestorben, nur ihre drei Livreen gehen heute nicht mehr in so prächtigen Farben. Von den Sitten und Gebräuchen sind diejenigen zumeist echt und überliefert, die man für erfunden halten würde, und diejenigen erfunden, die echt erscheinen. Auch hier ist ein lebendiges Ganzes und man kann den Figuren ihre Redeweise nicht vom Mund reißen, denn sie ist zugleich mit ihnen geboren. Es ist gesprochene Sprache, mehr als sonst vielleicht auf dem Theater, aber sie will nicht für sich allein das Fluidum sein, von dem alles Leben in die Gestalten überströmt, sondern nur mit der Musik zusammen. Wo sie ihr zu widerstreben scheint, ist es vielleicht nicht ohne alle Absicht; wo sie sich ihr hingibt, geschieht es von innen heraus.

Die Musik ist unendlich liebevoll und verbindet alles: ihr ist der Ochs nicht abscheulich – sie spürt, was hinter ihm ist, und sein Faunsgesicht und das Knabengesicht des Rofrano sind ihr nur wechselweise vorgebundene Masken, aus denen das gleiche Auge blickt – ihr ist die Trauer der Marschallin ebenso süßer Wohllaut wie Sophiens kindliche Freude, sie kennt nur ein Ziel: die Eintracht des Lebendigen sich ergießen zu lassen, allen Seelen zur Freude.

›DER ROSENKAVALIER‹. ZUM GELEIT (1927)

Nichts ist schwieriger, als sich das Existierende als nicht existierend vorzustellen. Diese Figuren haben sich längst von ihrem Dichter abgelöst; die Marschallin, Ochs, Octavian, der reiche Faninal und seine Tochter, das ganze Gewebe des Lebens zwischen ihnen, es ist, als wäre dies alles längst so dagewesen, es gehört heute nicht mehr mir, nicht mehr auch dem Komponisten, es gehört jener schwebenden, sonderbar erleuchteten Welt: dem Theater, in der es nun schon eine Weile, und vielleicht noch für eine Weile, sich lebend erhält.

Ich blättere in der Sammlung der Briefe, die zwischen Strauss und mir in jenen Jahren gewechselt wurden. Manches freilich ist für den, der sie schrieb und empfing, noch heute von der Atmosphäre gelebten Lebens umwittert; ein Hauch steigt daraus empor von jenem eigentlichen Lebenselement der Produktion, jenem Versuchhaften, innerlich Geglaubten, das dann sogleich, wie es nach außen tritt, vom Zweifel behaucht wird. Die Erinnerung an den Widerstand der Welt steigt empor, mit dem sie jedes aus der Imagination hervorgehende Lebendige, sei es noch so heiterer Art, empfängt und kräftigt, indem sie es abzulehnen und zu erledigen meint. Fast sonderbar ist es heute, zu denken, daß Brief um Brief hin und her ging, die Bedenken eines verdienten Theaterchefs zu beschwichtigen in bezug auf das Ganze und vieles Einzelne, sich zu erinnern, wie scharf und verletzend ein oder das andere Detail der leichten Komödie wirken konnte, ein oder der andere Zug eines leicht hingemalten Bildes, in das heute eine gewisse Harmonie und Ruhe gekommen ist, nachdem so viele Augen es angeschaut haben. Fast sonderbar, zu denken, wie an einer anderen Hofbühne die erste Sängerin dem Intendanten die Rolle der Marschallin zurückschickt mit der Bitte, sie von dem Auftreten in der »zweideutigen Atmosphäre« dieses Stückes zu entheben.

Doch war der Anfang ohne Schwierigkeit. Gesellig wie das

Werk selbst war seine Entstehung. Das Szenarium ist wahrhaft im Gespräch entstanden, im Gespräch mit dem Freund, dem das Buch zugeeignet ist (und zugeeignet mit einer Wendung, die auf wahre Kollaboration hindeutet), dem Grafen Harry Kessler. Die Gestalten waren da und agierten vor uns, noch ehe wir Namen für sie hatten: der Buffo, der Alte, die Junge, die Dame, der »Cherubin«. Es waren Typen, die zu individualisieren der ausführenden Feder vorbehalten blieb. Aus dem ewig typischen Verhältnis der Figuren zueinander entsprang die Handlung, fast ohne daß man wußte, wie. Auch die Molièresche Komödie ruht nicht so sehr auf den Charakteren selbst als auf der Relation der oft sehr typischen Figuren zueinander (dies in Parenthese). Der Ort dieser produktiven Gespräche war Weimar; ich fuhr nach Berlin, ohne eine Notiz als das Personenverzeichnis auf die Rückseite einer Tischkarte gekritzelt, aber mit einer erzählbaren Handlung im Kopf. Die Wirkung dieser Erzählung auf Strauss ist mir erinnerlich, als wäre es gestern gewesen. Sein Zuhören war ein wahrhaft produktives. Ich fühlte, wie er ungeborene Musik an die kaum geborenen Gestalten verteilte. Dann sagte er: »Wir werden das machen. Wir werden es aufführen, und ich weiß auch aufs Haar, was man sagen wird. Man wird sagen, daß eine allgemeine Erwartung wieder einmal schmählich enttäuscht wurde, daß dies ganz und gar nicht die komische Oper ist, welche das deutsche Volk Jahrzehnte mit Sehnsucht erwartet. Und mit diesem Kommentar wird unsere Oper durchfallen. Aber wir werden uns unterhalten, indem wir daran arbeiten. Fahren Sie schnell nach Hause und schicken Sie mir möglichst bald den ersten Akt.« Dies Gespräch muß in den letzten Märztagen (1909) geführt worden sein. Vom 4. Mai ist der Brief aus Garmisch, mit dem der Empfang des ersten Aktes bestätigt wird. In einem Brief vom 16. Mai heißt es schon: »Meine Arbeit fließt wie die Loisach – ich komponiere mit Haut und Haar.« Ein Jahr später, in dem Brief vom 2. Mai 1910, heißt es: »Ich beginne jetzt mit der Komposition des dritten Aktes.« Im Jänner 1911 kam das Werk in Dresden auf die Bühne.

Jene lebhaft angeregten Gespräche in Weimar – wie erinnere

ich mich des Bücherzimmers, mit ein paar der schönsten Skulpturen von Maillol geschmückt, wie deutlich der hastigen, wie von einem kleinen Fieber beschleunigten Repliken, die einer dem anderen gab –, jenes Spiel mit den typischen, unbenannten Figuren und den möglichen Kombinationen, die sie eingehen konnten, es wäre doch für sich allein nicht stark genug gewesen, eine kleine Welt lebender Gestalten hervorzurufen. Dahinter war der geheime Wunsch, ein halb imaginäres, halb reales Ganzes entstehen zu lassen, dies Wien von 1740, eine ganze Stadt mit ihren Ständen, die sich gegeneinander abheben und miteinander mischen, mit ihrem Zeremoniell, ihrer sozialen Stufung, ihrer Sprechweise oder vielmehr ihren nach den Ständen verschiedenen Sprechweisen, mit der geahnten Nähe des großen Hofes über dem allen, mit der immer gefühlten Nähe des Volkselementes. So entstand das Gewimmel der kleinen Figuren, diese Duenna, dieser Polizeikommissär, dieser Wirt, diese Lakaien und Haushofmeister, diese Intriganten, Schmarotzer, Lieferanten, Friseure, Laufer, Kellner, Sänftenträger, Häscher, Tagediebe. Das aber konnte nur zusammengehalten werden durch eine besondere Sprache, die – wie alles in dem Stück – zugleich echt und erfunden war, voll Anspielung, voll doppelter Bedeutungen. Eine Sprache, durch welche jede Person zugleich sich selber und ihre soziale Stufe malt, eine Sprache, welche in dem Mund aller dieser Figuren die gleiche ist – die imaginäre Sprache der Zeit – und doch im Mund jeder Figur eine andere, mit einer ziemlich beträchtlichen Spannweite von der sehr einfachen Sprache der Marschallin (und in dieser außerordentlichen, manchmal fast demütigen Einfachheit liegt die große Kondeszendenz der Figur) zu der knappen, eleganten Sprechweise Octavians, in der sich vielleicht ein wenig jugendliche Herzlosigkeit verrät, dem Reden des Faninals – das im Mund seiner Tochter noch um ein kleines gespreizter, aber naiver ist – und der eigentümlichen Mischung aus Pompösem und Gemeinem im Mund des Buffo. Diese Sprache ist es – ein Kritiker hat sie, ich glaube, im tadelnden Sinn, ein Volapük des achtzehnten Jahrhunderts genannt; ich finde diese Bezeichnung sehr annehmbar –, diese Sprache ist es, welche dieses Libretto zum unübersetzbarsten in der Welt gemacht. Außerordentlich geschickte Federn haben sich bemüht, es ins Englische, Französische und Italienische zu übertragen. Aber die Figuren, aus dem Element dieser Sprache genommen, nehmen etwas Kaltes an, sie stehen in viel härterer Kontur gegeneinander. Es fehlt der zarteste Teil der Modellierung. Es fehlt die Geselligkeit der Figuren untereinander, durch welche die Lebensluft eines Stückes entsteht.

DER ROSENKAVALIER-FILM (1925)

I. Akt

Die Stiftsdame Freiin von Ochs auf Lerchenau und ihr Neffe, der Freiherr Leopold, der einzige Sohn ihres verstorbenen Bruders.
Zimmer der Stiftsdame im savoyischen Damenstift: schöne alte Möbel, Familienbilder, Vogelkäfige; kleine Hunde, Katzen, ein Chamäleon frei herum kriechend; ein Eichhörnchen in einem Käfig; Papageien. Betschemel, darüber großes Kruzifix.
Die Stiftsdame mit ihren Tieren. Alter weißhaariger Diener öffnet die Tür, läßt eine arme Frau herein, [Bettlerin] mit Kindern. Stiftsdame beschenkt sie mit schon vorbereiteten altem Leinenzeug und Strümpfen. Schenkt [einem der Kinder] dem kleinen Mädchen eine ihrer alten seidenen Hauben. Diener läßt noch einen Blinden ein. Stiftsdame in Verlegenheit, kramt in dem großen Schrank herum, worin tausenderlei Familienandenken, Gläser mit Konfitüre, Äpfel, alte Prunkkleider. Nimmt irgendwo verstecktes Geld, gibt dem Blinden ein Geldstück, der Frau auch. Alle küssen ihr die Hände und gehen. Sie bleibt mit dem Diener allein zurück, ist traurig, daß sie nicht mehr Gutes tun kann. Die Tiere schmeicheln ihr. Sich zu trösten nimmt sie das Bild aus ihrem Lederfutteral, das Miniaturbild ihres Neffen Leopold hervor, ein Kinderbild. Betrachtet es liebevoll.
Das Kinderbild des Baron Ochs; ein herziger kleiner Bub im Hemd, neben einem Schaukelpferd. Der Bub schwingt einen krummen türkischen Säbel. [Von einem wirklich dreijährigen Kind zu geben.]
Wie der Baron Ochs zur gleichen Stunde wirklich aussieht.
Das Speisezimmer des Baron Ochs, auf seinem Schloß.
Ein verwahrloster ehemals prächtiger Saal mit einem verrauchten Kamin und teilweise durch Bretter ersetzten Fenstern. Gewehr und Jagdgerät unordentlich herumgestreut. Jagdhunde schlafend auf dem Boden, dazwischen Hühner

Speisereste aufpickend. Draußen Obstgarten oder freies Feld.
Baron Ochs sitzt in Hemdärmeln auf einem einstmal prächtigen vergoldeten Lehnstuhl an dem bäurischen Eßtisch mit irdenem Geschirr, auf welchem kein Tischtuch ist. Ihn bedient eine hübsche junge Magd, der er, mit mächtigem Appetit essend, gleichfalls Aufmerksamkeit erweist. Dicke Wirtschafterin herein, mit Apfelstrudel, ärgert sich, stellt die Schüssel grob hin. Strohhaariger Bursch, halb Bauernlümmel, halb Diener, langt hinter Ochs' Rücken durchs Fenster nach dem Strudel, erwischt ein Stück. Wirtschafterin, seine Mutter, hilft ihm dabei. Ochs bemerkts, springt auf, greift nach der Hetzpeitsche, hetzt die Hunde durchs Fenster dem Dieb nach, schmeißt dabei den Wein um. Magd lacht.
Zimmer der Stiftsdame.
Die Einladung.
Stiftsdame verschließt liebevoll das Kinderbild. Kniet am Betschemel, betet für den Neffen. Diener führt Läufer herein. Brief. Eine Einladung zum Herrn von Faninal, in dessen neues Palais – Stiftsdame war die Patin von Faninals verstorbener Frau.
Die Fürstin Feldmarschallin.
Großer Korridor, mit Statuen und Trophäen geschmückt.
Großes Treppenhaus.
Park mit Statuen.
Einsamer Teil des Parks.
Die Feldmarschallin in einem Morgenkleid ohne Reifrock, ohne Hut, kommt durch den Korridor; sie schreitet die Treppe hinab – geht durch den Park mit den Statuen und Kaskaden, ohne alle diese Dinge eines Blickes zu würdigen. Winkt nachgehenden Diener ab, sie allein zu lassen. Als sie an ihre einsame Lieblingsstelle kommt, eine halbverwilderte Ecke des Parks, erheitert sich ihr Gesicht. Alles an ihr entspannt sich. Sie genießt die Einsamkeit. Kleine Kinder des Gärtners wagen sich durchs Gebüsch ihr näher. Sie läßt sie zu sich, herzt sie. Jemand kommt näher. Sie steht auf. Ein Diener (Haushofmeister) meldet: Seine fürstliche Gnaden treffen von Wien ein und werden in einer Stunde hier in den Schloßhof einreiten.

Der Feldmarschall.
Sie sieht das harte starre Gesicht des Feldmarschalls für einen Augenblick vor sich. Sie schiebt die Kinder von sich. »Geht, Kinder! Jetzt ist es mit meinem Frieden vorbei – mein Mann kommt.« Sie entläßt mit einem Wink den Diener.
Die Kinder haben ihr viele Feldblumen in die Arme gedrückt, schlüpfen weg. Ihr Gesicht hat sich verfinstert. Sie preßt mit einem letzten Aufleuchten die Stirn an den Stamm eines alten Baumes, dann läßt sie die Blumen fallen und geht traurig fort.
Die Ankunft des Hausherrn.
Der oberste Absatz der Prunktreppe.
Die Flügeltüren oben öffnen sich. Die Feldmarschallin tritt heraus, in großer Toilette. Von unten steigt der Feldmarschall die Treppe herauf. Er trägt den Hut in der Hand. Je zwei Diener stehen auf jedem Absatz, verneigen sich tief, solange der Feldmarschall sie passiert.
Sowie er den Fuß auf den obersten Treppenabsatz setzt, tiefe Verneigung der Marschallin, die er mit einer Verbeugung erwidert.
»Jetzt werden Euer Gnaden sich nicht mehr langweilen. Ich habe viele Gäste geladen. Wir werden einen Hirsch hetzen«
–– »Ich langweile mich nie wenn ich allein bin.«
Er reicht seiner Frau die Rechte, und führt sie, die führende und die geführte Hand hoch gehoben, in den Saal.
Hof des fürstlichen Schlosses.
Vorführen der Pferde. Entgegennahme der Einladungsbriefe aus der Hand des Haushofmeisters, jeder mehrere. Abreiten nach verschiedenen Richtungen.
Die Berittenen mit den Einladungen an die Nachbarschaft zur bevorstehenden Hirschjagd reiten ab.
Die Einladung an Baron Ochs war schwer zu bestellen.
Der verfallene Edelhof des Baron Ochs, mitten in einer fruchtbaren niederösterreichischen Landschaft.
Verschiedene Schauplätze:
Die Zufahrt zum Schloß, mit schönen alten Bäumen und einem verfallenen Parktor.
Der »Schloßhof« mit einem riesigen Misthaufen und Pfützen

voller Gänse und Enten, böser Kettenhunde. Einblick in einen Wagenschuppen, worin kein ganzes Fuhrwerk. Ein Ziehbrunnen, ein defekter Taubenschlag u.s.f. sowie andere Lokalitäten des Ochs'schen Schlosses und der Umgebung.
Bote hereinreitend, Brief in der Hand schwingend. Fragt nach »seiner Freiherrlichen Gnaden«. Das Gelichter auf dem Hof (schmutzige Stallmagd, ein Buckliger, Buben von 8–15 Jahren) gibt keine Auskunft. Die Buben schmeißen aus den Zweigen eines Nußbaumes Steine auf das Pferd, die alte Stallmagd schüttet dem Reiter einen Kübel Jauche vors Pferd, daß es ihn anspritzt u.s.f. Hunde, Köter verbellen ihn wütend. Ein Teufelsnest. Der reitende Bote schreit nach dem Haushofmeister. Irgendwo geht ein Fenster auf, die alte Wirtschafterin in einer grotesken Frisur und einer zweifelhaften Nachtjacke, zeigt sich, schmeißt das Fenster wieder zu »man wisse nicht wo der Herr Baron wäre. Er solle ihn suchen« – »Wo er ihn suchen solle?«: »Im Obstgarten – oder vielleicht auf dem Heuboden« (Brüllendes Gelächter der Bande, die sich offenbar über den Reiter lustig macht) »Es sei gefährlich den Herrn Baron zu suchen; er hat verboten, daß man ihm nachgeht«.
Reiter, kurz entschlossen, springt ab, bindet das Pferd an den Gattern, fängt einen der Buben, packt ihn am Ohr »Du wirst mich führen bis ich vor Seiner Gnaden stehe«. Das Gelichter auf dem Hof, samt den Gänsen und Hunden stiebt auseinander; Steine fliegen dem Boten um die Ohren, er aber läßt seine Geisel nicht los und gelangt so ins Haus.
Wechselnd mit diesen Vorgängen die folgenden im Innern des Hauses.
Der Leiblakai (jener struppige blonde junge Lümmel von früher) führt bei einer Hintertür eine hübsche Bäuerin ins Haus. Sie trägt Eier in der Schürze, die sie der Frau Wirtschafterin abzuliefern hat. Lakai tut, als suche er die Wirtschafterin. Dabei tauscht er mit jemandem Zeichen, der oben auf der Holztreppe lauert. Das ist Ochs, der ihm Zeichen macht, er solle die Bäuerin ihm zuführen.
Dann ein anderer Raum.
Ochs mit der jungen Bäuerin allein, die immer knixt, dabei Angst hat, die Eier wegzulegen, wobei er ihr hilft. Sie zählt

ihm die Eier vor, dabei küßt er sie von hinten. Er sagt er wolle selber ihr die Eier zahlen, er wisse die Wirtschafterin sei zu geizig. Sie knixt beschämt vor so viel Herablassung. Der Leiblakai erscheint wieder, Ochs jagt ihn fort. Sie solle mit ihm kommen in sein Kabinett, dort habe er Geld. Er führt die sich leicht Sträubende an der Hand (immer leise, verstohlen) über Gänge und Treppen auf den Heuboden. Die Bäuerin ängstlich: »Ob das Seiner Freiherrlichen Gnaden ihr Kabinett sei?« »Ja, ja, sie werde schon sehen.« – Leiblakai, auf anderem Wege nach, spionierend. Er klettert dabei über Obstgartenmauer, weil er außen den Weg nimmt. Aber durch Mauerlöcher, schadhafte Stellen in der Verschindelung sieht er immer die zwei. Wie er von einer Mauer herabspringt, seinen Weg fortsetzend, steht plötzlich der Reitende mit dem am Ohr geführten Buben vor ihm. Der Bub: »Das ist der Herr Leiblakai.« Der Reiter: »Führ er mich zu seiner Gnaden.« Lakai: »Sofort. Er werde seine Gnaden benachrichtigen.« Reiter wartet. Lakai erklettert das Dach des Heustadels (der mit dem Haus zusammenhängt) von außen. Drinnen im Heu die junge Bäuerin vor Ochs flüchtend, Ochs ihr nach. Bäuerin hat sich versteckt, hofft ihm entkommen zu sein. Ochs beschleicht sie. In diesem Augenblick fällt ihm von oben, durch eine Bresche im verwahrlosten Schindeldach, ein schwarzer Kater auf den Kopf. Wie er aufschaut, grinst durch die Luke das Gesicht des Lakaien herein. »Euer Gnaden werden dringend gesucht! Ein fürstlich Werdenbergischer Reiter ist da mit einem Brief!« – Ochs ab, nachdem er durch Vorlegen des Riegels die Bäuerin eingesperrt hat. Zum Lakaien: »Warten lassen, ich muß Toilette machen.«

Ein Zimmer; Ochs bei der Toilette. Die junge Magd müsse helfen. Eine furchtbare Unordnung. Die Wirtschafterin wird zur Hilfe gerufen. Sie kommt einen gespickten Hasen in der Hand, für den sich Ochs während des Anziehens sehr interessiert.

Wirtschafterin entdeckt, daß Ochs ungleiche Strümpfe anhat, gibt der Magd eine Ohrfeige, jagt sie fort. Endlich ist die Toilette fertig. Ochs sieht sehr stattlich aus. Ruft den Lakai. Umsonst – ärgert sich – reißt am Glockenzug –, dessen Band bleibt ihm zerrissen in der Hand. Erhebt sich, schießt als Signal eine schwere Reiterpistole durchs Fenster ab. Prompt erscheint der Leiblakai, den reitenden Boten anmeldend. Bote tritt ein, grüßt respektvoll, überreicht den Brief. Ochs: »Meld er seiner Durchlauchtigsten Herrschaft, ich werde die Ehre haben zum Jagdrendezvous zu erscheinen.« Leiblakai schnell ab, hilft der Bäuerin übers Dach zu entkommen, wofür sie ihm im Obstgarten einige schnelle Zärtlichkeiten schuldig wird, indem sieht man durch den Gattern des Obstgartens den Werdenbergischen Reiter abreiten.

Die Stiftsdame in ihrer Sänfte auf dem Weg zum reichen Neugeadelten, dem Herrn von Faninal. Der alte Diener, in Livree, marschiert neben der Sänfte, einen Stock in der Hand.

Die Sänfte bewegt sich an einer ungeheuren Mauer vorbei, geziert mit Vasen und Büsten. »Da hinten liegt der Park des Herrn von Faninal!« Die Mauer hat kein Ende. Die Sänftenträger müssen die Sänfte niederstellen, ausruhen; sie setzen sich, wischen den Schweiß von der Stirn. Endlich das Parktor!

Die Stiftsdame beim Herrn von Faninal zu Tisch.

Der dritte Tischgenosse ist ein geistlicher Herr. Prunkhaftes Service. Sehr viel Dienerschaft. Man steht eben von Tisch auf. Faninal reicht der Stiftsdame die Hand. Umständliches Zeremoniell: endlich ordnet man sich so, daß der Domherr rechts von der Stiftsdame, diese an der Hand Faninals in der Mitte geht. Dazwischen: Ärger Faninals über einen Bedienten, den er mit Fußtritten zur Tür hinausjagt, weil der Bediente über ihn gelacht. Flügeltüren werden geöffnet. Faninal führt seine Gäste durch die Bildergalerie. Die ganze Wand von oben bis unten tapeziert mit großen italienischen Bildern, vorwiegend Bolognesen, Caracci, Dominichino etc. Bewunderung der Gäste: daß es möglich gewesen sei, in so kurzer Zeit eine solche Galerie zusammenzubringen. Faninal: »Es ist die Galerie des Kardinals Buoncompagni. Sie war gerade verkäuflich. Ich habe überall meine Emissäre. Für diese Danae hab ich zwanzigtausend Dukaten gegeben.« – Stiftsdame läßt vor Schrecken über diese Summe ihr Taschentuch fallen, das Faninal galant aufhebt.

Sie betrachten ein kleines sehr schönes Zimmer, worin ein Spinett, ein Stickrahmen und eine Harfe. »Das ist das Zimmer für mein einziges Kind, meine Sophie. Sie bleibt noch ein Vierteljahr im Kloster, dann ist ihre Erziehung vollendet.« Der Stiftsdame geht ein Gedanke durch den Kopf. »Ich werde die kleine Sophie im Kloster besuchen, ich muß mich überzeugen, ob das Kind ihrer Mutter, meiner Pate, nachgerät.« Faninal: »Das wird eine große Ehre für die Kleine sein.«
Stiftsdame wieder in ihrer Sänfte.
Klostereingang.
Pförtnerin öffnet, Stiftsdame tritt ein.
Die jungen Mädchen im Klostergarten spielen Federball unter Aufsicht einer Nonne. – Sophie mit einer Freundin sondern sich von den anderen ab, schlüpfen zwischen Gebüsch längs einer Mauer nach einer gewissen Stelle des Klostergartens, wo ein alter Steinsitz auf Stufen, der gestattet wenn man sich auf die Fußspitzen stellt durch ein Gitter ins Freie zu spähen. Sophie äußerst ungeduldig: »Schnell, schnell! es ist seine Stunde! Ich höre den Trab seines Pferdes!«
Sie klettern hinauf, spähen hinaus.
Draußen: Straße am Klostergarten vorbeiführend, schon halb ländlich. Octavian Rofrano zu Pferd, hinter ihm Reitknecht in Rofrano'scher Livree. Sie reiten vorbei.
»Innen: Sophie: »Hast du ihn gesehen? Wer ist es?« Freundin: »Das ist die Livree des Marchese Rofrano! Es muß der jüngste Rofrano sein.« Sophie: »Wie heißt er mit dem Vornamen?« Freundin: »Ich weiß nicht!« (lacht) »Glaubst du ich weiß die Vornamen aller jungen Herren auswendig?« Sophie, böse, läuft von ihr weg.
Die Freundin mischt sich wieder unter die andern jungen Mädchen. Zu der Aufsicht führenden Nonne tritt die Pförtnerin, meldet etwas: »Die Fräulein von Faninal soll ins Sprechzimmer, es ist Besuch für sie da.« Nonne: »Wo ist die Sophie?« – Man ruft sie. Die Freundin: »Ich werde sie gleich holen«, läuft weg.
Sophie: in einer kleinen Kapelle vor dem Muttergottesbild auf den Knien. »Allerseligste Jungfrau, wenn ich einmal nachhausekomm und heiraten darf, laß meinen Mann so aus-

schauen wie den« – – Statt eines vergoldeten Sankt Georg in einer Nische der Kapelle steht auf einmal Octavian Rofrano da, die Reitpeitsche in der Hand und lächelt ihr zu. Sie rafft sich auf, errötet; die Freundin kommt gelaufen, sie holen. Die Vision ist verschwunden.
Das Sprechzimmer des Klosters, einfach mit einer großen Grablegung an einer Wand, einem Bild der Kaiserin Maria Theresia als junge Frau an der andern. Stiftsdame auf einer Bank, wartend. Nonne öffnet eine Tür, läßt Sophie eintreten. Nonne bleibt hinter einem seitlichen Gitter sichtbar.
Sophie auf die Stiftsdame zu, verneigt sich tief.
Stiftsdame, entzückt, küßt sie auf die Stirn. –
Stiftsdame, in ihrem Bett liegend; ihre Gedanken lassen sie nicht schlafen. Sophies Gestalt tanzt vor ihren Augen. »Das wäre eine Braut für den Poldl, meinen lieben Neffen.« Sie springt aus dem Bett, kramt in ihrem Schrank. Entnimmt einem Futteral eine Rose in Silberfiligran. Nimmt die Rose graziös zwischen die Finger, geht auf die Gestalt der Sophie, die in reizender Verschämtheit dasteht, zu und überreicht ihr als »Rosenkavalier« die silberne Rose. »Ich habe die Ehre, der hoch und wohlgebornen Jungfer Braut, in meines Herrn Neffen, dessen zu Lerchenau Namen – die Rose seiner Liebe zu überreichen!« Sie stößt dabei einen Paravent um, ihre Tiere wachen erschrocken auf, die Gestalt der Sophie ist verschwunden, die Katzen springen aufs Bett, die Hunde bellen, das Eichhörnchen dreht ein Rad. Die Stiftsdame, erschrokken, schlüpft ins Bett, bläst die Kerze aus.
Sophie, in ihrem Bett – im Bett daneben schläft fest die Freundin. Sophie schläft aufgeregt: sie sieht vor sich den Grafen Rofrano – bald ist es aber der heilige Georg – sie steht an einem Baum gebunden, der Lindwurm bewacht sie – Octavian mit einem Helm auf wie Sankt Georg und einem Spieß in der Hand küßt sie (Vom Lindwurm sieht man nur das abgeschlagene Drachenhaupt). Sie schläft selig lächelnd ein.
Die Frau Feldmarschallin begegnet allen ihren Jagdgästen gleichmäßig – oder bevorzugt sie einen ihrer Gäste – den jüngsten?...
Der Feldmarschall und die Feldmarschallin mit Damen und

Herrn auf einer der Terrassen des Schlosses hoch über der Ebene. Der Feldmarschall zeigt den Umfang seiner Güter, die man von hier übersieht.
Octavian in einer Gruppe jüngerer Herren weiter rückwärts.
Man wendet sich, eine Steintreppe hinabzugehen nach dem Schloßhof. Ein sehr alter Ordensgeistlicher ist in der Gesellschaft. Beim Hinabgehen ist sein Schritt unsicher. Die Marschallin geht schnell zu ihm. Gibt ihm den Arm. Dabei streift ihr Blick Octavian, der jetzt dicht hinter ihr ist.
Die Gesellschaft ist jetzt im Schloßhof. Der Feldmarschall läßt Pferde und Jagdhunde vorführen. Unter den Bereitern ein blutjunger Türke. Der Feldmarschall zeigt auf ihn. »Ein Beutestück aus meinem letzten Türkenfeldzug. Man hat ihn verschont. Er war erst zehn Jahre alt und schon tapfer.« – Der Türke fühlt, daß von ihm die Rede ist, springt blitzschnell vom Pferd und wirft sich vor dem Feldmarschall in den Staub, mit der Stirn dreimal die Erde berührend. Die Feldmarschallin ist mit Octavian zurückgeblieben. Man sieht ihre Gestalten oben auf der Terrasse zwischen Blumen, Steinfiguren und springendem Wasser.
Die Feldmarschallin und Octavian allein auf der Terrasse. Sie sieht ihn lange an. Octavian: »Warum sieht Sie mich so streng an, ma cousine?« – »Nicht streng! Ich habe ihn angesehen, weil er meinem jüngeren Bruder ähnlich sieht, den ich auch verloren hab.« – »Hat Sie sonst noch jemand verloren?« – Sie antwortet nicht, ein Schleier fällt über ihr Gesicht. – Er: »Es ist kein Wunder, wenn ich Ihrem Bruder ähnlich seh – wir sind doch nah verwandt.« Sie (wieder lächelnd) »Ja, durch [die] schöne spanische Großmutter Villamediana.« —– Sie gehen weiter. Ihre Blicke haften öfter auf seiner Miene, der man alles anmerkt, auch daß er seit einer Stunde überaus verliebt in sie ist.
Die einsame Stelle des Parks.
Die Marschallin mit Octavian zwischen dem Gesträuch auftauchend. Abendsonne. Sie setzt sich auf die Steinbank. Er bleibt knieend neben ihr. »Hier verstecke ich mich, wenn ich allein sein will. Diesen Platz kennt niemand als meine ver-

trauteste Dienerin.« – »Und mich hat Sie hierhergeführt!« (Man fühlt, daß er ihre Hände mit Küssen bedecken möchte, aber er wagt es nicht.) –– »Aber was dieser Platz mir bedeutet, das kann ich Ihnen nicht sagen, mon cousin, dazu ist Er zu jung.« –– Auf seinem Gesicht malt sich kindische Eifersucht. –– »Das will Sie mir nicht sagen, ma cousine?« – Sie sieht starr vor sich. Zwischen den Sträuchern und Bäumen, die nach rückwärts zu wie Kulissen stehen und auf einen Teich zuführen, kommt ein Kind gegangen. Es ist einer der Buben der kinderreichen Gärtnerfamilie, vielleicht dreieinhalb Jahre alt und blond. Er trägt eine hochstielige große Blume in der Hand, die er der Marschallin bringen will, und man merkt seinen langsamen Schritten das kindische Gefühl der Wichtigkeit seines Tuens an. Er ist noch ziemlich weit. – Die Marschallin sieht starr auf das Kind. Octavian folgt ihrem Blick und begreift nicht, was sie so erregt. Das Kind kommt näher und näher. Die Marschallin bricht in fassungsloses Weinen aus. Das Kind ganz nahe, sieht wie sie ihr Gesicht mit den Fingern und dem Taschentuch verbirgt, erschrickt, läßt ihr die schöne Blume vor die Füße fallen und läuft weg. Die Marschallin trocknet ihre Tränen – »Ich bin ihm eine Erklärung schuldig.« – Er, blaß vor Schreck über ihr Weinen, wehrt ab –– »Ja, ich will ihm's sagen. Ich hab mein einziges Kind verloren, meinen Buben. Hier war sein Lieblingsplatz. Und wie jetzt der Bub auf mich zugekommen ist –– gerad so alt wie der Bub da war er zuletzt«... Sie sieht wieder mit tränenerfüllten Augen vor sich hin.
Vor ihren Augen erscheint die fürstliche Familiengruft, vor die man mit feierlichem Gepränge einen schön verzierten Kindersarg hinabträgt. Eine weibliche Gestalt, sie selber, in schwarzen Schleier gehüllt, liegt wie tot, mit der Stirn auf einer Altarstufe. Die Vision verschwindet – die Marschallin steht auf. – »Seit diesem Tage, das hab ich mir gelobt, tanze ich keinen Schritt, singe keinen Ton und gehe nicht mehr auf die Jagd.« Octavian, zu Tod erschrocken: »Sie reitet morgen nicht mit auf die Jagd?« Sein Gesicht drückt völlige Zerstörung aus. – Marschallin wider Willen lächelnd über seine Verzweiflung: »Es werden Damen genug mit sein.« Octavian:

»Sie! Es gibt nichts auf der Welt als Sie!« (Er küßt blitzschnell eine ihrer schönen Hände, die sie ihm sogleich entzieht.) Marschallin, – indem ein Ausdruck in ihr Gesicht tritt, den man früher für unmöglich gehalten hätte – so sanft, leuchtend und jung: »Wenn ihm das eine Entschädigung ist, so werde ich der Jagd nachfahren« –– »Und ich darf neben Ihrem Wagen reiten?« –– »Das nicht. Er muß bei der Jagd bleiben – aber am Abend beim Halali wird er mich wiederfinden.« Octavian wirft sich vor ihr nieder, drückt sein Gesicht an ihr Kleid. Marschallin steht schnell auf und wendet sich zu gehen – Octavian stellt sich ihr in den Weg flehend: »Und heute Abend, wenn der Mond aufgegangen ist, wird Sie eine Minute mit mir hier sitzen und ich werd im Mondschein Ihre Hände küssen!« »Wie kann ich denn das? Abends, wo Spielpartie ist!« »Was man will, das kann man immer!« – »Wer sagt ihm, daß ich es will?« (Ihr Gesicht ist für seine begierigen Augen undurchdringlich in seiner Schönheit und seiner beständigen Trauer, über die ein leichtes Lächeln fliegt, vielleicht Gewährung, vielleicht Ironie.) Sie hat die Blume aufgenommen, die das Kind gebracht hat. Er nimmt sie ihr zart aus der Hand. – »Die Blume wird Sie sich dann holen – im Mondschein.« – Sie schüttelt den Kopf. Er: »Sie hat es mir versprochen!« – Sein Blick haftet ängstlich an ihrem Mund. »Halb versprochen«, sagen ihre Lippen.

Großer Saal im Schloß.

Brennende Kronleuchter und Girandoles. Draußen Mondschein auf der Terrasse; eine gläserne Flügeltür steht offen, ins Freie. Tische mit Spielern, Damen und Herren. Der Feldmarschall an einem Tisch, die Marschallin an einem andern. Jüngere Herren, darunter Octavian, kommen von der Terrasse herein, stellen sich hinter die Spielenden, sehen zu. –– Octavian versucht die Marschallin mit flehenden Blicken zum Aufstehen zu bewegen. Sie beachtet ihn nicht. – Die Spieler von einem andern Tisch stehen auf. – Octavian tritt hinter die Marschallin, frägt sie über die Schulter: »Ist Euer Gnaden Spiel noch nicht bald zu Ende?« Marschallin, indem sie ihr Gesicht zu ihm wendet, ganz undurchdringlich, ganz große Dame: »Wie Er sieht, noch nicht.« – Octavian wendet sich betrübt, schlendert langsam gegen die Balkontür.

Octavian langsam durch den Park gehend. Statuen, Teiche und Rasenplätze im Mond.
Die Spielpartie weitergehend. Von Zeit zu Zeit heftet der Marschall seine kalten Raubvogelaugen sehr aufmerksam auf die Marschallin, die mit verbindlicher und interessierter Miene weiterspielt.
Octavian an der einsamen Stelle des Parks vergeblich wartend, die Ungeduld verzehrt ihn. Er küßt die Steinbank, wo sie gesessen ist. – Er hält die vergessene Blume in der Hand. Noch eine Pause vergeblichen Wartens. Er schleicht sich weg, die Blume in der Hand.
Die Spielpartie weitergehend, man gibt neue Karten.
Octavian bei der Gärtnerswohnung. Die Gärtnersfrau reicht ihm den kleinen Buben, den er in den Arm nimmt. Die Blume hält Octavian zwischen den Zähnen. Er läuft fort mit dem Kleinen.
Octavian, das Kind im Arm, erklettert über's Stalldach den Balkon vor dem Schlafzimmer der Marschallin.
Das Schlafzimmer der Marschallin. Ein geschlossenes Himmelbett seitwärts. Das Zimmer ist leer und unerleuchtet. Auf dem Balkon erscheint Octavians Kopf. Er vergewissert sich, daß niemand im Zimmer. Dann hebt er das Kind über den Balkon hinein. Er selbst bleibt im Mondschatten gekauert. Er gibt dem Kind die Blume in die Hand.
Der kleine Bub, die Blume in der Hand, betritt das Schlafzimmer, zuerst mutig, dann wie er vor das Bett gekommen ist, ängstlicher, weil er sich allein spürt. Er geht auf das Bett zu, dann läßt er die Blume vor dem Bett auf den unteren Rand des weißen Schleiervorhangs fallen und läuft zu Octavian zurück. Octavian hebt ihn herüber und sie verschwinden.
Im Saal. Man ist vom Spiel aufgestanden.
Marschallin allein die große Treppe hinaufgehend, ein paar Stufen vor ihr Diener mit Kerzenleuchter. Das Treppenhaus vom Mond erhellt. Octavian hinter einer Statue verborgen, ihr verliebt nachspähend.
Marschallin betritt ihr Schlafzimmer. Jungfer hat an der Tür vom Diener den Leuchter übernommen. Stellt ihn hin. Marschallin winkt ihr, sie wolle allein bleiben. Jungfer ab durch

eine Tapetentür. Marschallin auf ihr Bett zu, will den Bettvorhang aufziehen, sieht, daß da etwas liegt: die Blume. Ihr Gesicht drückt zuerst eine unwillkürliche liebliche Freude aus. Dann, die Blume in der Hand, erschrickt sie bis aufs Äußerste über den Gedanken, Octavian habe die Kühnheit gehabt, das Zimmer zu betreten. Angst er könne auf dem Balkon sein. Klingelt der Jungfer mit einer Handglocke. Die Jungfer solle die Balkontür abschließen. »Nein, warte noch« – Sie geht selbst hin, im Dunkel längs der Wand, zu sehen, ob niemand draußen, spähend. Dann winkt sie, zu schließen und den Vorhang zuzuziehen. Die Blume will sie der Jungfer geben – nein, sie wirft sie zu Boden. »Da, trag das fort, was da liegt« – bückt sich im gleichen Augenblick – nimmt die Blume wieder auf. Winkt der Jungfer, zu gehen. Setzt sich nächst einem Tisch, worauf der Leuchter steht. Legt fast unbewußt die Hand mit der Blume auf den Tisch, ihr Gesicht auf die Blume.

Bei Ochs. Früher Morgen. Ochs bei der Toilette, d. h. er kommt halbangezogen in den Hof heraus, Magd und Wirtschafterin an ihm knöpfend und nestelnd. Der junge Lakai, für heute »Leibjäger«, wäscht sich am Brunnen. Zwei gesattelte Pferde, eines hält ein Buckliger, das andere ein kleines Mädchen. Ochs im Begriff aufzusitzen, sieht, daß des Leibjägers struppiges nasses Haar nach allen Richtungen steht. Heißt ihn sich kämmen. Der Leibjäger: er habe keinen Kamm als seine fünf Finger. Magd läuft ins Haus um den einzigen Kamm, schmeißt ihn dem Lakai zu, indessen Ochs schon aufgesessen durchs Tor, das der Bucklige geöffnet, abreitet. Das zweite Pferd läuft dem ersten nach. Der Lakai sich kämmend, einen Fuß im Bügel, schwingt sich hinauf und trabt nach.

Hof des Werdenbergischen Schlosses.

Die Jägerei versammelt, die Pferde bereit zum Aufsitzen. Der kleine Türke führt das Pferd des Feldmarschalls. Die Meute mit den Hundeknechten seitwärts. Feldmarschall aus dem Schloß mit Gästen. Nimmt die Meldung des Jagdleiters an der Treppe entgegen. Aufsitzen, wozu der Hausherr mit einer Verneigung gegen die Gesellschaft und abgezogenem Hut, einlädt. Aufbruch. – Octavian schon aufgesessen, verspätet sich mit Absicht etwas, sucht mit dem Blick, ob die Marschallin an einem Fenster sichtbar. Reitet nach. Reitknecht mit Handpferden haben auf sein Abreiten gewartet, schließen sich an.

Ochs querfeldein trabend, sein Leibjäger hinter ihm. Halberwachsene Bauernmädel, bei der Herbstarbeit auf dem Feld, erkennen ihn, flüchten. Ochs schaut ihnen nach wie ein Fuchs einer flüchtigen Ente. Er reitet weiter, stößt auf ein Zigeunerlager. Zeltwagen, Feuer an der Erde, bei welchem Zigeuner löthen. Ochs will vorbei, devote Begrüßung. Altes Weib kommt hinterm Wagen hervor, hexenhaft. Ochs, wütend, beim Ausritt zur Jagd einer alten Hexe zu begegnen, will mit dem Reitstock nach ihr schlagen. Da springt hinter der Zeltwand ein junges Zigeunermädchen hervor, hebt die hübschen nackten Arme.

Die Jagd. Der Leithund hat die Spur des Hirschen aufgenommen. Die Reiter folgen im Trab. Stoppelfelder und Auen.

Ochs und die junge Zigeunerin. Ein verfallenes Gemäuer im Wald. Sie wie eine Eidechse zwischen Steinen. Er, mühsam vorwärtskommend, steigt vom Pferd, will sie fassen. Sie tut verschämt. Er will seinem Leibjäger pfeifen. Sie wehrts ihm. Sie schäme sich vor dem Jäger. Er solle nur das Pferd wo anbinden und mit ihr kommen. Sie wisse ein stilles Plätzchen. Er läßt das Pferd, will begierig ihr nach. Sie gewährt ihm einen Kuß, dann zieht sie ihn noch weiter in das Gemäuer – plötzlich ist sie verschwunden, als hätte der Boden sie eingesogen. –– Ochs in Wut, fast von Sinnen. –

Ochs, Pferd allein, grasend.

Junger Zigeuner kommt angeschlichen, ist wie eine Katze im Sattel, späht um sich. Zigeunermädel kommt aus der Erde gekrochen: aus der Mündung eines gemauerten Ganges – sitzt blitzschnell vor ihm im Sattel; er gibt dem Pferd die Sporen und sie sind davon.

Der Kreuzweg, wo früher das Zigeunerlager war. – Alles weg, nur glimmendes Feuer, halbverbranntes Reisig, ein paar Knochen. Ochs daher, querfeldein, zu Fuß. Leibjäger kommt getrabt: Dort drüben habe die Jagd sich hingezogen –– »Aber wo haben Euer Gnaden ihr Pferd?« Ochs: »Die Zigeuner habens mir gestohlen!« Und dort die fürstliche Jagd! »Sitz ab, gib mir dein Pferd – und du schau dich um ein Bauernpferd um und komm mir nach.« Leibjäger springt ab. Ochs sitzt auf und folgt der Richtung, die die Jagd genommen haben dürfte. Aber wie er auf den Hügel kommt, sieht er drunten ein Flußbett vor sich.

Die Jagd: ein Wasserarm zwischen Auen. Der Hirsch durch den Auwald brechend, durchschwimmt das Wasser, Hunde hinter ihm. Ochs jenseits auf einem Hügel. Ochs hat die Jagd wieder verloren. Er läßt sich von Bauern zu trinken geben und Auskunft, wo die Jagd sich hingezogen hat.

Eine kaiserliche Stafette reitet in den Werdenbergischen Schloßhof ein. Hochwichtige Meldung für den Feldmarschall. Vom Hofkriegsratspräsidium. »Ich habe Befehl, nachzureiten wo immer Seine Gnaden sich befindet.« Diener weisen ihm die Richtung, wo er die Jagd treffen dürfte.

In den Auen, gegen Abend. Der Wagen der Feldmarschallin. Octavian zu Pferd, ein Reitknecht in einiger Entfernung hinter ihm. Octavian reitet auf den Wagen zu, zieht den Hut und verneigt sich. »Darf ich eine Weile bei Ihr bleiben? Die Hunde haben die Spur verloren. Mein Pferd ist frisch, ich hole die Jagd leicht wieder ein.« Springt vom Pferd, gibt dem Reitknecht das Pferd an die Hand.

Die Jagd. Das Feld, in langsamer Gangart, an einem Flußufer. Ochs, am andern Flußufer in gemächlichem Trab. Er kommt an eine Überfuhr. Kleines Haus eines Fischers und Fährmanns. Winziger Hausgarten. Fährmanns Tochter allein, bloßfüßig, in Rock und Mieder, mit schönen blonden Zöpfen. Ochs, sie solle näher kommen, sie solle ihm zu trinken bringen. Sie solle ihms reichen, ganz nahe, mit einem Fuß im Bügel. Das Mädel entspringt ihm, hinter den Gattern des Gärtchens. Der Vater werde gleich kommen –– er sei draußen auf dem Fluß! Der dulde keine solchen Späße. – Ochs will sein Pferd in den kleinen Garten hineindrängen. Das Mädel klettert auf einen Obstbaum.

Die Marschallin und Octavian ganz allein, in den Auen.

Die Marschallin: »Wie hat Er es wagen können, mein Schlafzimmer zu betreten?« Octavian: »Ich schwöre, das hab ich nicht gewagt.« Marschallin: »Wagt Er die Unwahrheit zu beschwören? Ich habe die Blume gefunden.« Sie ist blaß geworden, ihr Gesicht ist hart, und sie steht auf.
Octavian – vernichtet von ihrem Zorn: »Nicht meine Hand hat die Blume hingelegt.« (Man sieht das Schlafzimmer und das Kind, wie es ängstlich dasteht und die Blume in das Bett fallen läßt.) Das Gesicht der Marschallin verwandelt sich.
Ochs und die Fährmannstochter. – Vom Baum herab schließt sie eine Kapitulation mit ihm. Wenn er verspreche anständig zu sein, führe sie ihn durch eine Furt – dort werde er die Jagdgesellschaft einholen.
Die Jagd, im Schritt eine Furt passierend. Die Hunde jenseits nehmen die Spur wieder auf. In der Ferne, Ochs mit seiner Führerin.
Die Marschallin und Octavian, allein, in den Auen. Es ist spät geworden. Man hört das Halali blasen. »Wo ist der Wagen? Wie haben wir so wenig auf die Stunde und den Weg achten können? Da draußen ist ein Fährmann in einer Zille. Wir wollen ihm winken! Führt er uns querüber, so erreichen wir schnell zu Fuß die Stelle, wo das Zelt aufgeschlagen ist und wo man sich zum Souper versammelt.«
Sie machen sich Sorgen – aber ihre Gesichter drücken das Entzücken aus, allein miteinander in einem Wald zu sein.
Ochs und seine Führerin. Waldige Stelle, dahinter der Fluß. Sie horchen: Das Halali! dort! Sie zeigt ihm einen Pfad, den er reiten kann; sie will in der entgegengesetzten Richtung fort. Er will ihr nach, sie küssen. Sie wehrts mit einem großen Ast voll Blättern, womit sie ihm das Pferd scheu macht. Er will sie zu sich in [den] Sattel reißen. Sie macht sich los. »Dort kommt mein Vater, ich ruf ihn!« Man sieht in der Ferne eine Zille mit drei Menschen.
Die Zille quer übern abendlich ruhigen Fluß fahrend. Octavian mit Marschallin auf einem quergelegten Brett dicht nebeneinander sitzend. Der Fährmann, ein starker Mann mit verwildertem Bart, in ein Stück grobes Zeug gekleidet, Beine und Brust nackt, rudert, ohne auf die beiden zu achten. Die

Marschallin lehnt sich an Octavian. Er hält mit der Linken – sie liegt ihm fast im Arm – seinen Hut hinter ihren Kopf – und küßt sie auf die Lippen.
Der Kahn anlegend an einem einsamen Holzschlag. Octavian hilft der Marschallin heraus, wirft dem Fährmann ein Goldstück hin. Das Mädel kommt gelaufen, winkt ihrem Vater, er solle sie aufnehmen. Steigt ein, indessen die andern im Wald verschwinden, einem kleinen Pfad folgend.
Ochs verhält sein Pferd. Erspäht die beiden zu Fuß. Schüttelt erstaunt den Kopf. Reitet ihnen neugierig nach, seitwärts. Die Marschallin (zwischen Bäumen schnell weitergehend): Wer war das? – Octavian: Ich weiß nicht.
Ochs, ihnen im Trab vorgekommen, pariert sein Pferd seitlich, grüßt mit tiefer Verneigung, im Sattel, die Marschallin, die hastig vorübergeht.
Waldblöße. Schöne alte Bäume. Hinten Zelt mit prächtig gedecktem Tisch. Küchenpersonal. Jäger, Hunde, Pferde seitlich zwischen Bäumen. Jagdherr mit Gästen. Fackeln. Fanfaren zu Tisch. »Wo ist die Fürstin Feldmarschallin?« »Der Wagen ihrer Durchlaucht ist leer zurückgekommen.« Feldmarschall: »Leute mit Fackeln überall hin.« Man sieht wie sich Fackeln im Wald zerstreuen.
Die Kaiserliche Stafette, waldein reitend, stößt auf ein paar Fackelträger. – Die Feldmarschallin, hinter ihr Octavian, treten aus dem Dickicht hervor. – Mündung eines kleinen Fußpfades, im Hintergrund. Sie wird umringt, begrüßt.
Feldmarschall geht auf seine Frau zu: »Euer Gnaden hätten sich, entgegen Ihren Gepflogenheiten, fast verspätet. Der Wagen ist leer zurückgekommen. Es ist Euer Gnaden doch nichts zugestoßen?« Die Feldmarschallin begrüßt die Gesellschaft mit einer Verneigung. – »Ich habe mit unserem Vetter einen Fußweg quer durch die Au genommen. Wie Euer Gnaden sehen, sind wir wohlbehalten.« In diesem Augenblick springen Jäger mit Fackeln herbei, melden die Stafette. Stafette, zu Fuß, überreicht in militärischer Haltung den Brief (ein großes gesiegeltes Amtsschreiben).
Ochs ist vom Pferd gestiegen, bei einer Gruppe von Jägern, die um ein Feuer sitzen, gibt dort sein Pferd ab. Tritt jetzt zu

der Gesellschaft, begrüßt zeremoniös den Jagdherrn, der, das Schreiben lesend, ihn nicht bemerkt. Ochs, sich zeremoniös der Marschallin nähernd: »Ich weiß nicht, ob ich die Ehre habe, von Euer Gnaden noch gekannt zu sein?«
Marschallin: »Wie sollt ich einen Verwandten und Nachbar nicht erkennen. Aber der Herr Vetter kommen spät!« – Ochs: »Ich habe schon vor einer halben Stunde die Ehre gehabt, Euer Gnaden zu begegnen!« Marschallin überhört die Indiskretion.
Feldmarschall tritt mit abgezogenem Hut zu seiner Frau: »Ihre Majestät hat mir eine Armee gegen die Türken anvertraut, ich gehe mit nächstem ins Feld.« – Sein Blick ruht durchdringend auf dem Gesicht der Feldmarschallin und streift dann Rofrano, der abseits steht.

II. Akt

Sophie bei der Stiftsdame. Stiftsdame zeigt das Kinderbild des Neffen: Sophie: »Aber wie er jetzt aussieht, kann man nicht sehen?«
Stiftsdame: »Jetzt ist er ein schöner stattlicher Kavalier!«
Im Augenblick huscht das Bild der Wirklichkeit vorbei: Ochs, im wüsten Negligé, ein Tuch auf dem Kopf, sich an einen Heuhaufen heranpirschend, hinter dem der Leiblakai mit einer Magd schäkert – Ochs voll Eifersucht sticht mit der Heugabel durchs Heu auf den Bengel. Stiftsdame führt das junge Mädchen vor einen Stammbaum derer von Ochs, der an der Wand hängt. »Hier sieht sie die fürstliche und gräfliche Verwandtschaft: da die Werdenbergische – da den Fürsten Feldmarschall!« –– Sophie entdeckt schnell den Namen Rofrano auf dem Stammbaum: sucht nach dem Jüngsten und liest ab: Octavian Maria Ehrenreich Bonaventura Fernand Hyazinth ––
Sogleich steht Octavian als St. Georg da. – Stiftsdame klopft sie auf die Schulter: »Ich werde meinem Neffen schreiben.«
Sophie küßt ihr die Hand.
Der Feldmarschall mit seiner Gemahlin, vor dessen Reise ins Feldlager, hören die Messe in der Stefanskirche.

Einspannen des sechsspännigen Wagens. Drei Diener rückwärts, 2 Laufer am Schlag. Erster Kutscher nimmt vom ersten Stallpagen die Peitsche entgegen.
Feldmarschall und Feldmarschallin die Kirche betretend, Bürger und niederes Volk an der Kirchentür, Grüßen.
Der Feldmarschall in seinem Betstuhl.
Die Marschallin im Gebet. —— Sie erheben sich.
Stiftsdame schreibt ihrem Neffen einen Brief, fügt eine Miniatur von Sophie bei.
Feldmarschall, fast unkenntlich, in einen dunklen Mantel gewickelt, in Reitstiefeln. Einziger Diener voran mit Windlicht. An der Ecke einer engen Gasse Valzacchi wartend, verneigt sich, nimmt dem Diener das Licht ab. Diener verschwindet. Feldmarschall folgt dem vorausgehenden Valzacchi durch einen engen Torweg, eine ärmliche steile Treppe hinauf.
Höchst ärmliches Vorzimmer; Annina hört draußen klopfen, öffnet. Sie ist in einem dürftigen Negligé, eine Italienerin, etwa 28 Jahre, mit einem verlebten Gesicht. Valzacchi tritt ein, hinter ihm der Feldmarschall. Valzacchi löscht das Licht aus. Annina verneigt sich tief. Valzacchi: »Befehlen Hochfürstliche Gnaden die gewöhnliche Prophezie oder die große ägyptische Zeremonie?« – Feldmarschall: »Ich kenne Euren Hokuspokus nicht. Ich will drei Fragen stellen, die sich auf meine bevorstehende Reise beziehen!« – »Sind es Fragen von großer Wichtigkeit?« – »Sonst hätte ich mich nicht hierherbemüht.« Valzacchi (nachdem er mit Annina einen Blick gewechselt) »Dann ist es die große ägyptische Zeremonie. In dieser ist meine Schwester trotz ihrer großen Gaben noch nicht eingeweiht: die große ägyptische Zeremonie wird nur von unserer Mutter ausgeübt.« – »Also vorwärts! Wo ist die Mutter?« – »Ich bitte Euer Durchlaucht zu bedenken: meine Mutter ist achtundsiebzig Jahre alt, und die große ägyptische Zeremonie nimmt den Körper der Prophetin furchtbar her; diese Zeremonie öfter als einmal im Vierteljahr vollzogen würde sie töten.« – »Vorwärts, was kostet es?« – »Unter dreißig Dukaten ist es nicht möglich.« – »Ich bezahle. Beeilt Euch.« –
Ein anderer Raum. Großer Vorhang teilt den Raum in zwei

Teile. Im vorderen, kleineren, der Feldmarschall sitzend, Valzacchi bei ihm stehend. Annina zieht den Vorhang auf. Im hinteren Raum, der erhöht, eine Greisin an einem Tisch sitzend, worauf eine Kerze und eine Schale mit Wasser. Die Greisin sieht starr vor sich ins Leere. Annina nimmt von einer Kommode ein Spiel Karten, reicht es der Greisin. Die Greisin nimmt die Karten, fängt an aufzuschlagen. Hinter der Wasserschale auf dem Tisch kommt eine große Kröte hervorgesprungen. Unter dem Stuhl, auf dem die Greisin sitzt, kommt ein schwarzes Huhn hervor.

Der Feldmarschall: »Soll ich jetzt fragen?« Annina und Valzacchi bedeuten ihm: noch nicht.

Die Greisin hat die Karten aufgeschlagen. Jetzt streut sie aus der Tasche ihres Kleides – eines alten Fetzen von Seide, unter dem man ihre hexenhaften unheimlich mageren Glieder errät, Hirse auf den Boden. Die Kröte hüpft auf den Karten hin und her, das schwarze Huhn pickt die Körner auf. Die Greisin sieht mit weißen Augen wie eine Blinde beiden in höchster Erregung zu, wobei sie den Kopf immer taktmäßig von einer Seite zur andern wirft. – Valzacchi: »Jetzt die Frage!« – Feldmarschall ist ohne zu wollen aufgestanden: »Ich verreise. Werde ich zurückkommen?« – Die Greisin, jetzt stehend, starrt nach oben, über ihn hinweg, dann wieder auf die Karten, auf die Körner am Boden, dann wieder über ihn hinweg. Ihre dünnen Lippen bewegen sich. Man hört nichts. Annina springt zu ihr, horcht ihr die Worte von den Lippen. »Der große General reitet glorreich ein in die Stadt Wien. Alle winken, die Kaiserin lächelt ihm huldreich zu...« – Annina trocknet ihr den Schweiß ab. »Schnell die zweite Frage!« Feldmarschall, etwas näher tretend. »Werde ich kinderlos sterben?« –– Die Greisin starrt über ihn hin; zittert. »Der kleine Prinz liegt im Sarg – und der dem Herzen nach ein Sohn heißen kann, stirbt unter dem Zelt.« – Feldmarschall: »Ich habe keinen zweiten Sohn, mein einziges Kind ist tot. – Was soll das heißen?« Valzacchi: »Nicht sie stören! Um Gotteswillen! Es kann ihr Tod sein. Nur die dritte Frage stellen!« – Feldmarschall: »Dazu muß ich mit ihr allein sein. Verschwindet!« Annina und Valzacchi sträuben sich. Feldmarschall, entschie-

den, weist sie hinaus. Sie verschwinden durch eine verhängte Seitentür. Annina wirft vorher ein schwarzes Tuch über die Kröte, eines über das Huhn. – Feldmarschall, nahe bei der Alten. »Diejenige an die ich denke, ich nenne sie nicht, aber du mußt sie erraten – wird sie mir so entgegenkommen, wie ich sie verlassen habe? Verstehst du den Sinn meiner Frage, Sibylle?« Die Alte nickt.
Der Feldmarschall ist in mächtiger Erregung: »Also antworte mir. Wird sie mir als die Gleiche entgegentreten, die ich verlassen habe?« – Greisin wirft sich jäh herum, so daß sie das Gesicht dem Hintergrund zukehrt. Im Hintergrund erscheint die Marschallin, strahlend schön, auf dem obersten Absatz der Freitreppe des Schlosses – aber ganz in schwarz und ohne Schmuck.
Feldmarschall will der Erscheinung entgegen. Valzacchi springt hinter'm Vorhang hervor, wirft sich ihm entgegen, hält ihn. Feldmarschall streckt die Hände gegen die Erscheinung. Die Erscheinung der Marschallin lächelt ihm voll Güte zu, verschwindet. Die Greisin ist neben ihrem Sessel zusammengesunken, den Kopf am Sessel gelehnt. Annina ist bei ihr. Besprengt ihr die Schläfen. Feldmarschall wirft einen Beutel hin. Valzacchi öffnet ihm die Tür, springt ihm voraus.
Marschallin hat ihren ins Feld abtretenden Gemahl in der Sänfte bis an den Rand der Stadt begleitet. Gruppe von Ordonnanzen und Adjutanten in der Ferne. Die beiden Gatten im letzten Gespräch. Sänftenträger, mit der Sänfte wartend. Marschallin: »Sorg Er sich nicht um mich – ich hab schon meinen Schutzengel, der auf mich aufpaßt.« Sie sagt es mit tiefernstem Gesicht. Plötzlich steht sie da, in einem ganz anderen Kleid: auf leerem Blachfeld an einem Kreuzweg in einem Mantel mit Kapuze, der nur ihr Gesicht freiläßt. Auf dem Boden der Felder, durch die die sich kreuzenden Wege hinlaufen, liegt niedriger Nebel. Da erblickt man, nächst dem Kreuzweg, im Rücken der Marschallin, etwas im Bodennebel Liegendes, wie eine Truhe. Es ist ein Kindersarg. Aus diesem hebt sich, indes die Marschallin wie eine ihres Weges unsichere mit zögernden Füßen weitergeht, ein engelhaft schönes

Kind, ohne Flügel, aber mit einem Schein um den Kopf. Es sieht der sich Entfernenden besorgt nach. Die Erscheinung ist sogleich wieder verschwunden. Ordonnanz kommt im kurzen Galopp, meldet dem Feldmarschall etwas.
Feldmarschall mit abgezogenem Hut, begleitet seine Frau an die Sänfte, reicht ihr die Hand zum Einsteigen. Sänftenträger nehmen die Sänfte auf. Feldmarschall wendet sich dem jungen Türken zu, der ihm sein Pferd zuführt.
Wie es nicht dazu kam, daß Baron Ochs den Brief seiner Tante, der Stiftsdame, beantwortet hätte.
Ochs in einem Zimmer, ohne Perücke, eine Art Nachtmütze auf dem Kopf, nimmt aus einer Lade den Brief der Stiftsdame (»Mein geliebter Neffe...« Der Herr von Faninal ist einer von den reichen durch die Gnade Ihrer Majestät Neu-geadelten. Er ist Lieferant für die Armee, die in den Niederlanden steht. Er besitzt ein herrliches Stadtpalais und gegen zwanzig Häuser auf der Wieden... Das junge Mädchen ist siebzehn Jahre alt und schön wie eine Rosenknospe, sie hat im Kloster der Salesianerinnen eine adelige Erziehung genossen...) Er hält die Miniatur von Sophie in der Hand, die er schmunzelnd betrachtet.
Bild: Die alte Stiftsdame führt ihm Sophie entgegen.
Er entschließt sich zu antworten, kramt aus einer Tischlade einen Bogen Schreibpapier hervor, auch eine Siegelstange. Sucht nach einer Feder, findet keine. Geht in die Küche. Wirtschafterin in ihrer Husarenjacke, das spärliche Haar in Papilloten, ist im Begriff eine fette Gans zu rupfen. Nachdem er die Gans sachverständig betastet, verlangt eine Feder zum Schreiben, geht ab, sie zuschneidend. Kramt unter tausenderlei Zeug, das auf der Kommode liegt: alte Sporen, Pferdezäume, Maulwurfsfallen, Jagdtaschen, halbzerbrochene Gartengeschirre – etwas das ein Tintenzeug sein könnte. – Setzt sich, versucht einzutauchen. Die Tinte ist eingetrocknet. – Ochs steht auf, sieht sich nach Wasser um, findets, setzt sich wieder zum Schreiben, kaut an der Feder, findet den Anfang nicht. Fängt eine Fliege, setzt sich wieder in Positur.
Außen an der Fensterscheibe: ein vielleicht zehnjähriges Mädchen. Ochs schmeißt die Feder hin, geht schauen.

Ochs draußen vor dem Haus mit dem kleinen Mädchen. Er merkt, daß hinter einem Gatter der Leiblakai lauert und horchen will. Führt das kleine Mädchen beiseite, an eine Stelle, wo er sicher ist, nicht belauscht zu werden, weil er hinter sich den Misthaufen hat. – Das kleine Mädchen: »Sind Euer Gnaden der Herr Baron Ochs in Person?« – Ochs: »Der bin ich und kein anderer, siehst du das nicht?« – Kleines Mädchen knixt: »Dann soll ich ausrichten: Die Frau Müllerin läßt sagen, heut gegen Abend, wenns finster ist, wär die richtige Zeit, und der große Hund wird angehängt sein, da brauchen sich Euer Gnaden nicht fürchten.« – Ochs sehr erfreut, zieht einen Apfel aus der Tasche, schenkt ihn der Kleinen, die fortläuft.

Kirchen-Seitenschiff. – Marschallin vom Beichtstuhl aufstehend. Verweilt noch im Gebet. Alter Priester verläßt im Halbdunkel den Beichtstuhl, geht in die Sakristei.

Marschallin aus der Kirche tretend. Leichter dunkler Mantel mit Kapuze überm Kleid. Zwei Bediente hinter ihr. Wenige Passanten. Octavian hinter einer Hausecke hervor, im Mantel. Stellt sich ihr entgegen, versucht, sie ehrerbietig zu grüßen. Sie geht vorüber, ohne ihn zu beachten, fast ist es, als hätte sie ihn, in ihren Gedanken versunken, gar nicht gesehen.

Die Marschallin in ihrer Sänfte. Vorstadtstraße – halb ländlich (Heumarkt oder Landstraße). Octavian zu Pferd, der Sänfte im Schritt nachreitend.

Eine andere Stelle. Die Sänfte der Marschallin. Octavian im leichten Trab, hat ihr den Weg abgeschnitten. Er pariert sein Pferd, grüßt mit abgezogenem Hut und tiefer Verbeugung. Aber wie die Sänfte an ihm vorbeikommt, ist an dieser Seite der Vorhang herabgelassen.

Die Feldmarschallin bei ihrem Lever. – Großes Schlafzimmer im Stadtpalais, das Himmelbett im Alkoven. (Viel größerer und prunkvollerer Raum als das Schlafzimmer im Schloß.) – Feldmarschallin wird frisiert. Lieferanten mit Modellen von Häubchen, Coiffuren, Pudermänteln, die sie aus Schachteln auspackt. Bittsteller und Bittstellerinnen. Ein Tierhändler mit kleinen Hunden und Affen, ein Bilderhändler. Marschallin sieht einige Sachen an, ohne Freude. Beschenkt einige der bedürftigen Personen, die sich in großer Devotion nähern und wieder zurückziehen. – In der offenen Flügeltür erscheint ein Läufer. Überreicht dem Haushofmeister einen Brief, den er aus seiner Gürteltasche zieht. Haushofmeister überbringt auf einer silbernen Platte den Brief. »Von seiner Gnaden, Herrn Grafen Rofrano.«

Marschallin hält den Brief in der Hand. »Der Läufer soll warten, ich werde antworten.« Sie geht an ein kleines Bureau. Haushofmeister veranlaßt, daß alle Personen weit genug wegtreten. Man sieht wie sie Octavians Brief, ohne ihn zu öffnen, in einen Umschlag legt, diesen schließt, siegelt und außen drauf schreibt: »An seine Gnaden, Herrn Grafen Rofrano – zu eigenen Handen.«

Octavian in einem kleinen Zimmer, mit unbändiger Ungeduld den Läufer erwartend. Ans Fenster: sieht ihn unten kommen. Läuft ihm entgegen, auf die Treppe. Schickt den Läufer weg, reißt den Brief auf. Findet nichts als seinen eigenen Brief. Kehrt in Verzweiflung das Gesicht gegen die Wand.

Der Feldmarschall vor dem Feind. –– Kroatische Landschaft. Öde. November. Hie und da Schnee. Ein zerbrochener Karren, ein gefallenes Pferd. Raben kreisend. Der junge Türke im Galopp querfeldein. Ein Vorhutgefecht. Man sieht abgesessene Dragoner in einiger Ferne mit dem Feind engagiert. Meldereiter zurücksprengend. Feldmarschall mit kleiner Suite kommt im Trab. Hält seitwärts der Straße. Sieht durchs Fernglas. Nickt zufrieden. Berittener Offizier kommt von vorne, meldet mit abgezogenem Hut: Der Feind zieht ab. Wir haben fast keine Verluste. – Ein paar Troßknechte bringen eine Bahre, auf der ein Zugedeckter liegt. – Feldmarschall, schon im Vorwärtsreiten, pariert sein Pferd: Wer ist das? – Man enthüllt das Gesicht des jungen Türken. – Feldmarschall: Meinen Leibchirurgus! Schnell! – Einer galoppiert weg. Bahre wird aufgenommen.

Sophie mit ihrer Duenna Marianne Leitmetzerin. Sophie in Erwartung. Die Duenna von draußen kommend. – »Warst du im Stift? Hat die Frau Baronin eine Antwort von ihrem

Neffen?« – »Kein Wort.« Duenna: »Ich wüßte, wo wir eine Auskunft bekommen könnten.« – »Wo?« – »Bei der italienischen Kartenlegerin.« – Sophie schmeichelt ihr, bis die Duenna sich entschließt, noch heute mit Sophie die Kartenlegerin aufzusuchen.
Das Zimmer bei der Kartenlegerin. Der Vorhang vorgezogen. Annina, in einem bessern Kleid, an einem Tisch – vor ihr Sophie und die Duenna, in Fauteuils: – Sophie: »Es handelt sich um einen Brief, der sehr lange ausbleibt.« – Annina: nachdem sie Karten gelegt hat: »Die Karten fallen nach Wunsch. Das Fräulein wird den Kavalier in sehr kurzer Zeit sehen.« – Sophie (naiv): »Und wird er mir gefallen?« Annina (sieht sie an): »Ja wissen die Fräulein das nicht? Es handelt sich doch um ihren Herrn Liebsten.« Sophie: »Nein, es handelt sich um meinen Bräutigam. Aber ich kenne ihn doch nicht.« Annina legt noch einmal die Karten.
Feldmarschall, in einem fast leeren Soldatenzelt, sitzt neben einem niedrigen Lager, auf welchem der türkische Knabe gebettet ist. Eine Laterne erleuchtet matt den traurigen Raum. Der Sterbende atmet ruhig. Barmherziger Bruder ist auf einem Sessel eingeschlafen. Feldmarschall sieht vor sich hin ins Dunkel: vor seinem Aug steht die alte Sibylle, ihr blutloses Gesicht leuchtet aus dem Dunkel, es nähert sich dem Sterbebett, lächelt auf den Sterbenden: »Der dem Herzen nach ein Sohn heißen dürfte, stirbt unterm Zelt.«
Annina, fertig mit dem Kartenlegen: In den Karten steht: ein schöner Kavalier, eine prächtige Hochzeit. Sophie freut sich über die Maßen! Duenna bezahlt Annina, die mehr verlangt, was die Duenna endlich bewilligt. Im Vorzimmer, wie die beiden Frauen, von Annina begleitet, hinausgehen, tritt eben der Bruder ein, Octavian hereinführend. Man geht aneinander vorüber. Sophie auf der Treppe, muß vor Betroffenheit stehen bleiben, die Augen schließen. Duenna, schon ein paar Stufen weiter unten: »Wo bleibst du denn?« Sophie: »Er! –– Octavian Maria Ehrenreich Bonaventura Fernand Hyazint! – Wie verändert er aussieht! – Wie traurig! – O Gott, wenn ich ihn trösten könnte.«
Octavian im Zimmer mit den beiden Italienern. Octavian:

»Ich brauche nicht die Karten, ich brauche einen andern Dienst von euch. Man hat mir gesagt, daß ihr geschickt seid. Es handelt sich darum, einer großen Dame, die im Stillen eine große Wohltäterin der Armen ist, eine Nachricht zu überbringen, die keine Zuhörer verträgt. Ihr werdet die Adressen der armen Familien in Erfahrung bringen, bei denen diese große Dame manchmal am frühen Morgen oder gegen Abend als hilfespendender Engel erscheint. Das Weitere erfahrt ihr später.« ––

Vor einem sehr ärmlichen kleinen Haus in der Vorstadt gegen Abend, im Winter. Valzacchi scheint auf jemand zu warten. Octavian kommt, in Mantel gewickelt, tritt mit Valzacchi in einen verfallenen Schuppen neben dem Haus. Annina ist dabei auch sichtbar geworden.

Nach einer kurzen Pause erscheint eine Sänfte an der Straßenecke. Marschallin, höchst einfach gekleidet, steigt aus. Heißt die Sänftenträger mit der Sänfte sich zurückziehen. Geht auf das ärmliche Haus zu, nur von einem Diener begleitet, der ihr nach vergeblichem Anklopfen die unverschlossene Türe öffnet.

Zimmer bei sehr armen Leuten. Ein alter Mann im Bett liegend. Eine Frau mit einem Kind an der Brust. Andere Kinder, in Lumpen. Schlafstätten für alle im gleichen Raum, nur Stroh und zerfetzte Decken darüber.

Marschallin setzt sich zum Bett, plaudert freundlich mit dem alten Mann. Gibt ihm Wein zu trinken, beschenkt die Kinder. Bedienter bringt Decken, Kleidungsstücke, Suppe u.s.f. Die Kinder sehr zutraulich zur Marschallin.

Annina nähert sich unter Knixen. »Wer ist sie?« – »Eine Nachbarin dieser guten Leute. Ich wage mich Euer Gnaden zu nähern mit einer flehentlichen Bitte!« »Was will sie?« – »Nichts für mich, aber noch ein Trostbedürftiger ist da, ein Elender, der auf Krücken geht – gewähren ihm Euer Gnaden Ihren gnädigen Trost und Zuspruch. Er wartet gleich hier nebenan.« – Marschallin steht auf und folgt ihr. Winkt dem Bedienten zurückzubleiben. Macht sich sanft von den Kindern los, die sich an sie hängen.

Ein kleines höchst ärmliches Gärtchen, zwischen dem Haus

und dem verfallenen Schuppen. Annina und Marschallin heraustretend. Es dämmert. Annina: »Ich rufe ihn sogleich.« Tritt in den Schuppen, Marschallin sieht wie aus dem Schuppen ein Krüppel auf sie zukommt, anscheinend ein noch junger Mensch, auf zwei ungleichen Krücken mühsam sich fortschleppend, einen Schlapphut ins Gesicht gedrückt. Dicht vor ihr wirft der Mensch die Krücken weg, liegt vor ihr auf den Knieen, reißt sich den Hut oder das Tuch vom Gesicht, streckt flehend die Hände zu ihr empor: es ist Octavian. Marschallin ist zuerst erschrocken – dann ganz fest und hart. Sie kehrt ihm den Rücken, will ins Haus. Octavian, ohne aufzustehen, wirft seinen Arm und seine Hand dazwischen, daß sie ohne seine Hand zu zerdrücken, die Tür nicht schließen kann. Sie ist dadurch gezwungen auf der Schwelle stehen zu bleiben und kann nicht anders, als ihn ansehen, der vor ihr auf der Erde kauert, die gefalteten Hände gegen sie gehoben, wie ein Kind.

»Geb Er mir den Weg frei! Oder soll ich meinen Bedienten rufen?« »Nein, nein!« – »So laß Er mich gehen, und vergess Er alles – außer einem!« »Ich kann nichts vergessen! Nichts von all dem, was war?« – »Vergess Er alles außer dem einen: daß ich eine verheiratete Frau bin.« – Sie geht. Er starrt wie betäubt auf die elende kleine Tür durch die sie verschwunden ist. Er steht da und spürt nicht, daß Schneeflocken auf ihn fallen und daß es finster wird.

Octavian allein reitend. Auen, winterlich aber ohne Schnee. Er findet die Stelle, wo er mit der Marschallin gesessen, und wo sie dann den Fährmann gerufen haben. Steigt vom Pferd, lehnt die Stirn an einen der Bäume, weint.

Octavian traurig im Schritt weiterreitend, über Felder. Kommt auf eine Mühle zu. Es dunkelt schon. Oben in der Mühle stellt jemand ein Licht in ein kleines Fenster, entfernts wieder. Von hinten nähert sich eine in einen Mantel gehüllte Gestalt dem seitlichen Tor der Mühle. – Octavian hat sein Pferd pariert, greift mechanisch nach seiner Sattelpistole. Der Vermummte, dicht an der Mauer hinschleichend, faßt den Reiter ins Auge. »Wo hab ich den jungen Herrn schon gesehen!« –– Octavian: »Wo hab ich den Dicken schon gesehen?«

Reitet weiter. Ochs – dieser ist der Vermummte – klopft leise an ein kleines Fenster neben der Tür. Dabei denkt er nach. Nein, wo hab ich den jungen Herrn schon gesehen? – Erinnerung: zwischen Zweigen der Fluß, auf diesem der Kahn, die Marschallin an Octavian gelehnt. – Ochs freut sich, daß er es hat.

Die Müllerin innen: recht hübsche Frau von fünfunddreißig Jahren. Kommt mit einer Kerze von oben. Will die Tür aufriegeln. Hört ein verdächtiges Geräusch. Erschrickt. »Das ist ja mein Mann!« – Draußen fährt ein großer Hund Ochs wütend an die Beine. Ochs will schnell ins Haus, trommelt an der Tür – Müller und Müllergesell – der Müller ein gedrungener Kerl mit rotem Bart, der Gesell ein junger Riese – mit geschwungenen Prügeln von rückwärts auf Ochs.

Frau innen, verliert vor Angst die Besinnung, rennt ins Schlafzimmer, versteckt sich mit dem Kopf ins Federbett. Ochs unter dem Prügeln der beiden stellt sich tot. Sie lassen ihn liegen. Müller ins Haus. Ochs, sobald der Müller weg und auch der Gesell unsichtbar, stellt sich nicht ohne Mühe und Schmerzen auf seine zwei Beine und flieht geduckt, längs einem Gattern.

Die Gartenseite des fürstlichen Stadtpalais. – Octavian in einem Mantel gehüllt, durch ein schmiedeisernes Gitter sehnsüchtig hineinschauend. Im ersten Stock ein erleuchtetes hohes Türfenster, von dem ein Schein in den leicht verschneiten Garten hinabfällt.

Zimmer der Marschallin. (Nicht das Schlafzimmer. Ein kleines Zimmer neben diesem). – Die Frau Marschallin nimmt keine Einladung an. – Zofe übernimmt von ihrer Herrin ein paar Briefe und gibt diese einem Lakaien, der an der halboffenen Tür ins Vorzimmer sichtbar wird. — Marschallin steht vom Schreibtisch auf. Octavian draußen, sieht an der Fenstertür den Schatten der Marschallin, hälts nicht aus, klettert hinüber, sieht sehnsüchtig nach dem Balkon hinauf, ohne aber in dessen Lichtschein zu treten.

Zimmer der Marschallin. Sie sieht auf eine Pendeluhr überm Kamin. »Erst sieben!« – Sie setzt sich zu ihrem Stickrahmen. Zofe tut ein paar Scheiter in den Kamin, dann rückt sie einen hohen dreiteiligen Paravent vor die Fenstertür.

Octavian unter dem Balkon. Der Lichtschein, der oben aus dem Zimmer fällt, wird plötzlich abgeschnitten bis auf einen Streifen. Octavian wartet.

Wie es abermals nicht dazu kam, daß Baron Ochs seiner Tante auf ihren Brief geantwortet hätte.

Vor der Mühle: es ist Nacht. Die Müllerin mit verweintem und verschwollenem Gesicht, das verraufte Haar unter einem Kopftuch, ein Tuch, worin Habseligkeiten, in der Hand – schleicht sich aus der Tür.

Ochs sitzt bei einer Unschlittkerze, im Negligé, den Kopf eingebunden, und ist beschäftigt, zu schreiben: Gnädige Frau Tante – es ist die Zeit herangekommen, daß ich Ihren gnädigen Ratschlag beherzige und auf meine Verheiratung mit der bemeldeten Jungfrau meine Gedanken zu richten beginne – Er hält inne. Er hat draußen etwas gehört.

Hof. Lakai, eine zerbrochene Laterne in der Hand, führt die Müllerin, die sich aus Angst vor den bellenden Kötern fest an ihn klammert, ins Haus.

Ochs, im Zimmer, begreift nicht, was los ist, schmeißt die Feder hin, steckt den Kopf durchs Fenster. Die Tür geht auf, die Müllerin herein, ihm an den Hals. Jetzt bleib ich bei Dir! – Lakai grinst.

Manche Nacht blieb der Lichtschein sehr lange auf dem Schnee.

Marschallin, in ihrem Zimmer, sitzt am Stickrahmen, träumt vor sich hin. Ihr erscheint ihr Gartenplätzchen. Das Gärtnerkind. – Das Kind winkt nach hinten ins Gebüsch; gebückt kommt zwischen Zweigen an der Hand des Kindes Octavian. – Die Marschallin ist jäh aufgestanden und es gelingt ihr, die Erinnerung zu verscheuchen. Sie schaut ins Leere.

Aber immer, wenn er erlosch, ging jemand traurig weg.

Octavian schleicht sich fort, klettert über die Mauer, ist verschwunden. Es wird allmählich hell, alter Gärtner kommt und wundert sich über die Fußspuren im Schnee, die unter dem Balkon enden.

Die Stiftsdame – da immer und immer keine Antwort eintrifft, entschließt sich ihren Herrn Neffen persönlich aufzusuchen. Der Herr von Faninal hat ihr seinen Reisewagen zur Verfügung gestellt.

Stiftsdame packend. – Abschied von den Tieren, die sie Sophie anvertraut. Nur zwei Hündchen und eine Katze nimmt sie mit, in alte Muffs und Hauben gehüllt.
Octavian wartet, aber es ereignet sich nichts, das ihm Hoffnung gegeben hätte.
Marschallin, in ihrem Zimmer, empfängt den Besuch einer sehr alten gebrechlichen Dame, die sie bis an die Tür begleitet. Zurückkommend glaubt sie Octavians Gesicht an der Fensterscheibe gesehen zu haben. Sie tritt auf den Balkon. Octavian unten, aus Furcht sie zu erzürnen, tritt lautlos ins Dunkel.
Marschallin tritt wieder ins Zimmer: »Gottlob, daß ich mich geirrt habe«, geht in ihr Schlafzimmer, wirft sich im Betschemel nieder. »Allerseligste Jungfrau, ich danke Dir, daß Du mich durch ein Trugbild gewarnt hast, vor meinen eigenen Augen auf der Hut zu sein!«
Der Feldmarschall indessen führt einen glorreichen Feldzug zu Ende.
Erobertes Türkenlager – oder Raum in einer gesprengten Kasematte der türkischen Festung, Erleuchtung durch Fackeln. Gefangener Türke, die Hände auf den Rücken gebunden, führt den Feldmarschall mit seiner Suite herein oder herab. Der Pascha liegt tot da. Im Hintergrund seine Frauen, verschleiert, angstvoll gekauert. Frauen werden abgeführt. Feldmarschall wirft ihnen einen kalten Blick nach. Betrachtet den Toten. Offizier entwindet den Händen des Toten ein Feldzeichen: Standarte mit Roß-Schweif, überreicht es dem Feldmarschall. Anderer nimmt aus dem einen Ohr des Toten eine prachtvolle birnförmige Perle. Feldmarschall hält die Perle vor sich hin. Winkt: Ordonnanz tritt vor. Feldmarschall: Diese Perle an meine Frau Gemahlin mit dem Brief, der ihr meldet, daß ich in einem Monat wieder bei ihr zu sein hoffe. Der Offizier reicht aus der rückwärts aufgehäuften Beute ein kleines schöngearbeitetes Kästchen und ein Seidentuch, wovon er ein Stück abreißt. In dieses Stückchen Seide wickelt der Feldmarschall die Perle, läßt das Kästchen zuschnappen. – Der Kurier übernimmts in seine große Kuriertasche.

Kurier; außerhalb, zwischen zerstörten Zelten (zertrümmerten Vorwerken), ein paar Ordonnanzen, abgesessen. Kurier heraus, die Tasche um. Sitzt auf. Reitet ab. Man sieht ihn wegtraben. – Nach Wien! Die andern rufen ihm fröhlich nach.

ARIADNE AUF NAXOS

OPER IN EINEM AUFZUGE NEBST EINEM VORSPIEL

Neue Bearbeitung

Personen des Vorspiels	*Personen der Oper*
DER HAUSHOFMEISTER	ARIADNE
EIN MUSIKLEHRER	BACCHUS
DER KOMPONIST	NAJADE
DER TENOR (BACCHUS)	DRYADE
EIN OFFIZIER	ECHO
EIN TANZMEISTER	ZERBINETTA
EIN PERÜCKENMACHER	HARLEKIN
EIN LAKAI	SCARAMUCCIO
ZERBINETTA	TRUFFALDIN
PRIMADONNA (ARIADNE)	BRIGHELLA
HARLEKIN	
SCARAMUCCIO	
TRUFFALDIN	
BRIGHELLA	

VORSPIEL

Ein tiefer, kaum möblierter und dürftig erleuchteter Raum im Hause eines großen Herrn. Links und rechts je zwei Türen. In der Mitte ein runder Tisch. Im Hintergrund sieht man Zurichtungen zu einem Haustheater. Tapezierer und Arbeiter haben einen Prospekt aufgerichtet, dessen Rückseite sichtbar ist. Zwischen diesem Teil der Bühne und dem vorderen Raum läuft ein offener Gang querüber.
Haushofmeister tritt auf.

MUSIKLEHRER *ihm entgegen* Mein Herr Haushofmeister! Sie suche ich im ganzen Hause –

HAUSHOFMEISTER Womit kann ich dienen? Muß allerdings bemerken, daß ich pressiert bin. Die Vorbereitungen zur heutigen großen Assemblée im Hause des reichsten Mannes von Wien – wie ich meinen gnädigen Herrn wohl betiteln darf –

MUSIKLEHRER Ein Wort nur! Ich höre soeben, was ich allerdings nicht begreifen kann –

HAUSHOFMEISTER Und das wäre?

MUSIKLEHRER – und was mich in erklärliche Aufregung versetzt –

HAUSHOFMEISTER In Kürze, wenn ich bitten darf!

MUSIKLEHRER – daß bei der heutigen festlichen Veranstaltung hier im Palais – nach der Opera seria meines Schülers – kaum traue ich meinen Ohren – noch eine weitere, und zwar gleichfalls sozusagen musikalische Darbietung in Aussicht genommen ist – eine Art von Singspiel oder niedrige Posse in der italienischen Buffo-Manier! Das kann nicht geschehen!

HAUSHOFMEISTER Kann nicht! Wieso?

MUSIKLEHRER Darf nicht!

HAUSHOFMEISTER Wie beliebt?

MUSIKLEHRER Das wird der Komponist nie und nimmer gestatten!

HAUSHOFMEISTER Wer wird? Ich höre: gestatten. Ich wüßte nicht, wer außer meinem gnädigen Herrn, in dessen Palais Sie sich befinden und Ihre Kunstfertigkeiten heute zu produzieren die Ehre haben, etwas zu gestatten – geschweige denn anzuordnen hätte!

MUSIKLEHRER Es ist wider die Verabredung. Die Opera seria »Ariadne« wurde eigens für diese festliche Veranstaltung komponiert.

HAUSHOFMEISTER Und das ausbedungene Honorar wird nebst einer munifizenten Gratifikation durch meine Hand in die Ihrige gelangen.

MUSIKLEHRER Ich zweifle nicht an der Zahlungsfähigkeit eines steinreichen Mannes.

HAUSHOFMEISTER Für den Sie samt Ihrem Eleven Ihre Notenarbeit zu liefern die Auszeichnung hatten. – Was dann steht noch zu Diensten?

MUSIKLEHRER Diese Notenarbeit ist ein ernstes, bedeutendes Werk. Es kann uns nicht gleichgültig sein, in welchem Rahmen dieses dargestellt wird!

HAUSHOFMEISTER Jedennoch bleibt es meinem gnädigen Herrn summo et unico loco überlassen, welche Arten von Spektakel er seinen hochansehnlichen Gästen nach Vorsetzung einer feierlichen Kollation zu bieten gesonnen ist.

MUSIKLEHRER Zu diesen die Verdauung fördernden Genüssen rechnen Sie demnach die heroische Oper »Ariadne«?

HAUSHOFMEISTER Zuvörderst diese, danach das für punkt neun Uhr anbefohlene Feuerwerk und zwischen beiden die eingeschobene Opera buffa. Womit ich die Ehre habe, mich zu empfehlen.

Geht ab.

MUSIKLEHRER Wie soll ich das meinem Schüler beibringen?

Ab nach der anderen Seite.

Ein junger Lakai führt einen Offizier herein, dem er voranleuchtet.

DER LAKAI Hier finden Euer Gnaden die Mamsell Zerbinetta. Sie ist bei der Toilette. Ich werde anklopfen.

Horcht und klopft an die Tür rechts vorne.

DER OFFIZIER Laß Er das sein und geh Er zum Teufel.

Stößt den Lakai heftig weg und tritt ein.

DER LAKAI *taumelt, rettet den Leuchter auf einen Wandtisch rechts zwischen den beiden Türen und klaubt sich zusammen* Das ist die Sprache der Leidenschaft, verbunden mit einem unrichtigen Objekt.

KOMPONIST *kommt eilig von rückwärts* Lieber Freund! Verschaffen Sie mir die Geigen. Richten Sie ihnen aus, daß sie sich hier versammeln sollen zu einer letzten kurzen Verständigungsprobe.

DER LAKAI Die Geigen werden schwerlich kommen, erstens weils keine Füß nicht haben, und zweitens, weils in der Hand sind!

KOMPONIST *naiv, belehrend, ohne sich verspottet zu glauben* Wenn ich sage: die Geigen, so meine ich die Spieler.

DER LAKAI *gemein, von oben herab* Ach so! Die sind aber jetzt dort, wo ich auch hin sollt! und wo ich gleich sein werd – anstatt mich da mit Ihnen aufzuhalten.

KOMPONIST *ganz naiv, zart* .Wo ist das?

DER LAKAI *gemein, plump* Bei der Tafel!

KOMPONIST *aufgeregt* Jetzt? Eine Viertelstunde vor Anfang meiner Oper beim Essen?

DER LAKAI Wenn ich sag: bei der Tafel, so mein ich natürlich bei der herrschaftlichen Tafel, nicht beim Musikantentisch.

KOMPONIST Was soll das heißen?

DER LAKAI Aufspielen tun sie. Capito? Sind also für Sie derzeit nicht zu sprechen.

KOMPONIST *aufgeregt, unruhig* So werde ich mit der Demoiselle die Arie der »Ariadne« repetieren –

Will an die vordere Tür rechts.

DER LAKAI *hält ihn ab* Hier ist nicht die Demoiselle darin, die Sie suchen, diejenige Demoiselle aber, die hier drin ist, ist derzeitig für Sie ebenfalls nicht zu sprechen.

KOMPONIST *naiv stolz* Weiß Er, wer ich bin? Wer in meiner Oper singt, ist für mich jederzeit zu sprechen!

DER LAKAI *lacht spöttisch* Hehehe!

Winkt ihm herablassend, geht ab.

KOMPONIST *klopft an die Tür rechts, bekommt keine Antwort; dann, plötzlich zornrot, dem Lakai nach*

Eselsgesicht! sehr unverschämter frecher Esel!
Der Eselskerl läßt mich allein hier vor der Tür –
Hier vor der Tür mich stehn und geht.
Oh, ich möcht vieles ändern noch
In zwölfter Stund – und heut wird meine Oper –
O der Esel! Die Freud! Du allmächtiger Gott!
O mein zitterndes Herz! Du allmächtiger Gott!

Sinnt der Melodie nach, sucht in seinen Rocktaschen nach einem Stück Notenpapier, findet eines, zerknitterts, schlägt sich an den Kopf

Dem Bacchus eintrichtern, daß er ein Gott ist! Ein seliger Knabe! Kein selbstgefälliger Hanswurst mit einem Pantherfell!
Mir scheint, das ist seine Tür.

Läuft an die zweite Tür links, klopft; hält indessen mit voller Stimme die gefundene Melodie fest

O du Knabe! Du Kind! Du allmächtiger Gott!

Die Tür geht auf, Perückenmacher taumelt heraus, empfängt soeben eine Ohrfeige vom Tenor, der als Bacchus, aber mit kahlem Kopf, die Lockenperücke in der Hand, nach ihm zornig heraustritt.

DER TENOR Das! Für einen Bacchus! Das mit aufzusetzen mutet Er zu. Da hat Er, Lump, für Seinen Bacchuskopf! *Gibt ihm einen Fußtritt.*

KOMPONIST *ist zurückgesprungen* Mein Wertester! Sie allerdringendst muß ich sprechen!

PERÜCKENMACHER *zum Tenor* Dero mißhelliges Betragen kann ich belächelnd nur einer angenommenen Gemütsaufwallung zurechnen!

KOMPONIST *der zurückgetreten war, nun wieder näherkommend* Mein Wertester!

Tenor schlägt die Tür zu.

PERÜCKENMACHER *schreiend gegen die geschlossene Tür* Habe meinerseits keine Ursache, wegen meiner Leistungen vor Ihnen zu erröten!

KOMPONIST *sich ihm nähernd, naiv-bescheiden*
Hat der Herr leicht ein Stückerl Schreibpapier?
Hätt mir gern was aufnotiert!
Ich vergeß nämlich gar so leicht.

PERÜCKENMACHER Kann nicht dienen!

Läuft ab.

ZERBINETTA *noch sehr im Negligé, mit dem Offizier aus dem Zimmer rechts* Erst nach der Oper kommen wir daran. Es wird keine kleine Mühe kosten, die Herrschaften wieder lachen zu machen, wenn sie sich erst eine Stunde gelangweilt haben.

Kokett

Oder meinen Sie, es wird mir gelingen?

Der Offizier küßt ihr stumm die Hand. Sie gehen nach rückwärts, sprechen weiter.

Die Primadonna mit dem Musiklehrer treten aus der vorderen Tür links. Sie trägt über dem Ariadne-Kostüm den Frisiermantel. Bleibt in der Tür stehen. Der Musiklehrer will sich verabschieden.

PRIMADONNA

Schnell, lieber Freund! Einen Lakai zu mir!
Ich muß unbedingt sofort den Grafen sprechen.

Schließt ihre Tür.

Komponist hat sie gesehen, will hin.

MUSIKLEHRER *hält ihn auf* Du kannst jetzt nicht eintreten – sie ist beim Frisieren.

Tanzmeister kommt von rückwärts, tritt rückwärts zu Zerbinetta und dem Offizier.

KOMPONIST *gewahrt erst jetzt Zerbinetta; zum Musiklehrer* Wer ist dieses Mädchen?

Musiklehrer, verlegen, nimmt ihn beiseite.

TANZMEISTER *zu Zerbinetta* Sie werden leichtes Spiel haben, Mademoiselle. Die Oper ist langweilig über die Begriffe, und was die Einfälle anlangt, so steckt in meinem linken Schuhabsatz mehr Melodie als in dieser ganzen »Ariadne auf Naxos«.

MUSIKLEHRER *mit dem Komponisten ganz vorne* Sei sie wer immer!

KOMPONIST *dringender* Wer ist dieses entzückende Mädchen?

MUSIKLEHRER Um so besser, wenn sie dir gefällt. Es ist die Zerbinetta. Sie singt und tanzt mit vier Partnern das lustige Nachspiel, das man nach deiner Oper gibt.

KOMPONIST *zurückprallend* Nach meiner Oper? Ein lustiges Nachspiel? Tänze und Triller, freche Gebärden und zweideutige Worte nach »Ariadne«! Sag mirs!

MUSIKLEHRER *zaghaft* Ich bitte dich um alles. –

KOMPONIST *tritt von ihm weg; edel* Das Geheimnis des Lebens tritt an sie heran, nimmt sie bei der Hand –

Heftig

und sie bestellen sich eine Affenkomödie, um das Nachgefühl der Ewigkeit aus ihrem unsagbar leichtfertigen Schädel fortzuspülen!

Lacht kramphaft

O ich Esel!

MUSIKLEHRER Beruhige dich!

KOMPONIST *wütend* Ich will mich nicht beruhigen! Ein heiteres Nachspiel! Ein Übergang zu ihrer Gemeinheit! Dieses maßlos ordinäre Volk will sich Brücken bauen aus meiner Welt hinüber in die seinige! O Mäzene! Das erlebt zu haben, vergiftet mir die Seele für immer. Es ist undenkbar, daß mir je wieder eine Melodie einfällt! In dieser Welt kann keine Melodie die Schwingen regen!

Pause, dann mit verändertem Ton, ganz gemütlich

Und gerade früher ist mir eine recht schöne eingefallen! Ich habe mich über einen frechen Lakaien erzürnt, da ist sie mir aufgeblitzt – dann hat der Tenor dem Perückenmacher eine Ohrfeige gegeben – da hab ich sie gehabt! – Ein Liebesgefühl, ein süß bescheidenes, ein Vertrauen, wie diese Welt es nicht wert ist – da: –

Den Text improvisierend

Du, Venus' Sohn – gibst süßen Lohn
Für unser Sehnen und Schmachten!
Lalalala – mein junges Herz
Und all mein Sinnen und Trachten:
O du Knabe, du Kind, du allmächtiger Gott!

Eilig gemütlich

Hast ein Stückerl Notenpapier?

Musiklehrer gibt ihm welches.

Komponist notiert.

Zerbinetta im Gespräch, lacht auf.

Harlekin, Scaramuccio, Brighella, Truffaldin sind im Gänsemarsch aus Zerbinettas Zimmer herausgekommen.

ZERBINETTA *vorstellend* Meine Partner! Meine erprobten Freunde! Jetzt mir meinen Spiegel, mein Rot! Meinen Crayon!

Die vier laufen ins Zimmer, kommen bald wieder, bringen ein Strohstühlchen, Spiegel, Dosen, Puderquasten.

KOMPONIST *Mit einem Blick auf Zerbinetta, besinnt sich plötzlich; fast tragisch* Und du hast es gewußt! Du hast es gewußt!

MUSIKLEHRER Mein Freund, ich bin halt dreißig Jahrln älter als wie du und hab halt gelernt, mich in die Welt zu schikken!

KOMPONIST Wer so an mir handelt, der ist mein Freund gewesen, gewesen, gewesen, gewesen!

Zerreißt wütend das Notierte.

Primadonna öffnet die Türe.

Komponist wirft die Fetzen Papier auf den Boden, beißt wütend seine Nägel, läuft auf und nieder, dann nach hinten.

PRIMADONNA *winkt dem Musiklehrer* Haben Sie nach dem Grafen geschickt?

Tritt ein wenig vor, bemerkt Zerbinetta und die übrigen

Pfui! Was gibts denn da für Erscheinungen!

Zerbinetta hat auf dem Strohstühlchen rechts im Vordergrund Platz genommen, schminkt sich zu Ende, von ihren Partnern bedient; Harlekin hält das Licht, Brighella den Spiegel.

PRIMADONNA *zum Musiklehrer, nicht gerade leise* Uns mit dieser Sorte von Leuten in einen Topf! Weiß man hier nicht, wer ich bin? Wie konnte der Graf –

ZERBINETTA *mit einem frechen Blick auf die Sängerin und absichtlich laut* Wenn das Zeug so langweilig wird, dann hätte man doch uns zuerst auftreten lassen sollen, bevor sie übellaunig werden. Haben sie sich eine Stunde lang gelangweilt, so ist es doppelt schwer, sie lachen zu machen.

TANZMEISTER *zu Zerbinetta* Im Gegenteil. Man kommt vom Tisch, man ist beschwert und wenig aufgelegt, man macht unbemerkt ein Schläfchen, klatscht dann aus Höflichkeit und um sich wach zu machen. Indessen ist man ganz munter geworden: »Was kommt jetzt?« sagt man sich. »Die ungetreue Zerbinetta und ihre vier Liebhaber«, ein heiteres Nachspiel mit Tänzen, leichte, gefällige Melodien, ja! eine Handlung, klar wie der Tag, da weiß man, woran man ist, das ist unser Fall, sagt man sich, da wacht man auf, da ist man bei der Sache! – Und wenn sie in ihren Karossen sitzen, wissen sie überhaupt nichts mehr, als daß sie die unvergleichliche Zerbinetta haben tanzen sehen.

MUSIKLEHRER *zur Primadonna* Erzürnen Sie sich nicht um nichts und wieder nichts. Ariadne ist das Ereignis des Abends, um Ariadne zu hören, versammeln sich Kenner und vornehme Personen im Hause eines großen Mäzens, Ariadne ist das Losungswort, Sie sind Ariadne, morgen wird überhaupt niemand mehr wissen, daß es außer Ariadne noch etwas gegeben hat.

DER JUNGE LAKAI *läuft rückwärts vorüber* Die Herrschaften stehen vom Tisch auf! Man sollte sich hier beeilen.

MUSIKLEHRER Meine Damen und Herren, an Ihre Plätze.

Alles kommt in Bewegung, die Arbeiter rückwärts sind fertig. Der Tenor, als Bacchus, sowie Nymphe, Najade, Dryade, Echo, sind aus der zweiten Tür links hervorgetreten.

DER HAUSHOFMEISTER *kommt eifrig von links rückwärts, tritt auf den Musiklehrer zu; mit Wichtigkeit* Ihnen allen habe ich eine plötzliche Anordnung meines gnädigen Herrn auszurichten.

MUSIKLEHRER Ist schon geschehen, wir sind bereit, in drei Minuten mit der Oper »Ariadne« anzufangen.

HAUSHOFMEISTER *mit Grandezza* Der gnädige Herr haben sich nunmehr wiederum anders besonnen.

MUSIKLEHRER Es soll also nicht mit der Oper begonnen werden?

PRIMADONNA Was ist das!

HAUSHOFMEISTER *mit Grandezza* Um Vergebung. Wo ist der Herr Tanzmeister? Ich habe einen Auftrag meines gnädigen Herrn an Sie beide.

TANZMEISTER *tritt herzu* Was wünscht man von mir?

HAUSHOFMEISTER Mein gnädiger Herr belieben das von ihm selbst genehmigte Programm umzustoßen.

MUSIKLEHRER Jetzt im letzten Moment! Ah, das ist doch ein starkes Stück!

HAUSHOFMEISTER – umzustoßen und folgendermaßen abzuändern.

TANZMEISTER Das Nachspiel wird Vorspiel, wir geben zuerst »Die ungetreue Zerbinetta«, dann »Ariadne«. Sehr vernünftig.

HAUSHOFMEISTER Um Vergebung. Die Tanzmaskerade wird weder als Nachspiel noch als Vorspiel aufgeführt, sondern mit dem Trauerstück »Ariadne« gleichzeitig.

TENOR Ha, ist dieser reiche Herr besessen?

MUSIKLEHRER Will man sich über uns lustig machen?

PRIMADONNA Sind die Leute wahnsinnig? Ich muß augenblicklich den Grafen sprechen!

Komponist nähert sich erschrocken. Zerbinetta horcht von rechts.

HAUSHOFMEISTER *mit hochmütiger Ironie* Es ist genau so, wie ich es sage. Wie Sie es machen werden, das ist natürlich Ihre Sache.

MUSIKLEHRER *dumpf* Unsere Sache!

HAUSHOFMEISTER Mein gnädiger Herr ist der für Sie schmeichelhaften Meinung, daß Sie beide Ihr Handwerk genug verstehen, um eine solche kleine Abänderung auf eins, zwei durchzuführen; und es ist nun einmal der Wille meines gnädigen Herrn, die beiden Stücke, das lustige und das traurige, mit allen Personen und der richtigen Musik, so wie er sie bestellt und bezahlt hat, gleichzeitig auf seiner Bühne serviert zu bekommen.

MUSIKLEHRER Warum gleichzeitig?

ZERBINETTA *leichtfertig* Da muß ich mich ja beeilen!

Läuft in ihr Zimmer.

HAUSHOFMEISTER Und zwar so, daß die ganze Vorstellung deswegen auch nicht einen Moment länger dauert. Denn für Punkt neun Uhr ist ein Feuerwerk im Garten anbefohlen.

MUSIKLEHRER Ja, wie um aller Götter willen stellt sich denn Seine Gnaden das vor?

KOMPONIST *vor sich, ganz für sich, leise* Eine innere Stimme hat mir von der Wiege an etwas Derartiges vorausgesagt.

HAUSHOFMEISTER Es ist wohl nicht die Sache meines gnädigen Herrn, wenn er ein Spektakel bezahlt, sich auch noch damit abzugeben, wie es ausgeführt werden soll. Seine Gnaden ist gewohnt, anzuordnen und seine Anordnungen befolgt zu sehen.

Nach einer Pause nochmals umkehrend, herablassend

Zudem ist mein gnädiger Herr schon seit drei Tagen ungehalten darüber, daß in einem so wohlausgestatteten Hause wie das seinige ein so jämmerlicher Schauplatz wie eine wüste Insel ihm vorgestellt werden soll, und ist eben, um dem abzuhelfen, auf den Gedanken gekommen, diese wüste Insel durch das Personal aus dem anderen Stück einigermaßen anständig staffieren zu lassen.

TANZMEISTER Das finde ich sehr richtig. Es gibt nichts Geschmackloseres als eine wüste Insel.

KOMPONIST Ariadne auf Naxos, Herr. Sie ist das Sinnbild der menschlichen Einsamkeit.

TANZMEISTER Ebendarum braucht sie Gesellschaft.

KOMPONIST Nichts um sich als das Meer, die Steine, die Bäume, das fühllose Echo. Sieht sie ein menschliches Gesicht, wird meine Musik sinnlos.

TANZMEISTER Aber der Zuhörer unterhält sich. So wie es jetzt ist, ist es, um stehend einzuschlafen.

Pirouette.

HAUSHOFMEISTER Um Vergebung, aber ich bitte, sich höchlich zu beeilen, die Herrschaften werden sogleich eintreten.

Ab.

MUSIKLEHRER Ich weiß nicht, wo mir der Kopf steht. Wenn man zwei Stunden Zeit hätte, über die Lösung nachzudenken.

KOMPONIST Darüber willst du nachdenken? Wo menschliche Gemeinheit, stier wie die Meduse, einem entgegengrinst. Fort, was haben wir hier verloren?

MUSIKLEHRER Was wir hier verloren haben? Die fünfzig Dukaten unter anderm, von denen du das nächste halbe Jahr zu leben gedachtest!

KOMPONIST *vor sich* Ich habe nichts mit dieser Welt gemein! Wozu leben in ihr?!

TANZMEISTER *nimmt den Musiklehrer beiseite* Ich weiß wirklich nicht, warum Sie beide einem so vernünftigen Vorschlag solch übertriebene Schwierigkeiten entgegensetzen!

MUSIKLEHRER Meinen Sie denn im Ernst, es ließe sich machen?

TANZMEISTER Nichts leichter als das. Es sind Längen in der Oper –

Leiser

gefährliche Längen. Man läßt sie weg. Diese Leute wissen zu improvisieren, finden sich in jede Situation.

MUSIKLEHRER Still, wenn er uns hört, begeht er Selbstmord.

TANZMEISTER Fragen Sie ihn, ob er seine Oper lieber heute ein wenig verstümmelt hören will, oder ob er sie niemals hören will. Schaffen Sie ihm Tinte, Feder, einen Rotstift, was immer!

Zum Komponisten

Es handelt sich darum, Ihr Werk zu retten!

KOMPONIST *drückt die ihm von allen Seiten gereichten Noten leidenschaftlich an die Brust* Lieber ins Feuer!

Man bringt Tinte, Feder, ein Licht dazu; schiebt den Tisch nach vorne.

TANZMEISTER Hundert große Meister, die wir auf den Knien bewundern, haben sich ihre erste Aufführung mit noch ganz anderen Opfern erkauft.

KOMPONIST *rührend, hilflos* Meinen Sie? Hat er recht, du? Darf ich denn? Muß ich denn?

TANZMEISTER *drückt ihn sanft an den Tisch, wo man die Noten ausbreitet und das Licht daneben stellt; zum Musiklehrer* Sehen Sie zu, daß er genug streicht. Ich rufe indessen Zerbinetta her, wir erklären ihr in zwei Worten die Handlung! Sie ist eine Meisterin im Improvisieren; da sie immer nur sich selber spielt, findet sie sich in jeder Situation zurecht, die anderen sind auf sie eingespielt, es geht alles wie am Schnürchen.

Er holt sich Zerbinetta aus dem Zimmer, spricht zu ihr. Komponist fängt an, beim Schein der Kerze zu streichen.

PRIMADONNA *zum Musiklehrer, leise* Sehen Sie zu, daß er dem Bacchus einiges wegnimmt; man erträgt es nicht, diesen Mann so viel singen zu hören.

TENOR *tritt verstohlen zum Komponisten, beugt sich zu ihm* Der Ariadne müssen Sie streichen. Niemand hält es aus, wenn diese Frau unaufhörlich auf der Bühne steht.

MUSIKLEHRER *flüsternd, nimmt den Tenor beiseite* Er nimmt ihr zwei Arien weg, Ihnen keine Note. Verraten Sie mich nicht.
Tritt ebenso zur Primadonna hinüber, nimmt sie beiseite
Sie behalten alles. Er nimmt dem Bacchus die halbe Rolle, lassen Sie sich nichts merken.

TANZMEISTER *zu Zerbinetta, lustig geistreich* Diese Ariadne ist eine Königstochter. Sie ist mit einem gewissen Theseus entflohen, dem sie vorher das Leben gerettet hat.

ZERBINETTA *zwischen Tür und Angel* So etwas geht selten gut aus.

TANZMEISTER Theseus wird ihrer überdrüssig und läßt sie bei Nacht auf einer wüsten Insel zurück!

MUSIKLEHRER *links leise gleichzeitig zum Komponisten* Noch das, es muß sein!

ZERBINETTA *verständnisvoll* Kleiner Schuft!

TANZMEISTER Sie verzehrt sich in Sehnsucht und wünscht den Tod herbei.

ZERBINETTA Den Tod! Das sagt man so. Natürlich meint sie einen anderen Verehrer.

TANZMEISTER Natürlich, so kommts ja auch!

KOMPONIST *hat aufgehorcht, kommt näher* Nein, Herr, so kommt es nicht! Denn, Herr! sie ist eine von den Frauen, die nur einem im Leben gehören und danach keinem mehr.

ZERBINETTA Ha!

KOMPONIST *verwirrt, starrt sie an* – keinem mehr als dem Tod.

ZERBINETTA *tritt heraus* Der Tod kommt aber nicht. Wetten wir. Sondern ganz das Gegenteil. Vielleicht auch ein blasser, dunkeläugiger Bursche, wie du einer bist.

MUSIKLEHRER Sie vermuten ganz recht. Es ist der jugendliche Gott Bacchus, der zu ihr kommt!

ZERBINETTA *fröhlich, spöttisch* Als ob man das nicht wüßte! Nun hat sie ja fürs nächste, was sie braucht.

KOMPONIST *sehr feierlich* Sie hält ihn für den Todesgott. In ihren Augen, in ihrer Seele ist er es, und darum, einzig nur darum –

ZERBINETTA *aus der Tür* Das will sie dir weismachen.

KOMPONIST Einzig nur darum geht sie mit ihm – auf sein Schiff! Sie meint zu sterben! Nein, sie stirbt wirklich.

ZERBINETTA *indem sie was überwirft* Tata. Du wirst mich meinesgleichen kennen lehren!

KOMPONIST Sie ist nicht Ihresgleichen!

Schreiend

Ich weiß es, daß sie stirbt.

Leise

Ariadne ist die eine unter Millionen, sie ist die Frau, die nicht vergißt.

ZERBINETTA *tritt heraus* Kindskopf.

Sie kehrt ihm den Rücken; zu ihren vier Partnern, die herangetreten sind

Merkt auf, wir spielen mit in dem Stück »Ariadne auf Naxos«. Das Stück geht so: eine Prinzessin ist von ihrem Bräutigam sitzengelassen, und ihr nächster Verehrer ist vorerst noch nicht angekommen. Die Bühne stellt eine wüste Insel dar. Wir sind eine muntere Gesellschaft, die sich zufällig auf dieser Insel befindet. Die Kulissen sind Felsen, und wir plazieren uns dazwischen. Ihr richtet euch nach mir, und sobald sich eine Gelegenheit bietet, treten wir auf und mischen uns in die Handlung!

KOMPONIST *während sie spricht, vor sich* Sie gibt sich dem Tod hin – ist nicht mehr da – weggewischt – stürzt sich hinein ins Geheimnis der Verwandlung – wird neu geboren – entsteht wieder in seinen Armen! – Daran wird er zum Gott. Worüber in der Welt könnte eins zum Gott werden als über diesem Erlebnis?

Springt auf.

ZERBINETTA *tritt zu ihm, sieht ihm in die Augen* Courage! Jetzt kommt Vernunft in die Verstiegenheit!

KOMPONIST Lebendig wars! Stand da – so!

Malts mit den Händen in die Luft.

ZERBINETTA Und wenn ich hineinkomme, wirds schlechter?

KOMPONIST *vor sich* Ich überlebe diese Stunde nicht!

ZERBINETTA Du wirst noch ganz andere überleben.

KOMPONIST *verloren* Was wollen Sie damit – in diesem Augenblick – sagen?

ZERBINETTA *mit äußerster Koketterie, scheinbar ganz schlicht* Ein Augenblick ist wenig – ein Blick ist viel. Viele meinen, daß sie mich kennen, aber ihr Auge ist stumpf. Auf dem Theater spiele ich die Kokette, wer sagt, daß mein Herz dabei im Spiele ist? Ich scheine munter und bin doch traurig, gelte für gesellig und bin doch so einsam.

KOMPONIST *naiv entzückt* Süßes, unbegreifliches Mädchen!

ZERBINETTA Törichtes Mädchen, mußt du sagen, das sich manchmal zu sehnen verstünde nach dem einen, dem sie treu sein könnte, treu bis ans Ende. –

KOMPONIST Wer es sein dürfte, den du ersehnest! Du bist wie ich – das Irdische unvorhanden deiner Seele.

ZERBINETTA *schnell, zart* Du sprichst, was ich fühle. – Ich muß fort. Vergißt du gleich wieder diesen einen Augenblick?

KOMPONIST Vergißt sich in Äonen ein einziger Augenblick?

Zerbinetta macht sich los, läuft schnell in ihr Zimmer nach rechts. Während dieses Dialoges: Der Musiklehrer, als Regisseur der Oper, hat die übrigen Figuren, den Tenor, dann die drei Nymphen nach rückwärts, wo die Bühne angenommen ist, dirigiert, und kommt jetzt eilfertig nach vorne, die Primadonna abzuholen, die noch einmal in ihr Garderobezimmer verschwunden war.

MUSIKLEHRER An Ihre Plätze, meine Damen und Herren! Ariadne! Zerbinetta! Scaramuccio, Harlekin! Auf die Szene, wenn ich bitten darf!

PRIMADONNA *mit einem Blick auf Zerbinetta, die eben aus ihrem Zimmer tritt, dem Komponisten einen Kuß zuwirft, dann nach rückwärts läuft* Ich soll mit dieser Person auf einer Szene stehen! Woran denken Sie!

MUSIKLEHRER Seien Sie barmherzig! Bin ich nicht Ihr alter Lehrer?

PRIMADONNA Jagen Sie mir die Kreatur von der Bühne – oder ich weiß nicht, was ich tue!

MUSIKLEHRER Wo hätten Sie eine schönere Gelegenheit als auf der Bühne, ihr zu zeigen, welch unermeßlicher Abstand zwischen Ihnen befestigt ist!

PRIMADONNA Abstand! Ha! Eine Welt, hoffe ich.

MUSIKLEHRER Legen Sie diese Welt in jede Gebärde und – man wird Ihnen anbetend zu Füßen sinken.

Küßt ihr die Hand, führt sie ein paar Schritte nach rückwärts, kommt dann sogleich wieder, den Komponisten zu holen.

KOMPONIST *umarmt den Musiklehrer stürmisch* Seien wir wieder gut! Ich sehe jetzt alles mit anderen Augen! Die Tiefen des Daseins sind unermeßlich! – Mein lieber Freund, es gibt manches auf der Welt, das läßt sich nicht sagen. Die Dichter unterlegen ja recht gute Worte, recht gute –
Jubel in der Stimme
jedoch, jedoch, jedoch, jedoch, jedoch! – Mut ist in mir, Freund. – Die Welt ist lieblich und nicht fürchterlich dem Mutigen – und was ist denn Musik?
Mit fast trunkener Feierlichkeit
Musik ist heilige Kunst, zu versammeln alle Arten von Mut wie Cherubim um einen strahlenden Thron! Das ist Musik, und darum ist sie die heilige unter den Künsten!
Zerbinetta erscheint rückwärts, mit einem frechen Pfiff ihre Partner auf die Bühne zu rufen.
Harlekin kommt eilfertig aus dem Zimmer rechts, läuft, seinen Gurt schnallend, auf die Bühne.

KOMPONIST Was ist das? Wohin?
Scaramuccio, wie Harlekin, gleichfalls seine Toilette im Laufen beendend.

KOMPONIST Diese Kreaturen! –
Truffaldin, Brighella, den gleichen Weg wie die vorigen.

KOMPONIST – in mein Heiligtum hinein ihre Bocksprünge! Ah!

MUSIKLEHRER Du hast es erlaubt!

KOMPONIST *rasend* Ich durfte es nicht erlauben! Du durftest mir nicht erlauben, es zu erlauben! Wer hieß dich mich zerren, mich! in diese Welt hinein? Laß mich erfrieren, verhungern, versteinen in der meinigen!
Läuft vorne ab, verzweifelt.
Musiklehrer sieht ihm nach, schüttelt den Kopf.

Vorhang fällt schnell.

Ariadne vor der Höhle auf dem Boden, regungslos. Najade links. Dryade rechts. Echo rückwärts an der Wand der Grotte.

NAJADE
Schläft sie?
DRYADE
Schläft sie?
NAJADE
Nein! sie weinet!
DRYADE
Weint im Schlafe! horch! sie stöhnet.
ZU ZWEIEN
Ach! so sind wir sie gewöhnet.
NAJADE
Tag um Tag in starrer Trauer.
DRYADE
Ewig neue bittre Klagen.
NAJADE
Neuen Krampf und Fieberschauer.
DRYADE
Wundes Herz auf ewig, ewig –
ECHO
Ewig! Ewig!
DRYADE
Unversöhnet!
ZU DREIEN
Ach, wir sind es eingewöhnet.
Wie der Blätter leichtes Schaukeln,
Wie der Wellen sanftes Gaukeln
Gleitets über uns dahin. –
Ihre Tränen, ihre Klagen,
Ach, seit wieviel, wieviel Tagen,
Sie beschweren kaum den Sinn!

ARIADNE *an der Erde*
Wo war ich? tot? und lebe, lebe wieder
Und lebe noch?
Und ist ja doch kein Leben, das ich lebe!
Zerstückelt Herz, willst ewig weiter schlagen?
Richtet sich halb auf
Was hab ich denn geträumt? Weh! schon vergessen!
Mein Kopf behält nichts mehr;
Nur Schatten streichen
Durch einen Schatten hin.
Und dennoch, etwas zuckt dann auf und tut so weh!
Ach!

ECHO
Ach!
In der Kulisse

HARLEKIN
Wie jung und schön und maßlos traurig!

ZERBINETTA
Von vorne wie ein Kind, doch unterm Aug wie dunkel!

BRIGHELLA, TRUFFALDIN
Und schwer, sehr schwer zu trösten, fürchte ich!

ARIADNE *ohne ihrer irgendwie zu achten; vor sich, monologisch*
Ein Schönes war, hieß Theseus-Ariadne
Und ging im Licht und freute sich des Lebens!
Warum weiß ich davon? ich will vergessen!
Dies muß ich nur noch finden: es ist Schmach,
Zerrüttet sein, wie ich!
Man muß sich schütteln: ja, dies muß ich finden:
Das Mädchen, das ich war!
Jetzt hab ichs – Götter! daß ichs nur behalte!
Den Namen nicht – der Name ist verwachsen
Mit einem anderen Namen, ein Ding wächst
So leicht ins andere, wehe!

NAJADE, DRYADE, ECHO *als wollten sie sie erinnern, wachrufen*
Ariadne!

ARIADNE *abwinkend*
Nicht noch einmal! Sie lebt hier ganz allein,
Sie atmet leicht, sie geht so leicht,

Kein Halm bewegt sich, wo sie geht,
Ihr Schlaf ist rein, ihr Sinn ist klar,
Ihr Herz ist lauter wie der Quell:
Sie hält sich gut, drum kommt auch bald der Tag,
Da darf sie sich in ihren Mantel wickeln,
Darf ihr Gesicht mit einem Tuch bedecken
Und darf da drinnen liegen
Und eine Tote sein!
Sie träumt vor sich hin.
In der Kulisse

HARLEKIN
Ich fürchte, großer Schmerz hat ihren Sinn verwirrt.

ZERBINETTA
Versucht es mit Musik!

BRIGHELLA, TRUFFALDIN
Ganz sicher, sie ist toll!

ARIADNE *ohne den Kopf zu wenden, vor sich; als hätte sie die letzten Worte in ihren Traum hinein gehört*
Toll, aber weise, ja! – Ich weiß, was gut ist,
Wenn man es fernhält von dem armen Herzen.

ZERBINETTA *in der Kulisse*
Ach, so versuchet doch ein kleines Lied!

HARLEKIN *in der Kulisse, singt*
Lieben, Hassen, Hoffen, Zagen,
Alle Lust und alle Qual,
Alles kann ein Herz ertragen
Einmal um das andere Mal

Aber weder Lust noch Schmerzen,
Abgestorben auch der Pein,
Das ist tödlich deinem Herzen,
Und so darfst du mir nicht sein!

Mußt dich aus dem Dunkel heben,
Wär es auch um neue Qual,
Leben mußt du, liebes Leben,
Leben noch dies eine Mal!
Echo wiederholt seelenlos wie ein Vogel die Melodie von Harlekins Lied.

Ariadne unbewegt, träumt vor sich hin.

ZERBINETTA *halblaut, parlando*

Sie hebt auch nicht einmal den Kopf.

HARLEKIN *ebenso*

Es ist alles vergebens. Ich fühlte es während des Singens.

Echo wiederholt nochmals die Melodie.

ZERBINETTA

Du bist ja ganz aus der Fassung.

HARLEKIN

Nie hat ein menschliches Wesen mich so gerührt.

ZERBINETTA

So geht es dir mit jeder Frau.

HARLEKIN

Und dir vielleicht nicht mit jedem Mann?

ARIADNE *vor sich*

Es gibt ein Reich, wo alles rein ist:
Es hat auch einen Namen: Totenreich.
Hebt sich im Sprechen vom Boden
Hier ist nichts rein!
Hier kam alles zu allem!
Sie zieht ihr Gewand eng um sich
Bald aber nahet ein Bote,
Hermes heißen sie ihn.
Mit seinem Stab
Regiert er die Seelen:
Wie leichte Vögel,
Wie welke Blätter,
Treibt er sie hin.
Du schöner, stiller Gott! sieh! Ariadne wartet!

Ach, von allen wilden Schmerzen
Muß das Herz gereinigt sein,
Dann wird dein Gesicht mir nicken,
Wird dein Schritt vor meiner Höhle,
Dunkel wird auf meinen Augen,
Deine Hand auf meinem Herzen sein.
In den schönen Feierkleidern,
Die mir meine Mutter gab,
Diese Glieder werden bleiben,

Schön geschmückt und ganz allein,
Stille Höhle wird mein Grab.
Aber lautlos meine Seele
Folget ihrem neuen Herrn,
Wie ein leichtes Blatt im Winde,
Folgt hinunter, folgt so gern.

Du wirst mich befreien,
Mir selber mich geben,
Dies lastende Leben,
Du nimmst es von mir.
An dich werd ich mich ganz verlieren,
Bei dir wird Ariadne sein.

Harlekin, verwegen; Brighella, jung, tölpelhaft; Scaramuccio, Gauner, fünfzigjährig; Truffaldin, alberner Alter; hinter ihnen Zerbinetta. Kommen von vorne auf die Bühne, schicken sich an, Ariadne durch einen Tanz zu erheitern. Zerbinetta bleibt seitwärts an der Kulisse. Echo, Najade, Dryade sind während Ariadnes Monolog verschwunden.

DIE VIER

Die Dame gibt mit trübem Sinn
Sich allzusehr der Trauer hin.
Was immer Böses widerfuhr,
Die Zeit geht hin und tilgt die Spur.

Wir wissen zu achten
Der Liebe Leiden,
Doch trübes Schmachten,
Das wollen wir meiden.

Sie aufzuheitern,
Naht sich bescheiden
Mit den Begleitern
Dies hübsche Kind.
Sie tanzen
Es gilt, ob Tanzen,
Ob Singen tauge,
Von Tränen zu trocknen
Ein schönes Auge.

Es trocknet Tränen
Die schmeichelnde Sonne.
Es trocknet Tränen
Der lose Wind:
Sie aufzuheitern
Befahl den Begleitern,
O traurige Dame,
Dies hübsche Kind.

ZERBINETTA *indes die vier weitertanzen*
Wie sie sich schwingen,
Tanzen und singen,
Gefiele der eine
Oder der andere
Gefiele mir schon.

Doch die Prinzessin
Verschließt ihre Augen,
Sie mag nicht die Weise,
Sie liebt nicht den Ton.
Indem sie zwischen die vier Tänzer tritt
Geht doch! Laßts doch! Ihr fallet zur Last!

DIE VIER *indem sie weitertanzen*
Sie aufzuheitern,
Befahl den Begleitern,
O traurige Dame,
Das hübsche Kind!

Doch wie wir tanzen,
Doch wie wir singen,
Was wir auch bringen,
Wir haben kein Glück.

ZERBINETTA *indem sie sie mit Gewalt fortdrängt*
Drum lasset das Tanzen,
Lasset das Singen,
Zieht euch zurück!
Zurück! Versteht ihr nicht! Ihr seid nur lästig!
Sie schafft sie weg.
Die vier ab, zwei nach rechts, zwei nach links.

ZERBINETTA *beginnt mit einer tiefen Verneigung vor Ariadne*
Großmächtige Prinzessin, wer verstünde nicht,

Daß so erlauchter und erhabener Personen Traurigkeit
Mit einem anderen Maß gemessen werden muß
Als der gemeinen Sterblichen. – Jedoch
Einen Schritt nähertretend, doch Ariadne achtet in keiner Weise auf sie.
Sind wir nicht Frauen unter uns, und schlägt denn nicht
In jeder Brust ein unbegreiflich, unbegreiflich Herz?
Abermals näher, mit einem Knicks. Ariadne, ihrer nicht zu achten, verhüllt ihr Gesicht
Von unserer Schwachheit sprechen,
Sie uns selber eingestehen,
Ist es nicht schmerzlich süß?
Und zuckt uns nicht der Sinn danach?
Sie wollen mich nicht hören –
Schön und stolz und regungslos,
Als wären Sie die Statue auf Ihrer eigenen Gruft –
Sie wollen keine andere Vertraute
Als diesen Fels und diese Wellen haben?
Ariadne tritt an den Eingang ihrer Höhle zurück.
Prinzessin, hören Sie mich an – nicht Sie allein,
Wir alle – ach, wir alle – was Ihr Herz erstarrt,
Wer ist die Frau, die es nicht durchgelitten hätte?
Verlassen! in Verzweiflung! ausgesetzt!
Ach, solcher wüsten Inseln sind unzählige
Auch mitten unter Menschen, ich – ich selber,
Ich habe ihrer mehrere bewohnt –
Und habe nicht gelernt, die Männer zu verfluchen!
Ariadne tritt vollends in die Höhle zurück, Zerbinetta richtet ihre weiteren Tröstungen an die unsichtbar Gewordene
Treulos – sie sinds!
Ungeheuer, ohne Grenzen!
Eine kurze Nacht,
Ein hastiger Tag,
Ein Wehen der Luft,
Ein fließender Blick
Verwandelt ihr Herz!
Aber sind denn wir gefeit
Gegen die grausamen – entzückenden,
Die unbegreiflichen Verwandlungen?

Noch glaub ich dem einen ganz mich gehörend,
Noch mein ich mir selber so sicher zu sein,
Da mischt sich im Herzen leise betörend
Schon einer nie gekosteten Freiheit,
Schon einer neuen verstohlenen Liebe
Schweifendes, freches Gefühle sich ein!

Noch bin ich wahr, und doch ist es gelogen,
Ich halte mich treu und bin schon schlecht,
Mit falschen Gewichten wird alles gewogen –
Und halb mich wissend und halb im Taumel
Betrüg ich ihn endlich und lieb ihn noch recht!
Ja, halb mich wissend und halb im Taumel
Betrüge ich endlich und liebe noch recht!

So war es mit Pagliazzo
Und mit Mezzetin!
Dann war es Cavicchio,
Dann Burattin,
Dann Pasquariello!
Ach, und zuweilen,
Will es mir scheinen,
Waren es zwei!
Doch niemals Launen,
Immer ein Müssen!
Immer ein neues
Beklommenes Staunen.
Daß ein Herz so gar sich selber,
Gar sich selber nicht versteht!

Als ein Gott kam jeder gegangen,
Und sein Schritt schon machte mich stumm,
Küßte er mir Stirn und Wangen,
War ich von dem Gott gefangen
Und gewandelt um und um!
Als ein Gott kam jeder gegangen,
Jeder wandelte mich um,
Küßte er mir Mund und Wangen,
Hingegeben war ich stumm!
Hingegeben war ich stumm!

Hingegeben war ich stumm!
Kam der neue Gott gegangen,
Hingegeben war ich stumm!

Echo unsichtbar, wiederholt das Rondo, aber ohne Text, ad libitum.

HARLEKIN *springt aus der Kulisse* Hübsch gepredigt! Aber tauben Ohren!

ZERBINETTA Ja, es scheint, die Dame und ich sprechen verschiedene Sprachen.

HARLEKIN Es scheint so.

ZERBINETTA Es ist die Frage, ob sie nicht schließlich lernt, sich in der meinigen auszudrücken.

HARLEKIN Wir wollens abwarten. Was wir aber nicht abwarten wollen –

Er ist mit einem Sprung dicht bei ihr, sucht sie zu umarmen.

ZERBINETTA *macht sich los* Wofür hältst du mich?

HARLEKIN Für ein entzückendes Mädchen, dessen Beziehungen zu mir dringend einer Belebung bedürfen –

ZERBINETTA

Unverschämter! und außerdem: hier!
Zwei Schritte von der Wohnung der Prinzessin!

HARLEKIN Pah! Wohnung, es ist eine Höhle.

ZERBINETTA Was ändert das?

HARLEKIN Sehr viel, sie hat keine Fenster.

Versucht abermals, sie zu küssen.

ZERBINETTA *macht sich energisch los* Ich glaube, du wärest wirklich fähig!

HARLEKIN Zweifle nicht, zu allem!

ZERBINETTA *mißt ihn mit dem Blick, halb für sich* Zu denken, daß es Frauen gibt, denen er ebendarum gefiele –

HARLEKIN Und zu denken, daß du von oben bis unten eine solche Frau bist!

Zerbinetta mißt ihn mit dem Blick.

Brighella, Scaramuccio, Truffaldin stecken links und rechts ihre Köpfe aus der Kulisse.

BRIGHELLA, SCARAMUCCIO, TRUFFALDIN Pst! Pst! Zerbinetta!

ZERBINETTA *hat sich Harlekin entzogen, läuft nach vorn, vor sich, beinahe ad spectatores* Männer! Lieber Gott, wenn du wirk-

lich wolltest, daß wir ihnen widerstehen sollten, warum hast du sie so verschieden geschaffen?
Sie endet, mitten aus der Prosa, mit einer Roulade.

DIE VIER
Eine Störrische zu trösten,
Laßt das peinliche Geschäft!
Will sie sich nicht trösten lassen,
Laß sie weinen, sie hat recht!
Zerbinetta tanzt von einem zum anderen, weiß jedem zu schmeicheln.

BRIGHELLA *mit albernem Ton*
Doch ich bin störrisch nicht,
Gibst du ein gut Gesicht.
Ach, ich verlang nicht mehr,
Freu mich so sehr.

SCARAMUCCIO *mit schlauem Ausdruck*
Auf dieser Insel
Gibts hübsche Plätze.
Komm, laß dich führen,
Ich weiß Bescheid!

TRUFFALDIN *täppisch lüstern*
Wär nur ein Wagen,
Ein Pferdchen nur mein,
Hätt ich die Kleine
Bald wo allein!

HARLEKIN *diskret im Hintergrund*
Wie sie vergeudet
Augen und Hände,
Laur ich im stillen
Hier auf das Ende!

ZERBINETTA *von einem zum anderen tanzend*
Immer ein Müssen,
Niemals Launen,
Immer ein neues
Unsägliches Staunen!
Die vier, mit Zerbinetta, in beliebiger Verschränkung.

BRIGHELLA
Ich bin nicht störrisch.

HARLEKIN
Ich laure im stillen.
ZERBINETTA *im Tanzen*
So wars mit Pasquariello
Und so mit Mezzetin!
SCARAMUCCIO
Hätt ich das Mädchen –
TRUFFALDIN
Ich wüßte Bescheid!
ZERBINETTA *im Tanzen*
Dann mit Cavicchio
Und mit Burattin!
ZWEI
Komm, laß dich führen,
Ich laure im stillen!
ZERBINETTA *im Tanzen*
Ach, und zuweilen
Waren es zwei!
ZWEI
Es gibt hübsche Plätze:
Ich weiß Bescheid!
ZERBINETTA
Ach, und zuweilen
Waren es zwei!
Unterm Tanzen scheint sie einen Schuh zu verlieren. Scaramuccio, flink, erfaßt den Schuh und küßt ihn. Sie läßt sich ihn von ihm anziehen, wobei sie sich auf Truffaldin stützt, der ihr von der anderen Seite zu Füßen gefallen ist.
ZERBINETTA *auf Truffaldin*
Wie er feurig sich erniedert!
Auf Scaramuccio, dem sie das Innere der Hand zum Kusse reicht
Wie der Druck den Druck erwidert!
ZERBINETTA UND SCARAMUCCIO
Hand und Lippe, Mund und Hand,
Welch ein zuckend Zauberband!
Scaramuccio und Truffaldin treten rechts und links zurück. Brighella springt täppisch hin, Zerbinetta zu umfassen, sie entschlüpft ihm geschickt.

ZERBINETTA *aufs neue tanzend*
Mach ich ihn auf diese neidig,
Wird der steife – wie geschmeidig
Wird der steife Bursch sich drehn!
BRIGHELLA *steif tanzend und singend*
Macht sie mich auf diese neidig,
Ach, wie will ich mich geschmeidig
Um die hübsche Puppe drehn!
SCARAMUCCIO *gleichfalls tanzend*
Macht sie uns auf diesen neidig,
Hei, wie alle sich geschmeidig,
Hui, um ihre Gunst sich drehn!
TRUFFALDIN *ebenso*
Wie sie jeden sich geschmeidig,
Einen auf den anderen neidig,
Ohne Pause weiß zu drehn!
Während die drei sich drehen, wirft sich Zerbinetta rückwärts Harlekin in die Arme und eilt mit ihm zu verschwinden.
SCARAMUCCIO, BRIGHELLA, TRUFFALDIN *finden sich allein*
Mir der Schuh!
Mir der Blick!
Mir die Hand!
Das war das Zeichen,
Schlau aus dem Kreise muß ich mich schleichen!
Mich erwartet das himmlische Wesen,
Mich zum Freunde hat sie erlesen!
Alle drei schleichen verstohlen in die Kulisse, gleich darauf erscheint zuerst Scaramuccio, von rechts kommend, vor der Bühne, verlarvt.
SCARAMUCCIO *für sich*
Pst, wo ist sie? Wo mag sie sein?
Späht herum, geht rechts um die Bühne herum.
BRIGHELLA *verlarvt, von links kommend, leise dummschlau*
Pst, wo ist sie? Wo mag sie sein?
Wendet sich nach rechts, stößt mit dem zurückkehrenden Scaramuccio zusammen.
TRUFFALDIN *verlarvt, von links, an der linken Ecke in eben dem Augenblick hervorkommend, als Brighella nach rechts den ersten Schritt tut*

Pst, wo ist sie? Wo mag sie sein?
Stößt mit den beiden Zusammenstoßenden auch noch zusammen; alle drei taumeln sie in die Mitte.

ALLE DREI *jeder für sich*
Verdammter Zufall!
Aber man erkennt mich nicht!
Zerbinetta und Harlekin sind links vorne wieder erschienen.

ZERBINETTA
Daß ein Herz so gar sich selber,
Gar sich selber nicht versteht!
Brighella, Scaramuccio, Truffaldin sehen einander an.

HARLEKIN
Ach, wie reizend, fein gegliedert!

ZERBINETTA
Hand und Lippe, Mund und Hand!

DIE DREI GESELLEN
Ai! Ai!

HARLEKIN UND ZERBINETTA *zusammen*
Hand und Lippe, Mund und Hand,
Welch ein zuckend Zauberband.

DIE DREI GESELLEN *indem sie zornig und betrübt tanzend abgehen*
Ai! ai! ai! ai! Der Dieb! Der Dieb!
Der nieder-, niederträchtige Dieb!
Ai! ai! ai! ai!
Die Bühne bleibt nach Abgang der fünf Masken (Zerbinetta, Harlekin usw.) leer
Zwischenspiel des Orchesters, auf Bacchus bezüglich, durchaus fremdartig, geheimnisvoll;
sodann: Najade, Dryade, Echo treten, fast zugleich, hastig auf von rechts, links und rückwärts.

DRYADE *aufgeregt*
Ein schönes Wunder!

NAJADE
Ein reizender Knabe!

DRYADE
Ein junger Gott!

ECHO
Ein junger Gott, ein junger Gott!

DRYADE
So wißt ihr –?
NAJADE
Den Namen?
DRYADE
Bacchus!
NAJADE
Mich höret!
ECHO
Mich höret doch an!
DRYADE
Die Mutter starb bei der Geburt.
NAJADE
Eine Königstochter.
DRYADE
Eines Gottes Liebste, eines Gottes Liebste!
NAJADE
Was für eines Gottes?
ECHO *enthusiastisch*
Eines Gottes Liebste, eines Gottes Liebste!
NAJADE *eifrig*
Was für eines Gottes?
DRYADE
Aber den Kleinen – hört doch' – Nymphen,
Nymphen zogen ihn auf!
ECHO *begeistert*
Nymphen zogen ihn auf!
Nymphen zogen ihn auf!
NAJADE, DRYADE
Nymphen! das zarte, göttliche Kind!
ZU DREIEN Ach, daß nicht wir es gewesen sind.
ECHO *vogelhaft*
Ach, daß nicht wir es gewesen sind.
DRYADE
Es wächst wie die Flamme unter dem Wind.
NAJADE
Ist schon kein Kind mehr – Knabe und Mann!

DRYADE
Schnell zu Schiffe mit wilden Gefährten!
NAJADE
Nächtig im Wind die Segel gestellt!
DRYADE
Er am Steuer, er am Steuer.
NAJADE
Kühn! der Knabe!
ECHO *vogelhaft*
Er am Steuer.
DRYADE, NAJADE
Heil dem ersten Abenteuer!
ECHO
Er am Steuer, er am Steuer!
DRYADE
Das erste! Ihr wißt, was es war?
NAJADE
Circe! Circe! an ihrer Insel
Landet das Schiff, zu ihrem Palast
Schweift der Fuß, nächtlich mit Fackeln –
DRYADE *reißt ihrs Wort vom Munde*
An der Schwelle empfängt sie ihn,
An den Tisch zieht sie ihn hin,
Reicht die Speise, reicht den Trank –
NAJADE *eifrigst*
Den Zaubertrank! die Zauberlippen!
Allzu süße Liebesgabe!
ECHO
Allzu süße Liebesgabe!
DRYADE *Triumph im Ton*
Doch der Knabe – doch der Knabe! –
Wie sie frech und überheblich
Ihn zu ihren Füßen winkt –
Ihre Künste sind vergeblich,
Weil kein Tier zur Erde sinkt!
ZU DREIEN
Alle Künste sind vergeblich,
Weil kein Tier zur Erde sinkt!

DRYADE
Aus den Armen ihr entwunden,
Blaß und staunend, ohne Spott –
Nicht verwandelt, nicht gebunden
Steht vor ihr ein junger Gott!

ZU DREIEN
Nicht verwandelt, nicht gebunden
Steht vor ihr ein junger Gott!

ECHO *vogelhaft entzückt*
Nicht verwandelt!

NAJADE, DRYADE *am Eingang der Höhle*
Ariadne!

NAJADE
Schläft sie?

DRYADE
Schläft sie?

NAJADE
Nein! sie hört uns!

ECHO
Nicht verwandelt!

DRYADE *der Ariadne meldend*
Ein schönes Wunder!

NAJADE
Ein Knabe! Ein Gott!

DRYADE *immer gegen die Höhle hin*
Gestern noch der Gast der Circe,
Mit ihr liegend bei dem Mahle,
Nippend von dem Zaubertrank –

ECHO
Nicht verwandelt! Nicht verwandelt!

NAJADE
Heute ist er hier bei uns!

DRYADE
Hörst du?

NAJADE
Hörst du?

ZU ZWEIEN *leise*
Ariadne!

Bacchus' Stimme wird hörbar. Im gleichen Augenblick, wie von Magie hervorgezogen, tritt Ariadne lauschend aus der Höhle. Die drei Nymphen, lauschend, treten seit- und rückwärts.

BACCHUS *erscheint auf dem Felsen, Ariadne und den Nymphen unsichtbar*

Circe, kannst du mich hören?
Du hast mir fast nichts getan –
Doch die dir ganz gehören,
Was tust du denen an?

Circe, ich konnte fliehen,
Sieh, ich kann lächeln und ruhn –
Circe, was war dein Wille,
An mir zu tun?

ARIADNE *in sein Singen hinein, vor sich, leisest*

Er greift durch alle Schmerzen,
Auflösend alte Qual: ans Herz im Herzen greifts.

NAJADE, DRYADE, ECHO *leise, zaghaft*

Töne, töne, süße Stimme,
Fremder Vogel, singe wieder,
Deine Klagen, sie beleben,
Uns entzücken solche Lieder!

BACCHUS *schwermütig, lieblich*

Doch da ich unverwandelt
Von dir gegangen bin,
Was haften die schwülen Gefühle
An dem benommenen Sinn?

Als wär ich von schläfernden Kräutern
Betäubt, ein Waldestier! –
Circe – was du nicht durftest,
Geschieht es doch an mir?

ARIADNE *wie oben*

O Todesbote! süß ist deine Stimme!
Balsam ins Blut, und Schlummer in die Seele!

NAJADE, DRYADE, ECHO *nachdem die Stimme zu verstummen scheint, leise*

Töne, töne, süße Stimme,
Süße Stimme, töne wieder!

Deine Klagen, sie beleben!
Uns entzücken deine Lieder!

BACCHUS *fröhlich, mit etwas wie graziösem Spott*
Circe, ich konnte fliehen!
Circe, ich konnte fliehen!
Sieh, ich kann lächeln und ruhn!
Circe – was war dein Wille,
An mir zu tun?

ARIADNE *zugleich mit ihm, die Augen geschlossen, die Hände gehoben nach der Richtung, von der die Stimme tönt, leise*
Belade nicht zu üppig
Mit nächtlichem Entzücken
Voraus den schwachen Sinn!
Die deiner lange harret,
Nimm sie dahin!

Bacchus tritt hervor, steht vor Ariadne.

ARIADNE *in jähem Schreck, schlägt die Hände vors Gesicht*
Theseus!
Dann schnell sich neigend
Nein! nein! es ist der schöne stille Gott!
Ich grüße dich, du Bote aller Boten!

Najade, Dryade, Echo haben sich unter tiefer Verneigung nach allen Seiten zurückgezogen.

Ariadne, Bacchus

BACCHUS *ganz jung, zartest im Ton*
Du schönes Wesen? Bist du die Göttin dieser Insel?
Ist diese Höhle dein Palast? sind diese deine Dienerinnen?
Singst du an deinem Webstuhl Zauberlieder?
Nimmst du den Fremdling da hinein
Und liegst mit ihm beim Mahl,
Und tränkest du ihn da mit einem Zaubertrank?
Und ach, wer dir sich gibt, verwandelst du ihn auch?
Weh! Bist du auch solch eine Zauberin?

ARIADNE
Ich weiß nicht, was du redest.
Ist es, Herr, daß du mich prüfen willst?
Mein Sinn ist wirr von vielem Liegen ohne Trost!
Ich lebe hier und harre deiner, deiner harre ich

Seit Nächten, Tagen, seit wie vielen, ach, ich weiß es nicht mehr!

BACCHUS
Wie? kennest du mich denn? Hast du vordem von mir gewußt?
Du hast mit einem Namen mich gegrüßt.

ARIADNE
Nein! nein! Der bist du nicht,
Mein Sinn ist leicht verwirrt!

BACCHUS
Wer bin ich denn?

ARIADNE *neigt sich*
Du bist der Herr über ein dunkles Schiff,
Das fährt den dunklen Pfad.

BACCHUS *nickt*
Ich bin der Herr – über ein Schiff.

ARIADNE *jäh*
Nimm mich! Hinüber! Fort von hier mit diesem Herzen!
Es ist zu nichts mehr nütze auf der Welt.

BACCHUS *sanft*
So willst du mit mir gehen auf mein Schiff?

ARIADNE
Ich bin bereit. Du fragst? Ist es, daß du mich prüfen willst?
Bacchus schüttelt den Kopf.

ARIADNE *mit unterdrückter Angst*
Wie schaffst du die Verwandlung? mit den Händen?
Mit deinem Stab? Wie, oder ists ein Trank,
Den du zu trinken gibst? Du sprachst von einem Trank!

BACCHUS *verträumt in ihrem Anblick*
Sprach ich von einem Trank,
Ich weiß nichts mehr.

ARIADNE *nickt*
Ich weiß, so ist es dort, wohin du mich führest!
Wer dort verweilet, der vergißt gar schnell!
Das Wort, der Atemzug ist gleich dahin!
Man ruht und ruht vom Ruhen wieder aus;
Denn dort ist keiner matt vom Weinen, –
Er hat vergessen, was ihn schmerzen sollte:

Nichts gilt, was hier gegolten hat, ich weiß –
Sie schließt die Augen.

BACCHUS *tief erregt, unbewußt feierlich*
Bin ich ein Gott, schuf mich ein Gott,
Starb meine Mutter in Flammen dahin,
Als sich in Flammen mein Vater ihr zeigte,
Versagte der Circe Zauber an mir,
Weil ich gefeit bin, Balsam und Äther
Für sterbliches Blut in den Adern mir fließt.
Hör mich, Wesen, das vor mir steht,
Hör mich, du, die sterben will:
Dann sterben eher die ewigen Sterne,
Als daß du stürbest aus meinen Armen!

ARIADNE *ängstlich zurückweichend vor der Gewalt seines Tones*
Das waren Zauberworte! Weh! So schnell!
Nun gibt es kein Zurück. Gibst du Vergessenheit
So zwischen Blick und Blick?
Entfernt sich alles,
Alles von mir?
Die Sonne? Die Sterne?
Ich mir selber?
Sind meine Schmerzen mir auf immer, immer
Genommen? Ach!
Verhauchend
Bleibt nichts von Ariadne als ein Hauch?
Sie sinkt, er hält sie.
Alles versinkt, ein Sternenhimmel spannt sich über den zweien.

BACCHUS *mehr ergriffen als laut*
Ich sage dir, nun hebt sich erst das Leben an
Für dich und mich!
Er küßt sie.

ARIADNE *entwindet sich ihm, unbewußt, sieht mit bangem Staunen um sich*
Lag nicht die Welt auf meiner Brust? hast du,
Hast du sie fortgeblasen?
Da innen lag die arme Hündin
An' Boden gedrückt, auf kalten Nesseln
Mit Wurm und Assel, und ärmer als sie –

BACCHUS

Nun steigt deiner Schmerzen innerste Lust
In dein und meinem Herzen auf!

ARIADNE

Du Zauberer, du! Verwandler, du!
Blickt nicht aus dem Schatten deines Mantels
Der Mutter Auge auf mich her?
Ist so dein Schattenland! also gesegnet!
So unbedürftig der irdischen Welt?

BACCHUS

Du selber! du bist unbedürftig,
Du meine Zauberin!

ARIADNE

Gibts kein Hinüber?
Sind wir schon drüben?
Sind wir schon da?
Wie konnt es geschehen?
Auch meine Höhle, schön! gewölbt
Über ein seliges Lager,
Einen heiligen Altar!
Wie wunder-, wunderbar verwandelst du!

BACCHUS

Du! Alles du!
Ich bin ein anderer, als ich war!
Der Sinn des Gottes ist wach in mir,
Dein herrlich Wesen ganz zu fassen!
Die Glieder reg ich in göttlicher Lust!
Die Höhle da! Laß mich, die Höhle deiner Schmerzen
Zieh ich zur tiefsten Lust um dich und mich!
Ein Baldachin senkt sich von oben langsam über beide, sie einschließend.

ARIADNE *an seinem Arm hängend*

Was hängt von mir
In deinem Arm?
Oh, was von mir,
Die ich vergehe,
Fingest du Geheimes
Mit deines Mundes Hauch?

Was bleibt, was bleibt von Ariadne?
Laß meine Schmerzen nicht verloren sein!

ARIADNES STIMME

Laß meine Schmerzen nicht verloren,
Bei dir laß Ariadne sein!

ZERBINETTA *tritt aus der Kulisse, weist mit dem Fächer über die Schulter auf Bacchus und Ariadne zurück und wiederholt mit spöttischem Triumph ihr Rondo*

Kommt der neue Gott gegangen,
Hingegeben sind wir stumm!

BACCHUS' STIMME

Deiner hab ich um alles bedurft!
Nun bin ich ein anderer, als ich war,
Durch deine Schmerzen bin ich reich,
Nun reg ich die Glieder in göttlicher Lust!
Und eher sterben die ewigen Sterne,
Eh denn du stürbest aus meinen Armen!

Der Baldachin hat sich geschlossen.

ZU ›ARIADNE AUF NAXOS‹

DER BÜRGER ALS EDELMANN

Eine Komödie mit Tänzen von Molière
Nach der Bierling'schen Übersetzung (1750)
neu eingerichtet in zwei Aufzügen

Personen des Schauspiels

HERR JOURDAIN, ein Bürger
SEINE FRAU
DORIMENE, eine Marquise
DORANTES, ein Graf
NICOLINE, Magd in Jourdains Haus
EIN MUSIKLEHRER
EIN JUNGER KOMPONIST, dessen Schüler
EIN TANZMEISTER
EIN FECHTMEISTER
EIN MAGISTER DER PHILOSOPHIE
DREI SÄNGERINNEN
EIN SCHNEIDER
SEIN ERSTER GESELL
VIER ANDERE VON SEINEN GESELLEN
VIER KÖCHE
EIN KÜCHENJUNGE
DER ERSTE LAKAI
DER ZWEITE LAKAI
EIN KLEINER LAKAI

Zu Paris, im Hause des Herrn Jourdain.

ERSTER AUFZUG

Ein Saal in Jourdains Haus.
Der junge Komponist sitzt an einem Spinett und schreibt Noten auf. Der Musiklehrer und drei Sängerinnen stehen seitwärts, in Erwartung des Herrn Jourdain. Desgleichen der Tanzmeister, in einer Fensternische.

MUSIKLEHRER *zu dem Komponisten, der eine neugefundene Melodie für sich spielt und singt* Bist du fertig?

KOMPONIST Ja.

Reicht ihm das Notenblatt hin.

MUSIKLEHRER Laß es sehen.

Siehts durch

Es ist recht schön.

TANZMEISTER Ist es etwas Neues?

Tritt hinzu.

MUSIKLEHRER Ja, es ist eine kleine Arie, die er hier soeben komponiert hat, indes wir warten müssen, bis der Herr vom Hause aufgewacht ist.

TANZMEISTER Darf man sehen, was es ist?

MUSIKLEHRER Sie können es dann gleich hören, wenn der Herr Jourdain kommt. Ich werde ihn mit dieser Probe der Fähigkeiten meines Schülers überraschen.

TANZMEISTER Wir haben jetzt beide nicht wenig zu tun.

MUSIKLEHRER Wir haben jedenfalls beide hier einen Mann gefunden, wie wir ihn brauchen.

TANZMEISTER Nicht gerade einen Kenner –

MUSIKLEHRER – aber, was besser ist, einen grenzenlosen –

TANZMEISTER Wie wollten Sie es nennen?

MUSIKLEHRER Gönner und Förderer. Es wäre für meine Musik und für Ihren Tanz zu wünschen, daß alle Leute –

TANZMEISTER Nicht so ganz und gar. Verstünde er sich ein wenig nur auf die Sachen –

MUSIKLEHRER Er versteht sie schlecht, zugegeben, aber er bezahlt sie uns desto besser. Dies haben unsere Künste für den Augenblick nötiger als alles andere.

TANZMEISTER Soll ich Ihnen leugnen, daß ich noch etwas mehr verlange? Kennerschaft. Einen Beifall, der das wahrhaft Gelungene in einer Arbeit zu ehren weiß.

MUSIKLEHRER Wie finden Sie das heutzutage? Ich sage mir: leere Lobsprüche machen mich nicht reich. Eine offene Hand lobt am besten. Dieser Herr Jourdain ist albern über die Begriffe, sein Urteil trifft stets das Verkehrte, was ihm zu loben beikommt, ist das Gemeinste vom Gemeinen oder etwas Verfehltes: aber sein Geld verbessert die Urteile seines Verstandes. Er hat Verstand, sage ich mir, in seinem Beutel.

TANZMEISTER Da kommt er.

Jourdain tritt auf, gefolgt von zwei Lakaien. Er trägt einen bunten Schlafrock und eine Nachtmütze.

JOURDAIN Nun, meine Herren, wie stehts? Werden Sie mich Ihre Schnacksen sehen lassen?

TANZMEISTER Wie? was für Schnacksen?

JOURDAIN Je nun – wie nannten Sie es doch? Die
Zum Musiklehrer
musikalische Konversation oder was es sein sollte.
Fixiert mit dem Blick den Komponisten.

KOMPONIST *ist aufgestanden, verneigt sich linkisch* Sie sind mein großer Wohltäter, mein Herr, und ich bin dem Herrn Grafen sehr verpflichtet, daß er mich Ihnen bekannt gemacht hat.

MUSIKLEHRER *eingreifend* Es ist alles vorbereitet, um Ihnen einen Vorgeschmack von seinem Talent zu geben.

JOURDAIN Ich habe Sie ein wenig warten lassen, meine Herren; allein ich lasse mich heute als eine Standesperson kleiden. Mein Schneider hat mir ein paar seidene Strümpfe geschickt; ich dachte aber nicht, daß ich sie bei meinen Lebzeiten an die Beine bringen würde.

MUSIKLEHRER Es ist an uns, Ihre Bequemlichkeit abzuwarten.

JOURDAIN Ich werde mir von Ihnen beiderseits ausbitten, daß Sie nicht eher weggehen, bis man mir mein neues Kleid gebracht hat: Sie sollen mich erst darinnen sehen.

TANZMEISTER Wie Sie befehlen.

JOURDAIN Sie werden sehen, daß ich vom Kopf bis zum Fuß ausstaffiert sein werde, wie sichs gehört.

MUSIKLEHRER Daran kann kein Zweifel sein!

JOURDAIN Diesen indianischen Schlafrock habe ich mir auch erst machen lassen.

TANZMEISTER Er ist brillant.

JOURDAIN Mein Schneider hat mir gesagt, daß Standespersonen des Morgens so zu gehen pflegen.

MUSIKLEHRER Er steht Ihnen vortrefflich.

JOURDAIN Lakai! He! he! Ihr Lakaien, alle beide!

ERSTER LAKAI Was befehlen Euer Gnaden?

JOURDAIN Nichts. Ich wollte nur sehen, ob ihr gleich hörtet.
Zu dem Tanzmeister und Musiklehrer
Wie gefällt Ihnen meine Livree?

TANZMEISTER Sie ist recht prächtig.

JOURDAIN *macht seinen Schlafrock auf und läßt sehen, daß er enge Beinkleider und eine Weste von verschiedenfarbigem Samt anhat* Das ist so eine kleine bequeme Hauskleidung, wenn ich morgens die Leibesübungen vornehme.

MUSIKLEHRER Sie ist galant.

JOURDAIN Lakai!

ERSTER LAKAI Gnädiger Herr!

JOURDAIN Der andere!

ZWEITER LAKAI Gnädiger Herr!

JOURDAIN Haltet meinen Schlafrock.
Zum Tanzmeister und Musiklehrer
Gefalle ich Ihnen so?

TANZMEISTER Vortrefflich. Es könnte nicht besser sein.

JOURDAIN *zum Musiklehrer* Nun, lassen Sie doch Ihre Sachen sehen.

MUSIKLEHRER Ich wollte Sie gerne noch vorher eine kleine Arie hören lassen, die er
Er zeigt auf den jungen Komponisten, seinen Schüler
soeben hier komponiert hat.

JOURDAIN Soeben? Hier auf der Stelle?

MUSIKLEHRER Hier, am Klavier sitzend.

JOURDAIN Jetzt, während ich mir drinnen meine Strümpfe –? Höchst seltsam.

MUSIKLEHRER *an Jourdain herantretend* Es ist ein junger Mensch von außerordentlichem Talent. Er ist der gleiche, von welchem die Oper »Ariadne auf Naxos« komponiert ist, welche wir die Ehre haben werden, Ihnen in Ihrem Hause heute abend vorzuführen.

JOURDAIN So? Man hätte aber doch so was nicht sollen von einem Schüler machen lassen, und dieses Stück Arbeit war eben nicht zu schlecht für Sie selber.

MUSIKLEHRER O mein Herr, das Wort Schüler darf Sie nicht irremachen. Solche Schüler wissen soviel als die größten Meister; und die Oper ist so schön ausgefallen, daß es nicht besser sein könnte. Hören Sie nur die kleine Arie. Madame wird sie vom Blatt weg singen.

JOURDAIN Vom Blatt weg?

Zu seinen Lakaien

Gebt mir meinen Schlafrock, damit ich es besser hören kann... Wartet! Ich glaube, es wird besser sein ohne Schlafrock... Doch nein! gebt ihn nur wieder her, es wird so besser gehen.

SÄNGERIN *hat schon früher das Notenblatt vom Komponisten genommen und singt jetzt, indessen er sie am Klavier begleitet*

Ariette

Du, Venus' Sohn, gibst süßen Lohn
Für unser Sehnen und Schmachten.
Dir sei geweiht mein junges Herz,
Und all mein Sinnen und Trachten.
O du Knabe! du Kind! du mächtiger Gott!

JOURDAIN Die Arie klingt ein bißchen gar zu traurig, und man schläft dabei ein.

MUSIKLEHRER Aber, mein Herr, die Melodie richtet sich nach den Worten.

JOURDAIN Sind die zuvor da?

MUSIKLEHRER Die Worte sind aus dem Italienischen herübergenommen.

JOURDAIN So, so. Ich habe letzthin ein Liedchen gelernt, das recht artig war. Warten Sie... Je!... wie war es doch?

TANZMEISTER Das weiß ich wahrhaftig nicht.

JOURDAIN Es ist was von Kätzchen drinnen.

TANZMEISTER Von Kätzchen?

JOURDAIN Ja. Ach! nun habe ichs!

Er singt

Ich glaubete, mein Schätzchen
Ist doch so mild als schön.
Ich glaubete, mein Schätzchen
Ist zahmer als ein Kätzchen;
Doch ist sie wilder hundertmal,
Ja, wilder ist sie tausendmal
Als Tiger, die im Walde gehn.

Ist es nicht artig?

MUSIKLEHRER Unvergleichlich.

TANZMEISTER Und Sie singen es auch recht gut.

JOURDAIN Und ich habe doch mein Tage nicht singen gelernt.

MUSIKLEHRER Sie sollten es billig lernen, mein Herr, ebensowohl als das Tanzen. Das sind ein paar Künste, die eine genaue Verwandtschaft miteinander haben.

TANZMEISTER Und die einem Menschen den Kopf zu allen schönen Dingen aufräumen.

JOURDAIN Lernen denn die Standespersonen auch die Musik?

MUSIKLEHRER Allerdings, mein Herr.

JOURDAIN Nun, so will ich sie auch lernen. Aber ich weiß nicht, was ich für eine Stunde nehmen werde. Denn, außer dem Fechtmeister, der mir schon Lektion gibt, habe ich auch einen Philosophen angenommen, und er soll diesen Morgen anfangen.

MUSIKLEHRER Die Philosophie ist zwar etwas; aber die Musik, mein Herr, die Musik...

TANZMEISTER Musik und Tanzen... Musik und Tanzen... das ist alles, was man wissen muß.

MUSIKLEHRER Nichts in der Welt ist einem Staate nützlicher als die Musik.

TANZMEISTER Nichts in der Welt ist den Menschen nötiger als das Tanzen.

MUSIKLEHRER Ohne die Musik kann ein Staat unmöglich bestehen.

TANZMEISTER Ohne das Tanzen kann ein Mensch nichts Rechtes ausrichten.

MUSIKLEHRER Alle Unordnungen, alle Kriege in der Welt rühren von nichts anderm her, als daß die Leute nicht Musik lernen.

TANZMEISTER Alles Leid der Menschen, alle Unglücksfälle, mit denen die Historie angefüllt ist, alle Fehler der Staatsmänner, alle Vergehungen der größten Helden kommen bloß daher, weil sie nicht tanzen konnten.

JOURDAIN Wie denn so?

MUSIKLEHRER Rührt der Krieg nicht daher, weil die Menschen nicht miteinander harmonieren?

JOURDAIN Das ist wahr!

MUSIKLEHRER Wenn nun alle Leute die Musik lerneten, wäre das nicht das beste Mittel, miteinander zu harmonieren und einen allgemeinen Frieden in der Welt zu stiften?

JOURDAIN Sie haben recht.

TANZMEISTER Wenn jemand einen Fehler in seiner Aufführung begangen hat, entweder in seiner Familie, oder in Staatssachen, oder auch im Felde, sagt man nicht allemal: Der oder der hat bei dieser oder jener Gelegenheit einen Fehltritt getan?

JOURDAIN Ja, so sagt man.

TANZMEISTER Kann aber denn ein Fehltritt anderswoher rühren, als weil man nicht tanzen kann?

JOURDAIN Das ist wahr. Sie haben alle beide recht.

TANZMEISTER Das sagen wir nur, um Ihnen die Vortrefflichkeit und den Nutzen des Tanzens zu zeigen.

JOURDAIN Das begreife ich nunmehr.

MUSIKLEHRER Wollen Sie nunmehr das Duett hören?

JOURDAIN Ja.

MUSIKLEHRER Es ist, wie gesagt, ein kleiner Versuch, den mein Schüler gemacht hat, verschiedene Leidenschaften durch die Musik auszudrücken.

JOURDAIN Sehr wohl.

MUSIKLEHRER *zu den beiden andern Sängerinnen* Treten Sie vor, meine Damen.

Zu Jourdain

Sie müssen denken, daß Sie einen Schäfer und eine Schäferin vor sich hätten.

JOURDAIN Warum denn aber immerfort Schäfer?

MUSIKLEHRER Es wäre nicht natürlich, wenn man wollte einen Artilleriehauptmann oder einen Uhrmacher seine Leidenschaften absingen lassen. Es sind nun einmal die Schäfer, denen man zumutet, daß sie ihre Gefühle in Musik ausströmen lassen.

JOURDAIN Gut! gut! wir werden ja sehen.

Musikalisches Gespräch

SCHÄFER *Alt*

Kennst du ewig nichts als Kälte,
Weißt du ewig nichts als Spott!
Was ist süßer als die Liebe
Und was ist ein größerer Gott!
Kann man ja wohl glücklich werden
Ohne sehnsüchtigen Sinn?
Nehmt die Liebe von der Erden,
Und das Leben ist dahin!

SCHÄFERIN *Sopran*

Gerne wollt ich mich verlieben,
Wären nur die Männer treu.
Aber falsch sind ihre Schwüre
Und ihr Herz geschwinde neu!
Ja, ich muß mich selber jammern,
Tauge schlecht in diese Welt,
Ach, mit Harren und Umklammern
Auf ein einzig Glück gestellt!

SCHÄFER

O süßes Sich-verschenken!

SCHÄFERIN

O ängstliches Gefühl!

SCHÄFER

O zärtliches Verschränken!

SCHÄFERIN

Viel lieber frei und kühl.

SCHÄFER

Laß dich die Liebe finden!

SCHÄFERIN

Verworren, weh, und schwül!

SCHÄFER

Laß dich die Liebe binden!

SCHÄFERIN

O ängstliches Gefühl!

– – – – – – – –

O Freiheit, bleib bei mir!
Ich will dich nicht verhandeln!
Mir banget vor der Stunde,
Mir grauset vor dem Tag!

SCHÄFER

Entspanne diese Härte,
O lasse dich verwandeln,
Es nahet deine Stunde,
Erfüllet sich dein Tag.

JOURDAIN Das ist gar nicht so dumm.

MUSIKLEHRER Denken Sie sich nun vollends eine ganze Oper, heroische Personen, ein prächtiger Schauplatz, Kostüme, Beleuchtung. Sie werden zufrieden sein.

Der Komponist und die drei Sängerinnen verbeugen sich, die Sängerinnen gehen ab.

JOURDAIN Was für ein Schauplatz wird es sein?

MUSIKLEHRER Die Bühne stellt die wüste Insel Naxos dar, auf welcher Ariadne von dem Prinzen Theseus ausgesetzt wurde.

JOURDAIN Eine wüste Insel. Das ist ein Schauplatz, der niemandem gefallen kann. Ich bitte Sie, lassen Sie es anderswo vor sich gehen. Und daß mir das Ganze nur rechtzeitig fertig wird! Die Person, der zu Gefallen ich alles anstellen lasse, wird mir die Ehre erzeigen, morgen bei mir zu speisen.

MUSIKLEHRER Es ist schon alles so gut wie fertig.

JOURDAIN Sie müssen auch ein Waldhorn dazu nehmen!

Komponist gibt Zeichen von Aufregung.

Musiklehrer bedeutet ihn, sich ruhig zu verhalten.

JOURDAIN Das Waldhorn ist ein Instrument, das mir gefällt und das sehr schön klingt.

MUSIKLEHRER Verlassen Sie sich, Sie werden mit den Instrumenten ebenso zufrieden sein wie mit den Gesangsstimmen.

JOURDAIN Haben Sie darauf Bedacht genommen, daß das ganze Ding für eine Witwe paßt? Es muß ganz und gar auf eine Witwe von vornehmem Stand abgesehen sein, welche zwar darauf beharrt, eine Witwe zu bleiben, welcher es aber doch am Ende schwer gemacht wird, darauf zu beharren.

MUSIKLEHRER Die Oper »Ariadne auf Naxos« ist ihrer Handlung nach genau das, was Sie wünschen. Die Prinzessin Ariadne ist, sofern sie von ihrem Gatten, dem Prinzen Theseus, auf immerwährende Zeiten verlassen wurde, als eine trauernde Witwe anzusehen, und wenn nun am Ende Bacchus sich ihr annähert und sie zu trösten sucht –

JOURDAIN Ist das ein Schäfer?

MUSIKLEHRER Bacchus? Es ist der Gott Bacchus gemeint – der Freudengott, den man abbildet als einen blühenden Jüngling, auf einem Panther reitend, mit Weinlaub im Haar.

JOURDAIN Ach, dieser. Wenn es nur kein Schäfer ist. Und machen Sie, daß die wüste Insel recht prächtig und wohnlich aussieht. Sparen Sie mir nichts, sonderlich nicht mit der Erleuchtung. Ich hätte nicht gern, daß die Person, für die ich alles dies veranstalte –

Zum Komponisten

sonderlich aber das heitere Nachspiel, wie nannten Sie es?

TANZMEISTER »Die ungetreue Zerbinetta und ihre vier Liebhaber.«

JOURDAIN Ist es darin auch auf eine Witwe abgesehen? und wird sie auf eine recht spitzbübische Weise dazu gebracht, ihrer Witwenschaft untreu zu werden?

TANZMEISTER Gewissermaßen ja. Es handelt von der Unbeständigkeit der Frauen im allgemeinen. Wir haben alles nach den Weisungen des Herrn Grafen eingeübt –

JOURDAIN *wendet sich wieder zum Tanzmeister* Haben Sie in Vergessen Sie nur nicht, mir auch die Leute zu schicken, die bei Tafel aufspielen sollen.

MUSIKLEHRER Sie sollen alles bekommen, was nötig ist.

JOURDAIN *wendet sich wieder zum Tanzlehrer* Haben Sie in dem Ding auch einige Menuette angebracht?

TANZMEISTER Es fehlt weder an Gesang noch an Tanz und die

berühmte Zerbinetta wird sich selbst überbieten, schon um den Herrn Grafen zufriedenzustellen, den sie seit ihrem fünfzehnten Lebensjahr unter ihre besonderen Beschützer rechnen darf.

JOURDAIN *wendet sich zum Musiklehrer* Ach! die Menuette sind mein Leibtanz! Sie müssen mich einmal tanzen sehen.
Zum Tanzmeister
Nun, Herr Tanzmeister!

TANZMEISTER Einen Hut, mein Herr, ich bitte Sie sehr.
Herr Jourdain nimmt seines Lakaien Hut und stülpt ihn über seine Schlafmütze. Der Tanzmeister nimmt ihn bei der Hand und läßt ihn ein Menuett tanzen
La, la, la, la, la, la, la,
la, la, la, la, la, la...
Den Takt! Den Takt!
La, la, la, la, la.
Den Fuß gestreckt! La, la, la... Werfen Sie die Schultern nicht so! La, la, la, la, la... Die Arme hängen, als ob sie lahm wären! La, la, la, la, la... Den Kopf in die Höhe! Auswärts mit der Fußspitze! La, la, la, la... Den Leib gerade!

JOURDAIN So?

MUSIKLEHRER Das geht vortrefflich.

JOURDAIN Es fällt mir eben was ein. Lehren Sie mich doch, wie man eine Reverenz für eine Marquise macht. Ich werde es hernach nötig haben.

TANZMEISTER Eine Reverenz für eine Marquise?

JOURDAIN Ja, für eine Marquise, die Dorimene heißt und seit vier Jahren Witwe ist.

TANZMEISTER Geben Sie mir die Hand.

JOURDAIN Nein, das ist nicht nötig. Ich merke es mir schon.

TANZMEISTER Wenn Sie sie recht ehrerbietig grüßen wollen, so müssen Sie erst eine Reverenz hinter sich machen, und darauf mit drei Reverenzen vorwärts auf sie zugehen und mit der letzten sich fast bis auf Ihr Knie niederlassen.

JOURDAIN Machen Sie mirs einmal vor.
Der Tanzmeister macht seine drei Reverenzen.
Gut.

ERSTER LAKAI *meldet* Der Fechtmeister.

Der Fechtmeister tritt auf, mit ihm der kleine Lakai, der zwei Rapiere und Fechthandschuhe trägt.

FECHTMEISTER *nachdem er die Rapiere dem Lakai aus der Hand genommen und eines davon dem Herrn Jourdain überreicht hat* Wohlan, mein Herr! Die Reverenz! Den Leib gerade! Ein wenig auf den linken Schenkel gelehnt! Die Beine nicht so weit auseinander! Die Füße in gerader Linie! Die Faust gerade mit der Hüfte! Die Degenspitze gleich hoch mit den Schultern! Den Arm nicht so sehr gestreckt! Die linke Hand gleich hoch mit dem Auge! Die linke Schulter besser zurück! Den Kopf gerade! Die Augen scharf auf mich! Avancieret! Den Leib fest! Geht an mit Quarte! Stoßt aus! Eins, zwei! Zurück! Noch einmal! Den Fuß fest! Eins, zwei! Einen Sprung zurück! Wenn Sie ausstoßen, mein Herr, so muß allzeit die Klinge zuerst kommen und der Leib wohl gestreckt werden. Eins, zwei! Frisch! Geht an mit Terze! Stoßt aus! Avancieret! Den Leib fest! Avancieret! Eins, zwei! Zurück! Fallt aus! Eins, zwei! Einen Sprung zurück! In Positur, mein Herr! In Positur!

Der Fechtmeister gibt ihm etliche Stöße und rufet ihm jedesmal zu In Positur!

JOURDAIN He!

MUSIKLEHRER Sie tun rechte Wunder!

FECHTMEISTER Wie gesagt, die ganze Kunst im Fechten bestehet nur in zwei Stücken: Stöße geben und keine bekommen. Und wie ich Ihnen gestern demonstrativisch zeigte, ist es schlechterdings unmöglich, Stöße zu bekommen, wenn Sie die Klinge Ihres Gegners von Ihrem Leibe abzuhalten wissen; und dieses kommt bloß auf eine kleine Bewegung des Faustgelenkes an, einwärts, oder auswärts.

JOURDAIN Auf solche Art ist auch ein Kerl, der kein Herz hat, versichert, seinen Mann zu erstechen und nicht erstochen zu werden.

FECHTMEISTER Ohne allen Zweifel. Haben Sie nicht die Demonstration davon gehört?

JOURDAIN Ja.

FECHTMEISTER Und hieraus sieht man, in welchem hohen Ansehen wir in einem Lande stehen sollten, und wieviel die Wissenschaft des Fechtens höher zu schätzen ist als alle anderen unnützen Wissenschaften, zum Exempel das Tanzen, das Singen...

TANZMEISTER Sachte, sachte, Herr Klopffechter! Reden Sie ehrerbietiger vom Tanzen.

MUSIKLEHRER Lernen Sie doch der vortrefflichen Musik besser begegnen.

TANZMEISTER Ihr seid artige Leute, daß ihr eure Wissenschaften mit meiner vergleichen wollet.

MUSIKLEHRER Man sehe doch den eingebildeten Kerl an.

TANZMEISTER Man sehe doch das alberne Tier mit seinem ledernen Brustlatze!

FECHTMEISTER Mein gutes Tanzmeisterchen, ich werde Euch tanzen lehren, wie sichs gebührt. Und Euch, mein gutes Trilloschlägerchen, Euch will ich aus einem andern Tone singen lehren.

TANZMEISTER Herr Eisenfresser, ich werde Euch lehren, was Eures Amtes ist.

JOURDAIN *zum Tanzmeister* Sind Sie nicht klug, daß Sie da mit ihm Händel anfangen? Mit einem Manne, der die Terze und Quarte versteht, und der einen Menschen auf eine demonstrativische Art totstechen kann?

TANZMEISTER Ich lache nur über seine demonstrativische Art und über seine Terze und Quarte.

JOURDAIN O sachte! Ich bitte Sie sehr.

FECHTMEISTER *zum Tanzmeister* Wie? Du trotziges Bürschchen?

JOURDAIN Je, Herr Fechtmeister?

TANZMEISTER *zum Fechtmeister* Wie? Du großer Karrngaul?

JOURDAIN Je, Herr Tanzmeister!

FECHTMEISTER Wenn ich über dich komme...

JOURDAIN *zum Fechtmeister* Oh! nur gelinde!

TANZMEISTER Wenn meine Hand über dich kommt...

JOURDAIN *zum Tanzmeister* Nur in der Güte!

FECHTMEISTER So will ich dich so jämmerlich zurichten...

JOURDAIN *zum Fechtmeister* Oh! mit Gunst!

TANZMEISTER So will ich dich dergestalt ausklopfen...

JOURDAN *zum Tanzmeister* Oh! ich bitte!

MUSIKLEHRER Wir müssen ihn doch ein wenig lehren, wie er reden soll.

JOURDAIN *zum Musiklehrer* Oh! mein Gott, halten Sie doch an sich!

Ein Philosoph tritt auf.

JOURDAIN Ach! mein Herr Philosoph! Sie kommen recht wie gerufen mit Ihrer Philosophie. Stiften Sie doch Frieden unter diesen Herren.

PHILOSOPH Was gibts? Was ist es denn, meine Herren?

JOURDAIN Sie haben sich wegen des Vorzugs ihrer Künste so heftig erzürnt, daß sie sogar einander geschimpft haben und handgemein werden wollen.

PHILOSOPH Ei, meine Herren! Muß man sich solchergestalt erzürnen? Haben Sie nicht die gelehrte Abhandlung gelesen, die Seneca vom Zorne geschrieben hat? Ist wohl etwas Niederträchtigeres, und dessen man sich mehr zu schämen hätte, als eine solche Hitze, welche die Menschen zu grimmigen Tieren macht? Muß nicht die Vernunft allzeit über unsere Gemütsbewegungen herrschen?

TANZMEISTER Wie, mein Herr? Er kommt daher und schimpft uns beide. Er verachtet das Tanzen, worinnen ich Unterricht gebe, und auch die Musik, von welcher dieser Herr hier Profession macht.

PHILOSOPH Ein weiser Mann ist über alle Beschimpfungen, die man ihm tun kann, weit erhaben. Die vornehmste Antwort, die man auf schimpfliche Beleidigungen geben muß, ist Mäßigung und Geduld.

FECHTMEISTER Sie sind beide so verwegen, daß sie ihre Professionen mit meiner vergleichen wollen.

PHILOSOPH Müssen Sie sich denn darüber so sehr erzürnen? Die Menschen sind gar nicht dazu gemacht, daß sie um eitelen Ruhm und Vorzug streiten sollen. Dasjenige, was uns einen wahren Vorzug vor andern gibt, ist Weisheit und Tugend.

TANZMEISTER Ich behaupte gegen ihn, daß das Tanzen eine Wissenschaft ist, für die man nicht genugsame Hochachtung haben kann.

MUSIKLEHRER Und ich, daß die Musik eine Wissenschaft ist, die von undenklichen Zeiten her in Ehren gestanden hat.

FECHTMEISTER Und ich, ich behaupte wider alle beide, daß die Wissenschaft des Fechtens die schönste und notwendigste unter allen Wissenschaften in der Welt ist.

PHILOSOPH Und wo bleibt denn die Philosophie? Ihr seid alle drei sehr albern, daß ihr in meiner Gegenwart so hochmütig redet und so unverschämt solchen Dingen den Namen der Wissenschaft beilegt, die man kaum mit dem Namen der Künste beehren darf, und die man billig nur elende Professionen des Klopffechtens, des Singens und des Springens nennen sollte.

FECHTMEISTER Geh, du Hundephilosoph!

MUSIKLEHRER Geh, du schurkischer Pedant!

TANZMEISTER Geh, du lappiger Schulfuchs!

PHILOSOPH Wie? ihr Schlingel!...

Er fällt sie an und bekommt von allen dreien Schläge.

JOURDAIN Herr Philosoph!

PHILOSOPH Ihr Schelmen! Ihr Schlingel! Ihr Flegel!

JOURDAIN Herr Philosoph!

FECHTMEISTER Daß dich die Pestilenz... du dummes Tier!

JOURDAIN Ihr Herren!

PHILOSOPH Ihr unverschämten Kerle!

JOURDAIN Herr Philosoph!

TANZMEISTER Zum Henker mit dem dummen Esel!

JOURDAIN Ihr Herren!

PHILOSOPH Ihr Spitzbuben!

JOURDAIN Herr Philosoph!

MUSIKLEHRER Zum Teufel mit dem albernen Kerle!

JOURDAIN Ihr Herren!

PHILOSOPH Ihr Diebe! Ihr Lumpenhunde! Ihr Schelmen! Ihr Betrüger!

JOURDAIN Herr Philosoph! Ihr Herren! Herr Philosoph! Ihr Herren!

Sie gehen schlagend ab.

Ei! So schlagt euch meinetwegen so lange, als ihr wollet; ich kann nichts dafür, ich will euch auch nicht auseinanderbringen und meinen Rock dabei zerreißen lassen. Ich wäre wohl ein Narr, wenn ich mich unter sie mengte und mir eine Tracht Schläge geben ließe.

PHILOSOPH *tritt wieder ein, indem er seine Halskrause zurechtlegt* Wir wollen unsere Lektion vornehmen.

JOURDAIN O mein Herr! Es tut mir leid, daß Sie Schläge bekommen haben!

PHILOSOPH Oh! Das hat nichts zu bedeuten. Ein Philosoph weiß sich in alles zu schicken. Ich werde eine Satire in des Juvenals Stilo wider sie machen, darinnen ich sie brav durchhecheln will. Genug davon! Was belieben Sie zu lernen?

JOURDAIN Alles, was möglich ist. Ich habe eine unaussprechliche Begierde, gelehrt zu werden, und ich möchte vor Zorne bersten, daß meine Eltern, da ich noch klein war, mich nicht in allen Künsten und Wissenschaften brav haben studieren lassen.

PHILOSOPH Das ist sehr vernünftig gesprochen: Nam sine doctrina vita est quasi mortis imago. Sie verstehen es doch? Denn sie können ohne Zweifel Latein?

JOURDAIN Ja, ich verstehe es; aber tun Sie einmal, als ob ichs nicht verstünde, und erklären Sie mir, was das sagen will.

PHILOSOPH Es heißt soviel: daß ohne die Wissenschaften das Leben des Menschen fast ein Bild des Todes ist.

JOURDAIN Das Latein hat nicht unrecht.

PHILOSOPH Haben Sie schon etwas in den Wissenschaften getan?

JOURDAIN O ja, ich kann lesen und auch schreiben.

PHILOSOPH Womit belieben Sie denn, daß wir den Anfang machen? Wollen Sie die Logik lernen?

JOURDAIN Was ist denn das für ein Ding, die Logik?

PHILOSOPH Es ist das, woraus man die drei Wirkungen des Verstandes lernet.

JOURDAIN Die drei Wirkungen des Verstandes? Welche sind es denn?

PHILOSOPH Die erste, die zweite und die dritte. Die erste lehret recht begreifen, durch die Praedicabilia; die andere recht urteilen, durch Einteilung in Geschlechter und Gattungen; und die dritte recht schließen, durch die Figuren: Barbara, Celarent, Darii, Ferio, Baralipton und so weiter.

JOURDAIN O was sind das für fürchterliche Namen! Nein, die Logik gefällt mir nicht; lehren Sie mich etwas, das artiger ist.

PHILOSOPH Wollen Sie die Moral lernen?

JOURDAIN Die Moral?

PHILOSOPH Ja.

JOURDAIN Was sagt sie denn, die Moral?

PHILOSOPH Sie handelt von der Glückseligkeit und lehret die Menschen, ihre Leidenschaften im Zaume halten, und...

JOURDAIN Nein; fort mit der! Ich bin hitzig, wie alle Teufel, und dafür hilft mir keine Moral in der Welt. Ich will mich erzürnen, bis ich genug habe, wenn mich die Lust dazu ankommt.

PHILOSOPH Wollen Sie denn die Physik lernen?

JOURDAIN Von was singt denn die, die Physik?

PHILOSOPH Die Physik erkläret die Ursachen aller natürlichen Dinge und die Eigenschaften der Körper. Sie handelt von der Natur der Elemente, von den Metallen, Mineralien, Steinen, Pflanzen und Tieren; sie zeiget uns die Ursachen von den Erscheinungen in der Luft: vom Regenbogen, von Irrlichtern, von den Kometen, vom Blitze und Donner, vom Regen und Schnee, vom Hagel, von den Winden und Wirbelwinden.

JOURDAIN Nein, das ist mir auch zu viel Gewirre und kauderwelsches Zeug untereinander.

PHILOSOPH Nun, so sagen Sie mir selbst, was Sie lernen wollen?

JOURDAIN Lehren Sie mich die Orthographie.

PHILOSOPH Sehr gern.

JOURDAIN Hernach lehren Sie mich den Kalender, damit ich wissen kann, wann der Mond scheinet und wann er nicht scheinet.

PHILOSOPH Gut! Wenn ich Ihrem Sinne gehörig folgen und diese Materie philosophisch vornehmen soll, so muß man es nach der Ordnung anfangen und zuerst eine richtige Erkenntnis suchen von der Natur der Buchstaben und der verschiedenen Art, einen jeden auszusprechen. Hiervon nun habe ich die Ehre, Ihnen zu sagen, daß man die Buchstaben einteilet in selbstlautende, also und deswegen selbstlautende genennet, weil sie einen Laut für sich haben; und in mitlautende, also und deswegen mitlautende betitelt, weil sie mit den selbstlautenden gehöret werden und nur die mancherlei deutlichen Veränderungen der Stimme ausdrücken. Der selbstlautenden sind fünf: A, E, I, O, U.

JOURDAIN Das verstehe ich alles.

PHILOSOPH
Das A entsteht, wenn man den Mund weit, weit öffnet: A

JOURDAIN A, A. Ja, recht!

PHILOSOPH Das E entstehet, wenn man den unteren Kinnbacken ein wenig nach dem oberen beweget: A, E.

JOURDAIN A, E, A, E, ja, wahrhaftig! Oh, das ist artig!

PHILOSOPH Das I, wenn man die Kinnbacken noch näher zusammenrücket und die Winkel im Munde nach den Ohren ziehet: A, E, I.

JOURDAIN A, E, I, I, I, I, das ist wahr. Gott ehre mir die Wissenschaften!

PHILOSOPH Das O entstehet, wenn man die Kinnbacken ein wenig weiter öffnet und die Lippen an beiden Enden, oben und unten, zusammenzieht: O.

JOURDAIN O, O. Es kann nichts richtiger sein. A, E, I, O, I, O. Das ist unvergleichlich: I, O, I, O.

PHILOSOPH Die Öffnung in dem Munde macht schon selbst eine kleine Ründung, die wie ein O aussieht.

JOURDAIN O, O, O. Sie haben recht. O. Ach! Ist es nicht eine schöne Sache, wenn man etwas gelernt hat!

PHILOSOPH Das U entsteht, wenn man die Zähne näher zusammenrückt und beide Lippen hervorstreckt, so daß sie nahe zusammenkommen, und nur eine kleine Öffnung bleibt.

JOURDAIN U. Das ist wahrhaftig wahr, U.

PHILOSOPH Die Lippen müssen so weit hervorgestreckt werden, als wenn man gegen jemanden im Zorn das Maul aufwürfe. Daher kommt es auch, daß, wenn Sie solches gegen jemand tun wollen, Sie nichts anderes sagen können als U.

JOURDAIN Das ist auch wahr. U, U. Ach, warum hab ich nicht eher studiert!

PHILOSOPH Morgen wollen wir die andern Buchstaben, ich meine, die mitlautenden, miteinander vornehmen.

JOURDAIN Kommen dabei auch soviel merkwürdige Dinge vor als bei diesen?

PHILOSOPH Ohne allen Zweifel. Das D, zum Exempel, wird ausgesprochen, wenn man mit der Spitze der Zunge über den oberen Zähnen anstößet.

JOURDAIN De, Da. O die schönen Sachen! Die schönen Sachen!

PHILOSOPH Das F, wenn man die oberen Zähne an die untere Lippe drückt: F, Fa.

JOURDAIN F. Fa. Das ist die pure Wahrheit. Ach Vater! Ach Mutter! Wie böse bin ich auf euch!

PHILOSOPH Ich werde Ihnen alle diese Merkwürdigkeiten aus dem Grunde erklären.

JOURDAIN Ich will sehr darum gebeten haben. Übrigens muß ich Ihnen auch etwas vertrauen. Ich bin in eine hohe Standesperson verliebt, und ich wollte gern, daß Sie mir etwas in einem Briefchen, so ich vor ihren Füßen will fallen lassen, schreiben hülfen.

PHILOSOPH Sehr gern.

JOURDAIN Das wird recht galant sein. Nicht wahr?

PHILOSOPH Allerdings. Wollen Sie in Versen an sie schreiben?

JOURDAIN Nein, nein; keine Verse.

PHILOSOPH Sie wollen es also nur in Prosa tun?

JOURDAIN Nein; ich verlange weder Prosa noch Verse.

PHILOSOPH Es muß aber notwendig eines von beiden sein.

JOURDAIN Und warum denn?

PHILOSOPH Deswegen, mein Herr, weil man sich auf keine andere Art ausdrücken kann, als entweder in Versen oder in Prosa.

JOURDAIN Gibt es denn sonst nichts, als Prosa und Verse?

PHILOSOPH Nein, mein Herr. Was nicht Prosa ist, das ist Vers; und was nicht Vers ist, das ist Prosa.

JOURDAIN Und was wir itzt miteinander reden, was ist denn nun das?

PHILOSOPH Prosa.

JOURDAIN Wie? wenn ich sage: Nikoline, hole mir meine

Pantoffeln und gib mir meine Schlafmütze; so ist das Prosa?

PHILOSOPH Ja, mein Herr!

JOURDAIN Bei meiner Treu! so habe ich schon länger als vierzig Jahre Prosa geredet und habe nicht das geringste davon gewußt. Ich bin Ihnen ungemein verbunden, daß Sie mir das gesagt haben. Ich wollte also der Dame in dem Briefchen gern sagen: Schönste Marquisin, Ihre schönen Augen machen, daß ich vor Liebe sterbe. Ich wollte es aber gern recht galant, recht artig herumgedreht haben.

PHILOSOPH Sie können sagen, daß das Feuer ihrer Augen Ihr Herz in Asche verwandelt; daß Sie Tag und Nacht ihretwegen die heftigsten Anfälle der Liebe ausstünden, und...

JOURDAIN Nein, nein, nein, das will ich alles nicht haben. Ich will nichts mehr, als was ich Ihnen gesagt habe: Schönste Marquisin, Ihre schönen Augen machen, daß ich vor Liebe sterbe.

PHILOSOPH Man muß es doch aber ein wenig ausführen.

JOURDAIN Nein, sage ich Ihnen. Ich will bloß diese Worte ins Briefchen setzen; aber recht nach der Mode herumgedreht und in der gehörigen Ordnung. Ich bitte Sie, sagen Sie mir einmal zum Versuche die verschiedenen Arten, wie man das setzen kann.

PHILOSOPH Erstlich kann man das so setzen, wie Sie getan haben: Schönste Marquisin, Ihre schönen Augen machen, daß ich vor Liebe sterbe; oder auch: Vor Liebe, daß ich sterbe, schönste Marquisin, machen Ihre schönen Augen; oder auch: Ihre schönen Augen vor Liebe machen, schönste Marquisin, daß ich sterbe; oder auch: Daß ich sterbe vor Liebe, schönste Marquisin, Ihre schönen Augen machen; oder auch: Ihre Augen schön, daß ich sterbe, machen, schönste Marquisin, vor Liebe.

JOURDAIN Welche ist denn aber unter allen diesen Arten die beste?

PHILOSOPH Die erste, die Sie sagten: Schönste Marquisin, Ihre schönen Augen machen, daß ich vor Liebe sterbe.

JOURDAIN Gleichwohl habe ich niemals studiert, und ich habe es doch gleich aufs erstemal getroffen. Ich danke Ihnen indessen recht herzlich und bitte Sie, morgen bei guter Zeit zu kommen.

PHILOSOPH Ich werde nicht ermangeln.

Der Philosoph geht ab.

JOURDAIN *zu seinem Lakai* He! hat der Schneider mein Kleid noch nicht gebracht?

LAKAI Nein, Herr.

JOURDAIN Der verwünschte Schneider läßt mich auch an einem Tage, da ich so viel zu tun habe, verzweifelt lange warten. Ich möchte toll werden. Ich wollte, daß der schelmische Schneider alle Fieber auf einmal an den Hals bekäme. Ha! wenn ich ihn itzt hier hätte, den verdammten Schneider, den Hundeschneider, den spitzbübischen Schneider, ich wollte ihn...

Der Schneider, ein Geselle, der das Kleid trägt, vor ihnen ein Lakai, treten auf.

JOURDAIN Ach! seid Ihr endlich einmal da? Bald hätte ich mich über Euch erzürnt.

SCHNEIDER Ich habe unmöglich eher kommen können, und ich habe doch zwanzig Gesellen bei Ihrem Kleid sitzen gehabt.

JOURDAIN Ihr habt mir so enge seidene Strümpfe geschickt, daß ich die größte Mühe von der Welt hatte, sie an die Beine zu bringen, und dennoch sind ein paar Maschen zerrissen.

SCHNEIDER Oh, sie werden weit genug werden.

JOURDAIN Ja, wenn ich allemal etliche Maschen zerreiße. Ihr habt mir auch Schuhe machen lassen, die mich gar abscheulich drücken.

SCHNEIDER Ganz und gar nicht, mein Herr.

JOURDAIN Wie? ganz und gar nicht?

SCHNEIDER Nein, die Schuhe drücken Sie ganz und gar nicht.

JOURDAIN Ich sage Euch aber, daß sie mich drücken; ich.

SCHNEIDER Sie bilden sich das nur so ein.

JOURDAIN Ich bilde mir es ein, da ichs fühle. Schöne Ausrede!

SCHNEIDER Hier, mein Herr, haben Sie das schönste Kavalierkleid. Das ist ein rechtes Meisterstück, eine ehrbare Kleidung zu finden, die nicht schwarz ist, und ich will es hierinnen mit allen Schneidern von erstem Rang aufnehmen.

JOURDAIN Was soll denn das heißen? Ihr habt ja die Blumen unterwärts gewendet.

SCHNEIDER Sie haben mir ja nicht gesagt, daß Sie sie aufwärts haben wollen.

JOURDAIN Mußte man denn das erst sagen?

SCHNEIDER Ja freilich! Alle Standespersonen tragen sie itzt so.

JOURDAIN So tragen die Standespersonen die Blumen unterwärts?

SCHNEIDER Ja, mein Herr.

JOURDAIN Oh, so ists gut.

SCHNEIDER Wenn Sie wollen, so will ich sie aufwärts setzen.

JOURDAIN Nein, nein.

SCHNEIDER Sie dürfen es nur sagen.

JOURDAIN Nein, sage ich, es ist recht gut so. Glaubt Ihr wohl, daß mir das Kleid gut stehet?

SCHNEIDER Eine artige Frage! Ich biete einem Maler Trotz, wenn er Ihnen mit dem Pinsel ein schöneres machen kann. Ich habe einen Gesellen, der, geschickte Beinkleider zu machen, der klügste Kopf von der Welt ist, und noch einen andern, der, eine Weste zu machen, der Held unserer Zeiten ist.

JOURDAIN Ist auch der Hut und die Feder recht, wie es sein soll?

SCHNEIDER Ja, es ist alles gut.

JOURDAIN Aha! mein Herr Schneider! Da habt Ihr ja von meinem Stoffe, davon Ihr mir das letzte Kleid machtet! Oh, ich kenne es gar wohl.

SCHNEIDER Der Stoff gefiel mir so wohl, daß ich mich entschloß, mir auch zu einem Kleide davon auszunehmen.

JOURDAIN Gar gut. Aber man sollte es doch nicht mit meinem zugleich ausgenommen haben.

SCHNEIDER Wollen Sie Ihr Kleid anziehen?

JOURDAIN Ja, gebt es her.

SCHNEIDER Geduld! Das gehet so nicht an. Ich habe Leute mitgebracht, die Ihnen das Kleid nach dem Takte anziehen sollen. Solche Kleider müssen mit Zeremonien angezogen werden. He! kommt herein!

Vier weitere Schneidergesellen treten tanzend auf.

SCHNEIDER *zu seinen Gesellen* Ziehet dem Herrn das Kleid so an, wie ihr bei Standespersonen zu tun pfleget.

Vier Schneidergesellen kommen tanzend zu dem Herrn Jourdain. Zwei ziehen ihm seine Fechterhosen aus, und zwei andere sein Kamisol. Alsdann ziehen sie ihm nach dem Takte sein neues Kleid an. Herr Jourdain geht zwischen den Schneidergesellen auf und nieder und zeigt ihnen sein neues Kleid, um zu sehen, wie es ihm stehe.

SCHNEIDER *zum ersten Gesellen* Und du, zeig dem Herrn, wie ein solches Kleid getragen wird.

Der erste Schneidergeselle tanzt und stellt das Betragen eines großen Herrn auf der Promenade dar.

SCHNEIDERGESELL Mein Herr von Jourdain, sei'n Sie so gnädig, und geben Sie uns Gesellen ein Trinkgeld.

JOURDAIN Wie heißt Ihr mich?

SCHNEIDERGESELL Mein Herr von Jourdain.

JOURDAIN Mein Herr von Jourdain! Da sieht man, was das gleich auf sich hat, sich standesgemäß zu kleiden. Bleibt man immer in einem Bürgerrocke, so wird kein Mensch Herr von... und gnädig sagen. Da habt Ihr was für den Herrn von Jourdain.

SCHNEIDERGESELL Wir danken Ihro Gnaden gehorsamst.

JOURDAIN Ihro Gnaden! Oho! Ihro Gnaden! Wartet, mein Freund; Ihro Gnaden verdient schon noch etwas. Es ist kein kleines Wörtchen, Ihro Gnaden. Nehmt hin. Das gibt Euch Ihro Gnaden.

SCHNEIDERGESELL Wir werden es alle auf Ihro Exzellenz Gesundheit vertrinken.

JOURDAIN Ihro Exzellenz! O ho! Wartet, geht noch nicht fort. Zu mir Ihro Exzellenz zu sagen!

Heimlich

Wahrhaftig, wenn er mich noch gar Ihro Durchlauchten nennet, so kriegt er den ganzen Beutel.

Laut

Nehmt hin. Das ist für Ihro Exzellenz.

SCHNEIDERGESELL Wir danken Ihro Exzellenz gehorsamst für Dero Freigebigkeit.

JOURDAIN Er tat sehr wohl, ich hätte ihm sonst noch alles gegeben.

Der Schneider und seine Gesellen gehen ab.

JOURDAIN *winkt seine zwei Lakaien herbei* Kommt mit mir, ich will mein Kleid ein wenig in der Stadt sehen lassen. Aber vor allen Dingen gebt acht, daß ihr ja recht nahe hinter mir gehet, damit die Leute recht sehen, daß ihr mir zugehöret.

LAKAI Ja, Herr.

JOURDAIN Rufet mir die Nikoline her, ich habe ihr was anzubefehlen. Bleibet da, sie kommt schon.

Nikoline tritt auf.

JOURDAIN Nikoline!

NIKOLINE Was belieben Sie?

JOURDAIN Höret doch.

NIKOLINE *lacht* Hi, hi, hi, hi, hi!

JOURDAIN Was hast du zu lachen?

NIKOLINE Hi, hi, hi, hi, hi, hi!

JOURDAIN Was will denn die diebische Trulle damit sagen?

NIKOLINE Hi, hi, hi! Was das für ein Anzug ist! Hi, hi hi!

JOURDAIN Warum denn?

NIKOLINE Ach! Himmel! Hi, hi, hi, hi, hi!

JOURDAIN Höre, wenn du noch ein einziges Mal das Maul rührest, so will ich dir die größte Maulschelle geben, die jemals in der Welt ist gegeben worden.

NIKOLINE Gut, Herr, so ist die Sache abgetan, ich will nicht mehr lachen.

JOURDAIN Nimm dich wohl in acht! Du mußt itzt alles rein machen, weil hernach...

NIKOLINE Hi, hi!

JOURDAIN Du mußt alles recht rein machen...

NIKOLINE Hi, hi!

JOURDAIN Ich sage, du sollst den Saal und...

NIKOLINE Hi, hi!

JOURDAIN Geht es schon wieder an?

NIKOLINE *indem sie vor Lachen umfällt* Hören Sie, Herr, schlagen Sie mich lieber, und lassen Sie mich einmal sattlachen, das wird am besten für mich sein.

JOURDAIN Ich möchte toll werden.

NIKOLINE Mit Ihrer gütigen Erlaubnis, mein Herr, lassen Sie mich doch lachen. Hi, hi, hi!

JOURDAIN Wenn ich dich...

NIKOLINE Herr, ich muß zerplatzen, wenn ich nicht lache. Hi, hi, hi.

JOURDAIN Hat man wohl jemals ein solches Rabenaas gesehen, die mich mit vollem Halse so unverschämt in die Augen auslacht, anstatt daß sie hören sollte, was ich ihr zu befehlen habe?

NIKOLINE Was soll ich denn tun, Herr?

JOURDAIN Du sollst alles im Hause zurechtmachen, du schelmisches Mensch, weil itzt Gesellschaft kommen wird.

NIKOLINE Nun habe ich, bei meiner Treue, keine Lust mehr zu lachen. Ihre Gesellschaften machen so viel Unordnung in dem Hause, daß dieses einzige Wort schon genug ist, mich verdrießlich zu machen.

JOURDAIN Soll ich etwan dir zu Gefallen vor allen Leuten die Türe verschließen?

NIKOLINE Wenigstens sollten Sie sie vor gewissen Leuten verschließen.

FRAU JOURDAIN *tritt auf* Oho! das ist wieder eine neue Historie. Was ist denn das für ein Aufzug, Mann? Haltet Ihr die ganze Welt für Narren, daß Ihr Euch so habt aufzäumen lassen; oder wollet Ihr Euch selber überall zum Narren machen?

JOURDAIN Niemand als Narren und Närrinnen werden sich über mich aufhalten. Hörest du, Frau?

FRAU JOURDAIN Wahrhaftig, man wird nicht erst itzt anfangen, es ist schon lange her, daß Eure Aufführung der ganzen Welt zu lachen gibt.

JOURDAIN Wer ist denn wohl diese ganze Welt, sage mirs doch?

FRAU JOURDAIN Die ganze Welt ist eine Welt, die recht dazu hat und die klüger ist als Ihr. Ich meinesteils ärgere mich entsetzlich über Eure Lebensart! Ich weiß nicht mehr, was unser Haus itzt ist. Man sollte fast sagen, es wäre das ganze Jahr hindurch Fastnacht bei uns; und damit es ja an nichts fehlen möge, so höret man von früh Morgen an ein Lärmen von Violinen und Sängern, davon die ganze Nachbarschaft Unruhe und Verdruß hat.

NIKOLINE Die Frau hat recht. Es ist bald nicht möglich, daß ich Haus und Zimmer reinhalten kann, so groß ist das Geschleppe der Leute, die Sie zu sich kommen lassen. Ihre Füße gehen und holen recht mit Fleiße den Kot auf allen Gassen der Stadt zusammen und bringen ihn zu uns. Die arme Franziska scheuret sich bald zu Tode an allen Fußböden, die Ihre schönen Lehrmeister alle Tage ordentlich einsudeln.

JOURDAIN Oho! Nikoline! für eine Bauernmagd hast du vortreffliches Leder zum Maule!

FRAU JOURDAIN Nikoline hat recht, und sie hat mehr Verstand als Ihr. Ich möchte wohl wissen, was Ihr in Eurem Alter mit einem Tanzmeister anfangen wollet.

NICOLINE Und mit dem groß-vierschrötigen Fechtmeister, der da herkommt und uns mit seinem Fußstampfen das ganze Haus erschüttert und noch alle Pflastersteine im Saale umkehren wird.

JOURDAIN Haltet Euern Mund, Mädchen, und du auch, Frau.

FRAU JOURDAIN Wollt Ihr darum tanzen lernen, daß Ihrs könnet, wenn Ihr keine Beine mehr habt?

NIKOLINE Haben Sie noch Lust, jemand zu erstechen?

JOURDAIN Haltet eure Mäuler. Ihr versteht eine soviel wie die andere und wisset nicht, was das auf sich hat, wenn man das alles gelernt hat.

NIKOLINE Ich habe auch gehört, Frau, daß er heute, um das Maß voll zu machen, einen Lehrmeister in der Philosophie angenommen hat.

JOURDAIN Das ist auch recht, denn ich will Verstand haben und unter rechtschaffenen Leuten mitzusprechen wissen.

FRAU JOURDAIN Werdet Ihr nicht nächster Tage in eine Schule gehen und Euch in Eurem Alter noch die Rute geben lassen?

JOURDAIN Warum das nicht? Wollte der Himmel, daß ich den

Augenblick und vor aller Welt Augen die Rute bekäme und dasjenige wüßte, was man in der Schule lernet.

NIKOLINE Ja wahrhaftig! Hernach würdet Ihr ein rechter Kerl sein.

JOURDAIN Ganz gewiß.

FRAU JOURDAIN Ihr braucht das alles zu Eurer Haushaltung höchst nötig.

JOURDAIN Freilich! Ihr redet alle beide wie die dummen Gänse, und ich schäme mich, daß ihr so albern seid. Zum Exempel: weißt du wohl, was das ist, was du itzt redest?

FRAU JOURDAIN O ja, ich weiß, daß das, was ich itzt rede, recht geredet ist, und daß Ihr auf eine andere Lebensart denken sollt.

JOURDAIN Davon ist die Rede nicht, sage ich. Ich frage dich, was die Worte sind, die du itzt zu mir sagest?

FRAU JOURDAIN Es sind verständige Worte; aber Eure Aufführung ist es nicht.

JOURDAIN Davon ist die Rede nicht, sage ich. Ich frage dich: das, was ich itzt sage und was ich zu dir rede, was ist das?

FRAU JOURDAIN Läppisches Zeug.

JOURDAIN Ei nicht doch! Das meine ich nicht. Das, was wir beide itzt reden, die Mundart, in der wir itzt miteinander sprechen?

FRAU JOURDAIN Nun?

JOURDAIN Wie heißt denn nun das?

FRAU JOURDAIN Es heißt, wie man es heißen will.

JOURDAIN Es heißt Prosa, du dummes Tier.

FRAU JOURDAIN Prosa?

JOURDAIN Ja, Prosa. Alles, was Prosa ist, das ist nicht Vers, und was nicht Vers ist, das ist Prosa. He! Seht Ihr nun, was Studieren heißt? Und du, Nikoline, weißt du wohl, wie du es machen mußt, wenn du das U sprichst?

NIKOLINE Wie?

JOURDAIN Ja; was machst du denn, wenn du U sprichst?

NIKOLINE Was?

JOURDAIN Sprich einmal U. Laß sehen!

NIKOLINE Gut! U.

JOURDAIN Nun, was machst du denn?

NIKOLINE Ich sage U.

JOURDAIN Ja; aber wenn du U sprichst: was tut du alsdann?

NIKOLINE Ich tue, was Sie mir sagen.

JOURDAIN Wie verdrießlich ist es nicht, wenn man mit solchen dummen Tieren zu tun hat! Du streckest die Lippen hervor und rückest den oberen Kinnbacken an den unteren: U. Siehst du? Ich werfe das Maul gegen dich auf: U.

NIKOLINE Ja, das ist ja recht schön!

FRAU JOURDAIN Ganz unvergleichlich!

JOURDAIN Es sind noch gar andere Dinge, wenn Ihr das O gesehen hättet, und das D, da, F, fa.

FRAU JOURDAIN Was soll denn nun alles das verwirrte Zeug bedeuten?

NIKOLINE Wozu ist denn alle das Ding gut?

JOURDAIN Ich möchte bersten, wenn ich solches unwissendes Weibsvolk vor mir sehe.

FRAU JOURDAIN Mein lieber Mann, Ihr solltet lieber alle die Leute mit ihrem Plunder zum Henker jagen.

NIKOLINE Und sonderlich den großen tölpischen Fechtmeister, der im ganzen Hause alles voll Staub und Unflat macht.

JOURDAIN So? Der Fechtmeister liegt dir gewaltig sehr am Herzen. Ich will dir aber einmal deine Dummheit den Augenblick zeigen.

Er läßt ein Paar Rapiere bringen und gibt Nikolinen eins

Siehest du? Die Demonstration ist die Linie des Körpers. Wenn man die Quarte stößt, so macht man es so; und wenn man Terze stoßen will, so macht man es so. Das ist ein Mittel, daß man niemals totgestochen werden kann. Ist das aber nicht schön, wenn man seiner Sache gewiß sein kann, indem man sich mit einem schlägt? Wohlan! Stoß einmal ein wenig auf mich. Laß sehen!

NIKOLINE Nun! Wie denn?

Sie gibt ihm etliche Stöße.

JOURDAIN Pfui! Stoß doch sachte und gelind! Ei, zum Henker! Das schelmische Mensch!

NIKOLINE Sie sagen mir ja, daß ich stoßen soll.

JOURDAIN Ja, aber du stößest mich in der Terze eher als in der

Quarte, und du hast nicht so viel Geduld, daß du wartetest, bis ich auspariere.

FRAU JOURDAIN Ihr seid nicht klug, mein lieber Mann, mit Euren törichten Einfällen. Das alles ist Euch erst in den Kopf gekommen, seitdem Ihr angefangen habt, mit dem Adel umzugehen.

JOURDAIN Wenn ich mich bemühe, mit dem Adel umzugehen, so zeige ich dadurch meinen Verstand. Es ist doch besser, als wenn ich mit deinen Bürgersleuten umgehe.

FRAU JOURDAIN Potz Tausend! Freilich ist bei Eurem adligen Umgange viel zu gewinnen; und Ihr habt mit Eurem Herrn Grafen, von dem Ihr so viel Wesens macht, vortreffliche Dinge getan!

JOURDAIN Still! Bedenke, was du redest. Weißt du wohl, meine gute Frau, daß du nicht weißt, von wem du redest, wenn du so von ihm sprichst? Er ist eine Person, die mehr zu bedeuten hat, als du denkest: ein Herr, der bei Hofe in Ansehen stehet, und der mit dem Könige redet, just so, wie ich mit dir. Ist das nun nicht viel Ehre für mich, wenn eine so hohe Standesperson so oft zu mir kommt, mich seinen werten Freund nennet und mit mir umgehet, als ob ich seinesgleichen wäre? Er hat ganz unglaubliche Gütigkeit für mich, und er karessieret mich vor allen Leuten so sehr, daß ich mich selber darüber schämen muß.

FRAU JOURDAIN Ja; er hat viel Gütigkeit für Euch und karessieret Euch; aber er borget Euch Euer Geld ab.

JOURDAIN Gut. Ist es denn nicht viel Ehre für mich, einer so vornehmen Person Geld zu leihen? Kann ich wohl weniger gegen einen Herrn tun, der mich seinen werten Freund nennt?

FRAU JOURDAIN Aber, was tut denn der große Herr, Euch zu gefallen?

JOURDAIN Dinge, darüber man erstaunen würde, wenn man sie wüßte.

FRAU JOURDAIN Und was denn?

JOURDAIN Still! Ich kann mich darüber nicht erklären. Genug, ich habe ihm Geld geliehen; aber er wird mirs auch wieder bezahlen, und zwar in kurzem.

FRAU JOURDAIN Ja! Verlasset Euch nur darauf!

JOURDAIN Ganz gewiß. Hat er mirs nicht zugesagt?

FRAU JOURDAIN Ja, ja; er wird es wohl bleiben lassen, sein Wort zu halten.

JOURDAIN Er hat ja bei seiner Kavalierparole geschworen?

FRAU JOURDAIN Possen!

JOURDAIN Du bist schrecklich halsstarrig, Frau! Ich sage dir, er wird mir sein Wort halten; das bin ich versichert.

FRAU JOURDAIN Und ich bin versichert, daß nichts draus werden wird, und daß er Euch alle Karessen nur darum machet, damit er Euch einschläfere.

JOURDAIN Schweig, hier kommt er.

FRAU JOURDAIN Das fehlte nur noch. Er kommt vielleicht, Euch noch was abzuborgen. Es wird mir schon übel, wenn ich ihn nur sehe.

JOURDAIN Schweig, sage ich dir.

DORANTES *tritt ein* Wie befinden Sie sich, Herr Jourdain, mein wertester Freund?

JOURDAIN Sehr wohl, gnädiger Herr, Ihnen meine geringen Dienste zu erweisen.

DORANTES Und die Frau Jourdain, die ich hier finde, wie befindet sich diese?

FRAU JOURDAIN Die Frau Jourdain befindet sich so, wie sie kann.

DORANTES Ei, mein Herr Jourdain, Sie sind ja ungemein prächtig angekleidet!

JOURDAIN Ja, wie Sie sehen.

DORANTES Sie haben ein vortreffliches Ansehen in diesem Kleide; und wir haben keinen einzigen jungen Herrn bei Hofe, der besser aussähe als Sie.

JOURDAIN Ha, ha!

FRAU JOURDAIN *seitwärts* Er kitzelt ihn recht an dem Flecken, wo es ihm wohltut.

DORANTES Kehren Sie sich doch einmal um: das ist ungemein galant!

FRAU JOURDAIN *seitwärts* Gewiß! Von hinten so närrisch wie von vornen.

DORANTES Bei meiner Treue, Herr Jourdain, ich habe heute

ein unbeschreibliches Verlangen gehabt, Sie zu sehen. Sie sind der Mann, auf den ich in der Welt am meisten halte, und ich habe noch diesen Morgen in des Königs Zimmer von Ihnen gesprochen.

JOURDAIN Sie haben mir viel Ehre angetan.

Zu seiner Frau

In des Königs Zimmer! Hörest du es?

DORANTES Bedecken Sie sich, mein Herr Jourdain.

JOURDAIN Ich weiß wohl, was für Respekt ich Ihnen schuldig bin.

DORANTES O mein Gott! bedecken Sie sich! Machen Sie doch mit mir keine Zeremonien: ich bitte Sie drum.

JOURDAIN Gnädiger Herr…

DORANTES Setzen Sie auf, mein Herr Jourdain, sage ich. Sie sind mein guter Freund.

JOURDAIN Ich bin Ihr gehorsamster Knecht.

DORANTES Ich werde mich gewiß nicht bedecken, wenn Sie es nicht tun.

JOURDAIN So will ich denn lieber unhöflich als Ihnen beschwerlich sein.

Er setzt den Hut auf.

DORANTES Ich bin Ihr Schuldner, wie Sie wissen.

FRAU JOURDAIN *seitwärts* O ja! wir wissen es mehr als zu wohl.

DORANTES Sie haben mir bei verschiedenen Vorfällen Geld vorgeschossen und mich Ihnen auf die angenehmste Art von der Welt verbindlich gemacht, das muß ich gestehen.

JOURDAIN Oh! reden Sie davon nichts, gnädiger Herr.

DORANTES Aber ich weiß auch wiederzugeben, was ich borge, und die Gefälligkeiten, die man mir erweiset, mit Erkenntlichkeit anzunehmen.

JOURDAIN Ich zweifle daran nicht, gnädiger Herr.

DORANTES Ich will es in Richtigkeit mit Ihnen bringen; und ich komme deswegen zu Ihnen, Rechnung mit Ihnen zu machen.

JOURDAIN *leise zu seiner Frau* Da siehest du nun, Frau, wie albern du bist.

DORANTES Ich bin ein Mann, der gern so bald bezahlet, als es ihm möglich ist.

JOURDAIN *leise zu seiner Frau* Sagte ich dirs nicht?

DORANTES Lassen Sie uns einmal sehen, was ich Ihnen schuldig bin.

JOURDAIN *heimlich zu seiner Frau* Da hast du nun deinen lächerlichen Argwohn!

DORANTES Besinnen Sie sich wohl auf alles Geld, das Sie mir vorgeschossen haben?

JOURDAIN Ich glaube wohl. Ich habe einen kleinen Aufsatz davon gemacht. Hier ist er.
Er liest
Einmal an Sie ausgezahlt zweihundert Louisdor.

DORANTES Das ist wahr.

JOURDAIN Ein andermal hundertundzwanzig.

DORANTES Ja.

JOURDAIN Noch ein andermal hundertundvierzig.

DORANTES Sie haben recht.

JOURDAIN Diese drei Posten machen zusammen vierhundertundsechzig Louisdor, die tun fünftausend und sechzig Livres.

DORANTES Die Rechnung hat ihre gute Richtigkeit: Fünftausend und sechzig Livres.

JOURDAIN Ferner gezahlt eintausendachthundertundzweiunddreißig Livres an Ihren Federschmücker.

DORANTES Richtig.

JOURDAIN Zweitausendsiebenhundertundachtzig Livres an Ihren Schneider.

DORANTES Ganz recht.

JOURDAIN Viertausenddreihundertneunundsiebzig Livres zwölf Sous acht Deniers an Ihren Kaufmann.

DORANTES Gut. Zwölf Sous acht Deniers. Die Rechnung ist richtig.

JOURDAIN Und tausendsiebenhundertachtundvierzig Livres sieben Sous vier Deniers an Ihren Sattler.

DORANTES Das ist alles richtig. Wieviel beträgt das zusammen?

JOURDAIN Summa Summarum: Fünfzehntausendachthundert Livres.

DORANTES Die ganze Summa ist richtig: Fünfzehntausendachthundert Livres. Legen Sie nun itzt noch zweihundert Pistolen dazu, so beträgt es gerade achtzehntausend Livres, die ich Ihnen nächster Tage bezahlen will.

FRAU JOURDAIN *leise zu ihrem Manne* Nun? hatte ich das nicht erraten?

JOURDAIN *leise* Schweig!

DORANTES Macht es Ihnen vielleicht einige Ungelegenheit, wenn Sie mir noch so viel nachgeben?

JOURDAIN Nein, gar nicht.

FRAU JOURDAIN *leise zu ihrem Manne* Der Mann macht aus Euch eine melkende Kuh.

JOURDAIN Schweig doch!

DORANTES Wenn es Ihnen beschwerlich fällt, so will ich es wohl anderswo aufnehmen.

JOURDAIN Nein, gnädiger Herr.

FRAU JOURDAIN *leise zu ihrem Mann* Er wird nicht eher aufhören, bis er Euch um alles das Eurige gebracht hat.

JOURDAIN *leise zu seiner Frau* Schweig, sage ich.

DORANTES Sie dürfen mir es nur kühnlich sagen, wenn es Ihnen einige Sorge macht.

JOURDAIN Nein, gnädiger Herr.

FRAU JOURDAIN *leise zu ihrem Manne* Das ist ein rechter Betrüger!

JOURDAIN *leise zu seiner Frau* Ei! so schweig doch!

FRAU JOURDAIN *leise zu ihrem Manne* Er wird Euch noch bis auf den letzten Heller aussaugen.

JOURDAIN *leise* Willst du bald schweigen?

DORANTES Ich habe Freunde genug, die mir mit Freuden soviel vorschießen würden. Weil Sie aber mein bester Freund sind, so glaubte ich Ihnen unrecht zu tun, wenn ich es von einem andern begehret hätte.

JOURDAIN Sie erweisen mir gar zu viel Ehre, gnädiger Herr. Ich will gehen und es holen.

FRAU JOURDAIN *leise zu Herrn Jourdain* Wie? wollet Ihr ihm das auch noch geben?

JOURDAIN *leise zu Frau Jourdain* Was ist zu tun? Soll ich einem Herrn von solchem Stande, der heut früh in des Königs Zimmer von mir gesprochen hat, etwas abschlagen?

FRAU JOURDAIN *leise zu Herrn Jourdain* Gehet nur; Ihr lasset Euch alles weismachen.

Jourdain geht ab.

DORANTES Sie sehen so melancholisch aus! Was fehlet Ihnen denn, meine Frau Jourdain?

FRAU JOURDAIN Der Kopf ist mir dicker als die Hand, und er ist doch nicht geschwollen.

DORANTES Wo ist denn Ihre Jungfer Tochter, daß ich sie nicht zu sehen bekomme?

FRAU JOURDAIN Meine Jungfer Tochter ist da gar wohl, wo sie ist.

DORANTES Wie steht es mit ihr?

FRAU JOURDAIN Sie steht auf ihren zwei Beinen.

DORANTES Wollen Sie nicht nächster Tage das Ballett und die Komödie, die bei Hofe sein werden, mit ihr ansehen?

FRAU JOURDAIN Ja, wahrhaftig, wir haben große Lust zu lachen; große Lust zu lachen haben wir.

DORANTES Frau Jourdain, ich glaube, Sie müssen in Ihrer Jugend viel Anbeter gehabt haben, da Sie noch itzt so schön und aufgeweckt sind.

FRAU JOURDAIN Potz Velten, Herr Graf! Ist denn die Frau Jourdain schon so abgelebt, daß ihr der Kopf nicht mehr feste steht?

DORANTES Ich bitte um Verzeihung, Frau Jourdain. Ich bedachte nicht, daß Sie jung sind. Ich habe sehr oft fremde Gedanken. Ich bitte, meine Unhöflichkeit zu entschuldigen.

JOURDAIN *kommt zurück, zum Dorantes* Hier sind zweihundert Louisdor, richtig gezählt.

DORANTES Ich versichere Sie, mein Herr Jourdain, daß ich Ihnen gänzlich ergeben bin; und ich wünsche mir recht sehnlich eine Gelegenheit, Ihnen bei Hofe einen Dienst zu erweisen.

JOURDAIN Ich danke Ihnen gehorsamst.

DORANTES Wenn die Frau Jourdain die Lustbarkeiten bei Hofe ansehen will, so will ich ihr die besten Plätze im Saale anweisen lassen.

FRAU JOURDAIN Die Frau Jourdain bedankt sich sehr dafür.

DORANTES *leise zum Herrn Jourdain* Unsere schöne Marquise, wie ich Ihnen schon in meinem Briefchen gemeldet habe, wird dem Souper sowohl als der musikalischen Vorführung beiwohnen. Endlich habe ich es doch dahin gebracht, daß sie sich die Gasterei, die Sie ihr zu Ehren anstellen wollen, gefallen läßt.

JOURDAIN Lassen Sie uns ein wenig weiter hinweggehen; es hat seine Ursachen.

DORANTES Es sind nun schon acht Tage, seitdem ich den Herrn Jourdain nicht gesehen, und ich habe Ihnen auch keine Nachricht von dem Diamante gegeben, den Sie mir eingehändiget, ihn der Frau Marquise in Ihrem Namen zu verehren. Allein ich habe die größte Mühe von der Welt gehabt, ihr ihre Skrupel zu benehmen, und sie hat sich erst heute entschlossen, ihn anzunehmen.

JOURDAIN Wie hat er ihr gefallen?

DORANTES Vortrefflich; und wenn ich mich nicht sehr irre, so wird dieser schöne Diamant für Sie, Herr Jourdain, eine vortreffliche Wirkung bei ihr tun.

JOURDAIN Das gebe der Himmel!

FRAU JOURDAIN *zur Nikoline* Wenn er einmal bei ihm ist, so kann er nicht wieder von ihm los.

DORANTES Ich habe ihr die Kostbarkeit des Geschenkes und die Größe Ihrer Liebe aufs beste herausgestrichen.

JOURDAIN Solche Gütigkeit beschämt mit aufs höchste, gnädiger Herr; und ich gerate in die äußerste Verwirrung, wenn ich bedenke, daß ein Herr von Ihrem Stande sich meinetwegen so weit herunterläßt und so vieles für mich unternimmt.

DORANTES Scherzen Sie? Hält man sich wohl unter guten Freunden bei solchen Skrupeln auf? Würden Sie nicht, wenn sich Ihnen eine Gelegenheit dazu zeigete, ein gleiches für mich tun?

JOURDAIN Oh! Das versteht sich, und mit herzlichem Vergnügen.

FRAU JOURDAIN *zur Nikoline* Seine Gegenwart ist mir ein rechter Dorn im Auge.

DORANTES Ich meinesteils lasse mich durch nichts in der Welt abhalten, einem Freunde zu dienen. Und als Sie mir Ihre Liebe zu der schönen Marquise anvertrauten, so werden Sie damals alsobald wahrgenommen haben, wie ich mich von freien Stücken selbst anbot, Ihnen in Ihrer Liebe zu dienen.

JOURDAIN Es ist wahr; ich bin ganz beschämt über Ihre Gütigkeit.

FRAU JOURDAIN *zur Nikoline* Wird er denn nimmermehr fortgehen?

NIKOLINE Es ist ihnen gar zu wohl, wenn sie beisammen sind.

DORANTES Sie haben es am rechten Ort angegriffen, ihr Herz zu rühren. Die Damen haben den Aufwand, den man ihretwegen macht, über alle Maßen gern. Die öftern Nachtmusiken, die häufigen Blumensträuße, das prächtige Feuerwerk, das sie auf dem Wasser antraf, der Diamant, den sie von Ihnen bekommen hat, und das Souper, das Sie heute ihr zu Gefallen anstellen: alles dieses muß mehr und nachdrücklicher für Ihre Liebe sprechen, als alles, was Sie ihr mit Worten hätten sagen können.

JOURDAIN Ich wollte keinen Aufwand in der Welt sparen, wen ich nur dadurch den Weg zu ihrem Herzen finden könnte. Eine Dame von Stande hat ganz bezaubernde Reizungen für mich; und diese Ehre wäre mir um alles in der Welt nicht zu kostbar.

FRAU JOURDAIN *zur Nikoline* Was müssen sie doch immer so lange miteinander zu reden haben? Geh doch hin, Nikoline, und behorche sie ein wenig.

Nikoline schleicht sich sachte zu ihnen.

DORANTES Sie werden bald das Vergnügen haben, sie nach Herzenslust zu betrachten; und werden Zeit genug haben, die Augen an ihr zu weiden.

JOURDAIN Damit wir unsere völlige Freiheit haben können, so habe ich es so eingerichtet, daß meine Frau heute bei meiner Schwester speisen und den ganzen Nachmittag bei ihr zubringen wird.

DORANTES Sie haben wohl daran getan. Ihre Frau hätte uns zur Last sein können. Ich habe dem Koche an Ihrer Statt das Benötigte anbefohlen und alles, was zum heutigen Theater erfordert wird, besorgt. Es ist von meiner eigenen Erfindung; und wenn alles so ausgeführet wird, wie ichs entworfen habe, so bin ich versichert, daß man es für sehr gut...

JOURDAIN *wird gewahr, daß Nikoline zuhöret, und gibt ihr eine Maulschelle* Ihr seid ein sehr ungeschliffen Mädchen.

Nikoline rennt ab und läßt die Türe offenstehen. Man hört durch die offene Türe aus dem Nebengemach das Orchester die Ouvertüre zu »Ariadne« probieren.

Während der Musik zu Dorantes

Wir wollen weggehen, wenn es Ihnen gefällig ist.

Sie gehen ab.

Der Vorhang fällt.

ZWEITER AUFZUG

Ein Zimmer bei Jourdain. Flügeltür im Hintergrund. Links eine kleine Tür ins Bilderkabinett. Rechts eine verborgene Tür in der Wand.
Herr Jourdain mit einem Lakai.

LAKAI Der Herr Graf mit einer Dame.

JOURDAIN O mein Gott! Ich habe noch verschiedenes anzuordnen. Sage den Herrschaften, daß ich den Augenblick bei ihnen sein werde.
Geht ab.
Lakai führt Dorantes und Dorimene herein.

LAKAI Der gnädige Herr wird sofort erscheinen.

DORANTES Es ist gut.
Der Lakai geht ab.

DORIMENE Ich weiß es nicht, Herr Graf, ich begehe hier wieder eine ziemlich starke Unbesonnenheit, daß ich mich überreden lasse, in ein Haus zu gehen, wo ich keinen Menschen kenne.

DORANTES O Madame, was soll ich aber noch in der Welt für einen Ort erwählen, da ich aus Liebe Ihnen eine Ergötzlichkeit anstellen kann, weil Sie, um kein Aufsehen zu machen, weder Ihr noch mein Haus dazu wählen wollen?

DORIMENE Aber Sie sagen nicht dabei, daß ich mich unvermerkt einlasse, täglich allzu starke Beweise von Ihrer Leidenschaft anzunehmen. Ich mag mich weigern, wie ich will: Sie ermüden meinen Widerstand, und Sie besitzen eine höfliche Halsstarrigkeit, die mich nach und nach zu allem, was Sie selbst wollen, bringt. Mit öfteren Besuchen haben Sie angefangen, darauf sind die Liebeserklärungen gekommen; diese führten die Abendmusiken und die kleinen Feste mit sich, und die Geschenke folgten nach. Diesem allem habe ich mich widersetzt; aber Sie haben sich nicht abschrecken lassen, und Sie gewinnen Schritt vor

Schritt zu viel von mir. Ich kann nunmehr für nichts mehr Bürge sein, und ich glaube, Sie werden mich noch endlich zur Heirat bringen, von der ich doch sehr weit entfernt war.

DORANTES Madame, Sie sollten von Rechts wegen schon dahin gebracht sein. Sie sind Witwe und stehen unter niemandem. Ich bin mein eigner Herr und liebe Sie mehr als mein Leben. Woran fehlt es also, daß Sie mich nicht noch heute glücklich machen?

DORIMENE Mein Gott! Dorantes, es werden von beiden Seiten gar zu viel Eigenschaften erfordert, wenn man glücklich beisammen leben will. Das vernünftigste Paar von der Welt hat oft Not, eine Verbindung zu treffen, mit der sie beide zufrieden sein können.

DORANTES Sie sind artig, Madame, daß Sie sich so viel Schwierigkeiten dabei vorstellen. Die Erfahrung, die Sie bereits gehabt haben, beweist nichts für alle übrigen.

DORIMENE Ich bleibe doch noch immer auf meinem vorigen Sinne. Der große Aufwand, den Sie meinetwegen machen, verursacht mir doppelte Unruhe: erstlich, weil ich Ihnen dadurch mehr verbindlich werde, als ich gern wollte; und zweitens, weil ich versichert bin, wenn Sie mirs anders nicht übelnehmen wollen, daß Sie selbigen, ohne sich Schaden zu tun, nicht machen können, und dieses will ich nicht haben.

DORANTES Ach, Madame! Das sind ja alles nur Kleinigkeiten; und dadurch hoffe ich noch nicht...

DORIMENE Ich weiß wohl, was ich rede. Unter anderem ist ja der Diamant, den Sie mich anzunehmen genötigt haben, von einem so großen Werte...

DORANTES Oh, Madame! Legen Sie doch einer Sache keinen so großen Wert bei, die meine Liebe noch viel zu schlecht für Sie hält; und erlauben Sie mir... Da kommt der Herr vom Hause.

JOURDAIN *nachdem er zwei Reverenzen gemacht und sich schon zu nahe bei der Marquise befindet* Ein wenig zurück, gnädige Frau.

DORIMENE Wieso?

JOURDAIN Nur einen Schritt, wenn ich bitten darf.

DORIMENE Warum denn?

JOURDAIN Gehen Sie doch ein wenig zurück, damit ich die dritte machen kann.

Jourdain macht seine dritte Reverenz.

DORANTES Madame, Herr Jourdain ist ein Mann, der zu leben weiß.

JOURDAIN Gnädige Frau, es ist eine große Ehre für mich, daß ich so glückselig bin und das Glück habe, so beglückt zu sein, daß Ihro Gnaden die Gnade für mich haben und so gnädig sind, daß Sie mir die Ehre antun, mich mit Dero gnädigen Gegenwart zu beehren. Wenn meine Verdienste nur so beschaffen wären, daß ich solche Verdienste, wie die Ihrigen sind, verdienen könnte, und wenn der Himmel... der mir mein Glück nicht gönnt, mir den Vorzug... gegeben hätte... zu sehen, daß ich würdig wäre... Ihr...

DORANTES Es ist schon genug, Herr Jourdain. Die Frau Marquise liebt die langen Komplimente nicht sehr, und sie weiß ohnedies, daß Sie Verstand besitzen.

Leise zu Dorimene

Es ist ein ehrlicher Bürger, der, wie Sie sehen, in seinem ganzen Bezeigen ziemlich lächerlich ist.

DORIMENE Es ist gar nicht schwer, zu bemerken.

DORANTES Hier sehen Sie meinen besten Freund, Madame.

JOURDAIN Es ist gar zu viel Ehre für mich.

DORANTES Und einen vollkommen galanten Mann.

DORIMENE Ich halte sehr viel auf ihn.

JOURDAIN Ich habe noch nichts getan, gnädige Frau, wodurch ich diese Gnade verdiente.

DORANTES *leise zu Jourdain* Nehmen Sie sich ja in acht, daß Sie den Diamant mit keinem Worte erwähnen, den Sie ihr geschenkt haben.

JOURDAIN *leise zum Grafen* Könnte ich sie nicht wenigstens fragen, wie er ihr gefällt.

DORANTES *leise* Wie? Beileibe nicht! Das stünde schlecht für Sie. Und wenn Sie recht galant sein wollen, so müssen Sie sich stellen, als wenn Sie nicht derjenige wären, der ihn ihr geschenkt hat.

Laut

Madame, Herr Jourdain sagt, er sei sehr erfreut, Ihro Gnaden bei sich zu sehen.

DORIMENE Ich nehme es für eine besondere Ehre an.

JOURDAIN *leise* Ich danke Ihnen, gnädiger Herr, daß Sie so für mich sprechen wollen.

DORANTES *leise zu Jourdain* Es hat mir erschreckliche Mühe gekostet, sie zu überreden, daß sie zu Ihnen gekommen ist.

JOURDAIN *leise* Ich weiß nicht, wie ich Ihnen genug danken soll.

DORANTES Herr Jourdain sagt, er hielte Ihro Gnaden für die schönste Dame von der Welt.

DORIMENE Er zeigt viel Gütigkeit gegen mich.

JOURDAIN Sie sind es vielmehr, gnädige Frau, die einem Gütigkeit zeigt und...

LAKAI *tritt ein* Es ist alles bereitet, gnädiger Herr.

Vier Köche bringen, aus einer versteckten Seitentür hervortanzend, einen reichbesetzten Tisch herein.

Jourdain, Dorimene und Dorantes setzen sich zu Tisch, nachdem die beiden großen und der kleine Lakai ihnen Stühle hingestellt haben.

Die Köche reichen unter Zeremoniell den Lakaien die einzelnen Schüsseln aus der Anricht, die hinter der kleinen Seitentür gedacht ist, vor deren Eingang ein chinesischer Wandschirm geschoben wurde, den Einblick in die Anricht zu verdecken. Die Lakaien servieren.

Musik begleitet die einzelnen Gänge.

ERSTER LAKAI *meldet den ersten Gang* Ein Salmen vom Rhein nach Pfalzgrafenart, hiezu ein weißer Burgunderwein.

DORIMENE Ei, Herr Graf, das ist ein allzu prächtiges Souper, das Sie mir da geben!

JOURDAIN Sie belieben nur zu scherzen, gnädige Frau. Ich wollte wünschen, daß es Ihrer würdig wäre.

DORANTES Herr Jourdain hat recht, Madame, daß er so redet, und er verpflichtet mich wirklich, da er in seinem Hause die Wirtsstelle so gut vertritt.

LAKAI *meldet den zweiten Gang* Eine Hammelkeule in italienischer Weis, hiezu ein Wein von Bordeaux.

DORIMENE Ich kann auf dieses Kompliment nicht besser antworten, als daß ich esse, wie ich es tue.

JOURDAIN Oh! Was sind das für schöne Hände!

DORIMENE Die Hände sind sehr mittelmäßig, Herr Jourdain. Sie wollen aber vielleicht von dem Diamanten reden – der gewiß sehr schön ist.

JOURDAIN Ich, gnädige Frau? Davor bewahre mich der Himmel! Das wäre nicht galant gehandelt; und der Diamant ist etwas sehr Geringes.

DORIMENE Finden Sie? Sie sind wohl sehr verwöhnt.

Dorantes gibt Jourdain mehrfach Zeichen.

JOURDAIN Sie sind gar zu gnädig.

DORANTES Herr Jourdain, wir wollen doch ein wenig der Musik zuhören.

DORIMENE Sie ist zu reizend und von einer ganz besonderen Art.

DORANTES Ich habe sie so angeordnet. Hören Sie, wie das, was gespielt wird, sich zu dem schickt, was man uns aufträgt.

LAKAI *meldet den dritten Gang* Ein kleines Gericht von Drosseln und Lerchen auf Salbei und Thymian, hiezu ein Wein von Epernay.

DORIMENE *zu Dorantes* Das ist eine so hübsche Musik, als nur zu denken ist.

JOURDAIN *neigt sich zu Dorimene* Ich sehe aber hier etwas, Ihro Gnaden, das noch schöner ist.

DORIMENE Ei, ei! Der Herr Jourdain ist ja sehr galant.

DORANTES Wie, Madame, für was sehen Sie denn den Herrn Jourdain an?

JOURDAIN Ich wollte nur, daß Sie mich für das ansähen, was ich gerne sagen möchte.

DORIMENE Ach!

DORANTES Ja, Sie kennen ihn noch nicht.

JOURDAIN Sie kann mich kennenlernen, sobald es ihr beliebig sein wird.

DORIMENE Oh!

DORANTES Es ist ein Mann, der seine Antwort parat hat.

LAKAI *meldet den letzten Gang* Eine Omelette mit einer Überraschung, hiezu ein süßer Portugieserwein.

Die vier Köche rollen ein vergoldetes Wägelchen heran. Sie heben davon eine Schüssel mit einer riesigen Omelette ab, und ein Küchenjunge, der darunter verborgen war, springt heraus und tanzt, nachdem er an einem Glas des süßen Portugieserweins genippt hat.

DORANTES *leise, indem er sich nahe zu Dorimene beugt* Wissen Sie, was dieser Tanz ausdrücken will?

DORIMENE Ich meine, es ist deutlich genug.

DORANTES Und mißfällt er Ihnen darum?

DORIMENE Das habe ich nicht gesagt.

Dorantes küßt ihr die Hand.

Der tanzende Küchenjunge wirbelt wie ein zierlicher Trunkener um den Tisch herum und verschwindet durch die kleine Seitentür.

DORIMENE *klatscht in die Hände* Was für ein geschickter Küchenjunge!

JOURDAIN Das ist noch gar nichts. Ich habe danach etwas anrichten lassen, das kann sich sehen lassen.

DORANTES Herr Jourdain meint eine Oper mit einem heiteren Nachspiel von einem jungen Komponisten, der unter meiner Protektion steht.

DORIMENE Eine Oper. Hier in Ihrem Hause?

JOURDAIN Natürlich. Machen es große Herren nicht immer so?

DORIMENE Eine Oper! Kommt auch ein Feuerwerk darin vor?

JOURDAIN Hat man das jetzt? Dann wird mein Komponist es sicher hineingemacht haben.

Man hört in der Anricht hinter dem chinesischen Schirm ein Geräusch wie von zerschlagenem Geschirr. Gleich darauf tritt Frau Jourdain durch die kleine Seitentür hervor.

DORANTES *der sie zuerst sieht* Das nenne ich wahrhaftig eine Omelette mit einer Überraschung, Herr Jourdain!

FRAU JOURDAIN Herr, du meine Güte! Da finde ich ja eine recht schöne Gesellschaft. Um dieser schönen Historie willen ist es also geschehen, mein Herr Gemahl, daß Euch so viel daran gelegen war, mich zu meiner Schwester zu Tisch zu schicken. Unten habe ich die Zurichtung zu einer Komödie gesehen, und hier finde ich eine Gasterei angerichtet, nicht anders, als wenn man Hochzeit machte. So bringt Ihr Euer Geld durch, Ihr –

DORANTES *ist aufgestanden, will sie beiseite nehmen* Was reden Sie da, Frau Jourdain? Was haben Sie für Grillen im Kopf, sich einzubilden, das wäre Ihr Gemahl, der dieser Dame dieses Souper gibt? Lassen Sie sich mit einem Wort sagen, daß ich es gebe und daß er nichts dabei getan hat, als daß er mir sein Haus dafür zur Verfügung stellt. Sie sollten wahrhaftig ein wenig besser bedenken, was Sie reden.

JOURDAIN Ja, du dumme Trulle, der Herr Graf stellt dieses alles dieser Dame zu Gefallen an, die eine Person von Stand ist; und er tut mir dabei die Ehre an, mein Haus dazu zu erwählen und mich dabei zu Gast zu haben.

FRAU JOURDAIN Geschichten sind das. Ich weiß wohl, was ich weiß.

DORANTES Madame Jourdain, setzen Sie sich eine bessere Brille auf, wenn ich bitten darf.

FRAU JOURDAIN Oh, ich brauche keine Brille, mein lieber Herr; ich kann klar genug sehen, ich habe es längst gerochen, ich bin nicht dumm. Es ist von Ihnen, als einem vornehmen Herrn, sehr schlecht gehandelt, daß Sie meinem Mann in seinen Torheiten so helfen. Und für eine so vornehme Frau, wie Sie sind, Madame, steht es auch gar nicht schön und ehrbar, daß Sie Uneinigkeit in einem Hause stiften und zugeben können, daß mein Mann in Sie verliebt ist.

DORIMENE *ist aufgestanden* Was soll denn das alles heißen, Herr Graf? Sind Sie nicht gescheit, daß Sie mich den Grillen dieser albernen Person bloßstellen?

Sie will gehen.

DORANTES *ihr nach* Oh, Madame, wo gehen Sie hin! Madame!

JOURDAIN *ist aufgestanden, eilt beiden nach* Madame! Herr Graf! Entschuldigen Sie mich doch bei ihr! Bitten Sie sie doch, einstweilen hier in mein Kabinett einzutreten – es sind seit gestern einige neue Sachen darin – von einem sichern – man sagt, er ist ganz geschickt. –

Zu den Lakaien

Leuchter ins Kabinett! Ein Bild nach dem andern anleuchten und besonders die Rahmen.

Erster Lakai und der kleine Lakai leuchten voran, Dorantes reicht Dorimene die Hand und führt sie ins Kabinett. Die vier Köche haben indessen den Tisch weggebracht.

JOURDAIN *wütend zu seiner Frau* Sieh nur, du ungezogenes Weib, was du für Sachen angibst! Da beschimpfst du mich vor der ganzen Welt! Jagst mir hohe Standespersonen aus dem Haus!

An der Tür zum Kabinett, verbindlich hineinsprechend

Die italienischen Landschaften sind vielleicht der Mühe wert! Es sind ja leider nichts als Ruinen darauf, aber die Glasur ist recht geschickt!

FRAU JOURDAIN Ich schere mich viel um ihren hohen Stand!

JOURDAIN Ich weiß nicht, was mich hält, du verdammtes Weib!

Auf seine Frau los. Wieder an der Tür zum Kabinett

Die Seestücke – ich bin sehr geschmeichelt, wenn Sie sie Ihrer Aufmerksamkeit für wert halten, Madame, ich werde ein Dutzend davon nachbestellen und Ihnen ins Haus schicken!

Wieder zu seiner Frau

– Daß ich dir nicht mit den Überbleibseln der Mahlzeit, die du störst,

Er sieht sich nach solchen um, doch ist alles schon abgetragen

den Schädel entzweischlage.

Frau Jourdain kehrt ihm scharf den Rücken, geht durch die Mitte ab, schlägt die Tür hinter sich zu.

JOURDAIN Du tust wohl, daß du meinem Zorn aus dem Wege gehst. Welcher Teufel hat sie heißen, vorzeitig nach Hause kommen! Ich war recht aufgelegt, lauter geistreiche Sachen zu sagen, und in meinem Leben habe ich nicht so viel Witz an mir gemerkt. Wenn mir wenigstens diese Musiksache nach Wunsch verläuft. Ich verspreche mir viel davon.

Winkt den zweiten Lakai zu sich

Komm her, ich brauche dich, ich will noch etwas anordnen, aber ich weiß noch nicht recht wie. Ruf den andern auch.

Er steht nachdenklich.

Die Bühne verwandelt sich.

Ein großer Saal in Jourdains Haus. Türen vorne, links und rechts. Im Hintergrunde ist eine Bühne aufgeschlagen. Tapezierer und Handlanger sind beschäftigt, die Kulissen aufzustellen. Die Türen nach den Seitenzimmern links und rechts sind offen. Links ist der Ankleideraum für das Opernpersonal improvisiert. Man sieht Ariadne, Bacchus, Najade, Dryade und Echo im Begriff, beim Licht einiger Kerzen ihre Kostüme zu beenden. Rechts sitzt Zerbinetta mitten vorne im Saal auf einem Strohstühlchen, schminkt sich, Truffaldin hält ihr den Spiegel, Brighella die Kerze, Scaramuccio schnürt sie zu. In das Geräusch, das die Tätigkeit der Arbeiter und das Geschwätz der Schauspieler verursacht, hört man aus dem Orchester das Stimmen der Instrumente. Der Komponist, Noten in der Hand, steht mit dem Sänger, der den Bacchus singt, in der Türe links. Die Primadonna kommt nach vorne, sie trägt über dem Kostüm der Ariadne einen Abendmantel aus dunklem Tuch, der Musiklehrer ist bei ihr. Najade und Dryade stellen sich dazu, setzen sich Mouchen an. Tanzmeister ist von rechts zu der Gruppe zu Zerbinetta getreten.

PRIMADONNA *sieht sich um* Ich begreife nicht, daß der Graf noch nicht da ist. Er versäumt sonst nie, mir seine Aufwartung zu machen.

TANZMEISTER Ihr werdet leichtes Spiel haben.

Halblaut

Die Oper ist langweilig über die Begriffe, und was Einfälle betrifft, so steckt in meinem linken Schuhabsatz mehr Gesangsmelodie als in dieser ganzen »Ariadne auf Naxos«.

SCARAMUCCIO Warum führt man solches Zeug auf? Wäre ich der König, ich ließe von Polizei wegen jedes Musikstück verbieten, das ein Kanarienvogel nicht vom ersten Hören nachsingt. Und den Kerl, der es in die Welt geschafft hat, in Eisen legen, da wäre bald reiner Tisch.

PRIMADONNA *zum Musiklehrer* Mein Bester, könnten Sie mir nicht einen Lakaien auftreiben? Ich muß den Grafen unbedingt noch sprechen. Pfui, was gibts denn da für Erscheinungen!

ZERBINETTA *mit einem frechen Blick auf die Sängerin und absichtlich laut* Wenn das Zeug so langweilig wird, dann hätte man doch uns zuerst auftreten lassen sollen, bevor sie übellaunig werden. Haben sie sich eine Stunde gelangweilt, so ist es doppelt schwer, sie lachen zu machen.

PRIMADONNA *nicht gerade leise* Es ist doch wohl undenkbar, daß man uns mit dieser Sorte von Leuten in einen Topf wirft. Weiß man hier nicht, wer ich bin? Wie konnte der Graf –

TANZMEISTER *zu Zerbinetta* Aber im Gegenteil. Man kommt vom Tisch, man ist beschwert und wenig aufgelegt, man läßt eine halbe Stunde Langeweile über sich ergehen, man macht unbemerkt ein Schläfchen, klatscht dann aus Höflichkeit und um sich wach zu machen. Indessen ist man ganz munter geworden, »was kommt jetzt«, sagt man sich. »Die ungetreue Zerbinetta und ihre vier Liebhaber«, ein heiteres Nachspiel mit Tänzen, leichte, gefällige Melodien, ja, eine Handlung, klar wie der Tag, da weiß man, woran man ist, wenn man nur den Titel gehört hat, das ist unser Fall, sagt man sich. Da wacht man auf, da ist man bei der Sache, und wenn sie in ihren Karossen sitzen, wissen sie überhaupt nichts mehr, als daß sie die unvergleichliche Zerbinetta haben tanzen sehen.

MUSIKLEHRER *zur Primadonna* Erzürnen Sie sich nicht um nichts und wieder nichts. Was hat es denn auf sich, und wenn man gleich nachher Hunde durch den Reifen springen ließe. Ariadne ist das Ereignis des Abends, um Ariadne zu hören, versammeln sich Kenner und vornehme Personen im Hause eines reichen Mäzens. Ariadne ist das Losungswort, Sie sind Ariadne, morgen wird überhaupt niemand mehr wissen, daß es außer Ariadne noch etwas gegeben hat.

ZWEITER LAKAI *tritt von rechts auf* Der gnädige Herr lassen sagen, es solle diese ganze Sache und Vorführung da sehr bald

DER ROSENKAVALIER

KOMÖDIE FÜR MUSIK

Personen

DIE FELDMARSCHALLIN FÜRSTIN WERDENBERG
DER BARON OCHS AUF LERCHENAU
OCTAVIAN, genannt Quin-quin, ein junger Herr aus großem Haus
HERR VON FANINAL, ein reicher Neugeadelter
SOPHIE, seine Tochter
JUNGFER MARIANNE LEITMETZERIN, die Duenna
VALZACCHI, ein Italiener
ANNINA, seine Begleiterin
DER HAUSHOFMEISTER BEI DER FELDMARSCHALLIN
DER HAUSHOFMEISTER BEI FANINAL
EIN SÄNGER
EIN FLÖTIST
EIN NOTAR
DESSEN SCHREIBER
EIN FRISEUR
DESSEN GEHILFE
EINE ADELIGE WITWE
DREI ADELIGE WAISEN
EINE MODISTIN
EIN TIERHÄNDLER
EIN GELEHRTER
EIN POLIZEI-UNTERKOMMISSARIUS
ZWEI POLIZEIWÄCHTER
EIN ARZT
EIN WIRT
EIN HAUSKNECHT
EIN KLEINER NEGER
LAKAIEN
LAUFFER
HAIDUCKEN
KELLNER
HAUSGESINDE BEI FANINAL
HAUSGESINDE IM GASTHOF
MUSIKANTEN
VERDÄCHTIGE GESTALTEN

Zu Wien, im ersten Jahrzehnt der Regierung Maria Theresias.

ERSTER AKT

Das Schlafzimmer der Feldmarschallin. Links im Alkoven das große zeltförmige Himmelbett. Neben dem Bett ein dreiteiliger chinesischer Wandschirm, hinter dem Kleider liegen. Ferner ein kleines Tischchen und ein paar Sitzmöbel. Auf einem kleinen Sofa links liegt ein Degen in der Scheide. Rechts große Flügeltüren in das Vorzimmer. In der Mitte kaum sichtbare kleine Türe in die Wand eingelassen. Sonst keine Türen. Zwischen dem Alkoven und der kleinen Türe stehen ein Frisiertisch und ein paar Armsessel an der Wand. Die Vorhänge des Bettes sind zurückgeschlagen. Octavian kniet auf einem Schemel vor dem Bett und hält die Feldmarschallin, die im Bett liegt, halb umschlungen. Man sieht ihr Gesicht nicht, sondern nur ihre sehr schöne Hand und den Arm, von dem das Spitzenhemd abfällt.

OCTAVIAN
Wie du warst! Wie du bist!
Das weiß niemand, das ahnt keiner!
MARSCHALLIN *richtet sich in den Kissen auf*
Beklagt Er sich über das, Quin-quin?
Möcht Er, daß viele das wüßten?
OCTAVIAN
Engel! Nein! Selig bin ich,
daß ich der einzige bin, der weiß, wie du bist.
Keiner ahnt es! Niemand weiß es.
Du, du – was heißt das »du«? Was »du und ich«?
Hat denn das einen Sinn?
Das sind Wörter, bloße Wörter, nicht? Du sag!
Aber dennoch: Es ist etwas in ihnen:
ein Schwindeln, ein Ziehen, ein Sehnen, ein Drängen!
Wie jetzt meine Hand zu deiner Hand kommt,
das Zudirwollen, das Dichumklammern,
das bin ich, das will zu dir,
aber das Ich vergeht in dem Du,

ich bin dein Bub – aber wenn mir dann Hören und Sehen vergeht –
wo ist dann dein Bub?

MARSCHALLIN *leise*
Du bist mein Bub, du bist mein Schatz!

OCTAVIAN
Warum ist Tag? Ich will nicht den Tag!
Für was ist der Tag! Da haben dich alle!
Marschallin lacht leise.

OCTAVIAN
Lachst du mich aus?

MARSCHALLIN *zärtlich*
Lach ich dich aus?

OCTAVIAN
Engel!

MARSCHALLIN
Schatz du, mein junger Schatz!
Ein feines Klingeln.
Horch!

OCTAVIAN
Ich will nicht.

MARSCHALLIN
Still, paß auf.

OCTAVIAN
Ich will nichts hören! Was wirds denn sein?
Das Klingeln näher.
Sinds leicht Lauffer mit Briefen und Komplimenten?
Vom Saurau, vom Hartig, vom portugiesischen Envoyé?
Hier kommt mir keiner herein! Hier bin ich der Herr!
Die kleine Tür in der Mitte geht auf und ein kleiner Neger in Gelb, behängt mit silbernen Schellen, ein Präsentierbrett mit der Schokolade tragend, trippelt über die Schwelle.

MARSCHALLIN
Schnell, da versteck Er sich, das Frühstück ists.
Octavian gleitet hinter den Schirm.
Die Tür hinter dem Neger wird von unsichtbaren Händen geschlossen.

MARSCHALLIN

Schmeiß Er doch Seinen Degen hinters Bett.

Octavian fährt nach dem Degen und versteckt ihn.

Marschallin legt sich zurück, nachdem sie die Vorhänge zugezogen hat.

Der kleine Neger stellt das Servierbrett auf das kleine Tischchen, schiebt dieses nach vorne, rückt das Sofa hinzu, verneigt sich dann tief gegen das Bett, die kleinen Arme über die Brust gekreuzt. Dann tanzt er zierlich nach rückwärts, immer das Gesicht dem Bette zugewandt. An der Tür verneigt er sich nochmals und verschwindet.

Marschallin tritt zwischen den Bettvorhängen hervor. Sie hat einen leichten mit Pelz verbrämten Mantel umgeschlagen.

Octavian kommt zwischen der Mauer und dem Wandschirm hervor.

MARSCHALLIN

Er Katzenkopf, Er unvorsichtiger!
Läßt man in einer Dame Schlafzimmer den Degen herumliegen?
Hat Er keine besseren Gepflogenheiten?

OCTAVIAN

Wenn Ihr zu dumm ist, wie ich mich benehm,
und wenn Ihr abgeht, daß ich kein Geübter nicht in solchen Sachen bin,
dann weiß ich nicht, was Sie überhaupt an mir hat!

MARSCHALLIN *zärtlich, auf dem Sofa*

Philosophier Er nicht, Herr Schatz, und komm Er her.
Jetzt wird gefrühstückt. Jedes Ding hat seine Zeit.

OCTAVIAN *setzt sich dicht neben sie. Sie frühstücken sehr zärtlich. Octavian legt sein Gesicht auf ihr Knie. Sie streichelt sein Haar. Er blickt zu ihr auf. Leise.*

Marie Theres!

MARSCHALLIN

Octavian!

OCTAVIAN

Bichette!

MARSCHALLIN

Quin-quin!

OCTAVIAN

Mein Schatz!

MARSCHALLIN

Mein Bub!

Sie frühstücken.

OCTAVIAN *lustig*

Der Feldmarschall sitzt im crowatischen Wald, und jagt auf Bären und Luchsen,
und ich sitz hier, ich junges Blut, und jag auf was?
Ich hab ein Glück, ich hab ein Glück!

MARSCHALLIN *indem ein Schatten über ihr Gesicht fliegt*

Laß Er den Feldmarschall mit Ruh!
Mir hat von ihm geträumt.

OCTAVIAN

Heut nacht hat dir von ihm geträumt? Heut nacht?

MARSCHALLIN

Ich schaff mir meine Träum nicht an.

OCTAVIAN

Heute nacht hat dir von deinem Mann geträumt?

MARSCHALLIN

Mach Er nicht solche Augen. Ich kann nichts dafür.
Er war auf einmal wiederum zu Haus.

OCTAVIAN

Der Feldmarschall?

MARSCHALLIN

Es war ein Lärm im Hof von Pferd' und Leut' und er war da.
Vor Schreck war ich auf einmal wach, nein schau nur,
schau nur, wie kindisch ich bin: ich hör noch immer den Rumor im Hof.
Ich brings nicht aus dem Ohr. Hörst du leicht auch was?

OCTAVIAN

Ja, freilich hör ich was, aber muß es denn dein Mann sein!
Denk dir doch, wo der ist: im Raitzenland,
noch hinterwärts von Esseg.

MARSCHALLIN

Ist das sicher sehr weit?
Na dann wirds halt was anders sein. Dann is ja gut.

OCTAVIAN
Du schaust so ängstlich drein, Theres!

MARSCHALLIN
Weiß Er, Quin-quin – wenn es auch weit ist –
der Herr Feldmarschall is halt sehr geschwind. Einmal –

OCTAVIAN *eifersüchtig*
Was war einmal?
Marschallin zerstreut, horcht.

OCTAVIAN
Was war einmal? Bichette!
Bichette, was war einmal?

MARSCHALLIN
Ach sei Er gut, Er muß nicht alles wissen!

OCTAVIAN *wirft sich auf das Sofa*
So spielt sie sich mit mir! Ich bin ein unglücklicher Mensch!

MARSCHALLIN *horcht*
Jetzt trotz Er nicht. Jetzt gilts. Es is der Feldmarschall.
Wenn es ein Fremder wär, so wär der Lärm da drüben in meinem Vorzimmer!
Es muß mein Mann sein, der durch die Garderob herein will
und mit die Lakaien disputiert!
Quin-quin, es is mein Mann.
Octavian fährt nach seinem Degen und läuft gegen rechts.

MARSCHALLIN
Nicht dort. Dort ist das Vorzimmer.
Da sitzen meine Lieferanten und ein halbes Dutzend Lakaien.
Da!
Octavian läuft hinüber zur kleinen Türe.

MARSCHALLIN
Zu spät! Sie sind schon in der Garderob!
Jetzt bleibt nur eins!
Versteck dich! dort!

OCTAVIAN
Ich spring ihm in den Weg! Ich bleib bei dir.

MARSCHALLIN
Dort hinters Bett! Dort in die Vorhäng. Und rühr dich nicht!

OCTAVIAN *zögernd*
Wenn er mich dort erwischt, was wird aus dir, Theres!
MARSCHALLIN *flehend*
Versteck Er sich, mein Schatz.
OCTAVIAN *beim Wandschirm*
Theres!
MARSCHALLIN *ungeduldig aufstampfend*
Sei Er ganz still.
Mit blitzenden Augen
Das möcht ich sehn,
ob einer sich dort hinüber traut, wenn ich hier steh.
Ich bin kein napolitanischer General: Wo ich steh, steh ich.
Geht energisch gegen die kleine Tür los. Horcht
Sind brave Kerln, meine Lakaien. Wollen ihn nicht hereinlassen,
sagen, daß ich schlaf. Sehr brave Kerln!
Die Stimm?
Das is ja gar nicht die Stimm vom Feldmarschall!
Sie sagen »Herr Baron« zu ihm! Das ist ein Fremder.
Quin-quin, es ist ein Besuch!
Sie lacht
Fahr Er schnell in seine Kleider,
aber bleib Er versteckt,
daß die Lakaien Ihn nicht sehen.
Die blöde, große Stimm müßt ich doch kennen.
Wer ist denn das? Herrgott, das ist der Ochs.
Das ist mein Vetter, der Lerchenau, der Ochs auf Lerchenau.
Was will denn der? Jesus Maria!
Sie muß lachen
Quin-quin, hört Er, Quin-quin, erinnert Er sich nicht?
Sie geht ein paar Schritte nach links hinüber.
Vor fünf, sechs Tagen den Brief –
Wir sind im Wagen gesessen,
und einen Brief haben sie mir an den Wagenschlag gebracht.
Das war der Brief vom Ochs.

Und ich hab keine Ahnung, was drin gestanden ist.
Lacht
Daran ist Er alleinig schuld, Quin-quin.

STIMME DES HAUSHOFMEISTERS *draußen*
Belieben Euer Gnaden in der Galerie zu warten!

STIMME DES BARONS *draußen*
Wo hat Er Seine Manieren gelernt?
Der Baron Lerchenau antichambrieret nicht.

MARSCHALLIN
Quin-quin, was treibt Er denn? Wo steckt Er denn?

OCTAVIAN *in einem Frauenrock und Jäckchen, das Haar mit einem Schnupftuch und einem Bande, wie in einem Häubchen, tritt hervor, knixt*
Befehln fürstli' Gnadn, i bin halt noch nit recht lang in fürstli'n Dienst.

MARSCHALLIN
Du, Schatz!
Und nicht einmal mehr als ein Bussl kann ich dir geben.
Küßt ihn schnell
Er bricht mir ja die Tür ein, der Herr Vetter.
Mach Er, daß Er hinauskomm.
Schlief' Er frech durch die Lakaien durch.
Er ist ein blitzgescheiter Lump! Und komm Er wieder, Schatz.
Aber in Mannskleidern und durch die vordre Tür, wenns Ihm beliebt.
Setzt sich, den Rücken gegen die Türe, und beginnt ihre Schokolade zu trinken. Octavian geht schnell gegen die kleine Türe und will hinaus. Im gleichen Augenblicke wird die Tür aufgerissen und Baron Ochs, den die Lakaien vergeblich abzuhalten suchen, tritt ein. Octavian, der mit gesenktem Kopf rasch entwischen wollte, stößt mit ihm zusammen. Octavian drückt sich verlegen an die Wand links von der Türe. Drei Lakaien sind gleichzeitig mit dem Baron eingetreten, stehen ratlos.

DER BARON *mit Grandezza zu den Lakaien*
Selbstverständlich empfängt mich Ihre Gnaden.
Er geht nach vorne, die Lakaien zu seiner Linken suchen ihm den Weg zu vertreten.

DER BARON *zu Octavian mit Interesse*
Pardon, mein hübsches Kind!
Octavian dreht sich verlegen gegen die Wand.
DER BARON *mit Grazie und Herablassung*
Ich sag: Pardon, mein hübsches Kind.
Marschallin sieht über die Schulter, steht dann auf, kommt dem Baron entgegen.
DER BARON *galant zu Octavian*
Ich hab Ihr doch nicht ernstlich weh getan?
DIE LAKAIEN *zupfen den Baron*
Ihre fürstliche Gnaden!
Der Baron macht die französische Reverenz mit zwei Wiederholungen.
MARSCHALLIN
Euer Liebden sehen vortrefflich aus.
DER BARON *verneigt sich nochmals, dann zu den Lakaien*
Sieht Er jetzt wohl, daß Ihre Gnaden entzückt ist, mich zu sehen?
Auf die Marschallin zu, mit weltmännischer Leichtigkeit, indem er ihr die Hand reicht und sie vorführt
Und wie sollte Euer Gnaden nicht.
Was tut die frühe Stunde unter Personen von Stand?
Hab ich nicht seinerzeit wahrhaftig Tag für Tag
unserer Fürstin Brioche meine Aufwartung gemacht,
da sie im Bad gesessen ist,
mit nichts als einem kleinen Wandschirm zwischen ihr und mir.
Ich muß mich wundern,
Zornig umschauend
wenn Euer Gnaden Livree –
MARSCHALLIN
Verzeihen Sie,
man hat sich betragen, wie es befohlen,
ich hatte diesen Morgen die Migräne.
Auf einen Wink der Marschallin haben die Lakaien ein kleines Sofa und einen Armstuhl nach vorne gebracht und sind dann abgegangen.
Der Baron sieht öfters nach rückwärts.

Octavian ist an der Wand gegen den Alkoven hin geschlichen, macht sich möglichst unsichtbar beim Bett zu schaffen. Marschallin setzt sich auf das Sofa, nachdem sie dem Baron den Platz auf dem Armstuhl angeboten hat.

DER BARON *versucht sich zu setzen, äußerst okkupiert von der Anwesenheit der hübschen Kammerzofe. Für sich*

Ein hübsches Kind! Ein gutes, sauberes Kinderl!

MARSCHALLIN *aufstehend, ihm zeremoniös aufs neue seinen Platz anbietend*

Ich bitte, Euer Liebden.

Der Baron setzt sich zögernd und bemüht sich, der hübschen Zofe nicht völlig den Rücken zu kehren.

MARSCHALLIN

Ich bin auch jetzt noch nicht ganz wohl.
Der Vetter wird darum vielleicht die Gnade haben –

DER BARON

Natürlich.

Er dreht sich um, um Octavian zu sehen.

MARSCHALLIN

Meine Kammerzofe, ein junges Kind vom Lande.
Ich muß fürchten, sie inkommodiert Euer Liebden.

DER BARON

Ganz allerliebst! Wie? Nicht im geringsten! Mich? Im Gegenteil!

Er winkt Octavian mit der Hand, dreht sich dann zur Marschallin

Euer Gnaden werden vielleicht verwundert sein,
daß ich als Bräutigam
Sieht sich um indes – inzwischen –

MARSCHALLIN

Als Bräutigam?

DER BARON

Ja, wie Euer Gnaden denn doch wohl aus meinem Brief genugsam –
ein Grasaff, appetitlich, keine fünfzehn Jahr!

MARSCHALLIN

Der Brief, natürlich, ja, der Brief, wer ist denn nur die Glückliche,
ich habe den Namen auf der Zunge.

DER BARON

Wie?

Nach rückwärts

Pudeljung! Gesund! Gewaschen! Allerliebst!

MARSCHALLIN

Wer ist nur schnell die Braut?

DER BARON

Das Fräulein Faninal. Ich hab Euer Gnaden den Namen nicht verheimlicht.

MARSCHALLIN

Natürlich! Wo habe ich meinen Kopf. Bloß die Familie. Sinds keine Hiesigen?

Octavian macht sich mit dem Servierbrett zu tun, wodurch er noch mehr hinter den Rücken des Barons kommt.

DER BARON

Jawohl, Euer Gnaden, es sind Hiesige.
Ein durch die Gnade Ihrer Majestät Geadelter.
Er hat die Lieferung für die Armee, die in den Niederlanden steht.

Marschallin bedeutet Octavian ungeduldig mit den Augen, er soll sich fortmachen.

DER BARON *mißversteht ihre Miene völlig*

Ich seh, Euer Gnaden runzeln Dero schöne Stirn ob der Mesalliance.
Allein, daß ich es sag, das Mädchen ist für einen Engel hübsch genug.
Kommt frischwegs aus dem Kloster. Ist das einzige Kind.
Dem Mann gehören zwölf Häuser auf der Wied'n, nebst dem Palais am Hof,
und seine Gesundheit soll nicht die beste sein.

MARSCHALLIN

Mein lieber Vetter, ich kapier schon, wieviels geschlagen hat.

Winkt Octavian, den Rückzug zu nehmen.

DER BARON

Und mit Verlaub von Euer fürstlichen Gnaden,
ich dünke mir guts adeliges Blut genug im Leib zu haben für ihrer Zwei.

Man bleibt doch schließlich, was man ist, corpo di Bacco!
Den Vortritt, wo er ihr gebührt, wird man der Frau Gemahlin
noch zu verschaffen wissen, und was die Kinder anlangt, wenn sie denen
den goldnen Schlüssel nicht konzedieren werden –
va bene!
Werden sich mit den zwölf eisernen Schlüsseln
zu den zwölf Häusern auf der Wied'n zu getrösten wissen.

MARSCHALLIN

Gewiß! O sicherlich, dem Vetter seine Kinder,
die werden keine Don Quixotten sein!
Octavian will mit dem Servierbrett rückwärts vorbei zur Türe hin.

DER BARON

Warum hinaus die Schokolad! Geruhen nur!
Da! Pst, wieso denn!
Octavian steht unschlüssig, das Gesicht abgewendet.

MARSCHALLIN

Fort, geh Sie nur!

DER BARON

Wenn ich Euer Gnaden gesteh,
daß ich noch so gut wie nüchtern bin.

MARSCHALLIN *resigniert*

Mariandl, komm Sie her. Servier Sie Seiner Liebden.
Octavian kommt, serviert.

DER BARON *nimmt eine Tasse, bedient sich*

So gut wie nüchtern, Euer Gnaden. Sitz im Reisewagen seit fünf Uhr früh.
Leise
Recht ein gestelltes Ding! Bleib Sie dahier, mein Herz. Ich hab Ihr was zu sagen.
Meine ganze Livree, Stallpagen, Jäger, alles –
Er frißt
alles unten im Hof zusamt meinem Almosenier –

MARSCHALLIN *zu Octavian*

Geh Sie nur.

DER BARON

Hat Sie doch ein Biskoterl? Bleib Sie doch!
Leise
Sie ist ein süßer Engelsschatz, ein sauberer.
Zur Marschallin
Sind auf dem Wege zum »Weißen Roß«,
wo wir logieren, heißt bis übermorgen –
Halblaut
Ich gäb was Schönes drum, mit Ihr –
Zur Marschallin sehr laut
bis übermorgen –
Schnell zu Octavian
– unter vier Augen zu scharmutzieren, wie?
Marschallin muß lachen über Octavians freches Komödienspiel.

DER BARON

Dann ziehen wir ins Palais von Faninal.
Natürlich muß ich vorher den Bräutigamsaufführer –
Nach rückwärts, wütend
will Sie denn nicht warten? –
an die wohlgeborne Jungfer Braut deputieren,
der die silberne Rose überbringt
nach der hochadeligen Gepflogenheit.

MARSCHALLIN

Und wen von der Verwandtschaft haben Euer Liebden
für dieses Ehrenamt sich ausersehen?

DER BARON

Die Begierde, darüber Euer Gnaden Ratschlag einzuholen,
hat mich so kühn gemacht, in Reisekleidern bei Dero heutigem Lever –

MARSCHALLIN

Von mir?

DER BARON

Gemäß brieflich in aller Devotion getaner Bitte.
Ich bin doch nicht so unglücklich mit dieser devotesten Supplik Dero Mißfallen –
Lehnt sich zurück
Sie könnte aus mir machen, was Sie wollte.
Sie hat das Zeug dazu!

MARSCHALLIN
Wie denn, natürlich! Einen Aufführer
für Euer Liebden ersten Bräutigamsbesuch,
aus der Verwandtschaft – wen denn nur? Ich werde –
den Vetter Jörger? Wie? Den Vetter Lamberg?

DER BARON
Dies liegt in Euer Gnaden allerschönsten Händen.

MARSCHALLIN
Ganz gut. Will Er mit mir zu Abend essen, Vetter?
Sagen wir morgen, will Er? Dann proponier ich Ihm einen.

DER BARON
Euer Gnaden sind die Herablassung selber.

MARSCHALLIN *will aufstehen*
Indes –

DER BARON *halblaut*
Daß Sie mir wiederkommt! Ich geh nicht eher fort!

MARSCHALLIN *für sich*
Oho!
Laut
Bleib Sie nur da! Kann ich dem Vetter
für jetzt noch dienlich sein?

DER BARON
Ich schäme mich bereits.
An Euer Gnaden Notari eine Rekommandation
wär mir lieb.
Es handelt sich um den Ehevertrag.

MARSCHALLIN
Mein Notari kommt öfters des Morgens. Schau Sie doch, Mariandel,
ob er nicht in der Antichambre ist und wartet.

DER BARON
Wozu das Kammerzofel?
Euer Gnaden beraubt sich der Bedienung
um meinetwillen!
Hält sie auf.

MARSCHALLIN
Laß Er doch, Vetter, sie mag ruhig gehen.

DER BARON

Das geb ich nicht zu. Bleib Sie dahier zu Ihrer Gnaden Wink.
Es kommt gleich wer von der Livree herein,
ich ließ ein solches Goldkind, meiner Seel,
nicht unter das infame Lakaienvolk.
Streichelt sie.

MARSCHALLIN

Euer Liebden sind allzu besorgt.
Der Haushofmeister tritt ein.

DER BARON

Da, hab ichs nicht gesagt?
Er wird Euer Liebden zu melden haben.

MARSCHALLIN *zum Haushofmeister*

Struhan, hab ich meinen Notari in der Vorkammer warten?

HAUSHOFMEISTER

Fürstliche Gnaden haben den Notari,
dann den Verwalter, dann den Kuchelchef,
dann, von Exzellenz Silva hergeschickt,
ein Sänger mit einem Flötisten.
Ansonsten das gewöhnliche Bagagi.

DER BARON *hat seinen Stuhl hinter den breiten Rücken des Haushofmeisters geschoben, ergreift zärtlich die Hand der vermeintlichen Zofe*

Hat Sie schon einmal
mit einem Kavalier im Tête-à-tête
zu Abend 'gessen?
Octavian tut sehr verlegen.

DER BARON

Nein? Da wird Sie Augen machen.

OCTAVIAN *leise, verschämt*

I weiß halt nit; ob i dös derf.
Marschallin, dem Haushofmeister unaufmerksam zuhörend, beobachtet die beiden, muß leise lachen.
Haushofmeister verneigt sich, tritt zurück, wodurch die Gruppe für den Blick der Marschallin frei wird.

MARSCHALLIN *zum Haushofmeister*
Warten lassen.
Haushofmeister ab.
Der Baron setzt sich möglichst unbefangen zurecht und nimmt eine gravitätische Miene an.
MARSCHALLIN *lachend*
Der Vetter ist, ich seh, kein Kostverächter.
DER BARON *erleichtert*
Mit Euer Gnaden ist man frei daran. Da gibts keine Flausen, keine Etikette!
keine spanische Tuerei!
Er küßt der Marschallin die Hand.
MARSCHALLIN *amüsiert*
Aber wo Er doch ein Bräutigam ist?
DER BARON *halb aufstehend, ihr genähert*
Macht das einen lahmen Esel aus mir?
Bin ich da nicht wie ein guter Hund auf einer guten Fährte?
Und doppelt scharf auf jedes Wild nach links, nach rechts!
MARSCHALLIN
Ich seh, Euer Liebden betreiben es als Profession.
DER BARON *stehend*
Das will ich meinen,
Wüßte nicht, welche mir besser behagen könnte.
Ich muß Euer Gnaden sehr bedauern,
daß Euer Gnaden nur – wie drück ich mich aus –
nur die verteidigenden Erfahrungen besitzen!
Parole d'honneur! Es geht nichts über die von der anderen Seite!
MARSCHALLIN *lacht*
Ich glaub ihm schon, daß die sehr mannigfaltig sind.
DER BARON
Soviel Zeiten das Jahr, soviel Stunden der Tag, da ist keine –
MARSCHALLIN
Keine?
DER BARON
Wo nicht –
MARSCHALLIN
Wo nicht?

DER BARON

Wo nicht dem Knaben Kupido
ein Geschenkerl abzulisten wäre.
Dafür ist man kein Auerhahn und kein Hirsch,
sondern ist man der Herr der Schöpfung,
daß man nicht nach dem Kalender forciert ist, halten zu Gnaden!
Zum Exempel der Mai ist recht lieb für verliebte Geschäft',
das weiß jedes Kind,
aber ich sage:
Schöner ist Juni, Juli, August.
Da hats Nächte!
Da ist bei uns da droben so ein Zuzug
von jungen Mägden aus dem Böhmischen herüber:
Zur Ernte kommen sie und sind ansonsten anstellig und gut –
Ihrer zwei, dreie halt ich oft
bis im November mir im Haus,
dann erst schick ich sie heim.
Und wie sich das mischt,
das junge runde böhmische Völkel,
süß und schwer,
mit denen von uns, dem deutschen Schlag,
der scharf ist und herb wie ein Retzer Wein.
Wie sich das miteinander mischen tut!
Und überall steht was und lauert und rutscht durch den Gattern
und schlieft zueinander und liegt beieinander
und überall singt was
und schupft was die Hüften
und melkt was
und mäht was
und planscht und plätschert was im Bach und in der Pferdeschwemm.

MARSCHALLIN

Und Er ist überall dahinter her?

DER BARON

Wollt ich könnt sein wie Jupiter selig

in tausend Gestalten,
wär Verwendung für jede.

MARSCHALLIN

Wie, auch für den Stier? So grob will Er sein?

DER BARON

Je nachdem! alls je nachdem!
Das Frauenzimmer hat gar vielerlei Arten,
wie es will genommen sein.
Da kenn ich mich aus, halten zu Gnaden!
Da ist das arme Waserl,
steht da, als könnt sie nicht bis fünfe zählen,
und ist, halten zu Gnaden, schon die Rechte, wenns drauf ankommt.
Und da ist, die kichernd und schluchzend den Kopf verliert,
die hab ich gern!
Und die herentgegen,
der sitzt im Aug ein kalter, harter Satan,
aber trifft sich schon ein Stündl, wo so ein Aug ins Schwimmen kommt.
Und wenn derselbige innerliche Satan läßt erkennen,
daß jetzt bei ihm Matthäi am letzten ist,
gleich einem abgeschlagenen Karpfen,
das ist schon, mit Verlaub, ein feines Stück.
Kann nicht genug dran kriegen!

MARSCHALLIN

Er selber ist ein Satan, meiner Seel!

DER BARON

Und wäre eine, haben die Gnad,
die keiner anschaut
im schmutzigen Kittel, haben die Gnad, schlumpt sie daher,
hockt in der Aschen hinterm Herd,
die wo einer zur richtigen Stund sie angeht,
die hats in sich! Die hats in sich!
Ein solches Staunen! gar nicht Begreifenkönnen!
und Angst! und auf die letzt so eine rasende Seligkeit,
daß sich der Herr, der gnädige Herr!
herabgelassen gar zu ihrer Niedrigkeit.

MARSCHALLIN
Er weiß mehr als das ABC.

DER BARON
Da gibt es, die wollen beschlichen sein,
sanft wie der Wind das frisch gemähte Heu beschleicht.
Und welche – da gilts,
wie ein Luchs hinterm Rücken heran
und den Melkstuhl gepackt,
daß sie taumelt und hinschlägt!
Muß halt ein Heu in der Nähe dabei sein.

MARSCHALLIN
Nein! Er agiert mir gar zu gut!
Laß Er mir doch das Kind!

DER BARON *nimmt wieder würdevolle Haltung an*
Geben mir Euer Gnaden den Grasaff da
zu meiner künftgen Frau Gemahlin Bedienung.

MARSCHALLIN
Wie, meine Kleine da? Was sollte die?
Die Fräulein Braut wird schon versehen sein
und nicht anstehn auf Euer Liebden Auswahl.

DER BARON
Das ist ein feines Ding! Kreuzsakerlott!
Da ist ein Tropf gutes Blut dabei!

MARSCHALLIN
Euer Liebden haben ein scharfes Auge!

DER BARON
Geziemt sich.
Vertraulich
Find in der Ordnung, daß Personen von Stand in solcher Weise von adeligem Blut bedienet werden,
führe selbst ein Kind meiner Laune mit mir.

MARSCHALLIN
Wie? Gar ein Mädel? Das will ich nicht hoffen!

DER BARON
Nein, einen Sohn: trägt lerchenauisches Gepräge im Gesicht.
Halt ihn als Leiblakai.
Wenn Euer Gnaden dann werden befehlen,

daß ich die silberne Rosen darf Dero Händen übergeben,
wird er es sein, der sie heraufbringt.

MARSCHALLIN
Soll mich recht freuen. Aber wart Er einmal. Mariandel!

DER BARON
Geben mir Euer Gnaden das Zofel! Ich laß nicht locker.

MARSCHALLIN
Ei! Geh Sie und bring Sie doch das Medaillon her.

OCTAVIAN *leise*
Theres! Theres, gib acht!

MARSCHALLIN *ebenso*
Brings nur schnell! Ich weiß schon, was ich tu.

DER BARON *Octavian nachsehend*
Könnt eine junge Fürstin sein.
Hab vor, meiner Braut eine getreue Kopie
meines Stammbaumes zu spendieren
nebst einer Locke vom Ahnherrn Lerchenau, der ein großer Klosterstifter war
und Obersterblandhofmeister in Kärnten
und in der Windischen Mark.
Octavian bringt das Medaillon.

MARSCHALLIN
Wollen Euer Gnaden leicht den jungen Herrn da
als Bräutigamsaufführer haben?

DER BARON
Bin ungeschauter einverstanden.

MARSCHALLIN
Mein junger Vetter, der Graf Octavian.

DER BARON
Octavian –

MARSCHALLIN
Rofrano, des Herrn Marchese zweiter Bruder.

DER BARON
Wüßte keinen vornehmeren zu wünschen!
Wär in Devotion dem jungen Herrn sehr verbunden!

MARSCHALLIN
Seh Er ihn an!
Hält ihm das Medaillon hin.

DER BARON *sieht bald auf das Medaillon, bald auf die Zofe*
Die Ähnlichkeit!

MARSCHALLIN
Ja, ja.

DER BARON
Aus dem Gesicht geschnitten!

MARSCHALLIN
Hab mir auch schon Gedanken gemacht.

DER BARON
Rofrano! Da ist man wer, wenn man aus solchem Haus!
und wärs auch bei der Domestikentür.

MARSCHALLIN
Darum halt ich sie auch wie was Besonderes.

DER BARON
Geziemt sich.

MARSCHALLIN
Immer um meine Person.

DER BARON
Sehr wohl.

MARSCHALLIN
Jetzt aber geh Sie, Mariandel, mach Sie fort.

DER BARON
Wie denn? Sie kommt doch wieder?

MARSCHALLIN *überhört ihn absichtlich*
Und laß Sie die Antichambre herein.
Octavian geht gegen die Flügeltür rechts.

DER BARON *ihm nach*
Mein schönstes Kind!

OCTAVIAN *an der Türe rechts*
Derfts eina gehn!
Läuft nach der anderen Türe.

DER BARON *ihm nach*
Ich bin Ihr Serviteur! Geb Sie doch einen Augenblick Audienz.

OCTAVIAN *schlägt ihm die kleine Tür vor der Nase zu*
I komm glei.
Im gleichen Augenblick tritt eine alte Kammerfrau durch die gleiche Türe ein. Baron zieht sich enttäuscht zurück. Zwei Lakaien

kommen von rechts herein, bringen einen Wandschirm aus dem Alkoven. Die Marschallin tritt hinter den Wandschirm, die alte Kammerfrau mit ihr. Der Frisiertisch wird vorgeschoben in die Mitte. Lakaien öffnen die Flügeltüren rechts. Es treten ein: der Notar, der Küchenchef, hinter diesen ein Küchenjunge, der das Menübuch trägt. Dann die Marchande de Modes, ein Gelehrter mit einem Folianten und der Tierhändler mit winzig kleinen Hunden und einem Äffchen. Valzacchi und Annina hinter diesen rasch gleitend, nehmen den vordersten Platz links ein. Die adelige Mutter mit ihren drei Töchtern, alle in Trauer, stellen sich an den rechten Flügel. Der Haushofmeister führt den Tenor und den Flötisten nach vorne. Baron, rückwärts, winkt einen Lakaien zu sich, gibt ihm einen Auftrag, zeigt: »Hier durch die Hintertür.«

DIE DREI ADELIGEN TÖCHTER *indem sie niederknien*

Drei arme adelige Waisen
erflehen Dero hohen Schutz!

MARCHANDE DE MODES

Le Chapeau Paméla! La poudre à la reine de Golconde!

DER TIERHÄNDLER

Schöne Affen, wenn Durchlaucht schaffen,
auch Vögel hab ich da, aus Afrika.

DIE DREI WAISEN

Der Vater ist jung auf dem Felde der Ehre gefallen,
ihm dieses nachzutun, ist unser Herzensziel.

MARCHANDE DE MODES

Le chapeau Paméla! C'est la merveille du monde!

TIERHÄNDLER

Papageien hätt ich da
Aus Indien und Afrika.
Hunderln so klein
und schon zimmerrein.
Marschallin tritt hervor, alles verneigt sich tief.
Baron ist links vorgekommen.

MARSCHALLIN

Ich präsentier Euer Liebden hier den Notar.
Notar tritt mit Verneigung gegen den Frisiertisch, wo sich die Marschallin niedergelassen, zum Baron links. Marschallin winkt

die jüngste der drei Waisen zu sich, läßt sich vom Haushofmeister einen Geldbeutel reichen, gibt ihn dem Mädchen, indem sie es auf die Stirne küßt. Gelehrter will vortreten, seinen Folianten überreichen. Valzacchi springt vor, drängt ihn zur Seite.

VALZACCHI *ein schwarzgerändertes Zeitungsblatt hervorziehend*
Die swarze Seitung! Fürstlike Gnade!
alles 'ier ge'eim gesrieben!
nur für 'ohe Persönlikeite!
eine Leikname in 'interkammer
von eine gräflike Palais!
ein Bürgersfrau mit der amante
vergiften der Hehemann!
diese Nackt um dreie Huhr!

MARSCHALLIN
Laß Er mich mit dem Tratsch in Ruh!

VALZACCHI
In Gnaden!
tutte quante Vertraulikeite
aus die große Welt!

MARSCHALLIN
Ich will nix wissen!
Valzacchi mit bedauernder Verbeugung springt zurück. Die drei Waisen, zuletzt auch die Mutter, haben der Marschallin die Hand geküßt.

DIE DREI WAISEN *zum Abgehen rangiert*
Glück und Segen allerwegen Euer Gnaden hohem Sinn!
Eingegraben steht erhaben er in unsern Herzen drin!
Gehen ab samt der Mutter.
Der Friseur tritt hastig auf, der Gehilfe stürzt ihm mit fliegenden Rockschößen nach. Der Friseur faßt die Marschallin ins Auge; verdüstert sich, tritt zurück; er studiert ihr heutiges Aussehen. Der Gehilfe indessen packt aus, am Frisiertisch. Der Friseur schiebt einige Personen zurück, sich Spielraum zu schaffen. Nach einer kurzen Überlegung ist sein Plan gefaßt, er eilt mit Entschlossenheit auf die Marschallin zu, beginnt zu frisieren. Ein Lauffer in Rosa, Schwarz und Silber tritt auf, überbringt ein Billett. Haushofmeister mit Silbertablett ist schnell zur Hand, prä-

sentiert es der Marschallin. Friseur hält inne, sie lesen zu lassen. Gehilfe reicht ihm ein neues Eisen. Friseur schwenkt es: es ist zu heiß. Gehilfe reicht ihm, nach fragendem Blick auf die Marschallin, die nickt, das Billett, das er lächelnd verwendet, um das Eisen zu kühlen. Gleichzeitig hat sich der Sänger in Position gestellt, hält das Notenblatt. Flötist sieht ihm, begleitend, über die Schultern.

Drei Lakaien haben rechts ganz vorne Stellung genommen, andere stehen im Hintergrund.

DER SÄNGER

Di rigori armato il seno
Contro amor mi ribellai
Ma fui vinto in un baleno
In mirar due vaghi rai.
Ahi! che resiste puoco
Cor di gelo a stral di fuoco.

Der Friseur übergibt dem Gehilfen das Eisen und applaudiert dem Sänger. Dann fährt er im Arrangement des Lockenbaues fort.

Ein Bedienter hat indessen bei der kleinen Tür den Kammerdiener des Barons, den Almosenier und den Jäger eingelassen.

Es sind drei bedenkliche Gestalten. Der Kammerdiener ist ein junger, großer Lümmel, der dumm und frech aussieht. Er trägt unter dem Arm ein Futteral aus rotem Saffian. Der Almosenier ist ein verwilderter Dorfkooperator, ein vier Schuh hoher, aber stark und verwegen aussehender Gnom. Der Leibjäger mag, bevor er in die schlecht sitzende Livree gesteckt wurde, Mist geführt haben. Der Almosenier und der Kammerdiener scheinen sich um den Vortritt zu streiten und steigen einander auf die Füße. Sie steuern längs der linken Seite auf ihren Herrn zu, in dessen Nähe sie haltmachen.

DER BARON *sitzend zum Notar, der vor ihm steht, seine Weisungen entgegennimmt*

Als Morgengabe – ganz separatim jedoch
und vor der Mitgift – bin ich verstanden, Herr Notar? –
kehrt Schloß und Herrschaft Gaunersdorf an mich zurück!
Von Lasten frei und ungemindert an Privilegien,
so wie mein Vater selig sie besessen hat.

NOTAR *kurzatmig*

Gestatten Hochfreiherrliche Gnaden die submisseste Belehrung,
daß eine Morgengabe wohl vom Gatten an die Gattin,
nicht aber von der Gattin an den Gatten
bestellet oder stipuliert zu werden fähig ist.

DER BARON

Das mag wohl sein.

NOTAR

Dem ist so –

DER BARON

Aber im besondren Fall –

NOTAR

Die Formen und die Präskriptionen kennen keinen Unterschied.

DER BARON *schreit*

Haben ihn aber zu kennen!

NOTAR *erschrocken*

In Gnaden!

DER BARON *wieder leise, aber eindringlich und voll hohen Selbstgefühls*

Wo eines hochadeligen Hauses blühender Sproß sich herabläßt,
im Ehebette einer so gut als bürgerlichen Mamsell Faninal
– bin ich verstanden? – acte de présence zu machen
vor Gott und der Welt und sozusagen
angesichts Kaiserlicher Majestät –
da wird, corpo di Bacco! von Morgengabe
als geziemendem Geschenk dankbarer Devotion
für die Hingab so hohen Blutes
sehr wohl die Rede sein.

Sänger macht Miene, wieder anzufangen, wartet noch, bis der Baron still wird.

NOTAR *zum Baron leise*

Vielleicht, daß man die Sache separatim –

DER BARON *leise*

Er ist ein schmählicher Pedant: als Morgengabe will ich das Gütel!

NOTAR *ebenso*

Als einen wohl verklausulierten Teil der Mitgift –

DER BARON *halblaut*

Als Morgengabe! geht das nicht in Seinen Schädel!

NOTAR *ebenso*

Als eine Schenkung inter vivos oder –

DER BARON *schreiend*

Als Morgengabe!

DER SÄNGER *während des Gesprächs der beiden*

Ma si caro è'l mio tormento
Dolce è si la piaga mia
Ch'il penare è mio contento
E 'l sanarmi è tirannia.
Ahi! che resiste puoco –

Hier erhebt der Baron seine Stimme so, daß der Sänger jäh abbricht, desgleichen die Flöte.

Notar zieht sich erschrocken in die Ecke zurück.

Marschallin winkt den Sänger zu sich, reicht ihm die Hand zum Kuß. Sänger nebst Flöte ziehen sich unter tiefen Verbeugungen zurück.

Der Baron tut, als ob nichts geschehen wäre, winkt dem Sänger leutselig zu, tritt dann zu seiner Dienerschaft; streicht dem Leiblakai die bäurisch in die Stirn gekämmten Haare hinaus; geht dann, als suchte er jemand, zur kleinen Tür, öffnet sie, spioniert hinaus, ärgert sich, daß die Zofe nicht zurückkommt; ärgert sich, schnüffelt gegens Bett, schüttelt den Kopf, kommt wieder vor.

MARSCHALLIN *sieht sich in dem Handspiegel, halblaut*

Mein lieber Hippolyte,
heut haben Sie ein altes Weib aus mir gemacht!

Der Friseur, mit Bestürzung, wirft sich fieberhaft auf den Lokkenbau der Marschallin und verändert ihn aufs neue. Das Gesicht der Marschallin bleibt traurig.

MARSCHALLIN *über die Schulter zum Haushofmeister*

Abtreten die Leut!

Vier Lakaien, eine Kette bildend, schieben die aufwartenden Personen zur Tür hinaus, die sie dann verschließen.

Valzacchi, hinter ihm Annina, haben sich im Rücken aller rings um die Bühne zum Baron hinübergeschlichen und präsentieren sich ihm mit übertriebener Devotion. Baron tritt zurück.

VALZACCHI

Ihre Gnade sukt etwas. Ik seh.
Ihre Gnade 'at ein Bedürfnis.
Ik kann dienen. Ik kann besorgen.

DER BARON

Wer ist Er, was weiß Er?

VALZACCHI

Ihre Gnade Gesikt sprikt ohne Sunge.
Wie ein Hantike: come statua die Giove.

DER BARON

Das ist ein besserer Mensch.

VALZACCHI

Erlaukte Gnade, attachieren uns an sein Gefolge!
Fällt auf die Knie, desgleichen Annina.

DER BARON

Euch?

VALZACCHI

Onkel und Nickte.
Su sweien maken alles besser.
Per esempio: Ihre Gnade 'at eine junge Frau –

DER BARON

Woher weiß Er denn das, Er Teufel Er?

VALZACCHI *eifrig*

Ihr' Gnad' ist in Eifersukt: dico per dire!
'eut oder morgen könnte sein. Affare nostro!
Jede Sritt die Dame sie tut,
jede Wagen die Dame sie steigt,
jede Brief die Dame bekommt –
wir sind da!
an die Ecke, in die Kamin, unter die Bette –
wir sind da!

ANNINA

Ihre Gnaden wird nicht bedauern!
Halten ihm die Hände hin, Geld erheischend; er tut, als bemerke er es nicht.

DER BARON *halblaut*

Hm! Was es alles gibt in diesem Wien!
Zur Probe nur. Kennt Sie die Jungfer Mariandel?

ANNINA *ebenso*
Mariandel?

DER BARON *ebenso*
Das Zofel hier im Haus bei ihrer Gnaden.

VALZACCHI *leise zu Annina*
Sai tu, cosa vuole?

ANNINA *ebenso*
Niente!

VALZACCHI *zum Baron*
Sicker! Sicker! Mein Nickte wird besorgen!
Seien sicker, Ihre Gnade.
Hält abermals die Hand hin, Baron tut, als sähe er es nicht. Marschallin ist aufgestanden. Friseur nach tiefer Verneigung eilt ab, Gehilfe hinter ihm.

DER BARON *die beiden Italiener stehen lassend, auf die Marschallin zu*
Darf ich das Gegenstück zu Dero sauberem Kammerzofel präsentieren?
Die Ähnlichkeit soll, hör ich, unverkennbar sein.
Marschallin nickt.

DER BARON
Leupold, das Futteral.
Der junge Kammerlakai präsentiert linkisch das Futteral.

MARSCHALLIN *ein bißchen lachend*
Ich gratuliere Euer Liebden sehr.

DER BARON *nimmt dem Burschen das Futteral aus der Hand und winkt ihm zurückzutreten*
Und da ist nun die silberne Rose!
Wills aufmachen.

MARSCHALLIN
Lassen nur drinnen.
Haben die Gnad und stellens dorthin.

DER BARON
Vielleicht das Zofel solls übernehmen?
Ruft man ihr?

MARSCHALLIN
Nein, lassen nur. Die hat jetzt keine Zeit.
Doch sei Er sicher: den Grafen Octavian bitt ich Ihm auf

und er wird mir zulieb schon tun
und als Euer Liebden Kavalier
vorfahren mit der Rosen bei der Jungfer Braut.
Stellen indes nur hin.
Und jetzt, Herr Vetter, sag ich Ihm Adieu.
Man retiriert sich jetzt von hier:
Ich werd jetzt in die Kirchen gehn.
Lakaien öffnen die Flügeltür.

DER BARON
Euer Gnaden haben heut
durch unversiegte Huld mich tiefst beschämt.
Macht die Reverenz; entfernt sich unter Zeremoniell.
Der Notar hinter ihm, auf seinen Wink. Seine drei Leute hinter diesem, in mangelhafter Haltung. Die beiden Italiener, lautlos und geschmeidig, schließen sich unbemerkt an. Lakaien schließen die Tür. Haushofmeister tritt ab.

MARSCHALLIN *allein*
Da geht er hin, der aufgeblasene, schlechte Kerl,
und kriegt das hübsche, junge Ding und einen Binkel Geld dazu,
als müßts so sein.
Und bildet sich noch ein, daß ers ist, der sich was vergibt.
Was erzürn ich mich denn? ist doch der Lauf der Welt.
Kann mich auch an ein Mädel erinnern,
die frisch aus dem Kloster ist in den heiligen Ehestand kommandiert wordn.
Nimmt den Handspiegel
Wo ist die jetzt? Ja, such dir den Schnee vom vergangenen Jahr.
Das sag ich so:
Aber wie kann das wirklich sein,
daß ich die kleine Resi war
und daß ich auch einmal die alte Frau sein werd!...
Die alte Frau, die alte Marschallin!
»Siehgst es, da gehts', die alte Fürstin Resi!«
Wie kann denn das geschehen?
Wie macht denn das der liebe Gott?
Wo ich doch immer die gleiche bin.

Und wenn ers schon so machen muß,
warum laßt er mich denn zuschaun dabei
mit gar so klarem Sinn? Warum versteckt ers nicht vor mir?
Das alles ist geheim, so viel geheim.
Und man ist dazu da, daß mans ertragt.
Und in dem »Wie« da liegt der ganze Unterschied –
Octavian tritt von rechts ein, in einem Morgenanzug mit Reitstiefeln.

MARSCHALLIN *mit halbem Lächeln*
Ach, du bist wieder da!

OCTAVIAN
Und du bist traurig!

MARSCHALLIN
Es ist ja schon vorbei. Du weißt ja, wie ich bin.
Ein halbes Mal lustig, ein halbes Mal traurig.
Ich kann halt meine Gedanken nicht kommandieren.

OCTAVIAN
Ich weiß, warum du traurig bist, du Schatz.
Weil du erschrocken bist und Angst gehabt hast.
Hab ich nicht recht? Gesteh mir nur:
Du hast Angst gehabt,
du Süße, du Liebe.
Um mich, um mich!

MARSCHALLIN
Ein bißl vielleicht.
Aber ich hab mich erfangen und hab mir vorgesagt: Es wird schon nicht dafür stehn.
Und wärs dafür gestanden?

OCTAVIAN
Und es war kein Feldmarschall.
Nur ein spaßiger Herr Vetter und du gehörst mir.
Du gehörst mir!

MARSCHALLIN
Taverl, umarm Er nicht zu viel:
Wer allzuviel umarmt, der hält nichts fest.

OCTAVIAN
Sag, daß du mir gehörst! Sag, daß du mir gehörst!

MARSCHALLIN
Oh, sei Er jetzt sanft, sei Er gescheit und sanft und gut.
Nein, bitt schön, sei Er nicht wie alle Männer sind.
OCTAVIAN
Wie alle Männer?
MARSCHALLIN
Wie der Feldmarschall und der Vetter Ochs.
Sei Er nur nicht wie alle Männer sind.
OCTAVIAN *zornig*
Ich weiß nicht, wie alle Männer sind.
Sanft
Weiß nur, daß ich die liebhab,
Bichette, sie haben mir dich ausgetauscht.
Bichette, wo ist Sie denn?
MARSCHALLIN *ruhig*
Sie ist wohl da, Herr Schatz.
OCTAVIAN
Ja, ist Sie da? Dann will ich Sie halten,
und Sie pressen, daß Sie mir nicht wieder entkommt!
MARSCHALLIN *sich ihm entwindend*
O sei Er gut, Quin-quin. Mir ist zumut,
daß ich die Schwäche von allem Zeitlichen recht spüren muß,
bis in mein Herz hinein:
wie man nichts halten soll,
wie man nichts packen kann,
wie alles zerlauft zwischen den Fingern,
alles sich auflöst, wonach wir greifen,
alles zergeht, wie Dunst und Traum.
OCTAVIAN
Wo Sie mich da hat,
wo ich meine Finger in Ihre Finger schlinge,
wo ich mit meinen Augen Ihre Augen suche,
gerade da ist Ihr so zumut?
MARSCHALLIN *sehr ernst*
Quin-quin, heut oder morgen geht Er hin
und gibt mich auf, um einer andern willen,
Octavian will ihr den Mund zuhalten.
die schöner oder jünger ist als ich.

OCTAVIAN
Willst du mit Worten mich von dir stoßen,
weil dir die Hände den Dienst nicht tun?

MARSCHALLIN
Der Tag kommt ganz von selber. Wer bist denn du?
Ein junger Herr, ein jüngerer Sohn.
Dein Bruder der Chef von deinem Haus.
Wie wird er nicht eine Braut für dich suchen?
Als ob nicht alles auf der Welt
sein' Zeit und sein Gesetzl hätt.
Heut oder morgen kommt der Tag, Octavian.

OCTAVIAN
Nicht heut, nicht morgen: ich hab dich lieb.
Nicht heut, nicht morgen!

MARSCHALLIN
Heut oder morgen oder den übernächsten Tag.
Nicht quälen will ich dich, mein Schatz.
Ich sag, was wahr ist, sags zu mir so gut wie zu dir.
Leicht will ichs machen dir und mir.
Leicht muß man sein:
mit leichtem Herz und leichten Händen,
halten und nehmen, halten und lassen...
Die nicht so sind, die straft das Leben und Gott erbarmt sich ihrer nicht.

OCTAVIAN
Mein Gott, wie Sie das sagt, Sie will mir doch nur zeigen,
daß Sie nicht an mir hängt.
Er weint.

MARSCHALLIN
Sei Er doch gut, Quin-quin.
Er weint stärker.
Sei Er doch gut.
Jetzt muß ich noch den Buben dafür trösten,
daß er mich über kurz oder lang wird sitzenlassen.
Sie streichelt ihn.

OCTAVIAN
Über kurz oder lang!
Wer legt Ihr heut die Wörter in den Mund, Bichette?
Er hält sich die Ohren zu.

MARSCHALLIN

Über kurz oder lang!
Daß Ihn das Wort so kränkt.
Die Zeit im Grund, Quin-quin, die Zeit,
die ändert doch nichts an den Sachen.
Die Zeit, die ist ein sonderbares Ding.
Wenn man so hinlebt, ist sie rein gar nichts.
Aber dann auf einmal,
da spürt man nichts als sie:
sie ist um uns herum, sie ist auch in uns drinnen.
In den Gesichtern rieselt sie, im Spiegel da rieselt sie,
in meinen Schläfen fließt sie.
Und zwischen mir und dir da fließt sie wieder.
Lautlos, wie eine Sanduhr.
O Quin-quin!
Manchmal hör ich sie fließen unaufhaltsam.
Manchmal steh ich auf, mitten in der Nacht,
und laß die Uhren alle stehen.

OCTAVIAN

Mein schöner Schatz, will Sie sich traurig machen mit Gewalt?

MARSCHALLIN

Allein man muß sich auch vor ihr nicht fürchten.
Auch sie ist ein Geschöpf des Vaters,
der uns alle geschaffen hat.

OCTAVIAN

Sie spricht ja heute wie ein Pater.
Eine befangene Stille.
Soll das heißen, daß ich Sie nie mehr
werd küssen dürfen,
bis Ihr der Atem ausgeht?

MARSCHALLIN *sanft*

Quin-quin, Er soll jetzt gehn, Er soll mich lassen.
Ich werd jetzt in die Kirchn gehn
und später fahr ich zum Onkel Greifenklau,
der alt und gelähmt ist,
und eß mit ihm; das freut den alten Mann.
Und nachmittag werd ich Ihm einen Lauffer schicken,

Quin-quin, und sagen lassen,
ob ich in Prater fahr.
Und wenn ich fahr,
und Er hat Lust,
so wird Er auch in Prater kommen
und neben meinem Wagen reiten.
Sei Er jetzt gut und folg Er mir.

OCTAVIAN
Wie Sie befiehlt, Bichette.
Er geht. Eine Pause

MARSCHALLIN *allein*
Ich hab ihn nicht einmal geküßt.
Sie klingelt heftig. Lakaien kommen herein von rechts.

MARSCHALLIN
Laufts dem Herrn Grafen nach
und bittets ihn noch auf ein Wort herauf.
Eine Pause
Ich hab ihn fortgehn lassen und ihn nicht einmal geküßt!
Die Lakaien kommen zurück außer Atem.

ERSTER LAKAI
Der Herr Graf sind auf und davon.

ZWEITER LAKAI
Gleich beim Tor sind aufgesessen.

DRITTER LAKAI
Reitknecht hat gewartet.

VIERTER LAKAI
Gleich beim Tor sind aufgesessen wie der Wind.

ERSTER LAKAI
Waren um die Ecken wie der Wind.

ZWEITER LAKAI
Sind wir nachgelaufen.

DRITTER LAKAI
Haben wir geschrien.

VIERTER LAKAI
War umsonst.

ERSTER LAKAI
Waren um die Ecken wie der Wind.

MARSCHALLIN
Es ist gut, gehts nur wieder.
Die Lakaien ziehen sich zurück.
MARSCHALLIN *ruft nach*
Den Mohammed!
Der kleine Neger herein, klingelnd, verneigt sich.
MARSCHALLIN
Das da trag –
Neger nimmt eifrig das Saffianfutteral.
MARSCHALLIN
Weißt ja nicht wohin. Zum Grafen Octavian.
Gibs ab und sag:
Da drinn ist die silberne Rosn.
Der Herr Graf weiß ohnehin.
Der Neger läuft ab.
Marschallin stützt den Kopf auf die Hand.

Vorhang.

ZWEITER AKT

Saal bei Herrn von Faninal. Mitteltüre nach dem Vorsaal. Türen links und rechts. Rechts auch ein großes Fenster. Zu beiden Seiten der Mitteltüre Stühle an der Wand. In den Ecken jederseits ein großer Kamin.

HERR VON FANINAL *im Begriffe, von Sophie Abschied zu nehmen*
Ein ernster Tag, ein großer Tag!
Ein Ehrentag, ein heiliger Tag!
Sophie küßt ihm die Hand.

MARIANNE LEITMETZERIN, *die Duenna*
Der Josef fahrt vor, mit der neuen Kaross,
hat himmelblaue Vorhäng,
vier Apfelschimmel sind dran.

HAUSHOFMEISTER *nicht ohne Vertraulichkeit*
Ist höchste Zeit, daß Euer Gnaden fahren.
Der hochadelige Bräutigamsvater,
sagt die Schicklichkeit,
muß ausgefahren sein,
bevor der silberne Rosenkavalier vorfahrt.
Wär nicht geziemend,
daß sie sich vor der Tür begegneten.
Lakaien öffnen die Tür.

FANINAL
In Gottesnamen. Wenn ich wiederkomm,
so führ ich deinen Herrn Zukünftigen bei der Hand.

MARIANNE
Den edlen und gestrengen Herrn auf Lerchenau,
Kaiserlicher Majestät Kämmerer
und Landrechts-Beisitzer in Unter-Österreich!
Faninal geht.
Sophie vorgehend, allein, indessen Marianne am Fenster.

MARIANNE *am Fenster*
Jetzt steigt er ein. Der Xaver und der Anton springen hinten auf.

Der Stallpag' reicht dem Josef seine Peitschn.
Alle Fenster sind voller Leut.

SOPHIE *vorne allein*
In dieser feierlichen Stunde der Prüfung,
da du mich, o mein Schöpfer, über mein Verdienst erhöhen
und in den heiligen Ehestand führen willst,
Sie hat große Mühe, gesammelt zu bleiben
opfere ich dir in Demut – in Demut – mein Herz auf.
Die Demut in mir zu erwecken,
muß ich mich demütigen.

MARIANNE *sehr aufgeregt*
Die halbe Stadt ist auf die Füß.
Aus 'm Seminari schaun die Hochwürdigen von die Balkoner.
Ein alter Mann sitzt oben auf der Latern!

SOPHIE *sammelt sich mühsam*
Demütigen und recht bedenken: die Sünde, die Schuld, die Niedrigkeit,
die Verlassenheit, die Anfechtung!
Die Mutter ist tot und ich bin ganz allein.
Für mich selber steh ich ein.
Aber die Ehe ist ein heiliger Stand.

MARIANNE *wie oben*
Er kommt, er kommt in zwei Karossen.
Die erste ist vierspännig, die ist leer. In der zweiten,
sechsspännigen,
sitzt er selber, der Herr Rosenkavalier.

SOPHIE *wie oben*
Ich will mich niemals meines neuen Standes überheben –
Die Stimmen der Lauffer zu dreien vor Octavians
Wagen unten auf der Gasse: Rofrano! Rofrano!
– mich überheben.
Sie hält es nicht aus
Was rufen denn die?

MARIANNE
Den Namen vom Rosenkavalier und alle Namen
von deiner neuen, fürstlich'n und gräflich'n Verwandtschaft rufens aus.

Jetzt rangieren sich die Bedienten.
Die Lakaien springen rückwärts ab!
Die Stimmen der Lauffer zu dreien näher: Rofrano! Rofrano!

SOPHIE
Werden sie mein' Bräutigam sein' Namen
Auch so ausrufen, wenn er angefahren kommt!?
Die Stimmen der Lauffer dicht unter dem Fenster: Rofrano! Rofrano! Rofrano!

MARIANNE
Sie reißen den Schlag auf! Er steigt aus!
Ganz in Silberstück' ist er ang'legt, von Kopf zu Fuß.
Wie ein heiliger Erzengel schaut er aus.
Sie schließt eilig das Fenster.

SOPHIE
Herrgott im Himmel, ja,
ich weiß, der Stolz ist eine schwere Sünd,
aber jetzt kann ich mich nicht demütigen.
Jetzt gehts halt nicht!
Denn das ist ja so schön, so schön!
Lakaien haben schnell die Mitteltüre aufgetan. Herein tritt Octavian, ganz in Weiß und Silber, mit bloßem Kopf, die silberne Rose in der Hand. Hinter ihm seine Dienerschaft in seinen Farben: Weiß mit Blaßgrün. Die Lakaien, die Haiducken, mit krummen, ungarischen Säbeln an der Seite, die Lauffer in weißem, sämischem Leder mit grünen Straußenfedern. Dicht hinter Octavian ein Neger, der Octavians Hut, und ein anderer Lakai, der das Saffianfutteral für die silberne Rose in beiden Händen trägt. Dahinter die Faninalsche Livree.
Octavian, die Rose in der Rechten, geht mit adeligem Anstand auf sie zu, aber sein Knabengesicht ist von seiner Schüchternheit gespannt und gerötet. – Sophie ist vor Aufregung über seine Erscheinung und die Zeremonie leichenblaß. Sie stehen einander gegenüber.

OCTAVIAN *nach einem kleinen Stocken, indem sie einander wechselweise durch ihre Verlegenheit und Schönheit noch verwirrter machen*
Mir ist die Ehre widerfahren,
daß ich der hoch- und wohlgeborenen Jungfer Braut,

in meines Herrn Vetters,
dessen zu Lerchenau Namen,
die Rose seiner Liebe überreichen darf.

SOPHIE *nimmt die Rose*
Ich bin Euer Liebden sehr verbunden.
Ich bin Euer Liebden in aller Ewigkeit verbunden. –
Eine Pause der Verwirrung.

SOPHIE *indem sie an der Rose riecht*
Hat einen starken Geruch. Wie Rosen, wie lebendige.

OCTAVIAN
Ja, ist ein Tropfen persischen Rosenöls darein getan.

SOPHIE
Wie himmlische, nicht irdische, wie Rosen
vom hochheiligen Paradies. Ist Ihm nicht auch?
Octavian neigt sich über die Rose, die sie ihm hinhält; dann richtet er sich wie betäubt auf und sieht auf ihren Mund.

SOPHIE
Ist wie ein Gruß vom Himmel. Ist bereits zu stark!
Zieht einen nach, als lägen Stricke um das Herz.
Wo war ich schon einmal
und war so selig!

OCTAVIAN *zugleich mit ihr wie unbewußt und leiser als sie*
Wo war ich schon einmal
und war so selig?

SOPHIE
Dahin muß ich zurück! und wärs mein Tod.
Wo soll ich hin,
daß ich so selig werd?
Dort muß ich hin und müßt ich sterben auf dem Weg.

OCTAVIAN *die ersten Worte zugleich mit ihren letzten, dann allein*
Ich war ein Bub,
wars gestern oder wars vor einer Ewigkeit.
Da hab ich die noch nicht gekannt.
Die hab ich nicht gekannt?
Wer ist denn die?
Wie kommt sie denn zu mir?
Wer bin denn ich? Wie komm ich denn zu ihr?
Wär ich kein Mann, die Sinne möchten mir vergehn.

Aber ich halt sie fest, ich halt sie fest.
Das ist ein seliger, seliger Augenblick,
den will ich nie vergessen bis an meinen Tod.

Indessen hat sich die Livree Octavians links rückwärts rangiert, die Faninalschen Bedienten mit dem Haushofmeister rechts. Der Lakai Octavians übergibt das Futteral an Marianne. Sophie schüttelt ihre Versunkenheit ab und reicht die Rose der Marianne, die sie ins Futteral schließt. Der Lakai mit dem Hut tritt von rückwärts an Octavian heran und reicht ihm den Hut. Die Livree Octavians tritt ab, während gleichzeitig die Faninalschen Bedienten drei Stühle in die Mitte tragen, zwei für Octavian und Sophie, einen rück- und seitwärts für die Duenna. Zugleich trägt der Faninalsche Haushofmeister das Futteral mit der Rose durch die Mitteltüre ab. Sophie und Octavian stehen einander gegenüber, einigermaßen zur gemeinen Welt zurückgekehrt, aber befangen. Auf eine Handbewegung Sophies nehmen sie beide Platz, desgleichen die Duenna.

SOPHIE
Ich kenn Ihn schon recht wohl.

OCTAVIAN
Sie kennt mich, ma cousine?

SOPHIE
Ja, aus dem Buch, wo die Stammbäumer drin sind, mon cousin.
Dem Ehrenspiegel Österreichs.
Das nehm ich immer abends mit ins Bett
und such mir meine künftige Verwandtschaft drin zusammen.

OCTAVIAN
Tut Sie das, ma cousine?

SOPHIE
Ich weiß, wie alt Euer Liebden sind:
Siebzehn Jahr und zwei Monat.
Ich weiß alle Ihre Taufnamen: Octavian Maria Ehrenreich Bonaventura Fernand Hyazinth.

OCTAVIAN
So gut weiß ich sie selber nicht einmal.

SOPHIE
Ich weiß noch was.
Errötet.

OCTAVIAN
Was weiß Sie noch, sag Sie mirs, ma cousine.

SOPHIE *ohne ihn anzusehen*
Quin-quin.

OCTAVIAN *lacht*
Weiß Sie den Namen auch?

SOPHIE
So nennen Ihn halt seine guten Freund
und schöne Damen, denk ich mir,
mit denen er recht gut ist.
Kleine Pause

SOPHIE *mit Naivität*
Ich freu mich aufs Heiraten! Freut Er sich auch darauf?
Oder hat Er leicht noch gar nicht drauf gedacht, mon cousin?
Denk Er: Ist doch was anders als der ledige Stand.

OCTAVIAN *leise, während sie spricht*
Wie schön sie ist.

SOPHIE
Freilich. Er ist ein Mann, da ist Er, was Er bleibt.
Ich aber brauch erst einen Mann, daß ich was bin.
Dafür bin ich dem Mann dann auch gar sehr verschuldet.

OCTAVIAN *wie oben*
Mein Gott, wie schön und gut sie ist.
Sie macht mich ganz verwirrt.

SOPHIE
Und werd ihm keine Schand nicht machen –
und meinen Rang und Vortritt,
tät eine, die sich besser dünkt als ich,
ihn mir bestreiten
bei einer Kindstauf oder Leich,
so will ich, meiner Seel, ihr schon beweisen,
daß ich die vornehmere bin
und lieber alles hinnehmen
wie Kränkung oder Ungebühr.

OCTAVIAN *lebhaft*
Wie kann Sie denn nur denken,
daß man Ihr mit Ungebühr begegnen wird,
da Sie doch immerdar die schönste sein wird,
daß es keinen Vergleich wird leiden.

SOPHIE
Lacht Er mich aus, mon cousin?

OCTAVIAN
Wie, glaubt Sie das von mir?

SOPHIE
Er darf mich auch auslachen, wenn Er will.
Von Ihm will ich mir alles gerne geschehen lassen,
weil mir noch nie ein junger Kavalier...
Jetzt aber kommt mein Herr Zukünftiger.
Die Tür rückwärts geht auf. Alle drei stehen auf und treten nach rechts. Faninal führt den Baron zeremoniös über die Schwelle und auf Sophie zu, indem er ihm den Vortritt läßt. Die Lerchenausche Livree folgt auf Schritt und Tritt: zuerst der Almosenier mit dem Sohn und Leibkammerdiener. Dann folgt der Leibjäger mit einem ähnlichen Lümmel, der ein Pflaster über der eingeschlagenen Nase trägt, und noch zwei von der gleichen Sorte, vom Rübenacker her in die Livree gesteckt. Alle tragen, wie ihr Herr, Myrtensträußchen. Die Faninalschen Bedienten bleiben im Hintergrund.

FANINAL
Ich präsentier Euer Gnaden Dero Zukünftige.

DER BARON *macht die Reverenz, dann zu Faninal*
Deliziös! Mach Ihm mein Kompliment.
Er küßt Sophie die Hand, langsam, gleichsam prüfend
Ein feines Handgelenk. Darauf halt ich gar viel.
Ist unter Bürgerlichen eine seltene Distinktion.

OCTAVIAN *halblaut*
Es wird mir heiß und kalt.

FANINAL
Gestatten, daß ich die getreue Jungfer
Marianne Leitmetzerin –
Mariannen präsentierend, die dreimal tief knixt.

DER BARON *indem er unwillig abwinkt*
Laß Er das weg.
Begrüß Er jetzt mit mir meinen Herrn Rosenkavalier.
Er tritt mit Faninal auf Octavian zu, unter Reverenz, die Octavian erwidert. Das Lerchenausche Gefolge kommt endlich zum Stillstand, nachdem es Sophie fast umgestoßen, und retiriert sich um ein paar Schritte.

SOPHIE *mit Marianne rechtsstehend, halblaut*
Was sind das für Manieren? Ist das leicht ein Roßtäuscher
und kommt ihm vor, er hätt mich eingekauft?

MARIANNE *ebenso*
Ein Kavalier hat halt ein ungezwungenes,
leutseliges Betragen.
Sag dir vor, wer er ist
und zu was er dich macht,
so werden dir die Faxen gleich vergehn.

DER BARON *während des Aufführens zu Faninal*
Ist gar zum Staunen, wie der junge Herr jemand gewissem ähnlich sieht.
Hat ein Bastardl, recht ein sauberes, zur Schwester.
Plump vertraulich
Ist kein Geheimnis unter Personen von Stand.
Habs aus der Fürstin eigenem Mund,
und da der Faninal gehört ja sozusagen jetzo zu der Verwandtschaft.
Macht dir doch kein dépit, Cousin Rofrano,
daß dein Herr Vater ein Streichmacher war?
Befindet sich dabei in guter Kompagnie, der selige Herr Marchese.
Ich selber exkludier mich nicht.
Seh' Liebden, schau dir dort den Langen an,
den blonden, hinten dort.
Ich will ihn nicht mit Fingern weisen,
aber er sticht wohl hervor,
durch eine adelige Contenance.
Ist auch ein ganz besonderer Kerl,
sags nicht, weil ich der Vater bin,
hats aber faustdick hinter den Ohren.

SOPHIE *währenddessen*

Jetzt laßt er mich so stehn, der grobe Ding!
Und das ist mein Zukünftiger.
Und blattersteppig ist er auch, mein Gott!

MARIANNE

Na, wenn er dir von vorn nicht gfallt, du Jungfer Hochmut,
so schau ihn dir von rückwärts an.
da wirst was sehn, was dir schon gfallen wird.

SOPHIE

Möcht wissen, was ich da schon sehen werd.

MARIANNE *ihr nachspottend*

Möcht wissen, was sie da schon sehen wird.
Daß es ein kaiserlicher Kämmerer ist,
den dir dein Schutzpatron
als Herrn Gemahl spendiert hat.
Das kannst sehn mit einem Blick.

Der Haushofmeister tritt verbindlich auf die Lerchenauschen Leute zu und führt sie ab. Desgleichen tritt die Faninalsche Livree ab, bis auf zwei, welche Wein und Süßigkeiten servieren.

FANINAL *zum Baron*

Belieben jetzt vielleicht? – ist ein alter Tokaier.

Octavian und Baron bedienen sich.

DER BARON

Brav, Faninal, Er weiß was sich gehört.
Serviert einen alten Tokaier zu einem jungen Mädel.
Ich bin mit Ihm zufrieden.

Zu Octavian

Mußt denen Bagatelladeligen immer zeigen,
daß nicht für unseresgleichen sich ansehen dürfen,
muß immer was von Herablassung dabei sein.

OCTAVIAN

Ich muß Deine Liebden sehr bewundern.
Hast wahrhaft große Weltmanieren.
Könntst einen Ambassadeur vorstellen heut wie morgen.

DER BARON

Ich hol mir jetzt das Mädel her.
Soll uns Konversation vormachen,

daß ich seh, wie sie beschlagen ist.
Geht hinüber, nimmt Sophie bei der Hand, führt sie mit sich.

DER BARON
Eh bien! nun plauder Sie uns eins, mir und dem Vetter Taverl!
Sag Sie heraus, auf was Sie sich halt in der Eh am meisten gfreut!
Setzt sich, will sie auf seinen Schoß ziehen.

SOPHIE *entzieht sich ihm*
Wo denkt Er hin?

DER BARON *behaglich*
Seh, wo ich hindenk! Komm Sie da ganz nah zu mir,
dann will ich Ihr erzählen, wo ich hindenk.
Gleiches Spiel, Sophie entzieht sich ihm heftiger.

DER BARON *behaglich*
Wär Ihr leicht präferabel, daß man gegen Ihrer
den Zeremonienmeister sollt hervortun?
Mit »mill pardon« und »Devotion«
und »Geh da weg« und »hab Respeck«?

SOPHIE
Wahrhaftig und ja gefiele mir das besser!

DER BARON *lachend*
Mir auch nicht! Da sieht Sie! Mir auch ganz und gar nicht!
Bin einer biedern offenherzigen Galanterie recht zugetan.
Er macht Anstalt, sie zu küssen, sie wehrt sich energisch.

FANINAL *nachdem er Octavian den zweiten Stuhl zum Sitzen angeboten hat, den dieser ablehnt*
Wie ist mir denn, da sitzt ein Lerchenau
und karessiert in Ehrbarkeit mein Sopherl, als wär sie ihm schon angetraut.
Und da steht ein Rofrano, grad als müßts so sein,
wie ist mir denn? Ein Graf Rofrano, sonsten nix,
der Bruder vom Marchese Obersttruchseß.

OCTAVIAN *zornig*
Das ist ein Kerl, dem möcht ich wo begegnen
mit meinem Degen da,
wo ihn kein Wächter schrein hört.
Ja, das ist alles, was ich möcht.

SOPHIE *zum Baron*
Ei laß Er doch, wir sind nicht so vertraut!
DER BARON *zu Sophie*
Geniert Sie sich leicht vor dem Vetter Taverl?
Da hat Sie Unrecht. Hör Sie, in Paris,
wo doch die Hohe Schul ist für Manieren,
hab ich mir sagen lassen, gibts frei nichts
was unter jungen Eheleuten geschieht,
wozu man nicht Einladungen ließ ergehn
zum Zuschaun, ja gar an den König selber.
Er wird immer zärtlicher, sie weiß sich kaum zu helfen.
FANINAL
Wär nur die Mauer da von Glas,
daß alle bürgerlichen Neidhammeln von Wien uns könnten
so en famille beisammensitzen sehn!
Dafür wollt ich mein Lerchenfelder Eckhaus geben, meiner Seel!
OCTAVIAN *wütend*
Ich büß all meine Sünden ab!
Könnt ich hinaus und fort von hier!
DER BARON *zu Sophie*
Laß Sie die Flausen nur: gehört doch jetzo mir!
Geht alls gut! Sei Sie gut. Geht alls so wie am Schnürl!
Halb für sich, sie kajolierend
Ganz meine Maßen! Schultern wie ein Henderl!
Hundsmager noch – das macht nichts, aber weiß
und einen Schimmer drauf, wie ich ihn ästimier!
Ich hab halt ja ein lerchenauisch Glück!
Sophie reißt sich los und stampft auf.
DER BARON *vergnügt*
Ist Sie ein rechter Kaprizenschädel?
Auf und ihr nach, die ein paar Schritte zurückgewichen ist.
Steigt Ihr das Blut gar in die Wangen,
daß man sich die Händ verbrennt?
SOPHIE *rot und blaß vor Zorn*
Laß Er die Händ davon!
Octavian, vor stummer Wut, zerdrückt das Glas, das er in der Hand hält, und schmeißt die Scherben zu Boden.

DIE DUENNA *läuft mit Grazie zu Octavian hinüber, hebt die Scherben auf und raunt ihm mit Entzücken zu*
Ist recht ein familiärer Mann, der Herr Baron!
Man delektiert sich, was er alls für Einfäll hat!

DER BARON *dicht bei Sophie*
Geht mir nichts drüber!
Könnt mich mit Schmachterei und Zärtlichkeit
nicht halb so glücklich machen, meiner Seel!

SOPHIE *scharf, ihm ins Gesicht*
Ich denk nicht dran, daß ich Ihn glücklich machen wollt!

DER BARON *gemütlich*
Sie wird es tun, ob Sie daran wird denken oder nicht.

OCTAVIAN *vor sich, blaß vor Zorn*
Hinaus! Hinaus! und kein Adieu,
sonst steh ich nicht dafür,
daß ich nicht was Verwirrtes tu!
Indessen ist der Notar mit dem Schreiber eingetreten, eingeführt durch Faninals Haushofmeister. Dieser meldet ihn dem Herrn von Faninal leise; Faninal geht zum Notar nach rückwärts hin, spricht mit ihm und sieht einen vom Schreiber vorgehaltenen Aktenfaszikel durch.

SOPHIE *zwischen den Zähnen*
Hat nie kein Mann dergleichen Reden nicht zu mir geführt!
Möcht wissen, was Ihm dünkt von mir und Ihm?
Was ist denn Er zu mir!

DER BARON *gemütlich*
Wird kommen über Nacht,
daß Sie ganz sanft
wird wissen, was ich bin zu Ihr.
Ganz wies im Liedl heißt – kennt Sie das Liedl?
»Lalalalala – wie ich dein Alles werde sein!
Mit mir, mit mir keine Kammer dir zu klein,
ohne mich, ohne mich jeder Tag dir so bang,
mit mir, mit mir keine Nacht dir zu lang!«
Sophie, da er sie fester an sich drückt, reißt sich los und stößt ihn heftig zurück.

DIE DUENNA *zu ihr eilend*
Ist recht ein familiärer Mann, der Herr Baron!
Man delektiert sich, was er alls für Einfäll hat!

OCTAVIAN *ohne hinzusehen, und doch sieht er auf alles was vorgeht*
Ich steh auf glühenden Kohlen!
Ich fahr aus meiner Haut!
Ich büß in dieser einen Stund
all meine Sünden ab!

DER BARON *für sich, sehr vergnügt*
Wahrhaftig und ja, ich hab ein lerchenauisch Glück!
Gibt gar nichts auf der Welt, was mich so enflammiert
und also vehement verjüngt als wie ein rechter Trotz!
Faninal und der Notar, hinter ihnen der Schreiber, sind an der linken Seite nach vorne gekommen.

DER BARON *sowie er den Notar erblickt, eifrig zu Sophie, ohne zu ahnen, was in ihr vorgeht*
Da gibts Geschäften jetzt, muß mich dispensieren,
bin dort von Wichtigkeit. Indessen
der Vetter Taverl leistet Ihr Gesellschaft!

FANINAL
Wenns jetzt belieben tät, Herr Schwiegersohn!

DER BARON *eifrig*
Natürlich wirds belieben.
Im Vorbeigehen zum Octavian, den er vertraulich umfaßt
Hab nichts dawider,
wenn du ihr möchtest Augerln machen, Vetter,
jetzt oder künftighin.
Ist noch ein rechter Rühr-nicht-an.
Betrachts als förderlich, je mehr sie degourdiert wird.
Ist wie bei einem jungen ungerittenen Pferd.
Kommt alls dem Angetrauten letzterdings zugute,
wofern er sich sein ehelich Privilegium
zunutz zu machen weiß.
Er geht nach links. Der Diener, der den Notar einließ, hat indessen die Türe links geöffnet. Faninal und der Notar schicken sich an, hineinzugehen. Der Baron mißt Faninal mit dem Blick und bedeutet ihm, drei Schritte Distanz zu nehmen. Faninal tritt devot zurück. Der Baron nimmt den Vortritt, vergewissert sich, daß Faninal drei Schritte Abstand hat, und geht gravitätisch durch die Tür links ab. Faninal hinter ihm, dann der Notar, dann der Schreiber. Der Bediente schließt die Türe links und

geht ab, läßt aber die Flügeltüre nach dem Vorsaal offen. Der servierende Diener ist schon früher abgegangen.
Sophie, rechts, steht verwirrt und beschämt. Die Duenna, neben ihr, knixt nach der Türe hin, bis sie sie schließt.

OCTAVIAN *mit einem Blick hinter sich, gewiß zu sein, daß die anderen abgegangen sind, tritt schnell zu Sophie hinüber; bebend vor Aufregung*
Wird Sie das Mannsbild da heiraten, ma cousine?

SOPHIE *einen Schritt auf ihn zu, leise*
Nicht um die Welt!
Mit einem Blick auf die Duenna
Mein Gott, wär ich allein mit Ihm,
daß ich Ihn bitten könnt! daß ich Ihn bitten könnt!

OCTAVIAN *halblaut, schnell*
Was ists, das Sie mich bitten möcht? Sag Sie mirs schnell!

SOPHIE *noch einen Schritt näher zu ihm*
O mein Gott, daß Er mir halt hilft! Und Er wird mir nicht helfen wollen, weil es halt Sein Vetter ist!

OCTAVIAN *heftig*
Nenn ihn Vetter aus Höflichkeit,
ist nicht weit her mit der Verwandtschaft, Gott sei Lob und Dank!
Hab ihn im Leben vor dem gestrig'n Tage nie gesehen!
Quer durch den Saal flüchten einige von den Mägden des Hauses, denen die Lerchenauischen Bedienten auf den Fersen sind. Der Leiblakai und der mit dem Pflaster auf der Nase jagen einem hübschen jungen Mädchen nach und bringen sie hart an der Schwelle zum Salon bedenklich in die Enge.

DER FANINALSCHE HAUSHOFMEISTER *kommt verstört hereingelaufen, die Duenna zu Hilfe holen*
Die Lerchenauischen sind voller Branntwein gesoffen
und gehn aufs Gesinde los, zwanzigmal ärger
als Türken und Crowaten!

DIE DUENNA
Hol Er unsere Leut, wo sind denn die?
Läuft ab mit dem Haushofmeister, sie entreißen den beiden Zudringlichen ihre Beute und führen das Mädchen ab; alles verliert sich, der Vorsaal bleibt leer.

SOPHIE *nun da sie sich unbeachtet weiß, mit freier Stimme*
Und jetzt geht Er noch fort von mir
und ich – was wird denn jetzt aus mir?

OCTAVIAN
Ich darf ja nicht bleiben –
Wie gern blieb ich bei Ihr.

SOPHIE *seufzend*
Er darf ja nicht bleiben –

OCTAVIAN
Jetzt muß Sie ganz alleinig für uns zwei einstehen!

SOPHIE
Wie? Für uns zwei? Das kann ich nicht verstehen.

OCTAVIAN
Ja, für uns zwei! Sie wird mich wohl verstehn.

SOPHIE
Ja! Für uns zwei! Sag Er das noch einmal!
Ich hab mein Leben so was Schönes nicht gehört.
Oh, sag Ers noch einmal.

OCTAVIAN
Für sich und mich muß Sie das tun,
sich wehren, sich retten,
und bleiben, was Sie ist!

SOPHIE
Bleib Er bei mir, dann kann ich alles, was Er will –

OCTAVIAN
Mein Herz und Sinn –

SOPHIE
Bleib Er bei mir!

OCTAVIAN
– wird bei Ihr bleiben, wo Sie geht und steht!

SOPHIE
Bleib Er bei mir, o bleib Er nur bei mir!

Aus den geheimen Türen in den rückwärtigen Ecken sind links Valzacchi, rechts Annina lautlos spähend herausgeglitten. Lautlos schleichen sie, langsam, auf den Zehen, näher.

Octavian zieht Sophie an sich, küßt sie auf den Mund. In diesem Augenblick sind die Italiener dicht hinter ihnen, ducken sich hinter den Lehnsesseln; jetzt springen sie vor, Annina packt Sophie, Valzacchi faßt Octavian.

VALZACCHI und ANNINA *zu zweien schreiend*
Herr Baron von Lerchenau! – Herr Baron von Lerchenau! –
Octavian springt zur Seite nach rechts.

VALZACCHI *der Mühe hat, ihn zu halten, atemlos zu Annina*
Lauf und 'ole Seine Gnade!
Snell, nur snell. Ick muß 'alten diese 'erre!

ANNINA
Laß ich die Fräulein aus, läuft sie mir weg!

ZU ZWEIEN
Herr Baron von Lerchenau!
Herr Baron von Lerchenau!
Komm' zu sehn die Fräulein Braut!
Mit ein junge Kavalier!
Kommen eilig, kommen hier!
Baron tritt aus der Tür links. Die Italiener lassen ihre Opfer los, springen zur Seite, verneigen sich vor dem Baron mit vielsagender Gebärde.
Sophie schmiegt sich ängstlich an Octavian.

DER BARON *die Arme über die Brust gekreuzt, betrachtet sich die Gruppe. Unheilschwangere Pause. Endlich*
Eh bien, Mamsell, was hat Sie mir zu sagen?
Sophie schweigt.

DER BARON *der durchaus nicht außer Fassung ist*
Nun, resolvier Sie sich!

SOPHIE
Mein Gott, was soll ich sagen:
Er wird mich nicht verstehen!

DER BARON *gemütlich*
Das werden wir ja sehen!

OCTAVIAN *Einen Schritt auf den Baron zu*
Eur Liebden muß ich halt vermelden,
daß sich in Seiner Angelegenheit
was Wichtiges verändert hat.

DER BARON *gemütlich*
Verändert? Ei, nicht daß ich wüßt!

OCTAVIAN
Darum soll Er es jetzt erfahren!
Die Fräulein –

DER BARON
Er ist nicht faul! Er weiß zu profitieren,
mit Seine siebzehn Jahr! Ich muß Ihm gratulieren!

OCTAVIAN
Die Fräulein –

DER BARON *halb zu sich*
Ist mir ordentlich, ich seh mich selber!
Muß lachen über den Filou, den pudeljungen.

OCTAVIAN
Die Fräulein –

DER BARON
Seh! Sie ist wohl stumm und hat ihn angestellt
für ihren Advokaten!

OCTAVIAN
Die Fräulein –
Er hält abermals inne, wie um Sophie sprechen zu lassen.

SOPHIE *angstvoll*
Nein! Nein! Ich bring den Mund nicht auf, sprech Er für mich!

OCTAVIAN
Die Fräulein –

DER BARON *ihm nachstotternd*
Die Fräulein, die Fräulein! Die Fräulein! Die Fräulein!
Ist eine Kreuzerkomödi wahrhaftig!
Jetzt echappier Er sich, sonst reißt mir die Geduld.

OCTAVIAN *sehr bestimmt*
Die Fräulein, kurz und gut,
die Fräulein mag Ihn nicht.

DER BARON *gemütlich*
Sei Er da außer Sorg. Wird schon lernen mich mögen.
Auf Sophie zu
Komm Sie jetzt da hinein: wird gleich an Ihrer sein,
die Unterschrift zu geben.

SOPHIE *zurücktretend*
Um keinen Preis geh ich an Seiner Hand hinein!
Wie kann ein Kavalier so ohne Zartheit sein!

OCTAVIAN *der jetzt zwischen den beiden anderen und der Türe links steht, sehr scharf*

Versteht Er Deutsch? Die Fräulein hat sich resolviert.
Sie will Eur Gnaden ungeheirat' lassen
in Zeit und Ewigkeit!

DER BARON *mit der Miene eines Mannes, der es eilig hat*
Mancari! Jungfernred ist nicht gehaun und nicht gestochen!
Verlaub Sie jetzt!
Nimmt sie bei der Hand.

OCTAVIAN *sich vor die Tür stellend*
Wenn nur so viel an Ihm ist
von einem Kavalier,
so wird Ihm wohl genügen,
was Er gehört hat von mir!

DER BARON *tut, als hörte er ihn nicht, zu Sophie*
Gratulier Sie sich nur, daß ich ein Aug zudruck!
Daran mag Sie erkennen, was ein Kavalier ist!
Er macht Miene, mit ihr an Octavian vorbeizukommen.

OCTAVIAN *schlägt an seinen Degen*
Wird doch wohl ein Mittel geben,
Seinesgleichen zu bedeuten.

DER BARON *der Sophie nicht losläßt, sie jetzt vorschiebt gegen die Tür*
Ei, schwerlich, wüßte nicht!

OCTAVIAN
Will Ihn denn vor diesen Leuten –

DER BARON *Gleiches Spiel*
Haben Zeit nicht zu verlieren.

OCTAVIAN
– auch nicht länger menagieren.

DER BARON
Ein andermal erzähl Er mir Geschichten
woanders oder hier.

OCTAVIAN *losbrechend*
Ich acht Ihn mit nichten
für einen Kavalier!
Auch für keinen Mann
seh ich Ihn an!

DER BARON
Wahrhaftig, wüßt ich nicht, daß Er mich respektiert,

und wär Er nicht verwandt, es wär mir jetzo schwer,
daß ich mit Ihm nicht übereinanderkäm!
Er macht Miene, Sophie mit scheinbarer Unbefangenheit gegen die Mitteltür zu führen, nachdem ihm die Italiener lebhaft Zeichen gegeben haben, diesen Weg zu nehmen.
Komm Sie! Gehn zum Herrn Vater dort hinüber!
Ist bereits der nähere Weg!

OCTAVIAN *ihm nach, dicht an ihr*
Ich hoff, Er kommt vielmehr jetzt mit mir hinters Haus,
ist dort recht ein bequemer Garten.

DER BARON *setzt seinen Weg fort, mit gespielter Unbefangenheit Sophie an der Hand nach jener Richtung zu führen bestrebt, über die Schulter zurück*
Bewahre. Wär mir jetzo nicht genehm.
Laß um alls den Notari nicht warten.
Wär gar ein affront für die Jungfer Braut!

OCTAVIAN *faßt ihn am Ärmel*
Beim Satan, Er hat eine dicke Haut!
Auch dort die Tür passiert Er mir nicht!
Ich schreis Ihm jetzt in Sein Gesicht:
Ich acht Ihn für einen Filou,
einen Mitgiftjäger,
einen durchtriebenen Lumpen und schmutzigen Bauer,
einen Kerl ohne Anstand und Ehr!
Und wenns sein muß, geb ich Ihm auf dem Fleck die Lehr!

Sophie hat sich vom Baron losgerissen und ist hinter Octavian zurückgesprungen. Sie stehen links, ziemlich vor der Tür.

DER BARON *steckt zwei Finger in den Mund und tut einen gellenden Pfiff. Dann*
Was so ein Bub in Wien mit siebzehn Jahr
schon für ein vorlaut Mundwerk hat!
Er sieht sich nach der Mitteltür um
Doch Gott sei Lob, man kennt in hiesiger Stadt
den Mann, der vor Ihm steht,
halt bis hinauf zur Kaiserlichen Majestät!
Man ist halt was man ist, und brauchts nicht zu beweisen.
Das laß Er sich gesagt sein und geb mir den Weg da frei.
Der Lerchenauische Livree ist vollzählig in der Mitteltür aufmar-

schiert; er vergewissert sich dessen durch einen Blick nach rückwärts. Er rückt jetzt gegen die beiden vor, entschlossen, sich Sophiens und des Ausganges zu bemächtigen.

Wär mir wahrhaftig leid, wenn meine Leut dahinten –

OCTAVIAN *wütend*

Ah, untersteht Er sich, Seine Bedienten
hineinzumischen in unsern Streit
Jetzt zieh Er oder gnad Ihm Gott!

Er zieht.

Die Lerchenauischen, die schon einige Schritte vorgerückt waren, werden durch diesen Anblick einigermaßen unschlüssig und stellen ihren Vormarsch ein. Der Baron tut einen Schritt, sich Sophiens zu bemächtigen.

OCTAVIAN *schreit ihn an*

Zum Satan, zieh Er oder ich stech Ihn nieder!

SOPHIE

O Gott, was wird denn jetzt geschehn!

DER BARON *retiriert etwas*

Vor einer Dame! pfui, so sei Er doch gescheit!

Octavian fährt wütend auf ihn los.

Der Baron zieht, fällt ungeschickt aus und hat schon die Spitze von Octavians Degen im rechten Oberarm. Die Lerchenauischen stürzen vor.

DER BARON *indem er den Degen fallen läßt*

Mord! Mord! mein Blut! zu Hilfe! Mörder! Mörder! Mörder!

Die Diener stürzen alle zugleich auf Octavian los. Dieser springt nach rechts hinüber und hält sie sich vom Leib, indem er seinen Degen blitzschnell um sich kreisen läßt. Der Almosenier, Valzacchi und Annina eilen auf den Baron zu, den sie stützen und auf einen der Stühle in der Mitte niederlassen.

DER BARON *von ihnen umgeben und dem Publikum verstellt*

Ich hab ein hitzig Blut! Einen Arzt, eine Leinwand!
Verband her! Ich verblut mich auf eins zwei!
Aufhalten den! Um Polizei, um Polizei!

DIE LERCHENAUISCHEN *indem sie mit mehr Ostentation als Entschlossenheit auf Octavian eindringen*

Den hauts z'samm! Den hauts z'samm!

Spinnweb her! Feuerschwamm!
Reißts ihm den Spadi weg!
Schlagts ihn tot aufn Fleck!

Die sämtliche Faninalsche Dienerschaft, auch das weibliche Hausgesinde, Küchenpersonal, Stallpagen sind zur Mitteltür hereingeströmt.

ANNINA *auf sie zu*

Der junge Kavalier
und die Fräuln Braut, verstehts?
waren im geheimen
schon recht vertraut, verstehts?

Valzacchi und der Almosenier ziehen dem Baron, der stöhnt, seinen Rock aus.

DIE FANINALSCHE DIENERSCHAFT

Gstochen is einer? Wer?
Der dort? Der fremde Herr?
Welcher? Der Bräutigam?
Packts den Duellanten z'samm!
Welcher is der Duellant?
Der dort im weißen Gwand!
Was, der Rosenkavalier?
Wegen was denn? Wegen ihr?
Angepackt! Niederghaut!
Wegen der Braut?
Wegen der Liebschaft!
Wütender Haß is!
Schauts nur die Fräuln an,
schauts, wie sie blaß is!

DIE DUENNA *bahnt sich den Weg, auf den Baron zu; sie umgeben den Baron in dichter Gruppe, aus welcher zugleich mit allen übrigen die Stimme der Duenna klagend hervortönt*

So ein fescher Herr! So ein guter Herr!
So ein schwerer Schlag! So ein groß Malheur!

OCTAVIAN *indem er sich seine Angreifer vom Leib hält*

Wer mir zu nah kommt,
der lernt beten!
Was da passiert ist,
kann ich vertreten.

SOPHIE *links vorne*
Alles geht durcheinand!
Furchtbar wars, wie ein Blitz,
wie ers erzwungen hat,
ich spür nur seine Hand,
die mich umschlungen hat!
Ich spür nichts von Angst,
ich spür nichts von Schmerz,
nur das Feur, seinen Blick,
durch und durch, bis ins Herz!

DIE LERCHENAUISCHEN *lassen von Octavian ab und gehen auf die ihnen zunächst stehenden Mägde handgreiflich los*
Leinwand her! Verband machen!
Fetzen ausn Gwand machen!
Vorwärts, keine Spanponaden,
Leinwand für Seine Gnaden!
Sie machen Miene, sich zu diesem Zweck der Hemden der jüngeren und hübscheren Mägde zu bemächtigen. In diesem Augenblick kommt die Duenna, die fortgestürzt war, zurück, atemlos, beladen mit Leinwand; hinter ihr zwei Mägde mit Schwamm und Wasserbecken. Sie umgeben den Baron mit eifriger Hilfeleistung. Faninal kommt zur Türe links hereingestürzt, hinter ihm der Notar und der Schreiber, die in der Türe ängstlich stehenbleiben.

DER BARON *man hört seine Stimme, ohne viel von ihm zu sehen*
Ich kann ein jedes Blut mit Ruhe fließen sehen,
nur bloß das meinig nicht! Oh! Oh!
So tu Sie doch was Gscheits, so rett Sie doch mein Leben!
Oh! Oh!
Sophie ist, wie sie ihres Vaters ansichtig wird, nach rechts vorne hingelaufen, steht neben Octavian, der nun seinen Degen einsteckt.

ANNINA *knixend und eifrig zu Faninal links vorne*
Der junge Kavalier
und die Fräuln Braut, Gnaden,
waren im geheimen
schon recht vertraut, Gnaden!
Wir voller Eifer

fürn Herrn Baron, Gnaden,
haben sie betreten
in aller Devotion, Gnaden!

DIE DUENNA *um den Baron beschäftigt*
So ein fescher Herr! So ein groß Malheur!
So ein schwerer Schlag, so ein Unglückstag!

FANINAL *schlägt die Hände überm Kopf zusammen*
Herr Schwiegersohn! Wie ist Ihm denn? Mein Herr und Heiland!
Daß Ihm in mein' Palais hat das passieren müssen!
Gelaufen um den Medicus! Geflogen!
Meine zehn teuern Pferd zu Tod gehetzt!
Ja hat denn niemand von meiner Livree
dazwischenspringen mögen! Fütter ich dafür
ein Schock baumlange Lackeln, daß mir solche Schand
passieren muß in meinem neuchen Stadtpalais!
Auf Octavian zu
Hätt wohl von Euer Liebden eines andern Anstands mich versehn!

DER BARON
Oh! Oh!

FANINAL *abermals zu ihm hin*
Oh! Um das schöne freiherrliche Blut, was aufn Boden rinnt!
Gegen Octavian hin
O pfui! So eine ordinäre Metzgerei!

DER BARON
Hab halt ein jung und hitzig Blut, das ist ein Kreuz,
ist nicht zum Stillen! Oh!

FANINAL *auf Octavian losgehend*
War mir von Euer Liebden hochgräflicher Gegenwart allhier
wahrhaftig einer andern Freud gewärtig!

OCTAVIAN *höflich*
Er muß mich pardonieren.
Bin außer Maßen sehr betrübt über den Vorfall.
Bin aber ohne Schuld. Zu einer mehr gelegnen Zeit
erfahren Euer Liebden wohl den Hergang
aus Ihrer Fräulein Tochter Mund.

FANINAL *sich mühsam beherrschend*
Da möcht ich recht sehr bitten!
SOPHIE *entschlossen*
Wie Sie befehlen, Vater. Werd Ihnen alles sagen.
Der Herr dort hat sich nicht so wie er sollt betragen.
FANINAL *zornig*
Ei, von wem redt Sie da? Von Ihrem Herrn Zukünftigen?
Ich will nicht hoffen! Wär mir keine Manier.
SOPHIE *ruhig*
Ist nicht der Fall. Seh ihn mitnichten an dafür.
Der Arzt kommt, wird gleich zum Baron geführt.
FANINAL *immer zorniger*
Sieht ihn nicht an?
SOPHIE
Nicht mehr. Bitt Sie dafür um gnädigen Pardon.
FANINAL *zuerst dumpf vor sich hin, dann in helle Wut ausbrechend*
Sieht ihn nicht an. Nicht mehr. Mich um Pardon.
Liegt dort gestochen. Steht bei ihr. Der Junge.
Blamage. Mir auseinander meine Eh.
Alle Neidhammeln von der Wieden und der Leimgrub'n
auf! In der Höh! Der Medicus. Stirbt mir womöglich!
Auf Sophie zu, in höchster Wut
Sie heirat ihn!
Auf Octavian, indem der Respekt vor dem Grafen Rofrano seine Grobheit zu einer knirschenden Höflichkeit herabdämpft
Möcht Euer Liebden recht in aller Devotion
gebeten haben, schleunig sich von hier zu retirieren
und nimmerwieder zu erscheinen!
Zu Sophie
Hör Sie mich!
Sie heirat ihn! Und wenn er sich verbluten tät,
so heirat Sie ihn als Toter!
Der Arzt zeigt durch eine beruhigende Gebärde, daß der Verwundete sich in keiner Gefahr befindet.
Octavian sucht nach seinem Hut, der unter die Füße der Dienerschaft geraten war.
Eine Magd überreicht ihm den Hut.
Faninal macht Octavian eine Verbeugung, übertrieben höflich,

aber unzweideutig. Octavian muß wohl gehen, möchte aber gar zu gerne Sophie noch ein Wort sagen. Er erwidert zunächst Faninals Verbeugung durch ein gleich tiefes Kompliment.

SOPHIE *beeilt sich das folgende noch zu sagen, solange Octavian es hören kann. Mit einer Reverenz*

Heirat den Herrn dort nicht lebendig und nicht tot!
Sperr mich zuvor in meine Kammer ein!

FANINAL *in Wut und nachdem er abermals eine wütende Verbeugung gegen Octavian gemacht hat, die Octavian prompt erwidert*

Ah! Sperrst dich ein. Sind Leut genug im Haus,
die dich in Wagen tragen werden.

SOPHIE *mit einem neuen Knix*

Spring aus dem Wagen noch, der mich zur Kirchn führt!

FANINAL *mit dem gleichen Spiel zwischen ihr und Octavian, der immer einen Schritt gegen den Ausgang tut, aber von Sophie in diesem Augenblick nicht loskann*

Ah! Springst noch aus dem Wagen! Na, ich sitz neben dir,
werd dich schon halten!

SOPHIE *mit einem neuen Knix*

Geb halt dem Pfarrer am Altar
Nein anstatt Ja zur Antwort!

Der Haushofmeister macht indessen die Leute abtreten. Die Bühne leert sich. Nur die Lerchenauischen bleiben bei ihrem Herrn zurück.

FANINAL *mit gleichem Spiel*

Ah! Gibst Nein anstatt Ja zur Antwort!
Ich steck dich in ein Kloster stante pede!
Marsch! Mir aus meine Augen! Lieber heut als morgen!
Auf Lebenszeit!

SOPHIE *erschrocken*

Ich bitt Sie um Pardon! Bin doch kein schlechtes Kind!
Vergeben Sie mir nur dies eine Mal!

FANINAL *hält sich in Wut die Ohren zu*

Auf Lebenszeit. Auf Lebenszeit.

OCTAVIAN *schnell halblaut*

Sei Sie nur ruhig, Liebste, um alles!
Sie hört von mir!

Duenna stößt Octavian, sich zu entfernen.

FANINAL

Auf Lebenszeit!

DIE DUENNA *zieht Sophie mit sich nach rechts*

So geh doch nur dem Vater aus die Augen!

Zieht sie zur Türe rechts hinaus, schließt die Tür. Octavian ist zur Mitteltür abgegangen.

Baron, umgeben von seiner Dienerschaft, der Duenna, zwei Mägden, den Italienern und dem Arzt, wird auf einem aus Sitzmöbeln improvisierten Ruhebett jetzt in ganzer Gestalt sichtbar.

FANINAL *schreit nochmals durch die Türe rechts, durch die Sophie abgegangen ist*

Auf Lebenszeit!

Eilt dann dem Baron entgegen

Bin überglücklich! Muß Euer Liebden embrassieren!

DER BARON *dem er bei der Umarmung am Arm wehgetan*

Oh! Oh!

FANINAL

Jesus Maria!

Nach rechts hin in innerer Wut

Luderei! Ein Kloster.

Nach der Mitteltür

Ein Gefängnis!

Auf Lebenszeit!

DER BARON

Is gut! Is gut! Ein Schluck von was zu trinken!

FANINAL

Ein Wein? Ein Bier? Ein Hippokras mit Ingwer?

Der Arzt macht eine ängstlich abwehrende Bewegung.

FANINAL

So einen Herrn zurichten miserabel,
in meinem Stadtpalais! Sie heirat Ihn um desto früher!
Bin Manns genug!

DER BARON

Is gut, alls gut!

FANINAL *macht die Türe rechts, in aufflammender Wut*

Bin Manns genug!

Zum Baron zurück

Küß ihm die Hand für seine Güt und Nachsicht.

Gehört alls Ihm im Haus. Ich lauf – ich bring Ihm –
Nach rechts
Ein Kloster ist zu gut! Sei Er nur außer Sorg.
Weiß was ich Satisfaktion Ihm schuldig bin.
Stürzt ab. Desgleichen gehen Duenna und Mägde ab.
Die beiden Italiener sind schon während des obigen fortgeschlichen.

DER BARON *halb aufgerichtet*
Da lieg ich! Was ei'm Kavalier nicht alls passieren kann
in dieser Wienerstadt!
Wär nicht mein Gusto, – ist eins allzusehr in Gottes Hand,
wär lieber schon daheim!
Ein Diener ist aufgetreten, eine Kanne Wein zu servieren.

DER BARON *macht eine Bewegung, wodurch sich ihm der Schmerz im Arm erneuert*
Oh! Oh! Der Satan! Oh! Oh! Sakramentsverfluchter Bub,
nit trocken hintern Ohr und fuchtelt mitn Spadi!
Wällischer Hundsbub das! Wart, wenn ich dich erwisch!
In Hundezwinger sperr ich dich, bei meiner Seel,
in Hühnerstall! In Schweinekofen!
Tät dich kuranzen! Solltest alle Engel singen hören!
Der Arzt schenkt ihm ein Glas Wein ein, präsentiert es ihm.

DER BARON *nachdem er getrunken*
Und doch, muß lachen, wie sich so ein Bub
mit seine siebzehn Jahr die Welt imaginiert:
meint, Gott weiß wie er mich contrecarriert!
Hoho! umkehrt ist auch gfahren – möcht um alles nicht,
daß ich dem Mädel ihr rebellisch Aufbegehren nicht verspüret hätt:
Gibt auf der Welt nichts, was mich entflammiert
und also vehement verjüngt als wie ein rechter Trotz!
Zum Arzt gewandt
Bin willens, jetzt mich in mein Kabinettl zu verfügen und eins zu ruhn.
Herr Medicus, begeb Er sich indes voraus!
Mach Er das Bett aus lauter Federbetten.
Ich komm. Erst aber trink ich noch. Marschier Er nur indessen.

Der Arzt geht ab mit dem Leiblakai.
Annina ist durch den Vorsaal hereingekommen und schleicht sich verstohlen heran, einen Brief in der Hand.

DER BARON *vor sich, den zweiten Becher leerend*
Ein Federbett. Zwei Stunden bis zu Tisch. Werd Zeit lang haben.
»Ohne mich, ohne mich jeder Tag dir so bang,
mit mir, mit mir keine Nacht dir zu lang.«
Annina stellt sich so, daß der Baron sie sehen muß, und winkt ihm geheimnisvoll mit dem Brief.

DER BARON
Für mich?

ANNINA *näher*
Von der Bewußten.

DER BARON
Wer soll da gemeint sein?

ANNINA *ganz nahe*
Nur eigenhändig, insgeheim, zu übergeben.

DER BARON
Luft da!
Die Diener treten zurück, nehmen den Faninalschen ohne weiters die Weinkanne ab und trinken sie leer.

DER BARON
Zeig Sie den Wisch!
Reißt mit der Linken den Brief auf. Versucht ihn zu lesen, indem er ihn sehr weit von sich weghält
Such Sie in meiner Taschen meine Brillen.
Mißtrauisch, da sie sich dazu anschickt
Nein: Such Sie nicht! Kann Sie Geschriebnes lesen?
Da.

ANNINA *nimmt und liest*
»Herr Kavalier! Den Sonntagabend hätt i frei.
Sie ham mir schon gefallen, nur geschamt
hab i mi vor die Fürstli'n Gnadn
weil i noch gar so jung bin. Das bewußte Mariandel,
Kammerzofel und Verliebte.
Wenn der Herr Kavalier den Nam nit schon vergessen hat.
I wart auf Antwort.«

DER BARON

Sie wart auf Antwort.
Geht alles recht am Schnürl, so wie zu Haus,
und hat noch einen andern Schick dazu.
Ich hab halt schon einmal ein lerchenauisch Glück.
Komm Sie nach Tisch, geb Ihr die Antwort nachher schriftlich.

ANNINA

Ganz zu Befehl, Herr Kavalier. Vergessen nicht der Botin?

DER BARON *vor sich*

»Ohne mich, ohne mich jeder Tag dir so bang.«

ANNINA *dringlicher*

Vergessen nicht der Botin, Euer Gnadn?

DER BARON

Schon gut.
»Mit mir, mit mir keine Nacht dir zu lang.«
Das später. Alls auf einmal. Dann zum Schluß.
Sie wart auf Antwort! Tret Sie ab indessen.
Schaff Sie ein Schreibzeug in mein Zimmer. Hier dort drüben,
daß ich die Antwort dann diktier.

Annina ab.

DER BARON *noch einen letzten Schluck, im Abgehen von seinen Leuten begleitet, behaglich*

»Mit mir, mit mir keine Nacht dir zu lang!«

Vorhang.

DRITTER AKT

Ein Extrazimmer in einem Gasthaus. Im Hintergrunde links ein Alkoven, darin ein Bett. Der Alkoven durch einen Vorhang verschließbar, der sich auf- und zuziehen läßt. Vorne rechts Türe ins Nebenzimmer. Rechts steht ein für zwei Personen gedeckter Tisch, auf diesem ein großer, vielarmiger Leuchter. In der Mitte rückwärts Türe auf den Korridor. Daneben links ein Büfett. Rechts rückwärts ein blindes Fenster, vorne links ein Fenster auf die Gasse. Armleuchter mit Kerzen auf den Seitentischen sowie an den Wänden. Es brennt nur je eine Kerze in den Leuchtern auf den Seitentischen. Das Zimmer halbdunkel.

Annina steht da, als Dame in Trauer gekleidet. Valzacchi richtet Annina den Schleier, zupft da und dort das Kleid zurecht, tritt zurück, mustert sie, zieht einen Crayon aus der Tasche, untermalt ihr die Augen. Die Türe rechts wird vorsichtig geöffnet, ein Kopf erscheint, verschwindet wieder, dann kommt eine nicht ganz unbedenklich aussehende, aber ehrbar gekleidete Alte durch die rückwärtige Tür hereingeschlüpft, öffnet lautlos die Tür und läßt respektvoll Octavian eintreten, in Frauenkleidern, mit einem Häubchen, wie es die Bürgerstöchter tragen.

Octavian, hinter ihm die Alte, gehen auf die beiden anderen zu, werden sogleich von Valzacchi bemerkt, der in seiner Arbeit innehält und sich vor Octavian verneigt. Annina erkennt nicht sofort den Verkleideten, sie kann sich vor Staunen nicht fassen, knixt dann tief. Octavian greift in die Tasche (nicht wie eine Dame, sondern wie ein Herr, und man sieht, daß er unter dem Reifrock Männerkleider und Reitstiefel an hat, aber ohne Sporn) und wirft Valzacchi eine Börse zu.

Valzacchi und Annina küssen ihm die Hände, Annina richtet noch an Octavians Brusttuch. Indessen sind fünf verdächtige Herren unter Vorsichtsmaßregeln von rechts eingetreten. Valzacchi bedeutet sie mit einem Wink, zu warten. Sie stehen rechts nahe der Türe. Valzacchi zieht seine Uhr, zeigt Octavian: es ist hohe Zeit. Octavian geht eilig durch die Mitteltüre ab, gefolgt von der Alten, die als seine Begleiterin figuriert. Annina geht zum Spiegel (alles mit Vorsicht, jedes Geräusch vermeidend), arrangiert sich noch, zieht dann einen Zettel hervor, woraus sie ihre Rolle zu lernen scheint. Valzacchi nimmt die Verdächtigen nach vorne, indem er mit jeder Gebärde die Notwendigkeit höchster Vorsicht andeutet. Die Verdächtigen folgen ihm auf den Zehen nach der Mitte. Er bedeutet ihrer einen, ihm zu folgen: lautlos, ganz lautlos. Führt ihn an die Wand rechts, öffnet lautlos eine Falltür unfern des gedeckten Tisches, läßt den Mann hinabsteigen, schließt wieder die Falltür. Dann winkt er zwei zu sich, schleicht ihnen voran bis an die Eingangstüre, steckt den Kopf heraus, vergewissert sich, daß niemand zusieht, winkt die zwei zu sich, läßt sie dort hinaus. Dann schließt er die Türe, führt die beiden letzten leise an die Tür zum Nebenzimmer vorne, schiebt sie hinaus. Winkt Annina zu sich, geht mit ihr leise links ab, die Türe lautlos hinter sich schließend. Nach einem Augenblick kommt er wieder herein: klatscht in die Hände. Der eine Versteckte hebt sich mit halbem Leib aus dem Boden hervor. Zugleich erscheinen ober dem Bett und an anderen Stellen Köpfe und verschwinden sogleich wieder, die geheimen Schiebtüren schließen sich ohne Geräusch. Valzacchi sieht abermals nach der Uhr, geht nach rückwärts, öffnet die Eingangstür, dann zieht er ein Feuerzeug hervor, beginnt eifrig die Kerzen auf dem Tisch anzuzünden. Ein Kellner und ein Kellnerjunge kommen durch die Mitteltüre gelaufen mit zwei Stöcken zum Kerzenanzünden und einer kleinen Leiter. Entzünden die Leuchter auf den Seitentischen, dann die zahlreichen Wandarme. Sie haben die Türe hinter sich offengelassen, man hört aus einem anderen Zimmer Tanzmusik spielen. Valzacchi eilt zur Mitteltür, öffnet dienstbeflissen auch den zweiten Flügel, springt unter Verneigung zur Seite.

Baron Ochs erscheint, den Arm in der Schlinge, Octavian mit der Linken führend, hinter ihm der Leiblakai. Baron mustert den Raum. Octavian sieht herum, nimmt den Spiegel, richtet sein Haar. Baron bemerkt den Kellner und Kellnerjungen, die noch mehr Kerzen anzünden wollen, winkt ihnen, sie sollten es sein lassen. In ihrem Eifer bemerken sie es nicht.

Baron, ungeduldig, reißt den Kellnerjungen von der Leiter, löscht einige ihm zunächst brennende Kerzen mit der Hand aus. Valzacchi zeigt dem Baron diskret den Alkoven und durch eine Spalte des Vorhanges das Bett. Der Wirt mit noch mehreren Kellnern eilt herbei, den vornehmen Gast zu begrüßen.

WIRT
Haben Euer Gnaden weitere Befehle?

DIE KELLNER
Befehlen mehr Lichter? Ein größeres Zimmer? Befehlen noch mehr
Silber auf den Tisch?

DER BARON *eifrig beschäftigt, mit einer Serviette, die er vom Tisch genommen und entfaltet hat, alle ihm erreichbaren Kerzen auszulöschen*
Verschwindts! Macht mir das Madel nicht verruckt!
Was will die Musik? Hab sie nicht bestellt.

WIRT
Schaffen vielleicht, daß man sie näher hört?
Im Vorsaal da, als Tafelmusik.

DER BARON
Laß Er die Musik wo sie ist.
Bemerkt das Fenster rechts rückwärts im Rücken des gedeckten Tisches
Was is das für ein Fenster da?
Probiert, ob es hereinzieht.

WIRT
Ein blindes Fenster nur.
Verneigt sich
Darf aufgetragen werdn?
Alle fünf Kellner wollen abeilen.

DER BARON
Halt, was wollen die Maikäfer da?

DIE KELLNER *an der Tür*
Servieren, Euer Gnaden!

DER BARON *winkt ab*
Brauch niemand nicht. Servieren wird mein Kammerdiener da,
einschenken tu ich selber. Versteht Er?
Valzacchi bedeutet sie, den Willen Seiner Gnaden wortlos zu respektieren. Schiebt sie zur Tür hinaus.

angefangen sein. Vollständig bereit soll alles sein: die Leute da in anständiger Weise angezogen, die Lichter angezündet und alles in Ordnung. Wenn der gnädige Herr dann hereintritt, sollen die Instrumente alle genau zu gleicher Zeit geblasen werden, und alles soll recht flink heruntergespielt werden, mein Herr Jourdain kann langsame Musik um nichts in der Welt ausstehen. Er hat schon mit seinen Gästen das Kunstkabinett betreten, da kann man sich nicht länger als fünf Minuten aufhalten, denn es ist ja ein ganz leeres Zimmer mit nichts als Bildern an den Wänden.

MUSIKLEHRER Meine Damen und Herren, an Ihre Plätze.

Alles kommt in Bewegung, die Arbeiter rückwärts sind fertig.

LAKAI *nimmt den Strohstuhl, von dem Zerbinetta kaum aufgestanden ist* Fort mit dem Zeug da.

HARLEKIN *ist ihm behilflich* Lieber Freund, ich hoffe, man wird uns inzwischen etwas servieren. Ich hoffe, Ihr Herr weiß, wen er vor sich hat.

ERSTER LAKAI *kommt ebenfalls von rechts, eilfertig, tritt auf den Musiklehrer zu* Um Vergebung. Ich habe Ihnen eine plötzliche Anordnung meines gnädigen Herrn auszurichten.

MUSIKLEHRER Ist schon geschehen, wir sind bereit, in drei Minuten mit der Oper »Ariadne« anzufangen.

ERSTER LAKAI Der gnädige Herr hat sich nun wieder anders besonnen.

MUSIKLEHRER Es soll also nicht mit der Oper angefangen werden?

PRIMADONNA Was ist das, der Graf hat mir doch gesagt –

ERSTER LAKAI Um Vergebung. Wo ist der Herr Tanzmeister? Ich habe einen Auftrag meines gnädigen Herrn an Sie beide.

TANZMEISTER *tritt hinzu* Was wünscht man von mir?

ERSTER LAKAI Der gnädige Herr Jourdain belieben das von ihm selbst genehmigte Programm umzustoßen.

MUSIKLEHRER Jetzt im letzten Moment,. Ah, das ist doch –

ERSTER LAKAI – umzustoßen und folgendermaßen abzuändern.

TANZMEISTER Das Nachspiel wird Vorspiel, wir geben zuerst »Die ungetreue Zerbinetta«, dann »Ariadne«. Sehr vernünftig.

ERSTER LAKAI Um Vergebung. Die Tanzmaskerade wird weder als Nachspiel noch als Vorspiel aufgeführt, sondern mit dem Trauerstück »Ariadne« gleichzeitig.

TENOR Ha, ist dieser Herr Jourdain besessen?

MUSIKLEHRER Will man sich über uns lustig machen?

PRIMADONNA Sind die Leute wahnsinnig? Ich muß augenblicklich den Grafen –

Komponist nähert sich erschrocken. Zerbinetta horcht von rechts.

ERSTER LAKAI Es ist genau so, wie ich es sage. Wie Sie es machen werden, das ist natürlich Ihre Sache.

MUSIKLEHRER Unsere Sache!

ERSTER LAKAI Mein gnädiger Herr ist der für Sie schmeichelhaften Meinung, daß Sie beide Ihr Handwerk genug verstehen, um eine solche kleine Abänderung auf eins, zwei durchzuführen, und es ist nun einmal der Wille meines gnädigen Herrn, die beiden Stücke, das lustige und das traurige, mit allen Personen und der richtigen Musik, so wie er sie bestellt und bezahlt hat, gleichzeitig auf seiner Bühne serviert zu bekommen.

MUSIKLEHRER Warum gleichzeitig?

ERSTER LAKAI Und zwar so, daß die ganze Vorstellung deswegen auch nicht einen Moment länger dauert. Denn für Punkt neun Uhr ist ein Feuerwerk im Garten anbefohlen.

MUSIKLEHRER Ja, wie stellt sich denn der Herr Jourdain das vor?

KOMPONIST *vor sich* Eine innere Stimme hat mir von der Wiege an etwas Derartiges vorausgesagt.

ERSTER LAKAI Es ist wohl nicht die Sache meines gnädigen Herrn, wenn er ein Spektakel bezahlt, sich auch noch damit abzugeben, wie es ausgeführt werden soll. Ein Mann wie Herr Jourdain ist gewohnt, anzuordnen und seine Anordnungen befolgt zu sehen. Zudem will ich Ihnen sagen, ist mein gnädiger Herr schon seit heute morgen ungehalten darüber, daß in einem so wohlausgestatteten Hause wie das seinige ein so jämmerlicher Schauplatz wie eine wüste Insel ihm vorgestellt werden soll, und ist eben, um dem abzuhelfen, auf den Gedanken gekommen, diese wüste Insel durch das Personal aus dem andern Stück einigermaßen anständig staffieren zu lassen.

TANZMEISTER Das finde ich sehr richtig. Es gibt nichts Geschmackloseres als eine wüste Insel.

KOMPONIST Ariadne auf Naxos, Herr. Sie ist das Sinnbild der menschlichen Verzweiflung!

TANZMEISTER Ebendarum braucht sie Gesellschaft.

KOMPONIST Nichts um sich als das Meer, die Steine, die Bäume, das fühllose Echo. Sieht sie ein menschliches Gesicht, wird meine Musik sinnlos.

TANZMEISTER Aber der Zuhörer unterhält sich. So wie es jetzt ist, ist es, um stehend einzuschlafen.

ERSTER LAKAI Um Vergebung, aber ich bitte sich höchlichst zu beeilen, die Herrschaften werden sogleich eintreten.

MUSIKLEHRER Ich weiß nicht, wo mir der Kopf steht. Wenn man zwei Stunden Zeit hätte, über die Lösung nachzudenken.

KOMPONIST Darüber wollen Sie nachdenken, wo die menschliche Gemeinheit stier wie die Meduse einem entgegengrinst. Fort, was haben wir hier verloren?

MUSIKLEHRER Was wir hier verloren haben? Die fünfzig Dukaten unter anderem, von denen du das nächste halbe Jahr zu leben gedenkst.

KOMPONIST *vor sich* Hölle – Hölle auf Erden! Wozu leb ich? Warum werde ich nicht zu Stein?

TANZMEISTER *nimmt den Musiklehrer beiseite* Ich weiß wirklich nicht, warum Sie beide einem so vernünftigen Vorschlag solch übertriebene Schwierigkeiten entgegensetzen.

MUSIKLEHRER Meinen Sie denn im Ernst, es ließe sich machen?

TANZMEISTER Nichts leichter als das. Es sind Längen in der Oper,

Leiser

gefährliche Längen. Man läßt sie weg. Diese Leute wissen zu improvisieren, finden sich in jede Situation.

MUSIKLEHRER Still, wenn er uns hört, begeht er Selbstmord.

TANZMEISTER Fragen Sie ihn, ob er seine Oper lieber heute ein wenig verstümmelt hören will, oder ob er sie niemals hören will.

Zum Komponisten

Es sind gerade die Striche, durch welche eine Oper sich empfiehlt, und die vorzüglichsten Theater rechnen es sich zum Verdienst an, durch ihre Striche mindestens ebensoviel zum bleibenden Erfolg eines musikalischen Werkes beigetragen zu haben, als der Komponist durch das, was er an Arbeit hineingetan hat. Das erste, wonach der Herr Generalintendant der Königlichen Vergnügungen zu fragen pflegt, ist, ob eine Oper auch recht gute Striche enthält, und es wäre an der Zeit, daß ein geschickter Musikus die Bequemlichkeit annähme und komponierte ein gut Teil ordentlicher Striche von Anfang an in die Partitur hinein.

KOMPONIST Oh, ihr –

TANZMEISTER Schaffen Sie ihm Tinte, Feder, einen Rotstift, was immer! Es handelt sich darum, Ihr Werk zu retten!

KOMPONIST *drückt die ihm von allen Seiten gereichten Noten leidenschaftlich an die Brust* Lieber ins Feuer!

Man bringt Tinte, Feder, ein Licht dazu.

TANZMEISTER Hundert große Meister, die wir auf den Knien bewundern, haben sich ihre erste Aufführung mit noch ganz anderen Opfern erkauft.

KOMPONIST Meinen Sie? Hat er recht, du? Darf ich denn? Muß ich denn?

TANZMEISTER *drückt ihn sanft zu Boden, wo man die Noten ausbreitet und das Licht daneben stellt. Zum Musiklehrer* Sehen Sie zu, daß er genug streicht. Ich rufe indessen Zerbinetta her, wir erklären ihr in zwei Worten die Handlung, sie ist eine Meisterin im Improvisieren; da sie immer nur sich selber spielt, findet sie sich in jeder Situation zurecht, die anderen sind auf sie eingespielt, es geht alles wie am Schnürchen.

Er holt sich Zerbinetta, spricht zu ihr. Komponist, auf der Erde, fängt an, beim Schein der Kerze zu streichen.

PRIMADONNA *zum Musiklehrer, leise* Sehen Sie zu, daß er dem Bacchus einiges wegnimmt; man erträgt es nicht, diesen Mann so viel singen zu hören.

TENOR *tritt verstohlen zum Komponisten, beugt sich zu ihm* Nehmen Sie einen guten Rat an. Der Ariadne müssen Sie streichen. Niemand hält es aus, wenn diese Frau unaufhörlich auf der Bühne steht.

MUSIKLEHRER *nimmt den Tenor beiseite* Er nimmt ihr zwei Arien weg, Ihnen keine Note. Verraten Sie mich nicht.
Tritt zur Primadonna hinüber, nimmt sie beiseite
Sie behalten alles. Er nimmt dem Bacchus die halbe Rolle, lassen Sie sich nichts merken.

TANZMEISTER *zu Zerbinetta* Diese Ariadne ist eine Königstochter. Sie ist mit einem gewissen Theseus entflohen, dem sie vorher das Leben gerettet hat.

ZERBINETTA So etwas geht selten gut aus.

MUSIKLEHRER *hinzutretend* Theseus wird ihrer überdrüssig.

TANZMEISTER Sehen Sie zu, daß er genug streicht.

MUSIKLEHRER *zum Komponisten* Noch das, es muß sein!
Zu Zerbinetta
– und läßt sie bei Nacht auf einer wüsten Insel zurück.

ZERBINETTA Kleiner Schuft.

MUSIKLEHRER Sie verzehrt sich in Sehnsucht und wünscht den Tod herbei.

ZERBINETTA Den Tod. Das sagt man so. Natürlich einen anderen Liebhaber.

TANZMEISTER Natürlich, so kommts ja auch!

KOMPONIST *hat aufgehorcht, kommt auf den Knien näher* Nein, so kommts nicht, Herr! Denn sie ist eine von den Frauen, die nur einem im Leben angehören und danach keinem mehr –

ZERBINETTA He!

KOMPONIST *verwirrt, starrt sie an* – keinem mehr als dem Tod.

ZERBINETTA Der Tod kommt aber nicht. Wetten wir. Sondern ganz das Gegenteil. Vielleicht auch ein blasser, dunkeläugiger Bursche, wie du einer bist.

TANZMEISTER Streichen Sie, die Minuten sind kostbar.

MUSIKLEHRER Sie vermuten ganz recht. Es ist der jugendliche Gott Bacchus, der –

ZERBINETTA Als ob man das nicht wüßte. Nun hat sie ja fürs nächste, was sie braucht.

KOMPONIST *auf den Knien sich heftig herumwerfend* Sie hält ihn für den Todesgott. In ihren Augen, in ihrer Seele ist er es, und darum, einzig nur darum –

ZERBINETTA *fährt ihm mit der Hand über das Gesicht* Das will sie dir weismachen.

KOMPONIST Einzig nur darum läßt sie sich von ihm – auf sein Schiff – sie meint zu sterben! Nein, sie stirbt wirklich.

ZERBINETTA Tata, du wirst mich meinesgleichen kennen lehren.

KOMPONIST Sie ist nicht Ihresgleichen.

Schreiend

Ich weiß es, daß sie stirbt.

Leise

Ariadne ist die eine unter Millionen, sie ist die Frau, die nicht vergißt.

ZERBINETTA Kindskopf.

Sie kehrt ihm den Rücken; zu ihren vier Partnern, die herangetreten sind

Merkt auf, wir spielen mit in dem Stück »Ariadne auf Naxos«. Das Stück geht so: eine Prinzessin ist von ihrem Bräutigam sitzengelassen, und ihr nächster Liebhaber ist fürs erste noch nicht angekommen. Die Bühne stellt eine wüste Insel dar. Wir sind eine muntere Gesellschaft, die sich zufällig auf dieser Insel befindet. Die Kulissen sind Felsen und wir plazieren uns dazwischen. Ihr richtet euch nach mir und sobald sich eine Gelegenheit bietet –

KOMPONIST *während sie spricht, auf den Knien vor sich* Sie gibt sich dem Tod hin – ist nicht mehr da – weggewischt – stürzt sich hinein ins Geheimnis der Verwandlung – wird neu geboren – entsteht wieder in seinen Armen – daran wird er zum Gott. Worüber in der Welt könnte eins zum Gott werden, als über diesem Erlebnis?

Springt auf

Sie machen mir eine wahnwitzige Posse aus dem einzigen Traum meiner Seele. Schütten den Kehricht der Straße in ein himmlisches Gemach. Ich muß mich zur Wehr setzen.

Zerbinetta tritt zu ihm, sieht ihm in die Augen.

KOMPONIST Ein Lebendiges ist es, ein Atmendes, fließend geschmiedet Glied an Glied – wie das da –

Er ergreift ihre Hand, fährt sanft den Arm aufwärts

– und Ihr wollts auseinanderreißen. Eure infamen Affenstreiche dazwischen treiben. Mörder seid ihr alle miteinander.

ZERBINETTA Besser wirds. Vernunft kommt in die Verstiegenheit.

KOMPONIST Lebendig wars. Stand da – so!

Malts mit den Händen in der Luft.

ZERBINETTA *ihm in die Augen* Und wenn ich hineinkomme wirds schlechter?

KOMPONIST Ich überlebe diese Stunde nicht.

ZERBINETTA Du wirst noch ganz andere überleben.

MUSIKLEHRER An Ihre Plätze, meine Damen. Najade, Dryade, Ariadne, Echo! Auf die Szene, wenn ich bitten darf.

Arbeiter und Handlanger sind verschwunden. Die Lakaien haben drei Fauteuils für Jourdain und seine Gäste aufgestellt. Najade, Dryade und Echo nehmen ihre Plätze auf der Bühne ein. – Zerbinetta stellt ihre vier Partner in die Kulissen und tritt selber in die vorderste.

ARIADNE *zum Musiklehrer* Ich soll mit dieser Person auf einer Szene stehen? Woran denken Sie. Schaffen Sie mir augenblicklich den Grafen hierher.

MUSIKLEHRER Bedenken Sie, was auf dem Spiele steht. Seien Sie barmherzig. Bin ich nicht Ihr alter Lehrer –

ARIADNE Jagen Sie mir die Kreatur von der Bühne oder ich werde mir selber Recht zu verschaffen wissen –

MUSIKLEHRER Geben Sies ihr zu fühlen. Aber auf die Szene. Wo hätten Sie eine schönere Gelegenheit, als im Spiel, ihr zu zeigen, welch unermeßlicher Abstand zwischen Ihnen befestigt ist.

ARIADNE Abstand, eine Welt hoffe ich.

MUSIKLEHRER Legen Sie diese Welt in jede Gebärde und –

ARIADNE Glauben Sie?

MUSIKLEHRER *küßt ihr die Hand, nimmt ihr den Mantel ab* Man wird Ihnen anbetend zu Füßen sinken.

Ariadne geht schnell auf die Bühne. Man läßt an dieser den Vorhang herab.

Jourdain mit Dorantes, zwischen ihnen Dorimene, unter Vorantritt des kleinen Lakaien, treten von rechts auf, kommen in die Mitte. Musiklehrer und Tanzmeister verneigen sich. Komponist ist ins Orchester verschwunden. Dorantes und Dorimene treten zur Seite, indes Jourdain Anordnungen trifft, wie etliche untergeordnete Personen, die noch zusehen, seitwärts zu plazieren sind.

DORANTES *zu Dorimene* Ich habe alles, was man spielen wird, angegeben. Mein einziger Gedanke war, daß in der Musik und in der Handlung einiges enthalten sei, was Sie zu rühren vermöchte. Es handelt sich um eine Frau, die man ihrer Lage nach mit einer Witwe vergleichen darf.

DORIMENE Wie zart Sie im Ausdenken solcher Attentionen sind, lieber Dorantes.

DORANTES *küßt ihr die Hand, sie will wegtreten* Noch ein Wort. Es kommt eine Szene vor – eine gewisse Szene – nun, Sie werden ja sehen. Während dieser Szene wird es auf eine künstliche Weise ziemlich dunkel. Man würde kaum bemerken, wenn sich jemand entfernt. Und ich habe gedacht, da diese Szene fast ans Ende der Oper fällt, so wäre es ein vortrefflicher Moment – wenn Sie mir erlauben wollten, Sie nach Hause zu begleiten – ich habe jedenfalls Ihrem Kutscher befehlen lassen, sich bereitzuhalten.

DORIMENE Auf diese Weise könnten wir uns den langweiligen Komplimenten Ihres Strohmannes entziehen?

DORANTES Sie sind entzückend.

DORIMENE Wir wollen sehen.

Jourdain nähert sich ihnen, man nimmt Platz, Ouvertüre setzt ein.

ABWEICHUNGEN IN DER FRÜHFASSUNG (1911)

In der ursprünglichen Fassung, die beide Werke zu einer Einheit verband, finden sich einige Stellen, in denen Jourdain und seine Gäste in die Oper hineinspielen – Stellen, die später wegfielen. ›Ariadne‹ wurde in der neuen Fassung leicht gekürzt, vor allem um eine Rede der Zerbinetta.

Auf Ariadnes Worte »Mein Kopf behält nichts mehr« (S. 201) folgte:

JOURDAIN Es ist ein wenig eintönig, was sie singt, finden Sie nicht?

DORANTES Pst, das ist die Einfachheit des großen Stils, das ist es, was die Kenner über alles setzen!

JOURDAIN Ich finde es ja auch recht hübsch. Nur schade, daß er das Waldhorn nicht verwendet.

Nach »Jetzt hab ichs – Götter! daß ichs nur behalte« (S. 201):

JOURDAIN Sie tut nichts als sich beklagen. Man wird traurig davon. Ich wollte, man hätte mehr Kerzen aufgesteckt. Es sind wahrlich genug davon im Hause.

DORANTES Sie träumt von Theseus, der sie verlassen hat.

JOURDAIN Kommt er wieder?

DORIMENE Still, hören wir doch zu.

JOURDAIN Ich wollte, es käme bald was Kurzweiligeres. Ich habe doch anbefohlen –

Hebt sich vom Sessel, um nach dem Tanzmeister zu sehen.

DORIMENE, DORANTES Sst! –

Nach dem Lied des Bacchus, nach Ariadnes »Nimm sie dahin« (S. 217):

ZERBINETTA *tritt eilig auf, mit einem tiefen Knicks vor Ariadne* Prinzessin! welchen Botenlohn hab ich verdient?

Auf dieser Insel weilt ein Mann, ein Gott!
Es weilt ein Wunder, ohnegleichen!
Weilt hier und wandelt! wird den Hügel da –
Und diese Höhle bald erreichen!
Und dann – es ist ein Mann und welch ein Mann!
Und dennoch nichts von ihrer Derbheit, ihrer Härte –
Wangen wie eine Frau, von einem Reh das Aug,
Ihm nachzuspähen, nachzuschleichen nur,
Ich habe nie was Holderes erlebt!
Verstohlen ihm zu folgen auf der Spur:
Er geht, er gehet nicht! er schreitet, schwebt.
Unschlüssig schweift er hin, die Arme aufgeworfen,
Lacht auf: ein Knabe, nein, ein Kind!
Man denkt: ein junges Reh,
Das sich erschrickt, und stutzt im Morgenwind.
Ist es derselbe, der auf einmal lauscht,
Wenn etwas in den Zweigen rauscht,
Sich anspannt und in einem Sprunge
Mit unbegreiflich wildem Schwunge
Sich panthergleich hinschleudert auf ein Tier?
Ach, alles duckt sich, alles hängt und drängt,
Gefangen auch zu sein von diesen Händen,
Und wärs in ihrem Druck das Leben zu beenden!

ECHO *verzückt* Und wärs in ihrem Druck das Leben zu beenden!

ZERBINETTA

Doch er – als ging es ihm um völlig andere Dinge
Als seine Hände schaffen – ach –
Er läßt das kaum Gefangene entspringen,
Sieht ihm nicht einmal nach –
Ein Schatten wie von einem dunklen Kranz,
Den eine unsichtbare Hand ihm flieht,
Fliegt über sein Gesicht,
Es wechselt unter hell und dunklem Glanz.
Indes sein Auge in die Ferne sieht,
Entströmt den süßen kühnen Lippen
Ein schön halbtraurig Lied,
Das ihm, ich weiß nicht wie, zu Sinn gekommen!

NAJADE, DRYADE *leise*
Ein süßes Lied! wir habens wohl vernommen!
ZERBINETTA
Vernommen schon? und die Prinzessin noch,
Noch zum Empfange nicht geschmücket
Für einen solchen Gast!
ARIADNE *geisterhaft*
Er kommt zu mir.
ZERBINETTA
Still, sie ist wie entrückt.
Sie schmücken die Willenlose – Unbewußte
Kein Wunder, wenn sie seine Stimme hörte!
Und noch hat sie ihn nicht gesehn!
Die Spangen schnell, den Mantel nun herbei!
Sandalen an den hübschen Fuß!
Könnt ihr nicht fühlen: Er ist nah!
Beflügelt euch denn nicht, was hier geschehen muß?!
ARIADNE *zartest*
Sie haben mich geschmückt. Mein Grab ist da.
O meine Mutter. Jetzt geht Ariadne fort von hier.
Stärkstes Heranschreiten. Bacchus steht da.

Nun weiter S. 217 *Ariadne in jähem Schreck, schlägt die Hände vors Gesicht.*

Am Schluß, nach Bacchus' Worten: »... die Höhle... zieh ich zur tiefsten Lust um dich und mich!« (S. 220):

Die Luft trägt ihn, und Ariadne mit ihm, jäh bis an den Eingang der Grotte.
ARIADNE *an seinem Arm hängend, sie sind beide am Eingang der Grotte noch sichtbar*
Was hängt von mir
In deinem Arm?
Oh, was von mir,
Die ich vergehe,
Fingest du Geheimes

Mit deines Mundes Hauch?
Was bleibt, was bleibt von Ariadne?
Laß meine Schmerzen nicht verloren sein!
Weinlaub und Efeu fällt vor, verbirgt sie beide. Ihre Stimmen tönen verflochten.

ARIADNES STIMME

Laß meine Schmerzen nicht verloren,
Bei dir laß Ariadne sein!
Nochmals dreimal.

BACCHUS' STIMME

Deiner hab ich um alles bedurft!
Nun bin ich ein anderer als ich war,
Durch deine Schmerzen bin ich reich,
Nun reg ich die Glieder in göttlicher Lust!
Und eher sterben die ewigen Sterne,
Eh denn du stürbest aus meinen Armen!

Zerbinetta, Harlekin, Scaramuccio, Truffaldin und Brighella, desgleichen Najade, Dryade und Echo haben von allen Seiten die Bühne betreten: zunächst verhalten sie sich horchend still.
Dann als die beiden Stimmen verstummen, springt –
(Nach den letzten Worten des Bacchus, solange es ganz finster ist, haben sich Dorantes und Dorimene lautlos entfernt. Als es wieder hell geworden ist, überzeugt sich Jourdain mit Staunen, daß die Plätze neben ihm leer sind) –

ZERBINETTA *vor und wiederholt mit spöttischem Triumph ihr Rondo*

Kommt der neue Gott gegangen,
Hingegeben sind wir stumm!
Und er küßt uns Hand und Wangen,
Und wir geben uns gefangen,
Sind verwandelt um und um!
Sind verwandelt um und um!
Sie reicht die Hand dem Harlekin, desgleichen die übrigen paarweise. Zerbinetta singt und tanzt mit ihrem Partner
So war es mit Pagliazzo
Ein Knicks
Und mit Mezzetin!
Ein Knicks

Dann mit Cavicchio,
Dann Burattin!
Ein Knicks
Doch niemals Launen,
Immer ein Müssen,
Immer ein neues
Beklommenes Staunen:
Daß ein Herz so gar sich selber,
Gar sich selber nicht versteht!
Alle fallen ein, singend und tanzend. Tanzend und singend gehen sie ab.

Nachdem die Figuren sich tanzend entfernt haben (durch die Tür links), steht Jourdain verblüfft über den Abgang seiner Gäste. Erster Lakai tritt auf ihn zu, sagt ihm etwas leise – noch während der Musik: man sieht aus der Gebärde, er sagt ihm: die Herrschaften sind leise hier bei der Tür rechts verschwunden. Jourdain macht die Reverenz nach jener Seite, den Abgegangenen nach.

ZWEITER LAKAI Soll das Feuerwerk trotzdem abgebrannt werden?

JOURDAIN *achtet nicht auf ihn, sagt vor sich hin, wie entrückt* Alle Leute rücken mir beständig nichts als meinen Verkehr mit großen Herren vor, und ich, ich weiß mir einmal nichts Schöneres als das; es ist doch bei großen Herren ein Anstand, eine leichte gelassene Höflichkeit ohnegleichen, und ich wollte, daß es mir ein paar Finger aus der Hand gekostet hätte und daß ich dafür ein Graf oder Marquis von Geburt wäre und dieses gewisse Etwas mit bekommen hätte, mit dem sie allem, was sie tun, ein solches großes Ansehen zu geben wissen!

Vorhang.

[SZENARIUM] (1911)

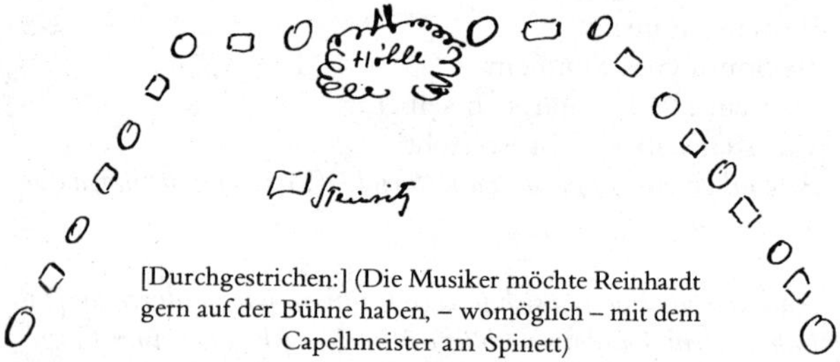

[Durchgestrichen:] (Die Musiker möchte Reinhardt gern auf der Bühne haben, – womöglich – mit dem Capellmeister am Spinett)

Die Bühne aufgestellt in Jourdains großem Saal. Anstatt der Coulissen abwechselnd Orangenbäumchen in Kübeln und Candelaber mit brennenden Kerzen. In der Mitte eine künstliche Höhle/Grotte aus Pappendeckel aber architectonisch schön, im Poussin'schen Stil.

Die heroischen Figuren

Ariadne	*Alt**
der Fremdling (Bacchos)	*lyrischer Tenor*
Naiade	*Sopran*
Dryade	*Sopran*
Echo	

durchaus edel, im Stil der Louis XIV-Antike

Die Figuren des Intermezzo

Zerbinetta	*Coloratur*
Arlekin	*Bariton*
Scaramuccio	*Tenor*
(Arlekin, Scaramuccio, Brighella, Truffaldin)	4 Männer
Brighella	*Baß*
Truffaldin	*Baß*

Figuren der commedia dell'arte in Callot's Manier, bunt, grotesk.

Bacchos lyrischer Tenor (Spieltenor) [*Durchgestrichen:*] oder Alt??

* [Die Besetzungsangaben sind von Strauss' Hand.]

Scenarium für Ariadne auf Naxos

[von Strauss' Hand.]
a = c
Einleitung melancholisch Gmoll, dann b leidenschaftlich/Tränen pizzicati/ Bratsche Meereswogen

Ariadne vor ihrer Höhle.
Naiade links vorne an den Stufen des Podiums gelagert. (Dort eine Andeutung der Meereswellen aus bläulichem Silberstoff.)
Dryade rechts vorne an eines der Orangenbäumchen gelehnt.
Echo rückwärts halbverborgen an die Höhle geschmiegt.
Zerbinetta, Arlekin, Brighella, Truffaldin, Scaramuccio außerhalb der Bühne postiert, hinter den Bäumchen, gucken gleichsam zwischen den Coulissen hervor.
Introduction. Dann: Naiade, Dryade, Echo.
Naiade: Sie schläft!
Dryade: Sie weint!
Zu dreien: Ariadne!
(eine kurze Scene)

Ariadne (richtet sich auf) Große Klage der Verlassenen, pathetisch aber ganz einfach und zum Herzen gehend. Nicht leben – nicht sterben – jammervoll. Naiade – Dryade – Echo: leise, discret mischen sich ein, nehmen manches auf. Sie wissen daß sie hier zu trösten unvermögend sind. *Recitativ u. Arie**

Die italienischen Figuren, zwischen den Coulissen hervor, sprechen ihr Bedauern über den Gemütszustand der Dame aus.
Arlekin versucht es mit einem Liedchen. *Lied*

* [Die kursiv gesetzten Marginalien, die sich auf die musikalische Formgestaltung beziehen, sind von Strauss' Hand.]

Ariadne scheint seiner gar nicht zu achten. Echo wiederholt leise den Refrain seines leichtfertig tröstlichen Liedchens.

Ariadne achtet es nicht, starrt vor sich hin. Stille (absolute Stille: ein paar Zwischenbemerkungen der Zuschauer: Hoffnung, daß diese Verlaßne doch irgendwie werde Trost annehmen)
Intermezzo: Zerbinetta und ihre 4 Begleiter besteigen von vorne die Bühne und präsentieren sich Ariadne. Sie aufzuheitern, unternehmen sie einen Tanz. (Furlana) grotesk-charakteristisch. Ariadne achtet es nicht, sieht über sie hinweg wie über leere Luft.
Die 4 Männer treten bei Seite.

Arie. Variationen mit Coloraturen

Zerbinetta nähert sich Ariadne, sucht sich einzuschmeicheln. Sie verstünde zu trösten. Auch ihrem Herzen sei Kummer des Verlassenwerdens nicht fremd. Den Brief eines nie vergessenen Ungetreuen (ihres *ersten* Liebhabers) trage sie immer am Herzen. Zieht ihn hervor, schickt sich an, ihn vorzulesen. Ariadne, belästigt, erhebt sich lautlos, (dies in Bewegungsteile zerlegen) geht in die Grotte. Zerbinetta wagt es nicht ihr nachzugehen, bleibt am Eingang der Grotte stehen und liest (= singt) den Brief des Ungetreuen. Sie ist zu Ende. Ariadne gibt keinen Laut, kein Zeichen.

Männerquartett

Zerbinetta: solche Untreue hat mein Herz erlitten. Bin ich nicht wert, Ihre Freundin zu werden? Die 4 Männer geben Zeichen der Ungeduld. Sie wollen Zerbinetta von der Grotte weghaben. »Laß das undankbare Geschäft, eine Verzweifelte zu trösten. Komm mit mir.
(Jeder: mit mir – mit mir – mit mir.)
Arlekin: sieh die Insel! sieh die Früchte
Scaramuccio: sieh die Blumen! die Rasenplätze

Arlekin: Genieße sie mit mir!
jeder: mit mir!
Zerbinetta findet an jedem der 4 etwas unwiderstehliches. Einen sanft, einen wild, einen hoheitsvoll, einen feurig. Keinem kann sich ihr Herz ganz entziehen. Sie wundert sich über ihr eigenes Herz, das immer Vorsätze der Treue, der Enthaltsamkeit macht und sie so wenig zu halten weiß. Die 4 Männer schlüpfen jeder wo anders von der Bühne herunter, sie drückt jedem die Hand, verspricht sich jedem, schlüpft endlich dem Arlekin nach, wird mit diesem unsichtbar. Die 3 andern Männer kommen vorne an die Bühne geschlichen, jeder für sich. Jeder meint, ihm sei die Schäferstunde zugedacht, endlich, zu dreien entdecken sie den Betrug, ärgern sich, tanzend, tanzen ab, auf später sich vertröstend. Dies alles in größter Knappheit. (Ende des Intermezzos.)

Ensemble; Zerb. mit Männerquartett

Terzett

(Nicht zu vergessen, daß die 4 *groteske* Gestalten sind: Arlekin ein Gauner, Brighella ein Tölpel, Scaramuccio ein Charlatan und Truffaldin ein grotesker Alter.)
(während ihres Abtanzens ist Gelegenheit für ein paar Zwischenbemerkungen der Zuschauer)
[Nachträglich von Hofmannsthal mit Bleistift eingefügte Zwischenbemerkungen:]
Klatsch über Bacchus Herkunft und erstes Abenteuer: Knabenhaft, Sohn einer Königstochter die starb von Nymphen aufgezogen! (zu dreien wie hübsch) Gespräch: Die Hauptsache wäre etwas mager Jourdain: ich hab die Hauptsache nicht mager gefunden.

Die Naiade, die während des vorigen verschwunden war, tritt wieder auf und meldet: Seit heute nacht liege ein fremdartiges Schiff in

Beginn des Finales. fortlaufend

der Bucht vor Anker, *fremdartige Musik* ertöne von Bord, nur einer sei gelandet, ein Herrlicher Unwiderstehlicher! sicherlich ein Gott, Delphine hüpfen empor, ihn zu sehen, die Thiere des Waldes folgen ihm bezaubert! hörst du was ich melde, Ariadne?

Das Echo: Hörst du, Ariadne!

Ariadne tritt aus der Grotte, steht in dumpfem Hinbrüten. Bacchos' Stimme unsichtbar: lokkend, werbend.

Ariadne erschreckt und doch beglückt. Fragt sich ob es Hermes der Götterbote sei, der komme, sie ins ersehnte Todtenreich zu führen.

Die Stimme abermals.

Ariadne, jedesmal, solange die Stimme tönt, gelöst, sobald die Stimme schweigt, aufs neue erstarrend.

Die Stimme schweigt.

Naiade, Dryade, Echo, leisest, äußern ihre Betrübniß.

Die Stimme ertönt wieder.

Duett während der hymnenartigen Musik des heranschreitenden Bacchus

Ariadne gelöst bewegt. Ariadne und die Stimme zunächst mehrmals alternierend, dann auch zugleich

Zerbinetta herein. Spiel und Singscene Ariadne Zerbinetta ohne daß die schon anbegonnene Steigerung in der Hauptlinie dadurch verloren geht.

Zerbinetta ganz erregt über den schönen götterhaften Fremdling der sich auf Schlangenpfaden, seines Zieles aber sicher, Ariadnes Grotte nähere.

Ariadne bestürzt, ratlos, Hält daran fest: wer sie zu suchen komme könne nur Hermes sein, der Todtenführer

Zerbinetta, zofenhaft zudringlich, bemüht Ariadne zu schmücken, zu putzen Ariadne läßt es geschehen, als sei es für den Tod. Zerbinetta findet, Ariadnes Herz klopfe höchst lebendig, ihr Auge glänze unvergleichlich.

Triumphierendes Heranschreiten (nun in der Musik) *Abschluß der Hymne*

Bacchos *steht da*.

Zerbinetta die Naiade die Dryade ziehen sich unter tiefen Verneigungen zurück. Echo hat sich versteckt

Ariadne und Bacchos, einander gegenüber, ganz wie ein König und eine Prinzessin.

Zartes Liebesgespräch (noch nicht eigentliches Duett)

[am Rand:] entfernt im Stil Marschallin-Quinquin *Beginn des Liebesduetts*

Sie bittet ihn, ihm die honneurs ihrer Grotte machen zu dürfen. Er folgt ihr hinein. Das eigentliche Liebesduett ertönt nun aus der Grotte.

[Am Rand, mit Bleistift:] Zerbinetta (ad spectatores) Wie wir es sagten ist es gekommen. Naiade – Dryade – Echo fallen ein. Desgleichen fallen allmählich Zerbinetta und ihre 4 Anbeter in den allgemeinen Jubel ein. Zerbinetta tanzt mit Arlekin, Brighella mit der Naiade, Truffaldin mit der Dryade, Scaramuccio mit Echo, sie umtanzen einmal die Bühne, dann treten Bacchos und Ariadne aus der Höhle hervor, er führt sie an der Hand, allgemeines Abgehen, dem sich die Zuschauer anschließen.

[*Notizen I*]

[Die beiden folgenden Sätze durchgestrichen:]

Ariadne zerstückelten Sinnes verwildert wie ein scheus Thier. Sie liegt starr an der Erde, die drei Nymphen tanzen einen sanften traurigen Tanz um sie.

Toll, aber klug!

[Durchgestrichen:]
Als die 5 sich ihr aufdrängen: hält sie beide Hände vor die Augen, solche Fratzen ihrer verstörten Phantasie nicht zu sehen.

Die drei Nymphen mit Smeraldina eifrig bemüht, sie zu schmücken durch Anhauch wie die homerischen Götter. Man bringt aus der Höhle das Goldschimmernde Oberkleid. (orientalisch, blumenbestickt, mit Agraffe. Stirnreif)
Ariadnes schreckhaftes sich entziehen wollen.
Ariadne zu Bacchus
schnell mein Herz bring es hinüber, wo es keiner Anfechtung mehr ausgesetzt ist.

Vorspiel: siehe Mozart. Verkehr mit Sängerinnen

Ceremonie Höflichkeit
Anreden bei Shakespeare
steife Handwerksbräuche
zarteste Convention:
Haltung. Ermöglichung
mit einer Neigung unendlich
viel zu geben. Da
sich das Leben dem
concreten Geben versagt.
Ceremoniel der Tänzerin
Sie gibt was nur sie
geben kann.
Tanzmeister im Vorspiel

Ariadne bz. Bacchus Ton:

Gewiß ein Heiliges wohnt in dieser Brust
verborgen und bewegt die stille Luft
Comus daß sie ihm Zeugnis gebe –
Wie lieblich gleitet dieses auf den Flügeln
des Schweigens durch die hochgewölbte Nacht
und streichelt sanft der Finsternis ihr Federkleid
bis daß sie lächelt

So süße Bürgschaft wacher Seligkeit
vernahm ich nie zuvor. Heil fremdes Wunder!

[*Notizen II*]

28. V. 1911

Ariadne auf Naxos
Divertissement in einem Aufzug
zu spielen nach dem ›Bürger als Edelmann‹ des Molière
von
Hugo von Hofmannsthal
Musik v. Richard Strauss

Es ist Bacchus erste Ausreise. Noch wird seine Gottheit bezweifelt. Sein erstes Abenteuer war Circe, deren Macht an ihm versagte. Ein Grauen vor dem Verwandeltwerden hat ihm das Herz versengt. Daß er die Macht habe, zu verwandeln, zu erwecken ist eine ihm noch ungethane Erfahrung.
Sein Lied, ehe er auftritt ist Furcht vor Circe. Neue Insel, neues Leben –
Najade berichtet: von Circes Insel. Die Befreiten seine Gefährten: er entzaubert sie zum Theil*.
Echo weiß noch mehr zu erzählen: er ist es an dem Circes Kunst zu schanden geworden. Er ist sicherlich ein Gott.
Schluß: abgehen aufs Schiff. Die 4 (Arlekin etc.) jubeln voraustanzend: Auf nach *Cythere*.

* zum Teil, doch nicht sogleich. Tierhaftes bleibt an ihnen

ANGABEN FÜR DIE GESTALTUNG DES DEKORATIVEN IN ›ARIADNE‹ (NEUE BEARBEITUNG)

Das Vorspiel

Ein großer Saal im Barock- oder Rokokostil, in welchem die »Bühne« von Theaterarbeitern eben eingebaut wird, die Räume für die Garderoben der Sänger und Masken können außerhalb des Raumes angenommen werden oder gleichfalls in dürftiger improvisierter Weise in den Saal eingebaut werden; das Gesamtbild soll von dem einer Probebühne nicht sehr abweichen, die Rückseite von Prospekten und Kulissen darf und soll sichtbar werden, die Beleuchtung soll dürftig sein, kurz, das Ganze kann von einem geschickten Regisseur mit Hilfe jeder Operndekoration, die einen – nicht gerade mittelalterlichen – Saal darstellt, hergestellt werden.

Die Oper ›Ariadne‹

ist, was Dekoration (und Kostüme) betrifft, nicht etwa parodistisch zu halten, sondern ernsthaft im heroischen Opernstil der älteren Zeit (Louis XIV oder Louis XV); ältere vorhandene Dekorationen zu Gluckschen Opern können zur Richtschnur dienen, eventuell wird auch aus solchem Material die Dekoration zusammengestellt werden können. Heroischer Meeresstrand mit einer Höhle; womöglich alte Kulissen (Bäume, Felsen) mit geraden Gassen. Das Ganze dem Poussinschen Stil angenähert. Die Höhle der Ariadne kann entweder plastisch oder flach gemalt sein; in letzterem Fall muß sie aber einen praktikablen Eingang haben.
Unerläßlich ist die Andeutung, daß hier ein Spiel im Spiele, eine Bühne auf der Bühne gemeint sei. Diese kann erfolgen durch ein eingebautes Proszenium als Bühnenrahmen mit vergitterten Logen, sowie ein paar Statisten: auch drei im Stil des achtzehnten Jahrhunderts in die heroische Bühne hineinhängende Kronleuchter werden zu dieser Illusion beitragen, die jeweils von dem Regisseur auch auf anderem Wege erzielt werden kann.

ARIADNE AUF NAXOS (1911)

Oper in einem Aufzug
Zu spielen nach dem ›Bürger als Edelmann‹ des Molière

Molières »Bourgeois-gentilhomme« ist eines von den Meisterwerken, von denen mehr eine unübertrefflich gezeichnete Hauptfigur als der Gang der Handlung im Gedächtnis der Gebildeten haftet. Es ist eine »Komödie mit Tänzen«, zu einem höfischen Anlaß entworfen. Was wir daran als unsterblich empfinden, die Charakterkomödie, war eine Beigabe, die das Genie lieferte, bei dem man nichts als eine Art von Rahmen für mimische und musikalische Divertissements bestellt hatte. Das Stück endete mit einem großen Ballett, welches vor Herrn Jourdain und seinen Gästen gespielt wurde und zu welchem Lulli die Musik gemacht hatte. An Stelle dieses Balletts glaubte man, ohne Verletzung der Ehrfurcht eine kleine, dem Geschmack jener Zeit angenäherte Oper setzen zu dürfen, in welcher einem Komponisten der Gegenwart die Gelegenheit gegeben werden sollte, einen höchst einfachen Stoff mit begrenzten musikalischen Mitteln von innen heraus zu beleben und damit vielleicht so manches irrige und am Äußerlichen haftende Urteil über die Grenzen und Bedingungen seines Schaffens zu entkräften.

Ohne Verletzung der Ehrfurcht – denn Molières Komödie ist nun einmal als Rahmenwerk gedacht und nicht als eine regelmäßige Komödie. Ein großer Autor bedient sich auch einer niedrigen oder gemischten Form, wenn sie ihm durch die Umstände aufgedrungen wird, mit solcher Bestimmtheit, daß es unstatthaft wäre, zu glauben, man könne sein Werk mit Gewalt in eine höhere oder reinere Gattung zurückzwingen. Nimmt man dieser Komödie die Tänze und Zeremonien und läßt sie ohne Musik auslaufen, so wird sie ärmer, ohne darum einheitlicher zu werden, denn die Handlung ist und bleibt lose, die Akteinteilung die denkbar willkürlichste. Was alles zusammenhält, ist die Erfindung und Durchführung der Hauptfigur. Von einer vollendeten Rundheit, scheint sie auch außerhalb der Szenen, durch welche ihr Schöpfer sie durchführt, ein Eigenleben zu führen und sich zu allem herzugeben. Erlaubte man sich, Herrn Jourdain zum Veranstalter und Zuschauer einer neuen, darum problematischen Produktion zu machen, ja diese in sein Haus zu verlegen, so geschah es, weil die unerschöpfliche und an keine Epoche gebundene Symbolik dieser wahrhaft repräsentativen Figur dazu verlockte.

ARIADNE (1912)

Aus einem Brief an Richard Strauss

Sie fragen mich, was es mit der *Verwandlung* auf sich hat, die Ariadne in Bacchus' Armen erfährt, denn Sie fühlen: hier ist der Lebenspunkt, nicht bloß für Ariadne und Bacchus, sondern für das Ganze. Ein Wort von mir, meinen Sie, müßte Ihnen das noch näherbringen, aber ich denke, es ist Ihnen schon ganz nahe, und eben weil es Ihnen so nahe ist, ist es schwer zu fassen, wie alle die offenbaren Geheimnisse des Lebens, die mit Worten noch näher als nahe an uns heranzureißen nicht gegeben ist; mit Tönen aber lassen sie sich in unser Herz hineinziehen, und hier ist es eben, wo die Musik von der Dichtkunst herbeigerufen wird und ihr Bündnis vollberechtigt und besiegelt ist.

Verwandlung ist Leben des Lebens, ist das eigentliche Mysterium der schöpfenden Natur; Beharren ist Erstarren und Tod. Wer leben will, der muß über sich selber hinwegkommen, muß sich verwandeln: er muß vergessen. Und dennoch ist ans Beharren, ans Nichtvergessen, an die Treue alle menschliche Würde geknüpft. Dies ist einer von den abgrundtiefen Widersprüchen, über denen das Dasein aufgebaut ist, wie der delphische Tempel über seinem bodenlosen Erdspalt. Man hat mir nachgewiesen, daß ich mein ganzes Leben lang über das ewige Geheimnis dieses Widerspruches mich zu erstaunen nicht aufhöre. So steht hier aufs neue Ariadne gegen Zerbinetta, wie schon einmal Elektra gegen Chrysothemis stand. Chrysothemis wollte leben, weiter nichts; und sie wußte, daß, wer leben will, vergessen muß. Elektra vergißt nicht. Wie hätten sich die beiden Schwestern verstehen können? Zerbinetta ist in ihrem Element, wenn sie von einem Manne zum andern taumelt, Ariadne konnte nur *eines* Mannes Gattin, sie kann nur *eines* Mannes Hinterbliebene sein. Sie rafft ihr Kleid: es ist die Gebärde derer, die fliehen wollen vor der Welt. »Hier kommt alles zu allem«, sagt sie, das ist ebenso weh, wenn auch nicht so hart; wie vieles, das Elektra sagt, der Klytämnestras Schlafgemach die Welt und die Welt Klytämnestras Schlafgemach ist. Für Elektra blieb nichts als der Tod; hier aber ist das Thema weitergeführt. Auch Ariadne wähnt, sich an den Tod dahinzugeben; da »sinkt ihr Kahn und sinkt zu neuen Meeren«. Dies ist Verwandlung, das Wunder aller Wunder, das eigentliche Geheimnis der Liebe. Die unmeßbaren Tiefen der eigenen Natur, das Band von uns zu einem Unnennbaren, Ewigdauernden hin, das unseren Kinderzeiten, ja den Zeiten des Ungeborenen in uns nahe war, können sich von innen her zu einer bleibenden, peinlichen Starrnis verschließen: kurz vor dem Tode, ahnen wir, würden sie sich auftun: etwas der Art, das sich kaum sagen läßt, kündigt sich in den Minuten an, die dem Tod der Elektra vorangehen. Aber in einem vom Schicksal nicht so gezeichneten Dasein wird auch eine sanftere Gewalt als der Tod diese Tiefen aufschließen: durch das Dasein hin ist Liebe verbreitet; ergreift sie mit ihrer ganzen Kraft ein Wesen, so löst dieses sich aus seiner Starrnis bis in den tiefsten Grund: die Welt ist ihm wiedergegeben, ja, es zaubert sich selber die Welt hervor als ein Diesseits und Jenseits zugleich. Wenn Ariadne vor ihrem verwandelten Selbst auch die Höhle ihrer Schmerzen zum Freudentempel verwandelt sieht, wenn ihr der Mutter Augen aus dem Mantel des Bacchus entgegenblicken und die Insel aus einem Kerker ein Elysium wird – was bekennt sie damit anderes, als daß sie *liebt* und *lebt*.

Sie war gestorben und ist aufgelebt, ihre Seele ist in Wahrheit verwandelt – freilich, es ist die Wahrheit einer höheren Stufe, wie könnte es die Wahrheit für Zerbinetta und die ihrigen sein! Diese gemeinen Lebensmasken sehen in dem Erlebnis der Ariadne, was eben sie davon zu begreifen vermögen: den Tausch eines neuen Liebhabers für einen alten. So sind die beiden Seelenwelten in dem Schluß ironisch verbunden, wie sie eben verbunden sein können: durch das Nichtverstehen.

Soll ich Ihnen noch ein Wort über Bacchus beifügen? Mir ist, es könnte geschehen, daß Sie sich unter der Arbeit plötzlich fragten: Wer ist Bacchus? Wen verbirgt diese Maske, da hier alles nur Maske des niederen oder höheren Lebens ist? Denn das fühlen Sie, wie ich es mir nun, indem ich diese Zeilen schreibe, bewußt werde: ich bin hier überall so weit von aller Mythologie, daß der bloße mythisch-anekdotische Zusammenhang mich nicht mehr trägt. Ich habe die Balken dieses alten Floßes schon am Ufer gelöst und muß, will ich nicht sinken, auf der nackten Welle ans Ziel kommen. Bacchus ist Gegenspiel zur gemeinen Lebensmaske Harlekin, wie Ariadne Gegenspiel zu Zerbinetta. Harlekin ist bloße Natur, ist seelenlos und ohne Schicksal, obschon ein Mann; Bacchus ist ein Knabe und schicksalsvoll. Harlekin ist irgendeiner, Bacchus ist ein einziger, ein Gott, auf dem Wege zu seiner Gottwerdung. In Bacchus ist das einzig Liebenswerte, Liebewirkende der höheren Stufe verdichtet: Schicksal. Schicksal auf sich zu ziehen, anderer Schicksal zu werden, ist edelste Lebenskraft; sie ist an die Auserwählten verteilt, an den Knaben wie an den Greis. Bacchus ist fast ein Kind, jedoch ein Gott und mehr als ein Mann; wie der Goethe der »Marienbader Elegie« ein Greis war und doch alterslos, auch als Liebender jedem Manne überlegen. Wo Schicksal zusammengeballt ist, blickt ein ewiges Gesicht in Feuer hindurch und die Lebenszeit vergeht wie Gewölk. Gestern war Bacchus ein Knabe, sein erstes Abenteuer war Circe, die nichts ist als die natürliche Natur, die dämonisierte Zerbinetta. Für Harlekin wäre es seinesgleichen, wäre es ein leichtes Abenteuer gewesen, das erste Glied einer langen Kette: auch Don Juan lag in irgendeinem Arm zum erstenmal. Aber es ist Bacchus – er sieht sich begehrt, fühlt sich fast schon genommen, und er liebt noch nicht. Ja, er wird hier nicht lieben, das weiß er und schaudert zurück; denn er weiß nicht, wo er jemals lieben wird. Wo die gemeine Natur widerstandslos hinsinkt, vermag er zu widerstehen: alles entschleiert sich seiner scharfen, schicksalsvollen Ahnung: Verwandlung nach oben, Verwandlung nach unten. Tier und Gott enthüllen sich ihm, und ihre Verkettung – in einem Blitz, und so entzieht er sich Circes Armen, aber nicht ohne eine Wunde, eine Sehnsucht, ein ahnendes Wissen. So verstehen Sie sein kleines, zwischen Sehnsucht und Scheu hinschleichendes Liedchen und haben es vom ersten Augenblick so verstanden. Und doch schwingt darin eine Ahnung von Triumph: unsäglich vorwegnehmend, anmaßend sind Auserwählte; sie wären Wahnsinnige – wenn sie nicht recht hätten. Wie es ihn nun treffen muß, das Wesen zu finden, das er lieben kann, dem er zum Schicksal wird und in dem er sein eigenes Schicksal begreift, seinen Platz im Dasein gewahr wird – das ihn verkennt, aber in diesem Verkennen sich gerade ganz ihm hinzugeben vermag, sich ihm anvertraut wie Lebendes, sonst in sich gebunden, nur dem Tod sich so völlig aufgelöst dahingibt, das brauche ich einem Künstler, wie Sie es sind, nicht weiter mit Worten auseinanderzulegen – an dieser Stelle haben Sie entweder schon längst die Feder aus der Hand geworfen, oder Sie haben die tiefsten und geheimsten Kräfte der Musik in sich entbunden gefühlt und sind in einer Region, wo Ihnen die Worte des Textes zu Hieroglyphen geworden sind für ein Unaussprechliches.

Hier müssen mir, wenn wir dies je einmal auf die Bühne bringen, der Maler und der Regisseur alle ihre Kräfte einsetzen, um ein wahrhaftiges Geheimnis – nicht zu offenbaren, aber zu verherrlichen; hier muß die kleine Bühne ins Unbegrenzte wachsen, mit dem Eintritt des Bacchus müssen die puppenhaften Kulissen verschwunden sein, die Decke von Jourdains Saal schwebt auf, Nacht muß um Bacchus und Ariadne sein, in die von oben Sterne hineinfunkeln, nichts darf vom »Spiel im Spiel« mehr zu ahnen sein, Herr Jourdain, seine Gäste, seine Lakaien, sein Haus, alles muß fort und vergessen sein, und der Zuhörer darf sich dieser Dinge so wenig mehr erinnern, als wer in einem tiefen Traum liegt, etwas von seinem Bette weiß. – Bis dahin ist es ja aber noch weit, so seien Sie indessen herzlich gegrüßt.

CE QUE NOUS AVONS VOULU EN ÉCRIVANT ›ARIANE À NAXOS‹ (1912)

»Le Bourgeois Gentilhomme« de Molière est un de ces chefs d'œuvres qui nous laissent le souvenir d'un personnage inoubliable, plutôt que celui d'une action suivie. C'est une comédie-ballet, écrite pour la cour. L'élément impérissable, la comédie de caractère, nous le devons à la surabondance du génie, auquel on n'avait pour ainsi dire demandé qu'un décor pour un divertissement de danse et de musique.

La pièce se termine, comme on le sait, par un grand ballet, auquel assistent M. Jourdain et ses hôtes, et que Lully avait paré de sa musique. A la place de ce ballet, nous avons cru pouvoir – sans manquer au respect – présenter un petit opéra dans le goût ancien, où un compositeur moderne put trouver occasion d'animer un sujet très simple par des moyens très réduits, et de répondre ainsi victorieusement à certaines critiques superficielles, auxquelles son talent fut parfois exposé.

Sans manquer de respect – car la comédie de Molière, encore une fois, est un cadre et non une comédie régulière. Un grand artiste sait user des formes dramatiques les moins relevées et les plus composites, quand les circonstances le lui commandent, il y témoigne d'une telle sûreté qu'il serait inconvenant de chercher par la violence à élever ou à épurer son œuvre. Que l'on supprime de cette comédie-ballet les danses et les cérémonies, elle s'apauvrit, sans gagner en unité, car son action est, et reste lâche, et son plan le plus arbitraire du monde. Tout se tient par l'invention et le développement du personnage principal. La perfection de cette figure, sa rondeur, la suit à travers toutes les scènes, la met à part, la fait vivre.

Si donc nous nous sommes permis de faire de M. Jourdain l'organisateur et le spectateur d'un divertissement musical nouveau (et par conséquent problématique), si nous avons substitué »Ariane à Naxos« au »Ballet des Nations«, c'est que l'inépuisable symbole et l'éternelle actualité de ce personnage immortel nous y conviait et semblait nous y autoriser.

D'ailleurs, on trouvera dans notre adaptation à peu près autant, ou aussi peu, de musique de scène et de musique pure, que Lully en fournit de son temps à l'œuvre de Molière. Une petite ouverture, accessoirement une transition, la leçon de danse, la conversation en musique, les entrées des danseurs, – le tout à la discrétion du compositeur moderne, mais en suivant des chemins déjà tracés, et comme dans l'ombre de son grand devancier.

La cérémonie turque, ce clou de la représentation française et traditionelle, a dû disparaître, à notre très vif regret, et après d'angoissantes perplexités de notre part. Mais nous destinons notre œuvre à la scène allemande, et les couples de cette ravissante turquerie tirent tout leur charme de la *lingua franca* que son aspect burlesque n'empêche pas d'être immédiatement intelligible. Traduire ces vers en allemand, sans les défigurer, sans les rendre insupportables, c'est une tâche impossible; les faire chanter tels qu'ils sont, c'est s'exposer à les rendre incompréhensibles au public presque tout entier et leur faire perdre, par conséquent, leur folle gaîté.

Peut-être n'aurions nous cependant pas trouvé le courage de sacrifier un acte aussi célèbre, bien qu'aussi épisodique, si la critique moliéresque la plus récente n'était venue, de France, nous donner quelque courage et presque l'autorisation d'agir ainsi. On sait en effet que cet épisode, un peu détaché de l'action, doit son existence à un fait historique: l'envoi par le Grand Turc d'une ambassade auprès de Louis XIV. De plus, le collaborateur inconnu de Molière en cette circonstance, a pu être dévoilé dernièrement. C'était donc plutôt l'œuvre d'un diplomate orientaliste du XVIIe siècle, que celle d'un grand comique, dont nous décidions.

Mais, la cérémonie supprimée, tombait aussi toute son annexe, l'intrigue amoureuse, la fille de M. Jourdain, son amant Cléonte et Covielle, qui tous ne sont que l'échafaudage un peu conventionnel de cet incident.

Nous sera-t-il permis d'espérer que le public français, si jamais notre adaptation lui tombe sous les yeux, ne voudra voir en elle que l'hommage rendu au génie immortel, par les générations nouvelles d'un peuple étranger, et l'un de ces gestes qui semblent menacer l'image consacrée, mais, qui au contraire, en donnent un reflet nouveau, comme si, dans l'onde où se mirait le personnage, on avait tout à coup versé une eau fraîche et nouvelle.

DIE FRAU OHNE SCHATTEN

OPER IN DREI AKTEN

Personen

DER KAISER
DIE KAISERIN
DIE AMME
GEISTERBOTE
Die Erscheinung eines Jünglings
Die Stimme des Falken
BARAK DER FÄRBER
SEIN WEIB
DER EINÄUGIGE
DER EINARMIGE } Des Färbers Brüder
DER BUCKLIGE
Kaiserliche Diener. Fremde Kinder. Dienende Geister. Die Stimmen der Wächter. Geisterstimmen

ERSTER AUFZUG

Auf einem flachen Dach über den kaiserlichen Gärten. Seitlich der Eingang in Gemächer, matt erleuchtet.

DIE AMME *kauernd im Dunkel*
Licht überm See –
ein fließender Glanz –
schnell wie ein Vogel! –
Die Wipfel der Nacht
von oben erhellt –
eine Feuerhand
will fassen nach mir –
bist du es, Herr?
Siehe, ich wache
bei deinem Kinde
nächtlich in Sorge und Pein!

DER BOTE *tritt aus der Finsternis hervor, geharnischt, von blauem Licht umflossen*
Nicht der Gebieter,
Keikobad nicht,
aber sein Bote!
Ihrer elf
haben dich heimgesucht,
ein neuer mit jedem schwindenden Mond.
Der zwölfte Mond ist hinab:
der zwölfte Bote steht vor dir.

DIE AMME *beklommen*
Dich hab ich nie gesehn.

DER BOTE *streng*
Genug: ich kam
und frage dich:
Wirft sie einen Schatten?
Dann wehe dir!
Weh uns allen!

DIE AMME *triumphierend, aber gedämpft*
Keinen! Bei den gewaltgen Namen!
Keinen! Keinen!
Durch ihren Leib
wandelt das Licht,
als wäre sie gläsern.

DER BOTE *finster*
Einsamkeit um dich,
das Kind zu schützen.
Vom schwarzen Wasser
die Insel umflossen,
Mondberge sieben
gelagert um den See –
und du ließest, du Hündin,
das Kleinod dir stehlen!

DIE AMME
Von der Mutter her
war ihr ein Trieb
übermächtig
zu Menschen hin!
Wehe, daß der Vater
dem Kinde die Kraft gab,
sich zu verwandeln!
Konnt ich einem Vogel
nach in die Luft?
Sollt ich die Gazelle
mit Händen halten?

DER BOTE
Laß mich sie sehn!

DIE AMME *leise*
Sie ist nicht allein:
Er ist bei ihr.
Die Nacht war nicht
in zwölf Monden,
daß er ihrer nicht hätte begehrt!
Er ist ein Jäger
und ein Verliebter,
sonst ist er nichts!

Im ersten Dämmer
schleicht er von ihr,
wenn Sterne einfallen
ist er wieder da!
Seine Nächte sind ihr Tag,
seine Tage sind ihre Nacht. –

DER BOTE *sehr bestimmt*

Zwölf lange Monde
war sie sein!
Jetzt hat er sie noch
drei kurze Tage!
Sind die vorbei: –
sie kehrt zurück
in Vaters Arm.

DIE AMME *mit gedämpftem Jubel*

Und ich mit ihr!
O gesegneter Tag!
Doch er?

DER BOTE

Er wird zu Stein!

DIE AMME

Er wird zu Stein!
Daran erkenn ich Keikobad
und neige mich!

DER BOTE *verschwindend*

Wahre sie du!
Drei Tage! Gedenk!

DER KAISER *tritt in die Tür des Gemaches*

Amme! Wachst du?

DIE AMME

Wache und liege
der Hündin gleich
auf deiner Schwelle!

DER KAISER *tritt hervor, schön, jung, im Jagdharnisch; es dämmert schwach*

Bleib und wache,
bis sie dich ruft!
Die Herrin schläft.

Ich geh zur Jagd.
Heute streif ich
bis an die Mondberge
und schicke meine Hunde
über das schwarze Wasser,
wo ich meine Herrin fand,
und sie hatte den Leib
einer weißen Gazelle
und warf keinen Schatten,
und entzündete mir das Herz.
Wollte Gott, daß ich heute
meinen roten Falken wiederfände,
der mir damals
meine Liebste fing!
Denn als sie mir floh
und war wie der Wind
und höhnte meiner –
und zusammenbrechen
wollte mein Roß –,
da flog er
der weißen Gazelle
zwischen die Lichter –,
und schlug mit den Schwingen
ihre süßen Augen!
Da stürzte sie hin
und ich auf sie
mit gezücktem Speer –
da riß sichs in Ängsten
aus dem Tierleib,
und in meinen Armen
rankte ein Weib! –
Oh, daß ich ihn wiederfände!
Wie wollt ich ihn ehren! –
Den roten Falken!
Denn ich habe mich versündigt gegen ihn
in der Trunkenheit der ersten Stunde:
denn als sie mein Weib geworden war,
da stieg Zorn in mir auf

gegen den Falken,
daß er es gewagt hatte,
auf ihrer Stirn zu sitzen
und zu schlagen
ihre süßen Lichter!
Und in der Wut
warf ich den Dolch
gegen den Vogel
und streifte ihn,
und sein Blut tropfte nieder. –

DIE AMME *lauernd*
Herr, wenn du anstellst
ein solches Jagen –
leicht bleibst du dann fern über Nacht?

DER KAISER
Kann sein, drei Tage
komm ich nicht heim!
Hüte du mir die Herrin
und sag ihr: wenn ich jage –
es ist um sie
und aber um sie!
Und was ich erjage
mit Falke und Hund,
und was mir fällt
von Pfeil und Speer:
es ist anstatt ihrer!
Denn meiner Seele
und meinen Augen
und meinen Händen
und meinem Herzen
ist sie die Beute
aller Beuten
ohn Ende!
Schnell ab.
Morgendämmerung stärker, man hört Vogelstimmen.

DIE AMME *zu einigen Dienern, die sich allmählich um den Kaiser versammelt hatten*
Fort mit euch!

Ich höre die Herrin!
Ihr Blick darf euch nicht sehn!
Die Diener auf und hinab, lautlos.
DIE KAISERIN *tritt aus dem Gemach*
Ist mein Liebster dahin,
was weckst du mich früh?
Laß mich noch liegen!
Vielleicht träum ich
mich zurück
in eines Vogels leichten Leib
oder einer jungen
weißen Gazelle!
Oh, daß ich mich nimmer verwandeln kann!
Oh, daß ich den Talisman verlieren mußte
in der Trunkenheit der ersten Stunde!
Und wäre so gern
das flüchtige Wild,
das seine Falken
schlagen – Sieh! –
da droben, sieh! –
Da hat sich einer
von seinen Falken –
sieh – verflogen!
Oh, sieh doch hin,
der rote Falke,
der einst mich
mit seinen Schwingen –
ja, er ists!
O Tag der Freude
für meinen Liebsten
und für mich!
Unser Falke,
unser Freund!
Sei mir gegrüßt,
schöner Vogel,
kühner Jäger!
Er hat uns vergeben,
er kehrt uns zurück.

Oh, sieh hin,
er bäumt auf!
Dort auf dem Zweige –
wie er mich ansieht –
von seinem Fittich
tropft ja Blut,
aus seinen Augen
rinnen ja Tränen!
Falke! Falke!
Warum weinst du?

DES FALKEN STIMME *klagend*
Wie soll ich denn nicht weinen?
Wie soll ich denn nicht weinen?
Die Frau wirft keinen Schatten,
der Kaiser muß versteinen!

DIE KAISERIN
Dem Talisman,
den ich verlor
in der Trunkenheit der ersten Stunde,
ihm war ein Fluch
eingegraben –
gelesen einst,
vergessen, ach!
Nun kam es wieder: –

DES FALKEN STIMME
Die Frau wirft keinen Schatten,
der Kaiser muß versteinen!
Wie soll ich da nicht weinen?

DIE AMME *dumpf wiederholend*
Die Frau wirft keinen Schatten!

DIE KAISERIN
Der Kaiser muß versteinen!
Ausbrechend
Amme, um alles,
wo find ich den Schatten?

DIE AMME *dumpf*
Er hat sich vermessen,
daß er dich mache

zu seinesgleichen –
eine Frist ward gesetzt,
daß er es vollbringe.
Deines Herzens Knoten
hat er dir nicht gelöst,
ein Ungebornes
trägst du nicht im Schoß,
Schatten wirfst du keinen.
Des zahlt er den Preis!

DIE KAISERIN
Weh, mein Vater!
Schwer liegt deine Hand
auf deinem Kind.
Doch stärker als andre
noch bin ich!
– – – – – – – – – – – –
Amme, um alles,
du weißt die Wege,
du kennst die Künste,
nichts ist dir verborgen
und nichts zu schwer.
Schaff mir den Schatten!
Hilf deinem Kind!
Sie fällt vor ihr nieder.

DIE AMME *streng*
Ein Spruch ist getan
und ein Vertrag!
Es sind angerufen
gewaltige Namen,
und es ist an dir,
daß du dich fügest!
Unter der Gewalt ihres Blickes, stockend
Den Schatten zu schaffen
– – – – – – – – – – – –
wüßt ich vielleicht,
– – – – – – – – – – – –
doch daß er dir haftet,
müßtest du selber

ihn dir holen.
Und weißt du auch wo?

DIE KAISERIN
Sei es wo immer,
zeig mir den Weg,
und geh ihn mit mir!

DIE AMME *leise und schauerlich*
Bei den Menschen!
Grausts dich nicht?
Menschendunst
ist uns
Todesluft.
Dies Haus, getürmt
den Sternen entgegen,
emporgetrieben spielende Wasser
buhlend um Reinheit
der himmlischen Reiche!
Uns riecht ihre Reinheit
nach rostigem Eisen
und gestocktem Blut
und nach alten Leichen!
Und nun von hier
noch tiefer hinab!
Dich ihnen vermischen,
hausen mit ihnen,
handeln mit ihnen,
Rede um Rede,
Atem um Atem,
erspähn ihr Belieben,
ihrer Bosheit dich schmiegen,
ihrer Dummheit dich bücken,
ihnen dienen!
Grausts dich nicht?

DIE KAISERIN *sehr bestimmt und groß*
Ich will den Schatten!
Mit großem Schwung
Ein Tag bricht an!
Führ mich zu ihnen:

ich will!
Fahles Morgenlicht.

DIE AMME

Ein Tag bricht an,
ein Menschentag.
Witterst du ihn?
Schauderts dich schon?
Das ist ihre Sonne:
der werfen sie Schatten!
Ein Verräter Wind
schleicht sich heran,
an ihren Häusern
haucht er hin,
an ihren Haaren
reißt er sie auf!
Allmählich Morgenrot.

– – – – – – – – – – – – – – – – –

Voll Hohn und Geringschätzung
Der Tag ist da,
der Menschentag, –
ein wildes Getümmel,
gierig – sinnlos,
ein ewiges Trachten
ohne Freude!
Wild und haßerfüllt
Tausend Gesichter,
keine Mienen –
Augen, die schauen,
ohne zu blicken –
Kielkröpfe, die gaffen,
Lurche und Spinnen –
uns sind sie zu schauen
so lustig wie sie!

– – – – – – – – – – – – – –

Sie zu fassen
verstünde ich schon –
mich einzunisten –
ihnen Streiche zu spielen

im eigenen Haus –
ist mein Element!
Diebesseelen sind ihre Seelen –
so verkauf ich
einen dem andern!
Eine Gaunerin bin ich
unter Gaunern,
Muhme nennen sie mich
und Mutter gar!
Ziehsöhne hab ich
und Ziehtöchter viel,
hocken wie Ungeziefer auf mir!
Warte, du sollst was sehn!

DIE KAISERIN *ohne auf die Amme zu achten*
Weh, was faßt mich
gräßlich an!
Zu welchem Geschick
reißts mich hinab?

DIE AMME *dicht an ihr*
Zitterst du?
Reut dich dein Wünschen?
Heißest uns bleiben?
Lässest den Schatten dahin?

DIE KAISERIN
Mich schaudert freilich,
aber ein Mut
ist in mir,
der heißt mich tun,
wovor mich schaudert!
Und kein Geschäfte
außer diesem,
das wert mir schiene
besorgt zu werden!
Hinab mit uns!
Das Morgenrot flammt voll auf.

DIE AMME
Hinab denn mit uns!
Die Geleiterin hast du

dir gut gewählt,
Töchterchen, liebes,
warte nur, warte!
Um ihre Dächer
versteh ich zu flattern,
durch den Rauchfang
weiß ich den Weg,
und ihrer Herzen
verschlungene Pfade,
Krümmen und Schlüfte,
die kenne ich gut.

Sie tauchen hinab in den Abgrund der Menschenwelt, das Orchester nimmt ihren Erdenflug auf.

Der Zwischenvorhang schließt sich rasch.

Verwandlung

Im Hause des Färbers. Ein kahler Raum, Werkstatt und Wohnung in einem. Hinten links das Bette, hinten rechts die einzige Ein- und Ausgangstür. Vorne die Feuerstätte, alles orientalisch-dürftig. Gefärbte Tücher an Stangen zum Trocknen aufgehängt da und dort; Tröge, Eimer, Zuber, an Ketten hängende Kessel, große Schöpflöffel, Rührstangen, Stampfmörser, Handmühlen; Büschel getrockneter Blumen und Kräuter aufgehängt, anderes dergleichen an den Mauern aufgeschichtet; Farbmassen in Pfützen auf dem Lehmboden; dunkelblaue, dunkelgelbe Flecken da und dort.
Beim Aufgehen des Vorhanges liegt der Einäugige auf dem Einarmigen, würgt ihn. Der Junge, Bucklige, sucht den Einäugigen wegzureißen. Die Färbersfrau kommt von rückwärts herzu, sucht nach einem Zuber, die Streitenden mit Wasser zu beschütten.

DER EINÄUGIGE *schlägt auf den unter ihm Liegenden*
Dieb! Da nimm!
Unersättlicher Nehmer!

DER EINARMIGE *unten, röchelnd*
Reiß ihn nach hinten!
Hund den! Mörder!

DER BUCKLIGE
Zu Hilfe, Bruder!
Sie würgen einander!

DIE FRAU *beschüttet sie*
Schamlose ihr!
Eines Hundes Geschick über euch!
Die drei Brüder, auf das Tun der Frau, auf und auseinander; fauchen, an der Erde hockend, gegen die Frau.

DER EINÄUGIGE
Willst du uns schmähen, Hergelaufene!
Du Tochter von Bettlern, wer bist denn du?
Unser waren dreizehn Kinder,
aber für jeden Armen, der kam,
standen die Schüsseln und dampften von Fett!

DER BUCKLIGE
Was hebst du die Hand gegen uns, du Schöne,
bist doch unserm Bruder mit Lust zu Willen!

DER EINARMIGE
Laß sie, Bruder, was ist ein Weib!
Barak, der Färber, tritt eben in die Tür.

DIE FRAU
Aus dem Haus mir mit diesen!
Du, schaff sie mir fort!
Oder es ist meines Bleibens nicht länger bei dir!

BARAK *gelassen*
Hinaus mit euch!
Ist Zeug zum Schwemmen
zehn Körbe voll,
was lungert ihr hier?
Die drei Brüder gehen ab.
Barak schichtet gefärbte Tierhäute übereinander zu einem mächtigen Haufen.

DIE FRAU
Sie aus dem Hause,
und das für immer,

oder ich.
Daran will ich erkennen,
was ich dir wert bin.

BARAK *weiterschaffend*
Hier steht die Schüssel,
aus der sie sich stillen.
Wo sollten sie herbergen,
wenn nicht in Vaters Haus?
Die Frau schweigt böse.

BARAK *wie vorher, ohne aufzusehen*
Kinder waren sie einmal,
hatten blanke Augen, gerade Arme,
einen glatten Rücken.
Aufwachsen hab ich sie sehn
in Vaters Haus.

DIE FRAU *ihn höhnend*
Für dreizehn Kinder
standen die Schüsseln
dampfend von Fett –
kam noch ein Bettler,
Platz war für jeden!
Sie hält sich die Ohren zu.

BARAK *holt ein Tau, den Pack zu schnüren; hält inne, sieht sie an*
Speise für dreizehn,
wenn es nottut,
schaff ich auch
mit diesen zwei Händen!
Hat sich aufgerichtet, steht dicht bei ihr
Gib du mir Kinder, daß sie mir hocken
um die Schüsseln zu Abend,
es soll mir keines hungrig aufstehn.
Und ich will preisen ihre Begierde
und danksagen im Herzen,
daß ich bestellt ward,
damit ich sie stille.
Er tritt näher, rührt sie leise an
Wann gibst du mir
die Kinder dazu?
Die Frau hat sich abgekehrt; wie er sie anrührt, schüttelt sies.

BARAK *arglos, behaglich*
Ei du, 's ist dein Mann, der vor dir steht –
soll dich der nicht anrühren dürfen?
DIE FRAU *ohne ihn anzusehen*
Mein Mann steht vor mir! Ei ja, mein Mann,
ich weiß, ei ja, ich weiß, was das heißt!
Bin bezahlt und gekauft, es zu wissen,
und gehalten im Haus
und gehegt und gefüttert,
damit ich es weiß,
und will es von heut ab nicht wissen,
verschwöre das Wort und das Ding!
BARAK
Heia! Die guten Gevatterinnen,
haben sie nicht die schönen Sprüche
gesprochen über deinen Leib,
und ich hab siebenmal gegessen
von dem, was sie gesegnet hatten,
und wenn du seltsam bist
und anders als sonst –
ich preise die Seltsamkeit
und neige mich
zur Erde
vor der Verwandlung!
O Glück über mir
und Erwartung
und Freude im Herzen!
Er kniet nieder zur Arbeit.
DIE FRAU
Triefäugige Weiber, die Sprüche murmeln,
haben nichts zu schaffen
mit meinem Leib,
und was du gegessen hast vor Nacht,
hat keine Gewalt über meine Seele.
Leise
Dritthalb Jahr
bin ich dein Weib –
und du hast keine Frucht

gewonnen aus mir
und mich nicht gemacht
zu einer Mutter.
Gelüsten danach
hab ich abtun müssen
von meiner Seele:
Nun ist es an dir,
abzutun Gelüste,
die dir lieb sind.

BARAK *mit ungezwungener Feierlichkeit und Frömmigkeit des Herzens*

Aus einem jungen Mund
gehen harte Worte
und trotzige Reden,
aber sie sind gesegnet
mit dem Segen der Widerruflichkeit.
Ich zürne dir nicht
und bin freudigen Herzens,
und ich harre
und erwarte
die Gepriesenen,
die da kommen.

Barak hat den gewaltigen Pack zusammengeschnürt, hebt ihn auf den Herd und lädt ihn von da, indem er sich bückt und das Ende des Strickes vornüberzieht, auf seinen Rücken; beladen richtet er sich auf.

DIE FRAU *finster vor sich*

Es kommen keine
in dieses Haus,
viel eher werden welche hinausgehn
und schütteln den Staub von ihren Sohlen.

Fast tonlos

Also geschehe es,
lieber heute als morgen.

BARAK *nickt ihr gutmütig zu; ohne auf ihre letzten Worte zu hören; indem er, unter der gewaltigen Last schwer gehend, den Weg zur Tür nimmt, vor sich*

Trag ich die Ware mir selber zu Markt,

spar ich den Esel, der sie mir schleppt!
Er geht.
Die Frau, allein, hat sich auf ein Bündel oder einen Sack gesetzt, der vorne liegt.
Ein Heranschweben, ein Dämmern, ein Aufblitzen in der Luft.
Die Amme, in einem Gewand aus schwarzen und weißen Flikken, die Kaiserin, wie eine Magd gekleidet, stehen da, ohne daß sie zur Tür hereingekommen wären.

DIE FRAU *ist jäh auf den Füßen*
Was wollt ihr hier?
Wo kommt ihr her?

DIE AMME *nähert sich demütig, ihr den Fuß zu küssen*
Ach! Schönheit ohnegleichen!
Ein blitzendes Feuer!
Oh! Oh! Meine Tochter, vor wem stehen wir?
Wer ist diese Fürstin, wo bleibt ihr Gefolge?
Wie kommt sie allein in diese Spelunke?
Sie hebt sich furchtsam aus der fußfälligen Lage
Verstattest du die Frage, meine Herrin?
War dieser einer von deinen Bedienten
oder von deinen Botengängern,
der Große mit einem Pack auf dem Rücken,
solch ein Vierschrötiger, nicht mehr junger,
mit gespaltenem Maul und niedriger Stirne!

DIE FRAU
Du Zwinkernde, die ich nie gesehn
und weiß nicht, wo du hereingeschlüpft bist –
dich durchschau ich so weit: Du weißt ganz wohl,
daß dieser der Färber und mein Mann ist,
und daß ich hier im Hause wohne.

DIE AMME *springt auf die Füße, wie in maßlosem Erstaunen*
Oh, meine Tochter, starre und staune!
Die wäre das Weib der Färbers Barak?
Heran, meine Tochter, es wird dir verstattet:
betrachte dir diese Wimpern und Wangen,
betrachte dir diesen Leib in der Schlankheit
des ganz jungen Palmbaums und schrei: Wehe!

DIE KAISERIN
Ich will den Schatten küssen, den sie wirft!

DIE AMME

Wehe! Und das soll ihm Kinder gebären!
Und das soll einsam hier verkümmern!
O des blinden Geschicks und der Tücke des Zufalls!

DIE FRAU *geht ängstlich vor ihr zurück*

Weh, daß du gekommen bist, meiner zu höhnen!
Was redest du da und was starrst du auf mich
und willst mich zu einer Närrin machen
vor Gott und den Menschen.
Sie weint.

DIE AMME *mit gespieltem Erstaunen, indem sie die Kaiserin fortzieht*

Wehe, mein Kind, und fort mit uns!
Diese weist uns von sich und will nicht unsre Dienste
Sie kennt das Geheimnis und will unser spotten,
fort mit uns!

DIE FRAU *steht jäh auf*

Welches Geheimnis,
du Unsagbare du!
Bei meiner Seele und deiner,
welches Geheimnis?

DIE AMME *neigt sich tief*

Das Geheimnis des Kaufs
und das Geheimnis des Preises,
um den du dir alles erkaufst.

DIE FRAU

Bei meiner Seele und dem Jüngsten Tag,
ich weiß von keinem Kauf, ich weiß von keinem Preis!

DIE AMME

Oh, meine Herrin, soll ich dir glauben,
daß du deinen Schatten,
dies schwarze Nichts
hinter dir auf der Erde,
daß dir dies Ding ohne Namen nicht feil ist –
auch nicht um unvergänglichen Reiz
und um Macht ohne Schranken
über die Männer?

DIE FRAU *dreht sich nach ihrem Schatten um*

Der gekrümmte Schatten
eines Weibes, wie ich bin!
Wer gäbe dafür
auch nur den schmählichsten Preis?

DIE AMME

Alles, du Benedeite, alles
zahlen begierige Käufer, du Herrin,
wenn eine Unnennbare deinesgleichen
abtut ihren Schatten und gibt ihn dahin!
Ei! Die Sklavinnen und die Sklaven,
so viele ihrer du verlangest,
und die Brokate und Seidengewänder,
in denen du stündlich wechselnd prangest,
und die Maultiere und die Häuser
und die Springbrunnen und die Gärten
und deiner Liebenden nächtlich Gedränge
und dauernde Jugendherrlichkeit
für ungemessene Zeit
dies alles ist dein,
du Herrscherin,
gibst du den Schatten dahin!

Sie greift in die aufblitzende Luft und reicht der Frau ein köstliches Haarband aus Perlen und Edelsteinen.

DIE FRAU

Dies in mein Haar?
Du Liebe, du! –
Doch ich armes Weib,
ich hab keinen Spiegel!
Dort überm Trog
mach ich mein Haar!

DIE AMME

Verstattest du,
ich schmücke dich!

Sie legt ihr die Hand auf die Augen, sogleich ist sie selbst samt der Frau verschwunden. An Stelle des Färbergemaches steht ein herrlicher Pavillon da, in dessen Inneres wir blicken: es ist das Wohngemach einer Fürstin. Der Boden scheint mit einem Teppich in den schönsten Farben bedeckt, doch sind es Sklavinnen in bunten Gewändern. Sie heben sich nun von der Erde, lauschen kniiend nach rückwärts, rufen mit süßen, wie ein Glockenspiel ineinanderklingenden Stimmen.

DIENERINNEN

Ach, Herrin, süße Herrin! Aah!

Durch eine kleine Tür rückwärts, links, tritt die Frau, geführt von der Amme, in das Gemach. Sie ist fast nackt, in einen Mantel gehüllt, gleichsam aus dem Bade kommend; sie trägt das Perlenband ins Haar gewunden. Sie geht mit der Amme durch die knieenden Sklavinnen quer durch, an einen großen ovalen Metallspiegel, der rechts vorne steht. Dort setzt sie sich und sieht sich mit Staunen.

STIMME DER KAISERIN

Willst du um dies Spiegelbild
nicht den hohlen Schatten geben?

STIMME DES JÜNGLINGS *gleichsam antwortend*

Gäb ich um dies Spiegelbild
doch die Seele und mein Leben!

DIE FRAU

O Welt in der Welt! O Traum im Wachen!

Wie die Frau den Mund auftut, verbleicht alles und beginnt zu entschwinden.

DIENERINNEN

Weh! Zu früh!
Herrin! Ach Herrin!

Das Färberhaus steht wieder da, die Amme wie früher, die Kaiserin seitlich; die Färberin in ihrem ärmlichen Gewand – der Schmuck ist verschwunden – klammert sich taumelnd an die Amme. Die Amme und die Kaiserin wechseln einen Blick.

DIE FRAU *sehr aufgeregt*

Und hätt ich gleich
den Willen dazu –
Wie tät ich ihn ab
und gäb ihn dahin –
den an der Erde,
ihn, meinen Schatten?
Nein, sag doch schnell!

Nein, schnell doch, schnell,
du Kluge, du Gute!
Jetzt sag es, schnell!
Die Amme zieht sich um, winkt die Tochter heran, gleichsam als Zeugin.
Die Frau kann ihre Ungeduld kaum bemeistern.

DIE AMME
Hat es dich blutige Tränen gekostet,
daß du dem Breitspurigen keine Kinder geboren hast?
Und lechzt dein Herz darnach bei Tag und Nacht,
daß viele kleine Färber durch dich eingehen sollen in diese Welt?
Soll dein Leib eine Heerstraße werden
und deine Schlankheit ein zerstampfter Weg?
Und sollen deine Brüste welken
und ihre Herrlichkeit schnell dahin sein?

DIE FRAU *leise*
Meine Seele ist satt worden der Mutterschaft,
eh sie davon verkostet hat.
Ich lebe hier im Haus,
und der Mann kommt mir nicht nah!
So ist es gesprochen
und geschworen
in meinem Innern.

DIE AMME
Abzutun
Mutterschaft
auf ewige Zeiten
von deinem Leibe!
Dahinzugeben
mit der Gebärde
der Verachtung
die Lästigen,
die da nicht geboren sind!
So ist es gesprochen
und so geschworen!
Du Seltene du!
Du erhobene Fackel!

O du Herrscherin, o du Gepriesene unter den Frauen,
nun sollst du es sehn und es erleben:
angerufen werden
gewaltige Namen
und ein Bund geschlossen
und gesetzt ein Bann!
Tage drei
dienen wir dir
hier im Haus,
diese und ich,
dies ist gesetzt!
Sind die vorbei,
dem Dienst zum Lohn
von Mund zu Mund,
von Hand zu Hand,
mit wissender Hand
und willigem Mund
gibst du den Schatten
uns dahin
und gehest ein
in der Freuden Beginn!
Und die Sklavinnen und die Sklaven
und die Springbrunnen und die Gärten
und Gewölbe voll Tonnen Goldes –

DIE FRAU *unterbricht sie jäh*
Still und verschwiegen:
ich höre meinen Mann, der wiederkommt!
Finster
Nun wird er verlangen nach seinem Nachtmahl,
das nicht bereit ist,
und nach seinem Lager,
Fast tonlos
das ich ihm nicht gewähren will.

DIE AMME *hastig*
Du bist nicht allein:
Dienerinnen hast du,
diese und mich.
Morgen zu Mittag

stehn wir dir in Dienst:
als arme Muhmen
mußt du uns grüßen,
nach Mitternacht nur,
indes du ruhest,
entlässest du uns
für kurze Frist,
das braucht niemand zu wissen!
Jetzt schnell, was nottut!

Ein Windstoß durchfährt plötzlich den Raum, den die allmählich einsetzende Dämmerung in Halbdunkel getaucht hat.

DIE AMME *befehlend*

Fischlein fünf aus Fischers Zuber,
wandert ins Öl,
und, Pfanne, empfang sie!
Feuer, rühr dich!
Hierher, du Bette des Färbers Barak!
Und fort mit den Gästen, von wo sie kamen!

Die Amme hat befehlend in die Hände geschlagen, lautlos. – Die Fischlein fliegen blinkend durch die Luft herein und landen in der Pfanne, das Feuer unterm Herd flammt auf, die Hälfte des ehelichen Lagers hat sich abgetrennt, und es ist ganz im Vordergrunde eine schmälere Lagerstatt für einen einzelnen erschienen, indessen hinten das Lager der Frau durch einen Vorhang verhängt erscheint – und indes dies alles geschah, sind die Amme selbst und die Kaiserin lautlos durch die Luft verschwunden. Der Feuerschein flackert durch den dämmernden Raum. Die Frau steht allein und starr vor Staunen. Plötzlich ertönen aus der Luft, als wären es die Fischlein in der Pfanne, ängstlich

FÜNF KINDERSTIMMEN

Mutter, Mutter, laß uns nach Hause!
Die Tür ist verriegelt, wir finden nicht ein,
wir sind im Dunkel und in der Furcht!
Mutter, o weh!

DIE FRAU *in höchster Angst über das Unbegreifliche, ratlos um sich blickend*

Was winselt so gräßlich
aus diesem Feuer?

DIE KINDERSTIMMEN *dringender*
Wir sind im Dunkel und in der Furcht!
Mutter, Mutter, laß uns ein!
Oder ruf den lieben Vater,
daß er uns die Tür auftu!

DIE FRAU *in großer Angst*
O fänd ich Wasser, dies Feuer zu schweigen!
Die Flamme unterm Herd wird zusehends schwächer.

DIE KINDERSTIMMEN *verhauchend*
Mutter, o weh! Dein hartes Herz!
Die Frau sinkt vorne auf ein Bündel, wischt sich den Angstschweiß von der Stirne.

BARAK *erscheint in der Tür, mit einem vollgepackten Korb beladen; vor sich, behaglich*
Trag ich die Ware mir selber zu Markt,
spar ich den Esel, der sie mir schleppt.
Die Frau hebt sich mühsam, geht nach hinten an ihr Lager, hebt den Vorhang und sagt nichts.

BARAK *kommt nach vorne*
Ein gepriesener Duft
von Fischen und Öl.
Was kommst du nicht essen?

DIE FRAU *von rückwärts*
Hier ist dein Essen
Ich geh zur Ruh.
Dort ist jetzt dein Lager.

BARAK *wirds gewahr, gemäßigt unwillig*
Mein Bette hier? Wer hat das getan?

DIE FRAU *von ihrer Stelle*
Von morgen ab schlafen zwei Muhmen hier,
denen richt ich das Lager zu meinen Füßen
als meinen Mägden. So ist es gesprochen,
und so geschieht es.
Sie zieht den Vorhang vor.

BARAK *indem er resigniert ein Stück Brot aus dem Gewand zieht und, dieses essend, sich auf die Erde setzt.*
Sie haben es mir gesagt,
daß ihre Rede seltsam sein wird

und ihr Tun befremdlich
die erste Zeit.
Aber ich trage es hart,
und das Essen will mir nicht schmecken.

DIE STIMMEN DER WÄCHTER IN DEN STRASSEN

Ihr Gatten in den Häusern dieser Stadt,
liebet einander mehr als euer Leben
und wisset: Nicht um eures Lebens willen
ist euch die Saat des Lebens anvertraut,
sondern allein um eurer Liebe willen!

BARAK *indem er sich umwendet*

Hörst du die Wächter, Kind, und ihren Ruf?
Keine Antwort.

DIE STIMMEN DER WÄCHTER

Ihr Gatten, die ihr liebend euch in Armen liegt,
ihr seid die Brücke, überm Abgrund ausgespannt,
auf der die Toten wiederum ins Leben gehn!
Geheiliget sei eurer Liebe Werk!

BARAK *horcht abermals, nach rückwärts gewendet, vergeblich; er seufzt tief auf und streckt sich zum Schlaf hin*

Seis denn!

Der Vorhang fällt.

ZWEITER AUFZUG

Des Färbers Wohnung.
Die Brüder blicken zur Tür herein, bepackt.
Der Färber belädt sich, die Kaiserin, als Magd, hilft ihm dabei.

DIE AMME *läuft an die Tür, neigt sich bis zur Erde vor dem Färber*
Komm bald wieder nach Haus, mein Gebieter,
denn meine Herrin verzehrt sich vor Sehnsucht,
wenn du nicht da bist!
Barak geht.
DIE AMME *läuft zur Frau hinüber, leise*
Die Luft ist rein und kostbar die Zeit!
Wie ruf ich den, der nun herein soll?
Die Frau hat sich gesetzt und das Tuch, mit dem ihr Kopf umwunden war, gelöst; ihr Haar ist mit Perlschnüren durchflochten. Die Kaiserin kniet vor ihr, hält ihr den Spiegel.
DIE AMME
O du meine Herrin seit diesem Tage,
gib mir doch Antwort!
Wie sind deine Bräuche?
Soll diese laufen?
Oder ruf ich ihn?
Mit einem sehnsüchtigen Ruf?
Oder einem fröhlichen?
DIE FRAU *scharf*
Auf wen geht die Rede?
DIE AMME *leise*
Auf den, der thronet in deinem Herzen,
und für den du dich schmückest!
DIE FRAU *ruhig*
Im leeren Herzen wohnet keiner,
und geschmückt hab ich mich
für den Spiegel.

DIE AMME *verschlagen*
Hören ist Verstehen,
o meine Herrin!
So sprech ich von dem Sehnsuchtsverzehrten,
dem deines offenen Haares Wehen –
in Träumen geahnt, doch niemals gesehen –
die Knie löst vor Furcht und Bangen:
verstatte, daß ich diesen rufe
zur Schwelle der Sehnsucht und der Erhörung!
DIE FRAU *steht auf*
Ich weiß von keinem Manne außer ihm
der aus dem Hause ging.
DIE AMME *dicht an ihr*
O du Augapfel meiner Träume!
Den flüchtig Begegneten, heimlich Ersehnten,
den du mit niedergeschlagenen Augen
dennoch ansahest – und warst ihm zu Willen
in deinen Gedanken –, erbarme dich seiner!
DIE FRAU *errötend, verwirrt*
Wer bist denn du?
Wie nimmst du mich denn?
DIE AMME *schnell triumphierend*
Wir bringen ihn dir,
zu dem du jetzt eben
mit süßem Erröten
dein Denken geschickt!
DIE FRAU
Lachen muß ich
über dich!
– – – – – – – – – – –
Wenn ich dir sage:
ich weiß kaum die Gasse,
wo ich ihn traf,
nicht das Viertel der Stadt,
noch seinen Namen!
DIE AMME
Nun schließ deine Augen
und ruf ihn dir!

Und schlägst du sie auf,
steht er vor dir!

DIE FRAU *ihren Gedanken nachhängend*
Nur, daß ich auf einer Brücke ging
unter vielen Menschen,
als einer mir entgegenkam,
ein Knabe fast,
der meiner nicht achtete –

DIE AMME *nimmt verstohlen einen Strohwisch vom Boden auf*
Du Besen, leih mir die Gestalt!
Und Kessel du, leih mir deine Stimme!

DIE KAISERIN *zur Amme*
Weh! Muß dies geschehen
vor meinen Augen?

DIE AMME *leise*
Zu gutem Handel
und dir zu Gewinn.
Sie gleitet zur Frau hin, birgt den Strohwisch hinterm Rücken
Geschlossen dein Aug
und geöffnet dein Herz,
du Liebliche, du!
Sie wirft den Strohwisch über die Frau. Es blitzt auf, und nachher bleibt das Licht verändert.

DIE KAISERIN *vor sich, flüsternd, währenddem die Frau laut denkt*
Sind so die Menschen?
So feil ihr Herz?

DIE AMME
Kielkröpfe und Molche
sind zu schauen
so lustig als sie!

DIE FRAU *mit geschlossenen Augen, monologisch fortlaufend*
– der meiner nicht achtete
mit hochmütigem Blick –
– – – – – – – – – – – – –
und des ich gedachte
heimlich, zuweilen,
um Träumens willen!

DIE AMME *entschieden*
Es ist an der Zeit,
herbei, mein Gebieter!
Sie klatscht in die Hände. Es steht ein Jüngling da, wie entseelt. Zwei kleine dunkle Gestalten stützen ihn, die sogleich verschwinden.

DIE FRAU *mit offenen Augen*
Er und der Gleiche!
Und doch nicht!

DIE AMME *dicht bei dem Jüngling, der allmählich sich belebt*
Um ihretwillen
bist du hier,
du Vielersehnter!
Läuft zur Frau hinüber
Wie ist dir
um jede Stunde,
da du diesen
nicht gekannt hast?

DIE FRAU
Ich will hinweg
und mich verbergen!
Der Jüngling steht gesenkten Kopfes.
Die Frau hebt unwillkürlich die Hände gegen ihn.

DIE AMME *zwischen beiden*
Sei schnell, mein Gebieter!
Und kühn, du Herrin!
Unsagbar fliehend
ist solches Glück!

STIMMEN *aus der Luft*
Sei schnell, mein Gebieter!
Und kühn, du Herrin!
Unsagbar fliehend
ist das Glück!
Die Amme läuft zur Kaiserin hin, zieht sie nach rückwärts.

DIE KAISERIN *macht sich jäh los, horcht hinaus*
Ach! Wehe! Daß sie sich treffen müssen,
der Dieb und der, dem das Haus gehört,
der mit dem Herzen und der ohne Herz!

DIE AMME *läuft nach vorne*
Voneinander!
Ihr ist gegeben,
zu hören, was fern ist,
sie meldet: der Färber
kehrt nach Hause!
Sie wirft ihren Mantel über den Jüngling, der Raum verdunkelt sich jäh, und als es wieder hell wird, ist der Knabe verschwunden. Zu der Amme Füßen liegt der Strohwisch, den sie aufnimmt und in einer Mauernische verbirgt.
Die Tür geht auf, Barak tritt ein, eine riesengroße kupferne Schüssel auf den Armen tragend, ihm voraus der Einäugige, den Dudelsack spielend, der Bucklige bekränzt und ein großes Weingefäß schleppend, der Einarmige, mit noch einer kleineren Schüssel, Bettelkinder drängen sich ihnen nach zur Tür herein.

BARAK *stolz und glücklich auf die Frau zu*
Was ist nun deine Rede,
du Prinzessin,
vor dieser Mahlzeit,
du Wählerische?
Die Frau kehrt ihm den Rücken.

DIE BRÜDER *haben sich rechts in eine Reihe gestellt*
O Tag des Glücks, o Abend der Gnade!
Das war ein Einkauf!
Schlag ab, du Schlachter, ab vom Kalbe
und ab vom Hammel! Und her mit dem Hahn!
Du Bratenbrater, heraus mit dem Spieß!
Heran, du Bäcker, mit dem Gebackenen,
und du, Verdächtiger, her mit dem Wein!
Wenn wir einkaufen, das ist ein Einkauf!
O Tag des Glücks, o Abend der Gnade!

DIE BETTELKINDER *fallen ein*
O Tag des Glücks, o Abend der Gnade!

DIE FRAU *ohne Barak voll anzusehen*
Wahrlich, es ist angelegt
aufs Zertreten des Zarten,
und es siegt das Plumpe,
und dem, der Brot will,

wird ein Stein gegeben!
Und wer von der Schüssel der Träume kostete,
zu dem treten Tiere
und halten ihm den Wegwurf hin
vom Tisch des Glücklichen,
und er hat nichts
wohin er sich flüchte,
als in seine Tränen!
Das ist meine Rede,
du glückseliger Barak!
Die Tränen überwältigen sie, sie setzt sich abseits und verbirgt ihr Gesicht in den Händen

BARAK *hat seine Schüssel auf die Erde gestellt; nach einer Pause der Resignation*
Esset, ihr Brüder, und lasset euch wohl sein!
Ihre Zunge ist spitz, und ihr Sinn ist launisch,
aber nicht schlimm –
und ihre Reden sind gesegnet
mit dem Segen der Widerruflichkeit
um ihres reinen Herzens willen
und ihrer Jugend.
Die Brüder lagern auf der Erde und haben sich über die Schüsseln hergemacht, die Bettelkinder um sie; Barak stopft den Kindern gute Bissen in den Mund. In der Tür sammeln sich Nachbarn, alte Weiber, Krüppel, noch mehr Kinder an, auch Hunde.

BARAK *winkt die Magd heran*
Komm her, du stillgehende Muhme,
das ist für dich!
Und geh hin zu der Frau:
ob sie nicht will vom Zuckerwerk
oder vom Eingemachten mit Zimmet.
Die Kaiserin schickt sich an, zu der Frau hinüberzugehen.

DIE FRAU *fährt auf*
Meinen Pantoffel in dein Gesicht,
du Schleichende!
Bitternis will ich tragen im Mund
und nicht sie verzuckern!
Was brauch ich Gewürze,

der Gram verbrennt mich!
Um der grausamen Tücke willen
und des erbärmlichen Geschickes!

DIE BRÜDER *unter dem Essen durcheinander*

Wer achtet ein Weib
und Geschrei eines Weibes?
Aber der Langmütige,
der bist du von je!
Und der Großmütige
vom Mutterleib!
Und der Wohltätige!
Und der Freigebige!
Das bist du!
O unser aller Vater!

Neigen sich, halbtrunken, küssen die Erde vor Barak.

BARAK *zugleich mit ihr und ihnen; fromm, mit ungesuchter Feierlichkeit*

Hier ist vom Guten,
lasset euch wohl sein,
meine Brüder,
und freuet euch,
daß ihr lebt!
Es ist euch gegönnt,
und ihr seid mir
anstatt der Kinder!

DIE FREMDEN KINDER *neigen sich vor Barak*

O du Färber unter den Färbern
und unser aller Vater!

Zwischenvorhang fällt.

Das kaiserliche Falknerhaus, einsam im Walde. Mondlicht zwischen den Bäumen. Der Kaiser kommt geritten, steigt leise vom Pferde, nähert sich lautlos, bleibt hinter einem Baum verborgen, von wo er den Eingang und das eine Feuer des kleinen Hauses vor Augen hat. – Die Türe ist geschlossen.

DER KAISER

Falke, Falke, du wiedergefundener –
wo führst du mich hin, kluger Vogel?
»Das Falknerhaus, einsam im Walde,

soll die drei Tage mir Wohnung sein –
niemand um mich als die Amme allein
ferne den Menschen, verborgen der Welt« –
So schrieb meine Frau – sie gabs dem Boten,
künstlich ihr Haarband umflocht den Brief.
Nun führst du mich über Berg und Fluß
hierher den Weg, Seltsamer du –
Soll ich mich bergen hier im Schatten
als ihr Jäger immerdar?
Hast du darum mich hergeführt?
Schläft sie? Mich dünkt, das Haus ist leer!
Falke, mein Falke, was ist mir das?
Wo ist deine Herrin zu nächtiger Zeit?
Falke, mir ist: zur unrechten Stunde
hast du mich hierher geführt.
Er lauscht
Still, mein Falke, und horch mit mir!
Es kommt gegangen, es kommt geschwebt –
ist das die Beute, die du mir schlägst?
Stille –
Die Amme, hinter ihr die Kaiserin, kommen zwischen den Bäumen herangeschwebt und stehen zwischen den Bäumen; sie sind mit wenigen lautlosen Schritten auf der Schwelle, die Amme öffnet, sie schlüpfen ins Haus, das sich von innen erleuchtet.

DER KAISER

O weh, Falke, o weh!
Wo kommt sie her! Wehe, o weh!
Menschendunst hängt an ihr,
Menschenatem folgt ihr nach,
wehe, daß sie mir lügen kann –
wehe, daß sie nun sterben muß!
Er zieht einen Pfeil aus dem Köcher
Pfeil, mein Pfeil, du mußt sie töten,
die meine weiße Gazelle war!
Weh! da du sie ritztest, ward sie ein Weib! –
Du bist nicht, der sie töten darf.
Er stößt den Pfeil wieder in den Köcher, zieht das Schwert halb aus der Scheide

Schwert, mein Schwert, du mußt auf sie!
Weh, ihren Gürtel hast du gelöst –
du bist nicht, der sie töten darf!
Er stößt das Schwert wieder in die Scheide
– Und meine nackten Hände! Weh!
Meine Hände vermögen es nicht!
Wehe, o weh!
Auf, mein Pferd, und du, Falke, voran!
und führ mich hinweg von diesem Ort,
wohin dein tückisches Herz dich heißt,
führ mich ins öde Felsgeklüft,
wo kein Mensch und kein Tier meine Klagen hört!
Wehe, o weh!

– – – – – – – – – – – – – – – – –

Der Zwischenvorhang fällt.

Des Färbers Wohnung. – Barak schafft. – Die Frau und die Amme tauschen ungeduldige Blicke.

DIE FRAU *halblaut vor sich hin*
Es gibt derer, die haben immer Zeit,
und ist der Markt vorbei,
so kommen sie auch noch zurecht.

BARAK *wendet den Kopf nach ihr*
Schon geh ich. Es ist heiß. Ich habe schwer geschafft
seit diesem Morgen, und nicht viel vor mich gebracht.
Gib mir zu trinken, Frau?

DIE FRAU *ohne sich zu wenden*
Sind Mägde da.
Die Amme gießt ein, tut verstohlen einen Saft in den Trunk.

BARAK *ohne hinzusehen*
Gibst du mir nicht?
Die Amme gibt der Kaiserin das Gefäß.
Die Frau, mit ausgestrecktem Arm, heißt sie, es dem Herrn bringen. – Die Kaiserin bringt es hin.

BARAK *trinkt*
Mich schläfert. Es ist heiß.

DIE FRAU *vor Ungeduld, singt höhnisch vor sich hin*
Sag: ich geh – und bleibe sitzen!
Sag: ich tu – und laß es sein!

Bin ich doch der Herr im Haus!
Hab es halt, so ist es mein,
Haus und Herd und Bette und Weib!

BARAK *ohne Zorn*
Mich schläfert sehr. Ich muß hier liegen, Frau.
Zu Abend – dann – – trag ich – die Ware zu Markt.
Schläft ein auf einem Sack Kräuter.

DIE FRAU *höhnisch wild singend*
Und sparst den Esel, der sie dir schleppt!
Sparst den Esel, der dir sie schleppt!

DIE AMME *läuft zu ihr, leise*
Herrin, halt inne mit Schreien und Zürnen!
Ich hab ihm einen Schlaftrunk eingeschüttet!

DIE FRAU
Wer hieß dich das tun?
Ängstlich
Barak! Barak!
Sie geht hinüber, sieht den Schlafenden an.

DIE AMME *zieht sie weg*
Er schläft bis an den Morgen. Ihm ist wohl.
Viel schöne Stunden, Herrin, sind vor dir.

DIE FRAU
Wer hat dich gelehrt, welche Stunde mir schön heißt?
Ich will ausgehen? Du bleib dahinten.
Ich will nicht in deinen Händen sein,
und daß du ausspähest
all mein Verborgenes,
du alte weiß und schwarz gefleckte Schlange!

DIE AMME
Willst du den in der Ferne suchen, Herrin,
der deiner harret und deines Winkes?
Gewähre: ich breit ihn vor deine Füße –
und sprich es aus: er darf heran!

DIE FRAU *spitz und scharf*
Spräch ich es aus und spräche einerlei Rede mit dir,
es wäre einerlei Rede nicht.
Der darf wohl heran, der, den ich meine –
doch eben von dir

darf nichts heran:
darum auch er nicht.
Allmählich in verändertem Ton
Von ihm darf heran,
was du nie wahrnimmst:
was nie an deiner
Hand sich mir naht.
– – – – – – – – – – – –
Träumerisch, sehnsüchtig
Von wo der Strand
nie betreten wurde,
beträte ihn einer
von dort her,
dem wehrte keine Mauer
und kein Riegel.

DIE AMME *schnell*
Ich ruf ihn!
Ein Dunkelwerden, ein Blitz. Die Amme führt an ihrer Hand die Erscheinung des Jünglings heran.

DIE FRAU
Schlange, was hab ich
mit dir zu schaffen!
und solchen,
die du bringest!

DER JÜNGLING *eine geisterhafte hohe Stimme*
Wer tut mir das,
daß ich jäh muß stehen
vor meiner Herrin!
Der Macht ist zu viel!
Zu jäh die Gewalt!
Kniet nieder, verhüllt sich.

DIE FRAU *mit verstellter Härte, ohne den Jüngling eines Blickes zu würdigen*
Wer heißt eine alte Vettel wissen,
was ihr zu wissen nicht getan ist?
Mit gespielter Verachtung, indem sie den Jüngling mit einem koketten Blick streift
Meine Tücher her! Ich war gewillt, ins Freie

und auf dem Fluß zu fahren in der Kühle.
Als wollte sie fort.

DIE AMME *zu ihr, umschlingt ihre Füße; dringend, feurig*
Peinvoll süße Unruh
treibt dich umher.
Gewillt bist du zu nichts,
als zu Süßem gewillt zu sein
jetzt und hier!
Gleichsam ins Feuer blasend, nicht ohne kupplerisch-dämonische Größe
Wer teilhaftig ist der Wonne,
der fürchtet auch den Tod nicht,
denn er hat gekostet von der Ewigkeit,
aber wie er dahin gelangt ist,
das ist ihm vergessen!

DER JÜNGLING
Bin ich dir ferne, so ists deine Nähe,
die mich zerbricht,
bin ich vor dir, so wirst du unnahbar,
und deine Ferne ists, die mich tötet!
Er fällt nach rückwärts wie ein Ohnmächtiger.

DIE FRAU *wie unbewußt*
Ich habe geträumt, daß ich zu dir fliege
mit unablässigen Küssen
wie eine Taube, die ihr Junges füttert –
und mein Traum hat dich getötet!
Sie beugt sich über ihn, will sanft die Hände von seinem Gesicht lösen; sein Blick trifft sie, seine Hand zuckt, die ihrige festzuhalten. Sie fährt mit einem Schrei zurück. Die Amme will die Kaiserin mit sich ziehen, zur Türe hinaus.

DIE FRAU *jäh verwandelt*
Weh mir, wohin?
Verräterinnen!
Hierher! Zu mir!
Sind die Toten lebendig,
so sind wohl die Schlafenden tot!
Wach auf, mein Mann!
Ein Mann ist im Haus!

Ich will! wach auf! zu mir!
Sie eilt zu Barak hin, rüttelt ihn, bespritzt ihn mit Wasser; die Kaiserin ist bei ihr, hilft ihr.

DIE AMME *wirft ihren Mantel über den Jüngling*
Gott schütz uns vor einer jungen Närrin!
Sei du getrost!
Schnell dreht sich der Wind,
und wir rufen dich wieder!

BARAK *erwacht aus der Betäubung, richtet sich auf*
Was schlief ich so schwer? Wer rüttelt mich auf?

DIE FRAU
Du sollst nicht schlafen am hellen Tag!
Sollst wahren dein Haus
vor Dieben und Räubern
und meiner achten!
Geschieht mir dergleichen
von dir noch einmal,
so ist meines Bleibens
hier nicht länger!
Verstehst du mich!

BARAK *steht aufrecht, blickt wild um sich*
Sind Räuber hier? Den Hammer dort!
Ihr Brüder her! Zum Bruder her!

DIE FRAU *windet ihm den Hammer aus der Hand*
Laß du dein Schreien und tölpisch Gehaben!
Unter der Arbeit schlägst du mir hin,
kommst mir von Sinnen, redest fremd.
Hast du die Sucht, oder schierts dich so wenig,
mich zu erschrecken täppisch und roh!

DIE AMME *beiseite*
Wie sie ihn sich hernimmt
und sattelt und aufzäumt,
die Prächtige die!

BARAK *langsam*
War dir bange um mich,
du Gute!
Bin ja wieder bei dir!

DIE FRAU *spöttisch*
Wieder bei mir! Das ist ja recht viel!
Er ist wieder bei mir! Ei, große Freude!
Wieder bei mir!
BARAK *sucht sein Arbeitszeug zusammen*
Es widerfährt mir, was ich nicht kenne,
und ist eine Gewalt über mir im Dunklen –
Starrt vor sich hin
Mein bester Mörser ist mir zersprungen –
Versteh ich mein Handwerk nicht mehr?
DIE FRAU *sieht ihn starr an*
Ein Handwerk verstehst du sicher nicht,
wie dus von Anfang nicht verstanden,
sonst sprächest du jetzt nicht von dir
und diesem Mörser.
Geschah dir das, was dir eben geschah,
dein Herz müßte schwellen vor Zartheit,
und es müßte dir bangen, die Hand zu heben
und deinen Fuß vor dich zu setzen,
um des Köstlichen willen,
das du zerstören könntest.
Fast mit Ekel
Aber es geht ein Maulesel
am Abgrund hin,
und es ficht ihn nicht an
die Tiefe und das Geheimnis!
BARAK *halb zu der Magd, die bei ihm ist, ihm hilft, sein Handwerkszeug vom Boden aufzunehmen*
Ich höre und weiß nicht, was eines redet,
und habe vergossen den Leim, da ich hinfiel –
und mir ist bange um mein Handwerk,
und daß ich nicht werde nähren können,
die meinen Händen anvertraut sind.
DIE FRAU
Um Nahrung für mich
gräme dich nicht!
Und wenn du mich siehst
meine Tücher nehmen,

Sie tuts, die beiden Mägde sind ihr behilflich
vielleicht zu fahren auf dem Flusse,
vielleicht zu wandeln neben den Gärten
oder was immer die Lust mich wird heißen –
kann sein, dann komme ich eines Abends
nicht wieder heim zu dir.
Denn es ist nicht von heute, daß du meine Stimme hörest
und fassest sie nicht in deinem Sinn,
und ist dir ferne, die du nahe glaubst,
und wähnest, du hättest sie im Gehäuse
wie einen gefangenen Vogel
der dein ist,
um wenig Münze
gekauft auf dem Markt:
die doch anderswo, anders daheim.
Sie schickt sich an zu gehen, winkt der Amme, sie zu begleiten, der Kaiserin, zurückzubleiben.
Barak sieht bestürzt und trübe vor sich hin.
Die Frau und die Amme sind zur Türe hinaus.
Die Kaiserin auf den Knien in Baraks Nähe sucht auf der Erde verstreutes Handwerkszeug zusammen.

BARAK *wird erst jetzt gewahr, daß er nicht allein ist*
Wer da?

DIE KAISERIN *sieht zu ihm auf*
Ich, mein Gebieter, deine Dienerin!
Der Zwischenvorhang fällt.
Der Kaiserin Schlafgemach im Falknerhaus. Die Kaiserin liegt auf dem Bett in unruhigem Schlaf. Die Amme schlummert, in ihren Mantel gewickelt, zu Füßen des Bettes.

DIE KAISERIN *aus dem Schlaf, ohne die Augen aufzutun*
Sieh – Amme – sieh
des Mannes Aug, wie es sich quält!
Traumhaft, feierlich
Vor solchen Blicken liegen Cherubim
auf ihrem Angesicht!
– –
Nach einer Stille, jäh auffahrend, mit ausgebreiteten Armen
Dir – Barak – bin ich mich schuldig!

Sie sinkt hin und scheint nun fester einzuschlafen. Die Wand des Gemaches schwindet, und man sieht in eine gewaltige Höhle, die durch einen Spalt ins Freie mündet. Düstere Lampen, da und dort, erleuchten matt uralte in den Basalt gehauene Grabstätten. Zur Rechten gewahrt man eine eherne Tür, ins Innere des Berges führend. Des Falken Ruf wird hörbar. Dann dringt der Kaiser, als folge er dem Falken nach, mit den Händen sich vorwärts tastend, durch den Spalt in die Höhle.

Die Kaiserin bewegt sich im Schlaf, stöhnt einmal leise auf.

Der Kaiser nimmt eine der Grablampen; in seiner Hand leuchtet sie hell auf, er wird die eherne Tür gewahr. Ein Rauschen dringt durch diese wie von fallendem Wasser.

STIMMEN *aus dem Innern des Berges, lockend – drohend*

Lockend
Zum Lebenswasser!
Drohend
Zur Schwelle des Todes!
Lockend
Nahe!
Wage!
Drohend
Wehe!
Zage!

Der Kaiser geht gegen die Tür. Der Falke umschwirrt ihn, stößt klägliche, abmahnende Rufe aus. Der Kaiser pocht an die Tür, die sich öffnet und ihn einläßt, dann wieder schließt.

DES FALKEN STIMME

Die Frau wirft keinen Schatten,
der Kaiser muß versteinen!

Die Höhle verschwindet, die Lampen im Schlafgemach leuchten stärker auf.

DIE KAISERIN *fährt mit einem Schrei aus dem Schlummer empor*

Wehe, mein Mann!
Welchen Weg!
Wohin?
Durch meine Schuld!
Die Tür fiel zu,
als wärs ein Grab.

Er will heraus
und kann nicht mehr.
Ihm stockt der Fuß,
sein Leib erstarrt.
Die Stimme erstickt.
Sein Auge nur
schreit um Hilfe!
Weh, Amme, kannst du schlafen!
Da und dort
alles ist
meine Schuld –
Ihm keine Hilfe,
dem andern Verderben –
Barak, wehe!
Was ich berühre,
töte ich!
Weh mir!
würde ich lieber
selber zu Stein!

Der Zwischenvorhang schließt sich.

Des Färbers Wohnung. Es dämmert in dem Raum, wird allmählich dunkler und dunkler.

BARAK *sitzt an der Erde*

Es dunkelt, daß ich nicht sehe zur Arbeit
mitten am Tage.

Die drei Brüder kommen zur Tür herein mit gesenkten Köpfen. Auch draußen ist es dunkel.

DIE BRÜDER

Es ist etwas, und wir wissen nicht, was es ist,
o mein Bruder!
Die Sonne geht aus mitten am Tage,
und der Fluß bleibt stehen und will nicht mehr fließen
o mein Bruder!
Es widerfährt uns, und wir wissen nicht, was uns widerfährt!

Sie brechen in ein langgezogenes Geheul aus.

DIE AMME *mit der Kaiserin seitwärts*

Es sind Übermächte im Spiel,

o meine Herrin,
und ein Etwas bedroht uns,
aber wir werden
anrufen
gewaltige Namen,
und dir wird werden,
worauf du deinen Sinn gesetzt hast!

DIE KAISERIN *vor sich*

Wehe, womit ist die Welt der Söhne Adams erfüllt!
Und wehe, daß ich herein kam, ihren Gram zu vermehren
und ihre Freude zu versehren!
Gepriesen sei, der mich diesen Mann finden ließ unter den Männern,
denn er zeigt mir, was ein Mensch ist,
und um seinetwillen will ich bleiben unter den Menschen
und atmen ihren Atem
und tragen ihre Beschwerden!

BARAK *vor sich*

Meine Hände sind, als ob sie gebunden wären,
und mein Herz, als läge ein Stein darauf,
und auf meiner Seele ein Stück der ewigen Nacht.
Gepriesen, der die Finsternis nicht kennt
und dessen Auge niemals zufällt,
Einer unter allen!

DIE FRAU *für sich, an der Erde seitwärts*

Wie ertrag ich dies Haus
und mache kein Ende –
wo es finster ist mitten am Tage
und die Hunde heulen vor Furcht
und niemand weist sie hinaus!
Eine Pause

DIE FRAU *ist jäh aufgestanden; sie heftet einen bösen Blick auf Barak, dann geht sie auf und nieder, ohne ihn anzusehen*

Es gibt derer, die bleiben immer gelassen,
und geschähe, was will, es wird keiner jemals
ihr Gesicht verändert sehen.
Tagaus, tagein
gehen sie wie das Vieh

von Lager zu Fraß,
von Fraß zu Lager
und wissen nicht, was geschehen ist,
und nicht, wie es gemeint war.
Ein greller Blitz, die Brüder heulen auf. Die Frau stampft zornig auf.

DIE FRAU *fährt fort*
Darüber müssen sie verachtet werden
und verlacht
wer zu ihnen gehört
und ist in die Hand eines solchen gegeben.
Aber ich bin nicht in deiner Hand,
hörst du mich, Barak?
Und wenn du ausgegangen warst
und trugest dir selber die Ware zu Markt,
so habe ich meinen Freund empfangen,
einen Fremdling unter den Fremdlingen,
und wenn ich dich weckte aus deinem Schlaf,
so kam ich aus seiner Umarmung!
Blitz, die Brüder heulen auf.
Hörst du mich, Barak?
Schweige doch diese,
damit du mich verstehen kannst!
Ich will nicht, daß du ein Gelächter sein müßtest
unter den Deinen,
sondern du sollst wissen!
Dies alles tat ich hier im Hause
drei Tage lang:
aber die Freude war mir vergällt,
denn ich mußte dich denken,
wo ich dich hätte vergessen wollen,
und dein Gesicht kam hin,
wo es nichts zu suchen hatte!
Aber es ist mir zugekommen,
wie ich dir entgehe
und dich ausreiße aus mir,
und jetzt weiß ich den Weg!
Barak steht jäh auf; die Brüder taumeln zur Seite.

DIE FRAU *ohne Furcht*
Abtu ich von meinem Leibe die Kinder,
die nicht gebornen,
und mein Schoß wird dir nicht fruchtbar
und keinem andern,
sondern ich habe mich gegeben den Winden
und der Nachtluft
und bin hier daheim und woanders,
und des zum Zeichen
habe ich meinen Schatten verhandelt:
und es sind die Käufer willig,
und der Kaufpreis ist herrlich
und ohnegleichen!

BARAK *in höchster Erregung*
Das Weib ist irre,
zündet ein Feuer an,
damit ich ihr Gesicht sehe!
Das Feuer flammt auf.

DIE BRÜDER
Sie wirft keinen Schatten.
Es ist, wie sie redet!
Sie hat ihn verkauft
und abgehalten
die Ungeborenen
von ihrem Leibe!
Der Schatten ist abgefallen von ihr,
und sie ist ohne,
die Verfluchte!

DIE AMME *zur Kaiserin*
Auf und hin,
nimm den Schatten.
Reiß ihn an dich!
Sie hat es gesprochen
mit wissendem Mund,
so ist es getan!
Und nicht der Sterne Gericht
macht diesen Handel zunicht!

BARAK *furchtbar losbrechend*
Hat sie solch eine Hurenstirn
und sieht lieblich darein
und schämt sich nicht?
Heran, ihr Brüder, einen Sack herbei
und hinein von den Steinen
daß ich dies Weib
ertränke im Fluß
mit meinen Händen!
Will auf die Frau los.

DIE BRÜDER *hängen sich an Barak*
Kein Blut auf deine Hände, mein Bruder!
Auf und jage sie aus dem Hause,
einer Hündin Geschick über sie
in Gosse und Graben!

BARAK *will auf die Frau los; zugleich*
Mein Aug ist verdunkelt,
helft mir, ihr Brüder!
Herbei einen Sack
und Steine hinein,
daß ich sie ertränke
mit meinen Händen!

DIE BRÜDER *hängen sich an Barak*
Kein Blut auf deine Hände, mein Bruder!
Halte dich rein, o unser Vater!

BARAK *zugleich*
Helft ihr mir nicht,
tret ich euch nieder!
Ich hab es verhängt
in meiner Seele
und will es vollziehen
mit meinen Händen!
Wie er, gleichsam zum Schwure, die Rechte nach oben reckt, stürzt ihm aus der Luft ein blitzendes Schwert in die Hand. Die Brüder haben vereint kaum die Kraft, ihn zu halten.

DIE AMME *rückwärts mit der Kaiserin, ihr Auge unverwandt mit dämonischer Lust auf den Vorgang geheftet; zugleich mit Barak und den Brüdern*

Wer schreit nach Blut
und hat kein Schwert,
dem wird von uns die Hand bewehrt!
Und fließt nur schnell
das dunkle Blut,
wir haben den Schatten, und uns ist gut!

DIE KAISERIN *reißt sich von ihr los, wendet den Blick nach oben für sich, aber zugleich mit den andern*

Ich will nicht den Schatten:
auf ihm ist Blut,
ich faß ihn nicht an.
Meine Hände reck ich
in die Luft,
rein zu bleiben
von Menschenblut!
Sternennamen
ruf ich an
gegen mich,
diese zu retten,
geschehe was will!

DIE FRAU *ist in sprachlosem Schreck über die Wirkung ihrer frevelhaften Rede nach links hinüber geflüchtet; allmählich geht in ihr eine ungeheure Veränderung vor; leichenbleich, aber verklärt, mit einem Ausdruck, wie sie ihn nie zuvor gehabt hat, trägt sie sich Barak und dem tödlichen Schwertstreich entgegen; zugleich, stellenweise dominierend*

Barak, ich hab es
nicht getan!
Noch nicht getan!
Höre mich, Barak!
Verräter ward
mein Mund an mir,
zuvor die Seele
die Tat getan!
Muß ich sterben
vor deinem Angesicht,
muß ich sterben
um was nicht geschah,

o du, den zuvor
ich niemals sah,
mächtiger Barak,
strenger Richter,
hoher Gatte –
Barak, so töte mich,
schnell!

Barak hebt das Schwert, das in seinen Händen funkelt und von dem Blitze ausgehen, die den dunklen Raum – denn das Feuer ist zusammengesunken – zuckend erleuchten.

DIE BRÜDER *hängen sich mit letzter Kraft an ihn; zugleich*

Sie werden dich behängen mit Ketten
und dich schlagen
mit der Schärfe des Schwertes,
erbarme dich unser, o unser Vater!

Indem Barak zum Streich ausholt, erlischt das funkelnde Schwert plötzlich und scheint ihm aus der Hand gewunden – ein dumpfes Dröhnen macht das Gewölbe erzittern, die Erde öffnet sich, und durch die geborstene Seitenmauer tritt der Fluß herein. Indes die Brüder, ihr Leben zu retten, zur Tür hinaufflüchten, sieht man Barak und die willenlos vor ihm liegende Frau, aber jedes für sich, versinken. Die Amme hat die Kaiserin mit sich auf einen erhöhten Platz an der Mauer des Gewölbes emporgerissen und deckt sie mit ihrem Mantel. Man hört aus dem Dunkel, das alles verhüllt, ihre Stimme.

DIE AMME

Übermächte sind im Spiel!
Her zu mir!

Der Vorhang fällt schnell.

DRITTER AUFZUG

Unterirdische Gewölbe, durch eine querlaufende dicke Mauer in zwei Kammern geteilt. In der rechten wird Barak sichtbar, in düsterem Brüten auf dem harten Stein sitzend; zur Linken die Frau, in Tränen, mit aufgelöstem Haar. Sie wissen nicht voneinander, hören einander nicht. Die Frau zuckt zusammen.
Im Orchester ertönen die Stimmen der ungeborenen Kinder, wie im ersten Aufzug.

DIE FRAU

Schweiget doch, ihr Stimmen!
Ich hab es nicht getan!!
– – – – – – – – – – – –
Barak, mein Mann,
o daß du mich hörtest,
daß du mir glaubtest
vor meinem Tode!
– – – – – – – – – – – –
Dich wollt ich verlassen,
o du, den zuvor
niemals ich sah!
Dich wollt ich vergessen
und meinte zu fliehen dein Angesicht:
dein Angesicht,
es kam zu mir –
O daß du mich hörtest,
o daß du mir glaubtest. –
Dich wollt ich vergessen –
da mußte ich dich denken:
und wo ich ging
verbotene Wege,
dein Angesicht…
es kam zu mir

und suchte mich,
zuvor die Seele die Tat getan!
Ein fremder Mann,
ich zog ihn her,
er war mir nah –
aber nicht völlig –
Barak, Barak,
dich weckt ich doch,
weißt du es nicht?

BARAK *vor sich hin*

Mir anvertraut,
daß ich sie hege,
daß ich sie trage
auf diesen Händen
und ihrer achte
und ihrer schone
um ihres jungen Herzens willen!

DIE FRAU *teilweise zusammen mit ihm*

Dienend, liebend dir mich bücken:
dich zu sehen!
atmen, leben!
Kinder, Guter, dir zu geben! –

BARAK

Mir anvertraut –
und taumelt zur Erde
in Todesangst vor meiner Hand!
Weh mir! Daß ich sie einmal noch sähe
und zu ihr spräche:
Fürchte dich nicht.
Eine Stille, dann

STIMME *von oben, auf Baraks Seite*

Auf, geh nach oben, Mann,
der Weg ist frei!
Es fällt zugleich mit der Stimme ein Lichtstrahl von oben in Baraks Verlies; die Stufen einer Wendeltreppe, in den Fels gehauen, werden sichtbar.
Barak richtet sich auf und beginnt hinaufzusteigen.

DIE FRAU

Barak, mein Mann!
Strenger Richter,
hoher Gatte!
Schwängest du auch
dein Schwert über mir,
in seinem Blitzen
sterbend noch
sähe ich dich!

Ein Lichtstrahl fällt von oben in ihr Verlies, der Schein in Baraks leerer Kammer ist erloschen.

DIE GLEICHE STIMME *auf der Linken*

Frau, geh nach oben,
denn der Weg ist frei.

Die Färberin eilt nach oben.

Das Gewölbe versinkt. Wolken treten vor, teilen sich, enthüllen eine Felsterrasse, jener gleich, die während des Schlafes der Kaiserin sichtbar wurde. Steinerne Stufen führen vom Wasser aufwärts zu einem mächtigen tempelartigen Eingang ins Berginnere. Ein dunkles Wasser, in den Felsgrund eingeschnitten, fließend gegenüber.

Die Tür zum mittleren Eingang offen. Auf der obersten Stufe der Bote, wartend. Dienende Geister rechts und links.

Ein Kahn kommt auf dem Wasser geschwommen, ohne Lenker. Die Kaiserin liegt darin, schlummernd, die Amme kniet neben ihr, hält sie umschlungen, bewegt um sich schauend, wohin der Kahn treibe.

Der Bote hat das Herankommen des Kahnes abgewartet. Der Kahn hält an.

DIENENDE GEISTER

Sie kommen!

DER BOTE

Hinweg!

Er tritt ins Innere zurück, die Geister zugleich, die eherne Tür schließt sich hinter ihnen.

Die Kaiserin erwacht.

Die Amme sucht, sie zurückzuhalten, mit dem freien Arm den Kahn vom Ufer wegzustoßen, vergeblich.

Die Gegend erhellt sich.
Die Kaiserin erhebt sich, blickt um sich, will ans Land.

DIE AMME *drückt sie nieder, hastig, aufgeregt*
Fort von hier!
Hilf mir vom Fels
lösen den Kahn!
Leise
Übermächte
spielen mit uns!
Zum greulichsten Ort
eigenwillig
strebt das Gemächte
aus bösem Holz!
Wär ich nicht gewitzigt,
was würde aus dir!

DIE KAISERIN
Der Kahn will bleiben –
siehst du denn nicht?
Die Treppe, schau!

DIE AMME *gibts auf, den Kahn vom Ufer zu stoßen, treibend, mit fieberhafter Ungeduld*
So laß den Kahn!
Nun fort von hier!
Ich weiß den Weg,
Mondberge sieben
sind gelagert,
dies ist der höchste:
ein böses Bereich!
Geschürzt dein Kleid
und hurtig die Füße:
ich führ dich hinunter,
ich finde hinaus!

DIE KAISERIN ist auf die Treppe hinausgetreten
Hier ist ein Tor!
Sinnend, suchend
Einmal vordem
sah ich dies Tor!
Posaunenruf, wie aus dem Innern des Berges.

DIE KAISERIN
Hörst du den Ton?
Der lädt zu Gericht
Leise, etwas beklommen
Mein Vater, ja?
Keikobad? Sag?
Lang sah ich ihn nicht,
doch weiß ich wohl:
er liebt es zu thronen
wie Salomo
und aufzulösen,
was dunkel ist,
Hoch ist sein Stuhl
und abgründig sein Sinn –
Rein und mutig
doch ich bin sein Kind:
ich fürchte mich nicht.
Die Amme, ängstlich, späht nach der Seite, ob sich ein Ausweg finden ließe.
Die Posaune ruft abermals, stärker.
DIE KAISERIN *die Hände erhoben, angstvoll*
Mein Herr und Gebieter!
Sie halten Gericht
über ihn
um meinetwillen!
Was ihn bindet,
bindet mich.
Was er leidet, will ich leiden,
ich bin in ihm,
er ist in mir!
Wir sind eins.
ich will zu ihm.
Wendet sich, hinaufzuschreiten
DIE AMME *angstvoll*
Fort mit uns!
ich schaff dir den Schatten!
So ist es gesetzt
und so geschworen!

Du bleibst die gleiche,
Töchterchen, liebes,
und durch deinen Leib
gleitet das Licht –
allein des Weibes
trauriger Schatten,
dir verfallen,
haftet der Ferse!
Ihresgleichen
scheinst du dann
und bist es nicht:
doch du erfüllst,
was bedungen war!
Schmeichelnd
So hab deinen Liebsten
und herze ihn!
Ich helf dir ihn finden,
ich will es tragen,
daß ich ihn sehe
in deinen Armen
auf Jahr und Tag
und bleibe die Hündin
in seinem Hause!
Resigniert seufzend, nicht heftig
Wehe mir!
Sehr stark
Nur fort von hier!
Fort von der Schwelle:
sie zu betreten
ist mehr als Tod!

DIE KAISERIN
So kennst du die Schwelle?
So weißt du, wohin
dies Tor sich öffnet?
Antworte mir!

DIE AMME *dumpf*
Zum Wasser des Lebens.

DIE KAISERIN
Antworte mir!
Plötzlich erleuchtet
Zur Schwelle des Todes!
So scholl der Ruf,
Steh mir Rede!
Du weißt das Geheime
und kennst die Bewandtnis.
Antworte mir!
Die Amme schweigt.

DIE KAISERIN
Schweigst du tückisch?
Willst du mit Fleiß
den Sinn mir verdunkeln?
Hell ist in mir!
Hell ist vor mir!
Leidenschaftlich
Ich muß zu ihm!
Wasser des Lebens,
ich muß es erspüren,
ihn besprengen –
Wasser des Lebens –
ist es das Blut
aus diesen Adern?
Fließe es hin,
daß ich ihn wecke!
Sie wendet sich entschieden dem Eingang zu.

DIE AMME *wirft sich vor sie hin, faßt sie am Gewand*
Hab Erbarmen!
Du verfängst dich:
tausend Netze,
Gaukelspiel,
greulicher Trug!
Wasser des Lebens,
greuliches Blendwerk –
müßt ich darüber
mein Blut hingeben –
halte ich ab

von deiner Seele
und deinem Herzen!
Ein Wasser springt
wirklich im Berge.
Leuchtend steigt es,
goldene Säule,
aus dem Grund:
Wasser des Lebens!
Wer daran
die Lippen legte –
einer der unsern,
von Geistern stammend –,
mehr als Tod,
greulich unsagbar
teufliches Unheil
schlürft er in sich
rettungslos.

Die Kaiserin ist auf die oberste Stufe getreten.

DIE AMME *in höchster Angst*

Hörst du mich nicht?
Fürchterlich
ist Keikobad!
Was weißt du von ihm!
Du bist sein Kind
und hast dich gegeben
in Menschenhand
und dein Herz vergeudet
an einen von den Verwesenden!
Fürchterlich
straft er dich,
wenn du fällst in seine Hand.
Denn er kennt kein Greuel
über diesem,
daß eines spiele
mit den Verhaßten
und sich mische
mit den Verfluchten!
Weh über sie,

die dich gebar,
und Menschensehnsucht
dir flößte ins Blut!
Weh über dich!

DIE KAISERIN *verklärt, entschlossen*
Aus unsern Taten
steigt ein Gericht!
Aus unserm Herzen
ruft die Posaune,
die uns lädt. –
Entschieden, die Hand gegen sie ausstreckend, gebietend
Amme, auf immer
scheid ich mich von dir.
Was Menschen bedürfen,
du weißt es zu wenig,
worauf ihrer Herzen
Geheimnis zielet,
dir ist es verborgen
Sehr feierlich und groß
Mit welchem Preis
sie alles zahlen,
aus schwerer Schuld
sich wieder erneuen,
dem Phönix gleich,
aus ewigem Tode
zu ewigem Leben
sich immer erhöhen –
kaum ahnen sies selber –
dir kommt es nicht nah.
Ich gehöre zu ihnen,
Mächtig
du taugst nicht zu mir!
Sie tritt ans Tor, das sich lautlos öffnet, sie tritt hinein, das Tor schließt sich.

DIE AMME *will ihr nach, wagt sich nicht in den Bereich, verzweifelnd, auf der Treppe*
Was Menschen bedürfen?
Betrug ist die Speise,

nach der sie gieren.
Betrügt sie selber!
Fluch über sie!
Das ewige Trachten,
vorwärts ins Leere,
der angstvermischte
gierige Wahnsinn –
hinübergeträufelt
in meines Kindes
kristallene Seele!
Fluch über sie!
Es dunkelt, rötlicher Nebel tritt herein.

BARAKS STIMME *im Wind*
Ah!

DER FRAU STIMME *von der anderen Seite*
Ah!

BARAKS STIMME
Daß ich dich fände!

DER FRAU STIMME *klagend*
O mein Geliebter!

BARAKS STIMME
Fürchte nichts!
Sieh, so sieh!

DER FRAU STIMME *zugleich*
Finde mich,
töte mich!

BEIDE
Weh, weh, o weh!

DIE AMME
Menschen! Menschen!
Wie ich sie hasse!
Wimmelnd wie Aale,
schreiend wie Adler,
schändend die Erde!
Tod über sie!

BARAK *im Nebel herein, von rechts*
Ich suche meine Frau, die vor mir flieht!
Erkennt die Amme, angstvoll, gepreßt, fast stöhnend

Hast du sie nicht gesehn –
O meine Muhme?

DIE AMME *zeigt nach links aufwärts*
Dort hinüber!
Dort hinauf!
Sie verflucht dich
in den Tod!
Strafe sie –
räche dich –
schnell!

BARAK *ab nach links aufwärts*
Zu ihr! Zu ihr!

DIE FRAU *erscheint von links weiter unten*
O du – o du – wo ist mein Mann? O du –
ich will zu ihm!

DIE AMME *zeigt nach rechts*
Dort hinüber!
Dich zu töten,
mit seinen Händen.
Rette dich,
flieh!

DIE FRAU *eilt nach rechts in den Wind und Nebel, wild entschlossen*
Barak! Hier!
Schwinge dein Schwert.
Töte mich
schnell!
Verschwindet rechts, es dunkelt.

DIE AMME
Wehe, mein Kind,
ausgeliefert,
Gaukelspiel
vor ihren Augen,
Fallen und Stricke
vor ihrem Fuß!
Sie ist hinein!
Sie trinkt! Das goldne,
flüssige Unheil
springt auf die Lippen,

wühlt sich hinab!
Ihr Gesicht
gräulich zuckt,
ein menschlicher Schrei
ringt sich aus
der wunden Kehle!
Ihr zu Hilfe!
Müßte ich sterben!
Keikobad!
Sie will ans Tor.

BOTE *tritt aus dem Tor; ehern*
Den Namen des Herrn?
Hündin, zu wem
hebst du die Stimme?
Fort mit dir
von der Schwelle!
Pack dich, für immer!

DIE AMME *wie wahnsinnig vor Erregung*
Mir anvertraut –
du selber, Bote!
drei Tage lang!
ich hab sie gehütet,
ich rang mit ihr –
sie stieß mich von sich –
sie kennt mich nicht mehr –
Keikobad!
Er muß mich hören!
Will an ihm vorbei.

BOTE *vertritt ihr den Weg; ehern*
Sie ist vor ihm!
Wer bedarf deiner?
Niemand.
Such dir den Weg!

DIE AMME
Keikobad!
Deine Dienerin
schreit zu dir –
Strafe sie, aber

verwirf sie nicht
ungehört!
Mir übergeben,
ich steh dir Rede!
Keikobad!
Der Nebel tritt herein, wird immer dichter, Gewitter und Sturm nehmen zu an Heftigkeit. Es dunkelt mehr und mehr. Im Sturm tönen die Stimmen der Färbersleute, die einander vergeblich rufen und suchen. Zugleich

BOTE *gewaltig, mit einem Anflug von Hohn*
Wer bist du,
daß du ihn rufest?
Was weißt du
von seinem Willen,
und wie er verhängt hat
ihr die Prüfung?
Wenn er dich hieß
des Kindes hüten,
wer heißt dich raten,
ob er nicht wollte,
daß sie dir entliefe?
Immer schrecklicher
Und trotzdem dich
verwirft auf ewig:
daß du nicht vermochtest,
ihrer zu hüten!

BARAK *unsichtbar*
O du!

DIE FRAU *unsichtbar*
O du!

BARAK
Wo bist du?

DIE FRAU
Wo bist du?

BARAK
Fliehe nicht!

DIE FRAU
Finde mich!

BARAK
Komm zu mir!

DIE FRAU
Komm zu mir!

BARAK
Dich zu sehen – atmen, leben!

DIE FRAU
Kinder, Guter, dir zu geben!

BARAK
Weh, verloren!

DIE FRAU
Weh, vertan!

BARAK
Diese Hände – !

DIE FRAU
Weh, so jung!

BARAK
Dir vergeben, dich erquicken!

DIE FRAU
Liebend, dienend dir mich bücken!

BARAK
Weh, verloren!

DIE FRAU
Hab Erbarmen!

BARAK
Sterben! Sterben!

DIE FRAU
Weh, uns Armen!

BARAK
Mir anvertraut,
daß ich dich hege,
und dich trage
auf diesen Händen.

DIE AMME
Schlage er mich
mit seinem Zorn!
Ich will zu ihr!

BOTE

Mit seinem Zorn
schlägt er dich,
daß du ihr Antlitz
nicht wiedersiehst!

DIE AMME

Weh, mein Kind!
Mir verloren!
Fluch und Verderben
über die Menschen –
fressendes Feuer
in ihr Gebein!

BOTE *mit Hohn*

Unter den Menschen
umherzuirren,
ist dein Los!
Die du hassest,
mit ihnen zu hausen,
ihrem Atem
dich zu vermischen
immer aufs neu!

DIE AMME *wie von Sinnen*

Die ich hasse,
mit ihnen zu hausen,
ihrem Atem
mich zu vermischen
immer aufs neu!
Sie drängt sich dicht an den Boten, will an ihm vorbei.

BOTE *faßt sie gewaltig und stößt sie die Treppe hinab*

Auf, du Kahn,
trage dies Weib
Mondberge hinab
den Menschen zu!

DIE AMME

Fressendes Feuer
in ihr Gebein!
Die Amme stürzt im Kahn zusammen, der Kahn löst sich und treibt jäh hinab. Ihr Schrei, durchdringend, verhallt.

BOTE *ehern*

Verzehre dich!
Dir widerfährt
nach dem Gesetze!
Blitz, Donner, Posaune.

DIE STIMMEN DER FÄRBERSLEUTE

Sterben, sterben!
Weh uns Armen!

Offene Verwandlung

Allmählich erhellt sich, aber noch nicht zu völliger Klarheit, das Innere eines tempelartigen Raumes. –
Eine Nische, die mittelste, ist verhängt.
Die Kaiserin, allein, steigt von unten empor.
Dienende Geister, fackeltragend, ihr entgegen, noch im Dunkel.

ERSTER

Hab Ehrfurcht!

ZWEITER

Mut!

DRITTER

Erfülle dein Geschick!
Sie verschwinden.

DIE MENSCHENSTIMMEN *tönen von draußen herein, doch schwächer und schwächer, als wären Türen zugefallen*

Weh, verloren!
Hab Erbarmen! –
Sterben! Sterben!
Weh uns Armen!

DIE KAISERIN *auf die verhängte Nische zu*

Vater, bist dus?
Drohest du mir
aus dem Dunkel her?
Hier siehe dein Kind!
Mich hinzugeben
hab ich gelernt,

aber Schatten
hab ich keinen
mir erhandelt.
Nun zeig mir den Platz,
der mir gebührt
inmitten derer,
die Schatten werfen.

Ein Springquell goldenen Wassers steigt leuchtend aus dem Boden auf.

DIE KAISERIN *einen Schritt zurückgehend*

Goldenen Trank,
Wasser des Lebens,
mich zu stärken,
bedarf ich nicht!
Liebe ist in mir,
die ist mehr.

STIMME VON OBEN

So trink, du Liebende, von diesem Wasser!
Trink, und der Schatten, der des Weibes war,
wird deiner sein, und du wirst sein wie sie!

DIE KAISERIN

Jedoch was wird aus ihr?

DIE STIMME DER FRAU *draußen*

Barak!

BARAKS STIMME *draußen*

Wo bist du?

DIE STIMME DER FRAU

Wehe, wo?

BARAKS STIMME

Her zu mir!

DIE STIMME DER FRAU

Ach, vergebens!

BARAKS STIMME

Weh! Verloren!

DIE KAISERIN

Baraks Stimme!
Baraks Blick!
Meine Schuld

hier wie dort,
dort wie hier!
Das Wasser fällt langsam.
Schaudernd
Sternennamen
rief ich an,
rein zu bleiben
von Menschenschuld!
Blut ist in dem Wasser,
ich trinke nicht!
Das Wasser versinkt gänzlich.
Doch weich ich nicht!
Mein Platz ist hier
in dieser Welt.
Hier ward ich schuldig.
hierher gehör ich.
Wo immer du
dich birgst im Dunkel –
in meinem Herzen
ist ein Licht,
dich zu enthüllen!
Ich will mein Gericht!
Zeige dich, Vater!
Mein Richter, hervor!
Das Licht hinter dem Vorhang wird stärker und stärker, endlich ist seine Kraft so groß, daß der Vorhang zum durchsichtigen Schleier wird. In der strahlend erhellten Nische sitzt auf steinernem Thron der Kaiser. Er ist starr und steinern, nur seine Augen scheinen zu leben.

DIE KAISERIN *Gesprochen*
Ach! Weh mir!
Mein Liebster starr!
Lebendig begraben
im eigenen Leib!
Erfüllt der Fluch!
Meines Wesens
unschuldige Schuld
an ihm gestraft,

weil er zu sehr
mein Geheimnis geliebt,
um das er mich wählte –
erbarmungslos
dahingeopfert
meinem Geheimnis
sein liebendes Herz!
Ungelöst
meiner Seele Knoten
von Menschenhand –
Starr nun die Hand,
die ihn nicht löste –
Versteinert sein Herz
von meiner Härte!
Mein Geschick
seine Schuld!
Meine Schuld
sein Geschick!
Weh, ihr Sterne,
also tut ihr
an den Menschen!
Sie nähert sich in Verzweiflung dem Versteinerten
Mit dir sterben,
auf, wach auf!
Aug in Aug,
Mund an Mund
mit dir vereint,
laß mich sterben!
Sie will hervor, den Versteinerten zu umschlingen, und wagt es nicht. Wie sie in Angst vor dem auf sie gerichteten Blick nach der Seite zurückgeht, folgen ihr die Augen des Kaisers nach.

DIE KAISERIN *in höchster Qual*
Nicht diesen Blick!
Ich kann nicht helfen,
ich kann nicht!
Sie fällt zusammen, bedeckt die Augen mit den Händen. Die Statue glüht im stärksten Licht, die Augen mit stummer Bitte auf die Kaiserin gerichtet.

UNIRDISCHE STIMMEN *dumpfdröhnend wie aus Abgründen*
Die Frau wirft keinen Schatten,
der Kaiser muß versteinen!
Die Statue verdunkelt sich wie Blei. Vor ihren Füßen hebt sich wie früher das goldene Wasser leuchtend empor.

STIMME VON OBEN
Sprich aus: Ich will! und jenes Weibes Schatten
wird dein!
Und dieser stehet auf und wird lebendig
und geht mit dir!
Und des zum Zeichen neige dich und trink!

DIE KAISERIN *in furchtbarem Kampfe auf dem Boden liegend; gesprochen*
Versuch mich nicht,
Keikobad!
Ich bin dein Kind!
Laß mich sterben,
eh ich erliege!

BARAKS STIMME *draußen*
Nirgend Hilfe!

DER FRAU STIMME
Wehe, sterben!

DIE KAISERIN *erhebt sich auf die Knie, ihren Lippen entringt sich ein qualvoller stöhnender Schrei, in dessen Intervallen die Worte*
Ich – will – nicht!
hörbar sind. – – Sogleich wie diese Worte hörbar werden, sinkt das Wasser hinab, der Raum, nach einer kurzen Dunkelheit, erhellt sich von oben. – Von der Kaiserin, die sich wie unbewußt vom Boden erhoben hat, fällt ein scharfer Schatten quer über den Boden des Raumes. – – Der Kaiser erhebt sich von seinem Thron und schickt sich an, die Stufen hinabzusteigen.

DER KAISER
»Wenn das Herz aus Kristall
zerbricht in einem Schrei,
die Ungebornen eilen
wie Sternenglanz herbei.
Die Gattin blickt zum Gatten,

ihr fällt ein irdischer Schatten
von Hüfte, Haupt und Haar.
Der Tote darf sich heben
aus eignen Leibes Gruft –
die Himmelsboten eilen
hernieder aus der Luft!«
So ward mir zugesungen,
da ich im Sterben war.
Nun darf ich wieder leben!
Schon kommt die heilge Schar
mit Singen und mit Schweben –

Das Licht von der Kuppel herab ist stärker und stärker geworden. Nun dringen, von oben her, die Stimmen der Ungeborenen hernieder.

EINZELNE
Hört, wir wollen sagen: Vater!

ANDERE
Hört, wir wollen »Mutter« rufen!

EINIGE
Steiget auf!

ANDERE
Nein, kommt herunter!
Zu uns führen alle Stufen!

DIE KAISERIN *deutet nach oben*
Sind das die Cherubim,
die ihre Stimmen heben?

DER KAISER *von der untersten Stufe*
Das sind die Nichtgeborenen,
nun stürzen sie ins Leben
mit morgenroten Flügeln
zu uns, den fast Verlorenen:
uns eilen diese Starken
wie Sternenglanz herbei.
Du hast dich überwunden.
Nun geben Himmelsboten
den Vater und die Kinder,
die Ungebornen, frei!
Sie haben uns gefunden,
nun eilen sie herbei!

Er ist von der untersten Stufe herabgestiegen. Die Kaiserin will ihm entgegen, deutet nach oben, von wo ein immer hellerer Schein herabdringt, ein silbernes Klingen dem Gesang der Ungebornen präludiert, sie sinkt in die Knie. Der Kaiser, der Kaiserin gegenüber, fällt gleichfalls auf die Knie. Die Ungeborenen fangen an zu singen. Die Kaiserin und der Kaiser bergen jedes sein Gesicht in den Händen.

DIE UNGEBORENEN *von oben*

Hört, wir gebieten euch:
Ringet und traget,
daß unser Lebenstag
herrlich uns taget!
Was ihr an Prüfungen
standhaft durchleidet,
uns ists zu strahlenden
Kronen geschmeidet!

Der Kaiser und die Kaiserin haben sich, mit Entzücken aufwärts blickend, erhoben.

DIE KAISERIN *indem ihre und des Kaisers Hände sich berühren*

Engel sinds, die von sich sagen!
Ihre Stärke will uns tragen!
Ungeboren, preisgegeben,
ohne Anker, ohne Ziel!
Wie sie rufend uns umschweben,
bin ich, bin ich dir gegeben!

DER KAISER

Nirgend Ruhe, still zu liegen,
nirgend Anker, nirgend Port,
nichts ist da – nur aufzufliegen
ist ein Ort an jedem Ort.
Wie sie rufend uns umschweben,
bist du, bist du mir gegeben!

Sie halten einander umschlungen. Helles Gewölk umschließt sie.

Verwandlung

Eine schöne Landschaft, steil aufsteigend, hebt sich heraus. Inmitten ein goldener Wasserfall, durch eine Kluft abstürzend. Kaiser und Kaiserin werden über dem Wasserfall sichtbar, von der Höhe herabsteigend.

DIE FÄRBERIN *von links auf schmalem Fußpfad*
Trifft mich sein Lieben nicht,
treffe mich das Gericht,
er mit dem Schwerte!
Eilt vor bis an den Abgrund.

BARAK *auf der gegenüberliegenden Seite*
Steh nur, ich finde dich.
Schützend umwinde dich,
ewig Gefährte!
Indem sie ihn gewahr wird, ihm die Arme entgegenstreckt, fällt ihr Schatten quer über den Abgrund.

BARAK *jubelnd*
Schatten, dein Schatten,
er trägt mich zu dir!

DIE FRAU
Gattin zum Gatten!
Einziger mir!

DIE UNGEBORENEN *von oben*
Mutter, dein Schatten!
Sieh wie schön!
Sieh deinen Gatten
zu dir gehn!
Im Augenblick fällt an Stelle des Schattens eine goldene Brücke quer über den Abgrund.
Barak und die Frau betreten die Brücke, liegen einander in den Armen.
Der Kaiser und die Kaiserin sind oben dicht an den Rand des Absturzes herausgetreten.
Sie wenden sich nach abwärts, die beiden anderen blicken zu ihnen empor.

BARAK
Nun will ich jubeln, wie keiner gejubelt,

nun will ich schaffen, wie keiner geschafft,
denn durch mich hin strecken sich Hände,
blitzende Augen, kindische Münder,
und ich zerschwelle
vor heiliger Kraft!

DER KAISER *weist hinunter auf die beiden, weiter hinunter auf die Menschenwelt*

Nur aus der Ferne
war es verworren bang,
hör es nun ganz genau,
menschlich ist dieser Klang!
Rührende Laute –
nimmst du sie ganz in dich.
Brüder, Vertraute!

DER CHOR *unsichtbar, hineinjauchzend*

Brüder, Vertraute!

DIE BEIDEN FRAUEN *miteinander*

Schatten zu werfen,
beide erwählt,
beide in prüfenden
Flammen gestählt.
Schwelle des Todes nah,
gemordet zu morden,
seligen Kindern
Mütter geworden!

Schleier vorfallend, die Gestalten und die Landschaft einhüllend.

DIE STIMMEN DER UNGEBORENEN *im Orchester*

Vater, dir drohet nichts,
siehe, es schwindet schon,
Mutter, das Ängstliche,
das euch beirrte.

Wäre denn je ein Fest,
wären nicht insgeheim
wir die Geladenen,
wir auch die Wirte!

Vorhang

ZU ›DIE FRAU OHNE SCHATTEN‹

DIE HANDLUNG

Der erste Aufzug

Der Kaiser der südöstlichen Inseln ist mit einer Feentochter vermählt, die er sich auf der Jagd gewonnen hat. Da sprang aus einer weißen Gazelle, die sein Pfeil am Halse verwundet hat, ein junges schönes Weib, die Tochter des Geisterkönigs, ihm entgegen. Seit sie vermählt ist, ist die zauberische Gabe, sich in ein Tier verwandeln zu können, ihr verloren, aber völlig zu den Menschen gehört sie auch noch nicht, denn sie wirft keinen Schatten, und sie fühlt sich nicht Mutter: dies ist ein und dasselbe, Zeichen und Bezeichnetes. Es freut sich die Amme, die ihr gefolgt ist und die das Menschliche dumpf haßt und auch den Kaiser. Der zürnende Geisterkönig schickt heimlich seine Boten, die sich mit der Amme unterreden; davon wissen der Kaiser und die Kaiserin nichts und verbringen selige Nächte miteinander. Tagsüber aber reitet der Kaiser auf die Jagd, und die Kaiserin ist allein mit der Amme.

So auch eines Morgens: da kreist ein Falk über dem einsamen Gartenpavillon, darin des Kaisers Frau haust, denn er hält sie den Menschen fern. Es ist der Lieblingsfalke des Kaisers, der verflogen war seit jener Jagd, da er hatte die weiße Gazelle erjagen helfen. Jetzt naht er wie in höherem Auftrag: ein Talisman in seinen Klauen beglaubigt ihn. Sein drohender und klagender Ruf ist für der Kaiserin Ohr verständlich wie Menschenstimme: »Die Frist ist bald verstrichen, und doch wirft die Frau keinen Schatten – so muß der Kaiser zu Stein werden.« Der Kaiserin Herz versteht, wie dies zusammenhängt: sie ist aus dämonischem Kreis herausgetreten, doch hat die eifersüchtige genießende Liebe des Kaisers den Kreis des Menschlichen nicht um sie geschlossen. Sie steht zwischen zwei Welten, von der einen nicht entlassen, von der andern nicht aufgenommen: dafür trifft ihn, nicht sie, der Fluch, denn er hat es selbstsüchtig liebend verschuldet. Ihr ist es faßlich und entsetzlich, aber in ihr hebt sich Kraft und Mut, dem Drohenden zu begegnen: sie will den Schatten gewinnen, sei es durch welches Opfer immer. Die Amme ist ein Wesen mephistophelischer Art; sie kennt die Menschenwelt mit scharfer und liebloser Kenntnis. Sie weiß, es gibt Verstrickungen, aus denen der betrogene Mensch, sei es Mann oder Weib, sich nur loskauft um den Preis seines Schattens. So wäre ein Schatten zu erhandeln. Die Kaiserin heischt, die Amme gehorcht, beide machen sich auf zu den Menschen.

Barak der Färber ist nicht mehr jung, aber fleißig wie keiner und stark wie ein Kamel. Er schafft für ein Weib, das jung und hübsch und unzufrieden ist, und für drei Brüder. Er wäre gesegnet, wenn er auch noch für einen Haufen Kinder schaffen dürfte. Aber auch diese Ehe ist noch unfruchtbar wie jene droben des Kaisers und der Geisterkönigstochter. In des Färbers Haus, in dies ärmliche Leben, treten die Kaiserin und die Amme, verkleidet beide, und der Feentochter strahlendes Gesicht verdeckt mit dunkler Farbe. Sie bieten sich der Färbersfrau zu Mägden an. Die Amme hat auf den ersten Blick herausgehabt, daß diese junge schlanke Verdrossene ein Weib ist, dem man seinen Schatten abgewinnen kann, daß diese um schöne Gewänder und Perlenschnüre und um Liebhaber, seufzend an der Hintertür, den Schatten hingibt und die ungeborenen Kinder dazu – denn diese beiden gehen immer zusammen, wie Zeichen und Bezeichnetes. Kupplerisch und zauberisch umspinnt die Alte das junge Weib mit Reden und Gebärden, mit zweideutigen Sprüchen und reizendem Hexenspuk. Sie deckt ihr den Tisch mit nie geschmeckter Speise, verspricht ihr ein Wohlleben ohnegleichen und haucht die Ahnung davon ihr zu, wie ein Fiebertraumbild. Sie schließt den Pakt, durch den die Frau zum voraus den Schatten dahingibt. Die Kaiserin steht stumm daneben: kaum versteht sie den schlimmen Handel, durch den sie doch gewinnen soll. Der Handel ist geschlossen, jäh sind die Gäste verschwunden, die Färberin ist wieder allein. Aber aus der Bratpfanne, in der sieben kleine Fischlein schmoren, hört sie die Stimmen ihrer ungeborenen Kinder aus dem Dunkel klagen und weinen. Der Angstschweiß tritt ihr auf die Stirn, mit wankenden Knien schleppt sie sich in die Ecke auf ein Reisigbündel, dann ins Bett. Arglos tritt indessen der starke Färber ins Haus. Er findet sich allein, das eheliche Lager lieblos entzweigetrennt. So hält das Weib den Pakt, den sie mit der Hexe geschlossen hat. Von draußen tönen Stimmen herein; der nächtliche Wächterruf verherrlicht Ehe und Elternschaft:

Ihr Gatten, die ihr liebend euch in Armen liegt,
ihr seid die Brücke, überm Abgrund ausgespannt,
auf der die Toten wiederum ins Leben gehn!
Geheiliget sei eurer Liebe Werk.

Die beiden drin liegen jeder für sich stumm auf seinem Bett.

Der zweite Aufzug

Die Prüfungen gehen an; denn es müssen alle vier gereinigt werden, der Färber und sein Weib, der Kaiser und die Feentochter, zu trübe irdisch das eine Paar, zu stolz und ferne der Erde das andere. Mit einer reizenden Spukgestalt, dem Phantom eines schmachtenden und begehrlichen Jünglings, lockt die Amme das junge Weib auf den bösen Weg. Ist der Färber aus dem Haus, so steht der Jüngling da. Die Färberin meint, ihren dumpfen, gutherzigen Mann zu hassen; ihr ist, es wäre nur ein Kleines, ihn zu betrügen, und doch begeht sie es nicht. Aber freilich, die Amme lockt sie Schritt vor Schritt. Barak der Färber weiß nicht, was im Haus, noch was in der Brust seiner Frau vorgeht. Aber sein dumpfes gutes Herz wird ihm schwerer und schwerer. Er fühlt, daß ihn etwas bedroht; es ist, als riefe etwas zu ihm um Hilfe. Sind es – ihm unbewußt – die Stimmen seiner ungeborenen Kinder? Denn um sie geht das Spiel – um sie und den Schatten.
In dies böse Spiel ist die Kaiserin verknüpft, unschuldig schuldvoll. Zweideutig gehen ihr die Tage im Färberhaus. Zu Nacht – im Falknerpavillon – in ihren angstvollen Träumen, sieht sie den Gatten öden Wald durchstreifen, hochmütig einsam, verzehrt von selbstsüchtigem Argwohn, das Herz schon versteinert; sie sieht, wie ein Tempeltor den Verstörten aufnimmt, ein steinerner Ort, grabesähnlich – zu welchem Ge-

schick? Die Angst ihres Innern gibt ihr Antwort, des Falken Ruf tönt in ihr nach: »Die Frau wirft keinen Schatten, der Kaiser muß versteinen.« Mit schweren Herzschlägen fährt sie auf aus so wissenden Träumen – aber ihre Tage sind noch gefährlicher als ihre Nächte: das Menschliche umspinnt sie. Es haust kein Geisterkind ungestraft unter den Menschen; sie ist nicht gefeit gegen Menschennähe, wie die niedrig dämonische Natur der Amme. In ihr gibt das Grauen der Fremdheit bald einem reineren Gefühle Raum; hingezogen zu den Menschen im Tiefsten, wird des Färbers dumpfes Auge ihr sprechend. Sein Wesen rührt sie. Bald weiß sie sich schuldig vor dem Arglosen, der ihr zu Gewinn um sein Lebensglück betrogen werden soll.

Die dritte Nacht ist da: zur Erfüllung des Paktes treibt die Amme mit dämonischem Willen. Es ist, als gehorche ihr Himmel und Erde, so schwere Finsternis lastet über allem. Aus des Färbers Brüdern bricht ein Stöhnen der Angst heraus, wie aus Tieren vor dem Erdbeben, aus dem Munde der Färberin eine ungezügelte wilde Rede. Sie bezichtigt sich dessen, was sie in der Tat nicht begangen hat, wohl aber in frech vorwegnehmendem Willen, kündigt dem Gatten die eheliche Treue und wirft ihm in die Zähne, sie habe den Schatten verkauft, die ungeborenen Kinder zum voraus abgetan. Die Brüder auf Baraks Wink zünden ein Feuer an; aufschreiend bestätigt Barak, aufschreiend bekräftigen sie: hexenhaft, ohne Schatten vor aller Augen steht das junge Weib vor dem Feuer. Die Amme jubelt auf: so ist durch Wort und Willen der Pakt erfüllt. Die eine gab den Schatten hin, die andre darf ihn an sich raffen. Barak indessen ist mächtig emporgewachsen im fürchterlichen entscheidungsvollen Augenblick, sein Mund, der vordem kein hartes Wort gekannt, verhängt den Tod. Von oben fällt ihm ein Richtschwert blitzend in die Hand: haben es die Ungeborenen herabgeworfen, ihrem Vater die Hand zu bewehren gegen die böse Mutter, die ihnen die Lebenstür verriegeln will? Nicht mehr geheuer ists bei solchen Zeichen der Amme. Höhere Mächte, das fühlt sie, sind im Spiel, denen ihre Dämonenschlauheit nicht gewachsen ist. Anstatt nach dem Schatten reckt zu den Sternen die

Kaiserin die Arme, rein zu bleiben von Menschenblut; zu Baraks Füßen aber fällt das Weib und demütigt sich und erhöht den Richter maßlos über sich. Verschlungene Geschicke, furchtbar sich kreuzende Stimmen löst eine Zaubergewalt auseinander. Die Erde tut sich auf und verschlingt den Mann und sein Weib, das Färberhaus bricht zusammen, das Heulen der Brüder erfüllt die Finsternis, ein schönes Wasser dringt herein, und in ihren Mantel die Feentochter einhüllend, legt die Amme sie in einen Kahn, der zauberisch zur Stelle ist.

Der dritte Aufzug

Die Geisterwelt hat sich aufgetan und umschließt die Geprüften: aber die letzte, höchste Prüfung steht noch bevor. Vor dem Tempeleingang, ins Berginnere führend, landet der Kahn, darin die Kaiserin schlummert, die Amme ihr zu Füßen. Posaunen rufen, als wäre es zu Gericht. Die Kaiserin hebt sich aus dem Schlaf, betritt die Tempelstufen. Sie weiß: an sie ergeht die Ladung. Tiefer unten im nämlichen Bereich liegen in einem Kerker, aber durch eine Mauer getrennt, der Färber und die Färberin, voneinander nicht wissend. Eine Geisterstimme, sanft gebietend, ruft ihn und sie nach oben. Sie betreten die obere Region, jedes des anderen unbewußt, aber jedes mit Sehnsucht des anderen denkend: verzeihend er und schon wieder liebend, demütig und zum ersten Male liebend sie. Wo sie heraustreten, jedes für sich von dem Gedanken erfüllt, den anderen zu suchen, da finden sie die Amme vor der verschlossenen Tempeltür. Der Geisterbote wehrt ihr den Eingang. In ohnmächtigem Grimm verzehrt sie sich; die beiden Menschen, die ihr nun ein doppelt verhaßter Anblick sind, verwirrt sie und hetzt jeden mit Trugworten den falschen Weg, daß sie links und rechts im Bereich des Tempels umirrend einander erst recht nicht finden. Kläglich schicken sie die Stimmen einer nach dem anderen aus, ihr sehnliches Rufen dringt ins Innerste des Tempels, dorthin wo die Kaiserin steht und des Gerichtes harrt. Aber wer ist es, der zu Gericht sitzt? Ist es der Geisterkönig, ihr strenger Vater? Ein Vorhang verbirgt die Gestalt. Der Kaiserin mutige Anrede bleibt unerwidert, nur die Stimmen der einander suchenden Gatten tönen herein, nur ein goldenes Wasser hebt sich lieblich rauschend: das Wasser des Lebens. »Trink«, ruft eine Stimme von oben, »trink und der Schatten des Weibes wird dein sein.« Angstvoll kreuzen sich von draußen die Stimmen der Getrennten. Die Kaiserin hört sie wohl und tritt zurück, ohne ihre Lippen zu dem goldenen Wasser zu neigen. Aber sie begehrt ihn zu sehen, der zu Gericht sitzt über ihr; sie begehrt ihr Gericht; sie will ihre Buße, sie will ihren Platz in der Menschenwelt. Das Wasser sinkt zusammen, durchsichtig wird der Vorhang. Auf steinernem Thron sitzt der Kaiser da, starr und steinern, nur sein Auge scheint zu leben; angstvoll haftet der Blick auf ihr. Dumpf drohend wie aus Abgründen wiederholen unirdische Stimmen den Schicksalsspruch: »Die Frau wirft keinen Schatten, der Kaiser muß versteinen.« Dunkel wird die Statue wie Blei. Vor ihren Füßen springt wieder das Wasser des Lebens. Schmeichelnd ruft es von oben: »Sprich aus: Ich will – und jenes Weibes Schatten wird dein – und dieser hier steht auf und wird lebendig und geht mit dir.« In verzweifelter Qual tönen die Stimmen der Getrennten herein: »Nirgend Hilfe!« – »Wehe, sterben!« – Die Kaiserin steht im furchtbaren Kampf, ein kaum hörbares: »Ich will nicht!« ringt sich endlich von ihren Lippen. Damit hat sie gesiegt, wie jenes Weib vor Salomonis Richterstuhl, als sie, sich überwindend, der anderen das lebendige Kind zusprach. Sie hat gesiegt für sich, für ihn, der ohne ihre Selbstüberwindung um ihretwillen steinern geblieben wäre, und für jene beiden Menschen, die durch Leid aus trüber Schwere emporgeläutert werden mußten. Ein scharfer Schatten fällt quer über den Tempelboden, der Versteinerte steht auf und schickt sich an, die Stufen hinabzusteigen. Jubelnd tönen von oben die Stimmen der ungeborenen Kinder. In Freude verschränken sich alle Stimmen, das eine Paar singt seinen Jubel nach unten, der irdischen Welt entgegen, das andere, vereinigt aufwärtssteigend, singt ihn nach oben, brüderlich tönt ein unsichtbarer Chor darein, der Tempel klingend löst sich auf und wird goldstrahlende Landschaft, ins Irdische hinüberleitend – Schleier ziehen sich vor und geisterhaft tönen die letzten Strophen der ungeborenen Kinder, die bange Gegenwart des Dramas aufhebend:

Vater, dir drohet nichts,
Siehe, es schwindet schon,
Mutter, das Ängstliche,
Das euch beirrte!

Wäre denn je ein Fest,
Wären nicht insgeheim
Wir die Geladenen,
Wir auch die Wirte?

ZUR ENTSTEHUNGSGESCHICHTE DER ›FRAU OHNE SCHATTEN‹

In einem alten Notizbuch finde ich die folgende Eintragung des ersten Einfalles unterm 26. Februar 1911.

»Die Frau ohne Schatten, ein phantastisches Schauspiel. Die Kaiserin, einer Fee Tochter, ist kinderlos. Man verschafft ihr das fremde Kind. Schließlich gibt sie es der rechten Mutter zurück. (›Wer sich überwindet. –‹) Das zweite Paar (zu Kaiser und Kaiserin) sind Arlekin und Smeraldine. Sie will schön bleiben. Er täppisch und gut. Sie gibt ihr Kind her, einer als Fischhändlerin verkleideten bösen Fee; der Schatten als Zugabe.«

Dies ist der eigentliche Kern des Stoffes. Für Arlekin und Smeraldine traten bald in meine Phantasie zwei Wiener Volksfiguren. Ich wollte das Ganze als Volksstück, mit bescheidener begleitender Musik, machen, zwei Welten gegeneinanderstehend, die Figuren der unteren Sphäre im Dialekt.

Nachdem sich das Ganze etwas ausgeformt hatte, erzählte ich es einigen Freunden, darunter auch Strauss. Ich fragte ihn, ob er sich diese Handlung als Oper denken könne, oder er selber, scheint mir, faßte sie gleich als Opernhandlung auf. Das Musikalische des Prüfungs- und Läuterungsmotives, die Verwandtschaft mit dem Grundmotiv der »Zauberflöte« fiel uns beiden auf. Damit war es entschieden, daß beide Figurengruppen in gleichem Stil, in höherer Sprache zu behandeln wären: an Stelle von Arlekin und Smeraldine, oder dem Wiener Flickschneider und seiner schönen unzufriedenen Frau, waren der Färber und die Färberin getreten. 1913 schrieb ich dann den ersten und zweiten Akt und Strauss fing gleich zu komponieren an. Im Juli 1914, wenige Tage vor der Mobilisierung, hatte ich den dritten beendet. 1915 war die Komposition fertig, dann lag die Oper vier Jahre in Strauss' Schreibtisch. Wir konnten uns nicht entschließen, sie während des Krieges spielen zu lassen.

Zu einer Gestaltung des gleichen Stoffes in erzählender Form, die demnächst erscheint, habe ich die Feder erst angesetzt, nachdem die dramatische, das heißt die Opernform fertig vorlag.

REFLEXION AUS DEM NACHLASS (1919)

Nicht das Leuchtende durch Furcht verdunkeln, nicht dem wunderbaren Vogel die Flügel binden!
Mut ist das innere Licht in jedem Märchen, darum ist die Kaiserin so leuchtend und mutig – und wirft sich, wo ihr schaudert, mit erhobenen Flügeln, wie ein Schwan, dem Fremden und Geheimnisvollen entgegen.
Fremd und geheimnisvoll sind solche Nächte, wie alle Geschenke des Himmels, aber darum sind sie heilig, und sie durchleben ist ein heiliger Dienst – in dem darf man nicht zittern. Das Erschütternde ist da, der dunkle schauerlich süße Abgrund ist da – aber du darfst nicht hineinstürzen – seine Nähe ist nur eine Heiligung mehr.
Alles ist heilig und schön – jede Sekunde: küsse die Augen und heilige sie und dann laß sie alles in sich trinken, das Oben und das Unten und die wunderbare Mitte, die süßen bewegten Arme und die süßen ruhenden Brüste, die Lippen und das Haar.
Verbirg nichts – wo das Verbergen ist, da ist die Hast und die Glut der Jagd, da ist der Kaiser und der tödliche Pfeil und die Gazelle; wo alles sich darbringt, da ist die nächtliche Feier, der Tempel und die Sterne.
Gib dich sanft und festlich, du Süße, und erschüttere den, der selig wird durch dich, mit deinen zarten Händen – wie du eine Harfe erschütterst –, dann ist die Erschütterung von dir genommen, und was du empfängst, ist die Musik. – Zittere nicht, denn was wird aus dem Tempel, wenn die Priesterin zittert! Wirf dich in den Abgrund, aber nur weil unten die goldene Treppe ist, die zu den Sternen führt.
Sei die süße Herrin und nicht das scheue Mädchen, – gieß dich aus in Augen, Hände und Mund, behalte nichts von dir in dir, dann wirst du leicht sein und schweben, Zauberin auf ihrem Zauberbette – Verwandlerin, selber verwandelt, unfindbar allen außer dem einen, den du verzauberst.

den 27. X. 19

DANAE
ODER
DIE VERNUNFTHEIRAT

KLEINE OPER IN DREI AKTEN
FÜR RICHARD STRAUSS

Szenarium

ERSTER AKT

Alter König einer kleinen Insel, großer Herr, prachtliebend, sehr verschuldet, die ganze Insel verpfändet. Danae, das einzige Kind, muß unbedingt eine reiche Heirat machen. Durch Vermittler, die ihr Bild nach Lydien trugen, wurde sie verlobt mit Midas, dem reichsten König der Erde, dem alles, was er berührt, zu Gold wird, der in einem goldenen Haus wohnt, von goldenen Sklaven bedient wird usf. Die Hochzeit soll bald stattfinden. Der Bräutigam wird heute oder morgen auf einem goldenen Schiff ankommen. Sklaven, Köche, eine ganze Küchenkarawane, ein Orchester, ein Ballettkorps, wunderbare Geschenke hat er schon vorausgeschickt. Vier junge Königinnen, Cousinen der Braut, jede mit ihrem Gatten, sind von ihren Inseln zur Hochzeit eingetroffen.
Diese vier jungen Damen: Io, Leda, Alkmene und Europa, haben jede ein Abenteuer mit Zeus gehabt. Aber davon weiß niemand, denn die Mythologie ist nicht bekannt. Jede bewahrt ihr Abenteuer als Geheimnis. – NB. Zeus als Liebes- und Lebensgott, Beschützer der Geheimnisse, schwebt unsichtbar über dem Ganzen, etwa wie Keikobad in der »Frau ohne Schatten«.
Das obige erfahren wir in der Expositionsszene zwischen dem alten König und Danae. Beide verraten dabei, jedes in seiner Art, daß sie nichts Höheres kennen als die Allmacht des Goldes. *Szene der fünf Damen* Dann kommen die vier Cousinen, Danae besuchen. Betrachten die Geschenke des Midas, auch sein Miniaturporträt, auf dem man vor

lauter Gold nicht erkennen kann, wie er aussieht. Liebe, Liebesabenteuer, Liebesgeheimnisse kommen zur Sprache (– die vier Frauen vertreten durch das Ganze die Stelle eines kleinen Chores).

Ein neues Prachtschiff fährt eben in den Hafen. Ob es Midas selbst ist? Nein, noch nicht, doch einer seiner höchsten Würdenträger und Vertrauten: sein Schneider. Diesen habe er vorausgeschickt, die Braut nach lydischem Geschmack (– die Inseln haben einen zurückgebliebenen Provinzgeschmack) für die Hochzeit festlich herzurichten. Der Schneider läßt sich sogleich melden, er tritt auf wie ein Fürst. Pagen, Eunuchen, Leibwachen, singende Kinder, dann ein kleiner Trupp reizender stummer Mannequins. Er selbst ist Midas, der dieses Inkognito gewählt hat, um seine Braut kennenzulernen. Danae mit den vier Königinnen empfängt ihn. Kleines Ballett der Mannequins. Entzücken der Königinnen. Diener stellen Papierwände auf, wodurch kleine Cabinets entstehen. Die Königinnen mit den Mannequins verschwinden dadurch, aber man kann ihre Stimmen hören. Auf der Bühne (im vordersten Cabinet) bleiben nur Danae und der unbekannte Midas.

Entree und kleines Ballett

Duoszene

Große Szene der beiden. Danae sehr kühl, etwas erstaunt über die Art, wie der Schneider Königinnen behandelt. Er setzt sich, ganz sans façon. Bittet sie, auf und ab zu gehen, dann sich auf eine kleine Chaiselongue zu legen. Er muß sie in allen Stellungen sehen, sonst kann er nicht für sie arbeiten. So seien auch die Intentionen des Königs Midas. Die Cousinen scheint er völlig zu durchschauen, ja er scheint von ihren geheimsten Abenteuern unterrichtet zu sein. Diese Damen seien nicht ernst zu nehmen. Aber

Danae sei ernst zu nehmen. Er bittet um ihr Vertrauen. Er genieße schon das höchste Vertrauen ihres künftigen Gatten. König Midas habe ihn beauftragt, zu ihr über ihn (den König) mit höchster Offenheit zu sprechen. Er wünsche, daß seine Braut über jeden Umstand seines Lebens unterrichtet sei. *Konversation*

Erzählung von Midas und seinem Beschützer Zeus, in Form einer Romanze. Midas sei früher ein armer Prinz gewesen, habe dürftig gelebt, aber viele Liebesabenteuer gehabt. Da begegnete ihm auf einer Reise ein wunderbarer alter Mann (Zeus) und schenkte oder lieh ihm unter gewissen Bedingungen und gegen jederzeitigen Widerruf den unerschöpflichen Reichtum. Wenn der alte Mann je auf seinem Waldhorn (oder anderem Instrument, – es kann auch ein Motiv des Orchesters sein) eine gewisse Melodie blase, muß Midas den Reichtum augenblicklich zurückgeben. *Große Erzählung*

Dieser alte Mann habe sich dann für Midas interessiert, weil Midas eine zarte und hingebende Art mit Frauen habe, die ganz nach dem Sinn des alten Herrn sei. Zum Beispiel habe der alte Herr, der ganz nach Belieben auch als Jüngling auftreten könnte, wenn er wollte, manchmal Prinzessinnen auf Inseln heimlich besucht, aber immer jede nur einmal und in merkwürdiger Verkleidung, als eine Wolke, als ein Schwan usf.

Danae ist durch diese Erzählung sehr merkwürdig berührt; sie hat auch einmal etwas höchst Geheimnisvolles erlebt. Jemand, ein Geist oder ein Gott, den sie nie zu Gesicht bekam, näherte sich ihr in Gestalt eines zarten goldenen Regens. Dieses halbe Eingeständnis Danaes verflicht sich mit der Erzählung des Schneiders. Weiter in der Erzählung des

Schneiders: Midas habe von seinem mächtigen Beschützer, den er mehrmals sah, den Auftrag erhalten, sich um Danae zu bewerben. Aber er fürchte die Ehe, fürchte die Bindung. Danae weiß nicht, was sie sich aus dem allen machen soll, aber der Schneider selbst gefällt ihr mehr, als sie sich eingestehen möchte. Fast verwechselt sie ihren Eindruck des über Midas Gehörten mit dem Eindruck der vor ihr stehenden Person. Sie muß sich immer wieder gewaltsam erinnern, daß ein Schneider vor ihr steht. Mittlerweile schreitet der Schneider zur Anprobe eines zauberisch schnell hergestellten Gewandes, welches zu ihrem Schreck und Staunen auf ihr geheimes Mädchenerlebnis hindeutet. Denn es ist ein Gewand aus fließendem Gold, und jede Bewegung dieses Gewandes begleitet eine lydische Musik, und genau die gleiche die sie damals, als in der einsamen Grotte der goldene Regen sie überfiel, vernommen hatte. Der Schneider scheint von ihrer Verwirrung nichts zu bemerken. Während die Duoszene auf diesem Höhepunkt ist, kommt der alte König, der Toilettenprobe entzückt zuzusehen.

Finale Der alte König tanzt vor Freude über das goldene Gewand, herzt die goldenen Kinder, die bei der Anprobe bedienen. Die Papierwände werden weggehoben, die vier Königinnen stehen da, jede in einem Kostüm, das sich auf ihr Abenteuer bezieht; die vier Könige treten ein, entzückt über ihre Frauen. Ensemble. Das Duo zwischen Danae und dem Schneider fortgehend, er entzückt von ihr, was er jetzt, gedeckt durch das Ensemble, stärker ausdrücken kann. Vorne an der Rampe fleht er zu Zeus: Jetzt laß mir mein Gold, jetzt hat die Welt einen herrlichen Inhalt. Zugleich die fünf Könige tanzend: Was kann uns noch geschehen, wenn so viel Gold in die Familie kommt.

Die vier Königinnen mit den Mannequins sind abgegangen, ihr freudiges Singen verhallt. Sehr durchsichtiges, freudiges Finale, in Mozartscher Art.

ZWEITER AKT

Großer Saal. Rückwärts erhebt sich die Festtafel, wie für die olympischen Götter. Die Könige und Königinnen an der Tafel. In der Mitte ein Platz leer für den Bräutigam, zwischen dem alten König und Danae. Vorne Dienerschaft, stehend. Fanfaren, des Midas Gefolge auftretend, *Ballett* kurzes Ballett aus verschleierten Mädchen, Jünglingen, Negern, Zwergen. Bizarre Hochzeitsgebräuche. Neue Fanfaren. Ein Zeremonienmeister auftretend, hinter ihm ein Neger, der eine kleine Truhe trägt, dann ein verhängter Tragstuhl, von Negern getragen. Der Zeremonienmeister hält einen Brief in der Hand. Chor. Staunen über das Ausbleiben des Bräutigams. Ja, der reichste Mann der Welt kann sich viel erlauben. König und Danae von Tisch auf. König herunter, den Brief zu lesen. Er sieht, der Brief ist an sie gerichtet, überreicht ihn ihr. Die Königinnen entrüstet über das Benehmen des Bräutigams: Danae soll den Brief gar nicht lesen. Die Könige: den Brief eines Königs, der über alles Gold der Welt gebietet, muß man unter allen Umständen lesen. Danae liest, singt *Brief* den Brief. Der Inhalt des Briefes: Komm, Geliebte, reizende Danae, nicht an einem großen Soupertisch unter trivialen Menschen will ich dich zum erstenmal treffen, denn zwischen zarten Seelen kommt alles auf den ersten Augenblick an, komm, steige in die Sänfte, sie trägt dich in das alte Heiligtum des Zeus, umhülle dich mit dem goldenen fließenden Schleier, den ich dir hier schicke, und erwarte mich dort in der unterirdischen Grotte. – NB. In der Duoszene von Akt I war der Höhepunkt darin gelegen, daß der goldene fließende Schleier, den er als Schneider ihr umgab, sie an das geheimnisvollste Erlebnis ihrer Mädchenzeit erinnerte. Er hatte in dieser Szene mit einer für den Schneider unpassenden Zärtlichkeit gesagt, dieser goldene Schleier, gewoben aus den Träumen ihrer Mädchenzeit, solle nie von profanen Augen auf ihr gesehen werden, und hatte den Schleier wieder in ein dunkles Kästchen gelegt und ihn verschwinden lassen.

Danae hat den Brief zuerst halblaut gelesen, auf Drängen der Königinnen liest sie ihn laut. Alle sind betroffen, daß der König seine Braut allein und unbegleitet in das finstere und unheimliche Gewölbe bestellt. Danae allein scheint sehr gefaßt. Die Erinnerung an den Schleier und an den reizenden Moment, als der Schneider ihn ihr um die Schultern legte, ist für sie entscheidend. Sie sagt: den Launen des reichsten Königs der Welt muß ich lernen mich zu fügen. Auch, fügt sie halblaut hinzu, ist ein gewisses Etwas in dem Brief... Die Königinnen: es ist ein gewisses Etwas in diesem Brief, unsere Gatten könnten aus diesem Briefe lernen.

Danae hüllt sich in den Schleier, setzt sich auf den Tragstuhl, vier Neger nehmen ihn auf die Schultern. Fackeln voraus. Ganz langsamer Marsch, sich entfernend. Die Cousinen winken ihr nach. Dann tanzen sie mit ihren Männern nach der andern Seite ab. Die Bühne verdunkelt und leer. Dann der langsame Marsch von der anderen Seite sich nähernd, Fackeln und Tragstuhl herein, der Tragstuhl niedergesetzt. Danae steht da, alle andern sind verschwunden. *Marsch*

Ein völlig dunkler, kreisrunder Raum, ohne jedes gerät. Danae: Er läßt mich warten. Der Schneider (Midas) aus dem Dunkel hervortre- *Große Szene* tend: Er hat auf dich gewartet. Sie: Du bist... Er: Midas. Sie, kalt und ihr Erstaunen, vielleicht ihre Freude völlig verbergend: den Launen des größten Königs der Erde muß man sich fügen. Er: Du willst sagen, des reichsten. Sie: das ist dasselbe. Denn das Gold ist die einzige wirkliche Macht und es ist auch eine heilige Macht. Es hat mir die Seele aufgerührt. Ich weiß, es war ein Heiliges, das mich anrührte. Es rief mich aus meiner Einsamkeit, es rief und man mußte gehorchen. Wir Frauen verehren bis zur Anbetung die unbedingte Macht: wir erschauern vor ihr.

Konversation, dann mehr und mehr Gesang

Wie sie von diesem Ruf spricht, erklingt das Motiv, das er in I als Aufforderung zur Rückgabe des Reichtums bezeichnet hat; es klingt an, und Midas erblaßt, aber das Motiv ist variiert, und Midas atmet wieder auf.

Er: die unbedingte Macht bezaubert dich. Wir Einzelnen sind nur schwache Träger derselben. Sie: Du bist allmächtig. Er: zögernd, verlegen. Sie: Du kannst aus einem Nichts einen Palast hervorzaubern. Er (verlegen): allerdings, ja, wenn du willst, hier ist er. Er streckt die Hand aus, man ist in einem durchsichtigen Gemach, durch die Wände schimmern andere Gemächer herein. Sie: ein reizender Raum, ich möchte ruhen. Er winkt, ein gedeckter Tisch steht da, er führt sie zu Tisch, goldene Sklaven tragen auf, blitzschnell. Sie sitzt auf einem hohen Stuhl, er auf einem Schemel. Er scheucht die Sklaven weg, bedient sie selber. Sie, beglückt, zufrieden. Er (indem er ihr Wein einschenkt): fürchtest du die Armut so sehr? Sie: die Welt um mich muß reich sein. Ich muß über Reichtum gebieten, denn ich bin arm. Er: Du – arm? Sie: Mein Herz ist arm. Ich kann nicht geben, aber ich kann nehmen. Damals in jener Stunde ahnte mir, wie unerschöpflich ich nehmen kann. Er: Frauen sind Nehmerinnen. Sie: darin hast du recht, o weiser König. Er: ich bin nicht weise. Sie: wer so reich ist, ist weise, denn er behält immer recht. Er, verlegen vor sich: wie sie mich beschämt, indem sie nur meinen Reichtum liebt. Vor der geliebtesten Frau bin ich hilflos! O mein Schutzgeist, hilf du mir, der du mich hierher geführt hast und mir alles gegeben hast. Das Motiv des Zeus, nun großartig variiert, ihm antwortend. Er fühlt sich durch die Musik, aus der sein Schutzgeist spricht, geführt und gestärkt; Danae, durch die Musik erinnert an jenen Augenblick aus der Mädchenzeit, an jene Höhle, jenen goldenen Regen. Sie versteht jetzt erst ganz, was damals geschehen ist. Daß damals ein Mann, ein Liebender ihr nahe war, sie glaubt zu ahnen, daß er, Midas, es war. (Diese beiden Monologe, beide halblaut, zu einem zarten Duett sich verflechtend.)

Finale
Großes Duett

Sie bittet ihn, zu sagen, er wäre es damals gewesen. Er, verlegen: ich bin niemand, ich bin viel geringer als du glaubst. Sie: o du Stolzer. Zu stolz, irgend etwas von mir anzunehmen. So bring ich dir denn diese Granatschale, diese Schüssel mit Früchten, wie einst die Priesterinnen im Heiligtum mit der Fruchtschüssel sich selbst. Sie sinkt vor ihm hin, er fängt sie auf. Tisch, Stuhl und Schemel sind verschwunden, die vordere Bühne ist dunkel und leer, durch die transparenten Wände schimmert das Schlafgemach. Er, knieend: Hoher Schutzgeist, enthülle ihr, wer ich bin und wer ich nicht bin. Sie, an der Schwelle zum Schlafgemach: Du bist es, den ich meine.

Vorhang.

DRITTER AKT

(flüchtige Skizze des Ganges der Handlung)

Das Erwachen der beiden Liebenden im Schlafgemach des von Midas hervorgezauberten Palastes. Midas erwacht zuerst, betrachtet entzückt die schlummernde Danae. Plötzlich schrickt er zusammen: er glaubt im Orchester ganz schwach das Motiv des Zeus vernommen zu haben. Noch aber wendet es sich, wird nicht zum eigentlichen Motiv der Rückforderung. Danae schlägt die Augen auf. Das Motiv ertönt ganz stark. Midas erbleicht, wirft sich auf die Knie: erbittet noch einen Monat! noch einen Tag! noch eine Stunde! Das Motiv zum drittenmal, unerbittlich. Danae gewahrt seine verstörte Miene. Befragt ihn angstvoll. Er vermag kaum zu sprechen, deutet auf die Wände des Gemachs, die fahl und rissig geworden sind, auf die Möbel, die sich gräßlich verwandelt haben; sie liegt, anstatt auf einem goldenen Lager, auf einer Streu aus lauter alten Gewandstücken. Danae, bei ihm, sucht ihn zu trösten: sie liebe ihn. Er, verzweifelt, gibt ihr alles zurück, was im II. Akt aus ihrem Mund gekommen: sie liebe nur den Reichtum, sie brauche den Reichtum, sie könne nur nehmen, nicht geben. Danae, zur liebenden Frau geworden, umschlingt ihn, sagt ihm, das alles gelte nicht für das Weib, habe nur für die Jungfrau gegolten.

Währenddem lösen die fahlgrauen Wände des Gemaches sich in Nebel auf, die beiden Liebenden kauern miteinander auf nackter Erde, an einen Zaun ist die Eselin angebunden, auf der der arme Prinz Midas damals ritt, der eine zerlumpte Sklave, der damals sein Gefolge war, liegt schlafend neben dem Zaun. Im Hintergrund ist eine Stadt, darüber das Licht der aufgehenden Sonne.

Midas, wie die Sonne sein Elend bescheint, schlägt vor Scham die Stirn an die Erde. Danae – jetzt ist sie die Starke und Mutige – heißt ihn mit ihr vereint niederknien und dem Zeus danken, der die beiden vereinigte. Sie rollt die Binsenmatte zusammen, die Eselin wird gesattelt, Midas hebt seine Frau

hinauf, glücklich, als glückliche Bettler ziehen sie singend ab.
Akt III ist mir noch nicht so im Detail gegenwärtig. Er spielt am nächsten Morgen, enthält das Liebesglück der Beiden, die Rückforderung des Vermögens durch Zeus, Midas' kurze Verzweiflung und Danaes Liebe und Großherzigkeit. Aus dem reichsten König wird ein ganz armer König über ein paar Bergtäler, aus der Vernunftheirat eine Liebesheirat, das Gold ist überwunden.

ZU ›DANAE‹

NOTIZEN

Danae oder die Vernunftheirat
Operette (Farce?)
Dezember 1919.

Sind Götter wundersam eigen,
Die sich immer selbst erzeugen
Und niemals wissen, wer sie sind.
Faust II

Reich: »Mimus«
Rohde: »gr[iechischer] Roman«
Gozzi
Bakst
Beardsley

Operette
Die Prinzessinnen.
Danae. Mit Plutus verlobt.
Leda, Io, Europa zufällig dort, werden zur Hochzeit eingeladen. Sie geben Auskunft über ihren merkwürdigen Freund: dessen Zweck nur zu sein scheint, daß er erscheine und ein Kind zeuge und wieder verschwinde – Gerücht von Semele. Demgegenüber strengste Vernunft bei Danae und den ihren. Alles auf Gewinn angelegt. Man wird sich einig über die Wirklichkeit: daß sie Dauer versprechen müsse.
Die Prinzessinnen alle heimatlos, weil ein Krieg alles entwurzelt.

Danae I.
Hastige Exposition: Du bist ein wunderbares Kind. Ich sage dir, daß wir ruiniert sind. Du willigst ein, alles zu tun. Ich

spreche dir vom König Midas usf. Danae: mit dir habe ich sein Porträt gesehen. (Draußen Marsch.)
K[önig]: Es ziehen schon wieder Leute von ihm ein: Kamele und Lasten usf.
Jagdzüge (und so noch einmal.)

Sie hat immer gefürchtet, daß man sie um des Geldes willen heiraten wird – bis ihr Vater ihr sagt, daß sie ruiniert sind. Er habe, da es sehr eile, ihr Bild an den König Midas geschickt, der sich merkwürdigerweise bereitgefunden habe – nach Befragung seines Schutzgeistes – sie zu heiraten. Es werde alles sehr schnell geschehen: denn bei unbegrenztem Reichtum gebe es keine Widerstände. Er ist eine Art von Alladin ohne Wunderlampe.

Eine trockene Sprache à la Stendhal.

Danae: sie hält die Umarmung des Goldes für süß, daß die Worte Fluch-Segen ihren Sinn verlieren – daß man darüber das Bewußtsein verliert – ihr Vater in Not. Gold immer angebetet: Seeräuber, Scheiternde, Strandräuber, Bettler, Sklaven, alles um Gold – –
die Könige verraten ihn, hinter dem Gold war ein Unnennbares verborgen.

Bis jetzt hatte sie nicht daran gedacht, daß hinter dem Gold etwas verborgen war.

Danae: Das Erlebnis. Der Goldregen befruchtete: er stillte alles Trachten, war nicht dürr-zielend –

Die Eltern mit Gold Schicksal von sich abwehrend. Orakel.

Abraxas. Danae *Schicksal suchend.*
(sic: nur unterliegend siegt er ob dem Tand des Schicksals; wo wär nacktes Leben sonst, als wenn den Prunk uns einer auszieht?)

Danae Kind einer annihilierten Epoche: wo man auch an das Geld nicht mehr glaubt! Größte Kühnheit – aber *Amor fati,* angeboren: wie Reinlichkeit –

Danae hat immer nur Reichtum gekannt: schon tote Fische an die Angeln gehängt usf.
sie fürchtet sich vor der Welt der Armut und es verlockt sie dorthin.

Auch die Mädchen haben ihr Erlebnis mit Göttern gehabt und träumen von den Metamorphosen.

In der Hochzeitsnacht: zu viel Apparat, alles im Leben ist durch den Apparat überwuchert.
Die haute-finance-Familie, blasierte Leute.

Um die Frau werben, die man hat.

Der Vorzug jeder Regel beruht darauf, daß sie Freiheit ermöglicht. –
Die Könige: sehen absolute Freiheit nur im Geld, sind Sklaven ihrer Sklaven, ihrer Köche usw.
Danae: reiferes Alter, größere Konzentration erlaubt das Empfundene ganz zu erfassen.
Heilungen: eine Art von Vollendung nur auf Kosten der andern möglich.

15. IV.

Sie leugnen, daß ein sterblicher Mann im Stande sei, irgend eine Göttin zu befruchten, weil das Wesen der Götter aus Luft, geistigen Teilen, Wärme und Fruchtbarkeit zusammengesetzt sei. *Plutarch*

Danae: eine kaum geträumte Person. Sie hat ohne das gerechnet, was aus ihr hervorbrechen muß im entscheidenden Moment: als Zwang, aus dem zufälligen Material etwas zu machen. Dies sobald mit der Aufklärung über jenes Erlebnis ihr klar wird, daß sie außerhalb ihrer selbst nichts zu erwarten habe. – Verwandtschaft der Situatin mit Lovelace.

Danae I *29. XII.*

Ihr Charakter: sie hat einen ungeheuren Begriff von sich: von dem, was man zu *geben* habe. Der entscheidende Eindruck in ihrem Leben war der, als ihr Vater ihr sagte, daß das Innerste des Kabirentempels leer sei.

Sie erwartet von den Göttern, daß diese das Ungeheure geben. Ihre jungfräuliche Angst vor dem Moment (den sie subliminar in sich trägt), wo sie *alles* geben muß. Ihr Sich-Geben ist ein völliges Zusammenbrechen. Dies in II, nachdem sie die Fruchtschüssel angeboten hat.

»Durch Wunder nur sind Wunder zu erlangen.«

Danae: Die Welt sei reich – ich arm.

Nüchtern will ich in allem sein – nur nicht im Verschenken.

Der Vater immer heraus-herein, geschwätzig, Phraseur.

Noch strenger zu fordern. Widerspruch zwischen Text und Musik stellenweise. Ihn lenkt sein Schutzgeist durch die Musik: befiehlt ihm in der großen Szene.

I.
Besuch des Vaters, der überhaupt keinen andern Begriff hat als Geld und Bequemlichkeit: neuer Sklave in der Küche – neue Speisen – ihre Gestalt – für die er sich interessiert – sein Leibarzt –
Nach seiner Idee hat der Schwiegersohn zu viel Musiker geschickt. Tänzerinnen, Geishas, Hüterinnen alter Ordnung. Durchführerinnen der Zeremonien. Der Alte liebt Zeremonien. Er mißbilligt aber das Höhere in der lyrischen Musik. Danae liebt diese Musik, weil sie sie gehört hat damals in der Grotte als der Goldregen fiel.
Dann der Besuch der Mutter – Modenärrin.

Danae: Hier bei uns lacht man über die Götter – man betet nur die Kabiren an, aber man weiß, daß ihr Schrein leer ist – sie bedeuten Gold.

I. *Wien, 19.1.20.*
Ihr: Was weiter? gegenüber allen Situationen. (Analog des Königs: Was weiter? das nur dem Gold gegenüber schweigt, als welches für ihn die ultima ratio bedeutet.)
Der Moment, wo ihr »Was weiter« zum Schweigen kam, ist ihr aus dem Bewußtsein geschwunden. – Midas, ahnend, entlockt ihr das Geständnis durch ein Gewand: in der großen Szene II ist das »was weiter«, welches eigentlich die jungfräuliche Frage ist, nicht mehr möglich (in diesem »was weiter« das ganze freie, höfliche und beinahe zynische Verhältnis zwischen Vater und Tochter entwickelt. Sie erinnert ihn, wie sie ihm mit dieser Frage alles entlockt, sogar die Mysterien).

Danae
Monolog nach Abgang des Vaters
(vor der Szene mit den Königinnen)
In ihr Amor fati stärkest.
der Vater bangt, die Mutter trachtet.

ich liebe nur mich.
Liebt *ihre* Erinnerung, *ihr* Geschick.
Betrachtet sich darum fälschlich als arm.
Die drei Königinnen vogelhaft, eitel, vergeßlich, schwätzen über alles, auch Religiöses. Die drei Könige eitel, Spieler, laufen den Tänzerinnen nach.
Der Ernst einer Tänzerin die drei Könige beschämend.

Danae I. *29. XII.*
Die Cousinen, einzeln empfangen: – diese Heirat, – der rasche Entschluß – so plötzlich –
Sie läßt sie Platz nehmen, unabsichtlich, auf dem Ruhebett – auf dem das Gewebe liegt. Jede genötigt von ihrem geheimsten Erlebnis zu sprechen. Io von der Wolke –, Europa, zu nervös, bricht ihr Geständnis ab –, Alkmene macht das ihre halb – dann Amphitryo hereinblickend: »darf man?«

Gespräch der Frauen: was man dort, im Reich des Midas, trägt (kleine flache Hüte... und daß sie reizend stehen), sowie über Erscheinung und Charakter des Midas und über die Ehe im allgemeinen.
Man kleidet sich dort beständig um, zu vielen Zeremonien. Der Schneider ist zugleich Zeremonienmeister.

Schneider gemeldet: die Mannequins dürfen die Königinnen sehen: die Mannequins tanzend: die Königinnen singend. Der Schneider wünscht Danae allein zu sprechen. Er enthüllt ihr, daß seine Kleider das tiefste Wesen enthüllen – was wären sie sonst.

I.
Danae erzählt den Königinnen, daß sie einmal etwas Reizendes und Unbegreifliches erlebt habe: einen Goldregen.
Die Königinnen erkennen sie und küssen sie: Du bist unsere Schwester.

Jetzt wirbt König Midas um dich – es ist nur ein Deckname für den Einzigen – der auch unser Freund war. Danae erwartet nun die Verwandlung – statt dessen kommt der alte freche mächtige Plutus – der alle verwandelt, nur sich selbst gleich bleibt.

II. Akt: Schluß! ihr Alleinsein – sein Heranschreiten er hat ihr diesen Palast geschenkt, dessen Wände sich frei bewegen, diese Sängerinnen, diese Tänzer.

III. Akt: am nächsten Morgen: sie wartet noch immer auf die Verwandlung: alles gehört ihm – sogar die Seeräuber* er ist König Midas.

* die sich sofort in reizende Tänzer verwandeln.

Tanzkunst: Kunst des Raumes. Das Element des Tanzes in der hohen Tragödie.

I.

Man läßt die Braut allein mit den Königinnen (Io, Europa, Leda).

Chor der Tänzer und Tänzerinnen und Chor der Sänger und Sängerinnen aufziehend: bei den Zeremonien beteiligt. Plötzlich tanzen die Königinnen mit Herren.

Danae: neugierig. Warum! keine Träumerin. Die anderen reden ihr immerfort von Verwandlung.* Das Geld ersetzt aber doch das alles.

Die andern erfahren: vom Schöpferischen der Liebe. Vom Hervorrufen der plastischen Kraft. Daß man im Maß des Verlierens erst gewinne. Eine der Schwestern der Danae: Jungfrau.

* Ihre kritische Reflexion: wir verwandeln uns nicht: es naht sich uns, was uns verwandeln möchte: von diesem ist das stärkste das Gold.

Danae I.
Meldung. In der verhängten Sänfte sei sein Schneider gekommen.

Schneider sagt: mit Ihnen kann man nur allein essen.

Er fürchtet das Stören der Phantasie, wenn er auf normale Weise sich mit ihr begegnete –
»Die Seele auf der Spitze der Erwartung erhalten« (Kierkegaard).

I. er läßt sagen, er wünsche das Diner zu geben; unsichtbare Diener mit goldenen Händen, Tänzer usf., es werde feierlich beginnen und ins Triviale gehen nach dem Geschmack der Gäste – er werde plötzlich da sein und neben seiner Braut sitzen; er hasse den Anfang. – Sie sollten sich im Ernst wie die Götter und Göttinnen fühlen! (eine zu hohe Forderung.)

Alle Götter sind geflohen – auch Eros.

Midas von seinem Schutzgeist gezwungen, zu werben. Fürchtet die Ehe, diese feierlichen Bindungen, die er nicht leicht zu nehmen vermag.

Feien als *transitiv*.
Alkmene mit ihrem einzigen Ach!
Io/Europa/Alkmene/Leda

Die Mutter läßt sich beim Friseur Platons »Gastmahl« vorlesen.

Tänzerinnen: Gyrinno, Atthis, Pannychis, Gorgo.

Das Erlebnis mit Zeus von Leda, Io... als größtes Geheimnis behandelt – nur im Vertrauen eingestanden – –
Die drei Königinnen mit ihren Männern promenierend auf dem Ball.

in I vom Schneider berichtet
Midas: empfängt Weisungen von Zeus, sich um Danae zu bewerben – –

Eingeständnis in der Hochzeitsnacht. In der Hochzeitsnacht: abtun alles dem Menschen Akzidentellen. Der nackte Mann.
Er ahnt, es drohe ihm die Situation aus dem Buch Tobias.
Ausgehen einer Fackel nach der andern. Danae hinter einem Vorhang verschwunden.

Midas war ein Verschwender (sein Vater ein Geizhals), aber ein liebenswürdiger Verschwender, gleich jenem Kroisos... seine unendliche Artigkeit und Güte gegen Dienerinnen – gegen Lastträger, gegen Ruderknechte.

I.
Er erzählt den Mythos von der Begegnung mit dem Greis den Königinnen.
Königin-Mutter um Schönheitsmittel fragend, den Verheerungen der Zeit zu begegnen: er antwortet mit einem Mythos.

I. Große Szene:
Danae: ich habe den Beweis, daß Gold das *Letzte* ist. Woher? – Später erzählt sie das Abenteuer.

Zeus:
In Zeus und durch ihn ist das Sehen, Hören und Schmecken heilig geworden. So ist Zeus auch Tier. Wie er die Ordnung der Gestirne ist. Über diesem Sehen, Hören und Schmecken thront die Zahl, die heilige Zahl, die heilige Lehre, das Mysterium der Identität. Auch das Glück.

II. Der Schneider als Zeremonienmeister.
Erzählung von der Begegnung mit Zeus, der die Gestalt eines alten Salbenhändlers angenommen hatte. Er rechnet dem Jüngling hoch an, daß er das Einzelne unmittelbar geliebt habe bis zur Besinnungslosigkeit (Identität – Novalis): so seien auch seine Begegnungen mit Frauen gewesen, er sei für eine eine Wolke gewesen, für die andere der Gatte – für die dritte ein dumpfes Tier –
jetzt geht Danae ein Licht auf.

Danae: die Lehre: nicht begehren, sondern *haben*. Das Gold enthüllt als Werkzeug des *Trachtens*.

Schneiderszene.
Physiognomik (siehe auch Kierkegaards Modehändler).
Die Größe, Breite, Länge, das Gewicht eines Frauenkörpers sind für Doucet und Worth Realitäten, ein Unteilbares. Ein Kostüm ist insoferne durchaus ein Werk der Phantasie. (Kassner: »Zahl und Gesicht«).
Leda einen Schwanenpelz,
Io eine Wolke aus Gaze,
Alkmene ein Kriegerkostüm.

Netze als Kleider –

Danae I *29. XII.*
Gespräch mit dem Schneider (dazwischen Vater herein, entzückt von allem: insbesondere von den Tänzerinnen, Flötenspielerinnen), erfüllt davon: der reichste Mann der Welt! Danae: wie rätselhaft die Frauen zu mir waren – sie gestanden das kaum zu Gestehende – aber wie komme ich dazu, dir zu sprechen von diesen Dingen – wer sind Sie, mein Herr? – Sprechen wir von Midas. – Er legt ihr das Gewebe um. Sie erzählt ihr einziges Erlebnis. Er nimmt ihr das Gewebe ab: nüchterner Ton. Sie fragt um Midas, will sich über ihr künftiges Leben orientieren. Seine tiefgehenden Enthüllungen.

Der Begriff der *Armut* ihr erschreckend: Ahnung des Todes darin, des Gerippes... (wie er erwähnt, der Prinz war arm). Sie: die Götter hassen die Armen.

II.
Kostüm sechziger Jahre, gemischt mit Antike.
»Sie« sagen lassen.
Philosophie der Ehe in den Gesprächen des Schneiders mit den Königinnen. Er studiert dabei den Charakter Danaes, analysiert ihn blitzschnell nach ihren vorlauten, anmaßenden Repliken: er diviniert ihre mesquinen Vermutungen – wie sie nicht das Ganze in die Ehe bringen will – sondern sich teilen: den ganzen frisson vom Gold empfangen will (ja, sprechen wir vom Gold, mit verschobenen Augen –) und dem Gatten den Rest bringen will – (Ein Schneider ist kein Mann).

Daher beschließt er ihren Stolz zu demütigen* (»Gott und die Bajadere« –) bis sie ihn bedient... vor ihm kniet...
* so auch die Probe mit dem Warten-Lassen.
Das Motiv: alles ist zu kaufen: so schon als Midas' Schneider kauft er das Diadem.

I.
Er kommt als Schneider mit dem wunderbaren Kleid. Inspiriert sagt er jeder der Damen wie er sie kleiden würde.
Io mit einer Wolke – Danae mit fließendem Gold.
Gesellen mit Allonge-Perücken.
Seine Probiermamsellen und Tänzerinnen
Mit denen er tanzt.
Plötzlich ist die probierende Danae allein mit ihm zwischen lauter Spiegeln – Er ist entzückt.

	Sie hat an alles gedacht: nicht aber daran,
Fermate:	daß ein Schneider ihr die Hand drücken
Arie	würde... Der Schneider ist Philosoph.

II.
Szene der Verschmähten mit den sie beratenden Königinnen.
Ihr Entschluß, sich ihm zu verweigern.

I.
Aus der Ensembleszene mit den Mannequins und den Königinnen (unter den Mannequins: à l'Amazone, à la Tanagra usf.) die Szene zu Zweien hervorgehend, wo er sie prüft – er setzt sich auf den einzigen Stuhl – läßt sie stehen... dann wieder ein Ensemble – auch mit den Königen... Tanz.

Quintett der Könige mit dem Schneider: die hastige Torheit der Welt – Vanity fair.
Danae glaubt an das Gold. Erziehung: ihr Vater zeigte ihr die leere Tempelcella des Kabirentempels – ebendorthin bestellt sie jetzt Midas (sie hat dies von ihrer Erziehung im ersten Akt dem Schneider erzählt).

Midas. – Reine Farben. Reine Lebenstöne – ohne Zwischentöne: dies schätzt Zeus an ihm.

Die Kleider – die er anprobiert, zwingen die Trägerin, das tiefste Geheimnis zu verraten. – Alkmene: Ach!
Danae in dem goldenen Kleid doppelt schweigsam.

Szene der Könige mit dem Schneider – jeder will ihn für sich gewinnen: tips von ihm haben und Beziehungen zu Midas.
Ein jüngerer Bruder des Königs, der älter aussieht und von einer jämmerlichen Apanage lebt. (Apanagierter Prinz).
Er kennt die Armut und weiß, daß die Götter den Armen hassen. Er amüsiert sich, seinem Bruder die Chancen zu verderben.

Hie und da eine ganze Zeile, die von anderen überhört wurde, wiederholen, wie dies:
»Salut, ô mon époux, je te retrouve enfin«

Der Mannequin, der ein Knabe ist.
Pou-dji./I. chinesische pongée, Agraffen – Speisen.

Der apanagierte Prinz und der Knabe-Mädchen.
Reflexionen des Prinzen über das Verhältnis zu den Geschlechtern: daß man zu Männern zu selten in einem ganz zarten Verhältnis stehe. Nimm mich als Liebenden. Wie kannst du wissen, daß meine Worte nicht die zarteste Seele verraten? Weil ich häßlich bin – gestehe, daß es darum ist. Und häßlich bin ich, weil ich arm bin. Ich bin ein zufälliges Produkt unverdienter Umstände. Es soll ein Stück geben – »die Räuber« – kennst du es? – Hast du Platon gelesen? – Wenn ich reich wäre, würdest du mich reizend finden, denn ich wäre mächtig. Mein Bruder ist ein Idiot.

Ein kriegsgefangener Sänger (Kastrat).
Gegenfigur zu dem apanagierten Prinzen.

Reflexionen beider über ihre psychisch-physische Impotenz.
Der Prinz spielt Flöte.

Midas, unter die Tänzer und Sänger gemischt bei der Hochzeitszeremonie.

Midas' früheres Schicksal: zwar Prinz, aber Bettler; winziges Bergländchen – – er war Parasit in Inselstädten, Sänger, Vorschneider –
Die Könige aller Kornwucherer und Sklavenhändler.

Danae bietet ihm: verliebte Freundschaft.

Danae II
Man befindet sich außerhalb des Speisesaales auf einem Altan. – Anfang: das Speisenreichen als Ballett: Sänger auf kleinen Balkonen seitwärts. Die Gewürze hereinwehend, Gestalten wie flatternde Vögel. Kleine Fische mit Oliven.

Halbdunkel mit Fackeln.

Immer: Jetzt kommt König Midas!
Noch nicht: es ist sein Oberschenk usf.
Noch nicht: es ist sein Schirmträger!
Hochzeit.
Statt des Erwarteten ein *Brief* (den alle singen, obwohl er vertraulich nur an Danae ist).

30. IV.

Der Vater, ihr den Brief vorlesend: er will während eines Festes kommen. Vater will ihr zureden. Danae: Mein Vater, ich liebe den Reichtum über alles. Angst vor einem Scheusal.
Das Fest: Jupiter schickt den Jüngling anstatt seiner. Dieser scheu und schamhaft. Chorus. Jupiters Abenteuer indessen mit der, die bereit ist, sich dem Jüngling zu geben. Die Stunde, die Jupiter ihr abgewinnt.
Beim Abschied: ihr freistellend, ob sein letzter Kuß ihr Vergessen oder Grauen vor ihm geben soll.
Ende resigniert. Danae in Verzweiflung. Der junge Mann und sein Mädchen.

Das Fest: alle berauscht vom Goldregen. Weihrauch entzündet. Gespannteste Erwartung. Alle sich zurückziehend. In der Ferne der Jüngling dastehend – auf Danae losschreitend, sie vernichtend wie kein scheusäliger Zauberer es gekonnt hätte. Läßt sie zurück wie eine Halbleiche an der Erde. Sie geht von da an verhüllt.
Zugleich Zeus
wie die Magd: vorher mit ihr spielend durch die Tür. Dann hinein wie ein Räuber, aber bald beglückend.

II.
Der Vater, dann die Könige bemüht, Danae zu überzeugen, daß gegenüber dem enorm Reichen jeder Stolz deplaciert
– –
Alkmene-Amphitryon – Ehepaar, das sich beständig ansieht.

II. Danae
I. Große Szene
Danaes Geständnis: daß der Tempel der Kabiren leer gewesen sei – die Wirkung davon auf ihr Gemüt. Als geborene Priesterin alles aus sich selber zu prästieren.

Das: »Es sind der Zaubrer viele unter uns
Und Zauberinnen, aber niemand weiß sie«
wiederholt aufschwebend.

II. Große Szene
Sein Entzücken über ihr Wesen. O Mädchen – du bist wunderbar! Sie, sukzessive: sie gesteht, ja alles gerne um ihn zu verlassen (Burg, Land, Vater, Freundinnen), denn dies alles bedeutet ihr sehr wenig; sie läßt sich herbei, ihn zu bedienen – endlich sich ihm zu geben: aber er darf nicht denken, dies sei sehr entscheidend, sie wird ihm immer geheimnisvoller.

I.
Er steckt ihr den Zauberring an den Finger, durch den sie ihn liebenswürdig und unwiderstehlich sieht. (So haben ihr früher die Freundinnen den Schwan und die Wolke und den Stier erklärt: es kommt ein Moment, wo man das Unwiderstehliche empfindet.)
Sie spürt, daß sie in Gefahr ist zu erliegen – da streift sie den Ring ab und wirft ihn ihm vor die Füße. Er steckt ihn ein. Das will sie nicht. Sie ist eifersüchtig. Sie behält den Ring und entdeckt bei der Probe an den Königen, daß es ein ganz gewöhnlicher Ring ist. Das wirft sie ihm dann im entscheidenden tête-à-tête vor, unlogischerweise.
Der Fluch.

II.
Große Szene.
Wie er es weiter- und weitertreibt – bis sie ihn bedient – endlich: sich anbietet (analog »Gott und Bajadere«).
Er: die Seele ist nie beisammen als in der Entzückung.

Alle Königinnen lieben ihre nunmehrigen Gatten; sie stellen sie vor.
Danae fragt alle um Midas. Das Bild war ganz aus Gold und gab keine rechte Vorstellung von ihm.

III. Dadurch, daß sie das Gold verachtet, entzaubert sie ihn. Er ist ein Mann gegen vierzig und nicht ohne Reiz; man kann über ihn lachen.

Es kommt heraus, daß er nicht der in den Goldregen Gehüllte war. – Er verneigt sich bis zur Erde, diesem zu danken. Er erkennt in ihm jenen jugendlichen Greis, der ihm begegnete und mit dem er trank. – Der Palast weicht – das Schiff ist ärmlich, das Gepäck dürftig – einige häßliche Sklaven. So war es, bevor er verzaubert wurde. Er war ein armer Prinz, sehr begierig nach Frauen und gutem Essen... mit einem Maulesel.
siehe »Turandot«.

Danae II. Große Szene
NB. (– Sein Sieg ist erst in III –)
Sie sagt: jedes Ding ist nur Hindeutung* auf ein Höheres; er muß befürchten, das Gold, womit er sie umgibt, sei für sie das Entscheidende.
* Ihre völlige Jungfräulichkeit bei priesterlichem Wissen um die Gebräuche der Vereinigungsstunde. Ihre Art von Scham.

III. Sie erwachend. Ihm gerne anvertraut, schwebe das goldene Zelt wo immer hin. Die dienenden Geister schon verblassend; der Ring zuckend am Finger, das Horn näher tönend. Er, auf den Knien: Großer Schutzgeist, ich habe nicht den Wahn, diese zu besitzen, sondern durch sie erkenne ich dich! –
Angst des Midas vor völliger Annullierung durch dieses Abenteuer. Er wird ohnmächtig. Sie kniend: um sein Leben bittend, als seine Gattin.

Operette.
Ding-liebe – Ächzen unter Dingen!

III.
Ein Frühstück zu zweien: das letztemal die Geräte, die Zauberdiener aus Gold – alles Armut, der Esel mit den schwierigen Päcken, alter Sklave –

III.
Auf Reisen: Gefolge, golden. Zelt. Frühstück, unsichtbare Bediente, nur Hände.
Plötzlich der Ruf des Waldhorns. Ihre Zärtlichkeit: ihre Angst, daß er auch die Gestalt verliere, nur eine Vision gewesen sei.
Er wird ohnmächtig: sie bei ihm: das Zelt, alles entschwindet in einem Windstoß. Er lebt. Der Esel angebunden, der Fluß – der Fährmann. *Sein Lied.* Seine Ware auf dem Esel: Salben etc.

III.
wie sie abziehen, auf dem Eselchen – der Schwiegervater im Schlafrock von einem Balkon – drunten im Hafen leiser Chor.

Die Situation von »Hernani«: Geliebte, wenn alles schwindet – wirst du mir treu sein?
Sie: ... (fast mystisch)
Das Tischlein-deck-dich verschwindet, das Zelt verschwindet, die Bedienenden verschwinden –

Danae:
Ich hab es nicht verdient, so verstanden zu werden.

DIE ÄGYPTISCHE HELENA

OPER IN ZWEI AUFZÜGEN

Personen

HELENA
MENELAS
HERMIONE, beider Kind
AÏTHRA, eine ägyptische Königstochter und Zauberin
ALTAÏR
DA-UD, sein Sohn

DIE ERSTE DIE ZWEITE	DIENERIN der Aïthra
ERSTER ZWEITER DRITTER	ELF

DIE ALLES WISSENDE MUSCHEL
Elfen, männliche und weibliche, Krieger, Sklaven, Eunuchen

ERSTER AUFZUG

Gemach in Aïthras Palast. Zur Linken ein Tisch, schön gedeckt für zwei, zwei thronartige Stühle dabei. In der Mitte auf einem Dreifuß die alleswissende Muschel.
An der rechten Seitenwand ein Thronsessel, auf dem Aïthra sitzt – vor ihr auf einem niedrigen schemelartigen Stuhl die Dienerin, eine Harfe in der Hand, auf der zu spielen sie eben aufgehört hat. Draußen ist Nacht. Das Gemach ist schön erleuchtet.

AÏTHRA Und dafür eine Zauberin – und die Geliebte des Poseidon, um auf dieser Insel meine Jugend zu vertrauern! Mit keiner anderen Kurzweil, als daß ich, sooft es mir gefällt, die Wogen des Meeres ringsum durch einen Sturm hintereinanderjagen und ein paar armselige Fischerbarken zum Scheitern bringen darf – und keiner andern Gesellschaft als der einer Muschel, die sich für allwissend ausgibt, aber gerade das eine, das zu wissen der Mühe wert wäre, entweder nicht weiß oder nicht sagt.
Denn wenn ich jetzt frage: Wo ist Poseidon? –, so wird sie sich entweder taub stellen oder eine Antwort geben, die keine ist und meiner spottet.
Sie steht auf
Das Mahl ist gerichtet,
die Nacht schwebt nieder.
Wo ist mein Geliebter?
Er läßt mich allein!
Ich laure: Er kommt nicht –
Ich traure: Wo bist du?
O laß nicht so lange
die junge, die bange,
die Freundin allein!
Gesprochen
Wo bist du? Wo bist du? Wo ist er denn?
Die Muschel gurrt, wie wenn Meereswellen zu sprechen anfangen wollten.

DIENERIN *hat indessen die Harfe beiseitegelegt* Es scheint, daß sie sich zu einer Antwort herbeiläßt.

DIE MUSCHEL *singt*

Drei Tauben schweben
glänzend wie Perlen
fern überm Meer.
Sie grüßen dich
von Poseidon
und versichern
mit sanftem Girren
seine Liebe
immer aufs neue,
seine Sehnsucht,
seine Treue!

AÏTHRA O du Lügnerin! Einmal sind es Reisende, einmal Delphine, einmal Tauben!

DIE MUSCHEL

Seine Liebe, seine Treue
immer aufs neue!

AÏTHRA Antworte mir ohne Umschweife: Wo ist Poseidon?

Die Muschel präludiert feierlich.

AÏTHRA Ich fühle im voraus, wie sie mich anlügen wird!

DIE MUSCHEL *Sehr feierlich* Bei den Äthiopen!

AÏTHRA Wie sie lügt! elender Papagei, abgerichtete Betrügerin! Ich hätte Lust, dich in Stücke zu zerschlagen! – Ich will diesen Tisch nicht sehen! Ich will nicht Abend für Abend allein zu Nacht essen, wie ein Gespenst!

Gesungen

Ich will nicht!

DIENERIN Ich laufe um das Fläschchen mit dem Lotossaft, das deine Mutter so sorglich uns mitgegeben hat.

AÏTHRA Ach, meine Mutter! Meine guten Eltern! Die liebliche Oase! Meine sorglosen kindischen Gedanken! Das Kästchen, in das ich meine Zikade gesperrt hatte! Sie war doch mein! Und mein Geliebter – –?

Ach! eine Zauberin sein und so ohnmächtig gegen den stärkeren Zauberer!

DIENERIN Ich laufe und hole das Fläschchen!

AÏTHRA Ich will nicht!

DIENERIN Du brauchst es!

AÏTHRA Ich will nicht!

DIENERIN Es wird dich beruhigen!

AÏTHRA

Ich will nicht –
Ich will nicht!

DIENERIN

Dann wühlet
kein Schmerz durch die Adern.

AÏTHRA Ich will nicht!

DIENERIN

Dann stillet
sich innen das Hadern!
Ein halbes Vergessen
wird sanftes Erinnern;
du fühlest im Innern
dir wiedergegeben
deinen Freund, deinen Mann.
Frisch fühlst du dich leben,
und wie man sich fühlet,
so ist man auch dran!

AÏTHRA Nein, ich will nicht betäubt sein! Ich will mich zerstreuen! Ich will Gesellschaft haben!
Für was ist mir denn die Gewalt gegeben, jedes Schiff an diese Klippen zu reißen! – Frage das unnütze Geschöpf dort, ob sie rings auf dem weiten Meer kein Wesen erblickt, das kennenzulernen der Mühe wert wäre.
Sie geht und setzt sich zu Tisch. Kindhaft junge Mädchen schweben auf den Fußspitzen heran und bedienen sie.

DIE MUSCHEL *nach einem gurrenden Präludium* Der Mann steht auf. Er ist der einzige an Bord, der nicht schläft.

DIENERIN *wiederholt kopfschüttelnd* Der Mann steht auf. – Sie sieht ein Schiff mit schlafenden Leuten.

DIE MUSCHEL Er weckt einen von den Schläfern auf und gibt dem das Steuer in die Hand. Er selber steigt hinunter in den Schiffsraum.

DIENERIN *wiederholt* Er steigt hinunter in den Schiffsraum.

AÏTHRA *hält im Essen inne* Von wem erzählt sie?

DIENERIN Sie sieht ein Schiff mit schlafenden Leuten.

DIE MUSCHEL Jetzt ist er unten; die Schlafende regt sich. Die Schlafende ist von allen Frauen der Welt die schönste.

DIENERIN Die Schlafende ist von allen Frauen der Welt die schönste.

AÏTHRA *bei Tisch* Warum gleich die schönste! Wer kann das entscheiden?
Eine schöne Frau, gut! –

DIE MUSCHEL Er beugt sich zu ihr. Er will sie küssen.

DIENERIN Der Mann auf dem Schiff will die Schlafende, die seine Frau ist, küssen.

AÏTHRA Und das ist alles?

DIE MUSCHEL Nein! Jetzt holt er –

AÏTHRA *nicht sehr gespannt* Was holt er?

DIE MUSCHEL Er greift mit der Linken ein Tuch. Das will er über ihr Gesicht werfen – denn in der Rechten hält er einen Dolch. – Er will sie töten!

DIENERIN Er zückt einen Dolch. Er will sie töten!

DIE MUSCHEL Aïthra! Hilf doch! Der Mann ermordet die Frau!

DIENERIN Aïthra! Hilf doch! Der Mann auf dem Schiff ermordet seine Frau!

AÏTHRA *springt auf* Wie denn? Was soll ich? Wer sind denn die Leute?

DIE MUSCHEL Helena ist sie! Helena von Troja! Und er ist Menelas! Schnell, er schleicht sich näher! Verdeckt er ihr mit dem Tuch das Gesicht, so ist sie verloren!

DIENERIN Schnell! er schleicht sich näher! Gleich ist sie verloren!

AÏTHRA Sause hin, Sturm! Flieg hin wie der Blitz! Wirf dich auf das Schiff!
Jäher Sturm.
Rede! Was siehst du!

DIE MUSCHEL Der Sturm hat das Schiff. Er hat es, er hat es! Die Masten splittern! Die Schlafenden taumeln drunter und drüber! O weh, sie scheitern!

AÏTHRA Und die Frau? Und der Mann? Hat er sie ermordet, der Teufel?

DIE MUSCHEL Sie schwimmen! Da – er trägt sie! Befiehl doch Ruhe, daß alle sich retten!

AÏTHRA Wer trägt wen? Legt euch, Wellen!

DIE MUSCHEL Menelas trägt Helena hoch in den Armen. Die brandenden Wellen machen ihm Platz, und er schwingt sich ans Land.

AÏTHRA Leg dich Sturm, zu meinen Füßen! Hier ganz still! – Eine Fackel! Ihnen den Weg zu zeigen!

Die Dienerin packt eine Fackel, läuft hinaus.

Der Sturm legt sich.

AÏTHRA Ist es wirklich Helena, die berühmte? So ist denn Troja gefallen? Und ich soll hier sie empfangen? In meinem Haus? Mit ihr reden. Mit Helena von Troja! Mit der berühmtesten, der gefährlichsten, der herrlichsten Frau der Erde? Ich empfange sie an der Tür! Nein, ich lasse sie allein – o welche Lust, eine Frau zu sein, die ein wohleingerichtet Haus und ein wenig Gewalt über Wind und Wellen hat!

Sie lacht vor Freude, geht ab in ein Seitengemach rechts, wo sie aber dem Zuschauer sichtbar bleibt.

Das Gemach bleibt einen Augenblick leer, dann kommt die Dienerin gelaufen, voranleuchtend, hinter ihr ein leichtgewappneter schöner Mann, der einen gekrümmten Dolch im Munde trägt und an der Hand eine sehr schöne Frau mehr hinter sich dreinreißt als führt, deren üppiges goldfarbenes Haar aufgegangen ist.

Die Dienerin verschwindet.

Helena erblickt einen Spiegel, geht hin und steckt unbefangen ihr Haar auf.

MENELAS *sieht sich um, befangen wie ein Mensch, der aus Finsternis ans Licht und aus Todesgefahr in ein schön erleuchtetes Zimmer kommt, dann legt er den Dolch – der schon nicht mehr zwischen den Zähnen, sondern in seiner Hand ist – auf den Dreifuß nächst der Muschel hin* Wo bin ich, was ist das für ein Haus?

HELENA *sofort Herrin der Lage*

Ein Feuer brennt. Ein Tisch ist gedeckt.
Will nicht mein Gemahl mit mir sitzen und essen?

MENELAS *leise und beklommen* Was haben die Götter mir zubereitet?

HELENA
Schön glänzt der Saal. Zwei Throne stehen:
Ein König und eine Königin
sind hier erwartet. Setzen wir uns!

MENELAS *vor sich*
Nie werden wir beide zusammen essen.

AÏTHRA *von ihrer Stelle aus ins Hauptgemach spähend*
Ein greulicher Mann!
Wie er sich bitten läßt
zu etwas Schönem!

HELENA
Der Mann und die Frau – so ward ich gelehrt –
teilen den Tisch und teilen das Lager.

MENELAS
Dein Lager war
zuunterst im Schiff,
meines droben – unter den Sternen –
zehn Nächte lang.

AÏTHRA *wie oben*
Es ist nicht zu begreifen!

HELENA *lächelnd*
Doch heute nacht war das dir zur Last,
du kamst herab mit leisen Tritten –

MENELAS *erstaunt*
Du schliefest nicht?

HELENA
War ichs nicht, die dich nicht schlafen ließ?

MENELAS
Du warst es.
Beiseite
Ahnt sie,
was ich ihr antat
ohne den Sturm!
Oder ist sie ganz arglos?
Er tritt von ihr weg.

HELENA
Wohin trittst du?
Willst du noch einmal

von mir weggehn?
Lieber, das fruchtet doch nichts!
Dir ist auferlegt,
mich nicht zu verlassen,
und mir ist verhängt,
zurückzukehren
in deine Arme.
Und so ist es geschehen.
Sag doch, ob je
in all diesen Jahren
dein Wünschen gelassen hat von mir
nur für eine Stunde!
Menelas sieht zu Boden.
Du schweigst. Siehst du!
Eine Pause. Helena ist dem Tisch näher getreten. Eine zarte kindhafte Mädchengestalt schwebt auf Fußspitzen hinter dem Tisch hervor – füllt aus einem Mischkrug eine flache Trinkschale und bietet sie Helena dar.

HELENA *ergreift die Schale, tritt mit ihr auf Menelas zu*
Bei jener Nacht, der keuschen, einzig einen,
die einmal kam, auf ewig uns zu einen,
bei jenen fürchterlichen Nächten,
da du im Zelte dich nach mir verzehrtest,
bei jener Flammennacht, da du mich zu dir rissest
und mich zu küssen doch dir hart verwehrtest,
und bei der heutigen endlich, da du kamest,
mich jäh und zart aus aller Schrecknis nahmest,
bei ihr, die mich aufs neu dir schenkt,
trink hier, wo meine Lippe sich getränkt!
Sie berührt mit den Lippen den Rand der Schale, reicht diese dann Menelas.

MENELAS *zurücktretend*
Ein Becher war
süßer als dieser,
herrlich gebildet,
aus dem trank Paris,
und nach seinem Tod
seiner Brüder viele.
Du warst eine Schwägerin ohnegleichen!

HELENA
Aber du bist der Beglückte,
denn sie alle sind tot – und du bist mein Herr!
So nimm die Feige,
darein ich drücke
die Spur meiner Lippen,
und freue dich!
Das kleine tanzende Mädchen hat ihr die Feige gereicht und ist auf die Melodie ihres Gesanges abgetanzt.

MENELAS
Zu viele, Helena, haben gekostet
von der herrlichen Frucht,
die du anbietest!

HELENA
Hast du aber von einem gehört,
der ihrer satt ward?

AÏTHRA *für sich*
Wie mutig sie ist!

MENELAS *zurückweichend, dann sich ermannend*
Heute nacht –

AÏTHRA *für sich*
Um so weit sich zu wagen,
muß man schön sein wie sie!

MENELAS
– trat ich zu dir,
dort wo du schliefest,
um dich zu töten!

HELENA *lächelnd und bezaubernd*
Weil du nur so
und nicht anders glaubst zu empfangen
mein letztes Geheimnis:
darum meine Züge
willst du gewahren
zauberisch zärtlich im Tode verzerrt!
O Liebender du ohne Maß und Grenzen!

MENELAS *ergreift den gekrümmten Dolch und bringt ihn ihr vor die Augen*
Kennst du die gekrümmte Waffe?

HELENA
Als Paris vor dir lag
und fleht' um sein Leben,
entrissest du ihm
den krummen Dolch – ich kenn ihn recht wohl!
Und mit der eigenen Waffe
durchschnittest du ihm
die lebendige Kehle. –
Mit einem Schauder
Furchtbar sind Männer
und gründlich im Töten...
Ich müßte dich fürchten –
Mit einem undefinierbaren Ausdruck
aber ich bin nun einmal deine Frau!

MENELAS
Wenn du sie kennst,
die Waffe da, –

AÏTHRA
Ich lock ihn hinweg
mit Zaubereien –

MENELAS
– dann wirst du wissen,
was es bedeutet, –

AÏTHRA
– von ihrer Seite,
sonst ist sie verloren!

MENELAS
– daß ich heute nacht,
eh der Sturm anhub,
vor deinem Bett stand!

HELENA *mit ungeheurer Beherrschung*
Wie keine Umarmung
dem Liebsten die Liebste je gibt,
so verschränkt in dich,
wie zweier Kehlen
verschränkter Gesang,
so willst du mich haben!
Und sinnest immer darauf,
wie das du erreichest.

AÏTHRA

Sie spielt zu frech
um ihren Tod!
Ich muß mich beeilen,
sonst ist es zu spät!

HELENA

Das verstehe ich – und ich verstehe auch
den seltsamen Umweg,
den deine Seele dabei einschlägt!

MENELAS

Was für ein Umweg?

HELENA *dämonisch*

Als du lagest im Zelt
und nach mir zücktest
die leeren Arme –
das waren furchtbare Jahre.
Denn ich im Arme des Andern
zerdrückte in meinen Händen dein Herz,
und du konntest mir nichts tun!
Aber dann kam ein Tag,
da fühltest du dich nicht ohnmächtig,
mir deine Liebe zu bezeigen,
wenn auch aus der Ferne,
doch wirksam! Das war:
Leise
als Paris starb unter deinem Stahl!
Den Tag wußtest du wieder,
daß du mir gehörtest
und ich dir!

MENELAS *wirklich erschrocken*

Wer hat dich gelehrt,
solches zu wissen?

HELENA

Es scheint, ich weiß, was in Männern vorgeht.

MENELAS *nun fest entschlossen zur Tat*

Du hast zu viele Männer durchschaut,
und es ist Zeit, daß einer
dir das Handwerk legt!

HELENA *mit dämonischem Mut, aber unendlich sanft und lieblich*
Gut! aber mach es ohne Tuch!
Ich will dich dabei ansehen!

MENELAS
Helena! Merke zuletzt meine Rede!
Merke: Einem gehört ein Weib,
und ich will meine Tochter so aufziehn –

HELENA *unerschüttert*
Deine? Ich denke: sie ist auch die meine!

MENELAS *ohne sich von ihr beirren zu lassen*
So aufziehen will ich meine Tochter,
daß sie sich der Mutter
nicht braucht zu schämen!
Denn für eine Tote errötet man nicht.

HELENA *mit unbesiegbarer Kraft*
Menelas! Merke zuletzt meine Rede!
Merke: Einem gehört ein Weib,
und so bin ich deine!
Dich hab ich gewählt
aus dreißig Freiern,
mutigen, schönen!
Sieh mir ins Gesicht –
und laß alles, was war,
außer diesem,
daß ich dein bin!

MENELAS
Ich war nicht der erste der Helden
und nicht der zweite.
Warum hast du mich gewählt
zu solchem Leiden?

HELENA
Vergiß den bösen Traum!
Wach auf bei mir, deiner Frau!

MENELAS
Hab ich im Traum Troja verbrannt?

HELENA
Laß was war, und küsse mich wieder!

MENELAS *für sich*
Nimmer darf das Kind sie sehen!

HELENA

In deinen Armen bringe mich heim!

MENELAS

Bewahret mich rein, ihr oberen Götter!

HELENA

Helfet dem Weibe, ihr unteren dunklen!

MENELAS

Helfet, was sein muß, mir zu vollenden!

HELENA

Mond und Meer,
Erde und Nacht,
helfet mir jetzt!

Die Lichter verdunkeln sich, nur der Mond fällt von draußen herein. Ein Strahl trifft Helenas Antlitz. Menelas – den Dolch erhoben, sie in die Kehle zu treffen – steht wie gebannt vor ihrer Schönheit. Sein Arm mit der Waffe sinkt.

AÏTHRA *beschwörend*

Ihr grünen Augen
im weißen Gesicht,
Mondelfen ihr!
Die ihr im Schilf liegt,
lauernd, listig –
euch pappelnd vermummt,
lüstern, Lebendiges
zu euch zu ziehen:
ich hab hier im Haus
einen heißen Kerl,
einen rechten Raufbold –
den schafft mir vom Leib!
Mit Lärm einer Schlacht
bestürmt ihm den Kopf!
Narret ihn fest!
Laßt ihn anlaufen,
sein Schwert in der Hand,
an zwanzig Bäume!
Dreht ihn! Drillt ihn!
Zwinkert und zwitschert,
belfert und balzt,

schnattert und schnaubt,
drommetet und trommelt!
Hudelt ihn! Hetzt ihn! Flitz!

HELENA
Ohne Zaudern
töte mich denn!

MENELAS
Wie liebliches Weh
noch in dieser Gebärde!
die süße Kehle,
gedehnt wie dürstend,
dem Eisen entgegen!
Abermals anspringend, hält er abermals inne.

HELENA
Nimm mich ins Messer!
Nimm mich, Liebster!

DIE ELFEN *draußen, gruppenweise einander zurufend*
Mit Lärm einer Schlacht
bestürmt seinen Kopf,
drommetet und trommelt,
narret ihn fest!

MENELAS
Wie ist mir? Was hör ich?
Wer ruft? Was für Waffen?

DIE ELFEN *bald näher, bald ferner*
Paris hier! Hier steht Paris!

HELENA *dringender*
Was dein Herz begehrt,
das tu endlich mit mir!

MENELAS *verwirrt*
Auch ins Messer fällst du noch so?
Auch der Stich in den Hals
wird zärtlich sein? –
Er horcht auf den Ruf der Elfen draußen und wiederholt ihn
Paris! Paris!
Hier steht Paris!
Den Feldruf hör ich! Paris! Paris!
Gehen die Toten hier um und rufen
und wollen noch einmal erschlagen sein?

DIE ELFEN

Helena will ich
wieder gewinnen!
Paris hier
und sein Schwert!

MENELAS

Hier ist Menelas!
und dein Tod!
Steh mir, Gespenst!
Er stürzt ab ins Freie.
Helena wankt nun todmüde auf den Thron der Aïthra zu und fällt dort mehr zusammen, als daß sie sich setzte.
Aïthra tritt hervor.
Helena will bei ihrem Anblick aufstehen.

AÏTHRA Bleib sitzen! Schone dich! Kein überflüssiges Wort!
Sie setzt sich auf den niedrigen Sessel.

HELENA Wer bist du? Wem ist dies Haus? – Bist du eine Frau oder ein Mädchen?

AÏTHRA Das zu beantworten, ist für den Augenblick zu weitläufig. – Du bist in meinem Haus, Helena, und ich werde dich retten. Ich bin deine Freundin.

HELENA Freundin! ein reizendes Wort. Ich habe nie eine Freundin gehabt.

AÏTHRA Laß mich vom Nötigsten reden! Meine Anstalten reichen nur für eine kurze Weile: dann kommt er wieder, der Fürchterliche. O wie ich ihn hasse!

HELENA *sanft* O wie ich ihn liebe!

AÏTHRA *betroffen* Ist das möglich?

HELENA Troja ist dahin! Und jetzt gehöre ich ihm.

AÏTHRA Aber Paris? Und Hektor? Und Deiphobos? – Und die andern? –

HELENA *leise* Du bist ein Kind. Laß die Namen der Toten unausgesprochen!
Sie steht auf, späht hinaus.

AÏTHRA Ich bin eine Frau! Aber vielleicht erst so wenig, daß ich vieles noch nicht verstehe. –

HELENA *wieder ihr zugewandt*

Einem gehören!

Einem! Einem!
Und will er uns töten,
ihm ins Messer
noch zärtlich fallen!

AÏTHRA Einem? Und doch –?... Ich sehe, bis ich das begreife, müßtest du mir vieles erklären! – Jetzt aber ist dazu nicht Zeit. Ich muß dich verbergen – aber – dies Haus hat keinen Schlupfwinkel.

Leise

Ich könnte auf meinem Mantel mit dir durch die Luft fahren – aber jeden Ausflug hat mir Poseidon strenge verboten, und durch die Geschwätzigkeit dieser infamen Muschel, die er mir zur Wächterin gegeben hat –

Die Muschel lacht.

AÏTHRA Muschel, über wen lachst du so boshaft?

DIE MUSCHEL Ich lache über Menelas! Jetzt läuft er wie ein Toller einem Nebelschwaden nach, den er für Helena hält!

DIE ELFEN *lachen*

Hahahaha!
Hetzt ihn aufs neu!
Narret ihn fest!
Jagt ihn im Kreis
um sich selber herum!
Helena hier! Paris da!
Hahaha hahaha ha!

HELENA Vergeblich!

Sie wankt.

AÏTHRA Stärke dich! Trink! Nimm von der Speise!

HELENA *hält sich* Geh fort. – Er kommt. Wahre dein Auge vor einem bösen Anblick, und laß uns allein!

AÏTHRA *nimmt die Schale* Einen Tropfen! Es nützt dir!

HELENA *schüttelt den Kopf* Kein Mensch entgeht seinem Schicksal. – Selbst wenn du zaubern könntest – du würdest mich schwerlich retten.

AÏTHRA

Du bist durchnäßt:
meinst du, zu trocknen

bedarf es des Feuers?
Ich trockne dich
mit meinen Augen!

HELENA
Wie sanfte Wärme
mich durchdringt!

AÏTHRA
Die lieblichen Wangen
so entstellt
vom Salz des Meeres!
Sie streicht ihr sanft die Wange.

HELENA
Wie du mich anrührst!

AÏTHRA
Ohne Glanz die Haare!
Meinst du, ich brauche
Salben und Öl,
damit sie dir leuchten?
Sie streift leicht über Helenas Haar.

HELENA *vor dem Spiegel, den auf Aïthras Wink die Mädchen herangebracht haben*
Wie ich erglänze!

AÏTHRA *entzückt*
Allerschönste!

HELENA
Beste! Was hast du aus mir gemacht?

AÏTHRA
Dein herrliches Wesen zurück dir gebracht!

HELENA *nachdem sie sich abermals an dem eigenen Spiegelbild geweidet* Was machst du aus mir? So sah die aus, die Menelas in seine Brautkammer trug! –
Bin ich so jung und soll sterben?

AÏTHRA *mit der Trinkschale* Nicht sterben! Leben! Schnell, trinke!

HELENA *nimmt die Schale* Wer bist du?
Sie trinkt.

DIE DIENERIN *ganz leise*
Ein halbes Vergessen
bringt sanftes Erinnern.

HELENA Was ist das für ein Trank?
DIE DIENERIN *leise*
Du fühltest im Innern
dir wiedergegeben
dein unschuldig Leben.
HELENA Wie ist mir auf einmal!
DIE DIENERIN
Und wie du dich fühlest,
so bist du fortan!
AÏTHRA Wie die Nacht aus deinen Augen schwindet!
HELENA Wer bist du?
AÏTHRA Deine unbedeutende Freundin Aïthra!
HELENA Zauberin!
AÏTHRA Schönste!
Sie fassen einander bei den Händen
Reicher als Könige, stärker als Krieger
sind zwei Frauen, die sich vertrauen!
HELENA *tritt noch einmal vor den Spiegel, dann wendet sie sich beseligt* Wer tötet die Helena, wenn er sie ansieht!
Aïthra betrachtet sie voll Bewunderung.
HELENA Wie leicht wird alles!
AÏTHRA Recht so! trinke und vergiß deine Angst!
Sie reicht ihr abermals die Schale.
HELENA *nachdem sie getrunken, fröhlich wie ein Kind* Menelas!
Warum denn mich töten? – Schlafen… mich schläfert.
Schläfst du neben mir, Liebster?
Sie schwankt wie schlaftrunken, die kleinen Mädchen drücken sich an sie und stützen sie.
AÏTHRA *leise* Was stelle ich an, sie zu retten? Muschel, wo ist er?
DIE MUSCHEL Ganz nahe!
HELENA *schon in halbem Schlaf, singt leicht wie ein Schlummerliedchen noch dies*
Ganz nahe
schon schwebt mir
ein reizendes Glück.
Gebt acht: ich entschwinde!
Nein, lasset: ich finde

schon wieder zurück!
Sie schließt, auf die Kleinen gestützt, die Augen.

DIE DIENERIN *an der Tür hinausspähend*
Der Nebelstreif flattert vor ihm!
Hierher zu! Auf das Haus!
Er mit dem Schwert hinterdrein!
Er kommt!

AÏTHRA Leget sie auf mein Bett! Und kleidet sie im Schlaf in mein schönstes Kleid, in das meerfarbene! Fort! Alle fort!
Die Kinder schweben mit Helena ab ins linke Gemach.

MENELAS *den Dolch in der Faust, kommt von außen hereingestürzt als ein Verfolgender*
Steh mir – und stirb!

AÏTHRA *springt ihm aus dem Weg, birgt sich in den Vorhängen und schreit auf*
Ai!

MENELAS *verstört, vom Licht geblendet*
Weh! Ihr Blut
auf meinem Dolch!
Er berührt die Waffe, auf welcher keine Spur von Blut ist, schaudernd mit seinen Fingern.
Die Elfen lachen.

MENELAS
Ich Verfluchter!
Nie mehr eine gute Stunde!
Auch mein Kind seh ich nicht wieder –
O Waise ohne Vater und Mutter!
Aïthra tritt hervor.
Menelas völlig verstört, sucht eilig, den, wie er meint, blutigen Dolch unter einem Vorhang zu verbergen.

AÏTHRA
Fürst von Sparta! Du bist mein Gast!
Indem sie sich auf den Thron setzt.

MENELAS *dumpf und verstört vor sich hin*
Fremdes Weib – mörderisch Haus!
Herein an der Hand – führte ich sie –
draußen dann – im weißen Gewand –

zerrüttet das Haar – und doch schöner als je,
flüchtete sie in Angst – und warf
zwei herrliche Arme – um eine verfluchte Gestalt,
die im Mondlicht – aussah wie Paris.
Mit einem Streich doch – traf ich die beiden!

AÏTHRA *leise zu den Dienerinnen*
Das Lotosfläschchen! Er hat es nötig!
Schnelles Vergessen gräßlichen Übels.
Die Dienerinnen bringen den Becher und den Mischkrug, gießen ein, träufeln aus dem Fläschchen in den Trank.
Aïthra winkt Menelas, den niedrigen Sitz einzunehmen.

MENELAS
Hier sitzen bei dir als ein friedlicher Gast!
So weißt du nicht, wer deine Schwelle betrat?
Noch, was dort die Waffe für Arbeit getan?
Sie winkt ihm nochmals, er setzt sich.

AÏTHRA
Leise! Nicht störe den lieblichen Schlummer
der schönsten Frau;
sie schläft da innen,
ermüdet von einer langen Reise!

MENELAS
Wer?

AÏTHRA
Deine Frau.

MENELAS Du redest von wem?

AÏTHRA
Von Helena doch! Von wem denn sonst?

MENELAS
Die schliefe –
Er springt auf.

AÏTHRA Da innen auf meinem Lager.

MENELAS *vor sich*
Zerspalten das Herz,
zerrüttet der Sinn!
Weh, in den Adern,
weh, eurer Pfeile
lernäisches Gift!

O nur für Stunden,
für Augenblicke
ziehet die Spitzen
der Pfeile zurück!
Gebt mir mich selber,
mein einig Wesen,
der unzerspaltenen
Mannheit Glück,
o gebet mir Armen
mich selber zurück!

AÏTHRA
Menelas – gedenkst du des Tages
vor dreimal drei Jahren und einem Jahre,
da du sie verließest – und zogest zur Jagd?

MENELAS *sie völlig verstehend, mit zornig verfinsterter Miene*
Du, sprich nicht von Paris und jenem Tage!

AÏTHRA
Höre! seit jenem verwunschenen Tage
hast du deine Frau mit Augen nicht wiedergesehen!
Menelas hebt jäh seine Hände über seinen Kopf.

AÏTHRA *steht auch auf, tritt dicht zu ihm*
Merke! als jener frech und verwegen
ausreckte die Hand nach deinem Weibe,
heimlich da sorgten die Götter um dich!

MENELAS
Hüte dich, Weib, daß ich dich nicht strafe!

AÏTHRA
Furchtbar, Fürst, sind deine Blicke!
Trinke hier aus diesem Becher.
Trinke mit mir, auf daß wir uns stärken!
Sie trinken beide, Aïthra nur zum Schein.

AÏTHRA
Heimlich da sorgten die Götter für dich!
In die Arme legten sie ihm
ein Luftgebild, ein duftig Gespenst,
womit sie narren die sterblichen Männer –

DIE ELFEN
Womit Götter narren

die sterblichen Männer,
ja! ja! ja! ja!

AÏTHRA

Dein Weib indessen, die schuldlose Schöne –

MENELAS *starrt sie an*

Achte die Worte, bevor du sie redest!

AÏTHRA *unerschrocken*

– verbargen sie am entlegnen Ort
vor dir und der Welt –

MENELAS *an ihrem Munde hängend*

An welcher Stätte? Achte die Worte!

AÏTHRA *frei und sicher*

Am Hang des Atlas steht eine Burg,
mein Vater sitzt dort, ein gewaltiger Herr
und gefürchteter König!
Drei Töchter wuchsen im Hause auf.
Zauberkundig alle drei:
Salome die Stolze,
die schöne Morgana
und Aïthra die Junge.
Zu uns ins Haus
brachten sie schwebend
deine Frau!
Schuldlos schlummernd,
wähnend, sie liege in deinen Armen,
lag sie bei uns
die Jahre im Haus.
Dieweilen thronte
das Luftgespenst
zuoberst unter Priamus' Töchtern
und buhlte mit seinen herrlichen Söhnen
und freute sich am Brande der Welt
und am Tode der Helden Tag für Tag!
Die Wespe die!

DIE ELFEN

Jajajaja!
die Wespe die,
das Luftgespenst!

MENELAS *nach einer Pause fassungslosen Staunens*
Die – welche hier
meinem Drohen trotzte?
AÏTHRA *zutraulich*
Ein Luftgespenst!
Wie hätte denn je
deine wirkliche Frau
so frech dich zu reizen gewagt?
MENELAS
Die – welche ich trug?
AÏTHRA *achselzuckend*
Vielleicht eine feuchte
Schlange des Meeres
in Weibesgestalt
wand sich dir um den Nacken!
MENELAS
Dort in der Nacht,
da ohne Fackeln
alles hell war –
ich riß sie zu mir
aus stürzendem Haus,
die goldne Gestalt!
AÏTHRA *leichthin*
Ja, das Gespenst,
das sich Helena nannte!
MENELAS
Es sahen sie alle!
die Fürsten! die Krieger!
AÏTHRA
Wenn sie den eigenen Gatten betrog,
wie nicht die Welt?
Wo bliebe die Welt
ohne Betrug!
DIE ELFEN
Hihihihi!
Wo bliebe die Welt,
hahahaha!
ohne Betrug!

MENELAS *tief erschüttert*
Hier noch stand sie –
unsagbar lieblich –
und sank mir ins Messer –
AÏTHRA *spöttisch*
Hier noch stand sie –
dir so nah?
Die himmlische Frau –
hast du sie geküßt?
MENELAS *furchtbar ernst*
Im Zelte nicht
noch auf dem Schiffe
berührte ich sie;
so hab ich gelobt!
AÏTHRA
Wohl dir, wie ein Pilz
mit Asche gefüllt,
sie wär dir zerstoben,
so wie sie nun
zerflog mit Kichern,
ein Streifchen Nebel!
DIE ELFEN *kichern*
Chichichichichi!
MENELAS *sieht sie mit einem Schaudern seitlich an*
Furchtbares Weib!
Deine Worte sind furchtbar
und stärker als alle trojanischen Waffen!
Du raubst mir sie völlig
mit zaubernder Rede
aus lächelndem Mund.
Mit tiefstem Schmerz leise
Weh, nun erblick ich sie nimmer wieder,
ich ganz unseliger Mann!
Er ergreift Aïthras dunklen Mantel, der auf den Stufen ihres Thrones liegt, verhüllt sich darin und läßt sich auf die Erde hin.
AÏTHRA *betrachtet ihn und spricht mit geheimnisvollem Ton*
Wenn ich sie nun in die Arme dir lege,

die du verloren
vor dreimal drei Jahren und einem Jahre –
die Herrliche, Reine,
die Unberührte!

MENELAS *auf den Knien, indem er sein Gesicht unterm Mantel zu ihr hebt in Angst und Schuld*
Ich werde sie sehen?

AÏTHRA
Du wirst sie sehen
mit diesen Augen!

MENELAS *dumpf vor sich zur Erde blickend*
So ist es wahr: es wohnen in Höhlen
auf einsamer Insel Zauberinnen,
die zeigen dem, der zu ihnen dringt,
die Bilder der Toten!
Er verhüllt sich wieder völlig und senkt den Kopf zu Boden.

AÏTHRA
Du wirst sie sehen!
Bereite dich!
Was ficht dich an?

MENELAS
Was werde ich sehen?
Unseliger Mann!

AÏTHRA *etwas stärker*
Bereite dich!

MENELAS
O furchtbare Stunde –

AÏTHRA *stärker*
Bereite dich!

MENELAS
– vom Reich der Toten –

AÏTHRA *stärker*
Bereite dich!

MENELAS
– gräßliche Kunde.

AÏTHRA *sehr stark*
Bereite dich!

MENELAS

Ich höre Becken
dumpf geschlagen,
Nachtgeister bringen
die Tote getragen.

AÏTHRA

Was horchst du hinunter?
Zärtlich verzaubert dich was denn aufs neue?

Menelas immer nach abwärts lauschend.

AÏTHRA

Sind Meereswellen:
im höhlichten Grunde,
nach jedem Sturm
wie gehorsame Hunde
murren sie so!
Legt euch! schmiegt euch
zu Füßen der Herrin!
Und du sieh hin, was dir die Götter bereiten!

Sie winkt. Das Hauptgemach verfinstert sich, und nur aus dem Gemach zur Linken dringt eine Helle hervor. Die Vorhänge heben sich, und auf einem breiten Lager wird Helena sichtbar, lieblich entschlummert, in einem strahlend blauen Gewand. Menelas blickt hin wie auf ein Traumbild.

DIE ELFEN *draußen, nicht stark genug, um mit ihrer Neckerei den Strom der Freude, der das Gemach durchflutet, zu stören*

O Engel, für Elfen,
arglistig arme,
die zwinkern im Zwielicht,
allzu herrlich!

AÏTHRA *leise*

Ihr Nachtgesindel,
schweigt nun schon!

Helena öffnet die Augen und hebt sich vom Lager, vom Schlaf erquickt, in strahlender Schönheit.

MENELAS *der kaum wagt, hinzusehen*

Die ich zurückließ auf meinem Berge,
die ich zu denken nie gewagt!
Die Jungfrau, die Fürstin, die Gattin, die Freundin!

O Tag aus dem Jenseits, der nächtlich mir tagt!
Helena steigt vom Lager herab, mit reizendem Staunen blickt sie um sich.

AÏTHRA *die neben Menelas stand, gleitet lautlos zu Helena hinüber; was sie sagt, ist zum Schein zu Menelas gesprochen, in der Tat flüstert sie es Helena ein*

Am Hang des Atlas
hoch steht die Burg:
da lag sie und schlief
– dieweilen thronte
das Luftgespenst,
ihr gleichgebildet,
die Wespe die!
auf Priamus' Burg
und saß zuoberst
unter den Töchtern!
Wir dreie hüteten Helenas Schlaf.
Ein demütig Kind,
bracht ich ihr oft
schöne Früchte:
aus halbem Schlummer
mich anlächelnd,
letzte sie sich!
Helena ist währenddem vollends herabgestiegen. Es scheint, als ginge sie auf Menelas zu, aber scheu, mit gesenktem Blick und wie mit gefesselten Füßen.

AÏTHRA *zwischen beiden*

Nie Erahntes
bereiten die Götter
ihren erwählten herrlichen Kindern!

MENELAS *bebend*

Die zu denken ich mir verwehrte!

HELENA *leise, mit gesenkten Augen*

Bin ich noch immer die einstens Begehrte?

AÏTHRA *triumphierend und halblaut zu Menelas*

Sieh doch: den Blick zur Erde gesenkt.
Wo ist nun das brennende Auge
jener, die vom Manne gekostet?
Wage doch endlich, bezaubert zu sein!

DIE ELFEN
O Schönste der Schönen,
Ganz hoch, höhnend
so billig willst du
die Götter versöhnen?

MENELAS
Was tun? Sie reißen
das Herz mir in Stücken!
Mit ihrem Entzücken
mit ihrem Beglücken,
was tun? sie reißen
das Herz mir entzwei!

AÏTHRA *ihm Helena zuführend*
Die Reine!

MENELAS Was tun?

HELENA *innig, scheu*
Die Deine!

MENELAS *leidvoll*
Was tun?

AÏTHRA *dringender*
Empfange!

MENELAS *beklommen*
Was tun?

HELENA *zurückweichend*
Wie darf ich?

MENELAS *qualvoll gesteigert*
Was tun?
Zugleich mit beiden Frauen
Was sagen? Sie reißen
das Herz mir entzwei!
Es wagen? Sie reißen
das Herz mir entzwei!

AÏTHRA *zugleich mit Helena*
Nicht zage! Wir reißen
das Herz nicht entzwei.
Frei wage nur einmal
bezaubert zu sein!

HELENA *zugleich mit Aïthra angstvoll*
Was sagen! Wir reißen
das Herz ihm entzwei!
Wie wagen? Wir reißen
das Herz ihm entzwei!
HELENA *zur Seite tretend, sich von Aïthra, die ihre Hand ergriffen hat, lösend*
Laß ihn. Er will mich nicht.
MENELAS
Wer bist du, Wesen, das einer ewig
jungen Göttin gleicht – und meiner Frau?
Aïthra ergreift Menelas' Hand.
HELENA
Laß ab, er verschmäht mich.
Mit verhohlenem Triumph
Er liebt jene Andre.
MENELAS *die Augen zu Helena hebend, mit tiefster Innigkeit*
Wie gewänne ich Gunst in deinen Augen –
da ich um jener willen – dich verließ!
Helena wirft ihm einen Blick zu und schweigt.
AÏTHRA
Antworte ihm, der so dich liebt!
HELENA *sehr innig*
Ich weiß von keinem,
der mich verließ,
nur von einem,
der liebend bei mir war
in meinen Träumen,
indessen ich schlief!
MENELAS *zu ihr: beide Stimmen verschränken sich*
So weißt du von keinem,
der dich verließ –
nur von einem,
der liebend bei dir war,
weil er dich erwählte?
HELENA *drückt ihren Kopf an seine Schulter*
Weil er mich erwählte!

AÏTHRA

Schnell nun rüst ich das Schiff
und schicke euch heim!

DIE ELFEN *spottend*

Nun rüstet das Schiff
und schicket sie heim!
Hahahahaha!
Das Spiel ist aus!

Helena, nachdem sie sich von Menelas gelöst, tritt wie erschrocken über Aïthras Wort auf diese zu.

AÏTHRA *ihr ins Gesicht sehend*

Wie – oder nicht?

DIE ELFEN *sehr gedehnt fragend*

Wie – oder nicht?

HELENA *bei Aïthra, halblaut*

Mir bangt vor dem Haus!
Verzaubert im Neuen,
mir bangt vor dem Alten!
Laß mich mich freuen,
laß mich ihn halten!

DIE ELFEN *wiederholen spöttisch ihr*

Wie – oder nicht?

HELENA *dringend*

Wo niemand uns kennt,
wo Helenas Name
ein leerer Hauch
wie Vogellaut,
von Troja nie
kein Ohr vernahm,
dort birg uns der Welt
für kurze Frist –
vermagst du das?

AÏTHRA *schnell, halblaut*

Zu Füßen des Atlas
liegt ein Tal,
ein zauberisch Zelt
bau ich euch dort –

HELENA *ebenso*
Und wie die Fahrt?
AÏTHRA
Auf meinem Bette!
Ihr legt euch liebend
und schlummert ein.
Den Mantel werf ich
über euch!
MENELAS *für sich*
Mit ihrem Entrücken,
Zwischen Jubel und Beklommenheit
mit ihrem Beglücken,
sie wenden mit Händen
das Herz in der Brust!
AÏTHRA
Der Mantel trägt euch,
und ihr erwacht
am leuchtenden Ort
zu zweien allein.
HELENA
Zauberin! liebste,
zu zweien allein!
MENELAS *mit den Augen an Helena hängend*
Ihr jähen Götter,
nun gebt mir mich selber,
nun gebt mir die Jugend,
schnell gebt sie zurück!
Damit ohne Zagen
ich wage zu tragen
dies völlige Glück!
AÏTHRA *zu Helena*
Das Nötigste nur
in einer Truhe,
ich schicke es mit!
Langsam, leise
Das Fläschchen vor allem,
Lotos, der liebliche
Trank des Vergessens,

dem alles wir danken!
Vielleicht bedarf es
etlicher Tropfen
von Zeit zu Zeit
Bedeutungsvoll
in seinen Trank –
oder in deinen –

MENELAS
Wie lieblich sie flüstern,
die reizenden Frauen,
wie klug sie blicken.

AÏTHRA
– damit das Böse
vergessen bleibe
und ruhe unter
der lichten Schwelle
auf ewige Zeit!

HELENA *mit ihr, wie ein Gebet*
Damit das Böse
darunten bleibe,
vergraben unter
der lichten Schwelle
auf ewige Zeit!

MENELAS *für sich, aber zugleich mit ihnen beiden*
O meine Tochter,
glückliches Kind!
Welch eine Mutter,
welch eine Schwester
bring ich dir heim!

Helena tritt auf die Schwelle zum Schlafgemach und blickt von dort nach Menelas um.

Menelas ist bei ihr, kniet vor ihr, drückt den Kopf an ihr Knie. Sie zieht ihn zu sich empor – der Vorhang zum Schlafgemach entzieht sie den Blicken.

Im Hauptgemach ist lautlos die Dienerin eingetreten. Aïthra winkt ihr, die Lichter zu löschen; sie selber ergreift den schwarzen Zaubermantel, der vor ihrem Thron liegt. Im Hauptgemach erlöschen die Lichter, so auch im Schlafgemach.

Aïhtra, den Mantel haltend, scheint noch zu zögern. Sie ist vom Mondlicht unsicher erleuchtet.

Im Nebengemach rechts wird bei schwachem Licht die Dienerin sichtbar. Sie legt Gewänder in eine Truhe, zuoberst Kostbarkeiten, darunter das Fläschchen, das sie in einen goldenen Behälter verschließt.

DIE ELFEN *leise, aber boshaft*

Auf ewige Zeit!
die teuren Seelen!
Auf ewige Zeit
das Beste verhehlen,
hahahaha!
Das darf nicht sein!

AÏTHRA *stampft auf*

Wollt ihr schweigen?

Sie wartet noch eine Weile, bis alles still wird; auch die Dienerin hat die Truhe verschlossen und ist auf ihren Armen eingeschlafen. Aïthra wendet sich jetzt, den Mantel schwingend, dem Schlafgemach zu.

Vorhang

ZWEITER AUFZUG

Ein Gezelt ganz aus Goldstoff, weit geöffnet auf einen Palmenhain, hinter dem das Atlasgebirge sichtbar wird. Zur Linken Eingang in den inneren Raum des Gezeltes. Hier steht eine Truhe mit reichen, vergoldeten Beschlägen.
Helena entnimmt dieser einen goldenen Spiegel und flicht Perlenschnüre in ihr Haar
Menelas schläft zu ihren Füßen auf einem Pfühl.

HELENA *indem sie ihr Haar aufsteckt*
Zweite Brautnacht!
Zaubernacht,
überlange!
Dort begonnen,
hier beendet:
Götterhände
hielten das Frühlicht
nieder in Klüften,
spät erst jäh
aufflog die Sonne
dort überm Berg!

Perlen des Meeres,
Sterne der Nacht
salbten mit Licht
diesen Leib:
überblendet
von der Gewalt
wie eines Kindes
bebte das männliche
schlachterzogene Herz.
Knabenblicke
aus Heldenaugen
zauberten mich

zum Mädchen um:
Zum Wunder ward ich mir selbst,
zum Wunder, der mich umschlang.

Aber im Nahkampf
der liebenden Schwäne
des göttlichen Schwanen Kind
siegte über den sterblichen Mann!
Unter dem Fittich
schlief er mir ein.
Als meinen Schatz
hüte ich ihn
funkelnd im goldnen Gezelt
über der leuchtenden Welt.

MENELAS *schlägt die Augen auf und blickt mit Staunen um sich*
Wo ist das Haus? Die Zauberin wo?
Er besinnt sich des jäh Erlebten
Wer bist du! ah! wie wüßt ich das nicht!
Sie wusch mich rein von Helenas Blut,
her führte sie dich und gab dich mir – – –
Mit einem Beiklang des erstaunten Nachsinnens
Doch welch ein Trank ward mir gegeben?
Wie sänftigt' jäh er meine Wut?
Wie fand ich Kraft, mich neu zu heben?
Dich zu umfangen, wie den Mut?

HELENA
Aufs neu von ihm muß ich dich tränken,
er sänftigt wunderbar dein Blut –
nie darfst du sie als Fremde kränken,
die dir auf deinem Lager ruht!
Sie geht gegen die Truhe.

MENELAS *immer in der gleichen fragenden Befangenheit*
Wie kamest du, dich mir zu neigen,
dem einsamen, verwaisten Mann?
Von wo sah ich empor dich steigen?
Wie zog ich dich zu mir heran?

HELENA *sich abermals ihm voll zuwendend*
Erkenne doch die Ewig Deine!

Tritt dir nicht unser Brauttag nah?
Erkenn in seinem sanften Scheine,
erkenne: dies ist Helena!

MENELAS

Der Brauttag rühret
mich geisterhaft an:
die Nymphe erküret
den sterblichen Mann.
Fast angstvoll gequält fragend
Aus welchen Reichen
steigt sie hervor,
ein herrliches Gleichen
dem Aug und dem Ohr?

HELENA

O laß zu dir dringen
das köstliche Hier,
der Gattin Umschlingen
im Zauberrevier!
Den Becher zur Hand,
ich bring ihn gleich,
der ewig dich bannt
ins Freudenbereich!
Sie wendet sich der Truhe zu, entnimmt ihr ein schönes Gewebe, worin der Becher eingehüllt; indem sie dies emporhebt, gleitet auch Menelas' krummes Schwert aus der Hülle und fällt ihr vor die Füße.

MENELAS *jäh, mit dem Blick auf das Schwert hinstoßend*

Was starret am Boden
von Edelgestein?

HELENA *indem sie davortritt, mit ihren Füßen das Schwert zu verdecken*

Das ist der Becher,
es gibt solchen Schein!

MENELAS *springt hin und faßt das Schwert, sie wegdrängend*

Dahin der Becher! Dies ist das Schwert!
Dies ist das Schwert, mit dem ich sie schlug!
Von allen unseligen Wesen der Welt
kam keines ihr nah – wie dies Schwert und ich!

Er wendet den Blick fast mit Grauen auf Helena
Reizende du,
Spiegelgebild,
flötende Stimme,
fliehe vor mir,
daß der Erwachte dich nicht jage!
Denn die Unglücklichen sind gefährlich,
wenn man sie reizet!

HELENA
Von dir jage die Helena denn,
du Ungeheuer unter der Sonne!

MENELAS
O süßes Gebild,
zu trüglicher Wonne
gesponnen aus
der flirrenden Sonne –
Luftsirene!
nicht nahe dich!
den Arm nicht dehne!
nicht fahe mich!
Wem ungeheuer
Grausen tagt,
dem Abenteuer
bleibt er versagt!
Er wendet sich, das Schwert an die Brust gedrückt, als wollte er vor ihr ins Ungewisse fliehen.

HELENA *indem sie das goldene Gehäuse, worin das Fläschchen, zusamt dem Becher in die Truhe zurückwirft*
Ohnmächtiger Trank, fahre dahin!
Dem Falschen die Falsche hast du vermählt –
der mich gesucht durch Flammen und Tod,
er flieht vor mir in die Wüste hinaus!
Aus flirrender Stille schlage der Blitz!
Dunkle Gewalt breche herein!
Was schein-versöhnt, entzweie sich neu!
Wir ducken uns nicht unter dem Streich,
entgegen recken wir unser Haupt!
Das Annahen einer Reiterschar, jäh wie ein Sturmwind, wird hörbar.

MENELAS

Aus flirrender Stille
was naht heran?
Durch rötlichen Staub
funkeln die Lanzen!

HELENA

Menelas! her!
Schütze, was dein ist!

Krieger der Wüste in Kettenpanzern, mit hohen Lanzen, eilen heran und nehmen im Hain, außerhalb des Zeltes, Stellung. Läufer stürmen herein, werfen sich vor Helena nieder.

Altaïr, der Fürst der Berge, ein königlicher Mann mit rabenschwarzem Haar, tritt heran, Bannerträger ihm zur Seite.

Altaïr läßt sich auf einem Knie vor Helena nieder, indem er mit der Hand die Erde, dann die Stirn berührt.

Die Läufer erheben sich und stellen sich im Hintergrund vor die Lanzenträger.

Altaïr erhebt sich auf ein gnädiges Zeichen von Helena und winkt seinem Gefolge. Die Läufer treten auseinander. Zwei schwarze Sklaven laufen hervor und breiten vor Helenas Füße einen golddurchwirkten Teppich.

Helena lächelt und setzt sich auf die Truhe, die mit ihren goldenen Beschlägen einem Thronsitz gleicht.

Menelas, das bloße Schwert in der Hand, tritt hinter Helena. Altaïr steht außerhalb des Teppichs.

Helena winkt ihm mit anmutiger Herablassung, den Teppich zu betreten.

Altaïr tut es, indem er am Rande des Teppichs noch einmal die Knie zur Erde beugt.

Helena sieht sich nach Menelas um und winkt ihm, sich neben sie zu setzen. Dann bedeutet sie Altaïr, indem sie ihr Kinn gegen ihn hebt, zu sprechen.

ALTAÏR *mit gesenktem Antlitz*

Mir ist befohlen,
ich breite dies Land
und seiner Söhne
feuriges Volk,
o Ungenannte,
vor deinen Fuß!

HELENA *lächelt*
Wer gab so schönen Befehl?
ALTAÏR *in gleicher Stellung*
So will es Aïthra,
so will es Morgana,
und Salome gebietet es so!
Der ich dies Land
zu Lehen trage,
von ihnen dreien
Königinnen –
Er hebt den Kopf und erblickt Helena
Du Göttin, die schön ist
wie steigende Sonne,
gewaltig gleich
einem Heer, das funkelnd
in heiligen Kampf zieht,
ich neige mich dir in den Staub!
HELENA
Fürst der Berge, wir grüßen und danken!
Sie steht auf und tritt auf Altaïr zu.
Menelas ist gleichfalls aufgestanden.
Das Gefolge tritt auseinander und gibt dem Blick eine Gasse frei. Hinten werden von Schwarzen große Truhen vorbeigetragen, so als nähmen sie die Richtung auf den rückwärtigen Zelteingang. Indem sich Helena wendet, stürzen drei bis auf die Augen verhüllte Mädchen zu ihren Füßen, in goldenen Schalen Ambra und Myrrhen darbietend. Die Mädchen sind schnell aufgesprungen, und ihre Stelle hat eine kleine Schar von schlanken Jünglingen eingenommen, fast noch Knaben – unter ihnen Da-ud –, die sich vor Helena mit gesenkten Häuptern auf die Knie werfen.
ALTAÏR *dies alles mit gebietender Gebärde beherrschend, aber den Blick leidenschaftlich auf Helena geheftet*
Eilig zusammengeraffte Gaben,
unwert des Hauches
deiner furchtbaren Lippen!
Befiehl, und im spielenden Kampfe
fließet das Blut dieser Knaben.
Jauchzend vergossen

für einen einzigen Blick
aus deinen goldenen Wimpern!
Er wirft sich nun auch vor ihr nieder und drückt den Saum ihres Gewandes an die Lippen.

MENELAS *auf dies alles hinblickend, leidvoll entrückt*
O Spiegelgebild!
So stand meine Frau
auf den Zinnen von Troja!
Lodernd so brannten
die Könige auf,
ach, und die Greise
bei ihrem Anblick,
und alle riefen:

DIE JÜNGLINGE – UND ALTAÏR – *springen auf, und indem sie ihre Schwerter aus der Scheide reißen und gegen den Himmel stoßen, rufen sie wild*
Heiße uns sterben im Sande
für einen einzigen Hauch
von deinen verschlossenen Lippen!

DA-UD *mit höchst gesteigerter Ergriffenheit eines jungen Herzens einen Schritt hervortretend*
Denn es ist recht, daß wir kämpfen
und daß wir sterben im Blachfeld
um dieser willen –
denn sie ist die Schönste auf Erden!
Dann verhüllt er sich und tritt hinweg.
Altaïr winkt und die Jünglinge, ihre blanken Schwerter gehoben, treten nach rückwärts und sind verschwunden.

HELENA *sucht mit dem Blick Menelas und tritt zu ihm*
Liebster, was ist dir? Bleib mir zur Seite!
Mich ängstigt dein Blick!

MENELAS
Mich ängstigt der deine, schöne Gattin!
Er ist mir zu jung, und zu wenig umnachtet!

HELENA
Du willst mir fliehen! Du willst mich lassen?

MENELAS
Was bedarfst du des armen Begleiters!

Der Namenlosen, der Fremdlingin, die über Nacht kam – knien sie hin und zücken die Schwerter und rufen:

DIE STIMMEN DER JÜNGLINGE

Heiße in spielendem Kampfe
fließen das Blut unserer Adern
für einen funkelnden Blitz
aus deinen furchtbaren Augen!

MENELAS

Bleibe bei ihnen! und mögen die Tage dir herrlich verstreichen!
Aber dies Schwert dort und ich, wir müssen uns leise verziehen.
Anderswo müssen wir hin!

HELENA

Ich lasse dich nicht von der Seite!

Menelas löst sich von ihr, er will zu dem Schwert hinüber. Sie umschlingt ihn fester.

ALTAÏR *für sich*

Vermessene Gunst dem schönen Begleiter!

MENELAS *mit einem fast irren Ausdruck*

Anderswo, anderswo müssen wir hin!

HELENA

Umschling ich dich mit wirklichen Gliedern?

MENELAS

Stille, wir müssen uns beide verziehen!
Anderswo, anderswo müssen wir hin!

HELENA

Kann nicht die Lippe der Lippe erwidern?
Sagt dir mein Kuß nicht, wer ich dir bin?

MENELAS

Anderswo, anderswo müssen wir hin!

ALTAÏR *für sich, zornig*

Unerträgliches Spiel! – Worüber zürnet dein Günstling?
Auch für ihn sind Geschenke im Zelt!
Er klatscht in die Hände
Zu Menelas
Schöne Waffen! vielleicht gefällt dirs,
Liebling der Göttin, aus ihnen zu wählen!
Schwarze, Jagd- und Kriegswaffen tragend, treten hervor.

MENELAS *mißt Altaïr mit einem hoheitsvollen Blick, nun völlig seiner selbst bewußt, stolz und ernst*
Herrliche Waffen hab ich geführt –
auf blachem Feld und in flammenden Gassen!
ALTAÏR *mit kaum verhohlener Geringschätzung*
Auch die Jagd kann Tapfre ergetzen.
Dir zu Ehren stell ich ein Jagen jetzt an,
Mit einem wilden Blick auf Helena
und das Wild wird, ich hoff es, der Jäger wert sein!
Da-ud tritt auf den Wink Altaïrs hinter einer Palme hervor und neigt sich vor Menelas, die Hand aufs Herz gelegt.
MENELAS *die beiden nicht beachtend, blickt sein Schwert an, das bei der Zeltstange hängt*
Das Wild wird, ich hoff es, der Jäger wert sein!
ALTAÏR *zu Menelas, mit zweideutiger Zudringlichkeit*
Gazellen spüren die Hunde dir auf,
der Jagd zum Begleiter gab ich Da-ud,
von meinen Söhnen den kühnsten!
Menelas steht seinen Gedanken hingegeben.
ALTAÏR
Ein junger Held
und Hirt über Herden,
von Hüften trocken,
von Händen kühn!
MENELAS *aus seinen Gedanken auffahrend, wie Teile des Gehörten in ihn eindringen*
Ein junger Hirt?
ein Königssohn?
Paris ist da!
Paris aufs neu!
ALTAÏR
Seines Schwertes Blitzen
ist Schreck den Räubern,
aber sein Auge
scheut noch Frauen,
fürstliche, fremde,
wie er zuvor nie gesehen!

MENELAS

Frech und verwegen
reckt er die Arme
nach meiner Frau!
Wo ist mein Schwert?

Da-ud steht mit gesenktem Haupt, in Bescheidenheit eines Befehls gewärtig.

Altaïr wirft Menelas einen Blick der Verachtung zu, gebietet Da-ud durch einen Wink, zu bleiben, und geht.

MENELAS *dreht sich jäh um und gewahrt den Jüngling*

Was ficht mich an?
Ein fremder Knabe –
Jagdhörner tönen lebhaft.
Ein fremdes Weib! ein fremdes Land!
Ein Abenteuer! ein bunter Traum!
Und Hörner laden zur Jagd!

Die drei Schwarzen treten heran, Jagdspeere und ein Hifthorn, auch einen leichten, silbernen Helm darbietend.

MENELAS *indem er gegen das Zelt-Innere tritt, wo andere Schwarze bereitstehen und sich anschicken, ihm statt des langen Oberkleides ein kurzes zu reichen*

Gerne, du Schöne,
folg ich dem Rat!
Wie du gebietest,
fremde Nymphe,
so stell ich mich an.

Er tritt hin und wird für eine kurze Zeit unsichtbar.
Helena betrachtet Da-ud.

DA-UD *schmilzt unter ihrem Blick und wagt nicht, die Augen zu heben, dann, mit plötzlicher Kühnheit*

Ich werde neben dir reiten!
Ich allein! jener nicht!
dein Begleiter – er darf nicht!

HELENA *lacht*

Knabe, hüte dich vor dem Feuer,
oder du schmilzest wie Wachs.

DA-UD *den brennenden Blick zu ihr hebend*

In den Armen des landlosen Königs,

des Abendländers mit falbem Haar,
hast du das Feuer nicht fürchten gelernt!
Er kennt es selber nicht!
Er kommt aus dem Mondscheinland –
Du aber bist geboren zur Herrin
über die Länder der Sonne,
und ich bin geboren
zu deinem Knechte
bis in den Tod!
So seh ichs geschrieben,
und so wird es geschehen.

Er sinkt vor sie hin, die Stirn auf ihrem Fuß, dann erhebt er sich blitzschnell und verschwindet.

Helena wendet sich lachend von ihm.

Menelas zur Jagd gekleidet, aber noch nicht gewaffnet, tritt aus dem Zelt.

Helena nimmt dem Sklaven den Helm ab und reicht ihn Menelas.

MENELAS

So schön bedient,
du reizende Nymphe,
zog ich schon einmal
hinaus zur Jagd!
Am nächsten Morgen
dann kam ich nach Haus –
leer das Nest!
Fort war das Weibchen –
und kam nicht wieder!
Das ist ein Lied von einer Toten.
Wie ist dein Name, schönes Wesen?
Gestern zur Nacht
war ich verwirrt!
Ich hab ihn nicht richtig gehört!

HELENA

Meinen Namen?
O du Verstörter!
Deiner Seele Seele
hauchst du von dir,
wenn du ihn rufest!

MENELAS *mit zerstreutem Blick*
Was du redest, ist lieblich,
schöne Sirene!
Gerne stünd ich und lauschte
bis an den Abend
der silbernen Stimme!
Aber dies Schwert
will fort auf die Jagd,
und Hörner rufen nach mir!
Er nimmt das Schwert und drückt es an sich.

HELENA
Zur Jagd auf Gazellen
die furchtbare Waffe!
Sie will ihm das Schwert aus der Hand nehmen
Fort mit ihr! ins Zelt hinein.

MENELAS *entzieht ihrs*
Vergiß nicht, Göttin: dies Schwert und ich,
wir beide gehören zusammen.
Dein ist dies Zelt
und viele Schätze,
schiffbrüchig irr ich,
ein gramvoller König,
in fremdem Bereich.
Dies Schwert ist alles,
das mir geblieben;
nicht rühre daran!
Die Jagdhörner rufen stark.
Menelas küßt das Schwert und steckt es in den Gürtel.

HELENA
Mit einem Blick der sehenden Augen
erkenne mich wieder!

MENELAS
Solche Blicke
kosten zu viel
dem armen Herzen!
Und sie fruchten zu wenig.
Denn wer wegging zur Jagd
und kehret heim zu seinem Weibe –

er kann nie wissen,
ob er die gleiche wiederfindet!
Die Hörner rufen mit Entschiedenheit. Er eilt weg, nachdem er das Schwert in seinen Gurt gesteckt hat. Die ihm nacheilenden Sklaven bieten ihm Jagdwaffen dar: der eine Bogen und Köcher, der andere leichte Spieße – von diesen ergreift er zwei und verschwindet.

HELENA
Menelas! Steh! – er ist dahin!
Und kehrt er zurück – wie ihn entzaubern?
Zu kindlich ist ihm die Miene der Nymphe,
zu jung und arglos des Auges Blick
und zu fremd seinem Herzen!
Drei Sklavinnen, die Gesichter hinter Goldschmuck verborgen wie hinter einem Visier, kommen spähend aus dem Zelt-Innern hervor.

HELENA *ohne ihrer zu achten*
Zaubergerät zieht uns hinüber –
zurückzukehren – das ist die Kunst!
Aïthras Becher war zu stark –
und nicht stark genug – für Menelas' Herz!
Die drei Frauen haben in Helenas Rücken die andere Seite der Bühne gewonnen. Auf einen Wink der Mittelsten eilen die beiden andern zur Truhe hin, öffnen sie und suchen nach etwas. Die Mittelste, Aïthra, schiebt das goldene Visier auseinander und enthüllt sich.

HELENA *freudig*
Aïthra! Liebe, Herrliche!
O Zauberin! schnellhörende!

AÏTHRA
Schweig! Dich zu retten flog ich her!
Sie blickt mit Spannung auf die beiden, welche die Truhe durchwühlen.

DIE EINE VON AÏTHRAS DIENERINNEN *das goldene Gehäuse emporhebend*
Die Fläschchen beide unberührt!

AÏTHRA *freudig*
Oh, unberührt! Nun küß ich dich

vor Freude – du Gerettete!
O hör, was mich in wilder Hast
herjagt zu dir –

HELENA *dunklen Tones*
Nicht um den Trank
bedarf es, daß du fliegend eilst!
Ich will ihn nicht! Ich brauch ihn nicht!

AÏTHRA
Versteh mich doch, du Liebliche!
Die Dirne dort, die lässige,
ihr schläferte, so legte sie
das Goldgehäuse in die Truh –
zwei Fläschchen hält es: siehe die,
wie leicht du die verwechseltest!

HELENA
Und was enthält das andere dann?

AÏTHRA
Erinnerung! die gräßliche,
vor der mit meinem letzten Hauch
ich deine Lippe wahren will!

HELENA
Erinnerung!

AÏTHRA *ohne ihren Ton zu achten*
Der Höllentrank,
vor dem wie Gift des Tartarus
die Götter fliehn, die seligen!

HELENA *greift nach dem Fläschchen*
Dies ist –

AÏTHRA *entzieht ihrs, hebts hoch empor*
O nicht den Duft davon,
solang ich dir es wehren kann!

HELENA *sehr bestimmt*
Dies ist der Trank, den ich bedarf!
Erinnerung!

AÏTHRA
Du rufst das Wort,
du Ahnungslose, silbern hin –
und schaffst, wenn dirs die Lippe netzt,
dich zur Lebendig-Toten um!

HELENA

Zur Tot-Lebendigen hat dein Trank
mich umgeschaffen diese Nacht.

AÏTHRA

Gerettet, Liebste, hat er dich
vor nahem Tode durch sein Schwert.
Besänftigt herrlich schlief er ein
und kannte dich für Helena
und küßte dich für unberührt.

HELENA

Er kennt mich für ein fremdes Weib,
das du zur Nacht ihm zugeführt,
und wähnt, daß er mit mir betrog
die Helena, die tot er wähnt!

AÏTHRA

Du Selige, so bist doch dus,
die immer wieder siegt und siegt!

HELENA

Die eitle Freude laß dahin!
Ich siege heute oder nie
und hier durch diesen Trank allein!

Sie ergreift das Fläschchen, ungeachtet Aïthras Widerstand. Auf Helenas Wink haben die beiden Dienerinnen aus dem Zelt-Innern einen Dreifuß gebracht, darin ein Mischkrug, sowie zwei andere Krüge, worin Wein.

Unter dem Folgenden geschieht das Mischen des Trankes und das Einträufeln des Balsams aus dem Fläschchen von ihnen und Helena zusammen.

AÏTHRA

O dreifache Törin!
den Trank, du Göttin,
verschmähest du mir!

HELENA

Gehorchet und mischet,
was einzig mir frommt,
wenn heiß mein Jäger
zum Zelte mir kommt!

AÏTHRA *schmerzvoll*

O dreifache Törin!

HELENA *zu den Mischenden und Umgießenden*
Und noch und noch!
und nicht genung
vom dunklen Trank
Erinnerung!

AÏTHRA
Den einzigen Balsam –

HELENA
Aufzuckt die Flamme
alter Qual:
vor ihr das Hier
wird öd und fahl.

AÏTHRA
– das süße Vergessen! –

HELENA
Doch was dahin,
das tritt hervor
geistmächtig aus
dem dunklen Tor.

AÏTHRA
– verschmähest du mir!

HELENA
Und was von drunten
wiederkommt,
ist einzig, was
dem Helden frommt!

ZU DREIEN, HELENA UND DIE DIENERINNEN
Und noch und noch
und nicht genung
vom Zaubertrank
Erinnerung!

AÏTHRA *indem sie schnell das goldene Schmuckvisier vor ihr Gesicht fallen läßt*
Habet acht!
Altaïr nähert sich dem Zelt, zwischen den Palmen hervortretend.

HELENA
Wer kommt?

Sie winkt den Dienerinnen, schnell mit den Geräten ins Zelt-Innere zu verschwinden.

ALTAÏR *stehenbleibend*

Der begnadete Vogelsteller,
dem der herrlichste Vogel der Welt
mit rauschendem Fittich flog in sein Netz!

HELENA

O Wirt ohnegleichen! welche Rede!

ALTAÏR *einen Schritt auf sie zu*

Diese, die dem Liebenden ziemet!

HELENA

Mit was für Schritten wagst du zu nahen?

ALTAÏR

Mit denen des Jägers, naht er der Hindin.

HELENA

Was für ein Blick?

ALTAÏR

Bald dir der vertraute!
Hörst du die Pauken?
Dir zu Ehren geb ich ein Fest,
ein nächtliches Gastmahl ohnegleichen!
Dicht bei ihr
Meine Gastmähler sind gefährlich
für landlose wandernde Fürsten –
aber die Schönheit weiß ich zu ehren!
Das wirst du erkennen,
du Ahnungslose,
du pilgernde Unschuld!
Helena lacht.

ALTAÏR

Lache nicht, Herrin!
Du hast wenig erlebt, und dürftiges Land nur betreten
als eines fahrenden Mannes scheue, geduldige Sklavin.
Aber ein Ohne-Land, solch ein Herr ohne Knechte
darf nicht die Fackel der Welt in seinem Bettelsack tragen:
denn sie ist stärker als er und zündet ihm nachts das Gezelt an.

DIE DIENERINNEN *sind unterdessen ohne die Geräte wieder herausgetreten, und folgen mit den Augen der Jagd*
Hei! die Gazelle!
Der Falke hat sie!
Sie bricht zusammen.
Beide zugleich
die kühnen Reiter
stürmen dahin!
Herrliche Jagd!

ALTAÏR
Du bist die Schönste auf Erden:
um einen Blick deiner Augen
schmachtend im Sande verderben,
das überlaß ich den Knaben!
Denn ich weiß anders zu werben!

HELENA
Hüte dich, Fürst,
du Schnellentflammter!
Über den Gast
wachen die Götter,
und einen jeden
gleich einer Wolke
hüllen sie ein
in sein Geschick!

AÏTHRA *zwischen den Zeltvorhängen halbverborgen Helena zurufend*
Helena, ich lache!
deine Bedrängnisse alle,
ach, deine Schmerzen
sind die Kinder
deiner Schönheit –
und sie gleichen
immer doch wieder
ihrer goldenen Mutter!
Ja, sie glänzen wie Purpur und Gold!

ALTAÏR *Helena Schritt für Schritt folgend, indessen sie vor ihm zurückweicht*
Flammen und Waffen

statt Blumenketten,
dich zu erraffen
aus stürzenden Städten!
Über dem Brande
hoch der Altan –
des Herrschers Zelt –
und die Schönste
dem Stärksten gesellt!
Und stürben darüber
Zehntausende hin,
verwehre ihr Seufzen
der nächtlige Wind,
verwehe ihr sterbendes Stöhnen!

DIE STIMMEN DER JÜNGLINGE
Im Sande verschmacht ich als ein Verfluchter
der dich gesehen und nicht besessen!

DIE DIENERINNEN *lachen hell auf*
Beide zugleich
werfen den Spieß!
Beide treffen!
Herrliche Jagd!

DIE ERSTE
Aber was jetzt?
Helena, sieh!

DIE ZWEITE *voll Staunen*
Sie heben die Waffen!

DIE ERSTE
Der das Schwert!
Menelas, ha!

DIE ZWEITE
Der den Spieß!
sich zu wehren!

BEIDE
Gegeneinander!
Gellend
Elelelei!

ALTAÏR *nur seiner Leidenschaft hingegeben*
Hörst du die Pauken?

Heute zur Nacht
dir und mir
und keinem Dritten
bereit ich ein Fest!
Aïthra wendet sich nach rückwärts zu den Dienerinnen.

DIE ERSTE
Den Rappen herum
reißt Da-ud.
Vor Menelas flieht er.

DIE ZWEITE
Menelas jagt
hinter ihm her!

AÏTHRA
Der Rappe ist schneller –
den Hügel hinan!

DIE ERSTE
Er fliegt ihm nach!

DIE ZWEITE
Er holt ihn ein!

AÏTHRA
Ha, der Abgrund
hinterm Hügel!
Achte dein Leben!

DIE ZWEITE *schreit*
Elelelei!

ALLE DREI
Ah! er stürzt!
Weh, Da-ud!
weh, Da-ud!
Die Hörner blasen heftig die Jagd ab.

ALTAÏR *den trunkenen Blick auf Helena*
Der Knabe stürzt!
Stürze er hin!
Pfeile im Köcher,
Söhne im Zelt
hab ich genug!
Aïthra und die Dienerinnen laufen zu Helena, umgeben sie schützend.

AÏTHRA

Was immer dir nahe,
ich bin bei dir!

Schwarze bringen von rückwärts auf einem Teppich den toten Da-ud getragen und legen ihn in die Mitte nieder.

Altaïr ist Schritt für Schritt zurückgewichen und tritt jetzt hinter den äußeren Vorhang des Zeltes.

Aïthra und die Dienerinnen nähern sich dem Toten.

Die Sklaven sind sogleich verschwunden.

Helena steht rechts von den sich um Da-ud mühenden Frauen.

Indem tritt Menelas, das bloße Krummschwert in der Hand, rechts hervor.

Sein Auge ist starr und furchtbar, als verfolge er einen Schritt für Schritt vor ihm zurückweichenden Feind. So dringt er mit schweren Schritten bis gegen die Mitte vor, wie angezogen von Da-uds Gegenwart, aber ohne ihn eigentlich zu sehen. Aïthra und die Dienerinnen werden den Herannahenden gewahr und springen erschrocken auf, ihm die Hände in Abwehr entgegenstreckend.

ALTAÏR *links hinter dem Zeltvorhang hervorspähend*

Sein Schwert wird schwingen
der Mann der Schönsten –
so steht es geschrieben!
bis ihn erreichet
das stärkere Schwert!

Menelas, wie ein Mondsüchtiger, bleibt vor dem Toten stehen.

HELENA *ihm entgegentretend, ihn sanft anrufend*

Mein Geliebter! Menelas!

MENELAS *wird mit einem Schlag wach und lächelt sie unbefangen an*

Helena, du?
Wie kamest du her?
O Traumgebild!

HELENA

Die Waffe da,
die furchtbare, gib!

Sie windet ihm sanft das Schwert aus der Hand.

MENELAS *lächelnd*

Die Waffe hier –

was sollte sie mir?
Er läßt ihr das Schwert.

HELENA
Gegen den Knaben,
den arglosen, sieh!
gegen den Gastfreund,
der mit dir jagte,
hobest du sie zu tödlichem Streich!
Sprech ich die Wahrheit? Menelas! Rede!

MENELAS
Gegen ihn erhob ich die Waffe? Warum nur?
Er sinnt nach
Ja, er reckte frech und verwegen
seine Arme –

AÏTHRA *schnell einfallend*
Nach der Gazelle!

DIE BEIDEN DIENERINNEN UND AÏTHRA
Nach dem Wilde! Hahahaha!
Schien dir das Wild deine Frau?
Menelas steht betreten, sein Gesicht verdunkelt sich.

HELENA *geht nach vorne und winkt Menelas, ihr zu folgen*
Menelas, merke jetzt meine Rede!
Du wähltest wissend die tödliche Waffe –
Menelas hebt erschrocken die Hände übern Kopf.

HELENA
Du wolltest, daß in diesem Knaben
Paris von Troja noch einmal stürbe!

MENELAS
Wer spricht das? Furchtbares Wort!

HELENA
Helena spricht.

MENELAS
Sie spricht zu mir –
Vor sich
und ich höre die andre!
Mein Leib ist hier,
die Seele drunten –
gedoppelt leb ich

am zwiefachen Ort!
Das darf nicht sein!
Sich Helena zuwendend
Wo berg ich mich,
in welcher Höhle,
daß dich mein Schicksal
nicht beflecke,
o Reine du!

HELENA
Uns birgt keine Höhle
vor unserm Geschick,
sondern wir müssen ihm stehn. –
Freventlich hassest du Paris
über sein Grab
und verfolgst in der Welt
noch sein schuldloses Bildnis
in einem wehenden Baum
oder einem Knaben –
aber nicht um der Rache willen,
sondern dies ist der einzige Weg,
nahezukommen – Menelas, sage mir, wem?

MENELAS
Ihr, die tot ist, und allen Toten,
die um mich starben, unbedankt!

HELENA
Ihr, die lebt und bei der zu bleiben
einzig trachtet dein Herz,
mich verschmähend.
Denn sie und nicht ich –
sie ist deine Frau!

MENELAS *zurücktretend*
Wer hat dich gelehrt,
das zu wissen,
was selber zu ahnen
ich mir verbiete?
Er birgt das Gesicht in die Hände.

HELENA
Die Waffe da hat michs gelehrt!

Sie winkt einer der Dienerinnen und gibt ihr das Schwert, es wegzutragen.
Zu Menelas
Du aber bedarfst
einen heiligen Trank,
einen gewaltig starken!
Dank sei den Göttern,
sie sind weise,
den hab ich im Zelt!
Sie winkt den Dienerinnen, die mit dem Mischkrug und den kleineren Krügen herantreten und mit fürchterlichem Ernst unter streng vorgeschriebenen Gebärden und Handreichungen das unterbrochene Werk der Bereitung des Trankes fortsetzen. – Indem sie Helena in rhythmisch wiederkehrenden Abschnitten den Mischkrug reichen, träufelt diese aus dem Fläschchen den Zaubersaft hinein.

MENELAS *indessen zu dem toten Da-ud hintretend, den sodann Schwarze von der Erde heben und nun, ihn haltend, regungslos dastehen*
Unter geschlossenem Lid
straft mich dein brechendes Auge.
Aber, mein Freund, dahin er dich sandte –
den gleichen Weg gehet nun Menelas auch.
Die zum Fest ladende Pauke scheint sich indessen zu nähern. Das Annahen von Menschen, die Einholung zum Fest wird fühlbar.

DIE ERSTE DIENERIN *von der Arbeit aufstehend, nach hinten horchend*
Wahre dich, Herrin!
Hörst du die Pauke?
Altaïrs Feste
sind gefährlich.

AÏTHRA *hinzutretend, nachdem sie auf das Herankommende gehorcht hat*
Gefahr umgibt dich!
Nicht jetzt den Trank,
es ist nicht die Stunde:
ich warne dich!

DIE ZWEITE DIENERIN

Seine verschnittenen Knechte,
unter dem weibischen Kleid
tragen sie Panzer
und schmeidige Klingen!

AÏTHRA

Ich warne dich.

HELENA *ist mit dem Mischen des Trankes fertig*

Aïthra! Schweige!
Jetzt und hier
beginnet Helenas Fest.

Während des Obigen und im gleichen feierlichen Rhythmus wie links die Zeremonie des Mischens vor sich geht, haben rechts Schwarze Menelas umgeben, ihm den Panzer abgeschnallt, den Helm vom Kopf genommen, setzen ihm eine funkelnde Tiara auf.

Es ist indessen im Bereich des Zeltes dunkel geworden, von draußen her naht Halbhelle vor Mondaufgang. Links leuchten Sklavinnen, rechts schwarze Sklaven zu den beiden Zeremonien. Nun wird draußen die Spitze des Zuges sichtbar: Gestalten in prächtigen Gewändern, mann-weibisch, die Hälfte des Gesichtes verhüllt, Schwarze und Weiße vermischt. Etliche tragen Lampen in den Händen. Hinten im Zug werden Banner sichtbar, sowie die dröhnende Pauke.

DIE SKLAVEN ALTAÏRS *vor dem Zelt auf den Knien*

Die wir zum Feste dich laden,
empfange die Boten in Gnaden!
Liebessklaven –
o rasende Schickung,
qualgeschieden
vom Reich der Entzückung!

AÏTHRA *zu Helena*

Gefahr ist nah:
wir müssen uns wahren,
laß den Trank!
All unserer Sinne
bedürfen wir jetzt.

DIE SKLAVEN
Wächter der seligen Stunde,
wir unausdenklich Betrübten!
Aus unserem weibischen Munde
höre den Schrei des Verliebten:
Im Sande verschmacht ich als ein Verfluchter,
der dich gesehen und nicht besessen!
Helena tritt hin.
Die Sklaven werfen sich nieder, die Stirnen in den Staub.

HELENA
Zurück und harret
an der Erde,
bis man euch ruft.
Auf einen Wink Helenas ziehen die Dienerinnen den Zeltvorhang zu.

HELENA *zu einer der Dienerinnen*
Des Königs Schwert!
Eine der stummen Sklavinnen geht ins Zelt-Innere.

AÏTHRA *zur ersten Dienerin*
Das Ohr an dem Boden! Was erhorchst du?
Poseidon, höre! Aïthra ruft!

DIE SKLAVEN *außen*
Weh dem Unterliegenden,
den die Träne näßte!
Weh dem Ausgeschlossenen
vom Lebensfeste!
Ah hu! Ah hu! Ah hu!
Die Sklavin bringt das Schwert. Helena winkt ihr, es über sich zu halten, wobei die Sklavin ihr Haupt verhüllt.

HELENA *der eine andere der Sklavinnen den Becher gereicht hat, indem sie diesen enthüllt*
Menelas, siehe dein Schwert!

MENELAS
Den Becher seh ich, den du mir bringst!

DIE ERSTE DIENERIN *zu Aïthra*
Ein Rollen hör ich
von Meereswogen,
als stürze Springflut
ins innere Land.

AÏTHRA
Das sind die Meinen.
Helena, hörst du?
Rosse und Reiter
aus der Kraft des Meeres:
Poseidon schickt mir
die herrliche Schar!

HELENA *indem sie den Becher hinhält und ihn aus dem kleinen Kruge füllen läßt*
Störe mich nicht!

AÏTHRA
Gefahr ist nahe!
Rettung auch!
Wahre dein Leben!
Du wagst zu viel!

HELENA
Alles wage ich jetzt!

AÏTHRA
Vom lieblichen Lotos
einen Becher,
und lebet selig
heute wie gestern
immer aufs neu!

MENELAS *vortretend*
Weib, tritt hinweg!
Unnahbare Stunde
hebt jetzt an.
Aïthra und ihre Dienerinnen kauern rechts hin, verhüllen sich.

MENELAS *vor Helena hintretend*
Helena – oder wie ich sonst dich nenne –
Zaubergebild, mir zum letztesten Gruß auf Erden gesendet,
mich zu trösten, bist du dort auf die Insel gekommen,
um den verlorenen Mann, der mit der furchtbaren Waffe
rechtmäßig grausam seines Schicksals Gefährtin ermordet,
schlangest du sanft deinen Arm – für eine Nacht ihm gegeben,

Reinigerin! und nun stehst du vor mir und reichst mir den Becher,
und wenn der Trank mir die Adern durchfließen wird, bin ich ein Toter.

HELENA

Warum macht dich dies lächeln? Du lächeltest jetzt wie ein Knabe!

MENELAS

Weil ich gedenke, daß Ehegatten der Tod nicht scheidet, o Herrin!
Darum lächle ich jetzt.

HELENA So völlig gehörest du jener?

MENELAS

Warum zitterst du da?

HELENA Soll ich dich auf immer verlieren?

MENELAS

Hast du mich jemals besessen? Laß mich der Toten und lebe!

Helena führt den Becher an ihre Lippen.

MENELAS

Nicht netze die Lippen,
mir ist er bestimmt!

HELENA

Du trinkst es der andern –,
ich trinke mit dir!
Sie trinkt und hält den Becher dann empor.

MENELAS *in düsterer Ungeduld*

Gefährten warten
tausend dort!
Um Menelas' willen
und seines Weibes,
der untreuen Schönen,
zogen sie hin.
Sie heben die Hände,
sie rufen kläglich –

DIE SKLAVEN *draußen schauerlich kläglich*

Weh dem Unterliegenden,
den die Träne näßt!

Weh dem Ausgeschlossenen
vom Lebensfest!
Ah hu! Ah hu! Ah hu!

MENELAS
Gräßlicher Laut!
Wer rief so gräßlich!
Sind es die Meinen?
Um ein Gespenst
starben sie hin? –
Man hört das Lachen der Elfen, jäh und stark.
Gespenster nun selber –
entmannte Schatten!
Wer narrt mich?
Den Todestrank mir!
oder ich sterbe
durch dieses Schwert.

HELENA *ihm feierlich den Trank darbietend*
Bei jener Nacht, der keuschen, einzig einen –
die einmal kam, auf ewig uns zu einen –
bei jenen fürchterlichen Nächten,
da du im Zelte dich nach mir verzehrtest –

MENELAS *vor sich*
Welche Worte
aus diesem Mund –
Unverrückt,
ihr ewigen Götter,
laßt meinen Sinn!

HELENA
Bei jener Flammennacht, da du mich zu dir rissest
und mich zu küssen strenge dir verwehrtest,
und bei der heutigen endlich, da du kamest,
aus meiner Hand den Trank des Wissens nahmest:
In großer Erhebung
Bei ihr, die mich aufs neu dir schenkt,
trink hier, wo meine Lippe sich getränkt!

MENELAS *nachdem er den Becher geleert, in einem jähen Aufschrei*
Wer steht vor mir?
Er greift nach dem Schwert.

HELENA *lächelnd*
Aïthra! er wird mich töten!
AÏTHRA *springt auf die Füße*
Helena! Lebe! sie bringen dein Kind!
MENELAS *läßt das Schwert sinken und starrt Helena an*
Tot-Lebendige!
Lebendig-Tote!
Dich seh ich, wie nie
ein sterblicher Mann
sein Weib noch sah!
Er wirft das Schwert weg und streckt die Arme nach ihr, wie nach einem Schatten.
Helena blickt ihn voll an.
MENELAS
Ewig erwählt
von diesem Blick!
Vollvermählt!
O großes Geschick!
O wie du nahe,
Unnahbare, scheinest,
beide zu einer
nun dich vereinest!
Einzige du,
Ungetreue,
Ewig-Eine,
Ewig-Neue!
Ewig geliebte
einzige Nähe!
Wie ich dich fasse,
in dich vergehe!
AÏTHRA
Ohne die Leiden,
was wärst du gewesen,
ohne die beiden
herrlichen Wesen!
Ohne die deine
Ungetreue,
Ewig-Eine,
Ewig-Neue!

HELENA
Deine, deine
Ungetreue,
schwebend überm
Gefilde der Reue!

ALTAÏR *mit seinen Sklaven, welche die Dolche schwingen, durch die seitlichen Zeltvorhänge jäh hereindringend*
Zu mir das Weib!
In Ketten den Mann!
Er brach das Gastrecht,
raffet ihn hin!
Die Sklaven bemächtigen sich Helenas und Menelas' und reißen sie auseinander.
Hinter dem Zelt erhebt sich ein dumpfes Klirren, immer gewaltiger, als schüttle ein Sturm einen Wald von Eisen.

AÏTHRA *jubelnd*
Das sind die Meinen!
Helena, Heil!
Sie reißt den Zeltvorhang zurück. Draußen im vollen Mond steht wie eine Mauer eine Schar Gepanzerter in blauem Stahl, die Gesichter vom Visier verhüllt, die Arme über dem Heft des bloßen Schwertes gekreuzt, die Schwerter auf den Boden gestützt. Im Halbkreis, den sie bilden, mittelst auf einem weißen Rosse das Kind Hermione, völlig in Goldstoff gekleidet.

DIE GEPANZERTEN *höchst gewaltig, ohne sich zu regen*
Nieder in Staub!
Zitternd entfleuch!
Oder wir stürzen
wie Blitze auf euch!

AÏTHRA *in der Mitte, ihr Antlitz enthüllend*
Aïthra ist da!
Böser Knecht!
Unbotmäßiger
wilder Vasall!

ALTAÏR *mit den Seinen sich in den Staub werfend*
Aïthra! wehe!
Weh Altaïr!

AÏTHRA
Helena! siehe! sie bringen das Kind!

Das Kind Hermione wird von zwei Gewappneten vom Pferde gehoben und tritt heran.
In der Mitte, auf einen Wink Aïthras, bleibt sie stehen. Das volle Licht fällt auf sie: in ihrem goldenen Gewand und goldenem Haar gleicht sie einer kleinen Göttin.

HERMIONE
Vater, wo ist meine schöne Mutter?

MENELAS *den Blick trunken auf Helena geheftet*
Wie du aufs neue
die Nacht durchglänzest,
wie junger Mond
dich schwebend ergänzest!
Er wendet sich gegen das Kind
O meine Tochter,
glückliches Kind!
Welch eine Mutter
bring ich dir heim!
Zwei der Gepanzerten heben Hermione wieder in den Sattel. Zugleich werden die für Menelas und Helena bestimmten beiden herrlich gezäumten Pferde vorgeführt.

HELENA UND MENELAS *zusammen*
Gewogene Lüfte, führt uns zurück!
Heiliger Sterne salbende Schar!
Hohen Palastes dauerndes Tor,
öffne dich tönend dem ewigen Paar!
Indem sie sich anschicken, die Pferde zu besteigen, fällt der Vorhang.

ZU ›DIE ÄGYPTISCHE HELENA‹

TEXTERWEITERUNG IM OPERNBUCH

Im Opernbuch heißt es in der Rede der Aïthra vor dem Auftreten der Helena (vgl. S. 431):

Mit der berühmtesten, der gefährlichsten, der herrlichsten Frau der Welt.

Was wir sagen, da wir sehnten
träumend uns aus uns hinaus,
einmal kommt es, nächtig, prächtig,
unversehens uns ins Haus!

Sie zieht sich langsam zurück in ein Seitengemach nach rechts.

DIE HANDLUNG (1928)

Der erste Aufzug

Troja ist gefallen. Menelas hat Helena, seine geraubte Gattin, die Ursache eines zehnjährigen Krieges, zurückgewonnen und segelt mit ihr der Heimat zu. Abgesondert von ihr verbringt er die Nächte; für ihn steht es fest; sie muß als Sühnopfer verbluten, am Altar der heimatlichen Götter, oder schon hier auf dem Schiff, – und er selbst muß das Opfer vollstrekken, da oder dort, das fordert sein Gewissen: Sühne ist er unzähligen Toten schuldig, die für ihn dort vor der Feste gefallen sind.
Ein Sturm wirft das Schiff an den Strand einer Felseninsel. Hier herrscht eine Nymphe, eine ägyptische Königstochter, Aïthra, eine Geliebte des Meergottes Poseidon. Ihren Palast betritt Menelas, mit ihm Helena, die er schwimmend gerettet. Nun steht sie ihm hier in einem schön erleuchteten Saal gegenüber, schön wie immer und frevelhaft kühn. Er hat das Urteil über sie längst gefällt: hier und sogleich muß er es vollziehen, das fühlt er; er darf es nicht länger aufschieben, oder er vollzieht es nie und wird dadurch zum Frevler an den Göttern und Menschen. Er zieht sein krummes Schwert, es ist das gleiche, mit dem er Paris getötet; jetzt zückt er es gegen die Buhlerin.
Die Nymphe Aïthra, hinter einem Vorhang verborgen, ist voll Mitleid für die schönste und berühmteste Frau der Welt. Sie ruft ihre Elfen auf, lemurische Halbwesen, die im Mondschein auf den Felsen der Insel hocken, und heißt sie einen Trug ins Werk setzen, der Helena wenigstens für den Augenblick rettet. Die Elfen machen einen wilden kriegerischen Lärm. Menelas glaubt die trojanischen Signale wieder zu hören, Geklirr trojanischer Waffen. Er hört ganz deutlich die Stimme des Paris, der ihn zum Kampf herausfordert, und stürzt hinaus, den toten Paris noch einmal zu töten oder, wenn es ein Gespenst ist, das Gespenst zu erwürgen.
Die beiden Frauen sind allein. Aïthra hat einen wunderbaren

Trank zur Hand, aus Lotos bereitet, »schnelles Vergessen jeglichen Übels«. Helena trinkt und wird ruhig wie ein Kind, sie hat fast vergessen, was ihr bevorsteht, wenn ihr Mann mit dem Dolch zurückkommt. Aïthra läßt von ihren Dienerinnen Helena auf ihr eigenes Bett zur Ruhe legen, dann tritt sie Menelas entgegen. Dieser stürmt jetzt herein, hochgeschwungen den Dolch, von dem er Blut herabträufeln sieht (während wir, die Zuschauer, sehen, daß der Dolch blank und trocken ist) – denn er hat ihn da draußen zwei Truggestalten in den Rücken gestoßen, von denen er meint, sie wären Helena und Paris. Und nun erzählt ihm Aïthra ein Märchen, das sie mit frauenhafter Schlauheit genau berechnet auf den Zustand, in dem er sich befindet, den Zustand eines von zu großen Aufregungen und Anspannungen Verstörten, der selber seinen Sinnen und seinem Kopf nicht mehr traut und dem nichts mehr unmöglich erscheint. Sie erzählt ihm, daß er seit zehn Jahren das Opfer eines Phantoms sei, und mit ihm alle Griechen; daß es ein Gespenst sei, welches er in jener Brandnacht aus der Stadt herausgetragen, ein Gespenst, das er eben auf seinem Nacken aus dem Meer gerettet habe – und zugleich gießt sie ihm von dem Beruhigungstrank ein, der das Bewußtsein in einen halbträumenden Zustand hinüberführt, und bittet ihn dann, leise zu sein: denn nebenan, auf ihrem Lager, schlummere eben Helena, die wirkliche Helena, welche damals vor zehn Jahren die Götter entrückten und hierher nach Ägypten trugen, in die Burg von Aïthras Vater, wo sie wohlbehütet, ohne zu altern, die Zeit durch schlummerte.

Das Nebengemach ist plötzlich strahlend erhellt, ein Vorhang teilt sich, auf einem breiten Lager schlägt Helena die Augen auf, steigt herab, völlig mädchenhaft lehnt sie den Kopf an Menelas' Schulter, und er kann dem Übermaß an unverhofftem Glück nicht widerstehen; er glaubt, was als herrliche Wirklichkeit vor ihm steht. Leise flüstert Helena zu Aïthra, sie möge sie und ihn durch Zauberkunst irgendwohin entrücken, wo der Name Helena unbekannt sei, von Troja und dem großen Krieg nie jemand gehört habe. Flüsternd sagt es Aïthra zu, die Wiedervereinigten überschreiten die Schwelle des Schlafgemachs und der Vorhang fällt.

Der zweite Aufzug

Sie erwachen miteinander in einem Palmenhain, am Fuß des Atlas. Der scheinbar gelungene Betrug aber hat Helena nur den halben Menelas zurückgegeben, ja weniger als den halben. Wie er jetzt erwacht nach dieser zauberischen Liebesnacht (denn sie haben die Reise durch die Luft im Schlaf zurückgelegt, getragen von Aïthras Zaubermantel), streift er die herrliche Frau mit einem scheuen Blick. Eigentlich hat er Angst vor ihr. Denn daran hält seine verstörte Einbildungskraft fest, er habe gestern nacht dort auf der Insel der Aïthra mit seinem furchtbaren Krummschwert doch die wirkliche Helena getötet, sie, die ihm so viel Leid zugefügt hat, um die er den Paris getötet hat – und diese da vor ihm, diese allzu junge mit der schuldlos lächelnden Miene sei nur ein Spiegelbild, eine Luftsirene, die ihm die ägyptische Zauberin zum Trost in die Arme gelegt. Er aber ist und bleibt Menelas von Troja, der Mörder und der untröstliche Witwer der trojanischen Helena. Die Wüste um den Palmenhain bleibt nicht lange einsam; Wüstenscheichs, herumziehende ritterliche Könige, durchschweifen sie, und einer von diesen, mit seinem Sohn und seinem Gefolge, stößt auf die zwei einsamen Fremdlinge, und sogleich stellt sich um die schönste Frau, ob man gleich ihren Namen hier nie gehört hat, die gleiche Situation her wie dort in der Heimat; man begehrt sie, der Vater wie der Sohn, man will sie dem Menelas entreißen, man ist bereit, sich um ihretwillen wechselseitig zu töten. Aber Helena bekümmert das wenig, sie hat einen Gedanken, Menelas ganz wieder zu gewinnen, sie versteht ihn und seinen Gemütszustand, tiefer als er sich selber versteht, und sie faßt den kühnsten und gefährlichsten Entschluß: ihn aufzuwecken aus dem Trance, dem Zustand der Zerspaltenheit, des halben Wahnsinns, in dem er sich bewegt – ihn dazu zu bringen, daß der Betrug ganz von ihm abfällt, daß er in ihr die Schuldvolle erkennt – die, welche zu strafen ihm auferlegt ist.

Und es gelingt ihr, denn sie hat eine dämonische Kraft des Willens. Auch Aïthra kommt ihr wieder zu Hilfe: diese besitzt den Trank, der die Wirkung jenes Vergessenheitstrankes aufhebt. Ihn kredenzt Helena dem Gatten, und wie er, voll bewußt geworden, nun den Blick auf sie wirft und, sogleich wieder strafender Rächer, den Dolch auf sie zückt, lächelt sie dem Dolch entgegen und dem Mörder entgegen, und er --- so wie er sie erkannt hat, aber ganz erkannt, läßt er den Dolch sinken und fällt liebend und versöhnt in ihre Arme: Gatte der Gattin, Liebender der Geliebten – trotz allem. Vereinigt ziehen sie hin, in der Burg von Sparta als König und Königin zu thronen.

»DIE ÄGYPTISCHE HELENA (1928)«

Es ist mißlich, von seinen eigenen Sachen zu reden, aber es ist zugleich anziehend, und dieser Moment vor dem Stapellauf hat seine besondere Spannung. Schickt man sich an zu enthüllen, so wird man gewahr, wie vieles sich verbirgt, auch dem noch, dem alles offen daliegen sollte. Nie stellt das Gebilde sich selbständiger als in dem Augenblick, da man meinte, zu irgendeinem profanen Zweck ganz darüber verfügen zu können. Der Kommentator des eigenen Werkes, der »berufenste«, wie man sich gern ausdrückt, ist zugleich der behindertste. Er findet am wenigsten den Mut, das Gewebe der Motive aufzulösen; er hat ja gerade alle Mühe darangesetzt, das Außen mit dem Innern, Faden um Faden, zu verknüpfen und nirgends den Faden hängen zu lassen, den man herausziehen könnte. Der Anfang schon ist Verlegenheit.

Man spricht vom Dichter und Musiker, die sich zu gemeinsamer Arbeit zusammenfinden. Corneille mit Lully, Calzabigi mit Gluck, Daponte und Schikaneder mit Mozart. Aber abgesehen davon, daß dies existiert – man macht sich kaum eine Vorstellung, wie notwendig *ich* zu dieser Form komme. Ich finde dieses Wort in dem mich betreffenden Abschnitt von Nadlers Literaturgeschichte: schon meine ersten Dramen hätten unbewußt nach Musik verlangt, und das Wort »lyrisch« deute dies nur ungenau an. Er hat durchaus recht; aber das Wort, für mein Gefühl, deutet es genau genug an. Die Franzosen nennen eine Oper un drame lyrique, und vielleicht waren sie darin instinktiv der Antike immer näher als wir; sie vergaßen nie ganz, daß die antike Tragödie eine gesungene Tragödie war.

So kam es zu dieser Kollaboration, an welche man sich im Laufe von achtzehn Jahren allmählich gewöhnt hat. Aber diese Kollaboration hatte ihre Pausen. Die letzte währte acht oder neun Jahre. Es war durchaus kein Müdesein dieser Form, sondern andere Dinge wollten zur Existenz kommen:

ein Lustspiel, das »Salzburger Welttheater«, ein Trauerspiel, die nicht veröffentlichten Anfänge eines Romans. Seit 1920 spiegelte sich in der Phantasie – glitzernd und ungreifbar, wie halbverdeckt fließendes Wasser – ein Stoff, eine Gruppierung von Figuren: eben dieser nunmehr ausgeführte Stoff: jene Heimreise der Helena und des Menelas.

Eine Art Neugierde hatte sich der Phantasie bemächtigt, sie war auf diese mythischen Gestalten gerichtet wie auf lebende Personen, von deren Leben man einen Teil kennt, für eine wichtige Zeitspanne aber auf Kombination angewiesen ist. In jener Nacht, als die Griechen in das brennende Troja eindrangen (es liegt uns einigermaßen näher, uns die Schrecken einer solchen Nacht vorzustellen, als den Menschen vor 1914) – in jener Nacht muß Menelas in einem dieser brennenden Paläste seine Frau gefunden und zwischen einstürzenden Mauern herausgetragen haben, diese Frau, die seine geliebte gestohlene Gattin und nebenbei die schönste Frau der Welt, die Ursache dieses Krieges, dieser furchtbaren zehn Jahre, dieser Ebene voll toter Männer und dieses Brandes war, und nebenbei noch die Witwe des Paris und die Freundin von zehn oder zwölf anderen Söhnen des Priamos, die nun alle tot oder sterbend dalagen – also auch die Witwe von diesen zehn oder zwölf jungen Fürsten! Welche Situation für einen Ehemann! Sie übersteigt die Einbildungskraft – und sie ist vor jedem Dramatiker sicher: kein Text, auch den ein Shakespeare finden könnte, reicht an sie heran, und ich bin gewiß, daß Menelas schweigend diese Frau, die auch in dieser Situation noch die schönste Frau der Welt war, hinabgetragen hat, aus der Stadt hinaus, bis ans Meer und sein Schiff. Was sich dann begab, davon sind wir ohne Nachricht. Aber einige Jahre später bereist der Sohn des Odysseus die griechischen Königreiche, Nachrichten über seinen verschollenen Vater einzuholen. Er kommt auch nach Sparta – und was er fort findet, davon haben wir im vierten Gesang der »Odyssee« das deutlichste Abbild, in Farben so frisch, als wäre es gestern gemalt. Er findet Menelas in seinem Palast, einen noblen und gastfreien großen Herrn, »schön wie ein Gott«, und Helena als Hausfrau in diesem Palast, so schön wie je, Königin in dieser friedlichen Landschaft – anscheinend glücklich – gerade feiern sie die Hochzeit ihrer Kinder, eines Sohnes und einer Tochter –, von Troja und dem Krieg redend, wie man eben vom Vergangenen redet; Menelas mit gelassener Würde, als von dem großen Erlebnis seines Lebens; Helena aber in dieser ganz überlegenen souveränen Art, die ihr Homer immer gibt – das Geschehene und auch ihre eigene Verschuldung streifend, in einer so eleganten leichten Weise, indem sie von dem Krieg sagt (nur zur Bezeichnung der Zeit): damals, als die Achäer »um meines hündischen Äugelns willen« dorthin vor die Feste gezogen waren – ganz leicht sagt sie das: damals als durch meinen unglücklichen Flirt diese Geschichte passierte, die zu bekannt ist und zu unangenehm, um dabei zu verweilen.

Wie erstaunlich, in dieser leichten Art ein so berühmtes und schreckliches Ereignis zu behandeln, und – das Wort drängt sich auf die Zunge – wie modern, wie nahe den Ausdrucksformen unserer Zeit, wie fern aber der pompösen und unsicheren Ausdrucksweise dazwischen liegender Epochen. – Aber, fragt man sich unwillkürlich, was war inzwischen geschehen? was liegt für diese beiden Menschen zwischen jener Nacht damals und dieser behaglichen Situation, in der Telemach sie vorfindet? was kann sich zugetragen haben, daß aus dieser Ehe wieder ein friedliches, von der Sonne bestrahltes Zusammenleben wurde? Dies ist außerordentlich – auch wenn man Heroen und Halbgöttern große Zugeständnisse in bezug auf die Linie ihres Lebens macht. Auch Neugierde kann zur Inspiration werden, wenn sie stark genug ist. Hier lag ein Stoff – wenn es gelang, die Neugierde ins Produktive zu wenden –, vielleicht ein lyrischer, nach Musik verlangender Stoff (doch erkannte ich dies letztere nicht sogleich).

Der Stoff beschäftigte meine Phantasie von dem Jahre 1920 an. – Da existiert nun die »Helena« des Euripides, das einzige antike Gedicht, das sich mit dieser Zeitspanne befaßt: Helena und Menelas auf der Rückreise von Troja. Hier taucht jenes Motiv eines »Phantoms« Helena auf, das auch Goethe so sehr beschäftigte – jene zweite Helena, nicht die trojanische, sondern die ägyptische. Wir sind in Ägypten oder auf der zu

Ägypten gehörigen Insel Pharos, vor einer Königsburg. Menelas tritt auf, allein, auf der Rückfahrt von Troja. Seit Monaten irrt sein Schiff umher, von Strand zu Strand verschlagen, immer von der Heimkehr abgetrieben. Helena, seine zurückeroberte Frau, hat er mit seinen Kriegern in einer verdeckten Bucht zurückgelassen; er sucht einen Rat, eine Hilfe, ein Orakel, das ihn belehren soll, wie er den Heimweg findet. Da tritt ihm aus dem Säulengang der Burg – Helena entgegen, nicht die schöne, allzu berühmte, die er im Schiff zurückgelassen hat, sondern eine andere, und doch die gleiche. Und sie behauptet, seine Frau zu sein – die andere dort im Schiff sei niemand und nichts, ein Phantom, ein Trugbild, von Hera damals dem Paris in den Arm gelegt, um die Griechen zu narren. Um dieses Phantoms willen ist zehn Jahre Krieg geführt worden, sind Zehntausende der besten Männer gefallen, ist die blühendste Stadt von Asien in Asche gesunken. Sie aber, Helena, die einzig wirkliche, habe indessen – von Hermes übers Meer getragen – hier in dieser Königsburg gelebt, von dem alten Proteus geehrt und beschützt; nun aber sei dessen Sohn auf dem Thron, der nichts begehre, als sie zu heiraten. So handle es sich darum, daß Menelas, dem sie immer treu war, sie nun schnell und heimlich entführe, und in der Tat, die Anstalten zu dieser Flucht, ihre Durchführung, und schließlich das Auftreten der Dioskuren, welche den erzürnten ägyptischen König begütigen, dies alles bildet den Inhalt des euripideischen Dramas.

Es ist begreiflich, daß Menelas diesem Wesen, das vor ihn tritt, um ihm zu sagen, daß er zehn Jahre lang um eines Luftgespenstes willen zu Felde gelegen, einem Luftgespenst das Blut von zehntausenden Griechen aufgeopfert und um eines Luftgespenstes willen eine große Stadt angezündet hat und dann mit einem Luftgespenst nach Hause gefahren ist, nicht ohne weiteres glaubt. Sie reden lange gegeneinander, in echt euripideischen scharfen Argumenten. Und aus seinem Mund kommt dies schöne Wort: »Der Wucht erlittener Leiden trau ich mehr als dir!« In der Tat, diese Lösung so furchtbarer Verschuldungen muß ihm allzu billig erscheinen. Aber in diesem Augenblick kommt ein Bote und meldet wirklich, auf dem Schiff habe sich das Wesen, das man für Helena hielt, in ein Streifchen feuriger Luft aufgelöst. Was bleibt Menelas übrig, als sich an die zu halten, die nun allein übrig ist, und noch als Zugabe rein und unschuldig – und mit ihr zu fliehen, bevor der ägyptische König ihm auch noch diese wegnimmt. – Soweit Euripides. Aber wenn um eines Phantoms willen der Trojanische Krieg geführt worden und diese, die ägyptische Helena, die einzig wirkliche ist, dann war der Trojanische Krieg ein böser Traum, und das Ganze fällt in zwei Hälften auseinander – eine Gespenstergeschichte und eine Idylle, die beide nichts miteinander zu tun haben – und dies alles ist nicht sehr interessant. Ich vergaß den Euripides wieder (oder vielmehr, ich hatte ihn nur vor vielen Jahren gelesen, und er führte in mir das unwirksame Halbleben so vieler weder ganz vergessener noch ganz lebendiger Dinge), aber meine Einbildungskraft ließ nicht ab, sich um diese Episode der zusammen rückkehrenden Ehegatten zu bewegen, und was Furchtbares und schließlich Sühnendes zwischen beiden vorgefallen sein könne. Das Ganze schien mir so rätselhaft, lösbar nur durch Zaubereien: aber die Zaubereien lösen für unser Gefühl nichts. Naturkräfte mußten einen Anteil haben, eine Atmosphäre der webenden, teilnahmslos doch zugleich hilfreichen Naturwesen. Weniger um die Halbgöttin zu heilen als ihn, Menelas; wie furchtbar zerstört mußte seine Seele sein! So viel Schicksal, so viel Verstrickung und Verschuldung – und er war doch nur ein Mensch. Das Edle, Tragische dieser vielverspotteten Figur stand sogleich vor mir. Er war mir die Verkörperung des Abendländischen, in ihr die nie erschöpfte Stärke des Morgenlandes. Er stand ein für die Satzung, die Ehe, die Vaterschaft. Sie schwebte über dem allen, unheimlich bezaubernde, nicht zu bindende Göttin. In meinem Notizbuch stand, vor Jahren eingetragen, dieser Satz von Bachofen: »Nicht dazu ist Helena mit allen Reizen Pandoras ausgestattet, damit sie nur Einem zu ausschließlichem Besitz sich hingebe.« Welche Dämonie entströmt einem solchen Satz! Er könnte auf dem ersten Blatt von Wedekinds »Erdgeist« stehen; das war der Mann, den Gehalt eines solchen Satzes mit ganzem Ernst in sich auszutragen und etwas Merkwürdiges und Fürchterliches daraus zu machen.

Zwei oder drei Jahre später bat ich Strauss, mich in seinem Bureau in der Oper zu erwarten. »Ich erzähle Ihnen«, sagte ich, »eine Handlung in zwei Akten. Vielleicht ist es eine Oper. Wenn der Vorhang aufgeht, sind wir in einem Palast am Meer. Der Palast gehört einer schönen jungen Zauberin, welche die Tochter irgendeines Königs ist und die Geliebte des Poseidon.«

»Kommt Poseidon vor?«

»Nein, Poseidon kommt nicht vor. Überhaupt keine Götter. Nehmen Sie überhaupt alles so, wie wenn es sich vor zwei oder drei Jahren irgendwo zwischen Moskau und New York zugetragen hätte. Diese junge Zauberin – ich nenne sie Aithra – wird von ihrem Geliebten viel allein gelassen. Aber sein Kommen ist immer möglich. So läßt sie jeden Abend für zwei decken – so ist auch jetzt für zwei gedeckt, und die Bühne ist schön erleuchtet. Sie hat Dienerinnen und ein wohleingerichtetes Haus, aber nicht viel Gesellschaft.«

»Haben Sie nicht im Anfang gesagt, daß es eine Zauberin ist?«

»Ja, sie kann ein bißchen zaubern. Sie werden sehen.

Unter den Einrichtungsgegenständen des Saales, in dem wir uns befinden, ist übrigens eine Muschel, die alles weiß, was draußen auf dem Meere vorgeht, und die, um Aithra zu zerstreuen, alles erzählt, was sie weiß. Ein Mittelding zwischen Zeitung und Radio.

An diesem Abend meldet die Muschel, daß in einiger Entfernung ein Schiff vorbeifährt, in dem etwas Merkwürdiges vorgeht. Ein Mann auf diesem Schiff steigt vom Steuer, das er einem andern übergibt, in den Schiffsraum hinab, betrachtet eine sehr schöne Frau, die dort im Schlaf liegt, bedeckt leise ihr schönes Gesicht mit einem Tuch, zieht dann einen gekrümmten Dolch hervor und schickt sich an, die Schlafende zu töten. – ›Schick einen Sturm hin!‹ schreit die Muschel, ganz aufgeregt von ihrer eigenen Erzählung, ›aber augenblicklich! Sonst ist die Frau verloren.‹«

»Kann das die Aithra?«

»Ja. Der Sturm fliegt hin, packt das Schiff, daß alle Planken krachen, und verhindert so den Mord. Aber Aithra hat vorher

noch ganz schnell gefragt, wer denn diese Frau und der Mann sind – und die Muschel hat gesagt, es ist Helena von Troja und ihr Mann Menelas. Aithra weiß sich vor Vergnügen nicht zu fassen und fängt aus der Prosa heraus eine kleine Arie des Jubels an. Dann aber läuft sie ins Nebenzimmer, versteckt sich dort und heißt eine Dienerin mit einer Fackel den Schiffbrüchigen entgegengehen. Denn das hat die Muschel noch gemeldet, daß der Mann, der eben eine Frau ermorden wollte, nun – da beide über Bord gespült sind – alle Anstrengung macht, sie schwimmend zu retten, und Aithra hat sogleich dem Sturm sich zu legen befohlen.
Die Bühne ist also leer, und nun erscheint in der Tür des schön erleuchteten Saales ein Mann, der einen krummen Dolch zwischen den Zähnen trägt und eine sehr schöne blonde Frau an der Hand hinter sich dreinzieht. Denn augenblicklich, wie er festes Land unter den Füßen fühlt, ist der Mörder und Rächer wieder in ihm erwacht und ist willens, seinen Dolch wieder in die Hand zu nehmen und ein Ende zu machen. Helena weiß das – sie weiß alles, was in ihm vorgeht, das ist ihre Stärke – und sie bleibt dabei Herrin der Lage, sonst wäre sie nicht Helena. Sie geht an den Spiegel, richtet ihr Haar, und da ein schön gedeckter Tisch dasteht, mit zwei Stühlen, wie für einen König und eine Königin, so fordert sie ihren Mann auf, Platz zu nehmen und mit ihr zu Nacht zu speisen.«
»Und Menelas?«
»Er hat seit neun Tagen und neun Nächten – so lange sind sie von Troja unterwegs – weder eine Mahlzeit mit ihr genommen, noch sie auch nur mit der Fingerspitze berührt. Er sinnt seit neun Tagen darüber nach, ob es richtiger ist, sie auf dem Schiff zu töten oder sie am Tage nach der Rückkehr nach Sparta dort zu opfern. Denn daß sie sterben muß und von seiner Hand und durch den gleichen gekrümmten Dolch, mit dem er Paris die Kehle abgeschnitten hat, das steht für ihn fest. Und sie weiß es ebensogut wie er – so wie sie weiß, daß er sie bis zum Wahnsinn liebt und es trotzdem tun wird. Dies Wissen und Verstehen dessen, den sie liebt (und sie liebt eben den Mann, dem sie gehört, ausschließlich – solange sie ihm

gehört), das ist, wie ich schon sagte, ihre Stärke. Und außerdem ist noch Aithra da.«

»Wie kann die Aithra sie aus dieser Situation retten?«

»Durch einen Betrug. Menelas ist in einem Zustand, der dem eines Wahnsinnigen ganz nahe ist. Er ist dem, was er in diesen neun Tagen erlebt hat, nicht mehr gewachsen. Er ist vor allem dem, was er sich selbst auferlegt hat, nicht gewachsen. Er ist von der Nähe dieser Frau, von dem Gefühl, sie wiederzuhaben, und von der unabweisbaren Notwendigkeit, sie mit eigenen Händen zu töten, zerrüttet. Und ein kleiner Einfall der Aithra reicht hin, diese Zerrüttung vollständig zu machen. Der Einfall ist dieser: sie ruft ihre Elfen auf, lemurische Halbwesen, mehr boshaft als gutmütig, die draußen zwischen den Strandfelsen im Mondlicht hocken, und heißt sie etwas anstellen, was Menelas mindestens für einen Augenblick aus der Fassung bringt. Denn der Dolch ist gezückt, es handelt sich buchstäblich um den nächsten Augenblick. Die Elfen sind schnell und geschickt. Sie machen einen wilden, kriegerischen Lärm. Menelas glaubt, die trojanischen Signale wieder zu hören, Geklirr trojanischer Waffen. Er hört ganz deutlich die Stimme des Paris, der ihn zum Kampfe herausfordert. Einer solchen kleinen Zauberei widersteht sein übermüdeter Kopf nicht mehr. Er stürzt hinaus, den toten Paris noch einmal zu töten – oder, wenn es ein Gespenst ist, das Gespenst zu erwürgen. Die beiden Frauen sind allein, Hausfrau und Gast. Sie verstehen sich mit wenigen Worten. Aithra hat einen wunderbaren Trank zur Hand, einen Beruhigungstrank ohnegleichen, aus Lotos bereitet, schnelles Vergessen jeglichen Übels. Helena trinkt, wird ruhig wie ein Kind; unter den berührenden Fingern der Freundin blüht sie auf wie eine halbwelke Rose, wenn man sie ins Wasser stellt. Sie hat fast vergessen, was ihr bevorsteht, wenn der Mann mit dem Dolch zurückkommt. Aber Aithra hat Geistesgegenwart für beide. Sie läßt von ihren Dienerinnen Helena wegführen und auf ihrem eigenen Bette zur Ruhe legen, dann wendet sie sich, nimmt die ruhigste Miene von der Welt an und tritt Menelas in den Weg. Denn dieser stürmt jetzt herein, hochgeschwungen den Dolch, von dem er Blut herabträufeln sieht (nur er –

wir dagegen sehen, daß der Dolch blank und trocken ist); denn er hat ihn draußen zwei Truggestalten durch den Rükken gestoßen, von denen er glaubte, sie wären Helena und Paris. Wie der tote Paris wieder dagewesen sein könne, um die lebende Helena zu umschlingen, wie das alles zusammenhängen könne, das kann sein Kopf nicht mehr auseinanderhalten. Er ist kein Wahnsinniger, aber er ist in dem Zustand völliger Zerrüttung, den man in so vielen Kriegslazaretten bei denen, die aus allzu furchtbaren Situationen kamen, tage- und wochenlang beobachtet hat; andererseits ist er nicht so völlig außer sich, daß er gegen die junge Dame, die ihm entgegentritt und in deren Haus er sich offenbar befindet, sich nicht mit Anstand betragen würde – um so mehr, da sie ihn mit seinem Namen anredet: Fürst von Sparta, und ihn bittet, sich zu setzen.

Und nun erzählt ihm Aithra ein Märchen, das sie mit frauenhaftem Instinkt genau berechnet auf den Zustand, in dem er sich befindet, den Zustand eines Verstörten, der selber seinen Sinnen und seinem Kopf nicht mehr traut – und dem nichts mehr völlig unmöglich erscheint, nachdem er das Unmöglichste und Fürchterlichste eben selbst begangen vermeint. Sie erzählt ihm, daß er seit zehn Jahren das Opfer eines Phantoms sei, er und die Griechen alle; daß es ein Gespenst sei, welches er in jener Brandnacht aus der brennenden Stadt herausgetragen, ein Gespenst, um das die Tausende der Griechen in diesen zehn Jahren gestorben sind, ein Gespenst, das er eben auf seinem Nacken aus dem Meer herausgetragen habe und dem er anscheinend jetzt vor wenigen Minuten seinen Dolch in den Rücken gestoßen habe – und zugleich gießt sie ihm von diesem Trank ein, der die Nerven so seltsam beruhigt und das Bewußtsein in einen schaukelnden, sanften, halbträumenden Zustand hinüberführt, und bittet ihn dann, nicht zu laut zu sprechen, sonst störe er den Schlaf der schönsten Frau, die im Nebenzimmer auf ihrem Bette liege –

›Welcher schönsten Frau?‹

›Eben der deinen, eben Helenas, der wirklichen‹ – hier reicht sie ihm noch einmal den Becher mit dem Lotossaft – ›der einzigen, die es gibt – Helenas, welche damals vor zehn Jahren die Götter entrückten; im Schlaf trug man sie übers Meer, hierher zu uns nach Ägypten in die Burg meines Vaters. Da verbrachte sie diese Jahre wohlbehütet, halb schlummernd, ohne zu altern, immer das gleiche Lächeln auf ihren Lippen; sie meint, in deinen Armen eingeschlafen zu sein – und gleich, gleich wird sie erwachen. Bereite dich, sie in deine Arme zu nehmen.‹

Das Nebengemach ist plötzlich strahlend erhellt, ein Vorhang teilt sich, auf einem breiten Lager schlägt Helena die Augen auf, erquickt vom Schlummer, schöner und jünger als je; sie sieht genau aus wie damals an ihrem Hochzeitstage. Wie könnte ein von Selbstqual zerrissenes Herz, wie Menelas', diesem Übermaß von unerhofftem Glück widerstehen? Einen Augenblick huscht dies über den verdunkelten Spiegel seines Gemütes: das sei die Erscheinung seiner längst toten wirklichen Frau, von einer Hexe und Totenbeschwörerin ihm hier entgegengeführt – aber dann vergeht dieses Dunkel vor dem Glanz der Erscheinung, in seinen Adern wirkt der Trank: sanftes Vergessen gräßlichen Übels, ein inneres Einswerden, ein unsagbarer Friede – er geht auf das schöne Wesen zu, völlig mädchenhaft lehnt sie den Kopf an seine Schulter, sie ist es, Helena von Sparta, die nichts von Paris weiß – ihre Stimmen verschränken sich, die helle Stimme Aithras schlingt sich hinein.«

»Und das Stück ist doch aus? Was soll jetzt im zweiten Akt noch vorkommen?«

»Ja, das Stück könnte aus sein. Dann wäre es ein kleines frivoles Lustspiel, worin ein Ehemann nach furchtbaren Abenteuern von zwei Frauen genarrt wird. Aber so waren doch diese Figuren nicht angelegt? Meinen Sie nicht? Dieser Menelas und diese Helena sahen doch nicht so aus, daß dies der Abschluß sein könnte?«

»Nein – aber wie?«

»Auch die Elfen sind nicht der Meinung, daß das Stück aus sein könnte. Diese Elfen sind als ein unsichtbarer Chor immer anwesend. Sie sind wie gesagt eher boshaft als gutmütig und scharfe Beobachter dessen, was die Menschen tun. Sie sehen dem Ganzen zu wie einem Theaterstück. Und dieser Ausgang ist ihnen zu billig. Sie wollen nicht, daß man so leichten Kaufes aus einem solchen Handel herauskomme. Sie höhnen, unsichtbar, aber sehr deutlich hörbar, in die Handlung hinein. Das darf nicht sein! zischen sie – so billig kommt ihr nicht davon.«

»Und also der zweite Akt? Er spielt, denke ich, am nächsten Morgen?«

»Ja, er spielt am nächsten Morgen, aber nicht dort im Hause der Aithra.«

»Sondern?«

»Anderswo. Weit weg von dort. In der Wüste unweit des Großen Atlas. Im ersten Akt noch, ganz am Schluß, sagt Helena leise zu Aithra, ob sie sie nicht wegzaubern könnte, sie und Menelas, irgendwohin, wo niemand von ihr wisse, wo der Name Helena ganz unbekannt sei und vom ganzen Trojanischen Krieg nie jemand gehört habe. Sie will ihr so schwer wiedergewonnenes Eheglück in der Einsamkeit genießen. Irgendwo, wo es keine Publizität gibt. Alles, was sie bisher erlebt hat, hat zuviel Publizität gehabt. Und Aithra sagt: ›Nichts leichter als das: ihr geht miteinander zu Bett und schlaft ruhig ein, dann werfe ich meinen Zaubermantel über euch und der trägt euch dorthin, wo ihr allein seid.‹ Menelas aber hat diese kleine geflüsterte Besprechung nicht gehört. Somit erwachen sie miteinander in einem Palmenhain am Fuß des Atlas, in tiefster Einsamkeit. Aber ich werde Ihnen jetzt den zweiten Akt nicht im einzelnen erzählen, nur den Kern davon. Nebenbei: sie bleiben dort nicht lange allein. In der Wüste gibt es Wüstenscheichs, herumschweifende, ritterliche Könige, damals wie heute, und einer von denen mit seinem Sohn und seinem Gefolge stößt auf die zwei einsamen Fremdlinge – und sofort stellt sich um die schönste Frau, ob man gleich ihren Namen hier nie gehört, die gleiche Situation her wie dort in der Heimat: man verliebt sich in sie, der Vater wie der Sohn, man will sie dem Menelas entreißen, man ist bereit, sich um ihretwillen wechselseitig zu töten, aber das ist ein Detail – ich komme zum Kern, und der Kern ist Helena: dies ist die Stärke dieser Frau, darin liegt ihre Genialität, daß sie den Mann, dem sie gehört, ganz haben muß. Der scheinbar gelungene Betrug aber hat ihr nur den halben Menelas zurückgegeben, ja weniger als den halben. Wie er jetzt erwacht, nach dieser Liebesnacht, streift er sie mit einem scheuen Blick. Eigentlich hat er Angst vor ihr. Sein ganzes Herz füllt die vermeintlich Tote aus – die ihm so viel Leid zugefügt hat, um die er so gräßliche Nächte erduldet hat, um die er den Paris getötet hat – und die er dann selbst ermordet hat, gestern nacht, dort auf der Insel, mit der gleichen furchtbaren Waffe, seinem gekrümmten Dolch. Denn daran hält seine verstörte Einbildung fest: er ist der Mörder der wirklichen, der schuldvollen Helena – und diese da, diese allzu junge, mit der schuldlosen Miene, dieses Spiegelbild, diese ägyptische Luftsirene, die hat ihm dort die Zauberin zum Trost in die Arme gelegt. Er aber ist Menelas von Troja, er ist der Witwer und der Mörder der trojanischen Helena. Sie ist ihm alles, mit der eine Welt von Schuld und von Leiden ihn verbindet – die schöne Luftsirene vor seinen Augen ist ihm nichts.«

»Und Helena?«

»Versteht ihn wiederum, versteht ihn tiefer, als er sich selber versteht, und faßt einen Entschluß.«

»Welchen?«

»Diesen: ihn aufzuwecken – wie man jemanden aus dem Trance aufweckt. Ihn dazu zu bringen, daß der Betrug von ihm abfällt, daß er in ihr die Schuldvolle erkennt – die, welche zu strafen ihm auferlegt –, kurz: zwischen ihm und ihr selbst genau die Situation von gestern abend wieder herzustellen.«

»Und es gelingt ihr?«

»Ihr gelingt alles, worauf sie ihren Willen setzt. Sie hat eine dämonische Kraft. Auch Aithra kommt ihr zu Hilfe, sie hat einen Trank, der die Wirkung jenes Vergessenheitstrankes aufhebt. Das ist es, was Helena will. Sie stellt sich ihm, stellt sich unter den gezückten Dolch – ist überzeugt, daß er sie töten wird, und lächelt dem Dolch entgegen – und dem Mörder entgegen, genau in der gleichen Haltung, wie vor zwölf Stunden dort auf der Insel.«

»Und er?«

»Sowie er sie erkannt hat, aber ganz erkannt, im äußersten

Moment – läßt er den Dolch sinken und fällt in ihre Arme.« ––

»Ja, es ist eine Oper. Wenigstens eine Oper für mich, vielleicht nicht für einen andern. Und was für eine Rolle für die Jeritza. Sie haben den Stoff doch keinem Menschen erzählt? – Übrigens: er ist erstaunlich modern. Ist Ihnen nicht der Gedanke gekommen, ein Theaterstück in Prosa draus zu machen?«

»Ja, ich denke selbst, in der Hand eines französischen oder amerikanischen Autors wäre es ein psychologisches Konversationsstück geworden. Durch ganz kleine Veränderungen wären alle diese mythischen Elemente zu beseitigen; alle diese kleinen Zaubereien sind ja nur Verkürzungen – der Trank, das Vergessen, das Wiedererinnern, lauter Verkürzungen für Seelenvorgänge – die Elfen eine Ausdrucksform für die Kritik des Unterbewußseins – all das hätte sich auf die Ebene der Dialektik projizieren lassen, es wäre das richtige psychologische Konversationsstück geworden: Ehe als Problem, Schönheit als Problem, ein Rattenschwanz von Problemen, aber –«

»Aber?«

»Ich liebe es nicht, wenn das Drama sich auf der dialektischen Ebene bewegt. Ich mißtraue dem zweckvollen Gespräch als einem Vehikel des Dramatischen. Ich scheue die Worte; sie bringen uns um das Beste –«

»Aber der Dichter hat doch nichts anderes, um seine Figuren zur Existenz zu bringen, als daß er sie reden läßt. Für Sie sind doch die Worte, was für mich die Töne und für einen Maler die Farben sind.«

»Gewiß. Die Worte ja. Aber nicht die zweckhafte, ausgeklügelte Rede. Nicht das, was man Kunst des Dialogs oder psychologischen Dialog nennt, und was von Hebbel bis Ibsen und darüber hinaus so hoch im Kurs zu stehen schien, auch übrigens schon bei Euripides – und auch bei Shaw, aber sehr gemildert durch seine Lust am Witz, der die Dialektik des Dialogs wieder aufhebt.«

»Und bei Shakespeare?«

»Oh, nicht die Spur davon! Bei ihm ist das Wort immer Ausdruck, niemals Mitteilung. Shakespeare hat in diesem Sinn lauter ›Opern‹ geschrieben, er ist ganz bei Äschylos und meilenfern von Euripides. – Aber ist Ihnen nie aufgefallen, daß im Leben durch Reden nie etwas entschieden wird? Man ist nie so allein, so überzeugt von der Unlösbarkeit einer Situation, als nachdem man sie durch Reden zu lösen versucht hat. Die fälschende Gewalt der Rede geht so weit, daß sie den Charakter des Redenden nicht nur verzerrt, sondern geradezu aufhebt. Die Dialektik drängt das Ich aus der Existenz. Ich behaupte, ein Dichter hat die Wahl, Reden zu schaffen, oder Gestalten!«

»Das ist mir zu paradox! Der Dichter hat doch kein anderes Kunstmittel als die Rede.«

»Doch, er hat andere; die geheimsten, kostbarsten, wenigst bekannten – die einzig wirksamen. Er ist zu allem fähig, wenn er darauf verzichtet, daß seine Figuren durch direkte Mitteilung ihre Existenz beglaubigen sollen.«

»Was sind das für Kunstmittel?«

»Er kann vermöge der Erfindung seiner Handlung etwas übermitteln, ohne es mitzuteilen. Er kann etwas im Zuhörer leben machen, ohne daß der Zuhörer ahnt, auf welchem Wege ihm dies zugekommen ist. Er kann fühlen machen, wie zusammengesetzt das scheinbar Einfache, wie nahe beisammen das weit Auseinanderliegende ist. Er kann zeigen, wie aus einer Frau eine Göttin wird, wie aus einem Lebendigen ein Totes heraustritt – er kann das ungeheure Gemenge ahnen lassen, das durch die Maske des Ich zur Person wird. Darum nannten die Alten ja Maske und Person mit dem gleichen Wort. Er kann das Verschwiegene anklingen, das Ferne plötzlich dasein lassen. Er kann seine Gestalten über sich selbst ins Riesige hinauswachsen lassen, denn das tun Sterbliche in gewissen seltenen Momenten. In einem ›natürlich‹ geführten Dialog aber ist dafür kein Raum. Das ›Natürliche‹ ist die Projektion des ungreifbaren Lebens auf eine sehr willkürlich gewählte soziale Ebene. Das Maximum unserer kosmisch bewegten, Zeiten und Räume umspannenden Menschennatur läßt sich nicht durch die Natürlichkeit einfangen.«

»Was sind das für Kunstmittel? Können Sie sie nicht definieren?«

»Wie ich die Handlung führe, die Motive verstricke, das Verborgene anklingen lasse, das Angeklungene wieder verschwinden – durch Ähnlichkeit der Gestalten, durch Analogien der Situation – durch den Tonfall, der oft mehr sagt als die Worte.«

»Aber das sind ja meine – das sind ja die Kunstmittel des Musikers!«

»Es sind die Kunstmittel des lyrischen Dramas, und sie scheinen mir die einzigen, durch welche die Atmosphäre der Gegenwart ausgedrückt werden kann. Denn wenn sie etwas ist, diese Gegenwart, so ist sie mythisch – ich weiß keinen anderen Ausdruck für eine Existenz, die sich vor so ungeheuren Horizonten vollzieht – für dieses Umgebensein mit Jahrtausenden, für dies Hereinfluten von Orient und Okzident in unser Ich, für diese ungeheure innere Weite, diese rasenden inneren Spanungen, dieses Hier und Anderswo, das die Signatur unseres Lebens ist. Es ist nicht möglich, dies in bürgerlichen Dialogen aufzufangen. Machen wir mythologische Opern, es ist die wahrste aller Formen. Sie können mir glauben.«

ARABELLA

LYRISCHE KOMÖDIE IN DREI AUFZÜGEN

Personen

GRAF WALDNER, Rittmeister a. D.
ADELAIDE, seine Frau
ARABELLA } ihre Töchter
ZDENKA }
MANDRYKA
MATTEO, Jägeroffizier
GRAF ELEMER }
GRAF DOMINIK } Verehrer der Arabella
GRAF LAMORAL }
DIE FIAKERMILLI
EINE KARTENAUFSCHLÄGERIN
WELKO, Leibhusar des Mandryka
DJURA } Diener des Mandryka
JANKEL }
Ein Zimmerkellner
Begleiterin der Arabella
Drei Spieler
Ein Arzt
Groom
Fiaker, Ballgäste, Hotelgäste, Kellner

Ort: Wien – Zeit: 1860

ERSTER AUFZUG

Salon in einem Wiener Stadthotel. Flügeltür in der Mitte. Rechts vorne ein Fenster, weiter rückwärts eine Tür. Links gleichfalls eine Tür. Der Salon ist reich und neu möbliert im Geschmack der 1860er Jahre.
Adelaide mit der Kartenaufschlägerin an einem Tisch links. Zdenka in Knabenkleidern, rechts, beschäftigt auf einem andern Tischchen Papiere zu ordnen.

KARTENAUFSCHLÄGERIN
Die Karten fallen besser als das letzte Mal.
ADELAIDE
Das gebe Gott!
Es klopft. Nur keine Störung jetzt!
ZDENKA *läuft an die Mitteltür. Man gibt ihr von draußen etwas herein*
Mein Vater ist nicht hier, die Mutter hat Migräne!
Kommen Sie später. – Es ist wieder eine Rechnung!
ADELAIDE *abwinkend*
Jetzt nicht! leg sie dorthin!
ZDENKA
Es liegen schon so viele da.
ADELAIDE
Still, still! – Wie liegen unsre Karten?
Die Sorge und die Ungeduld verzehren mich!
KARTENAUFSCHLÄGERIN *über die Karten gebeugt*
Beruhigen Sie sich. Die Erbschaft rückt schon näher – nur langsam!
ADELAIDE *mit gerungenen Händen*
Nein, wir können nicht mehr warten!
Es gibt nur eine Hoffnung
die baldige Vermählung meiner Arabella!
Was sagen Ihre Karten, liebste Frau!

KARTENAUFSCHLÄGERIN
Sie zeigen alles wie in einem Spiegel:
Den Vater seh ich, Ihren Herrn Gemahl –
o weh, die Sorge steht ihm nah – ganz finster ist's um ihn.
Er kämpft, er spielt – o weh, und er verspielt schon wieder die große Summe.

ADELAIDE Heilige Mutter Gottes!
Komm mir zu Hilfe durch mein schönes Kind!
Um Gottes Willen, die Verlobung – ist sie nah?
Unser Credit ist sehr im Wanken, liebste Frau!

KARTENAUFSCHLÄGERIN *betrachtet lange die Karten*
Da steht der Officier.

ADELAIDE Ein Officier? o weh!

ZDENKA *vor sich*
Matteo!

KARTENAUFSCHLÄGERIN
Nein! der ist der Eigentliche nicht!

ADELAIDE
Das will ich hoffen!

KARTENAUFSCHLÄGERIN
Von dort herüber kommt der fremde Herr, der Bräutigam.

ADELAIDE
Die Brosche mit Smaragden ist Ihr Eigentum
wenn Ihre Prophezeiung Wahrheit wird,
in dieser Woche!

KARTENAUFSCHLÄGERIN *langsam, wie das Schicksalsbuch entziffernd*
Er kommt von weiter her. Ein Brief hat ihn gerufen.

ADELAIDE
Von weiter her? Es ist Graf Elemer, kein Zweifel!

KARTENAUFSCHLÄGERIN
Ich sehe einen großen Wald: dort kommt er her.

ADELAIDE
Das ist er! Elemer! o wie Sie ihn beschreiben!
Herrlich! – Doch warum zögert er?

KARTENAUFSCHLÄGERN Die Zögerung
kommt von ihr.

ADELAIDE *jubelnd*
Sie sehen durch die Menschen wie durch Glas!
Das ist ihr namenloser Stolz. O Gott, erweiche ihren Stolz!
Er ist so groß wie ihre Schönheit.
Es klopft. Zdenka eilt an die Tür

ZDENKA
Nein, jetzt ist es ganz unmöglich!
Sie empfängt wieder eine Rechnung, die sie hinlegt.

ADELAIDE
Was meinen Sie? was runzeln Sie die Stirn?

KARTENAUFSCHLÄGERIN *über die Karten sinnend*
Es drängt sich wer hinein
zwischen die schöne Tochter und den reichen Herrn!

ADELAIDE
Heilige Mutter Gottes, laß es nicht geschehen!

KARTENAUFSCHLÄGERIN *über die Karten gebeugt*
Wie? haben Euer Gnaden eine zweite Tochter?
Das war mir nicht bekannt. Oh, das wird eine ernstliche Gefahr!

ADELAIDE *leise*
Leise! Sie rühren hier an ein Familiengeheimnis!
Zdenka rechts, horcht herüber

KARTENAUFSCHLÄGERIN
Wo kommt das zweite Mädchen da auf einmal her?
Sie bringt das Unheil über ihre Schwester!

ADELAIDE
Um Himmelswillen, leise!

KARTENAUFSCHLÄGERIN *über den Karten*
Halten Sie die Schwestern auseinander!
Sonst geht noch alles fehl!

ADELAIDE *dicht bei ihr* Was ist es, das Sie sehen?

KARTENAUFSCHLÄGERIN
Ich sehe einen großen Streit – Entzweiung –
Der Bräutigam will fort!
Es fallen fürchterliche Worte! fremde Leute hören zu!

ADELAIDE
Du großer Gott im Himmel!

KARTENAUFSCHLÄGERIN Alles Übel
kommt von der kleinen Blonden und dem Officier.

ADELAIDE *kniet neben dem Tisch nieder*
Ihr Engelscharen droben, hört das Flehen einer Mutter
in ihrer Herzensangst!

ZDENKA *ängstlich* Mama!

ADELAIDE
Zdenka! bleib still und kümmre dich um nichts was hier geschieht!
Auf, leise; auf Zdenka deutend
Leise! sie ist es!

KARTENAUFSCHLÄGERIN
Dort der junge Herr?

ADELAIDE
Sie ist ein Mädchen. Weil sie wild war wie ein Bub
hat man sie weiterhin als Buben laufen lassen.
Wir sind nicht reich genug, in dieser Stadt
zwei Mädchen standeswürdig auszuführen. –
Allein sie liebt die ältre Schwester über alle Maßen,
wie könnte sie ihr Böses tun?

KARTENAUFSCHLÄGERIN
Die Karten lügen nicht.
Da steht der Officier. Da steht das blonde Mädchen.
Gezogne Säbel seh ich, und der Bräutigam zieht sich zurück.
Die Karten warnen Sie!

ADELAIDE *steht auf* Sie sind mein guter Engel!
Hier ist mein Zimmer! Sie versuchen es noch einmal!

KARTENAUFSCHLÄGERIN
Die Karten nehmen nichts zurück.

ADELAIDE Schnell, schnell! Ich fleh Sie an.
Zieht sie ins Nebenzimmer rechts.

ZDENKA *nimmt die Rechnungen zur Hand, die sich angehäuft haben, sieht hinein*
Sie wollen alle Geld! Sie drohn mit den Gerichten!
Was? davon weiß ja ich gar nichts: sie schreiben:
sie haben schon gehört daß wir verreisen wollen!

Oh! dann ist alles aus!
Dann seh ich ihn nie mehr!
Sie läuft in ihrer Angst an die Tür links und horcht
Sie sagt: der Arabella droht etwas –
von einem Officier.
Er darf nicht mehr ins Haus, sagt die Mama,
sie wird compromittiert von ihm.
Nicht mehr ins Haus? O Gott – dann bringt er sich ja um –
und alle wissen drum: es ist wegen ihr –
und sie – dann endlich weiß sie, wie er sie geliebt hat!
Geht weg von der Tür
Mein Gott, laß das nicht zu, daß wir verreisen müssen!
Laß den Papa gewinnen! Laß in Goerz die Tante sterben!
Mach daß die Bella den Matteo über alles liebt
und daß er glücklich wird, und daß wir nicht mehr arm sind!
Aufopfern will ich mich dafür – mein Leben lang
in Bubenkleidern laufen und Verzicht auf alles tun!
Es klopft. Sie geht an die Mitteltür. Indem wird die Tür von außen vorsichtig aufgemacht und Matteo tritt ein, in Jägeruniform, die Kappe in der Hand, aber ohne Säbel.

ZDENKA *erblaßt*
Matteo!
MATTEO Zdenko! du! Bist du allein?
ZDENKA *leise, ängstlich*
Da drin ist die Mama.
MATTEO Und Arabella?
ZDENKA
Sie ist spazieren auf dem Ring mit der Begleiterin.
MATTEO *einen Schritt näher*
Und nichts für mich? Kein Wort? kein Brief?
Zdenka schüttelt traurig den Kopf
Und gestern abend?
ZDENKA War sie in der Oper
mit der Mama.
MATTEO *eifersüchtig*
Mit der Mama allein?
ZDENKA *zögernd*
Ich glaub mit der Mama und den drei Grafen.

MATTEO
Und nachmittag?
ZDENKA *zögernd, ängstlich*
Sie kommen mit Schlitten und holen sie ab –
ich soll auch mit: ein Chaperon muß doch dabei sein.
MATTEO *tief getroffen*
Dahin ist es gekommen zwischen mir und ihr!
Hätt ich nicht dich, ich wüßte nicht einmal mehr was sie tut!
Sie hat nichts mehr für mich als hie und da
einen halb finstern halb zerstreuten Blick!
ZDENKA
Und doch hat sie dich lieb! Glaub mir! Ich weiß es, ich!
MATTEO *aufleuchtend*
Zdenko, mein einziger Freund! du weißt's? sie hat es dir gestanden?
ZDENKA
Du weißt: sie ist verschlossen wie das Grab,
mit Worten sagt sie's nicht.
Ich weiß es halt – und hat sie dir nicht vor drei Tagen
den Brief geschrieben, über den du selig warst?
MATTEO
O dreimal selig – wie vom Himmel war der Brief!
Dann aber geht sie wieder kalt und fremd an mir vorbei!
Wie soll ich das begreifen – und ertragen, Zdenko – wie?
ZDENKA *leise, wichtig*
So ist ein Mädel. Geben will ein Mädel mehr und mehr –
nur zeigen will sie nichts. Sie schämt sich halt so furchtbar.
MATTEO
Wie du das weißt, du lieber Bub!
So weißt du auch –
er faßt Zdenka am Arm, sie macht sich sogleich los
– was das für Stunden sind
und was da für Gedanken Herrschaft haben über mich
wenn sie so durch mich durchschaut wie durch leere Luft –
und du mir nicht ein Zeichen bringst
von dem ich wieder hoffen kann und leben!

ZDENKA *hastig*
Gewiß. Ich bring dir wieder einen solchen Brief
heut oder morgen!
MATTEO *drängend* Heute noch! Du bist mein einziger Freund!
Gib mir dein Manneswort – auf dich verlaß ich mich!
Und wenn ich mich auf dich nicht mehr verlassen könnte
dann käme etwas andres!
ZDENKA *angstvoll* Was? was käme dann, Matteo?
MATTEO *sehr finster*
Dann stünd ich morgen beim Rapport und bäte um Versetzung nach Galizien.
Und wenn mir das nichts hilft und ich auch dort
die Arabella nicht vergessen kann –
dann gibts halt einen Ausweg: den Revolver.
ZDENKA
Mein Gott im Himmel!
MATTEO Denk daran, wie du mir hilfst!
Er eilt weg
ZDENKA *fast sinnlos vor Aufregung und Angst zwischen so vielen Gefahren und Schwierigkeiten*
Ihm helfen – o mein Gott! und mir! wer hilft denn mir!
Die Wörter hätt ich wohl in mir für hundert solche Briefe –
und auch die Schrift die treff ich ja im Schlaf –
was aber hilft ihm denn der Brief, wenn ich für sie
die zärtlichen verliebten Wörter schreibe!
Die Wörter muß ich finden die ins Herz ihr gehn
daß sie erkennt den Einzigen der es verdient von ihr geliebt zu sein –
Das ist das Schwerere und wenn's mir nicht gelingt – hab ich verspielt.
ARABELLA *ist von rechts eingetreten, in Hut, Schleier und Pelzjakke, hinter ihr die Begleiterin.*
Ich danke, Fräulein. Holen Sie mich morgen um die gleiche Zeit,
für heute brauch ich sie nicht mehr. Adieu.
Begleiterin geht ab.

ARABELLA *legt den Hut und die Jacke ab. Sie sieht die Rosen, die auf einem Guéridon stehen*

Die schönen Rosen! Hat die ein Husar gebracht?

Sie nimmt die Rosen

ZDENKA

Wie? ein Husar?

ARABELLA

Der Leibhusar von einem fremden Reisenden!

ZDENKA

Nein. Sie sind von Matteo.

Arabella legt die Rosen schnell weg – Zdenka tut sie wieder in die Vase

ZDENKA *sanft* So gehst du mit seinen Blumen um!

Und trotzdem bringt er neue jeden Tag.

ARABELLA *kurz*

Ah, laß! – Und dort das andere Bukett?

ZDENKA Vom Elemer.

Und da Parfum vom Dominik, und Spitzen vom Lamoral.

ARABELLA *spöttisch*

Die drei! Verlumpen Geld zu dritt, verlieben sich zu dritt ins gleiche Mädel –
am End verloben sie sich auch noch alle drei mit mir!

ZDENKA

Nichts wert sind sie – und etwas wert ist nur der eine – der!

Sie hält ihr Matteos Rosen entgegen

ARABELLA

Ah, laß! Die drei sind lustiger und haben mehr in sich.

ZDENKA *vorwurfsvoll*

Kannst du das sagen! Mehr in sich als der Matteo!
Er liebt dich doch aus seiner ganzen Seele,
aus seinem ganzen Herzen –

ARABELLA *spöttisch* und aus allen seinen Kräften!

Nur sind die Kräfte halt nicht groß!

ZDENKA *heftig*

Versündig dich nur nicht! Du hast ihn lieb gehabt!

ARABELLA Viel-
leicht!

Gehabt! So ists vorbei: du sagst es selbst.

ZDENKA

Gib acht daß er dich das aussprechen hört!
Es wär sein Tod.

ARABELLA *leichthin* Mannsbilder sterben nicht so schnell!

ZDENKA *heftiger*

Es wär sein Tod! anbeten tut er dich!

ARABELLA *sieht sie an*

Zdenkerl, du hast schon ganz den exaltierten Ton von der
Mama!
Paß auf auf dich!

ZDENKA

Weils mir das Herz umdreht, wie ich ihn leiden seh!

ARABELLA *ohne sie anzusehen*

Bist du verliebt in ihn?

ZDENKA *stampft auf* Sein Freund bin ich!
Sein einziger Freund auf dieser Welt!

ARABELLA *sieht sie wieder aufmerksam an*

Zdenkerl, in dir steckt was Gefährliches seit letzter Zeit.
Mir scheint, Zeit wärs, daß du ein Mädel wirst
vor aller Welt und daß die Maskerad ein End hat.

ZDENKA

Ich bleib ein Bub bis an mein End. Ich will nicht eine Frau
sein –
so eine wie du bist. Stolz und coquett, und kalt dabei!

ARABELLA

Du, du! Mir scheint es ist sogar die höchste Zeit!

ZDENKA *heftig*

Zeit wärs daß du das einzige Herz, das deiner wert ist,
nicht unter deine Füße trittst!

ARABELLA *sehr ernst*

Er ist der Richtige nicht für mich!
Er ist kein ganzer Mann. Ich könnt mich halt vor ihm nicht
fürchten.
Wer das nicht ist, der hat bei mir verspielt!

ZDENKA

Wie eine Hexe redest du!

ARABELLA *sie hat sich gesetzt*
Ich red im Ernst, ich red die Wahrheit jetzt zu dir!
Ich kann ja nicht dafür, daß ich so bin.
Ein Mann wird mir gar schnell recht viel
und wieder schnell ist er schon gar nichts mehr für mich!
Da drin im Kopf geschiehts, und schnell, ich weiß nicht wie!
Es fangt zu fragen an, und auf die Fragen
find ich die Antwort nicht, bei Tag und nicht bei Nacht.
Ganz ohne meinen Willen dreht sich dann mein Herz
und dreht sich los von ihm. Ich kann ja nichts dafür –
aber der Richtige – wenns einen gibt für mich auf dieser Welt –
der wird auf einmal dastehen, da vor mir
und wird mich anschaun und ich ihn
und keine Zweifel werden sein und keine Fragen
und selig werd ich sein und ihm gehorsam wie ein Kind.

ZDENKA *nach einer kleinen Pause, sie liebevoll ansehend*
Ich weiß nicht wie du bist, ich weiß nicht ob du Recht hast –
dazu hab ich dich viel zu lieb! Ich will nur daß du glücklich wirst –
mit einem ders verdient! und helfen will ich dir dazu.
Noch inniger, mehr für sich, und zugleich mit Arabella
So hat ja die Prophetin es gesehn:
sie ganz im Licht und ich hinab ins Dunkel.
Sie ist so schön und lieb, – ich werde gehn
und noch im Gehn werd ich dich segnen, meine Schwester.

ARABELLA *für sich und zugleich mit Zdenka*
Der Richtige, wenns einen gibt für mich,
der wird mich anschaun und ich ihn
und keine Zweifel werden sein und keine Fragen,
und selig werd ich sein und ihm gehorsam wie ein Kind!
Man hört die Glöckchen eines Schlittens.

ZDENKA
Das ist der Schlitten vom Elemer. Ich kenn die Schellen.

ARABELLA *wieder ganz leicht und munter*
Und hinter ihm kommt dann der Dominik gefahren
und hinter dem der Lamoral. So treiben sie's.

Und ich – ich treibs halt mit – weil halt nur einmal Fasching ist.

ZDENKA

Nein: heute kommt der Elemer allein.
Das ist so zwischen ihnen abgemacht.
Freust du dich? Nein! Er kann der Richtige nicht sein!
Nein, nein, das darf nicht sein!

ARABELLA

Ich weiß ja nicht!
Ein Mann, das ist er wohl. Vielleicht zu viel ein Mann.
Ein wilder zorniger Mann – kann sein, ich muß ihn nehmen!

Sie steht nachdenklich

ZDENKA

Mein Gott, dann bringt sich der Matteo um
visionär
Ich klopf an seine Tür, er gibt nicht Antwort.
Ich werf mich über ihn – ich küß zum ersten Mal
seine eiskalten Lippen! dann ist alles aus.

ARABELLA *für sich, ohne auf Zdenka zu achten*

Kann sein, ich muß. Es wird mir schon ein Zeichen kommen!
Heut abend ist der Fasching aus. Heut abend muß ich mich entscheiden.
Zdenkerl, was schaust du denn so traurig drein?
Ich weiß ja doch, die Eltern zittern drauf
mich los zu sein. Und ich, ich kann doch nicht
wenn mich nicht alles stoßt und drängt und hinwirft zu dem e i n e n!
Siehst du – da war ein fremder Mensch heut vormittag –
sie geht gegen das Fenster
wie ich hier aus dem Haus gegangen bin,
dort drüben war er, an der Ecke, groß, in einem Reisepelz,
und hinter ihm ein Leibhusar – ein Fremder halt
aus Ungarn oder aus der Wallachei...
Der hat mich angeschaut mit großen ernsten festen Augen,
dann hat er was gesagt zu seinem Diener.
Ich hätt geschworen drauf, daß er mir Blumen schickt.
Blumen von dem, das wäre heute mehr für mich als alles!

Die täte ich mir in mein Zimmer nehmen
und wenn ich heimkäm in der Nacht vom Ball
fänd ich sie wieder, und ich ließ sie nicht verblühn –
als bis er selber käme! Laß mich nur
das sind so Phantasien –
schau mich doch nicht so ängstlich an!

ZDENKA *reißt die Rosen von Matteo aus der Vase, hält sie ihr leidenschaftlich hin*
Nimm die! sie kommen von dem treuesten Menschen auf der Welt!
Nimm sie zu dir, ganz nah zu dir, nimm keine anderen als die!
Ich fühls: dein und mein Schicksal hängt daran!
Die Glöckchen des Schlittens stärker.

ARABELLA *verwundert*
Was hast du denn? was ist denn los mit dir?

ZDENKA
Sei still! da kommt der Elemer.
Die Mitteltür geht auf, Elemer steht in der Tür, wirft den Pelz ab, den er umhängen hat, ein Groom fängt den Pelz auf, schließt von außen die Tür.
Zdenka ist schnell und leise rechts abgegangen.

ARABELLA
So triumphierend treten Sie herein?

ELEMER
Heut ist mein Tag! so haben wir gelost.
Anspannen lassen hab ich meine Russen
denn heute darf ich Sie in meinem Schlitten führen,
und abends dann auf dem Fiakerball
bin ich Ihr Herr!
Arabella runzelt die Stirn
Ich meine: ich Ihr erster Knecht
denn Sie sind immerdar die Königin!

ARABELLA
Ihr habt um mich gelost! Ihr seid mir schon die Rechten!

ELEMER
Ja, einer von uns dreien muß es sein, den Sie erwählen!
So ist's beschlossen und beschworen unter uns.

ARABELLA

Ah? einer von euch dreien muß es sein?
Und ich? ich bin die Sklavin über die ihr schon das Los geworfen habt?
In welchem Krieg habt ihr mich denn erbeutet wenn ich fragen darf?

ELEMER

Zum Preis hat Sie sich selber eingesetzt
mit Ihren Blicken hat Sie uns gefordert, Ihr zu stehn:
Ein Mädchenblick ist stark und gibt und nimmt –
und er verheißt noch mehr!

ARABELLA *für sich*

Mit wie ganz andern Augen hat mich heute einer angeschaut!
Sie sieht ihn fest an
Ja, – Sie verlangen – und Sie wollen – und Sie lieben auch – vielleicht!

ELEMER

Vielleicht? das Wort da wagen Sie zu sagen – mir –
nach diesen Wochen –?
Er packt sie zornig beim Handgelenk

ARABELLA *sie macht sich los und geht ein paar Schritte von ihm weg*

Ich aber habe meinen Stolz und könnte Vieles nicht verzeihn!
Und eine Fessel tragen will ich nicht!

ELEMER

Ihr Stolz verlangt nur eines: sich zu schmiegen unter eine Manneshand!

ARABELLA

Verlangt er das? Dann sollt ich zornig sein auf euch
daß ihr mir jetzt den Hof macht einen Fasching lang –
und immer noch habt ihr mir nicht das Herz erlöst
von diesem Stolz – und habt mir noch nichts Besseres geschenkt –
und immer bin ich noch die Gleiche die ich war,
und dieses einzige bittersüße Glück
das einem Mädel bleibt, das kost ich aus: versteckt

und in der Schwebe sein, und keinem ganz sich geben!
und zögern noch und noch –
Vielleicht wird aber bald was Andres kommen, Elemer.
Mit einem süßen Lächeln
Wer weiß – vielleicht sehr bald, vielleicht noch diese Nacht!

ELEMER
Das Andere wird kommen in der Stunde
die ich herab vom Himmel flehe, Bella –
wo Sie abwerfen diese feigen zaudernden Bedenken
und das sein wollen was Sie sind, das herrlichste Geschöpf
geschaffen Seligkeit zu bringen über mich, allein auf dieser Welt!
Hören Sie meine Pferde? Wie sie stampfen
und ihre Glocken schütteln? Wie sie läuten:
Du willst ja! Komm! dann sausen wir mit dir dahin!
Nachdenken ist der Tod! im Nicht-bedenken liegt das Glück!

ARABELLA
Sind es die Russen? schütteln sie sich schon vor Ungeduld?
Ja, ja! Ich will. Heut ist doch Faschingdienstag
und heut um Mitternacht ist alles aus.
Die Hauptallee hinunter – daß der Atem mir vergeht.
– Aber Zdenko fahrt mit uns.

ELEMER *zornig, unglücklich* Kein Wort,
kein Wort soll ich zu Ihnen reden dürfen?
In mir sind Worte, brennende, für Sie allein bestimmt!
und sonst für keines Menschen Ohr!

ARABELLA *bestimmt* Der Bub kommt mit.

ELEMER
Sie Grausame!

ARABELLA In einer halben Stunde bin ich unten
mit ihm, Solange müssen sich die Russen gedulden!
Ihn verabschiedend
Auf Wiedersehn!

ELEMER Sie sind ein angebetetes Geschöpf
ein unbegreifliches! ein grausames! entzückendes!
Er geht

ZDENKA *tritt rechts herein*
Hast du ihn fortgeschickt?
ARABELLA
Wir fahren aus mit ihm. Schnell zieh dich an.
Im Schlitten.
ZDENKA Dazu brauchst du mich?
ARABELLA Ja, dazu brauch ich dich.
Der Schlitten unten lebhafter
Schau doch die schönen Rappen, wie sie ungeduldig sind.
Mit plötzlich veränderter Stimme rufend
Zdenka!
ZDENKA Was ist denn? was erschrickst du so?
ARABELLA
Er! das ist er! er! mein Fremder! da! dort drüben geht er!
mit seinem Diener. Sicher will er wissen, wo ich wohn'.
Paß auf, jetzt sucht er, welches meine Fenster sind.
Schau seine Augen an, was das für große ernste Augen sind –
ZDENKA *hinter ihr*
Wie soll ich seine Augen sehn, er schaut ja nicht herauf!
ARABELLA *wartet*
Nein, er schaut nicht herauf
Wendet sich ins Zimmer
Er geht vorüber. Anderswo erwartet ihn halt eine andre Frau –
Die haß ich jetzt! Und wünsch ihr alles Böse auf der Welt!
ZDENKA
Und heut am Abend hast du sie vergessen – und ihn auch.
Du hast so deine Phantasien.
ARABELLA *steht finster*
ZDENKA *nähert sich ihr*
Die Männer sind's allein, die wählen dürfen,
und wir, wir müssen warten bis man uns erwählt
oder wir sind verloren.
Sie drückt ihren Kopf an Arabellas Schulter
ARABELLA
Du Weisheit!

Zdenka hebt den Kopf

Laß dich anschaun! Deine Augen sind ja voll Wasser! Zdenkerl, sag was ist mit dir?

Man hört die Schlittenglocken.

ZDENKA *macht sich los*

Gar nichts. So willst du fahren mit dem Elemer?

ARABELLA

Ja, ja. Geh. Zieh dich an. Du fahrst mit uns. Ich wills.

ZDENKA

Pst, die Mama.

Adelaide ist links herausgetreten, horchend: sie hat Waldner kommen gehört.

Waldner kommt im gleichen Augenblick durch die Mitteltür, gut angezogen, Stadtpelz und Cylinder, Stock, Handschuhe. Er sieht elegant, aber ermüdet und übernächtig aus, geht durchs Zimmer, als sehe er die andern nicht und läßt sich in einem Fauteuil vorne rechts nieder.

ADELAIDE

Laßt uns allein, meine Kinder.
Euer Vater hat Sorgen.

Arabella geht links rückwärts ab. Zdenka rechts rückwärts.

WALDNER *steht auf, legt ab – hinter einem Paravent – legt den Cylinder auf den Tisch. Er sieht die Couverts mit den Rechnungen, betrachtet sie mechanisch, reißt ein Couvert auf, dann das nächste*

Nichts als das Zeug da? und von niemand sonst ein Brief?

ADELAIDE

Du hast gespielt? Du hast verloren, Theodor?

Waldner schweigt

Du hast an deine Regimentscameraden geschrieben?

WALDNER

Von keinem eine Antwort! das ist hart.

Wirft sich auf den Fauteuil; vor sich hin, halb zu Adelaide

Da war ein gewisser Mandryka
der war steinreich und ein Phantast dazu.
Für ein Mädel hat der einmal die Straßen von Verona
bestreuen lassen mit dreitausend Scheffeln Salz
weil sie hat Schlitten fahren wollen mitten im August!
Ich hab an seine Großmut appelliert –

und hab von der Bella ein Bild hineingelegt –
in dem stahlblauen Ballkleid mit Schwanenbesatz –
Ich hab mir gedacht: vielleicht kommt er daher,
ein Narr wie er ist, und heirat das Mädel!

ADELAIDE
O Gott mein schönes Kind mit einem alten Mann!

WALDNER *heftig*
Es muß ein solider Bewerber daher
und ein End mit der ewigen Hofmacherei
die zu nichts führt! Ich weiß sonst keinen Ausweg!
Er ist aufgestanden – geht im Zimmer umher.

ADELAIDE *mit plötzlicher Ekstase*
Fort mit uns! Zur Tante Jadwiga!
Sie nimmt uns auf auf ihre Schlösser!
Du wirst Verwalter
ich führe der Tante das Haus.

WALDNER
Und die Mädeln?

ADELAIDE
Zdenka wird groom für ewige Zeiten –
wir sind nicht in der Lage
zwei Töchter zu erhalten!
Und Arabella – ihr ist prophezeit
sie macht ihr Glück durch eine große Heirat!

WALDNER *grimmig*
Inzwischen ist der letzte Fünfziger dahin!

ADELAIDE
Sei ruhig, Theodor, mir sind im Traum drei Nummern erschienen!
Unfehlbare herrliche Zahlen!

WALDNER Ah, Geschwätz!
Versetz die Smaragdbrosch und gib mir das Geld!
Was? du hast sie nicht mehr? versetzt? verpfändet?

ADELAIDE
Schon vorige Woche. Sie war das Letzte.

WALDNER
Und heut hätt ich Glück!
Ich spürs in jedem Finger!

Du unglückselige Person!
Im Herumgehen sieht er die Kartons
Was sind das da für Sachen?

ADELAIDE *hat schnell die Kartons geöffnet*
Bonbons vom Dominik! Parfum vom Elemer!
Spitzen vom Lamoral! So voller Attentionen sind die jungen Herrn!

WALDNER *tritt näher*
Spitzen? wo sind die Spitzen?

ADELAIDE
Da: point d'Alençon.

WALDNER
Geh aus, sofort und schau wie du sie möglichst gut verkaufst.

ADELAIDE
Die Spitzen, die dem Kind gehören?

WALDNER
A tempo! fix! Ich hab nicht einen Gulden mehr im Sack!

ADELAIDE
O dieses Wien!
Sie nimmt das Päckchen Spitzen zu sich
Allein so hab ichs oft geträumt!
Aus tiefster Schmach hebts uns einmal empor
zu höchster Höhe durch die Hand der Schönheit.
Waldner winkt ihr heftig ab

ADELAIDE *sich zurückziehend, links vorne, zwischen Tür und Angel in Ekstase*
Hats denn vielleicht im Allerhöchsten Erzhaus
noch keine Liebesheiraten gegeben?
Sie geht ab

WALDNER *wieder zu den Rechnungen zurück, liest die erste:*
»Bin ich nicht in der Lage, länger zu warten!«
Nimmt die zweite
»Müßte ich die Gerichte in Anspruch nehmen…«
Arme Frau! arme Mädeln!
Er läutet am Glockenzug indem er hinter sich greift. Zimmerkellner tritt ein

WALDNER
Cognac!

ZIMMERKELLNER

Auf Nummer 8 darf ich nichts mehr servieren!
Außer wünschen sofort zu bezahlen!

WALDNER

Verschwinden Sie. Ich brauche nichts.
Auf und nieder
Jetzt setzen sie sich hin und fangen wieder an zu spielen,
und alles Andre ist verlorene Zeit!

ZIMMERKELLNER *eintretend mit einem Tablett*

Ein Herr!

WALDNER

Sie sagen: ich bin ausgegangen.
Das Zeug dorthin!
Zimmerkellner legt an die von Waldner angegebene Stelle eine Karte und geht ab

WALDNER *sieht hin*

Das ist ja keine Rechnung. Melden sich
die Lieferanten jetzt schon mit Visitenkarten an?
Er geht hin, nimmt die Karte in die Hand, freudig überrascht
Mandryka!
Traut seinen Augen nicht
Der reiche Kerl! mein bester Freund im Regiment!

ZIMMERKELLNER *an der Tür*

Der Herr fragt dringend an.

WALDNER

Ich lasse bitten!
Dem Eintretenden mit offenen Armen entgegen
Tschau, Camerad!
Mandryka, großer, sehr kräftiger, eleganter Mann von höchstens fünfunddreißig Jahren, etwas undefinierbar Ländliches in der Erscheinung: sehr gut angezogen, ohne jede provinzielle Eleganz
Welko, hinter Mandryka eintretend, bleibt in der Tür stehen.

WALDNER *perplex, tritt zurück*

Ah so! Mit wem hab ich die Ehre?

MANDRYKA

Hab ich die Ehre mit dem Rittmeister Graf Waldner?

WALDNER

Waldner, so heiß ich. Rittmeister nicht mehr.
Mandryka streckt seine rechte Hand nach hinten.
Welko, unter Verneigung, gibt ihm einen Brief in die Hand

MANDRYKA *mit dem Brief auf Waldner zutretend*
Sind Sie, Herr Graf, der Schreiber dieses Briefes?
Waldner nimmt den Brief, der zerknittert ist und voll Blutflecken
MANDRYKA *sehr leicht und munter und sehr artig*
Er ist ein bißl blutig worden, und nicht mehr leserlich.
Ich bin den Tag, wo er mir zugekommen ist,
auf eine alte Bärin gegangen, sie hat mich angenommen
und ein bißl gekratzt – dabei ist das passiert.
WALDNER *indem er ihm den Brief zurückgibt, nachdem er einen Blick darauf geworfen hat*
Geschrieben hab ich allerdings an einen Herren Ihres Namens –
er war mein Freund und Regimentscamerad.
MANDRYKA
Das war mein Onkel. Er ist tot. Ich bin der einzige Mandryka.
Somit verzeihen Sie, daß ich den Brief
zu öffnen mir gestattete. – Jetzt kommt's auf eines an:
Welko, das Bild!
WELKO *indem er eine Photographie überreicht*
Es ist in Ordnung, Gospodar.
Die schöne Fräulein mit dem Gesicht wohnt hier.
MANDRYKA *die Photographie in der Hand*
Herr Graf, Sie haben Ihrem werten Brief,
der cameradschaftlich an meinen Onkel gerichtet war,
Sie haben dieses Damenbildnis beigelegt.
WALDNER *leicht hinsehend, ganz ohne Wichtigkeit*
Ah ja! die Photographie meiner Tochter
Arabella!
MANDRYKA *mit merklicher Aufregung, aber ohne die Haltung zu verlieren*
Die gnädige Tochter ist unvermählt –?
WALDNER *nickt*
Noch unvermählt.
MANDRYKA
– und derzeit nicht verlobt?
WALDNER
Derzeit noch nicht.

MANDRYKA *sehr ernst, beinahe feierlich*
Dann bitte ich um ein Gespräch von fünf Minuten.
Welko rückt schnell zwei Fauteuils einander gegenüber, zieht sich dann zurück.
Waldner und Mandryka setzen sich. Eine kleine Pause der Verlegenheit bei Mandryka, der Spannung bei Waldner.

MANDRYKA
Darf ich so unbescheiden sein und eine Frage stellen?

WALDNER
Du bist der Neffe – und Erbe meines teuren Cameraden.
Verfüge über mich!

MANDRYKA
Ich danke sehr. –
Er überlegt einen Moment
Als in dem Brief an meinen seligen Onkel
das reizende Porträt des Fräulein Tochter
hineingeschlossen wurde,
darf ich annehmen, daß da eine Absicht
im Spiele war? – Ich bitte um Vergebung.

WALDNER *vorsichtig*
Mein Gott, ich hab mir halt gedacht ich mach dem Alten damit einen Spaß!

MANDRYKA *sehr aufmerksam, bestrebt, jedes Wort Waldners nach seinem vollen Gewicht zu erfassen*
Dem Onkel einen Spaß? – Wenn aber das die Folge wär gewesen:
daß mein Herr Onkel, der ein ganzer Mann war
und in den besten Jahren,
sich hätte in die Schönheit des Porträts verliebt
und wär getreten hier vor Ihnen, hochgeborner Herr,
so als ein offenherziger Edelmann vor einen andern,
und hätt gesagt: »Wer das Gesicht gesehen hat
und tritt nicht als Bewerber auf
verdient nicht, daß ihn Gott auf dieser schönen Erden leben laßt:
So gib das Mädel mir zur Frau und Herrin!«
Was wäre dann gewesen? Gesetzt den Fall, er hätte so gesagt!

WALDNER

Dann hätten wir uns in einer unerwarteten Situation befunden.

MANDRYKA *steht auf, sehr aufgeregt, aber beherrscht.*

Der Onkel ist dahin. Heut bin ich der Mandryka, niemand sonst.
Mein sind die Wälder, meine sind die Dörfer.
Viertausend Untertanen beten daß ich glücklich sei –
und ich, mit aufgehobenen Händen bitte ich:
Herr Vater, geben mir die gnädige Tochter,
geben mir sie zur Frau, die jetzt seit vierzehn Wochen
jeden Gedanken hier in dieser Brust regiert.
Waldner schweigt vor Staunen

MANDRYKA *sehr ernst*

Ich bin ein Witwer. Wird sich da die gnädige Tochter schrecken?
Meine Maria war zu gut für mich!
Zwei Jahre nur ist sie bei mir geblieben.
Waldner bittet ihn durch Gebärden, sich wieder zu setzen
Ihr Zögern ist kein Todesurteil? Nein?
Waldner schüttelt den Kopf
Ich darf sie sehn?
Waldner nickt
Bedenken: dieser Brief kommt an, und in der gleichen Stunde
nimmt mich die alte Bärin in die Arme
und drückt mir vier von meinen Rippen ein.
Zwölf Wochen bin ich so im Bett gelegen –
vor meinen Augen dieses Bild – und ein Gedanken immer stärker
bis er die Seele mir herausgezogen hat!
Ganz naiv, ohne alle Prahlerei
Kommen meine Verwalter: Was ists mit unserm Herrn?
Kommen die von den Meierhöfen: Was ists mit unserm Herrn?
Kommen die von den Fohlenhöfen: Freut unsern Herrn kein Pferd mehr?
Kommen meine Förster: Freut unsern Herrn kein Jagen?

Ich geb ihnen keine Antwort. Welko! ruf ich,
hol mir den Juden, na! wie heißt der Jud in Sissek,
der meinen Wald will kaufen? dort den Eichwald!
Schnell her mit ihm, und er soll Geld mitbringen
denn morgen fahr ich in dem Kaiser seine Hauptstadt
da kostet Geld ein jeder Atemzug
und Hindernisse darfs nicht geben auf der Brautfahrt!
Er zieht ein großes, aber elegantes Portefeuille hervor; es enthält, lose hineingelegt, einen dicken Pack Tausendguldennoten
Das ist der Wald. –
Es war ein schöner Wald: Einsiedler waren drin,
Zigeuner waren drin und alte Hirschen
und Kohlenmeiler haben viele drin geraucht –
Hat sich alles in die paar Fetzen Papier verwandelt!
Aber es stehen Eichenwälder genug noch auf meinem Boden
für Kinder und für Enkel – Gott erhalte! –
Verzeih'n um Gotteswillen daß ich da von solchen Sachen rede!
Ist ganz, ich weiß nicht wie, gescheh'n!
Er will das Portefeuille einstecken

WALDNER *hindert ihn daran durch eine unwillkürliche Bewegung*
Oho! ich find es ungeheuer interessant!
Wenn man bedenkt: ein Wald – Einsiedler waren drin
Zigeuner waren drin und alte Hirschen
und auf eins zwei – ein solches Portefeuille!
Ich hab seit vielen Jahren so was nicht gesehn!
Er starrt fasciniert auf das Portefeuille

MANDRYKA *hält ihm's hin, sehr leicht und liebenswürdig*
Darf ich vielleicht? brauchst du vielleicht?
so für den Augenblick? Du tust mir eine Gnad!
Teschek, bedien dich!

WALDNER *nach kurzem Zögern, nimmt eine Tausendguldennote*
Mein Bankier ist nur verreist!
Ich geb es dir heut abend spätestens zurück!

MANDRYKA *hält das Portefeuille nochmals hin, sehr herzlich*
Nicht mehr? Ich bitte vielmals! Aber doch!
Teschek, bedien dich!

Waldner nimmt eine zweite Note und steckt sie mit nonchalance zu der ersten in die Westentasche
Mandryka läßt das Portefeuille in seine Brusttasche gleiten. Eine leichte Pause der Verlegenheit.

MANDRYKA
Und wann wird's dir genehm sein
mich deiner Gräfin vorzustellen –
und dann der gnädgen Tochter?

WALDNER
Sie sind gleich da im Nebenzimmer.
Mandryka steht auf, wirklich erschrocken

WALDNER *steht gleichfalls auf*
Willst du sie sehn? Ich ruf' –
ich stell dich vor.

MANDRYKA
Jetzt? so? Ich bitte: nein! auf keinen Fall!

WALDNER
So schüchtern war der Onkel nicht!

MANDRYKA *sehr ernst*
Das ist ein Fall von anderer Art.
Es handelt sich für mich um etwas Heiliges.

WALDNER
Ganz wie du willst.

MANDRYKA *in verändertem Ton*
Ich werde mich hier im Hause einlogieren
und den Befehl abwarten deiner Gräfin
wann ich mich präsentieren darf am Nachmittag
oder am Abend – oder wann es wird belieben.
Verneigt sich, Waldner reicht ihm die Hand und begleitet ihn dann zur Tür

WALDNER *allein*
Hab ich geträumt? Dahier ist er gesessen
der Neffe vom Mandryka.
So was passiert einem doch nicht!
Er zieht den einen zerknitterten Tausender hervor, dann den zweiten, glättet beide, steckt sie in seine völlig leere Brieftasche
Hab ich geträumt? Nein! ich hab nicht geträumt!
Er nimmt den einen Tausender wieder heraus, dreht daraus, ganz

gedankenlos, eine kleine Papiertüte und behält sie in der Hand
Mit leichtem Ausdruck, Mandrykas Ton kopierend, ziemlich laut
Teschek, bedien dich!
ZIMMERKELLNER *eintretend*
Ist hier gerufen?
Er gewahrt den Tausender in Waldners Hand und verändert sofort den Ton
Haben mich befohlen?
WALDNER *vor sich, leise, zart*
Teschek, bedien dich!
ZIMMERKELLNER
Befehlen diesen Tausender zu wechseln?
WALDNER
Später vielleicht. Jetzt nicht.
Zimmerkellner geht ab
WALDNER *vor sich hin, mit Grazie*
Teschek, bedien dich!
Fast schmelzend zärtlich
Teschek, bedien dich!
Majestätisch
Teschek, bedien dich!
Er nimmt Mantel, Hut und Stock
ZDENKA *aus der Tür rechts heraus*
Hast du gerufen, Papa?
WALDNER *mit turbulentem Jubel*
Teschek, bedien dich!
ZDENKA
Mit wem spricht er? Ist dir etwas geschehn, Papa?
WALDNER *jetzt erst bemerkend, daß er nicht allein ist*
Gar nichts. Ich geh jetzt aus. Ich werd erwartet.
Brauchst du vielleicht?
Er winkt ihr mit dem Tausender, den er in der Hand behalten hat.
Ich werd mir wechseln lassen.
Adieu.
Ab durch die Mitteltür
ZDENKA *allein*
Papa! Er ist schon fort.

So hab ich ihn noch nie gesehn.
Die Sorgen haben ihn um den Verstand gebracht!
Wir müssen fort aus dieser Stadt – schon morgen
und den Matteo seh ich heut vielleicht zum letzten Mal –
O Gott im Himmel steh mir armem Mädel bei!
Matteo schnell und verstohlen zur Mitteltür herein.
Zdenka erschrickt

MATTEO
Er hat mich nicht gesehn. Ich hab mich seitwärts in die Tür gedrückt.

ZDENKA *deutet auf die Tür links rückwärts*
Pst! sie ist da!
Horcht
Sie ruft mich!

MATTEO
Kann ich sie nicht sehn?

ZDENKA
Jetzt nicht! Ich bitte dich! Jetzt nicht!

MATTEO
Hast du den Brief?

ZDENKA
Den Brief? Ja! Nein! Sie will jetzt nicht.
Sie sagt, sie will ihn dir – heut abend – komm auf den Fiakerball –
und vorher sei zuhaus –
hier im Hotel – vielleicht bring ich ihn dir
ins Zimmer – oder du bekommst ihn dort!

MATTEO
Du laßt mich nicht im Stich? Ich hab dein Wort!
Zdenka, ängstlich, deutet auf die Tür links.
Matteo schnell ab
Arabella tritt aus der Tür links, in einem andern Kleid, einem Mantel, einem andern Hut.
Zdenka steht verwirrt und verlegen da.
Man hört die Schlittenglocken

ARABELLA
Bist du nicht fertig! Ja, was hast du denn gemacht die ganze Zeit? So zieh dich endlich an! Die Rappen sind schon voller Ungeduld.

ZDENKA
Die Rappen – und dein Elemer vielleicht noch mehr!
Läuft ins Nebenzimmer rechts

ARABELLA
Mein Elemer! – Das hat so einen sonderbaren Klang...
Sie setzt sich
Er mein – ich sein. Was ist denn das,
mir ist ja, wie wenn eine Angst mich überfiele –
und eine Sehnsucht... ja, nach was denn auf der Welt?
Nach dem Matteo?
Sie steht auf Weil er immer sagt,
er kann nicht leben ohne mich, und mich so anschaut
mit Augen wie ein Kind?
Sie horcht in sich hinein
Nach dem Matteo sehnt sich nichts in mir!
Ein Zögern, dann ausbrechend
Ich möchte meinen fremden Mann noch einmal sehn!
Ich möchte einmal seine Stimme hören! –
Dann wäre er wie die Anderen für mich. –
Wie sagt die Zdenka: daß wir warten müssen bis uns einer wählt,
und sonst sind wir verloren. Es ist Zeit
daß sie in Mädelkleider kommt, die Kleine,
sie hat so sonderbare Blicke. Wenn ich dann verheirat't bin
muß sie zu mir. Verheirat't mit dem Elemer?
Sie schaudert unwillkürlich
Was rührt mich denn so an, als trät ich einem übers Grab?
Ist das der fremde Mann mit dem ich nie ein Wort geredet hab
zieht der im Dunkel so an mir?
Herr Gott, er ist ja sicher ein verheirateter Mann
und ich soll und ich werd ihn nicht mehr wiedersehn!
Und heut ist Faschingdienstag und am Abend ist mein Ball
– Von dem bin ich die Königin – und dann...

ZDENKA *tritt heraus, in einem kurzen Pelz, einen Zylinder in der Hand*
So ich bin fertig.

ARABELLA Komm!

Zdenka öffnet ihr die Tür. Arabella geht hinaus. Zdenka setzt den Zylinder auf und folgt ihr. Die Schlittenglocken tönen herauf.

Vorhang

ZWEITER AUFZUG

Vorraum zu einem öffentlichen Ballsaal, prunkvoll im Geschmack der 1860er Jahre. Logenartige Räume, aus Säulen und Draperien, links und rechts. In der Mitte Treppe zu einer Estrade, von der man in den eigentlichen Ballsaal hinabsieht, und zu dem man links und rechts von dieser Treppe hinabsteigt.
Arabella und hinter ihr Adelaide, von mehreren Herren begleitet, steigen langsam die Treppe von der Estrade herab.
Waldner und Mandryka stehen unten, seitwärts. Beide im schwarzen Frack, mit umgeschlungener schwarzer Crawatte.

MANDRYKA
Das ist ein Engel, der vom Himmel niedersteigt!
WALDNER
Na, endlich! Immer eine halbe Stund' zu spät.
MANDRYKA
O Waldner, Waldner!
WALDNER Wenn du meine Hand so druckst
werd ich drei Tag' lang keine Karten halten können.
Jetzt komm! ich stell dich vor! Was gehst du denn zurück!
Adelaide mit Arabella, unten angelangt, treten etwas nach links. Die begleitenden Herren sind zurückgeblieben.
ADELAIDE *leise zu Arabella*
Dort steht er. Habe ich zuviel gesagt?
ARABELLA *ohne daß sie hinzusehen scheint*
Mama – das ist jetzt wirklich die Entscheidung!
ADELAIDE
Du bist sehr blaß! Ist dir nicht wohl, mein Kind?
Willst du dich setzen? willst du fort?
ARABELLA Nein, laß Mama.
Nur einen Augenblick laß mich allein.
Adelaide geht auf die beiden Herren zu
WALDNER *ihr entgegen*
Was ist denn?

ADELAIDE Laß ihr einen Augenblick!

WALDNER

Zu was denn?

ADELAIDE Eine plötzliche Beklommenheit.

Du kennst ihre Natur.

WALDNER Jetzt ist nicht Zeit für solche Faxen!

Hier stell' ich Dir Herrn von Mandryka vor.

Adelaide reicht Mandryka die Hand, die er küßt

ARABELLA *zu ihnen gehend*

Mama, da bin ich.

WALDNER Meine Tochter Arabella.

Mandryka verneigt sich tief.

Adelaide zieht Waldner bei Seite. Sie verschwinden rechts.

Mandryka sieht Arabella an, ohne ein Wort herauszubringen

ARABELLA

Sie sehn nicht aus wie jemand, den das alles da interessiert.

Indem sie sich fächelt

Was führt Sie dann hierher?

MANDRYKA

Nach Wien?

ARABELLA

Hierher auf diesen Ball!

MANDRYKA

Sie fragen mich, was mich hierherführt, Arabella?

Dominik kommt von rückwärts, will Arabella zum Tanz holen

ARABELLA *zu Dominik*

Später. Jetzt sprech ich hier mit diesem Herrn.

Sie tritt nach links. Dominik ab

MANDRYKA *nach einer kleinen Pause*

So hat Ihr Vater Ihnen nichts gesagt?

ARABELLA *setzt sich und winkt ihm mit dem Fächer, sich neben sie zu setzen*

Was hätte er mir sagen sollen?

ELEMER *kommt von rückwärts zu Arabella*

Darf ich vielleicht um diesen Walzer bitten?

ARABELLA

Später. Jetzt bleib ich hier.

Elemer verneigt sich und geht

ARABELLA *sieht Mandryka an*
Was hätte mir mein Vater sagen sollen?
MANDRYKA
Sie wissen nichts von mir?
Arabella schüttelt den Kopf
Ich habe eine Frau gehabt, sehr schön, sehr engelsgut.
Sie ist zwei Jahre nur bei mir geblieben,
dann hat der Herr Gott sie zu sich gerufen schnell.
Zu jung war ich und noch nicht gut genug für einen solchen Engel.
Er senkt den Kopf
ARABELLA *nach einer kleinen Pause, mit ein wenig Schelmerei*
Das ist es, was mein Vater mir erzählen sollte?
MANDRYKA *sehr ernst und schwer*
Verzeihen Sie, ich bin ein halber Bauer,
bei mir geht alles langsam, aber stark.
Wie mit plötzlichem Entschluß
Sie sind schön, Arabella – Ihr schönes Gesicht
auch auf einem Papier verbrennt schon die Seele!
ARABELLA *mit einem Stirnrunzeln*
Wie kommt man eigentlich da unten in Slawonien
zu einem Bild von mir?
MANDRYKA *sieht sie an*
Wie man zu einem Bild – das ist ja gleich! –
So schön sind Sie – eine Gewalt ist da in Ihren Zügen
sich einzudrücken in die Seele wie in weiches Wachs!
Über den einfachen Menschen, den Felder und Wälder umgeben,
ist eine solche Gewalt sehr groß, und er wird wie ein Träumer,
wie ein Besessener wird er und faßt den Entschluß mit der Seele,
einen ganzen Entschluß und wie er entschlossen ist, so muß er handeln!
Arabella erschrickt vor der dumpfen Heftigkeit, steht auf
MANDRYKA *steht auf*
Gräfin, ich habe vergessen wie anderswo anders die Welt ist.

Hier sind nicht meine Wälder und Felder, Sie müssen verzeihen
meine unschicklichen Reden, wodurch ich Sie hindre am Tanzen.

LAMORAL *kommt von rückwärts zu Arabella*
Darf ich jetzt stören und um einen Walzer bitten?

ARABELLA
Nein. Später, Lamoral, ich möcht mit dem Herrn da noch ein bißl reden,
wenn er – vielleicht – sich wieder niedersetzen wird.
Lamoral verneigt sich und geht

ARABELLA *setzt sich und winkt Mandryka, sich zu setzen*
Sie wollen mich heiraten, sagt mein Vater
Ja haben Sie denn eine Ahnung wer wir sind?
Wir sind nicht grad sehr viel, nach dem Maß dieser Welt –
wir laufen halt so mit als etwas zweifelhafte Existenzen!

MANDRYKA
Ihren Stammbaum, Arabella,
den tragen Sie in Ihr Gesicht geschrieben!
und wenn Ihnen genug ist über einen zu gebieten
der selbst wieder gebietet über viele
so kommen Sie mit mir und sei'n die Herrin!
Sie werden Pfauen weiden auf seidenem Boden
und das wird nicht geschehen daß jemand sich dünkt über Ihnen
es sei denn der König und Kaiser und seine Kaiserin! – aber sonst niemand!

ARABELLA *vor sich*
Der Richtige, wenns einen gibt für mich,
der wird auf einmal da sein,
und wird mich anschaun und ich ihn
und keine Winkelzüge werden sein und keine Fragen,
nein, alles hell und offen, wie ein lichter Fluß, auf dem die Sonne blitzt!

MANDRYKA
So fließt der helle stille Donau mir beim Haus vorbei,
und hat mir dich gebracht! du Allerschönste!
Geheimnisvoll

Und heute abend noch, vor Schlafenszeit –
wärst du ein Mädchen aus der Dörfer einem meinigen,
du müßtest mir zum Brunnen gehen hinter deines Vaters Haus
und klares Wasser schöpfen einen Becher voll
und mir ihn reichen vor der Schwelle, daß ich dein Verlobter bin vor Gott
und vor den Menschen, meine Allerschönste!

ARABELLA
So wie Sie sind, so hab ich keinen Menschen je gesehn!
Sie bringen Ihre eigene Lebensluft mit sich
und was nicht Ihnen zugehört, das ist nicht da für Sie.

MANDRYKA
Darum kann ich erst leben wenn ich etwas Herrliches
erhöhe über mich, und so in dieser Stunde
erhöh ich dich, und wähle dich zu meiner Frau
und wo ich Herr bin, wirst du Herrin sein
und wirst gebieten, wo ich der Gebieter bin!

ARABELLA *ganz leise, mit ihm*
Und du wirst mein Gebieter sein und ich dir untertan
dein Haus wird mein Haus sein, in deinem Grab will ich mit dir begraben sein –
so gebe ich mich dir auf Zeit und Ewigkeit.
Ihren Ton völlig ändernd, aber ernst
Jetzt aber fahren Sie nachhaus. Ich bitte Sie darum.

MANDRYKA
Und Sie?

ARABELLA Ich bleibe noch.
Mandryka verneigt sich
Ich möchte tanzen noch, und Abschied nehmen
von meiner Mädchenzeit, nur eine Stunde lang.
Gewähren Sie mir die?

MANDRYKA Wenn Sie hier bleiben,
so ist mein Platz nicht anderswo als hier.
Arabella runzelt die Stirn
Sie aber brauchen nicht ein einziges Wort an mich zu richten!
Ein Schwarm von Fiakern und Ballgästen, darunter auch die

Fiakermilli und einige solche Mädchen, und die drei Grafen, kommt aus dem Tanzsaal herauf auf die Bühne

ARABELLA *sieht Mandryka an*

Darf ich?

MANDRYKA

Sie dürfen! Ja! Sie dürfen alles was Sie wollen!

Indem er zur Seite tritt und den Herankommenden den Weg freigibt

Tretet auseinander, gute Menschen,
nach den vier Weltseiten auseinander!
Laßt die junge Magd ein Kleines tanzen
eh vom Väterchen sie noch vermählt wird!

Die Fiakermilli, eine hübsche Person in einem sehr auffallenden Ballkleid, ein großes Bukett in der Hand, tritt aus dem Schwarm heraus auf Arabella zu, die jetzt in der Mitte steht.

DOMINIK *neben Milli tretend*

Der Ball begehrt nach seiner Königin!
die Milli ist der Herold der Fiaker
wir haben unsre Huldigung ihr in den Mund gelegt!

DIE FIAKERMILLI *indem sie mit einem Knix Arabella das Bukett überreicht, leichtfertig, fast frech*

Die Wiener Herrn verstehen sich
auf die Astronomie:
Die könnten von der Sternwart sein
und wissen gar nicht wie!
Sie finden einen neuen Stern
gar schnell heraus die Wiener Herrn
den machen sie zur Königin
an ihrem Firmament:
Zu der dann schallt es im Verein:
du sollst unsres Festes Königin sein!

DIE GRAFEN UND FIAKER

Du sollst unsres Festes Königin sein.

Die Fiakermilli geht sogleich aus ihrem Lied in ein freches übermütiges Jodeln über. Der Jodler bildet die Überleitung zu dem nun einsetzenden Walzer.

Arabella, unter den Klängen des Walzers, den Milli mitjodelt, nimmt Blumen aus dem Bukett und verteilt sie unter die Herren

und Fiaker. Zuletzt wirft sie das ausgeplünderte Bukett unter sie und nimmt Dominiks Arm, und steigt mit ihm in den Ballsaal hinab, von allen gefolgt.
Mandryka sieht ihnen nach, dann wendet er sich.
Adelaide erscheint in diesem Augenblick von rechts.
Matteo ist zugleich links herausgetreten, Zdenka schüchtern hinter ihm, in Knabenkleidern, aber einer Art von schwarzem Frack, sich hinter einer Säule deckend.

ADELAIDE *auf Mandryka zu*
Sie sind allein? Wo ist Arabella?

MANDRYKA
Wo ihre Pflicht sie ruft als Königin des Balles.

MATTEO *in die Luft*
Wie sie mich vergißt – im Rausch ihrer Schönheit!

ADELAIDE
Ihre Augen leuchten. Wie darf ich das deuten?

ZDENKA *hinter Matteo, ängstlich*
Sie denkt an dich, ich weiß es, Matteo!
Ihre Blicke nur nimmt sie in acht.

MANDRYKA *auf Adelaide zu*
O Gräfin, Sie selber so jung noch, so reizend –
und Sie ihre Mutter! mit was für Worten
womit denn auf Erden vermöchte ich Ihnen zu danken!
Er küßt ihr mit Innigkeit die Hand

MATTEO *tritt einen Schritt hervor*
Die Blumen für alle! für alle ihr Lächeln!
sie selber für alle! was bleibt für mich?

ADELAIDE *zu Mandryka*
O könnten Sie ahnen, was in mir vorgeht!
mein Freund! mein Sohn! mein fahrender Ritter!
Zu viel für mein Herz. Ich muß es teilen!
Zu ihm, zu ihr! Nein, bleiben Sie hier!
ich finde ihn! er muß Sie umarmen!
Sie eilt rechts ab

ZDENKA *innig aber zart, zu Matteo*
Für dich bleibt Alles: sie braucht deine Trauer
tief wie ein Brunnen
ihre ganze Seele hineinzuwerfen –
Seicht sind die andern!

MATTEO *vor sich*

Eines bleibt: fort nach Galizien,
und sie vergessen – wenn ich noch kann!
Und ist's dazu zu spät – so gibt es noch ein andres Mittel!
Er geht nach vorne, Zdenka bleibt links, aus Furcht, gesehen zu werden

ZDENKA

Der Papa! die Mama! daß keiner mich sieht!
Wohin gehst du, Matteo?
Matteo geht in den Hintergrund, starrt düster in den Ballsaal hinab.
Adelaide und Waldner, von rechts, auf Mandryka zu.
Zdenka verschwindet links

ADELAIDE

O Theodor! hier ist er, Theodor!

WALDNER *jovial*

Wie stehst du vor mir, neveu meines alten Mandryka?
Mir scheint, du verstehst, wie man Frauen gewinnt, so gut wie der Onkel!
Na! Teschek! umarme mich schon!

MANDRYKA

Glücklich, du Guter steh ich vor euch –
leichte Umarmung
glücklich so sehr, daß ich fast muß mich schämen! –
Nicht wie ein Mann steh ich vor euch
gar wie ein Bursch, der auf den Abend wartet –
in unseren Dörfern –
wenn alles dunkel, gelöscht sind die Feuer!
aber er weiß, im Haus ihres Vaters wartet das Mädel,
dann schlüpft sie zum Brunnen und schöpft für ihn
einen Trunk klaren Wassers:
den reicht sie ihm von der finsteren Schwelle.

ADELAIDE

O welche Zartheit, bezaubernde ländliche Sitte!
Ich fühle die Luft meiner Heimat um mich, und das Schloß meiner Väter,
drunten schlummernd das Dorf –

WALDNER *mit einer abwehrenden Gebärde sehr eilig*

Ich stehe sofort zur Verfügung!

Leise

Laß mich! ich bin im Gewinn!

Ab rechts

Mandryka hebt seine Hand und schnalzt mit den Fingern; sofort sind Welko, Djura und Jankel um ihn; alle im schwarzen Frack, aber mit Metallknöpfen

MANDRYKA *rechts*

Hierher einen Tisch. Wir werden soupieren.

Sogleich ein Kellner mit einer Karte und Kellnerjungen.

MANDRYKA *zu Adelaide*

Welchen Champagner? befehlen Sie selber!

Kellner präsentiert Adelaide die Weinkarte

ADELAIDE

Moët-Chandon, halb herb und halb süß – der war es bei meiner Verlobung!

MANDRYKA

Dreißig Flaschen von diesem!

Er zeigt in die Weinkarte Sechs für den Tisch
und die andern herumservieren im Saal –
und noch einmal dreißig!
und noch einmal dreißig!
Welko, du ordnest! Eiskübel in jede Ecke!
bis sie alle im Saal da nimmermehr wissen
ob sie sind Grafen, verhext in Fiakerkutscher,
oder Fiakerkutscher, umgekrempelt in Grafen!
Sie sollen sich freuen, wenn ich mich freue!
Befehlen weiter!

ADELAIDE *indessen man ihr Hummern, Fasanen, Eiscremen etc. präsentiert* Haben wir Blumen?

MANDRYKA *schnell*

Aufpassen, du da! Geld gib ihm, Welko!
Nimmst einen Fiaker und noch einen zweiten
aufsperren laßt dir die Gärtnergeschäfte,
aufwecken die hübschen Verkäuferinnen,
ausräumen sollen sie ihre Keller!
Füllst einen Wagen an mit Rosen,
einen mit roten und weißen Camelien.
Walzer soll sie auf Blumen tanzen

Abschied nehmen von Mädchenzeiten!
Später breit ich meine Hände
sie wird nicht mehr Walzer tanzen
aber tanzen auf meinen Händen!

ADELAIDE

O wie ich den Traum meiner Mädchenzeit wiederfinde!
Großmütig sind Sie, und voller Stärke –
knapp im Befehl, und sicherlich furchtbar im Zürnen –
welch ein Vertrauen flößen Sie ein, o unsagbar!
Schnell Ihren Arm und führen Sie mich auf die Estrade!

Sie nimmt seinen Arm und sie gehen rückwärts die Stufen hinauf.

Von rechts wird ein Tisch hereingeschoben und für ein kaltes Souper prächtig gedeckt. Rechts wird weiter der Tisch gedeckt. Arabella, an Dominiks Arm, kommt von rückwärts aus dem Tanzsaal. Sie wenden sich nach links.

ARABELLA

Und jetzt sag ich Adieu, mein lieber Dominik.

DOMINIK

Adieu? Sie fahren schon nachhaus?

ARABELLA *ruhig, heiter*

Das war jetzt unser letzter Tanz für alle Zeit.
Kann sein daß wir uns später einmal wiedersehn
dann sind wir halt Bekannte aus der Jugendzeit.

DOMINIK

Arabella!

Er faßt sie am Arm

ARABELLA *macht sich schnell los*

Nein. Dominik!
Sie sind der erste Mann gewesen, Dominik,
– von Buben red ich nicht – der mir gesagt hat,
daß er mich gern hat, und es hat mich recht gefreut.
Aber die Richtige für Sie die war ich nicht,
und Sie halt nicht der Richtige für mich.
Nicht reden, Dominik. Da kommt auch schon der Elemer.
Adieu!

Sie nickt Elemer zu. Dominik entfernt sich langsam

ELEMER *aus dem Tanzsaal kommend, auf Arabella zu*
So schön wie heut hab ich Sie nie gesehn!
Mit Ihnen ist etwas passiert!

ARABELLA
Ja, Elemer, mit mir ist was passiert!
Und darum geb ich Ihnen jetzt die Hand
und sag: Adieu, ich danke Ihnen, Elemer –
es waren viele schöne Augenblicke drunter –

ELEMER
Es waren, Bella, und es werden sein!

ARABELLA
Nicht halten meine Hand, grad schnell den Druck von meinen Fingern spüren,
und wissen daß wir gute Freunde sind
wenn wir uns auch nicht wiedersehn!

ELEMER *zornig*
Sie haben sich verliebt in diesen Fremden,
diesen Wallachen oder was er ist!

ARABELLA
Verliebt – es ist wohl mehr –
Elemer spottet

ARABELLA *sanft*
Nicht mir verderben diesen letzten Augenblick!
Da kommt auch schon der Lamoral und wartet
auf seinen letzten Tanz!
Lamoral erscheint an der Stiege, aus dem Tanzsaal herauf. Rechts wird mit dem Tischdecken fortgefahren

ELEMER *dicht bei ihr*
Werden Sie meine Frau!
Wer in der Welt ist, der mich hindern darf!

ARABELLA
Für mich war halt ein andres Glück bestimmt.
Sie läßt ihn stehen und geht auf Lamoral zu. Elemer links ab

LAMORAL
O Arabella, gibts was Schöneres als Sie auf einem Ball!

ARABELLA *halb für sich*
Ja, süß ist die Verliebtheit, süß ist dieses Auf und Ab,

aber es gibt was Schöneres tausendmal!
und einmal wirst du's auch verstehn, vielleicht –

LAMORAL

Nicht reden jetzt von Anderm, das weit weg ist –

ARABELLA *ernst*

Für dich ists noch weit weg, da hast du recht.

LAMORAL

Ich ängstig mich. Sie sind so anders, Arabella!
Es nimmt Sie mir wer weg!

ARABELLA Wegnehmen? geh, du Bub!

Aber da hast du deinen ersten und zugleich auch deinen letzten Kuß.

Sie beugt sich zu ihm und küßt ihn schnell und leicht auf die Stirn. Sie stehen links, einigermaßen gedeckt durch die Draperien.

LAMORAL *strahlend*

Von wem hab ich den wunderbaren Kuß?

ARABELLA *sogleich ganz gelöst; sie tritt von ihm weg in die Mitte*

Von einem Mädel, das heut glücklich ist,
so glücklich, daß sie ganz allein sein muß,
ganz mit sich selbst allein in ihrem Zimmer,
und lang noch liegen ohne Schlaf vor lauter Glück!
Mit geändertem Ton
Jetzt tanzen wir noch diesen Walzer aus
dann fahr ich fort von euch – auf Nimmerwiedersehn!

Ab mit ihm in den Tanzsaal.
Matteo kommt von rechts, an den Tischdeckenden vorbei.
Zdenka, links hervortretend, ängstlich, nicht gesehen zu werden, starrt auf ihn hinüber

MATTEO *vor sich*

Fort mit mir! Fort und ein Ende! Sonst bin ich ein Feigling!

ZDENKA

O Gott! Seine Miene! wie gräßlich entschlossen!

Sie winkt ihm, er geht zu ihr hinüber.
Mandryka kommt die Stufen von der Estrade herab, geht quer über die Bühne zu dem gedeckten Tisch hinüber, nimmt eine Meldung Welkos entgegen.

ZDENKA *angstvoll*

Bist du schon wieder so –? Hats dich schon wieder?

MATTEO
Rasend verzehrts mich!

ZDENKA
Sie denkt an dich! nichts andres denkt sie!
Matteo lacht bitter.

ZDENKA *man merkt die Lüge*
Sie hat mir einen Brief für dich gegeben!
Hier ist er.
Sie greift in die Brusttasche ihres Fracks

MATTEO *weicht zurück gegen die Mitte*
Ich nehme ihn nicht!
Der bringt das Ende für immer!
Ich fühl es!
Zdenka folgt dem Zurückweichenden, den Brief in der Hand.
Mandryka wird aufmerksam.
Jankel mit Leuten, die eine Last von Blumen tragen, von rechts.
Zdenka ist Matteo bis in die Mitte der Bühne gefolgt

MATTEO
Trag ihn zurück! Ich fühl daß es mein Abschied ist!

ZDENKA
Du mußt ihn nehmen, alles wird anders!
So fühl ihn doch!

MATTEO *faßt den Brief*
Ein Schlüssel?

ZDENKA
Nimm ihn! nimm ihn nur!

MATTEO *reißt den Brief auf*
Kein Brief! nur ein Schlüssel?
Was sind das für Späße? Zdenko, ich frage!

ZDENKA *blaß, einer Ohnmacht nahe*
Das ist ihr Schlüssel!

MATTEO
Ihr Schlüssel?

ZDENKA *fast tonlos*
Vom Zimmer. Gib acht. Versteck ihn.

MATTEO
Das ist der Schlüssel –? ich bin nicht bei Sinnen!
Sind wir auf dem Ball? Bist du der Zdenko?
ist sie deine Schwester, die tanzt dort unten?
Das ist der Schlüssel –?

ZDENKA
Zu ihrem Zimmer.
MATTEO Der Schlüssel zu Arabellas Zimmer!
Er hält den Schlüssel vor sich
MANDRYKA *zuckt zusammen*
Ich habe mich verhört!
Jankel will sich ihm nähern.
Mandryka winkt ihm ab, tritt den Beiden näher.
ZDENKA *bald rot, bald blaß, die Scham überwindend*
Du sollst nachhaus – sie kommt in einer Viertelstunde.
Der Schlüssel sperrt das Zimmer neben ihrem,
lautlos kommt sie zu dir – Matteo, denn sie will ja alles tun
damit du glücklich wirst noch diese Nacht!
MATTEO
Schwör mir, daß das wahr ist!
Der Schlüssel zu Arabellas Zimmer!
ZDENKA
Du hast ihn ja! so wahr er sperrt
so wahr will die, die ihn dir gibt
heut alles tun, damit du glücklich wirst!
Ich muß jetzt fort! mich darf man hier nicht sehn!
Läuft links weg
MATTEO *vor sich*
Geheimnis eines Mädchenherzens, unergründliches!
Schnell ab nach links
MANDRYKA *aus einer Art Starre jäh aufwachend*
Halt! du irgendeiner oder wer Du bist!
Welko! laufen! halten dort den Menschen!
Her mit ihm vor mich! den dort mit dem Schlüssel!
Dominik mit Adelaide ist von links vorne aufgetreten
WELKO *unschlüssig, auf wen sein Herr ihn hetzen wollte*
Welchen, Gospodar? und was für einen?
Diesen?
Zeigt auf Dominik
Dominik und Adelaide nehmen links auf einem Canapé Platz.
MANDRYKA *vor sich*
Und wenn hier viele Arabella heißen –
meine gottverdammten Jägerohren

foppen meinen dummen harten Schädel –
daß ich als ein Narr dasteh vor einem Fremden?
Wird sie denn den Schlüssel schicken von dem Zimmer
während selber sie hier tanzt im Ballsaal?
Er sieht nach der Uhr
Noch ist nicht einmal vorbei die Stunde
die ich grad ihr freigegeben habe –
also bin ich schon ein Narr und Esel?
Zu Welko
Alles lassen! Weitermachen dort am Eßtisch!
Er geht hastig auf und ab
Schön ist die Musik, und nichts von Schlüssel,
Geigen drin, und nicht verdammte Schlüssel
und in paar Minuten wird sie dastehn
da vor mir, und Blumen werd ich hinstreun
daß statt meiner sie den Fuß ihr küssen.
Haj! Wie tanzt sie jetzt und nimmt den Abschied
von der Mädchenzeit in dieser Stunde!
Grimmig hinschauend
Warum kommen viele und nicht sie darunter?
Warum scheppern gottverdammte Schlüssel da
dazwischen!

DIE FIAKER-MILLI *an Elemers Arm, auf Mandryka zu, andere Paare stellen sich dazu.*
Mein Herr, schon wieder muß ich kommen
und bitten: geben Sie dem Ball die Königin zurück!

MANDRYKA *im Zorn, vor sich*
Was sagt das Frauenzimmer? Ich soll sie
zurück ihr geben? Ich hab sie nicht eingesperrt.
Ich hab den Schlüssel nicht. Er ist in dem Couvert.
Er packt einen Sessel so daß dessen Lehne kracht.
Welko bietet Champagner an.

MANDRYKA *nimmt sich zusammen*
Ich bitte, daß Sie mir die Ehre geben –
Sie alle wie Sie sind, bekannt und unbekannt!

ELEMER
Doch Gräfin Arabella wollen wir
nicht in dem schönen Augenblick vermissen!

MILLI
Sie werden sicher sie zu finden wissen.
MANDRYKA *greift sich an den Hals, lockert die Krawatte!*
Zu finden wissen? Schlüssel! Welko! Suchen!
Die gnädige Fräulein suchen in dem Saal!
Hast du gefunden in der großen Wienerstadt
wirst du zu finden wissen in der Tanzhütten dahier!
Welko eilt ab
MANDRYKA *nachrufend, stark*
– und bitten sie hierher wenn sie die Gnade haben will!
Dann zu Milli, die sich von Elemers Arm gelöst hat
Ein solcher süßer Schnabel muß auch etwas Süßes trinken!
Er serviert ihr ein Glas Champagner.
Milli antwortet jodelnd
PICCOLO *bringt ein Briefchen auf einem Tablett*
Da wäre ein Billet für Euer Gnaden.
MANDRYKA
Fühl ob ein Schlüssel drin ist?
PICCOLO Wie? ein Schlüssel?
MANDRYKA *nimmt hastig das Billet, zögert noch, es zu öffnen*
Wer, Herr Gott, hat diesem Gesicht so viel Gewalt gegeben über mich!
daß ich mich fürchte jetzt –
geht bei Seite, reißt das Couvert auf, liest, wiederholt den Inhalt, grimmig
Für heute sag ich Ihnen gute Nacht.
Ich fahr nachhaus.
Von morgen an bin ich die Ihrige.
Ein kleines a statt einer Unterschrift!
Nicht einmal ihren Namen! Steht auch nicht dafür,
für einen Gimpel, einen auf den Leim gegangenen!
Mit bitterer Lustigkeit
Sie muß ja Abschied nehmen von der Mädchenzeit –
dafür braucht sie die ganze Zärtlichkeit:
sie hat jetzt keine Zeit für zärtlichere Unterschrift!
Er zwingt sich zu einer frechen Munterkeit, tritt wieder zu den andern zurück, winkt
Wegschmeißen jetzt die Blumen! Schampus her!

Servieren links und rechts, bis alle liegen unter'm Tisch –
die Grafen und Fiaker und Fiakerbräute alle miteinander!
Heut geht das Ganze, aber schon das Ganze
auf meine Rechnung!
Kellner verteilen sich, servieren allen Champagner.
Soll ich der schönen Milli jetzt vielleicht was singen?
Er zieht sie an sich
Ich wäre aufgelegt!
Fiaker-Milli antwortet zärtlich, ohne Worte, mit einem Jodler.

MANDRYKA *zwischen Selbstverspottung und zornigen Tränen*
Ging durch einen Wald, weiß nicht durch welchen!
Fand ein Mädchen, weiß nicht, wessen Tochter!
Trat ihm auf den Fuß, weiß nicht auf welchen,
fing es an zu schrein, weiß nicht warum doch:
seht den Wicht, wie der sich denkt die Liebe!
Milli wiederholt jodelnd den Refrain, Mandryka zieht sie neben sich auf das Canapee nieder. Adelaide entzieht sich Dominik, steht auf.

MANDRYKA
Wohl stünds an, ihm Kanne Wein zu geben,
Wein zu geben, Becher nicht zu geben
mag der Wicht aus schwerer Kanne trinken!
Mag sich plagen bis zu klügern Tagen!
Milli jodelt den Refrain.
Wohl stünds an, mich Mädchen ihm zu geben
mich zu geben, doch kein Bett zu geben
grimmig
mag der Kerl auf bloßer Erde schlafen
mag sich plagen bis zu klügern Tagen!
Er läßt Milli, steht jäh auf.
Milli wiederholt den Refrain.

MANDRYKA *immer böser, vor sich*
Für heut fahrt sie nachhaus zu ihrem Schlüsselherrn –
von morgen an ist sie die meinige!
Milli, gib mir ein Bussl!
Küßt sie Wie viel kost't
der Schlüssel für Comtessenzimmer hier in Wien?

ADELAIDE *plötzlich vor ihm*
Herr von Mandryka, wo ist meine Tochter?

MANDRYKA *stehend, Milli im Arm*
Weiß nicht! sie hat die Gnade nicht gehabt
mir mitzuteilen. Wünschen noch Moët-Chandon?
Hier ist! Servieren der Frau Gräfin Mutter!
ADELAIDE *aufgeregt nach rechts eilend*
Wo ist mein Mann? man suche meinen Mann!
Dominik nach rechts, schnell, Waldner zu suchen
ADELAIDE *zurück zu Mandryka*
Lassen Sie sich beschwören! wo ist Arabella?
MANDRYKA *frech*
Das frag ich selber die Frau Gräfin Mutter!
Waldner erscheint rechts, mit Dominik, hinter ihm die drei Herren, mit denen er gespielt hat.
ADELAIDE
O Theodor!
Beschütze deine Frau und deine Tochter!
WALDNER
Was geht hier vor? Mandryka, wie benimmst du dich?
in Gegenwart von meiner Frau!
MANDRYKA Genau wie sichs gehört!
Ich streife ab den dummen Kerl aus der Provinz
und bin, wie unter wienerischen Grafen sich geziemt!
Setz dich zu uns, sind Mädel da, is Schampus da,
Teschek! bedien dich!
WALDNER *dicht vor ihm* Wo ist meine Tochter?
MANDRYKA
Ich kann dir leider keine Auskunft geben!
Comtessen scheint es, ziehen manchmal sich zurück
in einem animierten Augenblick.
WALDNER *zu Adelaide, wütend*
Wo ist das Mädel? wissen will ich wo sie ist!
ADELAIDE
Zuhaus.
WALDNER
Du weißt es? was soll das bedeuten?
ADELAIDE
Ein Einfall! eine plötzliche Melancholie!
eine Caprice! Du kennst ihr Naturell.

WALDNER

Du schwörst, sie ist zuhause?

ADELAIDE

Theodor!

Es handelt sich um dein und meine Tochter!

WALDNER

Sehr gut. Wir fahren auch nachhause. Augenblicklich.
Du klopfst an ihrer Tür und gibst uns Nachricht
ob sie ganz wohl ist: nur damit wir uns beruhigen.
Böse
Dann spreche ich zwei Worte noch mit dir –
darum wirst du die Güte haben, uns begleiten.

MANDRYKA

Es wird mir eine ganz besondere Ehre sein.
verneigt sich und gibt Adelaide den Arm

WALDNER *zu seinen Mitspielern*

Wir spielen augenblicklich weiter im Hotel,
sobald das kleine Mißverständnis da beseitigt ist.

MANDRYKA *an der Tür stehen bleibend, zurückrufend*

Die Herrn und Damen sind einstweilen meine Gäste!

FIAKER-MILLI

Eljen! wir sind Ihre Gäste!
Gäste heben die Champagnergläser.
Mandryka mit Adelaide ist schon ab, Welko und Djura vor ihnen, Waldner mit den Spielern folgt.

Vorhang.

DRITTER AUFZUG

Im Hotel. Offener Raum, zugleich Stiegenhaus. Die Stiege läuft in zwei Wendungen aufwärts. Unten stehen ein paar Tische mit Zeitungen, Schaukelstühle, Fauteuils. Vorne rechts ist die Portiersloge und der Ausgang auf die Gasse. Es ist Nacht; der Raum ist mit Öllampen erleuchtet.
Matteo, in Uniformbluse, wird am Stiegengeländer in der Höhe des ersten Stocks sichtbar. Er späht hinunter.
Es läutet an der Haustür, Matteo verschwindet.
Der Zimmerkellner tritt aus der Portiersloge hervor, sperrt auf.
Arabella tritt ein, in Mantel und Capuchon, vom Ball kommend. Der Zimmerkellner verschwindet wieder. Arabella geht langsam auf die Stiege zu. Ihre Augen sind halb geschlossen, ihr Gesicht hat einen glücklichen Ausdruck. Die Musik des Balles umschwebt sie, durch die Tanzrhythmen schlingt sich der Rhythmus von Mandrykas slawischer Redeweise. Sie lächelt.

ARABELLA *wie wach träumend, setzt sich in den vordersten Schaukelstuhl und wiegt sich leise, vor sich laut denkend*
Über seine Felder wird der Wagen fahren
und durch seine hohen stillen Wälder –
ja, zu denen paßt er: hohe stille Wälder.
Und dann werden seine Reiter uns entgegenkommen
»Das ist Eure Herrin«, wird er sagen,
»die ich mir geholt hab«, wird er sagen,
»aus der Kaiserstadt, jetzt aber will sie nimmermehr zurück,
bleiben will sie nur bei mir in meinen Wäldern.«

MATTEO *erscheint wieder oben, er beugt sich übers Geländer. Er erblickt die unten Sitzende, kann es kaum glauben, daß es Arabella ist, flüstert vor sich hin*
Arabella! unmöglich! es ist ja nicht denkbar!
Arabella fährt aus ihrer glücklichen Träumerei auf. Sie sieht Matteo nicht; er ist ihr im Rücken. Sie spürt nur, daß sie nicht mehr allein ist. Matteo leise unten angelangt, verneigt sich vor ihr

ARABELLA *erstaunt aber ohne Erregung; sie steht schnell auf.*
Sie hier? So spät?
So wohnen Sie noch immer hier im Haus?
MATTEO *mit versteckter Beziehung*
Sie hier? so muß ich fragen, Arabella!
Einen Schritt näher
Sie gehn so spät noch einmal aus?
ARABELLA
Ich komme heim vom Ball und gehe auf mein Zimmer.
Gute Nacht.
Sie nickt ihm zu und will an ihm vorbei hinauf gehen
MATTEO *mit unendlicher Ironie*
Sie kommen heim vom Ball! Sie gehen auf Ihr Zimmer!
Halb für sich
Geheimnis eines Mädchenherzens, unergründliches!
ARABELLA
Ja. Gute Nacht. Was amüsiert Sie da so sehr?
MATTEO
Oh, Arabella!
Er lächelt verliebt und vielsagend
ARABELLA
Wenn Sie mir noch etwas zu sagen haben,
dann bitte ich, bei Tag! nicht jetzt, nicht hier!
MATTEO
Noch – etwas? Ich – noch – etwas?
Oh süße Arabella, danken will ich dir
von heute bis ans Ende meines Lebens!
ARABELLA
Danken – wofür? Das ist doch alles ein für allemal vorbei.
MATTEO *mit stärkster Ironie*
Danken? wofür? – die Kunst ist mir zu hoch!
Mir graut vor so viel Virtuosität.
ARABELLA
Was haben Sie?
MATTEO
So meisterhaft Komödie spielen, nur um der Komödie willen,
Komödie spielen ohne Publikum!
das ist zu viel! das grenzt an böse Hexenkünste!

ARABELLA
Von allen Ihren Reden da versteh ich nicht ein Wort,
und somit gute Nacht.
Matteo vertritt ihr den Weg
MATTEO
Schon gut! Jetzt einen Blick noch, einen einzigen, der mir sagt,
daß du im Innersten die gleiche bist!
ARABELLA
Die gleiche?
MATTEO *glühend*
Wie vor einer Viertelstunde!
ARABELLA *ganz arglos*
Vor einer Viertelstunde war ich anderswo!
Mit dem Ausdruck verklärter Erinnerung
MATTEO
Vor einer Viertelstunde! ja! da oben!
ARABELLA *einen Blick nach oben, ohne Verständnis*
Ich weiß nicht was Sie meinen, und ich möchte hier nicht länger stehn.
MATTEO
Das ist zu viel! So kalte Herrschaft über jeden Nerv
nach solchen Augenblicken – das erträgt kein Mann!
Ich appelliere an den einen Blutstropfen in dir
der unfähig zu heucheln ist!
Er packt sie am Arm
ARABELLA Sie sind ja nicht bei sich!
Matteo! Geben Sie den Weg mir frei oder ich rufe!
MATTEO
Du könntest einen Mann zum Wahnsinn bringen,
du, so wie niemand auf der Welt!
Bekräftige mit einem einzigen letzten Blick
was zwischen uns gewesen ist dort oben
und nichts auf dieser Welt verlang ich mehr von dir!
Zimmerkellner kommt leise aus der Portiersloge, geht aufsperren
ARABELLA
Hier kommen Menschen, lassen Sie mich los!

MATTEO

Ich habs geschworen, daß du frei sein wirst von mir,
in deine Tränen, in deine flüsternden Küsse hab ichs geschworen –
von morgen ab! Ich halte meinen Schwur!
Im Dunkel waren wir, ich habe deine Augen nicht gesehen:
Gib einen Blick mir jetzt, der alles noch zum letzten Mal besiegelt,
und du bist frei für immer!

Adelaide, hinter ihr Mandryka, der sofort stehen bleibt, dann Waldner, zuletzt die drei Spieler, die im halb dunklen Vestibül stehen bleiben; hinter ihm Welko und Djura.

Matteo tritt ungeschickt und verlegen zur Seite.

ADELAIDE

Welch ein erregtes tête-à-tête im Stiegenhaus!
Du hast dich also nicht zurückgezogen?
Mein Kind, was soll das heißen?

ARABELLA

Aber nichts, Mama. Gar nichts.

MANDRYKA *sieht starr auf Matteo*

Ja. Es ist der Verfluchte mit dem Schlüssel.

ARABELLA *tritt einen Schritt gegen Mandryka, ganz unbefangen*

Sie hab ich heut nicht mehr zu sehn vermutet, Herr von Mandryka!

MANDRYKA *finster zu Adelaide*

Sehr wohl. Ich bitte, Gräfin, um Erlaubnis, mich zurückzuziehn!

Zurücktretend

Welko!

WELKO *bei ihm*

Der Gospodar hat ihn erkannt?

MANDRYKA

Du packst. Wir fahren mit dem ersten Zug nachhaus.

ARABELLA *zu Mandryka hintretend*

Hier ist nichts, das Sie anginge, Mandryka.
Ich komm nachhaus, begegne diesem Herrn.
Das ist ein alter Freund von uns. Darüber alles
erzähl ich Ihnen später, wenn Sie wollen.

MANDRYKA
Ich bitte wirklich sehr, mich zu entschuldigen!
Er macht Miene zu gehen.
Arabella schüttelt erstaunt den Kopf

ADELAIDE
Oh Wien! du Stadt der médisance und der Intrige!
Gegen Matteo
Sie Unglückseliger!

WALDNER *Mandryka aufhaltend*
Du bleibst noch einen Augenblick!
Es scheint, daß hier noch Mißverständnisse geblieben sind!
Zu Arabella
Ich frage dich, mein Kind! Wo kommst du her?
Hat der Herr Leutnant dich vom Ball nachhaus begleitet
mit deiner Zustimmung?

ARABELLA
Papa, so schau mir ins Gesicht!
Kann ein Verrückter alle närrisch machen auf eins zwei?

WALDNER
Du hast mir nichts zu sagen?

ARABELLA
Aber wirklich nichts,
als was du ohnehin schon weißt, Papa,
seit heute abend. Oder weiß du's etwa nicht?

WALDNER
Da bin ich sehr erleichtert.
Küßt Arabella auf die Stirn
Zu Mandryka Also bitte!
Es ist nichts vorgefallen! aber gar nichts!
Schwamm drüber über alle Aufregung und gute Nacht!
Zu den Spielern
Ich bitte dort hinein. Wir spielen sofort weiter.

MANDRYKA *tritt zu Arabella, spricht nur zu ihr*
Ich werde helfen, soviel Geld und guter Wille helfen kann,
vertuschen diese häßliche Komödie,
da ich die Rolle nicht geeignet bin zu spielen,
die Sie mir haben zugedacht, mein Fräulein.

ARABELLA
Wie reden Sie zu mir! Wer bin ich denn?

MANDRYKA
Sie sind halt eben, die Sie sind.
ARABELLA *quasi Aufschrei*
So ähnlich einem bösen Traum hab ich noch nie etwas erlebt!
MANDRYKA *wendet sich – vor sich*
Nein, nein, wie ist das möglich! nein, wie kann das möglich sein!
ADELAIDE
O dreimal unglückselige Begegnung!
WALDNER
Jetzt keine Arien, wenn ich bitten darf!
ARABELLA *nur zu Mandryka*
Mandryka, hören Sie, so wahr ein Gott im Himmel ist,
so haben Sie mir nichts hier zu verzeihen!
Viel eher muß ich Ihnen, wenn ich kann, verzeihen,
was Sie zu mir geredet haben und in welchem Ton!
MANDRYKA *den Blick böse auf Matteo geheftet*
Ich bitte, mir dergleichen Sprüche zu ersparen.
Ich müßte blind sein und hab leider scharfe Augen,
ich müßte taub sein und hab leider gute Ohren,
und müßte schwach im Kopf sein – dann vielleicht,
daß ich das Individuum dort nicht erkennen täte
und nicht verstünde, was hier für ein Spiel gespielt wird bei der Nacht!
MATTEO *getroffen von der Insulte, die in Mandrykas Blick und Miene liegt*
Mein Herr, falls Sie hier irgendwelche Rechte
besitzen, wenn auch erst seit kurzer Zeit –
ich stehe zur Verfügung!
ARABELLA *zwischen beiden stehend*
Ja, alle Rechte besitzt dieser Herr: denn er ist mein Verlobter!
und Sie besitzen das leiseste nicht, auch nicht einen Schatten von Rechten!
Sagen Sie selber!
MATTEO *zögernd, gequält*
Nein. Keines –

ARABELLA *zu Mandryka* Sie hören.

MANDRYKA

Hätten Sie den Herrn ausreden lassen!
Ein kleines Wort war ihm noch auf der Zunge –
»Nein keines – außer« hat er sagen wollen
und hat es schnell verschluckt!
Ich aber hab es grade noch gesehn auf seinen Lippen.

ARABELLA

Matteo, nie hab ich für niedrig Sie gekannt!
Was tun Sie jetzt an mir –!
Sie wollen mich aus Trotz vor aller Welt kompromittieren!

ADELAIDE

Unseliger Intrigant! so will er die Hand meines Kindes erschleichen!

MANDRYKA *tut einen Schritt näher zu Matteo*

»Außer –«! Heraus mit der verschwiegenen Wahrheit!

MATTEO *fest*

Kein Wort! Kein Wort!

MANDRYKA *zu Arabella*

Außer den Rechten, hat er sagen wollen –
die diese Nacht verliehen hat!
Versuchen Sie, vielleicht zu Ihnen ganz allein
wird er ein Wörterl drüber sagen!

ARABELLA *zu Matteo* Haben Sie
vor diesem Herrn mir etwas noch zu sagen?

MATTEO *senkt den Kopf* Nein.

MANDRYKA

Ich gratuliere Ihnen, Herr Leutnant,
zu Ihrem Glück bei schönen Mädchen und zu Ihrer Diskretion.
Die beiden sind gleich groß.

ARABELLA

Hast du gehört, Papa!

WALDNER

Mandryka, dafür wirst du Rechenschaft mir geben!
Komm her zu mir, mein Kind!

ARABELLA *bleibt stehen, wo sie ist, mit tief schmerzlichem Ausdruck*

Soll alles gehen wie es will, das Leben ist nichts wert!
Was ist an allem in der Welt, wenn dieser Mann
so schwach ist und die Kraft nicht hat an mich zu glauben –
und mich dahingibt wegen eines Nichts!

DIE GÄSTE *oben auf der Treppe murmeln*
Wie? Kennen Sie sich aus? Welcher hat wen erwischt?
Was? Sie hat fort gewollt? Wie mit dem Leutnant?

ADELAIDE *mit einer großen Gebärde auf Waldner zu*
Nein, dieser junge Mensch ist es nicht wert
vor dein Pistol zu kommen, Theodor!
das ist die niederträchtige Kabale
des abgewiesenen Freiers, und nichts weiter!

WALDNER
Von dem da redet niemand. Der Mandryka –
der ist Genugtuung mir schuldig. Auf der Stelle.
Wo sind meine Pistolen? was – verkauft? o Sakrament!
Ich werd mir andre zu verschaffen wissen.

EINER DER SPIELER
Wir protestieren!
Zuerst kommt die revanche, die Sie uns schulden!

MATTEO
Ich bin allein der Schuldige. Ich nehme jedes Wort zurück
und jeden Blick! Mißdeutet hat man alles.
Ich habe nichts von dem gemeint, was Sie zu hören glaubten.
Wenn jemand Strafe hier verdient hat, so bin ichs.

WALDNER *scharf*
Eintunken und reinwaschen wiederum in einem Atem
das war zu meiner Zeit nicht Brauch bei Offizieren!

MANDRYKA *nur zu Arabella*
Der junge Mensch benimmt sich brav wie möglich.
Es wäre an der Zeit, daß Sie auf ihn
ein bißl Rücksicht nehmen täten, schönes Kind.
Gestehn Sie mir die Wahrheit, mir allein!
Es ist Ihr Liebhaber! Ich werde alles tun –
Sie können sich auf mich verlassen, Arabella!

ARABELLA *sieht ihn fest an*
Bei meiner Seel' und Seligkeit, Mandryka,
die Wahrheit ist bei mir!

MANDRYKA
Nicht deine Seele so verschwören, Mädel!
Mir tut das Herz zu weh um dich!
Vor sich
O Gott, was tust du mir für eine Schande an durch dieses Weib!
Nochmals zu Arabella, leise
Wenn ich den Buben doch gesehen hab,
wie er den Schlüssel ihm hat übergeben
zu Ihrem Zimmer.

ARABELLA
Was für einen Buben?

MANDRYKA
Den Buben, Ihren groom, den Sie geschickt!

ARABELLA
Den Zdenko?
Mein Gott! oder wen?

MANDRYKA
Aha! Ich will, daß Sie gestehen! mir allein!

ARABELLA *für sich*
Ist denn die Hölle gegen mich verschworen!

MANDRYKA
Soll ich den Menschen dort, der mir mein Leben ruiniert hat,
soll ich ihn schonen als Ihren Geliebten? Reden Sie!

ARABELLA
Die Wahrheit ist bei mir, Mandryka, nur die Wahrheit,
denn alles sonst – das seh ich ja – ist gegen mich.

MANDRYKA
Zum letzten Mal! Willst du heiraten dort den Menschen
mit dem du hast das süße Stelldichein gehabt
nach unserer Verlobung zehn Minuten!

ARABELLA
Ich habe nichts zu antworten, Herr von Mandryka,
auf Ihre Fragen.
Sie geht von ihm weg
O Gott – so ist der Richtige doch nicht der Richtige?
Setzt sich
O Gott wie du mich demütigst bis ins Mark
was von mir bleibt denn übrig noch nach dieser Stunde?

MANDRYKA *grimmig*
Auch gut. Aufsperren laß dir eine Waffenhandlung, Welko,
soll kosten was es will, ich brauche Säbel!
zwei schwere Säbel, scharfgeschliffene!
Sofort hierher! und einen Doktor laß aufwecken,
sonst brauch ich nichts. Dort ist der Wintergarten.
Mit einer halben Wendung zu Matteo
Wir werden ohne Zeugen alles schon zu Ende bringen.
Er nimmt seine Zigarrentasche heraus, überlegt, bietet Matteo eine an, der ablehnt; zündet sich selber eine an.
Die Herrschaften vielleicht gestatten uns
allein zu bleiben bis dahin.
Er raucht.
Dumpfe Erwartung

ZDENKAS STIMME *von oben* Papa! Mama!
Alle sehen auf

ZDENKA *in einem Negligé, mit offenem Haar, völlig Mädchen, kommt die Treppe heruntergestürzt, wirft sich vor ihrem Vater auf die Knie* Papa!
Arabella steht auf

ADELAIDE *bedeckt Zdenka mit ihrer Mantille*
Zdenka! was für ein Aufzug! welche Schande!

ARABELLA
Was ist geschehen! Zdenkerl! Red. Ich bin bei dir.

ZDENKA
Nur schnell Adieu sag ich euch allen. Ich muß fort.
Ich muß ja in die Donau noch bevor es Tag wird.

WALDNER
Was soll das heißen?

DIE SPIELER *murmeln* Wer ist wieder dieses hübsche Mädel?

MANDRYKA *für sich*
Ich hab doch das Gesicht schon heute wo gesehn!

ZDENKA
Verzeihts mir alles nur – und laßts mich fort!
Ich schäm mich so – ich sterb vor Scham – so laßts mich fort!
Vor Sonnenaufgang schon muß ich drin liegen – tief –
nachher dann werden alle mir verzeihn, auch der Papa!

ARABELLA *umschlingt sie und zieht sie an sich*
Du bleibst bei mir. Und was dir auch geschehen ist,
an dir ist nichts geschehn, daß man dich weniger lieb müßt haben!

ZDENKA *auf Matteo deutend*
Er ist unschuldig. Er hat nichts gewußt.
Nur ich allein –

ADELAIDE
Schweig, unglückseliges Kind!
Schweig bis ans Grab!

WALDNER
Schweig du sofort, und reden laß das Mädel!
Da habts ihr jetzt den Lohn von euren Maskeraden.

ZDENKA *zu Arabella*
Nur dir kann ich es sagen, dir nur, dir allein!

ARABELLA
Ich bin bei dir, ich laß dich nicht im Stich, ich bin bei dir!

ZDENKA *an sie geschmiegt*
Er hat geglaubt, daß du es bist! ich habs getan
aus Angst um ihn, Bella, verstehst du mich!
Er weiß ja jetzt noch nicht, daß ich es war!
Angstvoll
Matteo!

MATTEO Welche süße Stimme ruft mich an?

ZDENKA *schamhaft*
Die Stimme der Betrügerin, Matteo!
Dein Freund, dein einziger, dein Zdenko ruft zu dir!
Ich bin ein Mädchen, o mein Gott, ich war ja nie was andres!

MATTEO
O du mein Freund! Du meine Freundin! Du mein Alles!

ZDENKA
Dich muß ich um Verzeihung bitten, dich und sie,
euch beide – o mein Gott!
Sie bedeckt ihr Gesicht mit den Händen

ARABELLA
Wenn zu viel Liebe um Verzeihung bitten muß,
so bitte ihn halt um Verzeihung!
Drückt sie an sich und küßt sie

MATTEO
Im Zimmer wars zu finster, deine Stimme hab ich nicht gehört –
und doch ist mir als hätt ich es geahnt
von Anfang an, o süßer kleiner Zdenko!
Zdenka sieht ihn zärtlich an, bleibt aber in Arabellas Armen

MANDRYKA *vor sich*
Das Mädel war der groom! Ich möcht in Boden sinken!
Wie soll sie jemals mir verzeihen können
wo ich mir selber nicht verzeihen kann!
Welko kommt von rechts, zwei Kavalleriesäbel im Arm. Hinter ihm Djura mit zwei Pistolen in einem Kästchen, dahinter ein Arzt.
Mandryka sieht sie, winkt ab. Sie bleiben rechts stehen.

WALDNER *hat sie gleichfalls gesehen. Mit der kalten Entschlossenheit des Spielers.*
Sehr gut. Jetzt habe ich mein richtiges vis-à-vis.
Die Sache geht allein den Vater an.

DIE DREI SPIELER Oho! oho!

MANDRYKA *ohne auf Waldner zu achten; nur zu Arabella*
Wie stehe ich vor Ihnen, Arabella!
Ich weiß: nicht einen Blick von Ihnen bin ich wert mein Leben lang!
So wie ein Tölpel, mit den beiden Fäusten da,
hab ich gemeint, man dürfe greifen nach dem allergrößten Glück!
und bin unwert geworden – so im Handumdrehn.
Und jetzt bleibt Reue und Mich-schämen bis an meinen letzten Tag.

ARABELLA
Zdenkerl, du bist die Bessere von uns zweien,
du hast das liebevollere Herz, und nichts ist da für dich
nichts in der Welt, als was dein Herz dich heißt zu tun.
Ich dank dir schön, du gibst mir eine große Lehre
daß wir nichts wollen dürfen, nichts verlangen,
abwägen nicht und markten nicht und geizen nicht,
nur geben und lieb haben immer fort!
Sie gibt dabei nicht Mandryka den sehnlich erwarteten Blick, der alles ausgleichen würde

ZDENKA *zugleich mit ihr*

Wie sanft du zu mir sprichst! du bist nicht bös auf mich!
Du bist so unaussprechlich gut, ich kenn dich wie dich keiner kennt,
und immer möcht ich alles dir zu liebe tun –
allein
und nur verschwinden hätt ich mögen still
und euch nicht kränken! aber du verstehst mich, du,
und wirst mich nicht verlassen, was auch jetzt noch kommt!

MANDRYKA *vor sich, sehr zaghaft*

Was jetzt noch kommt –

ADELAIDE O Gott! O Übermaß der Schande!

Oh wäre dieser Abend nie gewesen!
Das hat keine Prophetin uns vorausgesagt!

WALDNER *fest*

Was jetzt noch kommt, das ist ganz klar!

Er tut einen entschlossenen Schritt, mit einem Blick auf die Pistolen

ARABELLA *zu Zdenka*

Was immer kommt, ich bin bei dir!

MANDRYKA *den Blick auf Arabella, gepreßt*

Was jetzt noch kommt –

ZDENKA *angstvoll* Papa!

MATTEO Engel vom Himmel,

da sei Gott vor, daß dich die Welt beschmutzen dürfe!

MANDRYKA *noch gepreßter*

Was jetzt noch kommt –
er wendet sich zum Gehen

ARABELLA *leise, über Zdenkas Schulter hin*

Mandryka!

Sie hält ihre Hand über Zdenka hin in die Luft

MANDRYKA *stürzt sich auf die Hand*

Ich bin nicht wert solche Verzeihung!

ARABELLA Still Mandryka!

Wir sprechen jetzt nichts mehr. Wir haben jetzt
vergessen, was uns hier geschehen ist!
Es war nicht unsere Schuld.

Wir wollen allen guten Willen haben,
für das was jetzt noch kommt!

MANDRYKA

Für das was jetzt noch kommt?
Er greift schnell entschlossen Matteo's Hand und führt diesen auf Waldner zu Brautwerbung kommt!
Mit diesem Herrn da trete ich vor Ihnen, hochgeborener Herr,
verneige mich und bitte vor für ihn als meinen Freund,
daß Sie die Hand nicht weigern ihm von diesem jungen Fräulein.
Waldner macht eine abwehrende Gebärde

MANDRYKA

Nicht weigern ihm was große Liebe ihm verliehen hat!

ZDENKA *schwach*

Matteo! oh, Papa! was ist das alles?
muß ich nicht fort?

ARABELLA

Du mußt jetzt glücklich sein wie dus verdienst!

WALDNER *ist gerührt, küßt sie*

So wein nicht, Kleine. Reichen Sie mir Ihre Hand, mein Herr.
Er reicht Matteo die Hand.

ADELAIDE

Oh Theodor, welch eine Wendung!

WALDNER Kolossal!

ADELAIDE *in Tränen* Oh Theodor!

WALDNER *umarmt Adelaide flüchtig, wendet sich dann gleich zu den Spielern*

Ich stehe zur Verfügung, meine Herrn!
Eilig ab in den Wintergarten, die Spieler mit ihm.

DIE GÄSTE *murmeln*

Wir gehen schlafen. Jetzt passiert nichts mehr.
Verschwinden

ARABELLA

Führ sie hinauf, Mama.
Mandryka tritt einen Schritt auf Arabella zu

ARABELLA Wir sprechen jetzt nichts mehr,

bis wieder heller Tag ist! Meinen Sie nicht auch?
Adelaide und Zdenka steigen die Stiege hinauf in den ersten Stock.

ZDENKA *zärtlich*
Matteo!

ARABELLA Geh nur, er kommt morgen früh.
Dann hast du ihn für immer.
Matteo verschwindet. Mandryka steht ängstlich gespannt da

ARABELLA *zu Mandryka hin, sehr leicht*
Kann Ihr Diener
im Hof zum Brunnen gehn und mir ein Glas
recht frisches Wasser bringen dort hinauf?
Welko eilt ab

ARABELLA
Ich glaub' es täte mir ganz gut!
Sie geht die Stiege hinauf

MANDRYKA *sieht ihr nach, bis sie oben ist. Jemand muß noch eine Lampe ausgedreht haben, es ist jetzt merklich finsterer*
Sie gibt mir keinen Blick, sie sagt nicht Gute Nacht,
sie läßt mich stehn und geht. Hab ich was anderes verdient?
Was ist verdient auf dieser Welt? Verdient ist nichts,
Stockprügel sind verdient für einen Kerl wie mich –
aber geschenkt hätt ich gern einen Blick genommen –
so einen halben Blick!
Welko erscheint, mit einem Glas Wasser auf einem Tablett, sieht Mandryka fragend an

MANDRYKA Geh nur hinauf!
Welko geht hinauf

MANDRYKA *traurig vor sich*
Sie hat gar nichts gemeint, als ein Glas Wasser haben
und Ruh vor meinem Anblick. Oder spotten hat sie wollen,
vielleicht –? Wenn sie nur spottet wenigstens,
ists doch schon eine Gnade, eine unverdiente, das weiß Gott!
Er wendet sich zum Gehen, zögert, wendet sich wieder, schwer, zum Gehen.
Arabella erscheint oben, sieht hinunter, ob er da ist, ihr Gesicht

leuchtet auf. Sie nimmt das Glas, und steigt mit dem Glas langsam hinunter. Welko hinter ihr.
Mandryka schon fast nicht mehr da, wendet sich, sieht Arabella mit dem Glas, das sie mit beiden Händen auf dem Tablett trägt, langsam und feierlich herunterkommen. Vor freudigem Schrecken tritt er hinter sich

ARABELLA *von der letzten Stufe*
Das war sehr gut, Mandryka, daß Sie noch nicht fortgegangen sind –
Mandryka Schritt für Schritt näher
Das Glas da habe ich austrinken wollen ganz allein
auf das Vergessen von dem Bösen, was gewesen ist
und still zu Bett gehn, und nicht denken mehr an Sie und mich,
und an das Ganze was da zwischen uns gewesen ist
bis wieder heller Tag gekommen wäre über uns,
vielleicht – vielleicht auch nicht. Das war in Gottes Hand.
Dann aber, wie ich Sie gespürt hab hier im Finstern stehn
hat eine große Macht mich angerührt
von oben bis ans Herz
daß ich mich nicht erfrischen muß an einem Trunk:
nein, mich erfrischt schon das Gefühl von meinem Glück,
daß ich gefunden hab den, der mich angebunden hat an sein Geschick
mich angebunden daß ich mich nicht mehr losmachen kann –
und diesen unberührten Trank kredenz ich meinem Freund,
den Abend, wo die freie Mädchenzeit zu Ende ist für mich.
Sie steigt von der Stufe und reicht ihm das Glas hin.
Welko nimmt ihr geschickt das leere Tablett aus der Hand und verschwindet

MANDRYKA *indem er schnell in einem Zug austrinkt und das Glas hoch in seiner Rechten hält*
So wahr aus diesem Glas da keiner trinken wird nach mir,
so bist du mein und ich bin dein für ewige Zeit!
Er schmettert das Glas auf die Steinstufen

ARABELLA *steht wieder auf der Stufe und legt ihm die Hand auf die Schulter*

Und so sind wir Verlobte und Verbundene
auf Freud und Leid, und Wehtun und Verzeihn!

MANDRYKA

Auf immer, du mein Engel, und auf alles was da kommen wird!

ARABELLA

Und du wirst glauben –?

MANDRYKA Du wirst bleiben wie du bist?

ARABELLA

Ich kann nicht anders werden, nimm mich wie ich bin!

Sie sinkt ihm in die Arme, er küßt sie, sie macht sich schnell los und läuft die Stiege hinauf. Er sieht ihr nach.

Vorhang

ZU ›ARABELLA‹

ERSTE FASSUNG DES ERSTEN AUFZUGS (1928)

Arabella oder der Fiakerball

I. AKT

Ein Salon in einem Wiener Stadthotel. Flügeltür in der Mitte. Zwei kleinere Türen links, zwei rechts. Der Salon ist reich und neu möbliert im Geschmack der 1860er Jahre.
Die Modistin, die Schneiderin, die Friseurin, der Juwelier, der Schuhmacher, der Handschuhmacher, der Galanteriewarenhändler stehen da und schwingen ihre in großen Couverts eingeschlossenen Rechnungen.
Zdenka, in Knabenkleidern, steht ihnen allein gegenüber.

ZDENKA *ängstlich*
Alles wird geordnet werden!
DIE LIEFERANTEN
Nein, wir müssen dringend bitten:
binnen vierundzwanzig Stunden!
ZDENKA
Meine Mutter hat Migräne!
DIE LIEFERANTEN
Binnen vierundzwanzig Stunden!
Zimmerkellner, hinter ihm zwei Hausknechte sind eingetreten und tragen einige Stücke vom Mobiliar hinaus.
ZIMMERKELLNER
Diese Möbel werden benötigt
für ein anderes Appartement!
ZDENKA *dem Weinen nahe*
Man setzt uns auf die Straße!
O Gott, Papa! O Gott, maman!
Hausknechte tragen Möbel hinaus.
Zu den Lieferanten
Sie werden befriedigt!
Mein Vater erwartet
von seinen Gütern
rückständige Gelder!
Der Zimmerkellner mit den Möbel tragenden Hausknechten ab.

DIE LIEFERANTEN
Binnen vierundzwanzig Stunden!
Oder wir klagen
bei den Gerichten!
Sie legen ihre Rechnungen auf einen Tisch rechts vorne und verschwinden durch die Mitteltür

ZDENKA
Sie werden befriedigt!
Allein zurückbleibend
Wir müssen fort. Mit Schimpf und Schande!
Fort von Wien! bei Nacht und Nebel!
Und ihn werde ich nie mehr sehen.
Matteo in Uniform, aber ohne Säbel und Kappe, späht zur Mitteltür herein

ZDENKA *mit einem Schrei, den sie gleich erstickt*
Er!

MATTEO *nicht laut*
Zdenko!
So komm doch her! Gib acht! es horcht doch niemand?
Zdenka geht zu ihm

MATTEO
Schnell gib den Brief!
Wie? leere Hände?
Keine Botschaft von ihr?
Kein Wort von Arabella?

ZDENKA
Sie ist noch nicht auf.

MATTEO
Saumseliger postillon d'amour –
unverläßlicher Freund!
Mir war ein Brief versprochen gestern abend –

ZDENKA
Sie war in der Oper
mit der Mama.

MATTEO
Und wer noch?

ZDENKA
mit den drei Grafen.

MATTEO *stampft zornig auf*
Und heute?
ZDENKA
Sie kommen mit Schlitten
und holen sie ab
zu einer Pirutschade.
MATTEO
O Hölle!
Zurückstehn immer wieder
hinter den Gecken.
Arm sein, welcher Fluch!
Ein armer Leutnant
was für eine Figur aus dem Witzblatt!
ZDENKA
Wie er leidet!
Daß sie das ansehn kann
und nicht vergehen
vor Mitleid und Liebe!
Arabella ist durch die Tür links rückwärts eingetreten.
Matteo wird blaß vor Erregung.
Zdenka, so wie sie Arabella sieht, schlüpft nach hinten und entfernt sich dann durch die gleiche Tür, durch welche Arabella eingetreten ist.
ARABELLA *mit zartem Vorwurf*
Matteo – weißt du nicht mehr
was du mir versprochen hast?
MATTEO *hastig*
Ich wohne im Haus –
Ich muß vorüber
an dieser Tür – an deiner Tür!
Es zieht mich herein! es ist stärker als ich!
ARABELLA *sehr ernst*
Du hast mir versprochen –
MATTEO *leidenschaftlich*
Dich nicht mehr zu sehen – versprach ich nicht!
Das hätte ich nicht übers Herz gebracht!
ARABELLA *sehr ernst*
Selten einander zu sehen

und seltener immer
das hatten wir einander versprochen,
Matteo!
Und nicht vergebliche Gespräche mehr zu führen!

MATTEO *mit zärtlichem Vorwurf, nicht grob*
Vergeblich nennst du's!
und zwecklos auch! und ohne Aussicht!
dein Wörterbuch ist wie das eines Kaufmanns
voll trockener häßlicher Wörter
mit denen er Unterhandlungen abbricht
die keine Geschäfte versprechen.

ARABELLA
Willst du uns wehtun, dir und mir,
um jeden Preis?
Mit großem Ernst
Zwecklos, vergeblich – und also verboten
sind solche Gespräche.

MATTEO
Verboten von wem?

ARABELLA *sehr fest*
Von mir – mir selber.

MATTEO *bitter*
Ah, also du selber weist mir die Tür!
Das ist's: du suchst dir einen sicheren Port!
Fort mit dem Lästigen, fort mit dem Narren –
der nichts von Aussicht weiß und nichts von Zweck –
der nur verliebt ist – dieser Unglückselige!

ARABELLA *traurig-fest*
Siehst du mich wirklich so wie deine Lippen sagen?
Dann bleibt mir nichts als daß ich schweigend da hinaus
fortgehe – fort von dir, ganz fort auf nimmerwiedersehen.
Sie wendet sich, ohne ihn anzusehen.

MATTEO *tritt vor sie, ihr den Weg abzuschneiden*
Ein Wort nur, Arabella, nur ein gutes Wort!

ARABELLA *im gleichen Ton*
Was nützt ein Wort? Es muß ein Ende sein, es muß!
Und Worte machen alles schwerer nur und trauriger.
Laß mich jetzt gehn. Auf Wiedersehn, Matteo.

MATTEO *angstvoll*
Du schreibst mir?
ARABELLA Was?
MATTEO *immer drängender* Ein Wort! ein letztes Wort!
Du schreibst mir einen Brief, in dem bist du,
in jedem Wort bist du – vielleicht begreif ich alles dann
und les' ihn wiederum und wiederum
und küsse jedes Wort! und dich in jedem Wort
mit Zärtlichkeit zuerst mit rasender –
allmählich aber dann verstehe ich, begreife aus dem Brief
was ich von deinen Lippen nicht begreifen kann
und lerne, daß das Herz da leben muß
getrennt von dir – und schlagen lernen muß
in einer öden liebeleeren Brust!
ARABELLA *mit Zärtlichkeit, doch überlegen*
Matteo, ja – ich werde schreiben, schreiben werd ich dir –
MATTEO *mit Jubel*
Du wirst mir schreiben? und das Wort wird drinnen stehn?
ARABELLA
Was für ein Wort?
MATTEO
Daß ich dir nicht gleichgiltig bin.
ARABELLA *mit großem Ausdruck*
Gleichgiltig, nein! bist du mir nicht gewesen –
o Gott, gleichgiltig nicht, sag nicht ein solches Wort –
mach mich nicht weinen, sonst versteck ich mich vor dir
und deine Augen sehn mich nimmermehr auf dieser Welt!
Nur merk: wenn du den Brief bekommst – dann ists der Abschied.
MATTEO
Nein!
ARABELLA *sehr ernst*
Dann ist das Ende wirklich da.
Er wird sehr zärtlich sein, der Brief – je zärtlicher
umso gewisser ist's das Ende, merk dir das!
MATTEO
Nein! o nein! Kein Ende
ein armer Lump wie ich will immer hoffen –
und wär es auf ein Wunder!

ARABELLA *sehr ernst*

Ich hoff auf keine Wunder. Ich hoff nur auf mich.
Da sie merkt wie Matteo zusammenzuckt, nickt sie traurig.
Ja, du verstehst mich nicht! Du willst mich nicht verstehn.
Später einmal, wenn du mich längst vergessen hast
und längst mit einer andern glücklich bist
fällt dir vielleicht die Rede wieder ein –
und dann begreifst du auch, was das bedeutet hat:
daß ich in dieser Stunde dir gesagt:
Ich hoff auf nichts als nur auf mich –
und weißt: das war doch recht ein harter Augenblick für sie –
und siehst mich vor dir stehn, wie ich jetzt vor dir steh,
und denkst: Wo ist sie jetzt? wo in der weiten Welt!
Matteo dem Weinen nah, auch ihre durchbrechende Rührung spürend, streckt die Hände gegen sie

ZDENKA *tritt schnell ein*

Achtgeben! die Mama! sie kommt heraus!
Matteo entspringt durch die mittlere Tür.
Arabella geht aus dem Zimmer, durch die Tür links rückwärts

ADELAIDE *links vorne eintretend*

Wer war hier? Zdenka! Was für eine Unruhe?
Mit wem hast du gesprochen?
Wo ist dein Vater? – Ist heute der letzte –?
oder der erste. Mein armer Kopf.
Nummern! Ich habe Nummern geträumt:
in Flammenschrift sind sie vor mir erschienen!
O Gott, die mittelste hab ich vergessen!

ZDENKA

Der vierte ist heut.

ADELAIDE

Das ließ Gott dich sagen!
Es war eine vier! – Wo sind unsere Möbel?

ZDENKA

Man braucht sie woanders.

ADELAIDE

Meine Möbel?
Man plündert unser Heim

Am hellichten Tag!
Ah, mein Réticule! meine Tasche!
Man hat mich bestohlen,
sie enthält meine Juwelen!
Sie sucht die Tasche in verzweifelter Aufregung

ZDENKA *findet die Tasche, bringt sie ihr*
Da ist sie, Mama!
ist doch nichts drin, als Zettel vom Versatzamt!

ADELAIDE
O, nur zu! wirf Steine auf das Herz deiner Mutter!
nur zu!

ZDENKA
Mama, ich muß mit dir sprechen.

ADELAIDE
Was hättest du mir zu sagen?

ZDENKA
Mama, warum muß ich in Bubenkleidern gehn?
Was soll diese Lüge? Warum ist alles unwahr?
Warum ist von Gütern die Rede, die wir nicht haben?
Von Erbonkeln die niemals sterben?
Von Heiraten die nie geschlossen werden?

ADELAIDE
Weißt du denn nicht, unglückliches Kind,
daß alles auf dem Spiel steht?
Weißt du nicht was mir die Seherin prophezeit hat?
Sie hat in dem Krystall Arabella gesehen
als eine fürstliche Braut
die einzige, ohne eine Schwester,
und dich im Hintergrund, als einen blonden Buben,
so eine Art von groom.

ZDENKA
Ist aber alles nicht wahr! Ich bin kein Bub
und der fürstliche Bewerber ist nicht gekommen!

ADELAIDE
Das sagst du? Wo Träger der größten Namen
um die Hand deiner Schwester rivalisieren:
großartig
Graf Dominik! Graf Elemer! Graf Lamoral!

ZDENKA

Die foppen euch nur! und lachen euch aus.
Sie weiß es so gut wie ich.

ADELAIDE

Ein niedriges Auge sieht niedrige Dinge!

ZDENKA

Ein einziger ist drunter, der möchte –
der täte sie heiraten, wenn er könnte –
der Matteo!

ADELAIDE

Kein Wort mehr von diesem
armseligen bürgerlichen Leutnant!
Seine Bewerbung compromittiert uns.

ZDENKA

Gut! gut! Ich aber will nicht länger
das Aschenbrödel sein
für die Prinzessin Schwester.
Ich hab es satt.

ADELAIDE

Genug Trivialität!

ZDENKA

Du hast gesagt bis Weihnachten aufs äußerste
muß ich in Bubenkleidern laufen
damit sie die einzige Tochter spielen kann
und Erbin von Luftschlössern in Galizien!
Jetzt ist Fasching vorüber!
Mama, ich verlange, daß man mich sein läßt,
was Gott mich gemacht hat – und daß das Theater ein End hat!

ARABELLA *durch die Tür links vorne eintretend*

Was ist denn los? Zdenkerl, hör auf zu heulen!
Recht aber hat sie.
Halblaut
Gib acht, Mama, mit ihr, sekkier sie nicht!
Sie hat etwas Gefährliches in sich:
Und es ist Zeit daß alles anders wird bei uns.
Mit geändertem Ton
Auf den Fiakerball heut nacht möcht ich noch gehn

und mich austanzen bis zum lichten Tag!
Morgen aber ist Aschermittwoch
und bald hat meine Mädelzeit ein End,
und ihre fangt an, in Gottes Namen.

Waldner kommt langsam durch die Mitteltür. Gut angezogen, Überrock und Zylinder, Stock, Handschuhe. Er sieht ermüdet und übernächtig aus, geht durchs Zimmer als sähe er die andern nicht und läßt sich in einen Fauteuil vorne rechts nieder.

ADELAIDE

Laßt uns allein, meine Kinder,
Euer Vater hat Sorgen.

Arabella und Zdenka ab.

Waldner hat die Couverts mit den Rechnungen bemerkt, besieht sie mißtrauisch, reißt eines auf, dann das nächste.

Adelaide zu ihm. Er zeigt ihr die Rechnungen

WALDNER *hat alle Rechnungen aufgerissen, rauft sich die Haare*

Nichts als das! Von niemand ein Brief?
Keine Hilfe von nirgends?!

ADELAIDE

Theodor! – – –
Nach einer Pause
Du hast an deine Regimentskameraden geschrieben?

WALDNER

Von keinem eine Antwort!
Da war einer – ein gewisser Mandryka,
der war steinreich und ein Phantast dazu:
Ich hab an seine Großmut appelliert,
und hab von der Bella ein Bild hineingelegt –
in dem stahlblauen Ballkleid mit Schwanenbesatz –
ich hab mir gedacht: vielleicht kommt er daher
und heirat' das Mädel.

ADELAIDE

O mein schönes Kind! einen alten Mann!

WALDNER

Es muß ein solider Bewerber her
und ein End mit der ewigen Hofmacherei!
Was ist's mit dem Bauunternehmer, dem reichen?

ADELAIDE

Nur über meine Leiche
nähert sich dieser Mensch unserem Kinde!
Der Zigeuner Diura steckt seinen Kopf zur Tür rechts herein, verschwindet gleich wieder.

ADELAIDE

Man will uns ausquartieren!
Fremde Menschen spähen herein!
Wir müssen fort bei Nacht und Nebel –
beschütze deine Kinder, Theodor!
Fort mit uns! Zur Tante Jadwiga,
sie nimmt uns auf!

WALDNER

Wird sich bedanken!

ADELAIDE

Zdenka wird groom sein für ewige Zeiten –
wir sind nicht in der Lage, zwei Töchter zu erhalten!
– und Arabella – ihr ist prophezeit
sie wird Untertanen haben in die Tausende!
Sie heirathet einen Poniatowski!
Wir gehen nicht unter!
Der Leibhusar Welko steckt zur Tür rechts seinen Kopf herein, verschwindet gleich wieder.

WALDNER

Inzwischen ist der letzte Fünfziger dahin.
Rauft sich die Haare
Jankel steckt zur Tür rechts seinen Kopf herein, verschwindet gleich wieder.

ADELAIDE

Sei ruhig, Theodor, mir sind im Traum
drei Nummern erschienen! unfehlbare herrliche Zahlen!

WALDNER

Versetz die Smaragdbrosch' und gib mir das Geld!
Ich spür' es, ich hätte heute Glück –
Adelaide Gebärde
Was? du hast sie nicht mehr? versetzt? verpfändet?

ADELAIDE

Schon die vorige Woche! sie war das Letzte.

WALDNER *setzt sich*
Und heute, heute hätte ich Glück,
ich spür's in jedem Finger!
Du Unglückselige.

ZIMMERKELLNER *tritt ein durch die Mitteltür, mit drei Visitkarten auf einem Tablett*
Drei Fiaker möchten ihre Aufwartung machen.

ADELAIDE
Um Gottes Willen!

WALDNER
Seid ihr wieder Fuhren schuldig geblieben?

ADELAIDE
O diese Wiener!
sie saugen uns aus!
sind ja Vampyre!

WALDNER *hat die Karten genommen*
zum Kellner
Wir sind nicht zuhause!

KELLNER *an der Mitteltür*
Sie sind schon da!

ADELAIDE
Ich bin unpäßlich!
Will ab links vorne, zugleich tritt Arabella heraus
Zugleich öffnet sich die Mitteltür und die drei Grafen treten, gekleidet als Fiaker: kurzer Fahrpelz, karrierte Hosen, helle Handschuhe, sogenannte Stößer in der Hand. Hinter jedem ein groom in Livree, jeder mit einem großen Bukett und außerdem einen kleinen Karton.

ADELAIDE
Was für ein delizioser Spaß Graf Dominik! Graf Elemer!
Graf Lamoral!
Die drei »Fiaker« treten vor, und jeder, indem er sich vorstellt, setzt den Stößer für einen Augenblick auf und nimmt ihn gleich wieder ab.

DOMINIK *sich vorstellend*
Fuxmundipoldl!

ELEMER *ebenso*
Der Weißfisch!

LAMORAL *ebenso*
Der ungarische Schackerl!
ADELAIDE
Wie unverfälscht! wie fesch! wie wienerisch!
ZU DREIEN *zu Arabella*
Wir erbitten Dero hohe Gegenwart
als Königin unserer Patronessen
für unsern heutigen Ball!
Sie nehmen jeder seinem Groom das Bukett ab und überreichen es Arabella.
ADELAIDE
Welche charmante Überraschung!
ARABELLA
Geh, beruhig dich, Mama.
Arabella gibt die drei Buketts Zdenka zum Halten.
Die drei grooms überreichen die drei Kartons, und legen diese, auf einen Wink Arabellas, auf einen Wandtisch.
MATTEO *in Uniform, mit Säbel, Kappe und Handschuhe in der Hand, ist leise durch die Mitte eingetreten*
Die drei! schon wieder!
Er verschwindet sofort
DOMINIK *den Stößer immer in der Hand, auf Arabella zutretend; nur zu ihr*
Fahr'n ma, gnä' Fräuln?
Wissen Sie, was das heißt?
Sausend dahin, was die Bräundln laufen
im Nichtbedenken liegt das Glück –
Nachdenken ist der Tod!
Leiser
Weiß die Fräuln Bella was das heißt?
Fahr'n ma, gnä Fräuln!
Er bleibt bei ihr, sie sprechen leise
ADELAIDE *zu Zdenka*
Erfrischungen! Sechs Gläser Portwein!
Zdenka läutet am Glockenzug
Adelaide ist rechts, nimmt dort Platz, Lamoral und Elemer sind bei ihr.
Waldner schreibt rechts vorne, hinter einem Paravent.

ADELAIDE *krampfhaft Konversation machend*
Die schönen Blumen –
ARABELLA *indem sie sich jäh von Dominik abwendet, zugleich über die Schulter zu ihrer Mutter*
Geh laß, Mama, du exaltierst dich viel zu viel!
Steht alles nicht dafür.
Arabella hat sich von Dominik abgewandt, der zurücktritt. Elemer tritt zu Arabella
KELLNER *halb in der Tür, ruft unartig herein*
Auf 8 wird nichts serviert!
ELEMER *halblaut*
Eine Sphinx sind Sie! Sie spielen mit uns allen.
Selbst bleibt sie kalt und uns verzaubert sie!
ARABELLA
Verzaubern? euch? Ah nein! Ihr bleibts
ganz unverzaubert was ihr seids
recht fesche Wiener Grafen!
ELEMER *ihr näher*
Das stolzeste böseste herrlichste Mädel von Wien!
ARABELLA *leise, fast böse*
Aber deiner Gräfin Mutter tätest du mich doch nicht bringen –
und deine Gräfinnen Schwestern schauen weg
wenn du mich auf'm Eis zum Tanzen holst!
ELEMER *fährt auf*
Das sollen sie sich unterstehen!
ARABELLA
Als Gesellschafterin auf einem Schloß bei einer Tant
wär ich euch recht, oder als Grisette auf'm Graben!
ELEMER
Wer darf das wagen auszusprechen!
ARABELLA
Ich!
Wir sind die Art von Leut nicht, die ihr respektierts,
da red ich halt auch ohne Respekt von mir.
Sie kehrt ihm den Rücken, er tritt zurück
ARABELLA *tritt zu Lamoral, der abseits steht*
Und was ists mit uns zwei?

LAMORAL *wird blaß*
Arabella! – Kaltes Herz!
ARABELLA
Ists gar so kalt, das Herz?
Sie sieht ihn an
LAMORAL *hält sich die Hand vor die Augen, fast lautlos.*
Zu stark ist so ein Blick! zu stark!
ARABELLA
Na, soll ich vom Lusthaus zurück in Ihrem Schlitten fahren?
und als chaperon der Bub –
paßt das dann dem Herrn Grafen?
LAMORAL
Ob mir das paßt?
mit Ihnen allein im Schlitten!
Ob mir das paßt –?
ARABELLA *sieht ihm in die Augen, läßt den Augenblick ausschwingen, dann, sich von ihm abwendend, für sich, mit völlig verändertem Ton*
Der Richtige – wenns ihn gibt –
der wird mich anschaun und ich ihn –
da werden keine Fragen sein!
ja, wenns ihn gibt!
Sie wendet sich den andern zu und sagt, wieder in ganz leichtem Ton
So und jetzt sagen wir den Herrn Auf Wiedersehn, – nicht wahr, Mama! –
und um halb zwei da werd ich aufm Kohlmarkt sein
mit'm Zdenko, auf der Laufferseiten,
und ihr laßt's die drei Schlitten beim Artaria stehn
und dann schau ich sie an, und werd entscheiden
ob ich mit'm Fuxmundipoldl fahr
oder mit dem Weißfisch
oder
mit einem vielsagenden Blick
mit dem ungarischen Schackerl!
Sie winkt ihrer Mutter und beide gehen links ab.

Die drei Grafen, im Abgehen, verneigen sich noch einmal
Waldner schreibt weiter,
Adelaide kommt links vorne aus der Tür

ARABELLA *öffnet zugleich die Tür links rückwärts und ruft ziemlich scharf* Zdenko!

ADELAIDE *hat indessen die Kartons geöffnet*
Bonbons vom Dominik! Parfum von Elemer!
Spitzen vom Lamoral! – So voller Attentionen!

WALDNER *steht auf*
Spitzen! wo sind die Spitzen?

ADELAIDE Da! point d'Alençon.

WALDNER
Geh aus sofort und schau wie du sie möglichst gut verkaufst!
a tempo! fix! Ich hab nicht einen Gulden mehr im Sack!

ADELAIDE
O dieses Wien!
Erniedrigung! – So hab ichs oft geträumt!
aus tiefster Schmach hebts uns einmal empor
zu höchster Höhe!
Immer exaltierter
Hats denn vielleicht im allerhöchsten Erzhaus
noch keine Liebesheiraten gegeben?
ist nicht die Liebe stärker als Gesetze?
sieh ihre Schönheit! wagst du zu zweifeln?
emporgehoben über die Menschen –
ihrer wartet ein herrliches Loos!
Das sagt die Prophetin, das sagen die Sterne –
das sagt mir mein Herz!

ARABELLA *noch halb im Umziehen, öffnet die Tür links*
Ich bitt dich eines, Mama:
wenn ich verkuppelt werden soll und muß

WALDNER *scharf*
Moderier dich, ich bitte!

ARABELLA *ohne ihren Ton zu ändern*
bleib in Gottes Namen in der Wirklichkeit
und schweb nicht in den Wolken noch dazu –
das vertrag ich einmal nicht!
auch schiefe Situationen haben noch ein Maß in sich!

ADELAIDE
Dein Vater verzehrt sich in Sorgen –
hier keine Szenen, wenn ich bitten darf!
Eilt hin, schiebt sie ins Nebenzimmer und verschwindet mit ihr

WALDNER *allein mit den Rechnungen, liest:*
Bin ich nicht in der Lage, länger zu warten...
nimmt eine andere
Müßte ich das Gericht in Anspruch nehmen...
nimmt eine dritte
Haben Sie die Klage zu gewärtigen...
– – –
Arme Frau! arme Mädeln!
Er läutet am Glockenzug, indem er hinter sich greift.
Zimmerkellner tritt ein

WALDNER
Einen Cognac!

KELLNER
Auf Nummer 8 darf nicht mehr serviert werden!
Außer wünschen sofort zu bezahlen –

WALDNER
Verschwinden Sie! ich brauche nichts!
Auf und nieder
Einen Ausweg gibts immer!
Spielen! Gewinnen!
Alles andere ist verlorene Zeit.
Djuras, Welkos und Jankels Kopf erscheinen schnell nacheinander in der Tür rechts, verschwinden sofort.

ZIMMERKELLNER *eintretend mit einem Tablett*
Ein Herr wünscht den Herrn Grafen zu sprechen.

WALDNER
Ich bin nicht zu sprechen. Ich bin ausgegangen.
Legen Sie die Rechnung dorthin.
Zimmerkellner legt an die von Waldner angegebene Stelle eine Karte

WALDNER *sieht hin, sieht daß es keine Rechnung ist, wirft einen Blick auf die Karte: freudig überrascht.*
Mandryka!
Traut seinen Augen nicht
Der reiche Kerl! mein bester Freund im Regiment!

ZIMMERKELLNER *an der Tür*
Der Herr fragt an!

WALDNER
Ich laß bitten.
Dem Eintretenden mit offenen Armen entgegen
Tschau, Kamerad!
Mandryka, großer, sehr kräftiger, eleganter Mann von höchstens 35 Jahren, etwas undefinierbar Ländliches in der Erscheinung; sehr gut angezogen, ohne jede provinzielle Eleganz.
Welko, Djura, Jankel hinter ihm; sie bleiben an der Tür stehen.

WALDNER *perplex, tritt zurück*
Ah so!

MANDRYKA
Hab ich die Ehre mit dem Rittmeister Graf Waldner?

WALDNER
Waldner, so heiß ich. Rittmeister nicht mehr.
Mandryka streckt seine rechte Hand nach hinten.
Jankel unter Verneigung, gibt ihm einen Brief in die Hand

MANDRYKA *mit dem Brief auf Waldner zutretend*
Sind Sie, Herr Graf, der Schreiber dieses Briefes?
Waldner nimmt den Brief, der zerknittert und voll Blutflecken ist

MANDRYKA *sehr leicht und sehr artig*
Er ist ein bißl blutig worden, und nicht mehr leserlich.
Ich bin den Tag, wo er mir zugekommen ist,
auf eine alte Bärin gegangen, sie hat mich angenommen
und ein bißl zerkratzt – dabei ist das passiert.

WALDNER *indem er ihm den Brief zurückgibt, nachdem er einen Blick darauf geworfen hat*
Geschrieben hab ich allerdings an einen Herrn Ihres Namens –
er war mein Freund und Regimentskamerad.

MANDRYKA
Das war mein Onkel. Er ist tot. Ich bin der einzige Mandryka.
Somit verzeihen Sie daß ich den Brief
zu öffnen mir gestattete. – Jetzt kommts auf eines an:
Welko, das Bild!

WELKO *indem er eine Photographie überreicht*
Es ist in Ordnung, Gospodar,
Die schöne Fräulein mit dem Gesicht wohnt hier!

DJURA
Wohnt hier!

JANKEL
In diesem Zimmer greifbar!

MANDRYKA *die Photographie in der Hand*
Herr Graf, Sie haben Ihrem werten Brief
der kameradschaftlich an meinen Onkel gerichtet war
Sie haben dieses Damenbildnis beigelegt.

WALDNER *leicht hinsehend, ganz ohne Wichtigkeit*
Ah ja! Die Photographie meiner Tochter
Arabella.

MANDRYKA *mit merklicher Aufregung, aber ohne die Haltung zu verlieren*
Die gnädige Tochter ist unvermählt –?

WALDNER *nickt*
Noch unvermählt.

MANDRYKA
– und derzeit nicht verlobt?

WALDNER
Derzeit noch nicht.

MANDRYKA *sehr ernst, beinahe feierlich*
Dann bitte ich um ein Gespräch von fünf Minuten.
Zu seinen Leuten
Ihr, draußen warten!
Welko rückt schnell zwei Fauteuils einander gegenüber, zieht sich dann mit Djura und Jankel zurück.
Waldner und Mandryka setzen sich. Eine kleine Pause, der Verlegenheit bei Mandryka, der Spannung bei Waldner.

MANDRYKA
Darf ich so unbescheiden sein und eine Frage stellen?

WALDNER
Du bist der Neffe – und Erbe meines teuren Kameraden,
verfüge über mich!

MANDRYKA
Ich danke sehr. –

Er überlegt einen Moment
Als in den Brief an meinen seligen Onkel
das reizende Porträt des Fräulein Tochter
hineingeschlossen wurde,
darf ich annehmen, daß da eine Absicht
im Spiele war? – Ich bitte um Vergebung.

WALDNER *vorsichtig*
Mein Gott, ich hab mir halt gedacht es wird dem Alten mehr Spaß machen
ein hübsches Mädel anzuschauen
als mein ramponiertes Gesicht.

MANDRYKA *sehr aufmerksam, bestrebt, jedes Wort Waldners nach seinem vollen Gewicht zu erfassen*
Mehr Spaß machen? – Wenn aber das die Folge wär gewesen
daß mein Herr Onkel, der ein ganzer Mann war
und in den besten Jahren
sich hätte in die Schönheit des Porträts verliebt
und wär getreten hier vor Ihnen, hochgeborener Herr,
so als ein offenherziger Edelmann vor einen andern,
und hätt gesagt: »Wer das Gesicht gesehen hat
und tritt nicht als Bewerber auf
verdient nicht daß ihn Gott auf dieser schönen Erde leben laßt.
So geb das Mädel mir zur Frau und Herrin!«
Was wäre dann gewesen? Gesetzt den Fall, er hätte so gesagt!

WALDNER
Dann hätten wir uns in einer unerwarteten Situation befunden.

MANDRYKA *sehr gespannt und ernst*
In einer unwillkommenen?

WALDNER
Pardon! das hab ich durchaus nicht gesagt.

MANDRYKA *steht auf, sehr aufgeregt, aber beherrscht*
Der Onkel ist dahin. Heut bin ich der Mandryka, niemand sonst.
Mein sind die Wälder, mein sind die Dörfer,

sieben Dörfer recht schön, zwischen Bergen und Donau.
In vieren läuten die geweihten Glocken
in den drei andern ruft der Muezzin vom Turm.
Viertausend Untertanen beten daß ich glücklich sei –
und ich, mit aufgehobenen Händen bitte ich:
Herr Vater, geben mir die gnädige Tochter
geben mir sie zur Frau, die jetzt seit vierzehn Wochen
jeden Gedanken hier in dieser Brust regiert!
Waldner schweigt vor Staunen

MANDRYKA
Oder meinst du, Vater, wird sie Wien nicht verlassen?
Ich ziehe her nach Wien und kauf ihr ein Palais!
Waldner bittet ihn durch Gebärden, sich wieder zu setzen

MANDRYKA
Ihr Zögern ist kein Todesurteil? Nein!
Waldner schüttelt den Kopf

MANDRYKA
Ich darf sie sehen?
Waldner nickt

MANDRYKA
Bedenken: dieser Brief kommt an, und in der gleichen Stunde
nimmt mich die alte Bärin in die Arme
und drückt mir vier von meinen Rippen ein.
Zwölf Wochen bin ich gelegen –
dieses Bild vor mir – und ein Gedanken immer stärker
bis er die Seele mir herausgerissen hat!
Ganz naiv, ohne Prahlerei
Kommen meine Verwalter: Was ist's mit unsrem Herrn?
Kommen die von den Maierhöfen: was ists mit unsrem Herrn?
Kommen die von den Fohlenhöfen: Freut unsern Herrn kein Pferd mehr!
Kommen meine Förster: Freut unsern Herrn kein Jagen?
Ich geb ihnen keine Antwort, Welko! ruf ich,
hol mir den Jankel. Steht der Jankel vor mir.
Jankel, sag ich, wie heißt der Jud in Sissek
der meinen Wald will kaufen? dort den Eichwald!

Also her mit ihm, er soll Geld mitbringen
denn morgen fahr ich in dem Kaiser seine Stadt
da kostet Geld ein jeder Atemzug
und Hindernisse darfs nicht geben auf der Brautfahrt.
Er zieht ein großes, aber elegantes Portefeuille hervor; es enthält, lose hineingelegt, einen dicken Pack Tausendguldennoten
Das ist der Wald. –
Es war ein schöner Wald: Einsiedler waren drin,
Zigeuner waren drin und alte Hirschen
und Kohlenmeiler haben viele drin geraucht –
hat sich alles in ein paar Fetzen Papier verwandelt!
Aber es stehen Eichwälder genug noch auf meinem Boden
für Kinder und Enkel – Gott erhalte! –
Verzeihen um Gotteswillen, daß ich von solchen Sachen rede!
Ist ganz, ich weiß nicht wie, geschehen!
Er will das Portefeuille einstecken

WALDNER *hindert ihn daran durch eine unwillkürliche Bewegung*
Oho! ich find es ungeheuer interessant!
Wenn man bedenkt: ein Wald! Einsiedler waren drin
Zigeuner waren drin und alte Hirschen,
und auf eins zwei – ein solches Portefeuille!
Ich hab seit Jahren so was nicht gesehn!
Er starrt fasziniert auf das Portefeuille

MANDRYKA *hält ihm's hin, sehr leicht und liebenswürdig*
Darf ich vielleicht? brauchst du vielleicht
so für den Augenblick? Du tust mir eine Gnad!
Teschek, bedien dich!

WALDNER *nach kurzem Zögern nimmt eine Tausendguldennote*
Mein Bankier ist verreist!
Ich geb es dir heut abend spätestens zurück!

MANDRYKA *hält das Portefeuille nochmals hin, sehr herzlich*
Nicht mehr? Ich bitte vielmals! Aber doch!
Teschek, bedien dich!
Waldner nimmt eine zweite Note und steckt sie mit nonchalance zu der ersten in die Westentasche.
Mandryka läßt das Portefeuille in seine Brusttasche gleiten. Eine leichte Pause der Verlegenheit.

Und wann wird's dir genehm sein
mich deiner Gräfin vorzustellen –
und dann der gnädgen Tochter?

WALDNER

Sie sind gleich da im Nebenzimmer.
Mandryka steht auf, wirklich erschrocken.

WALDNER *steht gleichfalls auf*

Willst du sie sehn? Ich ruf' –
ich stell dich vor als Erben – Neffen mein ich – vom Mandryka!

MANDRYKA

Jetzt? so? Ich bitte: nein!
In keinem Fall!

WALDNER

So schüchtern war der Onkel nicht!

MANDRYKA *sehr ernst*

Das ist ein Fall von anderer Art.
Es handelt sich für mich um etwas Heiliges.

WALDNER

Ganz wie du willst.

MANDRYKA *in verändertem Ton*

Ich hab dich schon zu lang gestört.
Ich werd mich hier im Hause einlogieren
und den Befehl abwarten deiner Gräfin
wann ich mich präsentieren darf am Nachmittag.
Verneigt sich; Waldner reicht ihm die Hand und begleitet ihn dann an die Tür

WALDNER *allein*

Hab ich geträumt? Da ist er gesessen
der Neffe vom Mandryka.
So was passiert einem doch nicht!
Er zieht den einen zerknitterten Tausender hervor, dann den zweiten, glättet beide, steckt sie in seine völlig leere Brieftasche
Hab ich geträumt?
Er nimmt den einen Tausender wieder heraus, dreht daraus, ganz gedankenlos, eine kleine Papiertüte und behält sie in der Hand. Mit leichtem Ausdruck, Mandrykas Ton kopierend, ziemlich laut.
Teschek, bedien dich!

ZIMMERKELLNER *eintretend*
Ist hier gerufen?
Er gewahrt den Tausender in Waldners Hand und verändert sofort den Ton Haben mich befohlen?
WALDNER *vor sich, leise, zart* Teschek, bedien dich!
ZIMMERKELLNER
Befehlen diesen Tausender zu wechseln?
WALDNER
Später vielleicht. Jetzt nicht.
Zimmerkellner geht ab
WALDNER *mit Grazie*
Teschek, bedien dich!
Mit Würde
Teschek, bedien dich!
Schmelzend, fast zärtlich
Teschek, bedien dich!
Majestätisch
Teschek, bedien dich!
Drohend
Teschek, bedien dich!
Mit wildem Triumph
Teschek, bedien dich!
Teschek, bedien dich! Teschek, bedien dich!
ADELAIDE *aus der vorderen Tür links*
Was hast du, Theodor?
WALDNER
Ha? was ich habe –? gar nichts!
Ich geh jetzt aus. Ich werd erwartet.
Brauchst du vielleicht?
Er winkt ihr mit dem Tausender, den er in der Hand behalten hat.
Ich werd mir wechseln lassen.
Wie zerstreut
A propos, der Mandryka war da.
ADELAIDE
Dein Kamerad?

WALDNER
Sein Erbe. Er will sich dir präsentieren.
Ohne sie anzusehen.
Er hat ums Mädel angehalten.

ADELAIDE
Wie?

WALDNER *sehr ruhig*
Angehalten, wie sichs schickt: beim Vater.

ADELAIDE
Kennt er sie denn?

WALDNER *ohne jede Wichtigkeit*
Photographie.

ADELAIDE
Um Gottes willen, Theodor, ist er vermögend?

WALDNER
»Vermögend« ist ein etwas bürgerliches Wort –
ganz ohne Pathos, fast geringschätzig
Der größte Grundbesitzer im slawonischen Königreich!
Er spielt mit dem Tausender

ADELAIDE
Erklär mir doch!

WALDNER
Ich hab jetzt nicht viel Zeit.
Er hat den Tausender eingesteckt und zieht sich zum Ausgehen an.

ADELAIDE *äußerst aufgeregt*
Mein Theodor!
Was für ein Ton zu mir! in einem solchen Augenblick!
So ist mein Schicksal! so geht es mir immer!
Unverstanden als Frau! unverstanden als Mutter!
Das ist mein Los! der Mann – die Kinder
sie schreiten hinweg über ein Herz
das sich verzehrt in grenzenloser Zärtlichkeit!
Arabella aus der rückwärtigen Tür links noch während Adelaides Klagen.
Zdenka hinter ihr; beide zum Ausgehen angezogen, Zdenka einen Zylinder in der Hand

ARABELLA *nachdem sie das Ende von Adelaides Klagen abgewartet*
Was ist denn wieder los, Mama?

ADELAIDE *zu ihr und küßt sie auf die Stirn*
Der Graf Mandryka, ein croatischer Magnat,
hat um dich angehalten, meine Tochter.
Er hat dein Bild gesehn, es war kein Zufall
die Sterne wollten es!
Er liebt dich namenlos, und ist der reichste grandseigneur
unter der Stefanskrone!

ARABELLA *mit gerunzelten Augenbrauen*
Mama!

ADELAIDE *zärtlich*
Schweig still, verbirg dein Glück, verbirgs bei mir –
der Neid der bösen Welt ist ohne Grenzen! –
Bei deiner Mutter, die dirs aufgebaut
verbirg dein junges Glück.
Die Worte der Prophetin werden Wahrheit.
Die Sterne wollen es
und deine leidgeprüfte Mutter segnet dich!

WALDNER *zugleich mit ihr*
Von einem Tag zum andern ändert sich gar viel!
Lang sind die Karten bös, und finster schaut das Glück
auf einmal lächeln sie, und alle Türen gehen auf!
Ein Zauberwort ertönt: Bediene dich! bediene dich!
und aus dem Bettler wird ein König wiederum!

ZDENKA *mit gefalteten Händen, zugleich mit ihnen beiden*
O Gott im Himmel, laß sie glücklich werden,
und mich laß sterben in der Stille irgendwo!
So hat ja die Prophetin es gesehn:
sie ganz im Licht und ich hinab ins Dunkel.
Sie ist so schön und lieb, ich werde gehn,
und noch im Gehn werd ich dich segnen, meine Schwester!

ARABELLA *zugleich mit ihnen allen, nur die letzte Zeile allein*
O Gott, sie freuen sich, sie lächeln alle –
so leichte Herzen haben sie und nur mein Herz ist schwer!
So schnell vertrauen sie aufs Glück, und immer wieder
kommt die Enttäuschung und ein bittrer Tropfen

fällt in mein Herz und wiederum ein Tropfen –
und süß und freudig soll ein Herz doch sein!
O Gott, laß diese neue Täuschung schnell vorübergehn –
denn es wird Täuschung und nur Täuschung sein, ich fühls voraus!

WALDNER *der indessen zum Ausgehen fertig ist, Hut und Stock in der Hand*
Bevor ich gehe, wünsche ich zu wissen,
wann ich deiner Mutter und dir
den Neffen eines alten Freundes bringen kann.

ARABELLA
Papa, heut nachmittag bin ich nicht frei,
ich hab mich engagiert zu einer Schlittenfahrt.
Am Abend aber ist doch der Fiakerball,
bring ihn dahin, das ist das simpelste,
wenn er's so eilig hat mit unserer Bekanntschaft.
Das verpflichtet zu nichts, weder uns – noch ihn –
etwas bitter
– und wird nach beiden Seiten hin
die üblichen Enttäuschungen ersparen.

WALDNER *schon zwischen Tür und Angel*
Ganz wie ihr wollt – ich misch mich nicht in eure Sachen!
Aber ich sag dir eins:
von einem Tag zum andern kann sich vieles ändern!
Er geht, nach einer leichten Verneigung gegen Adelaide

ADELAIDE *gerührt, unfähig länger zu schweigen*
Mein Kind!

ARABELLA *schnell*
Geh, laß Mama! –
Also aufs Monat
zu ihrem siebzehnten Geburtstag darf sie Mädel werden?
ist das jetzt abgemacht, Mama?

ADELAIDE *pompös*
Und die Prophetin?

ARABELLA *ernst*
Das laß meine Sach' sein
Das Wahrmachen, das steht ja doch bei mir
Und das ist härter als das Prophezeihn!
Adelaide mit einer resignierten Gebärde ab links rückwärts

ZDENKA *mit Arabellas Hut heraus links vorne*
Was hast du? was geht mit dir vor?
ARABELLA *legt den Hut auf einen Fauteuil, tritt zu dem Schreibtisch entschlossen, finster*
Ich werd jetzt der Elis' ein Karterl schreiben –
sie soll mich morgen – oder übermorgen –
mit dem Herrn Bauunternehmer
zum Mittagessen einladen.
ZDENKA
Mit dem reichen Spekulanten?
mit dem uneleganten Kerl –?
das heißt ja, daß du dich mit ihm verloben willst!
ARABELLA *sehr fest*
Das heißt es. Ja.
Denn es ist Zeit, daß die Zigeunerwirtschaft hier
ein Ende hat. Was schaust du so erschrocken drein?
ZDENKA *unwillkürlich*
O Gott, ich bin verloren!
ARABELLA
Wer ist verloren? was sind das für Reden?
ZDENKA *faßt sich mühsam*
Ich, mein Gott, ich – ich hab an den Matteo denken müssen –
er liebt dich bis zum Wahnsinn!
Wie der ausrufen wird: Ich bin verloren!
Dreht sich um, damit Arabella ihr Gesicht nicht sieht
ARABELLA *müde*
Ach laß!
ZDENKA *heftig*
Anbeten tut er dich!
ARABELLA
Zdenkerl, du hast manchmal
den exaltierten Ton von der Mama!
Paß auf auf dich!
Also, daß du es weißt:
ein jeder ist für mich in Frag' gekommen
zum mindesten für einen Augenblick!
nur der Matteo nie!

So, punctum, Streusand drauf.
Wenn ich entschloseen bin,
so bleibts dabei!
Ich glaub, du kennst mich!
Sie setzt sich zum Schreiben, der Wandschirm verdeckt sie gegen die Bühne, nur nicht gegen den Zuschauer

ZDENKA *seitwärts, verstört, verwirrt*
Dann geht er nach Galizien –
Nein: er erschießt sich!
Ihren Phantasien folgend
Ich klopf, er liegt tot da!
Ich werf mich über ihn, ich küß zum ersten Mal
seine eiskalten Lippen!
Matteo tritt vorsichtig durch die Mitteltür ein

ZDENKA *spürt sein Kommen, fährt zusammen*
Still, sie ist da!

ARABELLA *hat indessen ein Briefpapier hervorgenommen; sie hat die Feder in der Hand*
Ja, das Wahrmachen, das steht jetzt bei mir.
Und das ist freilich härter als das Prophezeih'n.

ZDENKA *auf den Wandschirm deutend*
Sie schreibt.

MATTEO *leise*
An mich?

ZDENKA *wie unter einer Eingebung*
An dich! Ja, ja!

ARABELLA *legt die Feder weg*
Weggeben mich, mit einem Ruck? Weggeben ganz und gar?
Verschenken? nein verkaufen? o das fürchterliche Wort!
Sie hält sich die Ohren zu, dann stützt sie das Gesicht auf die Hand. Ihr Blick fällt auf den Spiegel, der ihr ihr Gesicht zuwirft
Nein, sich belügen ist gemein. – Da sind die Augen – die Stirn
sie sieht aufmerksam, mit strengem Ausdruck in den Spiegel
die Wangen, vielen haben sie gefallen –
und keinem noch gehört, und sollen nie

sehr schmerzlich
dem Richtigen gehören! nie! denn er lebt irgendwo
und hat halt nie zu mir den Weg gefunden!

MATTEO *zugleich mit ihr*
Sie hat schon einmal
mit einem kleinen Brieferl alles gut gemacht!
Da waren Wörter in dem Brief!

ZDENKA *leise zu ihm*
Und wahr waren sie auch!

MATTEO *leise*
Woher weißt du's?

ZDENKA
Wer hat dir denn den Brief gebracht?

ARABELLA *nach einer kurzen Pause fortfahrend – die scheinbare Unterbrechung liegt im Aufschreiben*
– und nun darf ich nicht länger auf ihn warten!
und unbekannt, und ungegrüßt von ihm,
sag ich ihm jetzt Adieu auf ewige Zeit!

MATTEO *zugleich mit ihr*
Geheimnis eines Mädchenherzens, unergründliches!

ARABELLA *mit fast brechender Stimme*
Adieu auf ewige Zeit!
In großer Angst
Mein Gott! schlecht – laß mich nicht – schlecht werden laß mich nicht!
und nicht zu unglücklich!
Denn du allein, du ganz allein wirst wissen
wie mir zumut ist,
sonst niemand in der Welt! –
Jetzt aber schnell!
Sie ergreift die Feder

ZDENKA *zu Matteo*
Ein Mädel – weißt du –schämt sich so furchtbar!
Mit innigem Ton
Alleinig geben möcht sie immer mehr und immer mehr –
sehr innig
und alles kommt ihr noch zu wenig vor!

MATTEO
Wie du das weißt! du lieber Bub!
Zdenka entfernt sich von ihm, sehr blass

ARABELLA
Zdenko!

ZDENKA
Sie ruft mich!

MATTEO
Kann ich sie nicht sehen?

ZDENKA
Bleib still, ganz still! Um alles in der Welt!

ARABELLA *unterm Schreiben*
Wir gehen gleich. Was hast du denn?
Zdenka den Finger auf den Lippen, steht mäuschenstill

ARABELLA *schließt den Brief*
Geschrieben und besiegelt! Punctum. Aus.
Sie steht auf
Nun nehm mich Gott in seine gnädige Hut,
auf meinem neuen Weg.
Sie betrachtet den Brief, stehend, und zündet eine Kerze an, um zu siegeln
Zdenka währenddem, ist dicht zu Arabella getreten, ohne daß diese es merkt und sieht ihr zu, dann tritt sie wieder zu Matteo

MATTEO
Hast du den Brief?

ZDENKA *verwirrt*
Den Brief? Ja! Nein! Sie will jetzt nicht.
Sie sagt, sie wird ihn dir – heut abends – komm auf den Fiakerball!
Noch leiser
und vorher sei zuhaus!
hier im Hotel – vielleicht bring ich ihn dir
ins Zimmer, oder du kriegst ihn dort!

MATTEO
Du laßt mich nicht im Stich? Du hasts versprochen
mit deinem Manneswort? –
Schnell ab

ZDENKA *indessen Arabella sehr langsam das Siegelwachs erwärmt, den Brief siegelt und das Petschaft drauf drückt*
Die Schrift, die treff ich schon –
und auch die Wörter, ah! die wüßt ich wohl zu finden!
Aber wofür! wenn übermorgen alles aus ist!
O Gott im Himmel steh mir armem Mädel bei!
Sie sucht ihren Zylinder, jetzt hält sie ihn in der Hand und wartet an der Tür hinten

ARABELLA *unterm Siegeln, zugleich mit ihr*
Jetzt geht der Brief dahin. Dann liest sie ihn,
dann schreibt sie diesem Mann
und lädt ihn ein, für übermorgen schon!
O Gott im Himmel, steh mir armen Mädel bei!
Sie setzt ihren Hut auf, und ergreift ihren Muff – den Brief in der Hand
Jetzt ist's geschehn und morgen ist halt morgen
und heut ist heut und heut ist Faschingsdienstag noch dazu!
Die Schlitten warten und in jedem Schlitten wartet einer
ob ich ihn wähl – und abends ist mein Ball
auf dem bin ich allein die Königin!
Sie wendet sich schnell zum Gehen

Vorhang.

URSPRÜNGLICHER SCHLUSS DER ERSTEN FASSUNG DES ERSTEN AUFZUGS (1928)

Dieser Schluß schließt sich an den Vers Adelaides an: »Um Gottes willen, Theodor, ist er vermögend?« (S. 604).

WALDNER *wegwerfend*
Vermögend ist ein etwas bürgerliches Wort.
Ganz ohne Pathos, fast geringschätzig
Der größte Grundbesitzer im slavonischen Königreich!
Er spielt mit dem Tausender

ADELAIDE
Erklär mir doch!

WALDNER *weidet sich an ihrer Aufregung*
Ich hab jetzt nicht viel Zeit.
Und meine Kombinationen interessieren dich ja nicht.
Sie sind dir zu riskiert.
Er hat den Tausender eingesteckt und zieht sich zum Ausgehen an

ADELAIDE *äußerst aufgeregt*
Theodor!
Sie weint
Was für ein Ton zu mir?
in einem solchen feierlichen Augenblick!
Arabella aus der rückwärtigen Tür links.
Zdenka hinter ihr; beide zum Ausgehn angezogen, Zdenka einen Zylinder in der Hand

ARABELLA
Was ist denn wieder los, Mama?
Adelaide zu ihr und küßt sie auf die Stirn

ARABELLA *mit leichter Ungeduld*
Was denn Mama?

ADELAIDE *pompös*
Der Graf Mandryka, ein kroatischer Magnat,
hat um dich angehalten, meine Tochter.

ARABELLA
Ach Gott, Mama. Warts ab.

ADELAIDE *aufgeregt*
Aber! Kein Wort, vor niemand!
Der Neid der Menschen ist ohne Grenzen –
wir sind umgeben von Intrigue!
Er hat dein Bild gesehn, durch einen Zufall –
er liebt dich namenlos – und ist der reichste grandseigneur
unter der Stephanskrone.
Sie rührt dreimal eine hölzerne Tischplatte an

ARABELLA *sehr ruhig*
Komm Zdenka. Nimm doch was Calmierendes, Mama.
Du mußt ja leiden unter diesen ewigen Phantasien.

WALDNER
Bella!

ARABELLA
Geh, laß Papa!

ADELAIDE
Das ist mein Lohn! in einer solchen Stunde!

WALDNER *der sich indessen zum Ausgehen fertig gemacht hat, Hut und Stock in der Hand*
Genug Sottisen jetzt. Ich würde gerne wissen
wann ich deiner Mutter und dir
den Neffen eines alten Freunds vorstellen kann.
Ihr seids ja immer schrecklich occupiert
und ich
mit innerem Jubel
hab auch Geschäfte diesen Nachmittag.

ARABELLA
Papa, heut nachmittag bin ich nicht frei.
Ich hab mich engagiert zu einer Schlittenfahrt.
Am Abend aber ist doch der Fiakerball
da sind wir Patronessen, die Mama und ich.
Bring ihn da hin, das ist das simpelste,
den interessanten Neffen von dem alten Freund –
wenn ers so eilig hat mit unserer Bekanntschaft.
Das verpflichtet zu nichts, weder uns, noch ihn –
etwas bitter
und wird nach beiden Seiten hin

die üblichen Enttäuschungen ersparen.
In verändertem Ton
Die Zdenka und ich, wir müssen jetzt fort.
Zu Zdenka
Sie chaperoniert mich. – Bring mir meinen Hut!
Zu Waldner tretend, indessen Zdenka abgeht, den Hut zu holen
Papa, hast du nicht das Gefühl
daß diese Maskerad aufhören müßt'?
Die Zdenkerl ist kein Kind mehr, und sie hat die letzte Zeit
so einen Ausdruck um die Augen –
ich glaub, es wär die höchste Zeit
daß sie aus diesem travesti herauskäm –
und dem, was drum und dran ist
wenn sie da als Bub zwischen den jungen Herrn herumspringt.

WALDNER *ungeduldig, fortzukommen*
Machts wie ihr wollts, ich misch mich nicht in eure Sachen.
Hab selber Sorgen genug – daß ich nicht weiß
wo mir der Kopf steht –
aber ich sag dir eins:
von einem Tag zum andern kann sich vieles ändern!
Unwillkürlich –
Teschek – bedien dich!

ADELAIDE *gerührt, unfähig länger zu schweigen*
Mein Kind! –

ARABELLA *schnell*
Geh, laß Mama.
Zu Waldner
Also aufs Monat
zu ihrem siebzehnten Geburtstag darf sie Mädel werden? –
Ist das jetzt abgemacht – Mama?

ADELAIDE *großartig* Und die Prophetin?

ARABELLA *ernst*
Das laß meine Sach sein.
Das Wahrmachen steht ja doch bei mir

und das ist etwas schwerer als das Prophezein!
Adelaide mit einer resignierten Gebärde ab links rückwärts.
Zdenka mit Arabellas Hut heraus links vorne.
Waldner zur Mitteltür ab.
Zdenka gibt Arabella den Hut, den diese vor dem Spiegel aufsetzt.

ARABELLA *unterm Hutaufsetzen*
Du, Zdenka, such dir drei von meinen Kleidern aus.

ZDENKA
Was hast du? was geht mit dir vor?

ARABELLA
Ich werd jetzt der Elis' ein Karterl schreiben,
sie soll mich morgen – oder übermorgen
mit dem Herrn Bauunternehmer
zum Mittagessen einladen.

ZDENKA
Mit dem reichen Spekulanten?
mit dem uneleganten Kerl –?
Das heißt ja, daß du dich mit ihm verloben willst!

ARABELLA
Ja. Es ist Zeit, daß die Zigeunerwirtschaft hier
ein End hat. Du kommst später dann zu mir
und lebst mit mir – was schaust du so erschrocken drein?

ZDENKA
O Gott, ich bin verloren!

ARABELLA
Wer ist verloren? was sind das für Reden?

ZDENKA *faßt sich mühsam*
Ich, mein Gott, ich – ich hab an den Matteo denken müssen
der dich wahnsinnig liebt –
wie der ausrufen wird: Ich bin verloren!
Dreht sich um, damit Arabella ihr Gesicht nicht sieht

ARABELLA *sehr ruhig und ernst*
Der Matteo will genau dasselbe wie die andern –
aber er hat halt eine andere Manier dabei.

ZDENKA *heftig*
Anbeten tut er dich!

ARABELLA
Zdenkerl, du hast manchmal den exaltierten Ton von der Mama!
Paß auf auf dich!
Also, daß du es weißt:
ein jeder ist für mich in Frage gekommen,
wenigstens für einen Moment –
aber der Matteo nie!
So. Punctum. Streusand drauf.
Sie geht gegen die Tür links

ZDENKA *vor sich*
Er nie für sie, er nie!! –
Wo gehst du hin?

ARABELLA *an der Tür*
Wenn ich entschlossen bin, so bleibts dabei.
Ich glaub, du kennst mich.
Sie geht hinaus

ZDENKA *sieht ihr nach, verstört, verwirrt.*
Dann geht er nach Galizien!
Nein, er erschießt sich!
Ihrer Phantasie folgend
Ich klopf' – er liegt tot da –
ich werf mich über ihn – ich küß zum ersten Mal
seine eiskalten Lippen!

MATTEO *tritt vorsichtig durch die Mitteltür ein*
Du bist allein!
Zdenka fährt zusammen
Was erschrickst du so?

ZDENKA *erschreckt*
Sie ist da drin. Sie schreibt.

MATTEO
An mich?

ZDENKA *wie unter einer Eingebung*
An dich! ja, sicher!

MATTEO
Hat sie's gesagt?

ZDENKA
Du weißt doch – sie ist eine heimliche –

aber ich hab gespürt, wie leid ihrs tut –
wenn sie so grob mit dir war!

MATTEO *für sich*
Sie hat schon einmal
mit einem Brieferl alles alles gut gemacht:
entzückt
da waren Wörter in dem Brief!

ZDENKA
Und wahr waren sie auch!

MATTEO *erstaunt*
Weißt du denn alles?
Näher
sagt sie dir alles?

ZDENKA *mit Ausdruck*
Ob ich alles weiß?
Wer hat dir denn den Brief gebracht?

MATTEO
Das ahn ich wohl: sie ist ganz eine andere
als die ich seh – sie kann auch ganz Hingebung sein!
Geheimnis eines Mädchenherzens, undurchdringliches!

ZDENKA *bei ihm*
Ein Mädel – mußt du verstehen –
schämt sich so furchtbar!
aber geben möcht sie mehr und immer mehr –
sehr innig
und alles alles kommt ihr noch zu wenig vor!
Mit gespielter bubenhafter Altklugheit
Sie haben ja nichts im Kopf, solche Mädeln,
als den e i n e n Gedanken, Tag und Nacht!

MATTEO
Wie du das weißt!

ZDENKA
Alles, weil ich dich so gern hab.
Die letzten drei Monat bin ich um drei Jahre gescheiter worden!

MATTEO
Weil du mich so gern hast?
Du lieber Bub!
Will sie an sich ziehen.

Zdenka entzieht sich ihm, wird ganz blaß, sinkt vorne in einen Fauteuil

ARABELLAS STIMME

Zdenko!

ZDENKA *auf*

Sie ruft mich.

MATTEO

Kann ich sie nicht sehn?

ZDENKA

Gib acht! wenn sie jetzt nicht will!
Abzwingen laßt sie sich nichts!

MATTEO

Aber der Brief? bring mir ihn doch!
ich zitter auf den Brief!

ZDENKA

Bleib still. Du weißt wie trotzig sie gleich wird.
Ganz still! um alles in der Welt!
Sie geht ins Zimmer links.
Matteo allein. Auf und nieder. Seine Sehnsucht und Ungeduld in der Musik.
Zdenka wieder heraus, zurücksprechend
Ja gleich!

MATTEO

Hast du den Brief?

ZDENKA *völlig verwirrt*

Den Brief? Ja! nein! Sie will jetzt nicht.
Sie sagt, sie wird ihn dir – heut abends – Komm
auf den Fiakerball! und vorher sei zuhaus
hier im Hotel – vielleicht bring ich ihn dir
ins Zimmer – hier – oder du kriegst ihn dort!

MATTEO

Aber ich krieg ihn!
Du laßt mich nicht im Stich? Du hasts versprochen
mit deinem Manneswort!
Ab, schnell

ZDENKA *allein*

Jetzt bin ich in der Klemme! Ihre Schrift
die treff ich schon,

und auch die Wörter hätt ich schon in mir!
Aber was nutzt denn das!
Mit wahrer Verzweiflung
Übermorgen ist alles aus! –
Und dann – dann werd ich in die Donau gehn!

ARABELLA *in der Tür*
Zdenko! Komm schon! wir gehn!
Was hast du denn?
Sie verschwindet

ZDENKA *findet nicht gleich ihren Zylinder, endlich hat sie ihn.*
O Gott im Himmel! steh mir armen Mädel bei!
Läuft ab

Vorhang.

BIBLIOGRAPHIE

DER ROSENKAVALIER (1910). Erstdruck: S. Fischer Verlag, Berlin 1911. Auf einem Widmungsblatt heißt es: »Ich widme diese Komödie dem Grafen Harry Kessler, dessen Mitarbeit sie so viel verdankt. H. H.« Als Oper Erstdruck: Adolph Fürstner, Berlin 1911. Erstaufführung: Dresden, Königliches Opernhaus, 26. 1. 1911.

ZU ›DER ROSENKAVALIER‹

Erster Entwurf (1900). Erstdruck: Willi Schuh, Die Entstehung des ›Rosenkavalier‹. In: Trivium, Zürich, Jahrgang IX, 1951, Heft 2.

Zweiter Entwurf (1909). Erstdruck: Hugo von Hofmannsthal, Entwurf der drei Akte. In: Programmheft zum ›Rosenkavalier‹, Frankfurter Oper 1976.

Erste Fassung des zweiten Akts (1909). Erstdruck: Die Neue Rundschau, Frankfurt am Main, 64. Jahrgang, 1953, 3. Heft, mitgeteilt von Willi Schuh.

Ungeschriebenes Nachwort zum ›Rosenkavalier‹ (1911). Erstdruck: Der Merker, Wien, 2. Jahrgang, Heft 12, März 1911.

Der Rosenkavalier. Zum Geleit (1927). Erstdruck: Ullstein Verlag, Berlin 1927 (= ›Musik für Alle‹, Nr. 246).

Der Rosenkavalier-Film (1925). Nachlaß. Erstdruck: Hugo von Hofmannsthal/Richard Strauss: ›Der Rosenkavalier‹. Fassungen – Filmszenarium – Briefe. S. Fischer Verlag, Frankfurt am Main 1971. Die Regie zum Film führte Oskar Wiene. Erstaufführung: Dresden, Königliches Opernhaus, 10. 1. 1926. Richard Strauss dirigierte das Orchester.

ARIADNE AUF NAXOS (1911 und 1913): Erstdruck der ursprünglichen Dichtung, des lyrischen Dramas (ohne Vorspiel): Neue Freie Presse, Wien, 26. 5. 1912. Erste Buchausgabe: Oper in einem Aufzug nebst einem Vorspiel. Neue Bearbeitung. Musik von Richard Strauss. Adolph Fürstner, Berlin 1916. Erstaufführung: Wien, Hof-Operntheater, 4. 10. 1916.

ZU ›ARIADNE AUF NAXOS‹

Als Dank für Max Reinhardts Beitrag zum Erfolg des ›Rosenkavalier‹ planen Hofmannsthal und Strauss eine mit einem Schauspiel zu verbindende 30-Minuten-Oper für Kammerorchester. Es entsteht ab Februar 1911 ›Ariadne auf Naxos‹. Als Schauspiel, das zu einer Verbindung geeignet erscheint, wird im Mai 1911 Molières ›Bürger als Edelmann‹ gewählt.

Der Bürger als Edelmann (1911)

Abweichungen in der Frühfassung (1911)

Gemeinsamer Erstdruck von französischem Lustspiel und ›Ariadne‹ als Operntextbuch: Oper in 1 Aufzug von Hugo von Hofmannsthal, zu spielen nach dem ›Bürger als Edelmann‹ des Molière. Musik von Richard Strauss. Adolph Fürstner, Berlin 1912. Erstaufführung: Stuttgart, Königliches Hoftheater, Kleines Haus, 25. 10. 1912. Hofmannsthal hat, nach seinen eigenen Worten, das französische Schauspiel »nach der Bierling'schen Übersetzung (1750) neu eingerichtet in zwei Aufzügen«. Der durchaus freie Umgang mit der Vorlage (Einschränkungen im Figurenensemble, zahlreiche Textänderungen) ist jedoch nicht zu verwechseln mit der vollständig neuen Bearbeitung und Übersetzung des ›Bürger als Edelmann‹, die Hofmannsthal als selbständiges Werk 1917 unternahm (vgl. den Band Dramen VI dieser Ausgabe). Schon bald nach der Uraufführung (25. 10. 1912) erkennt Hofmannsthal die Verbindung mit Molières Komödie als »improvisatorische mésalliance«, gibt sie auf und macht sich 1913 an die Arbeit, ein ›Vorspiel‹ für die ursprüngliche ›Ariadne‹ zu schreiben. Die beiden zusammen ergeben die »Neue Bearbeitung« der erst 1916 publizierten, hier abgedruckten ›Ariadne auf Naxos‹.

Szenarium (1911). Erstdruck: Willi Schuh, Zu Hofmannsthals Ariadne – Szenarium und – Notizen, in: Die Neue Rundschau, Frankfurt am Main, 71. Jahrgang, 1960, 1. Heft.

Angaben für die Gestaltung des Dekorativen in ›Ariadne‹. Erstdruck: Im Operntextbuch.

Ariadne auf Naxos (1911). Erstdruck: Neue Freie Presse, Wien, 26. 5. 1912.

Ariadne (1912). (In Erweiterung eines Briefes an Richard Strauss, Mitte Juli 1911) Erstdruck: Almanach für die musikalische Welt 1912–1913, hrsg. v. Leopold Schmidt. Herbert S. Loesdau, Berlin, Leipzig 1913.
Ce que nous avons voulu en écrivant ›Ariane à Naxos‹ (1912). Erstdruck: Revue musicale, Société Internationale de Musique, VIIIe Année, No. 9–10, 1912.

DIE FRAU OHNE SCHATTEN (1913–1915). Erstdruck: Adolph Fürstner, Berlin 1919. Erstaufführung: Wien, Staatsoper, 10. 10. 1919. In einer Aufzeichnung aus dem Jahr 1906 notiert sich Hofmannsthal folgendes Wort aus den ›Geheimnissen‹ von Goethe:

»Von der Gewalt, die alle Wesen bindet,
Befreit der Mensch sich, der sich überwindet.«

Ein später geschriebener Zusatz lautet: »Auf diesem Gedanken ist eigentlich ›Die Frau ohne Schatten‹ aufgebaut.«

ZU ›DIE FRAU OHNE SCHATTEN‹

Die Handlung. Erstdruck: Moderne Welt, Wien, I. Jahrgang, Heft 10, Oktober 1919.
Zur Entstehungsgeschichte der ›Frau ohne Schatten‹. Erstdruck: Die Theater- und Musikwoche, Wien, I. Jahrgang, Nr. 29, 1. 10. 1919.
Reflexion aus dem Nachlaß (1919). Erstdruck: Hugo von Hofmannsthal, Gesammelte Werke in Einzelausgaben, Aufzeichnungen. S. Fischer Verlag, Frankfurt am Main 1959. Der 27. 10. 1919 datierte Text stammt aus dem Monat der Uraufführung der Oper.

DANAE ODER DIE VERNUNFTHEIRAT (Szenarium 1919). Kleine Oper in drei Akten für Richard Strauss. Nachlaß. Erstdruck: Corona, München, Berlin, Zürich, Viertes Jahr, Erstes Heft, Oktober 1933.

ZU ›DANAE‹

Notizen. Erstdruck: Szenarium und Notizen, mit einem Geleitwort hrsg. v. Willi Schuh, S. Fischer Verlag, Frankfurt am Main 1952.

DIE ÄGYPTISCHE HELENA (1923–1926). Teildrucke: Die Bühne, Wien, Nr. 114, Januar 1922; ›Joachim Winterfeldt zum 15. 5. 1925‹, Pontos Verlag, Berlin 1925. Erstdruck der hier wiedergegebenen Dichtung: Erster Druck der Mainzer Presse im Insel-Verlag, Leipzig 1928. Erstdruck des gekürzten Operntextbuchs: Adolph Fürstner, Berlin 1928. Erstaufführung: Dresden, Staatsoper, 6. 6. 1928.

ZU ›DIE ÄGYPTISCHE HELENA‹

Die Handlung (1928). Erstdruck: Im Operntextbuch. Adolph Fürstner, Berlin 1928.

»Die Ägyptische Helena« (1928). Erstdruck: Unterhaltungsblatt der Vossischen Zeitung, Berlin, 8. 4. 1928; Neue Freie Presse, Wien, 8. 4. 1928.

ARABELLA (1927–1929). Nachlaß. Erstdruck: Adolph Fürstner, Berlin 1933. Erstaufführung: Dresden, Staatsoper, 1. 7. 1933.

ZU ›ARABELLA‹

Erste Fassung des ersten Aufzugs (1928). Erstdruck: Die Neue Rundschau, Frankfurt am Main, 65. Jahrgang, 1954, 3./4. Heft, mitgeteilt von Willi Schuh.

Ursprünglicher Schluß der ersten Fassung des ersten Aufzugs (1928). Teildruck: Schweizerische Musikzeitung, Zürich, 84. Jahrgang, Nr. 6, 1. 6. 1944. Erster Gesamtdruck: Hugo von Hofmannsthal, Sämtliche Werke, Kritische Ausgabe, Band XXVI, hrsg. v. Hans-Albrecht Koch. S. Fischer Verlag, Frankfurt am Main 1976.

LEBENSDATEN

Die in Klammern gesetzten Daten hinter den Bühnendichtungen geben die Zeit von den frühesten Einfällen bis zur Vollendung eines Werks an, bzw. Ort und Tag der Uraufführung.

1874 Am 1. Februar wird Hugo Laurenz August Hofmann, Edler von Hofmannsthal in Wien, Salesianergasse 12 geboren. Als einziger Sohn des Hugo August Peter Hofmann, Edler von Hofmannsthal (1841–1915) und der Anna Maria Josefa von Hofmannsthal, geborene Fohleutner (1852–1904).

1884–1892 Nach gründlicher Vorbereitung durch Privatlehrer Besuch des Akademischen Gymnasiums in Wien (Maturitätszeugnis ›mit Auszeichnung‹ vom 6. 7. 1892).
Mit achtzehn Jahren hatte er alles gelesen, was der großen antiken, französischen, englischen, italienischen, spanischen und deutschen Literatur entstammt – auch kannte er die Russen schon als halbes Kind.

1890 Veröffentlichung des ersten Gedichts, des Sonetts:
FRAGE Weitere Gedichte desselben Jahres:
SIEHST DU DIE STADT?, die Sonette:
WAS IST DIE WELT?
FRONLEICHNAM, die Ghasele:
FÜR MICH, GÜLNARE;
Erste Begegnung mit Richard Beer-Hofmann und Arthur Schnitzler.

1891 Bekanntschaft mit Henrik Ibsen; im Literatencafé Griensteidl mit Hermann Bahr und, am gleichen Ort, mit Stefan George.

Hofmannsthal veröffentlicht unter den Pseudonymen Loris Melikow, Loris, Theophil Morren. Erste dramatische Arbeit in Versen, ein fertiger Einakter (»beinah ein Lustspiel«):

GESTERN (Wien, Die Komödie, 25. 3. 1928). Früheste Prosaarbeiten, vor allem Buchbesprechungen zeitgenössischer Autoren wie Bourget, Bahr, Amiel, Barrès. Zum Beispiel:

ZUR PHYSIOLOGIE DER MODERNEN LIEBE

DAS TAGEBUCH EINES WILLENSKRANKEN

Gedichte u. a.:

SÜNDE DES LEBENS

DER SCHATTEN EINES TOTEN

1892 DER TOD DES TIZIAN. Erstdruck in Georges ›Blätter für die Kunst‹, Heft 1, Oktober 1892. (München, Künstlerhaus, 14. 2. 1901, mit einem provisorischen Schluß und neugeschriebenen Prolog: ›Zu einer Totenfeier von Arnold Böcklin‹).

ASCANIO UND GIOCONDA (Vollendung der beiden ersten Akte einer Fragment gebliebenen »Renaissancetragödie«).

Reise durch die Schweiz nach Südfrankreich, zurück über Marseille, Genua, Venedig.

ELEONORA DUSE (I, II)

SÜDFRANZÖSISCHE EINDRÜCKE. Gedichte:

VORFRÜHLING

ERLEBNIS

LEBEN

PROLOG ZU DEM BUCH ›ANATOL‹

Bekanntschaft mit Marie Herzfeld und Edgar Karg.

1893 ALKESTIS (München, Kammerspiele, 14.4.1916).
DER TOR UND DER TOD (München, Theater am Gärtnerplatz, 13.11.1898).
IDYLLE
DAS GLÜCK AM WEG – AGE OF INNOCENCE (eine stark autobiographische, unveröffentlicht gebliebene Studie). Gedichte:
WELT UND ICH
ICH GING HERNIEDER
Freundschaft mit Leopold von Andrian.
Plan eines »ägyptischen Stücks... mit recht tüchtigen, lebendigen kleinen Puppen« (Das Urteil des Bocchoris).

1894 Tod der mütterlichen Freundin Josephine von Wertheimstein.
Gedichte:
TERZINEN I – IV
WELTGEHEIMNIS
Arbeit an einer freien Übertragung der ›Alkestis‹ des Euripides.
Erstes juristisches Staatsexamen.
Ab Oktober Freiwilligenjahr beim k.u.k. Dragonerregiment 6 zunächst in Brünn, dann in Göding.

1895 DAS MÄRCHEN DER 672. NACHT
SOLDATENGESCHICHTE. Gedichte:
EIN TRAUM VON GROSSER MAGIE
BALLADE DES ÄUSSEREN LEBENS
Reise nach Venedig.
Beginn des Studiums der romanischen Philologie.

1896 GESCHICHTE DER BEIDEN LIEBESPAARE
DAS DORF IM GEBIRGE. Gedichte:
LEBENSLIED
DIE BEIDEN
DEIN ANTLITZ...
MANCHE FREILICH...

1897 Erste Begegnung mit Eberhard von Bodenhausen, dem engsten lebenslangen Freund des Dichters.
Im August Radtour über Salzburg, Innsbruck, Dolomiten, Verona, Brescia nach Varese. Hier Aufenthalt von drei Wochen, eine glückliche ungemein produktive Zeit.

DIE FRAU IM FENSTER
DIE HOCHZEIT DER SOBEIDE
DAS KLEINE WELTTHEATER
DER WEISSE FÄCHER
DER KAISER UND DIE HEXE
DER GOLDENE APFEL

1898 Erste Theateraufführung eines Stücks von Hofmannsthal. DIE FRAU IM FENSTER in einer Matinée-Vorstellung der ›Freien Bühne‹ des Deutschen Theaters in Berlin, 15. Mai (Otto Brahm).
Bekanntschaft mit Harry Graf Kessler und erste Begegnung mit Richard Strauss.
Abschluß seiner Dissertation »Über den Sprachgebrauch bei den Dichtern der Pléjade« und Rigorosum im Hauptfach Romanische Philologie.
Radtour mit Schnitzler in die Schweiz, dann allein nach Lugano, später über Bologna und Florenz (Besuch bei D'Annunzio) nach Venedig.

DER ABENTEURER UND DIE SÄNGERIN (zusammen mit der HOCHZEIT DER SOBEIDE, gleichzeitig: Berlin, Deutsches Theater, Otto Brahm, und Wien, Burgtheater, 18. 3. 1899).
REITERGESCHICHTE

1899 Reisen nach Florenz und Venedig.

DAS BERGWERK ZU FALUN

Bekanntschaft mit Rilke.

1900 In München erste Begegnung mit Rudolf Alexander Schröder und Heymel, den Herausgebern der ›Insel‹, in Paris mit Maeterlinck, Rodin, Meier-Graefe u. a.

DAS ERLEBNIS DES MARSCHALLS VON BASSOMPIERRE

VORSPIEL ZUR ANTIGONE DES SOPHOKLES

1901 DIE »STUDIE ÜBER DIE ENTWICKELUNG DES DICHTERS VICTOR HUGO« legt Hofmannsthal der Wiener Universität als Habilitationsschrift vor, verbunden mit dem Gesuch um die venia docendi.

DER TRIUMPH DER ZEIT (Ballett; März 1900 bis Juli 1901, für Richard Strauss bestimmt, der aber wegen einer anderen Arbeit absagt).

Am 1. Juni Eheschließung mit Gertrud Maria Laurenzia Petronilla Schlesinger.

Am 1. Juli Übersiedlung nach Rodaun bei Wien, wo Hofmannsthal bis zu seinem Lebensende wohnte.

Beginn der Arbeit an POMPILIA (dem ersten »großen Trauerspiel... von solchen Dimensionen und von solchen Anforderungen, wie ich sie noch nie gekannt habe«). Das Problem des Ehebruchs, die Geschichte des Guido von Arezzo und seiner Frau Pompilia, findet Hofmannsthal in Robert Brownings ›The Ring and The Book‹.

Erste Pläne einer Bearbeitung von Sophokles' ›Elektra‹ und Calderons ›Das Leben ein Traum‹.

Zum Jahresende zieht Hofmannsthal sein Gesuch um eine Dozentur zurück.

1902 EIN BRIEF (Chandos-Brief)

In Rom und Venedig Vollendung der ersten Fassung des GERETTETEN VENEDIG.

ÜBER CHARAKTERE IM ROMAN UND IM DRAMA

Geburt der Tochter Christiane.

Erste Begegnung mit Rudolf Borchardt.

1903 DAS GESPRÄCH ÜBER GEDICHTE
Erste Begegnung mit Max Reinhardt. Von ihm angeregt schreibt er
ELEKTRA (September 1901 bis September 1903; Berlin, Kleines Theater, 30. 10. 1903, Reinhardt).
Erste Sammlung AUSGEWÄHLTE GEDICHTE im Verlag ›Blätter für die Kunst‹.
Geburt des Sohnes Franz.
1904 Tod der Mutter (22. März).
DAS GERETTETE VENEDIG (August 1902 bis Juli 1904; Berlin, Lessing-Theater, 21. 1. 1905, Brahm).
1905 ÖDIPUS UND DIE SPHINX (Juli 1903 bis Dezember 1905; Berlin, Deutsches Theater, 2. 2. 1906, Reinhardt).
KÖNIG ÖDIPUS (Übersetzung des Sophokles; München, Neue Musikfesthalle, 25. 9. 1910, Reinhardt).
SHAKESPEARES KÖNIGE UND GROSSE HERREN (Festvortrag in Weimar).
SEBASTIAN MELMOTH
1906 Folgenreiche Begegnung mit Richard Strauss, der die ELEKTRA vertonen will.
UNTERHALTUNG ÜBER DEN ›TASSO‹ VON GOETHE
UNTERHALTUNG ÜBER DIE SCHRIFTEN VON GOTTFRIED KELLER
DER DICHTER UND DIESE ZEIT (Vortragsreise München, Frankfurt, Göttingen, Berlin).
Geburt des Sohnes Raimund.
1907 Reise nach Venedig.
Früheste Beschäftigung mit dem ANDREAS-Romanfragment und den Komödien SILVIA IM ›STERN‹ und CRISTINAS HEIMREISE.
DIE BRIEFE DES ZURÜCKGEKEHRTEN (Juni bis August 1907).
»TAUSENDUNDEINE NACHT«

1907 SILVIA IM ›STERN‹ (Abschluß des Fragments).
Mitherausgeber der Zeitschrift ›Morgen‹ (Abteilung Lyrik). Bis 1908.

1908 Reise nach Griechenland (Athen, Delphi) mit Graf Kessler und Maillol.
Scheitern der Arbeit am FLORINDO, der ersten Fassung von CRISTINAS HEIMREISE. Davon erschienen 1909 revidiert im Druck:
FLORINDO UND DIE UNBEKANNTE und
DIE BEGEGNUNG MIT CARLO

1909 Uraufführung der Oper ELEKTRA in Dresden.
CRISTINAS HEIMREISE (Juli 1907 bis Dezember 1909; Berlin, Deutsches Theater, 11. 2. 1910, Reinhardt).
DIE HEIRAT WIDER WILLEN (Übersetzung des Molière; München, Künstler-Theater, 20. 9. 1910, Reinhardt).
Herausgeber des Jahrbuchs ›Hesperus‹, gemeinsam mit Schröder und Borchardt.

1910 Aufführungen der neuen, gekürzten Fassung von CRISTINAS HEIMREISE in Budapest und – mit großem Erfolg – in Wien.
Als Variation eines Komödien-Szenariums entsteht die Erzählung
LUCIDOR (September 1909 bis März 1910).
DER ROSENKAVALIER (Februar 1909 bis Juni 1910; Dresden, Königliches Opernhaus, 26. 1. 1911, Reinhardt).

1911 ARIADNE AUF NAXOS (Februar bis April 1911; Stuttgart, Königliches Hoftheater, 25. 10. 1912, Reinhardt, in Verbindung mit Molières Komödie DER BÜRGER ALS EDELMANN, von Hofmannsthal bearbeitet).
JEDERMANN (April 1903 bis August 1911; Berlin, Zirkus Schumann, 1. 12. 1911, Reinhardt;

1911 Erstaufführung auf dem Salzburger Domplatz unter Reinhardt am 12. 8. 1920).

1912 JOSEPHSLEGENDE (Pantomime für Diaghilews ›Russisches Ballett‹; von diesem uraufgeführt in der Pariser Oper am 14. 5. 1914).

Aufzeichnung einer Übersicht zum ANDREAS-Roman und Niederschrift des Anfangskapitels.

Zusammenstellung und Einleitung des Bandes

DEUTSCHE ERZÄHLER.

1913 Ausführliches Szenarium und Ausarbeitung des ersten Akts zur Oper DIE FRAU OHNE SCHATTEN. Beginnende Arbeit an der gleichnamigen Erzählung. Neues Vorspiel zur ARIADNE und Weiterarbeit am ANDREAS-Roman.

1914 Kriegsausbruch. Einberufung Hofmannsthals als Landsturmoffizier nach Istrien (26. 7. 1914). Durch Vermittlung Josef Redlichs beurlaubt und dem Kriegsfürsorgeamt im Kriegsministerium zugewiesen.

Veröffentlichungen in der ›Wiener Neuen Presse‹ zum geschichtlichen Augenblick:

APPELL AN DIE OBEREN STÄNDE

BOYKOTT FREMDER SPRACHEN

DIE BEJAHUNG ÖSTERREICHS

WORTE ZUM GEDÄCHTNIS DES PRINZEN EUGEN

BÜCHER FÜR DIESE ZEIT

1915 Intensiver Gedankenaustausch mit dem Freund und Politiker Josef Redlich. In politischer Mission Dienstreisen in die besetzten Gebiete, nach Südpolen (Krakau), Brüssel und Berlin. Weitere Äußerungen zur Zeit:

1915 WIR ÖSTERREICHER UND DEUTSCHLAND
GRILLPARZERS POLITISCHES VERMÄCHTNIS
DIE TATEN UND DER RUHM
GEIST DER KARPATHEN
UNSERE MILITÄRVERWALTUNG IN POLEN
ANTWORT AUF DIE UMFRAGE DES ›SVENSKA DAGBLADET‹
Die ›Österreichische Bibliothek‹, mitherausgegeben von Hofmannsthal, beginnt zu erscheinen.
DIE FRAU OHNE SCHATTEN (Februar 1911 bis September 1915; Wien, Staatsoper 10. 10. 1919, Franz Schalk).
Tod des Vaters (10. Dezember).

1916 DIE LÄSTIGEN (Frei nach Molière) und
DIE GRÜNE FLÖTE (Ballett. Beide Stücke zusammen uraufgeführt: Berlin, Deutsches Theater, 26. 4. 1916, Reinhardt).
AD ME IPSUM (Aufzeichnungen zum eigenen Dichten).
ARIADNE AUF NAXOS (neu bearbeitet, uraufgeführt an der Wiener Oper, 4. 10. 1916).
Arbeit am SOHN DES GEISTERKÖNIGS.
Dienstreise nach Warschau.
Vortragsreise nach Oslo und Stockholm.
Vergleiche dazu
AUFZEICHNUNGEN ZU REDEN IN SKANDINAVIEN.

1917 DER BÜRGER ALS EDELMANN (erneute freie Bearbeitung des Molière; Berlin, Deutsches Theater, 9. 4. 1918, Reinhardt).
Intensive Arbeit an dem Lustspiel DER SCHWIERIGE; zwei Akte bereits vollendet.
Beginn des Briefwechsels mit Rudolf Pannwitz, den Hofmannsthal »als schicksalhaft für sein Leben bezeichnet«.

1918 Hofmannsthal »beschäftigen fast pausenlos« folgende Arbeiten: das Märchen DIE FRAU OHNE SCHATTEN, der ANDREAS-

1918 Roman, DER SCHWIERIGE, SILVIA IM ›STERN‹, LUCIDOR (als Lustspiel) und eine SEMIRAMIS-NINYAS-TRAGÖDIE. Außerdem systematische Lektüre Calderons im Hinblick auf mögliche Bearbeitungen.

DAME KOBOLD (freie Übersetzung des Calderon; Berlin, Deutsches Theater, 3. 4. 1920, Reinhardt).

Tod seines besten Freundes: Eberhard von Bodenhausen.

Erste Begegnung mit Carl Jakob Burckhardt.

1919 DIE FRAU OHNE SCHATTEN (Erzählung, Dezember 1913 bis August 1919).

DER SCHWIERIGE (Juni 1910 bis November 1919; München, Residenztheater, 8. 11. 1921).

1920 Beginn der intensiven Arbeit am TURM.

BEETHOVEN-REDE in Zürich.

1921 Intensive Arbeit am TURM (bis an den 5. Akt) und am SALZBURGER GROSSEN WELTTHEATER.

1922 BUCH DER FREUNDE (Sammlung von Aphorismen und Anekdoten, eigene und anderer).

DAS GROSSE SALZBURGER WELTTHEATER (September 1919 bis Juni 1922; Salzburg, Kollegienkirche, 12. 8. 1922, Reinhardt).

DER UNBESTECHLICHE (Mai bis Oktober 1922; Wien, Raimundtheater, 16. 3. 1923).

Als Herausgeber der ›Neuen deutschen Beiträge‹ (1922–1927) schreibt Hofmannsthal ein Vorwort und eine Anmerkung zum ersten Heft.

DEUTSCHES LESEBUCH, eingeleitet und herausgegeben von Hugo von Hofmannsthal.

1923 Der fünfte Akt des TURM wird auf eine »vorletzte« Fassung gebracht, dann aber die Arbeit abgebrochen.

Filmbuch für den ROSENKAVALIER (Ur-

1923 aufführung des Films am 10. 1. 1926 in Dresden).

1924 DIE ÄGYPTISCHE HELENA (Dezember 1919 bis März 1924; Dresden, Oper, 6. 6. 1928).
Italienreise, mit Burckhardt in Sizilien.
Beschäftigung mit dem Lustspiel TIMON DER REDNER.

DER TURM, 1. Fassung (Oktober 1918 bis Oktober 1924).

1925 Reise über Paris nach Marseille, von dort mit dem Schiff nach Marokko (Fès, Salé, Marrakech):

REISE IM NÖRDLICHEN AFRIKA.
Beschäftigung mit dem ANDREAS-Roman und Vollendung des ersten Akts von TIMON DER REDNER.

1926 DER TURM (Ausarbeitung und Fertigstellung der neuen, fürs Theater bestimmten Fassung; München, Prinzregententheater, 4. 2. 1928, Kurt Stieler).

DAS SCHRIFTTUM ALS GEISTIGER RAUM DER NATION (am 10. 1. 1927 in der Münchener Universität gehaltene Rede).

1927 Reise nach Sizilien.
Fortführung der Notizen AD ME IPSUM und ANDENKEN EBERHARD VON BODENHAUSENS.
Szenarium zur ARABELLA und Niederschrift des ersten Akts der ersten Fassung.

1928 ARABELLA (Nach der Niederschrift der dreiaktigen lyrischen Oper von April bis November 1928 entschließt sich Hofmannsthal, den ersten Akt zu ändern).

1929 Neufassung des ersten Akts der ARABELLA und Übersendung an Strauss. Dessen Antwort-Telegramm: »Erster Akt ausgezeichnet. Herzlichen Dank und

1929 Glückwünsche«, erlebte Hofmannsthal nicht mehr. (Uraufführung der ARABELLA am 1. 7. 1933 in Dresden.)
Am 13. Juli nimmt sich sein ältester Sohn Franz, zuhause in Rodaun, das Leben. Am 15. Juli, beim Aufbruch zur Beerdigung, erleidet Hofmannsthal einen Schlaganfall, an dem er wenige Stunden später stirbt. Er wird beigesetzt auf dem nahen Kalksburger Friedhof.